국어국문학의
경계 넘나들기

███ 저자 ███ 이복규(李福揆)

   서경대학교 국어국문학과를 졸업하고 경희대학교 대학원 국어국문학과에서 문학 박사 학위를 받았다. 현재 서경대학교 교수로 재직 중이다. 저서로『설공찬전 연구』(박이정, 2003),『부여·고구려 건국신화 연구』(집문당, 1998),『임경업전연구』(집문당, 1993),『중앙아시아 고려인의 생애담 연구』(지식과교양, 2012) 등이 있다.

이메일 bky5587@empal.com
카 페 http://cafe.daum.net/bky5587
         http://cafe.naver.com/bokforyou

국어국문학의 경계 넘나들기

초판인쇄 2014년 12월 18일
초판발행 2014년 12월 27일

저 자 이복규
발행처 박문사
발행인 윤석현
등 록 제2009-11호

주소 서울시 도봉구 우이천로 353 3F
전화 (02) 992-3253 (대)
전송 (02) 991-1285
전자우편 bakmunsa@daum.net
홈페이지 http://www.jncbms.co.kr
편 집 최현아
책임편집 김선은

ⓒ 이복규, 2014. Printed in KOREA.

ISBN 978-89-98468-44-6 93810   **값** 29,000원

국어국문학의 경계 넘나들기

이복규 지음

박문사

서문

　국어 과목이 좋아 국어국문학과에 입학해 졸업하고, 대학원에서 고전산문을 전공으로 선택해 공부하고 연구한 지 어언 34년이 흘렀다. 그동안 놓지 않고 부지런히 논문을 쓰고 즐거운 마음으로 책을 내며 살아왔다. 지금 살펴보니 완성도들이 높지 않아 부끄럽기 짝이 없지만 무식이 용기라고 부끄러운 줄도 모른 채 착상이 떠오르는 대로 논문을 썼고 그것을 주제별로 묶어 책을 내왔다.

　하지만 최근 1년 반 동안은 아무 것도 하지 못했다. 원치 않는 마음 병으로 거의 은둔에 가까운 생활을 하였다. 그러면서 많은 것을 반성하였다. 한 우물만 파야 하는데 이 분야 저 분야 가리지 않고, 그야말로 목적이나 계획에 이끌려서가 아니라 충동이 이끄는 대로 써 왔구나 하는 뉘우침이 가장 먼저였다. 또 한 가지의 반성은 공부한 것, 아는 것보다 더 많이 써 왔다는 점이었다. 입력과 출력이 균형을 갖추어야 하는데 크게 균형이 깨졌던 게 사실이다.

　하나님의 은혜로 건강을 되찾으면서 결심하였다. 이제부터는 글쓰기보다 공부하는 것을 더 많이 하자, 가능한 한 하나의 분야에 집중하자는 다짐이다. 그래야 강의에 충실할 수 있고 글쓰기의 완성도도 높일 수 있다는 판단에서이다.

　새 출발하기로 마음을 다잡는 기념으로, 그간 발표한 논문들 가운데 아직 단행본으로 내지 않은 것들을 모아 보니 국어국문학 관련 논문이 15편, 기독교민속 관련 논문이 7편이었다. 기독교민속 관련 논문들은 동학인 김영수 형과 『한국기독교민속론』이라는 제목으로 펴내기로 하여 교정 중에 있고, 국어국문학 관련 논문들은 이렇게 『국어국문학의 경계 넘나들기』라는 제목으로 묶었다.

　제목이 좀 유별나다 할 수 있는데, 제목 그대로 여기 실린 글들은 대부분 고전산문이 전공인 저자가 다른 분야인 국어학이나 문헌학 또는 민속학이나 현대문학에까지 입질을 한 것들이 많아 그렇게 붙인 것이다. 대상만이 아니라 방법론 면에서도 그렇다. 원래는 '국어국문학의 경계 허물기'로 하고 싶었으나 아무래도 지나친 듯하여 그만두었다. 학문이란 모름지기 모호한 대상들을 경계짓는 행위라고도 할 수 있는데 그 경계를 허물자고 하면 자칫 비학문적 또는 반학문적인 태도로 비칠까 봐 겁이 났던 것이다. 하지만 학문이 지나치게 분업화하여 인접분야에 대해서는 무관심해도 괜찮은 양 한다든가 마땅히 그래야 미덕이라는 생각들이 있는 듯하여, 경계 지키기에 안주하지 않아야 밝힐 수 있는 문제도 있다는 사실을 강조하고 싶은 본심은 여전하다. 물론 지나치면 안 되겠지만.

이 책은 모두 4부로 구성하였다. 제1부에서는 비교적 국어국문학을 총괄하거나 거기 준하는 성격의 글들을 묶으려고 하였다. 제2부는 주로 고전문학 중 기록문학을 대상으로 한 글들이다. 제3부에서는 주로 구비문학을 대상으로 한 글들을 모았다. 제4부는 국어학 또는 용어 문제와 연관된 논문들이다. 읽는 이의 관심사에 따라 그것부터 골라서 읽으면 될 것이다.

앞에서 말한 대로, 이 책을 계기로 저자는 한 우물 파기로 학풍을 바꿔보려 한다. 그렇게 노력하려 한다. 부디 이 다짐이 지켜지기를 바랄 따름이다.

2014년 8월 이순(耳順)을 맞으며
이 복 규

차례

1부

: 국어국문학의 경계 넘나들기

제1장
한국문학 텍스트의 발굴과
재조명을 위한 필요 조건
– 체험을 통한 '경계 허물기'의 필요성을 중심으로

---

1. 머리말

이 글의 제목인 '한국문학 텍스트의 발굴과 재조명'의 의미부터 생각해 보자. 핵심 단어인 '텍스트'의 개념부터 살펴보면, "주석, 번역, 서문 및 부록 따위에 대한 본문이나 원문(원전(原典)으로 순화)"[1]이다. 주석이나 번역이 가해지기 전의 원문(원전) 또는 그 원전의 본문만을 일컫는 개념으로 규정되어 있다. 다음으로 살펴볼 것이 '발굴'과 '재조명'인데, '발굴'은 "세상에 널리 알려지지 않거나 뛰어난 것을 찾아 밝혀냄."이고, '재조명'은 "일이나 사물의 가치를 다시 들추어 살펴봄."이다.

이 개념을 보면, '한국문학 텍스트의 발굴과 재조명'은 그 내포와 외연이 매우 넓다는 것을 알 수 있다. 어떤 의미에서, 우리가 하는 한국문학 연구 행위는 새로운 텍스트의 발굴 아니면 새로운 이론으로 기존의 텍스트를 재조명하는 일, 이 두 가지 중 하나에 속하거나 둘 다라는 생각이

---

1 국립국어원, 표준국어대사전 참고.

들 정도이다. 필자의 역량으로 이 제목을 온전히 감당하기는 불가능하다. 불가불 한정지어 논의할 수밖에 없다.

그래서 부제를 달았다. "체험을 통한 '경계 허물기'의 필요성을 중심으로"라는 부제를 단 것이다. 새 텍스트의 발굴과 재조명은 저절로 이루어지는 게 아니다, 필요 조건이 갖추어져 있을 때 가능하다는 사실을, 필자의 연구 경험을 근거로 피력하고자 한다. 학문을 이론학과 자료학으로 구분한다면 필자는 자료학자로 분류된다고 스스로 생각하는데, 그간의 체험을 바탕으로 이 문제에 대한 나름대로의 소견을 개진하는 것도 의미가 있다고 보아, 이런 제목으로 정리했다는 것을 밝혀둔다.

한국문학 텍스트의 발굴과 재조명을 위해 필요한 것이 무엇인가? 그것은 '경계 허물기'라고 생각한다. 영역 간의 경계를 허물어야만 한국문학 텍스트의 발굴과 재조명이 활성화할 수 있다고 본다.

주지하다시피, 한국문학 학계는 여러 영역으로 구분되어 있다. 고전문학과 현대문학, 기록문학과 구비문학, 한국문학과 한국문학이 아닌 것, 문학과 비문학 등의 구분이 그것이다. 하지만 이는 어디까지나 작업상의 편의를 위한 구분일 뿐, 존재로서의 한국문학은 총체적이고 미분화된 무엇일 것이다. 비록 영역을 구분해 작업한다 하더라도, 항상 이 사실을 잊지 말아야, 우리의 연구가, 한국문화를 해명하고 한국인이 누구인지 해명하는 데 기여해 인문학의 위기도 해소할 수 있을 것이다.

이 글을 쓰기 위해 그동안 필자가 해온 작업들을 살펴보니, 결과적으로, 모두 이 '영역간의 경계 허물기'와 관련되어 있었다. 이제 그 경계를 허물었기 때문에 가능했던 필자의 연구 성과들을 소개하면서, 앞으로 해 볼 만한 연구 거리가 무엇인지도 제시하도록 하겠다.

2. 고전문학과 현대문학의 경계 허물기

2.1. 필자의 관련 연구 성과
: 서(序) 갈래의 연속성과 윤동주 〈서시〉 문제

최근 『한국문학논총』 제61집에 필자는 「윤동주의 이른바 '서시'의 제목 문제」라는 논문을 발표했다. 다소 도발적인 제목이다. 〈서시〉는 누구나 윤동주가 붙인 제목이라고 알고 있는데, 필자는 '이른바 서시'라고 표현함으로써 이의를 제기했다. '원래는 제목이 없는 글이었다. 정확하게 말하면 서(序)였다. 다른 시들은 독립작품으로서, 〈자화상〉을 비롯해 다른 작품들은 원래부터가 시라고 생각해 제목을 붙여 발표했고 이 시집에 묶었으나, 이른바 '서시'는 서(序)로 쓴 것이기에 제목을 붙이지 않았다. 그럼 서(序)라고 제목을 붙이지 왜 아무런 제목도 붙이지 않았나? 서(序)는 한문문학의 전통에서 늘 산문 양식이었으므로 결과적으로 시(詩)적인 리듬을 가진 이 글을 서(序)라고 할 수는 없었을 것이다. 그래서 제목을 붙이지 않았다. 그래도 독자들은 첫 머리에 붙은 그 글을 본문의 시들과는 구분되는 서(序)로 인식하리라 믿기에 아무런 제목도 붙이지 않고 얹어놓았을 것이다, 그런데 윤동주 사후에 제1판을 출간하면서부터 제목을 부여하려는 시도가 가해졌으니, 제1판에서는 '(序詩)'라고 표기하고 부제로 '하늘과 바람과 별과 詩'라 적어 넣었으며, 제2판에 와서는 괄호를 벗긴 채 '序詩'로 적음으로써 그때부터 이 작품을 독립적인 시로 인식하는 평론문이 비로소 등장하게 되었다.' 이것이 이 논문의 핵심 요지다.

고전문학 전공자인 필자가 이 논문을 쓸 수 있었던 요인은 무엇일까? 고전문학(한문학)의 산문 갈래 중의 하나인 서(序)를 연구하되, 대상이 광

범위하기 때문에 시집으로 한정해 그 존재양상을 살피되 현대문학기에
와서도 시집은 이어지고 있으니, 현대 시집의 서(序)도 통관해서 다루었
기 때문에 가능했다. 만약 고전문학 전공이니 고전 시집의 서(序)만 살펴
보려고 했다면, 윤동주 시집의 서두에 실린 이른바 '서시'가 서(序)의 오랜
역사에서 볼 때는 지극히 일상적일 수 있는 서(序)에 불과하다는 사실을
발견할 수는 없었을 것이다. 이 논문은 한국문학 텍스트의 발굴과 재조
명 중에서 '재조명'에 더 무게중심을 둔 사례라 하겠다.

2.2. 앞으로의 가능한 연구 : 한문 산문문체들의 현대적 양상

앞에서 윤동주의 이른바 '서시'의 제목 문제를 다루었지만, 이 사례가
지닌 일반적인 의미는 무엇일까? 우리가 편의상 고전문학과 현대문학을
경계 짓고 있지만, 사실은 고전문학의 문학관습이 현대문학에 지속되고
있다는 것, 단순한 지속이 아니라 변용되어 지속되고 있다는 사실을 보
여주는 점이라 생각한다. 필자가 최근에 조사한 바에 의하면, 고전문학
기에는 서(序)가 자작이 아니라 타작으로 이루어진 게 문학관습이었으며,
그러다 보니 독립적인 글로 인정받았던 것인데, 현대에 와서는 타작보다
는 자작이 대세를 이루는 등 변화 속의 지속 양상을 보이고 있다.[2]

이렇게 본다면, 『동문선』에 수록된 30여 종의 한문 산문 문체들이 현
대문학에 어떻게 이어지고 있는지, 그 지속과 변이의 양상과 그 의미를
탐색하기로 마음먹는다면, 연구할 텍스트가 많이 발굴되거나 재조명될
수 있으리라고 생각한다. 이미 거론한 서(序)만 해도, 필자는 시집들의
서(序)만 살폈지만 대상을 확대해 고전문학기와 현대문학기의 모든 서(序)

---

2 이복규, 「현대 시집 서문과 전통시대 시집 서문의 비교」, 한국고서연구회 창립 30주년 기
　념 학술발표회 발표논문(서경대학교, 2012.5.19), 3~18쪽 참고.

를 통시적, 공시적으로 다룬다면 흥미있는 결과가 나오리라 기대한다.
그 결과 오늘날 우리 학자를 비롯한 여러 사람의 '머리말'이 과연 전통
서(序)의 정신에 부합하고 있는지 벗어난 것인지도 규명될 수 있을 것이
며, 서양의 머리말 전통과 비교하면 문화적인 공통점과 차이점도 드러낼
수 있으리라고 본다. 서(序)만 그럴 수 있는 게 아니라, 전통 제문(祭文)
및 축문(祝文)과 오늘날의 기도문, 서(書)와 오늘날의 편지 및 이메일, 전
통 비문(碑文)과 오늘날의 비문을 비교하는 연구도 필요하고 가능하다고
생각한다.

3. 기록문학과 구비문학의 경계 허물기

3.1. 필자의 관련 연구성과 : 〈오륜전전서〉의 재해석

〈오륜전전〉은 심경호 교수가 안동 의성김씨 천상종가(川上宗家) 문서를
살피는 과정에서 발견해 학계에 보고한 한문소설이다(국문본도 있었다
고 하나 현전하지 않음).[3] 서(序)를 쓴 연대가 1531년으로 적혀 있어, 고
소설 연구에서 아주 중요한 자료로 부각되어 있는 작품이다. 그 서(序)에
이 작품의 형성 과정에 대한 언급이 있어서 더욱 소중한데, 심 교수는
이 서(序)[4]를 해석한 결과, "(중국 희곡)〈오륜전비기(五倫全備記)〉→(한문

---

3 심경호, 「오륜전전에 대한 고찰」, 『애산학보』 8(애산학회, 1989), 111~130쪽 참고.
4 余觀閭巷無識之人, 習傳諺字, 謄書古老相傳之語, 日夜談論. 如李石端·翠翠之說, 淫褻妄
誕, 固不足取觀. 獨五倫全兄弟事, 爲子而克孝, 爲臣而克忠, 夫與婦有禮, 兄與弟甚順, 又
能與朋友信而有恩, 讀之令人凜然惻怛, 豈非本然之性, 有所感歟. 是書時方爭相傳習, 家藏
而人誦, 若因其所明, 就其所好, 而因其開導勸誘之方, 豈不易哉. 但此書出於不甚知道者所
爲, 故措辭荒拙, 敍事舛錯. 余於是反覆窮究, 有善而不暢於語者潤色, 語俚而不合於道者釐
正, 凡重複浮誕之辭, 淫戲俚野之說, 並斥削而不載, 其言一出於正, 使觀是書者, 有感激起
敬之心, 而不至於閑中戲談之具, 則其於扶植明敎, 不爲無助. 故又以諺字飜譯, 雖不識字,

소설 〈오륜전전(五倫全傳)〉 → 〈국문번역본〉 〈오륜전전〉"이라고 보았다. 철저하게 '기록물 → 기록물'이라는 패러다임으로 이 서(序)의 내용을 해독한 결과, 이런 견해를 제출한 것이다.

이에 대해 필자는 다른 해석을 내놓았다. 그 이유는, 심 교수의 해석대로 읽으면, 풀리지 않는 문제가 발생한다고 보았기 때문이다. 눈으로 희곡 원전을 보아가면서 한문소설로 옮길 경우 일어나기 어려운 현상들이 확인되기 때문이다. 예컨대 다음과 같은 사항들이 그 대표적인 사례다.

(작품제목)　　오륜전비기(伍倫全備記) → 오륜전전(五倫全傳)
(주인공의 성)　伍(오) → 五(오)
(지명)　　　　府州(부주) → 富州(부주)

심 교수의 가설처럼, 〈오륜전전〉의 작자가 원전인 희곡 〈오륜전비기〉를 눈으로 보아 가면서 개작한 것이라면, 고유명사에 해당하는 '伍(오)륜전'의 '伍(오)'를 '五(오)'라고 적는다든지, '府州(부주)'를 '富州(부주)'로 적는다는 것은 일어나기 어려운 현상이라고 생각한다.

필자의 생각에는, 이런 변화를 초래한 근본 원인은 '기록물 → 구술물 → 기록물'이란 과정을 밟았기 때문이라고 보았다. 희곡 원전 〈오륜전비기〉를 본 사람이 그 내용을 설화처럼 말로 구연했고, 이것을 들은 사람이 글로 다시 적으면서 소설 〈오륜전전〉이 형성된 것으로 본 것이다. 필자의 가설에 따르면, 위에 나타나는 이상한 현상은 한결 쉽게 풀릴 수 있다. 구비문학에서 변이란 일상다반사로 일어나는 현상이며 어쩌면 구비문학의 정체성을 이루는 부분인바, 〈오륜전전〉의 형성과정에도 구비문학적인 '구연(구술)'과정과 그에 따른 변이가 생겨 마침내, 희곡 원전

如婦人輩, 寓目而無不洞曉, 然豈欲傳於衆也, 只與家中妻子輩觀之耳. 嘉靖辛卯孟冬 洛西居士 序.

과는 일부 그 모습을 달리하는 소설 〈오륜전전〉이 탄생했다고 재해석한
것이다. 그 결과, 희곡 원전 〈오륜전비기〉를 이야기로 구술한 것을 토대
로 한글만 아는 촌사람들이 맨 처음에 한글로 기록했다는 그 〈오륜전
전〉이야말로 국문소설의 효시라고 봄으로써, 이른바 '오륜전전 최초 국
문소설설'을 주장하는 데까지 나아갔다.[5] 심 교수는 텍스트를 발굴하였
고, 필자는 구비문학의 '구연' 개념을 이 한문텍스트의 해석에 도입해
이 텍스트의 가치를 재조명함으로써 이를 새로운 최초 국문소설로 보고
한 셈이다.

　심 교수와 필자의 해석이 상반된 까닭은 어디 있을까? 필자가 생각하
기에는, 기록문학 안에서만 기록문학의 문제를 해결하려는 시각과 구비
문학까지 아울러서 문제를 진단하고 해결하려는 시각의 차이에서 빚어
진 결과가 아닐까 한다. 이와 유사한 사례는 얼마든지 더 있다. 필자가
발굴한 〈왕시봉전〉의 형성과정 문제도 똑같은 경우이다. 기존의 학자들
은 모두 '기록물→기록물'이란 도식만을 고수했기에 원전과 파생본 사이
에 보이는 미묘한 차이들을 해명하기 어려웠는데, 구비문학적 '구연(구술)'
가능성을 염두에 둔 가설을 제기함으로써 문제 해결에 기여하였다고 자
부한다.[6] 그뿐만이 아니라, 국문소설의 각 이본들에서 보이는 미묘한 표
기상의 차이들도 '기록물→기록물'의 패러다임만으로 접근해서는 풀리
기 어렵다. 국문시가인 시조는 물론 한시에 각편이 많은 현상도 모두
이것들이 근대와는 달리, 구전되어 귀로 들었다는 점을 감안한다면 기록
문학 연구자들은 온전한 연구를 위해, 기록문학과 구비문학의 경계를
허무는 자세는 계속 필요하다고 생각한다.

---

5 이복규, 『우리 고소설 연구』(역락, 2004), 105~123쪽 ; 이복규, 「〈오륜전전서〉의 재해석」,
　『어문학』 75(한국어문학회, 2002), 347~364쪽.
6 같은 책, 125~136쪽 참고.

3.2. 앞으로의 가능한 연구

첫째, 소위 '실전(失傳) 고소설', '실전(失傳) 판소리', '실전(失傳) 신소설', '실전(失傳) 가요'의 추적 작업이다. 제목이나 줄거리만 전할 뿐 텍스트가 전하지 않는 작품들의 추적 작업이 그것이다. 위의 작업에서 얻은 필자의 아이디어로는, 이들 실전(失傳) 작품들 가운데에서 기록문학은 구전자료로, 구전자료는 기록으로 형태를 바꾸어 존재할 수도 있다고 본다. 실제로, 실전 판소리로만 알았던 작품(〈왈짜타령〉, 〈강릉매화타령〉)이 고소설 자료집 또는 필사본 고소설 형태(〈게우사〉, 〈매화가라〉 및 〈골성원젼〉)로 발견된 사례를 우리가 이미 알고 있는데, 그 반대로, 원래는 기록문학이었던 것들이 설화나 민요로 전승되어(갈래가 바뀌어) 설화집이나 민요집에 수록되었을 가능성이 있다고 본다. 기록문학과 구비문학이 별개로 존재한 게 아니라 상호 침투·교섭하였다는 사실을 항상 잊지 않는다면, 이들 실전(失傳) 작품들을 의외의 갈래에서, 변형된 모습으로나마 발굴할 수 있다고 필자는 기대한다.

이와 관련하여 필자의 체험을 들어본다면, 『한국구비문학대계』를 비롯해 수많은 구전설화집 중에는 고소설을 읽고(또는 고소설을 듣고) 이를 기억했다가 구술한 게 틀림없는 자료들이 상당수 있다. 필자가 채록해 보고한 중앙아시아 고려인의 구전설화 중에는 신소설이 기억을 거쳐 설화로 구술되었다고 보이는 자료도 있다. 임동권 선생의 『한국민요집』에도 고소설이나 설화를 민요화한 게 많은데, 이른바 실전(失傳) 문학 자료라 해서 사라졌다고만 아는 자료들이 민요 형태로 존재하지 않으리란 보장이 없다고 필자는 생각한다.

둘째, 말과 글만이 매체이던 시대에서 다매체 시대로 전환된 지금, 전파, 영상, 사이버문학(인터넷·웹·SNS)도 문학으로 포괄하는 관점을 가지

는 게 필요하고 가능하다고 생각한다. 그러기 위해서는 이제 기록문학과
구비문학의 경계만이 아니라, 이들에 대한 경계도 허물어야 한다. 일단
열어 놓고서 그 안에서 문학성을 따져 알곡과 쭉정이를 가릴망정, 일단
은 포용하려는 자세를 가져야 할 것이다.

4. 한국어문학과 한국국적문학의 경계 허물기

한국문학의 개념을 '한국인이 한국어로 표현한 문학'으로 보는 것이
일반적이다. 이른바 협의적인 의미의 한국문학 개념이다. 이것만을 고
집하면 '대한민국 국적을 가진 사람들이 한국어로 표현한 문학' 텍스트
들만을 한국문학으로 여길 수밖에 없다. 지금 우리의 한국문학사 책들
이, 이름만 '한국'문학사일 뿐, 실제는 '남한(대한민국)'문학사(역으로, 북한에서
나오는 '조선'문학사 역시 사실은 '북조선(북한 또는 조선민주주의인민공화국)'문학사)라는 안
타까운 현실을 도외시할 수는 없지만, 그럼에도 우리는 '통일' 문학사
또는 '한민족'문학사를 지향하는 게 마땅하다. 그렇다면 위의 개념에 안
주해서는 안되며 지금 가능한 노력들을 기울여야 하리라 본다.

이런 생각 때문에 새로운 텍스트를 조사 발굴할 수 있었던 필자의
연구성과를 소개하면서, 앞으로 가능한 연구 거리들을 제시하면 다음과
같다.

4.1. 필자의 관련 연구성과

첫째, '북한의 구전설화 연구'이다. 사실 그동안 남한의 구전설화를 조
사하는 데는 열심이었지만, 북한의 구전설화 조사는 관심 밖에 있었다.

북한의 구전설화로서 우리가 알고 있는 것은 일제강점기에 조사된 것들 외에는 거의 전무한 형편이었다. 분단 이후의 북한 구전설화는 알 수가 없었다. 물론 분단 이후 북한에서 출판된 설화자료집들이 있지만, 김화경 선생님이 연구해 보고하였듯,[7] 북한 당국의 이데올로기에 의해 개변된 자료들이기에 구전설화의 실상에 대한 우리의 궁금증을 풀어줄 수는 없었다. 그렇다고 국가보안법을 무시하고 북한에 넘어가 현지 조사를 할 수도 없는 형편이었다.

그런 상황에서 필자가 생각해 낸 것은, 탈북자들을 통한 조사였다. 예전과 달리 최근에 급증한 탈북자들을 만나 조사함으로써, 전설, 민담, 현대판 유모어 등 분단 이후 북한 구전설화의 실상을 그 일단이나마 드러내어 학계에 보고할 수 있었다.[8] 북한의 현대문학에 대해서는 그간 몇몇 학자에 의해 꾸준히 연구가 진행되어 왔지만, 구비문학의 실태에 대한 보고는 아마도 필자의 연구성과가 처음이 아닌가 한다.

둘째, '고려인의 구전설화 연구'이다. 그동안 중국 조선족의 구전설화에 대해서는 관심이 기울여졌으나, 중앙아시아 고려인의 구전설화에 대해서는 그렇지 않았다. 필자도 그렇게 무심하게 전통적인 텍스트들만 연구하고 있다가 우연한 기회에 중앙아시아에 거주하는 고려인의 존재에 대해 알고 나서, 특히 그들이 우리말을 구사하고 있다는 사실을 알고 고려인의 구전설화를 조사하기 시작해, 연구도 하고 자료집을 내기에 이르렀다.[9]

---

7 김화경, 『북한 설화의 연구』(영남대출판부, 1998) 참고.
8 김기창·이복규, 『분단 이후 북한의 구전설화집』(민속원, 2006) 참고.
9 이복규, 『중앙아시아 고려인의 구전설화』(집문당, 2008) 참고.

4.2. 앞으로의 가능한 연구

첫째, 북한의 여타 구비문학(민요, 민속극 등)의 실상에 대한 연구도 시도
할 필요가 있다. 현재까지는 북한에서 발행한 자료집에 실린 텍스트들을
대상으로 연구가 이루어지고 있지만,[10] 필자가 시도했던 것처럼, 탈북자
를 통해서 또는 중국에 드나드는 북한 주민과의 접촉을 통해 전통적인
민요, 민속극의 실상에 대해 조사할 필요가 있다. 무가의 경우는 6·25
월남민들을 중심으로 자료 채록이 이루어져 보고되어 있다.[11]

둘째, 재외동포들의 구비문학의 실상에 대한 연구도 필요하다. 앞에
서 언급한 고려인의 구전설화 연구는, 주로 카자흐스탄 고려인의 자료를
중심으로 한 것이었는데 다른 지역 고려인이나 사할린이나 여타 지역
재외동포의 구전설화 조사도 필요하다. 특히 고려인의 경우, 우리말을
자유롭게 구사하는 세대가 고령이므로 더 늦기 전에 이루어져야 할 것이
다. 필자의 연구가 기폭제가 되었는지, 지금 한남대 연구팀이 우즈베키
스탄 고려인의 구전설화를 자세히 조사하고 있는 것으로 알고 있다. 이
런 지역의 연구를 위해서는 경비와 시간적인 여유가 필요한데, 필자의
경우는 연구년 기간을 이용해 한국연구재단의 대학교수해외방문연구지
원을 받아 가능했다. 현대문학 중심이지만 재외동포들의 기록문학에 대
한 연구는 그간 꾸준히 이루어져 왔다는 것은 이미 알려진 사실이므로
생략한다.[12]

셋째, '한국문학'의 개념을 더 확대해, '한국인에 의한 외국어 문학텍스

---

10 최철·전경욱, 『북한의 민속예술』(고려원, 1990) 참고.
11 임석재·장주근, 『관북지방무가』(문화재관리국, 1965); 임석재·장주근, 『관서지방무가』(문
   화재관리국, 1966); 김태곤, 『한국무가집 Ⅲ』(원광대, 1978) 참고.
12 최근의 성과 하나만 소개하면, 조규익, 「구소련 고려인 작가 한진의 문학세계」, 『한국어문
   학연구』 59집(한국어문학연구학회, 2012), 385~423쪽을 들 수 있음.

트'까지 포괄하는 시각을 가진다면, 일제강점기 한국문인의 일본어 문학 텍스트, 일제강점기 한국학자의 일본어 논저들도 한국문학 또는 한국문학연구 텍스트로 다뤄질 수 있을 것이다. 아니 다루어져야 한국문학 또는 한국문학연구의 총체상을 파악할 수 있다. 근자에, 숭실대학교 동아시아언어문화연구소에서 '식민지 시기 일본어 조선설화집자료총서'를 출간하고 있다든가, 동경에 거주하는 김광식 박사가 이들 설화집들에 대한 연구 성과를 보고 중인데 고무적인 일이다. 필자도 조선총독부 기관지 『조선』에 수록된 일본인·한국인의 글과 자료들의 일부를 소개한 적이 있다.[13]

5. 문학과 비문학(음악·민속·구술문화·국어학)의 경계 허물기

'한국문학'의 요건으로 '문학'인 것을 강조하기 때문에, 자칫 문학이 아닌 것에 대해서는 도외시하기 십상이다. 하지만 이런 구분도 편의상의 것일 뿐, 사실 문학은 다른 분야에서 완전 독립해서 존재하는 게 아니라, 다른 분야와 일정하게 관계를 맺거나 섞이기도 하면서 존재한다는 것을 우리는 안다. 예컨대 고려가요나 시조의 경우, 지금 우리는 가사에만 주목해 문학성을 논하지만 사실은 노래(음악)이었거나, 노래(음악)이자 문학이었던 게 진실이라면 한국문학 연구자들이 문학 아닌 것들(비문학)에 대해 지나치게 결벽적인 자세를 갖는 것은 곤란하다고 본다. 음악, 민속, 구술문화, 국어학, 국사학, 한국철학 등의 인접 분야와의 경계를 허문달

---

13 김기서·이복규, 「조선총독부 기관지 일어판 〈조선〉지의 민속」, 『국문학 자료』(민속원, 2004) 참고.

까, 소통하려는 자세와 시각을 가져야만 한국문학 텍스트 발굴과 재조명이 풍성하게 이루어질 수 있다고 생각한다.

5.1. 필자의 관련 연구성과

첫째, 개신교가사의 소개이다.[14] 그동안에는 우리나라 종교가사에 개신교가사는 없는 것으로 치부되어 왔다. 포교의 자유가 없었던 천주교와는 달리 자유를 인정받고, 더욱이 선교사들이 서구의 찬송가를 가지고 들어와 이른 시기부터 그것을 번역해 찬송가로 삼았기 때문에 개신교가사가 불필요했기 때문이라고 보았던 것이 그간의 통념이었다. 하지만 개신교가사는 존재하였다는 게 확인되었다. 길선주 목사의 〈추풍석음가(秋風惜陰歌)〉를 비롯하여, 초기 기독교신문과 『연산(燕山)전도문서』에 실린 일련의 작품들 및 선교사 게일과 이창직이 공동작인 〈연경좌담〉이 그것이다. 그런데, 개신교가사가 존재한다는 사실은 필자가 처음 밝힌 게 아니다. 음악학계에서 나온 석사논문[15]에서 '연산전도문서'에 실린 작품들에 한정된 것이었지만 이미 거론한 바 있기 때문이다. 그런데도 국문학계에서는 계속해서 모르고 있기에, 필자는 다른 작품들까지 더 찾아내 국문학계에 보고했다. 그 경험을 통해, 문학계와 음악계가 얼마나 단절되어 있는가를 절감하였고, 이는 한국문학 연구를 위해 바람직하지 않다는 점도 깨달을 수 있었다. 개신교가사는 음악이자 문학으로 존재했건만, 우리는 인접분야와 너무도 높은 담을 쌓고 있었다는 반성을 할 수 있었다.

---

14 이복규, 『개신교가사』(학고방, 2010) 참고.
15 고민정, 「앵산전도가에 관한 연구」(장로회신학대학교 대학원 교회음악과 석사논문, 2000) 참고.

둘째, 고려가요 난해어구의 재해석[16]이다. 그간 많은 이들이 고려가요의 난해어구들의 해독에 매달려 왔으나, 미해결 문제가 많다. 〈청산별곡〉의 '사ᄉ미 짒대에 올아서 奚琴을 혀거를 드로라' 대목, 〈쌍화점〉의 '드레우믈' 및 '우뭇룡'도 그 예이다. 필자는 민속학적인 자료와 기록 덕분에 새로운 해석을 시도할 수 있었다. 〈청산별곡〉의 대목은 민속에서 '짒대'가 '솟대'의 별칭인 점 및 〈감로탱〉에서 솟대(짒대) 위에 동물 분장 연희자가 올라가 악기를 연주하는 그림이 실려 있는 점을 근거로, 이 대목을 민속연희와 관련시켜 해독했던 김완진 선생의 견해를 새로운 자료로 보강하는 보람을 누렸다. 〈쌍화점〉의 어휘들은, "'임금이 다래 우물(㮮㮆井)물을 마시면 고자가 득세한다'는 속신이 있어, 그 우물을 허물고, 광명사 우물물을 마시는 물로 지정하였다. 그런데 속어에 등리(藤梨)를 '달애(㮮㮆)'라고 하였다"는 『고려사』 권제129 열전 최충헌조의 민속관련 고사를 근거로 새롭게 풀이할 수 있었다. '드레우믈'은 바로 그 다래우물의 와전이고, '우뭇룡'은 바로 그 다래우물에 갔던 임금으로 보면 잘 풀릴 수 있다고 본 것이 그것이다. 그동안에는 임금으로 보든 용으로 보든, 왜 임금이 백성이 이용하는 우물에 갔는지, 왜 이 연에서만 초현실적인 존재인 용이 등장하는지, 각각 의문을 남겼던 게 사실이다. 필자의 이 성과는 민속 분야에 대한 경계 허물기에서 얻어진 것이라 할 수 있다.

셋째, "'쥐뿔도 모른다' 계열 속담의 어원을 밝힌 것[17]이다. 속담의 어원을 밝히는 것은 국어학자들이 해야 할 일로 여기는 게 학계의 분위기일 것이다. 그만큼 국문학과 국어학은 경계가 지어져 있다. 하지만 속담은 국어학 텍스트이기도 하지만 엄연히 구비문학 텍스트이기도 하

---

16 이복규, 「고려가요 난해어구 해독을 위한 민속적 관견―청산별곡과 쌍화점의 일부 어구를 중심으로」, 『국제어문』 30(국제어문학회, 2004.4), 53～71쪽 참고.
17 이복규, 「'쥐뿔도 모른다' 계열 속담과 '뙈기'의 어원에 대하여」(온지학회 동계학술대회, 2010.12.30) 참고.

다. 따라서 그 어휘의 어원을 밝히는 데도 둘 다 발언권을 가질 수 있거나 둘이 협동해야 할 일이다. 실제로, 국어학자들은 아직까지 이 속담의 어원을 속시원하게 밝히지 않았다. 필자는, 1997년 6월 26일부터 29일까지 경기도 강화군 내가면 황청1리에서 실시한 서경대 국어국문학과 학술답사에서 〈진가쟁주(眞假爭主)〉 설화의 각편을 채록하였는데, 그 결말부에서 이 속담의 어원을 밝힐 수 있는 결정적인 단서를 찾았고, 그 내용을 정리해 학회에서 1차 발표한 적이 있다. '쥐뿔도 모른다', '쥐뿔도 없다' 등 다양하게 표현되는 이 계열 속담에서 우리를 난처하게 하는 어휘가 '쥐뿔'인데, 축자적으로 접근해서는 이 속담은 어불성설이 되고 만다. 하지만 필자가 채록한 〈진가쟁주〉 설화의 각편의 결말부를 보면 진짜 주인 영감이 그 아내더러 '쥐불알'도 몰랐느냐고 힐난했다고 되어 있어, '뿔'의 본래 의미가 '불알'이었음을 알아냈다.[18] 그렇게 봐야만 이 속담이 정상적인 말이 된다. 이 역시 국문학(구비문학)과 국어학의 경계를 허물어야 할 필요성을 느끼게 하는 사례라 생각한다.

넷째, 생애담 연구[19]이다. 주지하다시피 요즘들어 전통적인 의미의 구비문학자료를 채록하기는 매우 어렵다. 그래서 안동대가 주축이 되어 구비문학회 인력이 동원되어 실시되고 있는 한국구비문학대계 수정증보 사업에서는 이른바 '현대구전설화'와 '근현대구전민요' 항목을 따로 설정해 조사해 그 결과를 보여주고 있다.[20] 새로운 텍스트를 채록하기 어려워진 상황에서 대안으로 떠오른 것이 생애담 연구이다. '문학성'을 중요시하던 기존의 자세만 고수해서는 구비문학연구 자체가 위태로울 수 있는 형편에서 자구책으로 나온 것이기도 하지만 문학이든 무엇이든

18 '불알'의 고어가 '불'이기도 하다(표준국어대사전 참고).
19 이복규, 『중앙아시아 고려인의 생애담 연구』(지식과교양, 2012) 참고.
20 http://gubi.aks.ac.kr/web 참고.

결국 인간 이해를 위한 활동이라는 점에서, 생애담에 주목하게 된 것이다. 필자도 이에 동조하여 중앙아시아 고려인의 생애담을 조사해 그 결과를 학계에 보고하였다. 필자가 좁은 의미의 문학 텍스트에만 매몰되어 있었다면 이 성과를 얻을 수 없었을 것이다.

5.2. 앞으로의 가능한 연구

첫째, 고려가요 난해어구들의 민속적 연구도 계속되어야 할 것이다. 언젠가 제주도 현지조사를 하는 김헌선 교수한테 들은 이야기인데, 〈청산별곡〉의 'ᄂᆞ므자기'란 어형이 제주도 해변 마을의 방언으로 존속하고 있다니, 현지조사를 생명으로 삼는 민속학 또는 구비문학 연구자들이 나서서 이들 난해어구 해명에 기여할 수 있으리라 본다. 최근 강화도 답사를 하면서 그곳에서 길안내를 해준 양태부 선생한테 들은 바로는, 강화도에서도 '나믄재'라는 해초 이름이 있는데 그게 바로 'ᄂᆞ므자기'라고 하니, 민속적인 접근이 계속 이루어질 필요가 있다.

둘째, 속담의 어원 밝히기, 생애담 조사도 여전히 우리의 발길을 기다리는 영역이라 생각한다.

6. 맺음말

이상으로, 필자의 연구 체험과 성과를 근거로 하여 한국문학 텍스트의 발굴 및 재조명을 위해 경계 허물기가 필요하며 연구가 가능하다는 점에 대하여 기술하였다. 최근 어느 학술대회에서 원로교수는 요즘 제4세대의 특징을 거론하면서 "세부 전공분야에 집중하면서 다른 분야에

대해서는 관심을 두지 않는 경향"이 두드러진다고 지적했는데, 필자도
공감한다. 경계 지키기는 학회들의 공동화를 초래하고 있으며, 나아가서
는 인문학의 위기를 초래하는 장본인이라고 생각한다. 경계를 허무는
데에서 활로가 개척되며, 인문학의 위기도 해소되어 가리라 전망한다.

이렇게 주장하면, 경계를 지어 한 우물 파기도 힘든데 경계를 허물어
버리면 어떻게 완성도 높은 성과를 제출할 수 있을까 하는 반박이 나올
수 있다. 하지만 한 우물을 판다 해도 인접 영역과 담을 쌓아서는 결코
온전한 연구가 이루어지기 어렵다는 점을 항상 염두에 두고 작업해야
하리라고 본다. 전통시대의 문학 개념은 지금과는 달리 매우 광의적이었
으며, 지금도 규범으로서의 문학과 존재로서의 문학이 일치하지만은 않
다는 사실 때문에도 그렇다.

이 글을 마무리하면서 첨언할 게 있다. 앞에서 거론한 몇 가지만이
한국문학 텍스트의 발굴 및 재조명을 위한 필요충분조건은 아니라는 사
실이다. 다른 조건들도 있다는 것을 우리는 기억해야 한다. 학술논문
읽을 때 원전 확인하기,[21] 한문(특히 초서[22])·고어·외국어 공부하기, 『해동
문헌총록』(1638년 이전)[23]을 비롯한 전통 시기의 목록집 확인하기, '학술연

---

21 필자는 조선총독부 기관지 『조선』 중에 일문판과는 별도로 국문판이 따로 있었다는 것,
거기 실린 작품과 연구성과들이 다수 있다는 사실을 밝힌 바 있는데, 기존 논문의 각주에
적힌 원전을 계속 추적한 결과 만난 행운이었다(이복규, 「국문판 조선지 수록 문학작품
및 민속 국문학 논문들에 대하여」, 『국제어문』 29(국제어문학회, 2003.12), 421~451쪽
참고).
22 〈임경업전〉을 비롯해 수많은 고소설의 한문본을 비롯한 고전산문 가운데에는 초서로 필
사된 경우가 많으며, 특히 간찰의 경우는 거의 예외 없이 초서로 되어 있으므로 초서를
모르고서는 온전한 연구가 불가능하다.
23 소재영 선생이 1986년에 일본 덴리대학 도서관에서 발굴한 기재 신광한의 〈기재기이〉의
경우, 이미 『해동문헌총록』「제가잡저술(諸家雜著述)1」에 "기재기이(企齋記異) 일질(一帙).
소기자(所記者) 범사사(凡四事), 안빙몽유록(安憑夢遊錄), 서재야회록(書齋夜會錄), 최생우
진기(崔生遇眞記), 하생기우전(何生奇遇傳)."이라고 되어 있다. 만약 연구자들이 이 『해동
문헌총록』을 보았다면 기재기이의 발견은 훨씬 앞당겨질 수 있었으리라 생각한다. 필자도
〈왕시봉전〉을 발굴했을 당시, 중국고전희곡목록집을 몰랐기 때문에, 이를 창작국문소설
로 오인해 발표한 적이 있는데, 모두 전통 목록집 확인하기가 고전 연구에서 얼마나 기본

구정보서비스(RISS)'의 'RISS 통합 검색' 활용하기[24] 등이 그것이다.

적인지 일깨워주는 사례라 하겠다(이복규, 『초기국문·국문본소설』(박이정, 1998) 참고).
24 조선총독부가 1913년에 전국적으로 실시한 조선설화조사보고서인 『조선전설급동화(朝鮮傳說及童話)』를 최근 강재철 교수가 발굴하였는바, 전적으로 이 도구를 활용한 결과였음을 알 수 있다(강재철, 「조선총독부가 1913년에 전국적으로 실시한 조선설화조사자료의 발굴과 그에 따른 해제 및 설화학적 검토」, 『비교민속학』 48(비교민속학회, 2012.8), 273~306쪽 참고).

제2장
'기억과 담론'의 눈으로 보아야 할 국문학의 문제들

1. 머리말

'기억과 담론'이라는 기획주제의 기조강연을 하라는 요청을 받고 '기억과 담론'이라는 기획주제의 의미부터 살펴보았다. '기억'과 '담론'을 기계적으로 병치한 주제가 아니라,[1] '기억과 담론이 상호 침투하는 관계'임을 함축한 용어라고 판단하였다. 기억에도 이미 담론성이 깃들어 있고, 담론에도 기억이라는 요소가 작용한다는 사실을 일깨우는 주제라고 이해한 것이다.

그렇게 보았을 때, '기억과 담론'이라는 패러다임은 국문학 연구에서 퍽 유용하거나 의미있으리란 생각이 들었다. 문학을 '기억의 담론화' 또는 '담론화한 기억'이라고 여기면, 창작행위, 수용행위, 연구행위 이 모든 것을 좀 더 입체적으로 파악할 수 있으리라는 기대 때문이다. 문학을

---

1 물론, 문학과문학교육연구소, 『문학의 이해』, 제3판(삼지원, 2007), 63~85쪽에서 '기억으로서의 문학'을 다루고 있을 정도이니, '기억으로서의 문학', '담론으로서의 문학', 이렇게 두 가지 관점에서 문학을 조명해 보자는 취지로 이 기획주제를 이해할 수도 있을 것이다.

가치 있는 체험의 기록이라고들 정의하곤 하는데, '가치 있는 기억들의 저장장치'라고 하는 게 좀 더 적확할지도 모르겠다. '가치 있는 기억'을 보존하거나 재구성하여(혹은 '만들어')[2] 전승하는 것이야말로 어쩌면 인간의 특징인지도 모를 일이다.

'기억'과 관련하여, 일찍이 시간 문제에 대해 고민을 많이 한 어거스틴이, '과거와 미래는 없다. 오직 현재만 있다. 과거는 현재의 기억 속에 있고, 미래는 현재의 기다림 속에 있다.'[3]고 했는데 음미할 만하다고 생각한다. 특히 '과거는 현재의 기억 속에 있다.'는 대목은 이번의 기획주제와 관련하여 주목할 필요가 있다. 역사를 과거와 현재와의 대화라고들 하는데, 어거스틴의 말을 따르면 문학도 그런 것이라 하겠다. 과거의 경험을 기억하되, 현재의 필요성이나 상황이나 해석이 작용하여 거기 맞게 기억하고 있는 그 무엇이라고 할 수 있기 때문이다.

"있는 대로 보는가, 보는 대로 있는가"라는 명제는 우리 연구자들을 괴롭히는 평생의 화두 가운데 하나일 텐데, '기억과 담론'이라는 눈으로 보아야만 보이거나 풀릴 문제들이 국문학에 있다고 생각한다. 그간 국문학 연구자의 한 사람으로서, 필자가 연구했거나 착상해 본 것들을 중심으로 그 사례들을 적시해 보임으로써, '기억과 담론'이란 기획주제의 필요성과 당위성을 드러내며 새로운 연구 거리들도 함께 확인하고 모색해 보는 기회가 되었으면 좋겠다. 원래 학술발표는 새로운 내용이 들어 있어야 하는데, '기조강연'이니만큼 그런 부담에서는 조금 벗어나도 되지

---

2 '재구성하여(만들어)'와 관련하여, 에릭 홉스봄 외, 박지향·장문석 옮김, 『만들어진 전통』(휴머니스트, 2004)의 명제를 빌자면, 문학작품들(특히 신화)의 상당수는 일정한 환경에서 일정한 목적 아래 '만들어진 기억'이라고 할 수 있다, 우리 건국신화 및 북한의 김일성·김정일신화, 중국의 선양(禪讓)신화 등이 모두 그 사례라 하겠다.

3 신한용, 「성 어거스틴에 있어서의 시간에 대한 연구(계속)」, 『신학과 세계』 9(감리교신학대학교, 1983), 237~238쪽 ; 송병구, 「아우구스티누스의 시간론에 대한 존재론적 접근─시간의 내면화를 통한 내면철학의 효시─」, 『종교학연구』 22(서울대종교학연구회, 2003), 169쪽 참고.

않을까? 기획주제의 중요성을 함께 공감하게 하는 데 기여하면 되지 않을까? 그렇게 생각하면서 이 글을 마련하였다.

2. '기억과 담론'의 눈으로 보이는 것들

2.1. 구비문학의 경우

구비문학의 특징 중의 하나는 각편(各篇)으로 존재한다[4]는 점이다. 이른바 '정본(定本)'을 중시하는 기록문학의 관점에서는 이해하기 어렵지만, '정본'이 없거나 확립이 원천적으로 불가능한 구비문학의 경우, 각편만이 현존하는 텍스트일 따름이다. 그런데 그 각편의 생산에 '기억'이 개재되어 있다. 단순한 '기억'이 아니라 전승자의 '담론성'까지 작용한다. 주지하는 대로, 구비문학은 글로 전해지는 것이 아니라 오직 기억에 의존하여 전달되고 전승되기 때문이다. 듣고 전하고 기억하는 과정마다 어거스틴이 말한 '현재'의 간섭이 있다고 할 때, 구비문학 각편마다에는 복잡한 '기억과 담론'의 메커니즘이 작용한다 하겠다. 이 점을 염두에 두어야만 풀리는 문제들이 구비문학의 영역에 여럿 있다는 것을 이 자리를 빌어 다시금 환기해 보고 싶다.

(1) 주몽신화와 동명신화의 관계 : 고구려 건국신화 즉 주몽신화는 현재 단일한 텍스트로 존재하지 않는다. 그간 주몽신화 텍스트로 알려진 것들 가운데 어떤 것은 필자가 보기에 부여 건국신화인 동명신화 텍스트

---

4 장덕순 외, 『구비문학개설』(일조각, 1978), 5쪽 참고.

이다.[5] 부여 건국신화 텍스트가 어떻게 해서 고구려 건국신화의 각편으로 여겨지고 있는 걸까? '기억과 담론'의 눈으로, 이 문제를 들여다보면 다음과 같은 추정이 가능하다.

부여국 당시, 즉 부여건국신화를 만들어 전승시키던 집단이 지배세력으로 군림할 동안에는 동명신화가 동명신화로서 즉 부여 건국신화로서 제대로 기억되었을 것이다. 하지만 시간이 흘러 부여는 망하고 그 뒤를 이은 고구려(졸본부여) 시절이 되자, 고구려 지배집단의 필요에 의해 부여 건국신화(동명신화)의 구조와 흡사하면서도 확장된 형태의 주몽신화가 만들어져 새로 유포·전승되어 가면서 차츰 그 모본이었던 부여건국신화(동명신화)는 망각되고, 고구려 주몽신화만 기억되게 되었던 것으로 여겨진다. 그러다 급기야는 〈구삼국사〉나 〈삼국사기〉 같은 공식 역사서에서 주몽의 시호를 '동명왕'이라고 기록하면서, '주몽=동명'이라는 새로운 기억이 만들어졌고, 고구려의 후예를 자처하는 고려조 이래 최근까지 우리 인식을 지배해 온 것으로 보인다.[6] 고구려와 그 뒤를 이은 고려 왕실로서는 아마도 부여신화(동명신화)는 잊고 고구려신화(주몽신화)만 기억하거나 부각시키고 싶었는지도 모를 일이다.[7] 20세기에 들어와, 북한에서는 일찌감치 동명신화를 부여신화로 독립시켰고 남한에서도 그렇게 보는 사람들이 늘어나고 있기는 하지만, 이 문제는 아직도 쟁점으로 남아 있다.

(2) 구비문학 갈래의 전환 : 기록문학에서도 전의 소설화, 소설의 가

---

5 이복규, 『부여·고구려 건국신화 연구』(집문당, 1998) 참고.
6 공식 역사서가 아닌 자료, 예컨대 천남산묘지(702년) 같은 데서는 부여건국신화(동명신화)를 독립적인 신화로 인식하고 있다. 이복규, 같은 책, 41쪽 참고.
7 부여 중에서 주몽의 계통·출신 문제와 직결되어 있는 북부여와 동부여 신화만은 〈삼국사기〉와 〈삼국유사〉에 전하고 있다.

사화 등의 갈래 전환 현상이 나타나지만, 구비문학에서도 그렇다. 그중
한 가지만 예를 들어보면, 신화의 민담화 현상이다. 예컨대 〈쫓겨난 여
인 발복 설화〉, 〈해와 달이 된 오누이〉, 〈손 없는 색시〉 등이 지금은 민담
으로 분류되고 있지만, 그 구조와 화소를 분석해 보면 원래는 신화였으
리라는 보고들[8]이 있다. 주인공의 성격과 사건의 성격 등 원래는 신화라
고 보아야만 여러 의문이 풀리기 때문에 이 보고들은 경청할 만하다고
생각한다. 왜 신화가 민담으로 바뀌었을까? 이 문제를 푸는 데도 '기억과
담론'의 패러다임은 유용하다. 신화시대를 지나 그 다음 단계에 이르러
더 이상 원래의 기억을 유지하지 못하고 망각하게 된 것이다. 잊지 않았
다 해도, 민담적인 세계관으로 재해석하고 재정리하여 전승하면서 갈래
전환이 이루어진 것이리라. 신성한 이야기에서 흥미있는 이야기로.

(3) 생애담 조사와 연구 : 전통적 구비문학의 자료를 조사하는 게 사
실상 어려워지면서 요즘 들어 생애담(또는 경험담) 쪽으로 구비문학 연구자
들의 관심이 높아지고 있다. 구비'문학'만 고집할 게 아니라 구비'문화'까
지 연구의 대상으로 확대해 가야만 한다는 필요성 때문이라 하겠다. 필
자도 이 흐름을 타서 중앙아시아 고려인의 생애담을 3년간 조사하여 정
리 중에 있는바, 그 과정에서 오늘의 주제인 '기억과 담론'과 관련되는
게 있다.

고려인이 강제이주당하여 가장 먼저 기차에서 내려져 정착한 곳이 카
자흐스탄의 '우슈또베'인데, 그곳에 살고 있는 고려인을 만나 조사해 보
니, 같은 강제이주라도 그것을 겪은 주체의 연령과 생활 형편에 따라

---

8 김대숙, 『한국설화문학연구』(집문당, 1994) ; 조현설, 「해와 달이 된 오누이형 민담의 창조
  신화적 성격 재론」, 『비교민속학』 33(비교민속학회, 2007), 107~130쪽. ; 신연우, 『우리
  설화의 의미 찾기』(민속원, 2008) 참고.

기억의 내용이 달랐다. 예컨대 어린이로서 그 부모가 러시아 화폐인 루블화를 많이 지닌 상태에서 실려 왔을 경우에는 기차가 정거장에서 멈출 때마다 음식을 계속 사와 먹을 수 있어서 별로 고생스러운 줄 몰랐다고까지 증언하는 말을 들었다(그 이야기를 듣던 청중들이, '고생했다고 해'라고 수정을 요구하기도 하는 것을 목격하였다).

고려인 수집가 최아리따 씨를 만나 그분의 전언을 듣고 그 할머니의 진술이 진실임을 알 수 있었다. 원래는 먹을 음식과 이부자리 정도만 가지고 승차해야 하였지만, 부자들은 돈을 써서 앨범이며 살림도구들을 챙겨가지고 왔다면서, 최아리따 씨는 그 물증으로 부유했던 고려인 가정에서 수집한 여러 물품들을 다수 보여주어 그 말이 사실임을 증명했다. 아마도 그분들의 경험담을 조사하면 앞의 할머니와 비슷한 반응을 보일 수도 있지 않을까 싶다.

요컨대 동일한 사건인데도 그것을 겪는 주체의 상황에 따라 그 기억은 얼마든지 다를 수 있다는 사실을 확인할 수 있다 하겠다. 그러니 강제이주의 진실을 밝히기 위해서는, 다양한 인물들을 만나 조사할 필요가 있다. 어느 한 사람이나 한 부류의 생애담 또는 기록물만 가지고 논단해서는 안 될 일이다.

2.2. 고전문학의 경우

(1) 고소설의 이본 : 고소설을 기록문학으로 분류하지만, 구비문학적인 성격도 공존한다는 사실을 잊으면 고소설에서 중요한 것을 놓칠 수 있다고 생각한다.[9] 필자의 경험을 들어 지적하자면, 고소설의 형성과 전

---

9 주지하는 대로 고소설의 구비전승성은 임형택, 「18·9세기의 이야기꾼과 소설의 발달」, 『고전문학을 찾아서』(문학과지성사, 1976), 310~332쪽에서 언급한 이른바 강독사(전기수)의

승에 '구비성'이 끊임없이 개입한다는 사실을 연구자가 염두에 두지 않으면 몇 가지 문제는 영원히 수수께끼로 남을 수도 있다. 그중의 하나가 이른바 국문소설의 형성과정 문제이고, 또 하나는 고소설의 이본에서 드러나는 미세한 변이의 원인 규명 문제이다.

국문소설의 형성과정 문제는 필자의 지속적인 관심사인데, 현전 기록상 최초의 국문소설은 〈오륜전전〉(1531)으로 보이는바, 한문본 오륜전전의 서문을 분석해 보면 구술로 전해지던 오륜전 이야기를 듣고 이것을 국문만 아는 시골 사람들이 국문으로 옮겨 적으면서 국문본 〈오륜전전〉이 등장했다는 사실을 알 수 있다.[10] 마치 오늘날 영화를 보고 나서 그 줄거리를 이야기로 구술하면, 그 이야기를 기록하여 소설이 될 수 있는 것이나 마찬가지 경우인 셈이다. 그러니 최초의 국문소설 논의에서, '기억과 담론'이란 변수는 필수적인 고려사항이라 하겠다. 글로 쓰인 것을 눈으로 보고 옮겨 놓은 게 아니라, 이야기로 구술한 것을 머리에 기억했다가 이를 베낌으로써 최초의 국문소설인 〈오륜전전〉이 생산되었기 때문이다. 하지만 그간 〈오륜전전〉을 연구한 이들은 한문학을 대하는 눈으로 이 작품을 보았기 때문에, 철저하게 '기록물 → 기록물' 도식만을 대입한 나머지, 명백하게 '서문'에 드러나 있는 '기록물 → 구술(기억) → 기록'이란 과정을 간과했던 것으로 보인다.

고소설의 이본에서 드러나는 미세한 변이의 원인 문제도 마찬가지다. '기억과 담론'을 개입시키지 않으면 수수께끼로 남을 수밖에 없다. 이본의 차이가 왜 생기는지에 대해 몇 가지 가설이 나와 있지만, '기억'이란 변수를 고려한 일은 아직 없었다. 철저하게 기록문학을 연구하는 시각에서, 모든 이본은 글로 적힌 모본을 옆에 두고 이를 눈으로 보고 베끼면서

존재가 강력한 물증이다.
10 이복규, 『우리 고소설 연구』(역락, 2004), 105~123쪽 참고.

파생된 것으로 보아 왔기 때문일 것이다. 그 눈을 바꾸어야만 진상이 드러나리라고 본다. 고소설 이본에 왜 미묘한 차이들이 나타날까? 눈으로 보면서 썼다면 도저히 나타날 수 없는 현상들이 발견되기 때문이다. 예컨대 〈임경업전〉 이본들에 등장하는 인명의 다양한 표기ー김호빅·金海白·金好朴·金孝白[11] ー, 〈오륜전전〉 이본들에 나타나는 지명과 인명의 미묘한 변이ー伍倫·五倫/施善教·申善教/府州·富州,[12] 〈왕시봉전〉 이본의 경우들ー王十朋·왕시봉/錢貢元·전공원·全恭元/錢載和·전사화·全自夏/王士宏·왕사공·王自恭[13]이 그것이다. 여타 고소설 특히 판소리와 판소리계소설의 이본이 보여주는 다기한 양상은 이미 여러 연구자의 보고가 있어 재론할 필요조차 없을 정도이다. 다시 묻지만, 이 같은 이본들은 왜 생기는 것일까? 특정 이본을 모본으로 삼아 읽거나 들은 후, 일정한 시간이 흐른 후 이것을 다시 회상하여 기록하다 보니 나타난 경우도 많았을 가능성을 염두에 두어야 한다고 생각한다.

(2) 고전시가의 이본 문제 : 고소설만이 아니라 우리나라 대표적인 시가인 시조와 가사에도 이본이 많다. 기록문학이라고 하지만, 둘 다 한글 창제 이전에 형성되어 한동안 구비전승되다가 후대에 와서야 기록 정착되었기 때문이기도 하고, 노래문학(가창 또는 음영문학)이다 보니, 한글이 창제된 후에도 구비성을 지녔던 것이다.[14] 특정 시조와 가사 작품에 다양한 이본으로 존재하는지, 그 의미는 무엇인지 밝히기 위해서는 '기억과 담론'이란 눈을 빌어야 한다.

11 이복규, 『임경업전연구』(집문당, 1993), 136쪽 참고.
12 이복규, 각주 6번의 책, 133쪽 참고.
13 같은 책, 135쪽 참고.
14 시조의 이본에 대해서는 심재완, 『시조의 문헌적 연구』(세종문화사, 1972), 343~375쪽 참고.

한시(漢詩)에 이본이 있다는 사실은 그간 주목하지 않았다.[15] 하지만 〈한국구비문학대계〉만 보아도 거기 실린 설화 속에 판소리의 삽입가요나 전기(傳奇)소설 속의 삽입한 시처럼, 다수의 한시 작품이 출현하는데 설화 각편에 따라 미묘한 차이를 보이고 있다. 원로한학자인 일평 조남권 선생의 전언에 따르면, 그 외에도 구비전승되는 한시들 가운데 이본이 상당수 있다고 하는데, 〈한국구비문학대계〉에 있는 것을 포함해 한데 모아 연구할 필요가 있다고 생각한다. 누가 어떤 문맥에서 어떤 목적으로 활용하고 전승하느냐에 따라 변이가 일어나는지, 그 효과와 한계는 무엇인지 '기억과 담론'의 차원에서 한차례 해명할 필요가 있다.[16] 현재까지는 그 가운데에서 김립의 작품들에 대해서만 눈길이 주어진 상태이다.

2.3. 현대문학의 경우

(1) 강제이주 관련 희곡 〈기억〉의 사실성 : 고려인 작가 송라브렌띠가 지은 희곡 중에 고려인의 강제이주 문제를 소재로 한 〈기억〉이란 작품이 있다. 그 첫머리에, 강제이주당해 기차로 실려와 중앙아시아 잠블(따라즈)에 내려진 일군의 고려인이 추운 벌판에서 둥그렇게 사람 장벽을 쌓아 첫밤을 지냈다는 에피소드가 나오는데, 최근 이 대목에 대해 비판적인 연구결과가 나와 검토할 만하다. 요컨대 〈기억〉에 나오는 에피소드는 사실을 왜곡한 것인바, 전설에 불과한 소문을 그대로 옮긴 것이며, 소련정부에서는 고려인이 도착하면 살 수 있는 집을 미리 마련해 놓고 나서 이주시켰다는 것이 그 비판의 요지다. 희곡작품은 어디까지나 허구

---

15 한시가 가창되기도 했으므로, 넓은 의미의 고전시가에 포함하여 다룰 수 있다고 생각한다.
16 정민, 『한시미학산책』(솔, 2002), 153~173쪽에서 '일자사(一字師)'의 예를 들어 글자가 바뀜으로써 작품성에 변화가 일어날 수 있다는 사실을 지적하여, 이 방면 연구의 가능성과 필요성을 시사해 준바 있다.

이니 사실성 여부는 중요하지 않다. 허구 그 자체로서 형상화가 잘 되어 있는지만 분석하면 된다며 이를 쟁점화하지 않을 수도 있겠다. 하지만 역사문학 일반이 그렇듯, 이 문제는 그냥 넘어갈 사안이 아니다. 강제이주의 진실은 문학으로서만이 아니라 해외동포의 생활과 역사를 밝힌다는 측면에서도 진지하게 접근해야 할 일이다. 이 문제에 대해, 생애담(특히 '강제이주담') 조사 결과를 바탕으로, 이미 필자가 글을 써서 구두발표한 일이 있으니 재론할 필요는 없겠고, 다만, 왜 이 문제가 생겼을까는 짚고 넘어갈 필요가 있다고 본다. 여기에도 '기억과 담론'이 작용한다고 생각한다. 이 희곡을 쓴 고려인 2세의 기억과 이를 비판하는 연구자의 기억이 다른 데서 말미암은 것이리라. 고려인은 강제이주 1세대인 어머니한테서 들은 이야기와 당시에 고려인을 기차역에서 그 벌판까지 자동차로 실어날랐다는 카자흐스탄 기사의 증언을 듣고 이를 기억했다가 썼다고 하는데, 제3자인 그 연구자는 강제이주에 대한 일정한 기록물(소련의 공식문서)에 근거한 나름대로의 기억에 입각해 비판함으로써 대립하게 되었다 하겠다. 이런 문제를 해소하기 위해서는 앞에서도 한차례 거론했듯 다양한 사람들의 생애담을 조사하는 것이 효과적이라 생각한다.[17]

(2) 사라진 신소설의 행방 : 신소설은 현재 남아있는 것만이 전부일까? 그렇지는 않을 것이다. 그동안의 연구 경험을 바탕으로 필자의 추정을 말해본다면, 〈한국구비문학대계〉를 비롯해 수많은 설화집에 설화 형태로 변형된 채 존재할 수 있다고 생각한다. 그 한 예로 『중앙아시아 고려인의 구전설화』에 수록된 〈어머니를 용서한 형제〉,[18] 〈개 워리〉[19] 등을

17 이복규, 「중앙아시아 고려인 강제이주담의 사실성」, 한국구비문학회 2008년도 하계학술대회 발표논문집(한국방송통신대학교, 2008.8.18.), 29~48쪽 참고.
18 이 이야기의 서사단락을 보면 다음과 같다.
 ① 한 고을의 어느 부잣집에 아들 둘이 있어, 총각 독선생을 들여 가르치게 하였다. ②

들 수 있다.[20] 한반도에서 출판되어 유통되던 신소설을 읽은 동포가 해외로 이주하여, 그것을 밑천 삼아 이야기판에서 구술하였고 이를 기억하였다가, 필자가 조사하자 설화로 알아 구술해 준 것일 수 있겠다. 아마도 이런 자료가 설화집에 상당수 숨어있을 수 있다고 생각한다.[21]

부잣집 주인 영감은 죽고, 그 부인이 총각 독선생과 눈이 맞았다. ③ 부잣집 재산이 탐이 난 독선생이, 형제를 없애라고 형제의 어머니에게 요구하였다. ④ 어머니는 동네 포수를 불러 형제를 은밀하게 없애달라고 부탁하였다. ⑤ 형제가 서로 먼저 앞에 서서 총을 맞겠다고 하는 모습을 본 포수가 형제를 달아나게 하였다. ⑥ 함께 다니면 위험하다는 판단 아래, 동짓날 밤에 그 자리에서 만나기로 하고 헤어졌다. ⑦ 형은 부잣집 독선생 겸 수양 아들이 되어 잘 살았으나, 동생은 가난한 집에서 머슴처럼 고생하며 지냈다. ⑧ 형 만나기만을 고대하며 동짓날 동생이 그곳에 가서 기다렸으나 오지 않아, 무서운 마음에 땅을 파다가 되돌아갔다. ⑨ 잘 살던 형은 동짓날 약속을 잊은 채 잠을 자다가, 새벽녘에 깨닫고 달려갔으나 핏자국이 있는 구덩이만 보였다. ⑩ 형은 주인에게 동생 이야기를 하여 동생을 찾아 만나 함께 그 집에서 잘 지냈다.
⑪ 어머니의 형편이 궁금해진 형이 동생과 함께 어머니를 찾아가니 어머니는 거지가 되어 혼자 살고 있었다.
⑫ 형제는 어머니의 악행을 숨긴 채, 주인에게 사정하여 어머니를 모셔다가 함께 잘 지냈다.

19 〈개 워리〉의 서사단락은 다음과 같다.
① 박, 일찍 부모를 여의어 고아가 되어 빌어 먹고 다녔다.
② 아버지의 친구 석은이 거두어 주었는데, 동갑나기 딸 민자가 있었다. ③ 세월이 흘러 늙은 석은이 임종하면서 박과 민자를 결혼시키고 상속인으로 삼으라 유언한다. ④ 석은이 죽자, 민자의 계모가 박을 쫓아냈는데, 그 오빠 태는 박을 민자와 결혼시킨 후 감옥에 넣으려고 계획하였다. ⑤ 민자가 그 사실을 알고, 개 워리에게 쪽지를 묶어 보내 박에게 알렸다. ⑥ 서울로 도망친 박은 약장수를 하다가 술집에 들렀다가, 고아 출신인 그 술집 여주인 무궁화를 만나 결혼하였다. ⑦ 한편 민자는 다른 남자와의 결혼을 하지 않으려고 개와 함께 탈출해 여성보호소의 후견인인 노부인의 양딸이 되었다. ⑧ 개 워리가 서울에 도착하여 박의 냄새를 추적해 찾아냈다. ⑨ 무궁화도 같은 노부인을 양모로 모신 적이 있어, 찾아가 인사하기 위해 개 워리를 데리고 양모의 집에 간다. ⑩ 개 워리를 매개로 박과의 재회가 이루어지고, 일본 유학을 다녀온 무궁화와 셋이서 함께 살았다.

20 이복규, 『중앙아시아 고려인의 구전설화』(집문당, 2008), 49~51쪽 참고.

21 이 문제와 관련해, 고소설의 일부가 설화의 형태로 전승되고 있을 가능성에 대해서도 고려할 필요가 있다. 설화를 채록하거나 설화집을 읽다 보면, 설화로서의 유형성이 떨어지고 소설적인 구조와 분위기를 지닌 자료들이 더러 발견되는바(예 : 거창 지역의 〈산신령〉), 관심을 가지고 추적해 보면, 지금은 전하지 않는 상당수의 고소설이 설화의 모습으로 바뀌어 전해질 수 있다고 생각한다. 원래는 고소설이거나 신소설이었고 독자들이 그렇게 기억하다가, 한번 설화로 구연되고 나서 원본이 사라질 경우, 계속 설화 형태의 것만 전승되어 온 경우들이라 할 것이다. 〈홍길동전〉이나 〈구운몽〉처럼 잘 알려진 고소설 작품이 설화로 구연되는 사례가 흔한 것으로 미루어, 이럴 가능성은 아주 높다고 여겨지는데, 아직 이 문제에 대해 연구한 일은 없는 것으로 안다.

3. 맺음말

"있는 대로 보는가, 보는 대로 있는가?", 이 원고를 쓰면서 '보는 대로 있다'는 사실을 더욱 확신하게 되었다. 그간 연구한 것들을 '기억과 담론'의 눈으로 조명해 보니 그 쟁점이 좀 더 선명해진다는 느낌을 받았기 때문이다.

위에서 살핀 것처럼 이 글에서 구비문학, 고전문학과 현대문학에서 두루 확인되는 '기억과 담론' 관련 문제들에 대해 거론하였다. '기억과 담론' 패러다임이 국문학을 이해하고 연구하는 데에서 중요하고 필요하다는 사실을 인식할 수 있도록 힘썼다. 연구자들 각자의 작업 영역에서 그 보람들을 거두었으면 하는 희망이다.

글을 마무리하면서 필자는, 특히 고소설과 고전시가의 이본 문제, 신소설의 행방, 중앙아시아 고려인의 한국어교재의 분석 등 '기억과 담론'이란 패러다임을 도입해 연구할 필요성이 있다고 강조하였는데, 앞으로 이에 대해 진지한 고려가 이루어졌으면 하는 바람이다. 그렇게 하는 데 이 글이 자극제가 되기를 기대한다.[22]

---

22 '기억과 담론'과 관련하여 국어학 또는 국어교육 분야에서 수행할 만한 작업을 제안해 본다. 해외동포들의 한국어교재를 남북한의 교재와 비교 분석하는 일이 그것이다. 필자가 카자흐스탄을 오가면서 고려인들이 1937년 이전부터 1960년대까지 블라디보스토크 또는 중앙아시아에서 우리말을 가르친 교재들을 보았는데, 이를 모두 수집하여 그 내용을 '기억과 담론' 시각에서 자세히 분석할 필요가 있다고 생각한다. 무슨 내용을 선택하여 학생들에게 기억시키려고 했던가, 이를 같은 시기의 한반도(남한과 북한) 또는 중국에서의 한국어교재와 비교하면 의미있는 결과가 도출될 수 있으리라 기대한다.

제3장
최근에 이루어진
고전산문 분야의 문헌학적 성과들

1. 머리말

국문학 연구에서 문헌학적 접근은 모든 연구의 기초를 이룬다. 그 중
요성에 대해서는 이미 선배 학자들의 적절한 계몽과 실증[1]이 있기에 두
말하기 부질없다.

이 글에서는 고전산문 분야에서, 문헌학적 연구를 통해 새로 드러난
사실 몇 가지를 한데 모아 살펴보려 한다. 비교적 최근의 연구성과 중에
서 필자의 논문과 관련이 있는 경우만을 대상으로 그 내용을 소개·평가
하면서 더러 문제제기도 곁들이기로 한다.

---

1 류탁일,『한국문헌학연구』(서울: 아세아문화사, 1989) ; 정규복,『한국고전문학의 원전비
  평』(서울: 새문사, 1990) ; 최강현,『한국문학의 고증적 연구』(서울: 고려대학교 민족문화
  연구소, 1996)

2. 동명신화와 주몽신화의 관계

　그동안 국문학계와 국사학계에서는 오직 고구려건국신화의 존재만을
인정하고 부여건국신화는 없는 것으로 여겨왔던 것이 사실이다. 교과서
를 보면 그 점이 잘 드러나 있다. 하지만 부여도 고조선, 고구려, 신라,
가락, 탐라 등과 함께 엄연히 고대국가로 존재했는데, 부여에만 건국신
화가 없다는 것이 납득되지 않았던 게 사실이다. 그런데 고구려건국신화
인 〈주몽신화〉의 각편 정도로 대접받고 있는 기록 가운데에는 부여건국
신화인 〈동명신화〉가 포함되어 있다는 사실이 필자의 최근 저서[2]에서
밝혀졌다.

　부여건국신화인 〈동명신화〉와 고구려건국신화인 〈주몽신화〉는 비슷
하면서도 화소(話素)면에서 몇 가지 분명한 차이점을 보이고 있어, 동일
시해서는 곤란하다고 주장하였다. 필자는 이 점을 부각하기 위해 원전의
내용을 충실하게 번역하고 그 줄거리를 요약해 제시하였는데, 이를 도표
화한 것을 보이면 다음과 같다.

	부여건국신화	고구려건국신화
주인공 이름	東明	朱蒙
출생지	北夷의 나라(橐離, 槀離, 索離)	夫餘
어머니	王의 侍婢	河伯의 딸
잉태 원인	하늘에서 내려온 氣	햇빛
탄생 양상	胎生	卵生
망명 동기	왕의 살해 의도	신하, 태자의 살해 의도
세운 나라	夫餘	高句麗

2 이복규, 『부여·고구려 건국신화 연구』(서울: 집문당, 1998)

필자가 제시한 이 도표에 따르면, 두 신화의 내용은 뚜렷한 차이가 있다. 무엇보다도 신화의 주인공 이름부터가 다르다. 부여건국신화 기록에서는 동명(東明)으로, 고구려건국신화 기록에서는 주몽(朱蒙)으로 일관되게 표기되고 있다. 그뿐만이 아니라 그 주인공들이 세운 나라의 이름도 확연히 구분되고 있다. 동명(東明)이 세운 나라는 부여(夫餘)로, 주몽(朱蒙)이 세운 나라는 고구려(高句麗)로 밝혀져 있다.

건국신화를 "국가 창건의 군주에 관한 신화"라고 하는 일반적인 개념 규정에 따르면, 건국신화는 특정 인물이 특정 국가를 창건한 내력을 기술한 이야기라고 할 수 있다. 따라서 건국신화에서 가장 중요한 요소는 군주와 국가의 이름이라고 할 수 있다. 실제로, 우리는 건국신화를 언급할 때면 반드시 해당 국가명이나 군주의 명칭을 반영하여 특정 건국신화를 거론한다. 예컨대 고조선을 창건한 내력을 담은 신화에 대해서는 〈고조선건국신화〉라고 하거나 〈단군신화〉라고 명명한다. 이유는 간단하다. 그 신화의 내용에 단군이란 인물이 고조선이란 나라를 창건했다고 되어 있기 때문이다.

필자의 이 같은 주장은 철저하게 문헌 기록의 실상을 존중하면서 나온 것이다. 문면에서 드러나는 차이점을 간과하지 않고 문제를 제기함으로써 부여건국신화인 동명신화가 선행하였고, 이를 계승하여 발전시킨 것이 고구려신화인 주몽신화라는 사실을 드러낸 이 성과는 문헌학적 연구의 필요성과 가능성을 보여주는 하나의 사례라 하겠다.

3. 〈설공찬전〉 국문본 출현의 의의

그동안 학계의 통설은 〈홍길동전〉 이전에는 국문소설이 존재하지 않았다는 것이었다. 〈홍길동전〉을 최초의 국문소설로 규정하고 있는 데 그 같은 인식이 잘 반영되어 있다. 하지만 이 통설은, 훈민정음이 창제된 이후 〈홍길동전〉이 나오기까지 무려 170여 년간의 공백을 시인하는 것이라서, 연구자들이 의문을 제기해왔던 것도 사실이다.

〈홍길동전〉 이전의 국문소설을 찾아보려는 노력은 이래서 시작되었다. 그 선편을 잡은 학자에 의해서, 〈홍길동전〉 이전의 국문소설이라 하여 찾아낸 성과[3]가 국문불서(國文佛書) 중의 작품들이다. 『석보상절』이나 『월인석보』 등에 포함되어 있는 〈안락국태자전〉·〈목련전〉·〈선우태자전〉·〈금우태자전〉·〈금광공주전〉 등이 그것이다. 하지만 이들은 불경의 언해이지 소설로 볼 수는 없다는 것이 학계의 중론이라 소설로 공인받지는 못하고 있는 형편이다. 다른 학자에 의해서 주장[4]된 〈왕랑반혼전〉 국문본도, 1990년대에 이르러, 그 한문본의 현전 최고본인 '고려본'(『佛說阿彌陀經』 소재)이 확인됨으로써, 국문소설이 아닌 한문이야기 또는 설화 수준의 것이라는 비판에 직면해 있다.[5]

하지만 최근에 필자가 발견하여 소개한 〈설공찬전〉 국문본[6]은 원본 자체가 소설인 것이 명백하며 작자와 시대도 분명하므로 그 가치와 증거력이 절대적이다. 국문본 〈설공찬전〉은 '국문으로 표기된 최초의 소설' 또는 '넓은 의미의 국문소설의 효시' 즉 '번역체 국문소설의 효시'로서 그 이후의 본격적인 국문소설 즉 '좁은 의미의 국문소설'을 등장하게 하는 길잡이 역할을 수행했다고 할 수 있다. 그동안 최초의 국문소설을 허균의 〈홍길동전〉으로 보아온 것이 학계의 통설이다. 하지만 과연 허

---

3 사재동, 『불교계 국문소설의 연구』(대전: 중앙문화사, 1994)
4 황패강, 「나암 보우와 왕랑반혼전」, 『국어국문학』 42·43(서울: 국어국문학회, 1969)(한국 서사문학연구, 서울: 단국대학교출판부, 1972에 재수록)
5 정규복, 「왕랑반혼전의 원전과 형성」, 『고소설연구』 2(서울: 한국고소설학회, 1996), 43쪽.
6 이복규, 『설공찬전―주석과 관련자료』(서울: 시인사, 1997)

균이 〈홍길동전〉을 창작했겠는가? 창작했다 하더라도 그 원본이 국문이
었다는 결정적인 증거가 없어 논란이 계속되고 있다.[7] 더욱이 현전하는
〈홍길동전〉 판본 중에서 가장 오랜 것으로 보이는 경판본은 여러 가지
면에서 19세기 후반에 나온 것이고 그 내용에 허균 이후의 역사적 사실
들이 등장해 개작이 이루어진 것이라[8] 최초의 국문소설이라고 하는 게
석연치 않다.

　그렇지만 〈설공찬전〉은 『조선왕조실록』 중종 6년(1511년)조 기사에 분
명히 그 당시에 국문본이 공존했다고 기록되어 있기 때문에 여러 가지
면에서 증거가 명확하다. 따라서 〈설공찬전〉 국문본은 비록 원작은 한문
이었지만 거의 같은 시기에 국문으로 번역되어 유통된 것이 확실한 이상,
이 작품은 국문으로 표기된 최초의 소설[9]임이 분명하며 그 이후 국문소
설의 창작에 영향을 끼쳤다고 보아야 마땅하다. 〈설공찬전〉 국문본의
선례를 이어 〈왕랑반혼전〉(1565년?)의 국문본,[10] 권필의 〈주생전〉(1593년)
국문본이 나오는 등 소설을 국문으로 적는 실험·실습이 누적되다가, 마
침내 국문 소설 쓰기의 역량이 갖추어져 마침내는 본격적인 [좁은 의미
의] 국문소설, 이른바 허균의 〈홍길동전(1618년?)〉, 작자 미상의 〈한강현
전〉,[11] 〈소생전(蘇生傳)〉[12](1672년?), 김만중의 〈사씨남정기〉[13](1692년?) 등이

7　〈홍길동전〉을 국문소설의 효시작으로 볼 수 없다는 데 대한 가장 본격적인 논의는 조희
　웅, 「국문본 고전소설의 형성 시대」, 『이야기문학 모꼬지』(서울: 박이정, 1995), 50~52쪽
　에서 이루어졌다. 이 문제에 대해서는 다음 장에서 자세히 논의한다.
8　김일렬, 『고전소설신론』(서울:새문사, 1991), 147~148쪽 참조.
9　필자가 이 작품을 처음 소개하면서 '국역본소설' 또는 '국역소설'이라 하지 않고 '최초의
　한글표기 소설' 또는 '최초의 국문본 소설'이라고 한 데 대해서 반론이 제기된 바 있다.
　이 문제를 비롯해 몇 가지 의문에 대한 필자의 해명은 「설공찬전 국문본을 둘러싼 몇 가
　지 의문에 대한 답변」, 『온지논총』 4(서울: 온지학회, 1998)에 이미 진술한 바 있다.
10　황패강, 「나암 보우와 왕랑반혼전」, 『한국서사문학연구』(서울: 단국대학교 출판부, 1972),
　　220쪽.
11　이수봉, 「한강현전 연구」, 『파전 김무조 박사 화갑기념논총』(동간행위원회, 1988), 173~
　　198쪽.
12　장효현, 「전기소설 연구의 성과와 과제」, 『민족문화연구』 28(서울:고려대학교 민족문화연

창작되기에 이르렀다고 보는 것이 합리적이다.[14]

4. 〈주생전〉 국문본 출현의 의의

지금까지 알려진 것처럼 〈금오신화〉·〈기재기이〉·〈주생전〉 등으로 이어지는 전기소설(傳奇小說)은 문인지식층에 의하여 창작되고 수용된 갈래이다.[15] 한문소설이면서 시와 대화체를 빈번히 활용하는 등의 문체적 세련성을 보아 그 점을 쉽게 이해할 수 있다.

권필의 창작으로 알려진 〈주생전〉도 전기소설의 하나이다. 현재까지 전하는 두 종의 이본은 모두 한문본이었다. 그런데 필자에 의해 1997년에 그 국문본이 학계에 소개되었고,[16] 최근에는 김일근 교수에 의해서 또 하나의 국문본 〈주생전〉이 학계에 공개되었다.[17] 특히 필자가 발견한 이본은 그 필사연대가 17세기 후반임이 밝혀졌다.[18] 1593년에 창작된

구소, 1995), 23쪽 각주 46번 참조.

13 김만중의 소설에 〈구운몽(1687년)〉도 있으나 한문원작설과 국문원작설이 첨예하게 대립되어 있으므로, 원작이 국문이라는 증거를 갖추고 있는 〈사씨남정기〉만을 제시한 것이다. 확실한 증거가 있는 것만을 들어 국문소설(좁은 의미의 국문소설)의 효시작을 따질 경우, 그동안 〈홍길동전〉이 누렸던 영광은 〈사씨남정기〉에게 돌아가야 할 것이다.

14 필자가 〈설공찬전〉 국문본을 발굴해 소개한 후 나타난 공식적인 반응 가운데에서 이 문제와 관련 한두 가지 사례만 들면 다음과 같다. 황패강 교수는 "국문소설이 한문소설을 발판으로 삼아 시작되었다는 논의는 당초 〈왕랑반혼전〉을 전제로 제기되었던 터이나, 근자 이복규에 의하여 〈설공찬전〉(국문 언역본)이 발굴되면서 논의가 다시 힘을 얻고 있다. 통설인 홍길동전의 최초 국문소설설이 무너지고 있다"라고 하였다.(「국어국문학 연구의 동향과 전망」, 『한국학술연구의 동향과 전망』(서울: 한국학술단체연합회, 1999), 64쪽). 한편 김종철 교수는 "〈설공찬전〉의 실물이 추가됨으로써 우리 초기 소설사의 실체에 더욱 가까이 갈 수 있게 된 셈인데, 특히 번역의 형태이긴 하나 국문 소설의 존재가 〈홍길동전〉 이전에 존재했음을 실물로 확인할 수 있게 된 점이 중요하다."라고 하였다(「소설문학의 연구동향」, 『국문학연구 1998』(태학사, 1998), 346쪽).

15 김대현, 『조선시대 소설사 연구』(서울: 국학자료원, 1996), 36쪽.

16 이복규, 『초기 국문·국문본소설』(서울: 박이정, 1998)

17 김일근, 「주생전과 위경천전 언해의 합철본 출현에 따른 문제점」, 제43회 전국국어국문학 학술대회 발표논문집(서울: 국어국문학회, 2000), 115~117쪽.

것으로 밝혀진 한문소설 〈주생전〉이 17세기에 이르러 국문으로 번역되어 유통되었다는 사실이 드러난 것이다. 〈설공찬전〉의 국역과 함께 〈주생전〉도 국문으로 번역되어 유통되었다는 사실은 소설사적인 면에서 중요한 의미를 지닌다.

그것은 상층의 전유물이었던 전기(傳奇)가 17세기에 이르러 국문담당층에게까지 개방되어 읽혔음을 증거한다. 이에 대해서는 정출헌 교수의 다음과 같은 진술이 인상적이다.

> 우리에게 보다 흥미를 끄는 점은 「주생전」과 같은 전기소설이 17세기에 이미 국문으로 번역되어 읽히고 있었다는 사실이다. 이는 무척 흥미로운 소설사적 사건이다. 전기소설은 상층지식인의 문예물이자 이들 소수를 대상으로 창작·유통되던 소설 양식이었지만, 17세기에 이르면 그런 폐쇄적인 국면에만 머물러 있지 않았다는 점을 증거하기 때문이다. 필사자가 누구이든간에, 전기소설은 이제 드넓은 국문담당층의 영역으로 발을 내딛기 시작했던 것이다.[19]

최근에 김일근 교수가 공개한 〈주생전〉국문본은 이 사실을 더욱 확고하게 드러내고 있어 주목된다. 〈주생전〉국문본은 전기소설의 하나인 〈위경천전〉의 국문본과 합철(合綴)되어 있는데, 거기 찍힌 인기(印記)가 후궁의 것이기 때문이다.[20] 이는 문인지식층 다시 말해 사대부 남성만을 담당층으로 하여 창작되고 유통되던 전기소설이 일정한 시기에 이르러서는 국문으로 번역되면서 그 담당층이 여타의 계층(여성층)으로까지

---

18 이복규, 「설공찬전·주생전 국문본 등 새로 발굴한 5종의 국문표기소설 연구」, 『고소설연구』 6(서울: 한국고소설학회, 1998), 41~62쪽.
19 정출헌, 『고전소설사의 구도와 시각』(서울:소명출판, 1999), 183쪽.
20 김일근 교수에 의하면, 거기 찍힌 인기(印記)는 "椒掖寶章"으로서, 이는 후궁 전용의 것이라 한다. 위의 글, 116쪽.

확대되었음을 물증으로 보여주는 사례가 아닐 수 없다. 문헌학적인 발굴·연구 성과가 소설사를 이해하고 서술하는 데 얼마나 긴요한 구실을 하는지 일깨워 주는 또 하나의 쾌거라 하겠다.

5. 〈왕시봉전〉·〈왕시붕기우기(王十朋奇遇記)〉와 중국희곡 〈형차기〉의 관계

〈왕시봉전〉은 필자가 〈설공찬전〉 국문본, 〈주생전〉 국문본 등과 함께 『묵재일기』에서 발견하여 학계에 소개한 국문본 소설이다.[21] 처음 소개할 때 필자는 창작소설로 추정하였다. 창작소설로 본 이유는 국내의 소설목록인 중국의 소설목록에서 확인할 수 없었기 때문이다.

하지만 그 후 박재연 교수에 의하여 창작소설이 아니라는 게 밝혀졌다. 중국의 희곡 〈형차기(荊釵記)〉를 축약·번역한 작품[22]임이 규명된 것이다. 박재연 교수는 그 자리에서 한 가지 사실을 조심스럽게 추정하였다. 고 정병욱 교수가 발굴해 소개한 적이 있는 17세기 전반의 『신독재수택본전기집』에 실린 전기소설 중의 하나인 〈王十朋奇遇記〉 역시 그 표제로 보아 〈형차기〉를 번역한 작품이 아닐까 추측하였던 것이다.

박재연 교수의 추정을 실증하는 작업이 정병욱 교수의 자제인 정학성 교수에 의해서 최근에 이루어졌다. 정학성 교수는 원작인 〈형차기〉, 한문본 〈왕시붕기우기〉, 국문본 〈왕시봉전〉을 상세하게 비교한 후에 다음과 같은 결론을 내렸다.

---

21 이복규, 앞의 책.
22 박재연, 『왕시봉뎐·荊釵記』(아산: 선문대 중한번역문헌연구소, 1999).

〈왕시붕기우기〉는 현재 희곡으로 전하는 〈형차기〉를 원전으로 하여 그 내용을 일정하게 축약하고 변개시켜 이를 소설로 개작한 작품이다. 그러나 세부 정황에 있어서 스토리의 단순한 축약을 넘어서는 상당한 차이를 드러내며 적극적 개작의 양상을 보이고 있다. (중략) 이런 양상은 원작 〈형차기〉의 내용을 축약하되 사건 전개와 세부 정황까지 이를 비교적 충실하게 따르고 있는 한글본 〈왕시봉면〉과 대조가 되는 점이다. 즉 〈왕시봉면〉이 소설 형식을 취하고 있는 점을 제외한다면 원작의 축약 번역에 가까운 데 비해 〈왕시붕기우기〉[23]는 원작 〈형차기〉 및 한글본 〈왕시봉면〉과는 다소간 차이가 있는 독특한 개성적 면모를 지닌 개작본"이다.[24]

박재연 교수와 정학성 교수의 연구 성과에서 발견되는 미묘한 차이가 하나 있다. 그것은 박재연 교수는 〈왕시봉전〉이나 〈왕시붕기우기〉가 '번역'임을, 정학성 교수는 '개작'임을 각각 강조하고 있다는 점이다. 그러면서도 정학성 교수는 한문본 〈왕시붕기우기〉만 '개작'으로 인정하고, 국문본 〈왕시봉전〉은 '번역'이라 규정하고 있음을 알 수 있다. 이에 대해 필자는 생각이 다르다. 국문본 〈왕시봉전〉이나 한문본 〈왕시붕기우기〉는 둘다 개작이라고 보아야 옳다고 생각한. 원작인 〈형차기〉는 완전한 희곡이다. 하지만 〈왕시봉전〉이나 〈왕시붕기우기〉는 완전한 소설 형식으로 전환되어 있다. 필자가 보기에 희곡을 소설로 바꾸었다는 점에서 〈왕시봉전〉과 〈왕시붕기우기〉는 둘 다 개작이다. 한마디로 〈형차기〉는 희곡의 문법에 맞도록 희곡의 용어와 관습에 따라 스토리가 구현되어 있고, 〈왕시봉전〉은 철저하게 전기소설의 형식을 빌어 스토리를 전개하고 있다. 그 점에서 〈왕시봉전〉과 〈왕시붕기우기〉는 동일하다. 〈왕시봉

---

23 '왕십붕기우기'로 읽을 수도 있으나, 정학성 교수가 몇 가지 이유에서 사재동 교수의 충고를 받아들여, 〈왕시붕기우기〉로 읽기로 한 것에 필자도 동의하여 이렇게 읽는다(정학성, 앞의 글, 각주2번 참조).
24 정학성, 「왕시붕기우기에 대한 고찰」, 『고소설연구』 8(서울: 한국고소설학회, 1999), 177쪽.

전)과 〈왕시붕기우기〉 상호간에 존재하는 상대적인 차이를 따지는 것은 그 다음 단계의 일이다. 같은 개작이되 〈왕시붕기우기〉가 〈왕시붕전〉에 비해 더욱 적극적인 개작을 하였다고 평가하는 것은 무방하나, 〈왕시붕기우기〉만 개작이고 〈왕시붕전〉은 개작이라고 할 수 없고 충실한 축약 번역이라고 규정하는 것은 실상과 거리가 있다고 생각한다.

〈왕시붕기우기〉가 〈형차기〉의 개작이라는 사실은 이미 정학성 교수가 논증했으므로, 여기에서는 〈형차기〉와 〈왕시붕전〉의 차이, 즉 희곡과 소설의 차이를 구체적으로 보임으로써 〈왕시붕전〉도 개작임을 드러내고자 한다. 〈형차기〉와 〈왕시붕전〉의 갈래상, 내용상의 전반적인 차이에 대해서는 따로 논문을 준비하고 있으므로 여기에서는 독자의 이해를 돕기 위해, 현재 〈왕시붕전〉 및 〈왕시붕기우기〉와 연결되는 이본으로 밝혀진 六十種曲本(일명 '暖紅室刊本' 〈荊釵記〉[25]의 서두(제1척과 제2척의 일부))를 번역하여 제시하면 다음과 같다.[26]

제1척(第一齣) 가문(家門)
[臨江僊] [해설자인 末이 무대에 올라온다] 이것은 한 토막의 신기하고도 참된 고사라네. 모름지기 양극(兩極)으로 하여금 이름이 나게 하여야 하네. 삼천(三千)이 예나 이제나 뱃속에 남아 있네. 말을 열기만 하면 사방의 좌석들을 깜짝깜짝 놀라게 하며, 다섯 가지의 영신(靈神)을 움직인다네. 육부(六府)를 가지런하게 할 만한 재주에 조식의 칠보시를 아우를 만한 하네. 팔방으로 펼쳐지는 호기가 구름을 능가할 만큼 높으며, 노래를 부르면 높은 하늘의 구름이 멈추었네. 온전히 모인 자들이 모두 다 인의예(仁義禮)를 먼저 행한 사람들이었네. [問答照常]

25 원문은 박재연, 앞의 책에 실려 있음.
26 〈형차기〉 번역은 아직 이루어진 바 없다. 백화문인 데다 희곡용어가 빈번히 출현해서 해독하기가 용이하지 않다. 아래의 번역도 초보적인 번역에 불과하나, 소설과 구분되는 희곡으로서의 특징을 엿보는 데는 일조하리라 믿어 부끄러움을 무릅쓰고 소개한다.

[沁園春] 재자 왕생과 가인 전씨는 현명하고 효성스러우며 온화하고 선량하였네. 가시나무비녀로 장가들어 짝을 맺어 부부가 되었다네. 봄에 치르는 과거 시험을 재촉하여, 난봉(鸞鳳)들을 쪼개어 흩어지게 하였네. 홀로 달에 거닐어, 높다랗게 선계의 월계관을 휘어잡았네. 한번에 장원급제하여 이름이 향기로웠다. 재상으로 인해서, 사위 되어 달라는 초청을 따르지 않아, 조양 땅으로 인사조치되었네. 편지를 닦아서 멀리 어머님께 알렸는데, 중도에 간교한 꾀 때문에 재앙의 내용으로 변하게 되었네. 장모가 노여움을 내서 자기 딸을 핍박해서 개가하게 하였으나, 아내가 수절하여 몰래 가서 강에 몸을 던졌네. 다행히도 신도(神道)가 바로잡아 붙들어 구원해 주었네. 함께 임지로 부임했다가 만기가 되자 다른 고장으로 가서, 길안(吉安)에서 모였네. 의로운 남편과 절개 있는 아내가 영원히 전해서 드날리게 되었네.

왕 장원은 동상(東牀)에 누워있는 사위에 나아가지 않았고
만사(万俟) 정승은 고쳐 조양 땅으로 인사조처를 하였다네.
손여권은 편지를 위조하여 돌아왔으며
전옥련이 수절한 형차기일레라.

제2척(第二齣) 회강(會講)
[滿庭芳] [남자주인공인 生이 무대에 올라온다] 청빈 지키기를 좋아하였고, 엄한 교훈을 공경스럽게 이어받았더라. 10년 동안 등불과 서로 친근히 하니까 가슴 속에는 별과 북두성을 저장하였더라. 붓끝이 천군을 지휘할 만하고, 도화 물결이 따뜻한 봄을 만난 것과 같아, 반드시 내가 한번 용문에 뛰어오르기로 하였다네. 어버이의 나이가 자꾸 들어, 이불을 따뜻하게 해드리고, 베개를 시원하게 부채질하면서 분수에 따라서 아침저녁을 보냈다네. [古風] 월남 지역 중의 옛 고을에서는 영가가 자랑스러웠다네. 성지(城池)와 저자거리에는 사람들이 사치하고 화려하며, 멀리 생각하니 다락 앞의 경치가 아주 좋은데, 유람선에서 노래하는 기생들은 얼굴이 꽃같았다네. 가문이 시경과 예기가 가문에 전하여 유가의 자손으로 참여하였네.

아버지께서 불행하게도 일찌감치 돌아가셨네. 어찌해서 가문이 점차 쇠락
하였는가? 부모의 은혜를 갚는 게 뜻과 같이 되지를 않았다네. 사귀는 모
든 사람은 칼을 두드리며 밥상에 생선이 없다고 투정하지만, 부추나물과
소금만을 먹는 생활을 감수하면서도 즐거움이 여유가 있었다네. 어머님이
현숙하여 맹모와 같아, 거듭거듭 아들을 가르쳐서 시서를 읽게 하였다네.
일찍이 소진이 다리를 찌르며 머리털을 천장에 붙들어 매어 공부한 것처
럼 노력을 하였으며, 불빛을 끌어들이기 위해 광형의 벽을 밤에 뚫었더라.
흉중에다 다섯 수레가 될 만큼 많은 서적을 다 넣었고, 혓바닥 밑에는 뒤
집히는 물결이 천 척이나 되더라. 아 슬프다. 세월이 나를 위해 멈추지
않는구나. 어버이의 나이가 늙어가니까, 한편으로는 기쁘고 한편으로는
걱정이구나. 맛있는 음식이 어찌해서 봉양에 없을 수가 있겠는가. 공명(功
名)은 하물며 뜻을 보답하지 못하게 됨에랴. 한번 용문을 뛰어올라 욕구한
바를 따랐고, 삼베옷을 연꽃옷으로 바꾸어 입었더라. 궁궐에서 절을 하고
춤을 추며 임금의 은혜를 입었으며, 관리해 취하여 온 가족이 천자의 봉급
을 먹게 되었다네. 소생의 성은 왕이고 이름은 시붕, 자는 구령이라네.
온주에 있는 성에서 거주하고, 불행히도 아버지가 일찍 돌아가시고, 오직
모친의 훈육에 힘입어 성인이 되었다네. 집에는 양식이 없고, 외람되게도
학교의 수에 열명(列名)하게 되었다네. 학문에 연원은 있었으나, 역 찰방
정도의 영화도 없는 것이 부끄러웠다네. 내일에 과거시험이 있는데, 다른
날의 정기 과거는 어찌될는지 알 수가 없다네. 이것은 하늘이 부여한 바이
며, 사람의 뜻만 가지고 합격을 기약할 수가 없는 것이라네. 지난날에 일
찍이 친구들과 서로 약속하여 강학하여 경사(經史)를 밝히기로 했기에, 여
기에서 기다리고 있는 중이라네.

　　[水底魚] [남자배역이 무대에 올라온다] 가난한 서생이 가슴속은 육경에
취하고, 교룡같이 날고 봉황같이 일어나는데, 과거에 올라 상경이 되는
데 관심을 가졌더라. 나는 학생 왕사굉이라오. 내일의 부존당시(府尊堂試)
때문에, 이미 친구들과 회강(會講)하기로 약속하여, 매계의 집으로 가지 않
으면 안되기에 이리저리 찾아오는 것이라오. 여기가 바로 그 집이군. 매계
있는가? [生] 사명(四明), 들어오게나. [末] 그러지. [生] 반주(半州)는 어째서

오지 않지? [末] 뒤따라 올 거야.

위에 소개한 바와 같이, 〈형차기〉의 서두를 보면, 제1척에서 남자배역의 하나인 末이 무대 위에 올라와 작품의 전체적인 줄거리를 소개한다. 모두가 시로 되어 있다. 이어서 제2척에서는 주인공과 그 친구들이 만나 과거시험 준비를 하는 장면이 나오는데 소설에서는 볼 수 없는 내용이다. 각 장면이 '척'이라는 단위로 분절되어 있는 점, 각종의 배역이 등장해 '臨江儒'·'沁園春' 등 일정한 악조에 따라서 노래하거나 말을 하면서 스토리가 전개되는 점도 얼른 눈에 띄는 특징이다. 소설 〈왕시봉전〉의 서두27를 보면 장회가 구분되어 있지 않으며 서술자의 서술에 의존하고 있다. 이런 양상은 다른 장면에서도 마찬가지이다. 따라서 서두만 비교해 보아도 국문본 〈왕시봉전〉은 그 형식 면에서 원작 〈형차기〉를 소설의 관습에 맞추어 소설답게 개작한 것임을 알 수 있다.28

어쨌든 그다지 길지 않은 기간에 거듭 밝혀진 이 같은 새로운 사실들은 그 자체만으로도 매우 흥미롭다. 하지만 그렇게 해서 규명된 사실들의 소설사적 의미와 문헌연구상의 시사점이 크다는 점에서 더욱 더 우리의 주목을 끈다.

먼저 소설사적인 의미는 무엇인가? "당시 조선의 식자층에게 명대의 중국 희곡[극본]이 널리 읽히고, 이를 저본으로 번역·윤색을 거친 소설 개작본이 유행되고 있었다는 사실을 확증"29하게 해준다는 점이다. 이는

---

27 온쥐 타희 사는 왕시봉이라 홀 소니 양지 ᄀ장 단졍ᄒ고 그롤 ᄀ장 잘ᄒ듸 흔 번 초시도 몯ᄒᄋᆞᆯ엇더니 또 젼공원이라 홀 소니 상쳐ᄒ고 후쳐ᄒᆞ야 사더니 젼실의 ᄯᅩᆯ ᄒᆞ나희 이소듸 일홈은 옥년개오 나흔 십오년이오(〈왕시봉전〉 제1면)
28 요즈음 소설·영화·연극 등이 수시로 갈래를 바꾸는 경우가 많은데, 누구도 이를 번역이라 하지는 않는다. 개작 또는 재창작이라고 여기기 때문이 아닌가 생각한다. 이런 관례 또는 현상과 견주어서 〈형차기〉와 〈왕시봉전〉의 관계도 이해하고 설명하는 것이 타당하리라고 판단한다.
29 정학성, 위의 글, 187쪽.

우리 고소설의 발생이나 발달 과정을 단선적으로 이해하던 그동안의 시각을 교정할 수밖에 없도록 유도한다. 이때까지 학계에서는 초기 고소설의 형성이나 발달 과정을 설명할 때, 〈전등신화〉로 대표되는 중국의 문언소설과의 관련성만을 고려하는 편향성을 보여왔던 것이 사실이다. 하지만 중국의 희곡 〈형차기〉를 소설로 개작하여 17세기에 분명한 모습으로 유통된 국문본 〈왕시봉전〉이나 한문본 〈왕시붕기우기〉의 존재는, 중국의 소설뿐만이 아니라 희곡의 극본도 영향을 끼쳤다는 사실을 명료하게 증거하고 있는 것이다.[30]

또 하나의 의의는 무엇인가? 앞으로 우리 고전산문 연구자가 새로운 작품을 발견하였을 경우, 그것의 창작 여부를 가릴 때 반드시 살펴보아야 할 문헌이 무엇인지 시사한다는 점이 다. 필자는 〈왕시봉전〉 국문본을 창작소설로 추정하는 오류를 범한 바 있다. 그 같은 실수는 필자가 소설목록집만 검색한 데서 말미암은 것이었다. 다른 가능성을 염두에 두고, 『중국희곡목록집』류의 책을 보았더라면 충분히 예방할 수 있는 성질의 것이었다.

최근에 안 사실이지만 『중국희곡목록집』류 가운데에는 우리가 긴요하게 활용할 수 있는 저술로 두 가지가 있다. 莊一拂이 편찬한 『古典戱曲存目彙考』, 『曲海總目提要』 등의 방대한 목록집이 그것이다. 『古典戱曲存目彙考』 상책을 보면 〈王十朋荊釵記〉라는 표제하에 다음과 같이 소개하고 있다. 중요 부분만 발췌하여 보이기로 한다.

(전략) 柯丹邱著. (중략) 按戱中敍述, 王以荊釵聘錢女玉蓮, 有孫汝權亦欲娶之. 孫富王貧, 玉蓮繼母亦以女嫁汝權, 玉蓮不從, 其父竟從女志. 十朋旣娶, 應擧擢壯元. 宰相万俟卨欲贅十朋, 十朋亦不從. 時十朋

---

30 이에 대해서는 박재연, 앞의 책, 7쪽 ; 정학성, 위의 글, 188쪽 참조.

僉判饒州, 卨怒其拒婚, 改調潮陽瘴地. 汝權竊改十朋家信, 言已贅万
俟, 令妻改嫁. 玉蓮投江自殺, 爲錢安撫拯救, 收以爲女. 十朋迎母至京,
聞妻死訊, 大慟. 母知無此事, 益悲痛, 遂偕往潮陽. 後升任吉安, 錢安撫
邀飮舟中, 訊得其實. 始姑媳相見, 夫婦重圓云. (후략)[31]

필자가 이 희곡목록집을 보았다면, 표제에 '王十朋'이란 남주인공의
이름이 드러나 있고 '荊釵'(가시나무비녀)란 어휘가 반영되어 있기 때문에,
이 작품이 〈왕시봉전〉의 원작임을 쉽게 알아차렸을 것이다. 더욱이 그
줄거리 소개를 보았다면 더욱 명료하게 확인할 수 있었을 것이다. 『曲海
總目提要』의 경우는 줄거리 대신 남녀 주인공의 이름만을 노출시켜 놓
았기 때문에 양자의 관계를 더 쉽게 규명할 수 있게 되어 있다. 그런데도
필자는 오로지 소설목록집만 검색한 상태에서, '왕시봉'이 나오지 않자
〈왕시봉전〉을 창작소설이라 추정하는 잘못을 범하였던 것이다. 앞으로
이 같은 오류를 범하지 않기 위해서는, 중국산문목록집만이 아니라 위에
소개한 희곡목록집들도 검색해야 하리란 것을 거듭 강조해 둔다.

6. 〈홍길동전〉 최초 국문소설설의 문헌적 근거 재검토

국문소설이란 일반적으로 창작 당시에 한글로 표기한 소설을 가리킨
다. 〈설공찬전〉 국문본처럼 한문소설을 국문으로 번역한 것은 '국역본
소설' 또는 '국문본소설'이라고는 할 수 있어도 '국문소설'이라고는 할 수
없다. 창작국문소설만이 좁은 의미의 '국문소설'이다.
이렇게 보았을 때, 우리 나라 최초의 국문소설은 무엇인가? 현행 중고

31 莊一拂 編, 『古典戲曲存目彙考』 권1(상해고적출판사, 1982) 5~6쪽.

등학교 국사와 문학 교과서를 비롯하여 대부분의 책에서 허균(1569~1618)
의 〈홍길동전〉으로 소개하고 있다.[32] 하지만 고소설 전공자들은 여러
가지 이유에서 〈홍길동전〉의 문학사적 위상에 대하여 그렇게 말하기를
꺼리고 있다.[33] 전공자와 일반인의 인식이 괴리를 보이고 있다 하겠다.
그러면 도대체 어떤 근거에서 〈홍길동전〉 최초 국문소설설이 통설로 자
리잡게 되었을까? 그 문헌적인 문헌적인 근거는 무엇이며 타당성은 있
는 것인가? 필자는 최근에 이 문제에 대해 재검토하는 글을 쓴 적이 있는
바, 이하의 내용이 그것이다.[34]

〈홍길동전〉의 작자가 허균이라는 증언은 택당 이식(1584~1647)의『택
당집』에 처음 나온다. "(許)筠又作洪吉同傳, 以擬水滸"가 그것이다. 그
런데 이 기록은 허균이 〈홍길동전〉을 창작했다는 사실만 증거하였을
뿐, 그게 국문소설이라고는 하지 않았다. 한문기록의 관습상 국문소설인
경우에는 반드시 그 앞에 '諺稗'·'傳奇'·'諺飜傳奇'·'古談'·'諺書古談'·'諺
課稗說' 등의 관형어가 얹히는 법인데, 그렇지 않은 것으로 미루어 허균
이 지었다는 〈홍길동전〉은 한문소설로 보아야 마땅하다.[35] 만약 기록이

---

32 국사편찬위원회 1종도서연구개발위원회,『고등학교 국사』(하)(서울: 교육부, 1996), 61쪽
; 최동호·신재기·고형진·장장식,『고등학교 문학』(상)(서울: 대한교과서주식회사, 1995),
290쪽에서 "최초의 한글 소설", "최초의 국문 소설"로 각각 기술하고 있다.
33 예컨대 최근에 나온 최운식,『한국 고소설 연구』(서울: 보고사, 1997), 169쪽에서 〈홍길동
전〉을 소개하면서, "홍길동전은 국문본이 널리 읽혔으나 원본이 국문본이었던가는 확실하
지 않다."라고 한 것이라든가, 조희웅,「17세기 국문 고전소설의 형성에 대하여」,『어문학
논총』16(서울: 국민대학교 어문학연구소, 1997), 19쪽에서 "현전 자료로 본다면 홍길동전
이나 구운몽은 오히려 선한문본설이 타당할 것 같기도 하다."라고 한 데에서 고소설 학계
의 분위기를 읽을 수 있다.
34 이복규,「최초의 국문소설은 무엇인가」,『새국어교육』56(서울: 한국국어교육학회, 1998).
35 허균의 〈홍길동전〉이 과연 국문소설이었는가 하는 의문은 국문학 연구 초기부터 있어 왔
다. 고정옥,『국어국문학요강』(서울: 대학출판사, 1949), 405쪽에서, 〈홍길동전〉은 국문본
인지 한문본인지 의문이라면서 첫 국문소설로서 김만중의 〈구운몽〉·〈사씨남정기〉를 꼽
아야 한다고 주장한 바 있다(이 가운데에서 〈사씨남정기〉이 국문소설이라는 데 대해 이
견이 없으나 〈구운몽〉만은 현재까지도 시비가 이어지고 있다). 정주동,『홍길동전연구』
(대구: 문호사, 1961), 141쪽에서는 구체적인 이유를 들어 〈홍길동전〉을 한문소설로 추정
하였다. 정주동은 〈홍길동전〉을 한문소설로 보아야 할 이유 중의 하나로, 국문소설의 경

이런데도 〈홍길동전〉을 국문소설로 보아야 한다면, 채수가 지은 〈설공찬전〉도 국문소설로 보아야 한다. 『조선왕조실록』에 "蔡壽作薛公瓚傳"(중종 6년 9월 2일 및 같은 달 20일)·"其撰薛公瓚傳"(같은 해 9월 18일)이라고 하였고, 『패관잡기』에 "蔡懶齋壽, 中廟初, 作薛公瓚還魂傳" 등으로 기록하고 있으니 말이다. 하지만 그럴 수 없다. 〈설공찬전〉은 한문소설임이 명백하다. 국문으로도 번역되어 경향 각지에서 읽혔다는 말이 바로 그 뒤에 나오기 때문이기도 하려니와, 위에서 지적한 것처럼 한문기록물의 경우에는 아무런 관형어도 붙이지 않는 관행을 고려할 때 당연한 사실이다.

아울러 한 가지 더 밝혀두어야 할 게 있다. 현전하는 〈홍길동전〉은 하나같이 19세기 중엽(1850년대) 이후에 필사하였거나 인쇄한 것이라는 사실이다. 허균 사후 무려 230년이 지난 후의 것들만 발견되고, 표기법도 완전한 分綴, ㅎ종성어의 잔존, 구개음화의 혼효 등의 양상을 보여 18세기 중엽 이상으로 소급하기가 어려운 형편이다.[36] 더욱이 결정적인 것은, 그 내용 가운데 허균이 죽은 다음에 활약한 도적 장길산의 이름이 출현하고 있다는 점이다. 경판본에서 주인공 홍길동이 집을 떠나면서 어머니에게 남긴 말을 보면, 장길산이 운봉산에 들어가 도를 닦아 아름다운 이름을 후세에 유전했듯이 자기도 그렇게 하고자 집을 떠난다고 했는데, 장길산은 17세기 말에 群盜의 대장으로 활동한 광대 출신의 실존 인물이니, 허균의 시대로부터 근 한 세기나 지난 뒤에 활동한 인물이다.[37]

우 일정한 관형어를 붙여 소개한 문헌상의 사례들을 여럿 인용해 보여 이 방면 연구에 소중하게 기여하였다. 어떤 학자는 소설로도 인정하지 않고 실존인물 홍길동의 행적을 적은 傳으로 보아야 한다고 하였다. 하지만 허균의 〈홍길동전〉이 소설인 것만은 의심할 필요가 없다는 것이 필자의 생각이다. 이에 대해서는 이복규, 「홍길동전 작자논의의 연구사적 검토」, 『한국고소설의 재조명』(서울: 아세아문화사, 1996), 314∼315쪽 참조.

36 어학적인 분석은 최범훈, 「홍길동전의 어학적 분석」, 『허균의 문학과 혁신사상』(서울: 새문사, 1981), 41∼49쪽에서 이루어졌다.

37 임형택, 「홍길동전의 신고찰(상)」, 『창작과비평』 42(서울: 창작과비평사, 1976), 70쪽.

이상의 사실은 무엇을 의미하는 것일까? 현전 〈홍길동전〉은 허균이 한문으로 창작한 〈홍길동전〉의 내용을 바탕으로 200여 년 후에 누군가가 국문으로 재창작한 것임을 시사한다. 요컨대 현전 〈홍길동전〉은 허균이 처음에 지었으면서 현재는 전하지 않는 한문소설 〈홍길동전〉과는 구별해서 이해해야 마땅하다. 현전 〈홍길동전〉이 국문으로 되어 있다는 이유로, 제목이 동일하다는 이유로 허균 원작도 국문소설이었으리라 간주해서는 안된다.[38]

사실이 이러한데 어째서 그동안 〈홍길동전〉은 최초의 국문소설로 알려져 왔던 것일까? 필자가 지금까지 확인한 바로는 이명선의 저서에서 처음 확인된다. 그 내용을 인용해 보이면 다음과 같다.

> 이조에 들어와서 세조 때의 金時習(1435~?)의 金鰲新話를 소설의 효시로 삼는 것이 통설이다. 이것은 물론 漢文小說이며, ……光海朝에 이르러 許筠(1569~1618)의 洪吉童傳이 나와, 이것이 朝鮮말로 된 最初의 小說이라고 한다.[39]

이를 보면, 1948년 당시 이미 〈홍길동전〉을 최초의 국문소설로 보는 인식이 학계에 퍼져 있었고, 이명선은 이를 저서에 반영한 것임을 알 수 있다. 흔히들 〈홍길동전〉을 최초의 국문소설로 규정한 학자가 김태준인 것으로 알아 그렇게 기술하고 있으나 그렇지 않다. 김태준의 저술에서 그런 대목은 나타나 있지 않기 때문이다. 김태준의 〈홍길동전〉 관련 진술을 인용해 보면 다음과 같다.

---

38 최근에 나온 이윤석, 『홍길동전 연구』(대구: 계명대학교 출판부, 1997)에서는 이 문제에 관하여 가장 적극적인 주장을 펼쳤다. 현전 〈홍길동전〉은 허균이 지은 것이 아니라는 것이다. 각종 이본을 대상으로 실증적인 검토를 한 끝에 내린 결론이라 타당한 견해라고 생각한다.

39 이명선, 『조선문학사』(서울: 조선문학사, 1948), 131쪽.

洪吉童傳은 허균과 같이 박식한 사람의 손에 되었음으로 조선 최초
의 소설다운 소설이면서도 가장 고전에 의한 부분이 많다.…… 장회소
설의 시조가 되었다는 점으로서 朝鮮小說史上에 가장 거벽이라 하겠
다.[40]

인용문에서 보는 것처럼, 김태준은 〈홍길동전〉의 작품성을 들어 이를
"조선 최초의 소설다운 소설" 또는 "章回소설의 始祖"라고 했지, 한문소
설인지 국문소설인지 하는 데 대해서는 일체 관심을 보이지 않았음을
알 수 있다. 조윤제도 김태준의 뒤를 이어 같은 견해를 보였다. 조윤제는
〈홍길동전〉이 이전 작품이 보여주는 傳奇性 또는 架空的인 성격을 탈피
해 사회 현실을 여실히 묘사한 점을 강조한 다음, "조선소설은 여기에
와서 소설다운 그 형태를 갖추게 되었다. 이러한 의미에 있어 홍길동전
은 또한 조선소설문학의 획기적인 작품임을 의심할 수 없다."[41]라고 그
소설사적 의의를 평가하였다. 요컨대 그동안 대다수의 학자는 김태준이
〈홍길동전〉을 '최초의 소설다운 소설'이라고 한 평가를 '최초의 국문소
설'로 자의적으로 해석함으로써, 김태준의 진술을 왜곡해 온 셈이다.

앞에서 확인한 것처럼, 〈홍길동전〉을 최초의 국문소설로 규정한 것은
이명선부터이다. 이명선이 학술서에서 〈홍길동전〉을 최초의 국문소설
이라 말한 이후, 정용준·김동욱·장덕순[42] 등 다수의 학자가 같은 견해를
피력하였다. 그러니까 이 학설은 1948년 무렵부터 시작하여 1950년대를

---

40 김태준, 『조선소설사』 증보판(서울: 학예사, 1939), 86~87쪽. 잘 알려진 대로 김태준의
『조선소설사』는 초판본과 증보판이 있어 약간 차이를 보이는데, 필자가 사용한 것은 증보
판이다. 하지만 초판본과 증보판을 자세히 분석한 노꽃분이, 「김태준의 조선소설사 연구」
(서울: 이화여자대학교 대학원 석사학위논문, 1993)를 따르면, 〈홍길동전〉에 대한 평가 부
분에서는 달라진 게 없음을 알 수 있다.
41 조윤제, 『국문학사』(서울: 동국문화사, 1949), 247~249쪽.
42 정용준, 『요령 국문학사』(서울: 경기문화사, 1957), 106쪽 ; 김동욱, 『국문학개설』(서울:
민중서관, 1961), 102쪽 ; 장덕순, 『한국문학사』(서울: 동화문화사, 1975), 205쪽.

거쳐 최근에 이르기까지 정설화하여 각종 저서나 교재류에 수용되었고 무비판적으로 답습되어 오늘에 이른 것이 아닌가 한다.

7. 조선후기 소설 낭독 현장에서 살인을 야기한 작품의 정체

조선후기 소설의 유통과 관련하여 『정조실록』에는 충격적인 자료 하나가 실려 있다.

> 민간에 이런 말이 있다. 종가(鍾街) 담배가게에서 어떤 사람이 패사(稗史) 읽는 것을 듣고 있다가 영웅이 실의한 대목에 이르러서, 눈을 부릅뜨고 입에 거품을 품고 담배를 써는 칼을 가지고 바로 그 앞에서 패사 읽는 사람에게 달려들어 즉석에서 죽였다는 것이다(諺有之, 鍾街煙肆, 聽小史稗說, 至英雄失意處, 裂眦噴沫, 提截草劍, 直前擊讀的人, 立斃之).[43]

아마도 소설낭독 현장에서 살인사건이 일어난 것은 이것이 유일무이한 자료가 아닌가 한다. 과연 그 작품은 무엇이었을까? 조동일 교수는 이를 영웅소설로 추정[44]하였다. '영웅'이란 말이 자료의 문면에 나와 있기도 하려니와 영웅소설의 내용이 독자가 분개하고 흥분하도록 영웅의 패배와 실의를 의식적으로 강조한다는 사실을 염두에 둘 때 누구나 납득할 수 있는 추정이다. 하지만 조동일 교수는 영웅소설 가운데 구체적으로 어떤 작품인지에 대해서는 관심을 기울이지 않았다.

---

43 『정조실록』 권31 정조 14년 庚戌 8월 戊午조. 한편 같은 내용의 기사가 李德懋, 「銀愛傳」, 『雅亭遺稿』 3(영인본 「靑莊館全書」 상, 서울: 서울대학교출판부, 1966), 443쪽에도 보인다.
44 조동일, 『한국소설의 이론』(서울: 지식산업사, 1977), 407~408쪽.

그 작품이 구체적으로 무엇이었는지에 대한 관심은 필자에 의해서 처음으로 표명되었다. 〈임경업전〉이 이덕무의 해당 기록과 연관될 수 있는 가능성에 대해 주의를 환기한 것이 그것이다.[45] 필자가 그런 주장을 한 것은 〈임경업전〉의 이본 가운데에서 사재동 소장 〈임경업전〉 35장본의 후기에 다음과 같은 내용이 진술되어 있기 때문이었다.

> 오호라 느도 일리 읍서 임인 납월의 이칙얼 등서홀졔 경업이 조졈의 흉게예 빠져 죽은 디문의 이르러는 엇지 분호고 불상호던지 분얼 이긔지 못호여 헛주먹질도 호고 불상훈 맘이 칭양읍서 눈물리 압헐 가리오니 이 칙 보다가 살린호여단 말리 올코 그 조손이 쓰시 읍시미 올토다[46]

이 후기에서 주목할 부분이 "이 칙 보다가 살린호여단 말"이란 부분이다. 이것이야말로 이덕무가 전한 살인사건과 관련된 것이라고 보아, 양자의 연관성에 주목하자고 그랬던 것이다. 하지만 당시로서는 더 이상의 실증은 할 수가 없었다.

최근에 그 영웅소설이 〈임경업전〉임을 명백하게 증거하는 사실이 밝혀졌다. 심노숭(1762~1837)이란 인물이 자신의 생애를 정리한 글 가운데에서 다음과 같은 자료가 발견된 것이다.

> 촌에서 소위 〈임장군전〉이라 하는 언문소설을 덕삼이가 가지고 왔으나 그는 치통 때문에 제대로 낭독하지 못하였다. 내가 이것을 등불 아래에서 보니 사적이 어그러지고 말이 비루하고 잘못되어 통하지 않는 곳이 많았다. 이것은 서울 담뱃가게와 ·밥집의 파락악소배(破落惡少輩)들이 낭독하는 언문소설로 예전에 어떤 이가 이들 듣다가 김자점이 장군에게 없는 죄를 씌워 죽이는 데 이르러 분기가 솟아올라 미친 듯이 담배 써는 큰

---

45 이복규, 『임경업전연구』(서울: 집문당, 1993), 65~66쪽.
46 이복규, 위의 책, 224쪽에서 재인용.

칼을 잡고 낭독자를 베면서 "네가 자점이더냐?"라 하니 같이 듣던 시장 사람들이 놀라 달아났다. 이에서 악을 미워하고 선을 좋아하는 인심을 볼 수 있으니 그가 살아있는 자점을 보았다면 적을 쫓아 나라를 저버리는 일은 하지 않을 자이다(村中得諺書, 所謂林將軍傳, 德三持, 以爲痛齒 聲不堪聞. 燈下, 余輒取覽, 事蹟謬舛, 詞理两錯, 不成爲說, 此是京裡草市饌肆破落惡少輩所讀諺傳. 昔有一人聽讀此, 至金賊自點構殺將軍, 氣憤憤衝起如狂, 手弓切草長刀, 斫讀者曰, 汝是自點耶, 一市駭散, 此可見疾惡好善之人心, 使彼見生自點者, 必不爲從賊負國之事耶).[47]

이 자료의 내용은 앞에서 든 이덕무의 기록과 완전히 일치한다. 더 구체적으로 당시의 상황을 묘사하면서 자신의 견해를 제시하고 있기까지 하다. 따라서 이 자료의 출현으로 조선후기 종로거리에서 일어난 소설낭독 현장의 살인사건을 야기한 영웅소설이 〈임경업전〉이라는 사실이 명백하게 증명되었다고 할 수 있다.

8. 맺음말

이상 최근에 밝혀진 문헌학적 성과들의 내용과 의의를 소개하고 관련된 문제제기도 곁들여 보았다. 머리말에서 밝힌 것처럼 이 글은 새로운 사실을 규명하는 데 그 목적을 두지 않았다. "한국문학의 문헌학적 연구"라는 특집주제를 의식하여, 필자가 그간 다루었던 작품이나 쟁점과 관련된 최근의 연구성과들을 한데 모아 재조명해 본 것에 불과하다.

다만 〈왕시봉전〉과 〈형차기〉의 관계에 대해서는 새로운 의견을 처음으로 개진해 보았다. 중국고전희곡목록집의 검색 필요성에 대한 의견, 부분적이나마 〈형차기〉를 번역해 소설과 비교하도록 한 것도 이 글에서

---

47 김영진, 효전 심노숭 문학 연구(서울: 고려대학교 석사학위논문, 1996), 29쪽에서 재인용.

처음 시도한 것이다.

이 글에서 확인한 사실들을 다시 정리하면서 이 글을 마무리한다.

첫째, 〈동명신화〉는 부여건국신화이고 〈주몽신화〉는 고구려건국신화이다.

둘째, 〈설공찬전〉 국문본의 출현은 〈홍길동전〉 이전 국문소설의 존재를 입증한다.

셋째, 〈주생전〉 국문본은 전기소설 담당층의 확대 현상을 입증한다.

넷째, 국문본 〈왕시봉전〉과 한문본 〈왕시봉기우기〉는 중국희곡 〈형차기〉의 개작이다.

다섯째, 〈홍길동전〉을 최초의 국문소설로 보아야 하는 문헌적 근거는 확실하지 않다.

여섯째, 조선후기에 소설 낭독현장에서 살인사건을 야기한 영웅소설 작품은 〈임경업전〉이다.

2부

: 국어국문학의 경계 넘나들기

제4장
고려가요 난해어구
해독을 위한 민속적 관견
— 〈청산별곡〉과 〈쌍화점〉의 일부 어구를 중심으로

1. 머리말

고려속요에는 아직도 완전하게 규명되지 않은 이른바 난해어구가 상당수 있다. 양주동[1] 이래 김완진[2]에 이르기까지 많은 어학자와 문학자가 해독을 시도해 많은 진척을 이룬 것이 사실이나 한 전문연구자의 발언 그대로 "아직도 만족스러운 설명이 가지 않은 곳이 너무나 많은"[3] 형편이다. 〈청산별곡〉의 '잎대'와 '사슴', 〈쌍화점〉의 '드레우믈'과 '우뭇룡'도 그 중에 속한다.

필자는 시가전공자가 아니지만, 국문학개론 강의를 맡아 고려속요를 가르치면서 〈청산별곡〉과 〈쌍화점〉의 해당 난해어구를 새롭게 해명해 보고 싶은 만용이 생겼다. 그간 선배 학자들이 시도한 민속학적인 접근방법의 전통을 이어받아, 새로운 자료를 추가하면 좀더 자연스러운 해명

1 양주동(1947).
2 김완진(1982), 김완진(2000).
3 김완진(2000), 219쪽.

이 이루어지지 않을까 하는 기대가 생겼기 때문이다. 그중에서 〈청산별곡〉과 관련해서는 새로운 견해는 제기하지 않는다. 이 대목에 대한 그간의 견해 중에서 민속학적 접근으로 얻어진 성과를 전폭적으로 지지하는 입장을 취하되, 다만 그 견해를 입증하는 데에서 드러난 한계점을 지적하면서 그 견해를 방증하는 데 도움이 되는 새 자료를 제시함으로써 기존의 민속학적 견해를 보강해 보고자 한다. 다만 〈쌍화점〉에 대해서는 새로운 주장을 펼치고자 한다.

2. 〈청산별곡〉의 '즈대'와 '사슴'

가다가 가다가 드로라
에정지 가다가 드로라
사스미 즈대예

올아서
嵤琴을 혀거를 드로라

- 〈청산별곡〉 제7연

주지하는 것처럼 〈청산별곡〉에서 가장 난해한 부분은 위에 제시한 제7연의 3행과 4행이다. 우선 '즈대'에 대한 해독을 어떻게 할 것인가? 유창돈(1964)의 『이조어사전』에서는 '즈대'의 뜻을 "①돛대 ②장대" 이렇게 두 가지로 제시하고 있다. 그런데 어느 것으로 보든 이상하게 여겨진다.

"①돛대"로 볼 경우, 산짐승인 사슴이 배의 돛대 위에 올라가고, 게다가 해금이란 악기까지 연주한다는 게 도무지 이해하기 어렵다. "②장대"

로 보아도 마찬가지이다. 사슴이 높은 장대에 올라가서 해금을 켠다는
게 있을 수 없는 일이기 때문이다. 양주동의 희학설도 이런 난점 때문에
제기된 것이 아닌가 생각된다.[4]

사슴이 장대에 올라간다는 것은 희학적 표현이라면 몰라도, 실재할
수는 없는 일이기에, '사슴'의 해석을 두고 의견이 갈리게 되었다. 그 하
나가 김형규의 '사람' 誤字說이다. 김형규는, 원래 '사ᄅ미'로 써야 하는
데, '사ᄉ미'로 오각했다고 보자고 주장하였다.[5] 사름이라면 장대에 올라
가 혜금을 켤 수 있기에 합리적인 해석이라 할 수 있다. 하지만 이 견해
는 텍스트의 표기를 무시해야 하는 부담을 지니고 있어 선뜻 동의하기
어려운 게 사실이다. 특별한 경우가 아니면 텍스트는 존중하면서 해독을
시도하는 것이 온당한 태도라고 생각한다.

그 다음으로 나온 것이 김완진의 '사슴분장설'이다. 김완진은 양주동
과 김형규가 제기한 의문 및 그 견해가 지닌 문제점을 해소하기 위해
새로운 해석을 시도하였다. 대안을 제시하기 전에 김완진은 다음과 같은
고민부터 피력하였다.

사실 華奢한 가는 다리를 가지고 춤을 춘다면 몰라도 長竿에 기어오른
다는 것은 無理한 일이다. 더구나 樂器까지 주무른다는 것은 말이 안된

---

4 고려속요 연구의 선편을 잡았던 양주동은, '짐대'를 '長竿'과 '櫓, 이 두 가지 뜻을 지닌
말로 풀이하면서도, '長竿'에 무게를 두어, 다음과 같이 해석함으로써 이른바 '희학설'을 제
기하였다. 이른바 '희학설'을 주장한 것이다. 〈청산별곡〉의 이 대목을 사실에 대한 실제적
묘사가 아니라, 해학적 표현이라고 본 것이다. 양주동의 주장을 직접 인용해 보이면 다음
과 같다.
"사슴이 짐ㅅ대에 올라가서 奚琴을 혀는 것을 듣노라 함은 全聯이 諧謔이니 大盖 다람쥐
나 제비면 몰라도 키만 크고 엉성한 그 사슴이가 장ㅅ대 끝에 오를수도 업는일, 또 올라는
간다하여도 그 拙하기 그지업는 사슴이 무슨 재조로 奚琴을 혀랴마는 '사ᄉ미 짐ㅅ대에 올
아서 奚琴을 혀거를 드로라.' 第三聯의 歌意와 照應하야 自身의 無能·自力을 自嘲함인가.
或은 嘲世·傲人의 戱謔語인가"(양주동, 앞의 책, 337~338쪽).
5 김형규(1961), 8~9쪽 ; 김형규(1968), 192쪽.

다. 이 點, 앞에 든 두분의 發言이 없더라도, 異議를 내세울 사람은 없을 것이다. 그러나, 그렇다고 해서 '사슴'을 '사름'의 오각이라고 보지 않고도 說明할 길은 있지 않을까. 그리고 戱謔이라고 보지 않고도 설명할 길은 있지 않을까.[6]

이와 같은 전제 아래 김완진은 〈청산별곡〉의 '사슴'은 실제 동물로서의 '사슴'이 아니고, 사슴으로 분장한 사람이라는 새로운 견해를 내놓았다. 고려말 이색이 지은 〈구나행〉에 "누렁이는 방아찧고 용은 구슬을 다투는데, 폴짝폴짝 온갖 짐승 요임금의 뜰이로세(黃犬踏碓龍爭珠 蹌蹌百獸如堯庭)"란 대목이 나오고, 이 대목에 등장하는 누렁이나 용은 물론 다른 뭇 동물(百獸)도 가장동물임이 분명하다는 것이다.[7] 사슴을 사람이 분장한 가장동물로 보면, 〈청산별곡〉의 '사슴'은 사슴인 동시에 사람이므로, 이 사슴은 사람이 할 수 있는 행위면 대개 다 할 수 있다는 논리가 성립되므로 얼마든지 장대에 오를 수도 있다고 김완진은 주장하였다.

김완진의 견해는 양주동과 김형규의 견해보다 한걸음 진전된 견해임이 분명하다. 김완진의 주장이 좀 더 설득력을 가지게 하기 위해서는 두 가지 방증이 갖추어져야 한다.

첫째, 백수희의 백수 중에 사슴이 존재했다는 게 입증되어야 한다. 김완진은 그 방증으로 김재철의 『조선연극사』를 근거로 인형극 〈만석중놀이〉[8]에 '사슴'이 등장하는 것을 들었다. 〈만석중놀이〉와 〈구나행〉 간에 밀접한 상관관계가 있다는 것이 이혜구에 의해 지적되었다는 점도

---

6 김완진(1982), 31쪽.
7 김완진(1982), 32~34쪽.
8 "만석중노리는 四月八日釋迦誕日에 演出하는 것이니 一種의 畸形的 無言劇이다. 人形을 操縱하는 사람은 勿論 있지마는 그들은 꼭두각시劇에서와 같이 서로 對話도 하지 아니하며 다만 관중이 볼 수 업는 곳에 숨어서 끈나풀을 잡어단겨 人形을 操縱할 뿐이다.……만석중노리의 人形은 五六種이 있으니 卽 만석중, 노루, 사심이, 잉어, 龍 등이 그것이다." (김재철, 1933, 91쪽)

언급하였다.[9]

　둘째, 과연 사슴으로 분장한 사람이 짚대에 올라가는 일이 있었는지 입증해야 한다. 김완진은 이렇게 말하였다.

　　오늘날 曲藝師들이 하는 것과 같이 한 사람이 밑에서 장대를 받치고 다른 한 사람이 竿頭에 올라가서 재주를 부리는 따위의 曲藝가 高麗 當代에 存在하였는지는 未詳하지만, 踏蹻 즉 竹馬에 該當하는 存在가 있었음은 李惠求 博士의 硏究로 밝혀져 있다. 즉 董越의 朝鮮賦에 '躡獨蹻'라는 말이 나오는데, 蹻는 以木幹縛於兩足而行者也 또는 緣木走也이므로 竹馬 種類임이 確實하고…(하략)…[10]

　하지만 김완진의 방증에는 한계가 있다. 첫 번째 방증에서, 만석중놀이의 사슴人形, 고려 나례 의식의 가장동물은, 〈청산별곡〉 '사슴' 대목을 이해하는 데 일정 부분 도움이 되는 것은 사실이지만 일대일로 대응하기에는 역부족이기 때문이다. 두 번째 방증에도 문제가 있다. 사슴으로 분장한 사람이 장대 위에 올라가는 것과 죽마놀이 사이에는 차이가 있기 때문이다. 장대 위에 올라가 해금을 켜려면 장대는 움직이지 않아야 한다. 고정되어 있어야만 한다. 그런데 죽마에서의 장대는 사람에 의해서 계속 움직인다. 그래서 위 인용문에서도 죽마행위를 표현하기 위해 '行'과 '走'라는 글자를 동원한 것으로 보아야 한다. 설령 죽마놀이를 하면서 해금을 연주할 수 있다 해도, 과연 그 모습을 묘사하면서 "짐대에 올라서"로 표현했을지 못내 의심스럽다.[11]

9　김완진(1982), 34~35쪽.
10　같은 책, 35쪽.
11　더욱이 董越(1488년 3월에 朝鮮 사신으로 왔던 明나라 사람)이 지은 〈朝鮮賦〉 원전을 확인해 보건대, '躡獨蹻'가 아니라 '躡獨趫'이다. 김완진은 '躡獨蹻'로 보고 그 뜻을 풀어나감으로써 장대 두 개를 발에 묶어서 이루어지는 '죽마류 놀이'로 해석하였다. 하지만 躡獨趫(섭독교)는 한 개의 장대로 이루어지는 솟대타기로 보아야 한다. 우선 '獨'이란 글자가 이

3. "사ㅿ미 짒대예 올아서 奚琴을 혀거를 드로라" 관련 새로운 민속자료

필자는 사슴을 사슴으로 보지 말고 분장한 사람으로 보자는 김완진의 주장[12]을 받아들이되, 그 민속적인 개연성을 좀 더 설득력 있는 새로운 자료를 통해 드러내 보이고자 한다.[13] 민속에 그 주장을 뒷받침할 만한 현상이 있어야 그 주장이 힘을 얻을 텐데, 현재로서는 적절한 물증은 제시하지 못하고 있는 형편인바, 그 물증을 제시하는 데 도움이 될 만한 새 민속 자료를 제시하고자 한다.

필자가 제시할 새 자료는 佛畵이자 民俗畵인 〈甘露圖〉 작품들이다.[14] 감로도는 '甘露幀(감로탱)'이라고도 부르는데, 상중하 3단으로 이루어진 이 그림은, 상단은 일곱 여래와 세 보살을 중심으로 하는 천상의 세계 혹은 깨달음의 세계를, 중단은 상단과 하단을 매개하는 곳으로서 죽은

를 잘 보여준다. 아울러 踊은 '밟을 섭 또는 오를 섭'이고, 橋는 '행동이 민첩하여 나무 위에 올라가기를 잘 한다(行動敏捷 善于橡木升高)'는 뜻인 바 橋는 '나무를 잘 올라가는 사람(善橡木之士)'을 의미하기도 한다(『漢語大詞典』 9권, 1153쪽). 이를 종합해 보건대, 踊獨橋는 외나무 장대 위에 올라가서 재주를 부리는 솟대타기를 의미하는 것으로 보는 게 자연스럽다. 張衡(78~139)의 〈西京賦〉에 '날렵하게 높은 곳에 잘 올라가는 都盧 사람들이 아니라면, 그 누가 저렇게 높이 올라갈 수 있으랴?(非都盧之輕橋孰能超而究升)'라는 구절이 있는데, 여기서도 솟대타기로서의 橋의 용례를 볼 수 있다. 서역의 都盧國 사람들이 솟대타기를 잘 했으므로, 중국에서는 솟대타기를 都盧尋橦(도로심동)이라고 한다. 이상 전경욱, 『한국전통연희사』, 미간행 참조.

12 서재극·박노준도 사슴분장설을 주장하고 있다. 서재극(1981), 박노준(1990) 참조. 아직까지는 이 사슴분장설이 가장 유력한 학설로 통하고 있는 실정이라는 것도 지적해 둔다.

13 〈청산별곡〉의 해석에서 다른 견해들도 있다. 예컨대 짒대의 '짒'을 '荷物'로 보고 '대'는 '터(臺)'로 보아, 이 연의 해석을 "부녀가 집을 떠날 때 아마 해금을 타는 각설이가 문밖에 있는 조금 높직한 터에 올라서 구걸의 사설과 해금을 연행하는 것을 보고서 가장한 것"으로 상상한 견해(김종우, 1976, 292쪽), "사슴이 짐대 위에 올라 서서 해금을 켠다는 것은 상상조차도 할 수 없는 일이다. 그러나 그런 일이 눈 앞에 전개되었고, 귓속에 해금소리가 들려왔다는 사실은 곧 기적을 뜻하는 것"으로 본 견해(정병욱, 1977, 112쪽), 상투적 관용구로 조롱이나 비난의 뜻이 내포된 것으로 보는 견해(김쾌덕, 2001, 247쪽) 등이 그것이다.

14 이들 자료는 강우방(1995)에 실려 있는데, 민속학(민속극)을 전공하는 고려대 전경욱 교수가 일러주고 제공하여 사용할 수 있었기에, 전 교수께 이 자리를 빌어 사의를 표한다.

이의 명복을 기원하기 위해서 축원하는 곳을, 하단은 육도윤회의 고충을 받는 미망의 세계를 각각 담고 있다.[15] 이 중에서 가장 주시할 부분은 하단이다. 하단 그림을 통해서 당대의 현실생활을 조감할 수 있으며, 이 그림이 생활의 풍속도로 손색이 없다는 것을 파악할 수 있기 때문이다. 인간생활의 다양한 면모가 여러 가지 모습을 통해서 사실적으로 드러나 있는 것이다. 전쟁터에서 죽은 경우, 마차에 깔려 죽은 경우, 범에게 물려 죽은 경우 등 갖가지 죽음의 양상도 그렇거니와, 상세하게 묘사된 연희장면은 더욱 더 주목할 필요가 있다. 이 연희장면이 재(齋)를 지낼 때의 사실적인 장면인지, 고통받고 있는 영혼의 살아생전 모습에 대한 재현인지를 두고 논란이 있으나, 그 민속연희 중에 솟대타기 혹은 솟대놀이 장면이 나와 있어 눈길을 끈다.

필자가 솟대타기 그림에 주목하는 데는 이유가 있다. 잘 알려진 대로 '솟대'는 장승과 함께 마을을 지키는 하당신(下堂神)의 하나인데, 이 '솟대'의 별칭이 바로 '짐대'[16]이다. 필자는 이 '짐대'가 〈청산별곡〉의 '짓대'와 연결된다고 본다.

솟대 즉 짐대에 대해 더 설명해 보기로 한다. 솟대는 불교 사찰의 당간(幢竿)을 지칭하는 동시에 선박의 돛대를 뜻하기 때문에 행주형(行舟形) 지세의 마을에 세우는 돛대를 일반적으로 '짐대'라고 부르는데, 행주형 지세와 관련이 없는 솟대도 흔히 짐대라고 부른다. 짐대란 대개 길게 뻗어있는 사물도 가리키기 때문이다.[17] 이렇게 민간에서 사용하는 '짐대'란 어휘의 의미역은 넓다. 광의적으로는 '길 물건(장대 따위)', 협의적으로는 '신앙대상물' 이 두 가지가 있는바, 필자가 생각하기에 〈청산별곡〉에

15 이기선(1992), 81쪽 ; 김헌선(2003) 참조.
16 이필영(1990), 35쪽 ; 강명혜(2002), 204~205쪽 참조.
17 같은 책, 35~36쪽 참조.

나오는 '짒대'는 민간어인 '짐대'를 반영한 것으로, 그 의미는 '광의적인 의미로서의 짐대' 즉 '긴 물건(장대 따위)'이라고 본다. '신앙대상물로서의 짐대'라고 생각하지 않는 이유는, 사슴으로 분장한 사람이 그 신앙대상물 위에 올라가서 해금을 켠다는 것은 얼른 납득하기 어렵기 때문이다. 양주동과 유창돈이 민속의 예를 들지는 않았으나 '짒대'의 의미를 "①돛대 ②장대"로 설명한 것은 결과적으로 민간어의 실상과도 부합한 설명이었다고 생각한다.

  아무튼 〈청산별곡〉에 나오는 '짐대'가 민속의 '솟대'를 일컫는 별칭 중의 하나인 것을 상기할 때, 〈甘露圖〉에 나오는 솟대놀이 장면은 홍미롭게 다가온다. 〈청산별곡〉의 '사스미 짒대에 올아서 奚琴을 혀거를 드로라' 대목을, 사슴으로 분장한 사람이 짐대에 올라가 해금을 연주하는 것으로 해독하는 견해를 방증하는 데 도움이 되리라는 기대 때문이다. 〈甘露圖〉에 묘사된 솟대놀이의 양상을 보이면 말미에 제시한 사진자료들과 같다.

       〈자료1〉: 〈雲興寺 甘露圖〉(1730년)
       〈자료2〉: 〈水國寺 甘露幀〉(1832년)
       〈자료3〉: 〈雙溪寺 甘露幀〉(1728년)
       〈자료4〉: 〈湖巖美術館 所藏 甘露圖〉(18세기말)

  이들 甘露圖를 보면 공통적인 사항이 한 가지 있다. 장대를 세워놓고 그 위에 연희자가 올라가서 일정한 연행을 한다는 점이 그것이다. 다만 차이가 있다면 雙溪寺 甘露圖[자료3]처럼 양쪽으로 늘어뜨린 줄이 없고, 막대 끝을 T字 모양으로 하여, 그 위에서 묘기를 보이는 표현만 있는 것, 雲興寺 甘露圖[자료1]처럼 솟대 위에서 묘기를 부리는 것은 물론, 늘어뜨린 줄 위에서 '두줄타기'를 하며 피리를 부는 악사를 표현하는 등 이른바

'솟대타기'의 장면까지 보이는 것이 있다는 점이다. 더욱이 원숭이로 분장한 사람이 솟대를 타고 올라가는 모습을 보이는 〈水國寺 甘露圖〉[자료2]와 솟대 위에서 대금을 부는 모습을 그린 〈호암미술관 소장 甘露圖〉[자료4]를 보면, 〈청산별곡〉에서처럼 사슴으로 분장한 사람이 솟대 위에서 奚琴을 켜는 일도 충분히 가능하겠다는 생각을 가지게 된다. 특히 앞에서 언급한 바와 같이, 김재철의 〈조선연극사〉에 우리 인형극 〈만석중놀이〉에 사슴이 등장한다고 보고되어 있는 것을 보면 솟대타기에 사슴으로 분장한 인물이 등장할 개연성은 인정된다고 생각한다.[18]

조선후기 甘露圖에 나오는 솟대놀이는 산악잡희(散樂雜戲)의 전통적인 종목 중의 하나로서, 삼국시대에 중국에서 전래되어 발전한 것이다.[19] 따라서 조선후기의 甘露圖에 묘사된 솟대놀이[20]는 〈청산별곡〉의 시대인

---

18 일본의 전통연희인 시시마이 중에 사자춤(獅子舞)과 사슴춤(鹿踊)[자료5]이 있는 것으로 미루어, 일본에서는 사슴으로 분장한 연희가 전통적으로 존재하였음을 알 수 있다. 전경욱(1997), 191쪽 참조.
19 전경욱(1998), 104쪽 및 한국전통연희사(미간행) 참조.
20 조선후기에 솟대타기 놀이가 있었다는 것은 신재효본 판소리 〈변강쇠가〉 및 실학파 문인인 박제가가 남긴 〈城市全圖應令〉이란 한시작품을 통해서도 확인할 수 있다. 〈변강쇠가〉(강한영, 1978, 581쪽)에서는, 변강쇠의 치상 과정에 등장하는 초라니에 대해 '솔대 밑 친구'라고 표현했는바, '솔대 밑 친구'는 솟대쟁이를 이르는 말이므로, 초라니가 솟대놀이도 했다는 뜻이다. 한편 한양의 모습을 그린 〈성시전도(城市全圖)〉를 보면, 원숭이 두 마리가 높은 장대에 올라가서 재주를 부리고 있는 모습도 그려져 있는데, 이 그림을 보고 읊은 게 박제가의 〈城市全圖應令〉인바, 사고 파는 장사가 끝난 다음에 그곳에서 배우들이 놀랍고도 괴이한 복색을 하고, 솟대타기·줄타기·인형극·원숭이 재주 부리기 등의 연희를 펼쳤다는 사실을 알 수 있다. 이 시의 번역문과 원문을 보이면 다음과 같다.

거리를 한가로이 지나가노라니　　　　　　　　　　忽若閒行過康莊
홀연 와자지껄 떠드는 소리 들리는 듯.　　　　　　如聞嘖嘖相汝爾
사고팔기 끝나 연희 펼치기를 청하니　　　　　　　賣買旣訖請設戲
배우들의 복색이 놀랍고도 괴이하네.　　　　　　　伶優之服駭且詭
우리나라 솟대타기 천하에 으뜸이라　　　　　　　東國撞竿天下無
줄을 걷기도 하고 공중에 거꾸로 매달린 것이 거미와 같네.　步繩倒空縋如蟢
또다시 인형을 가지고 등장하는 사람이 있으니　　別有傀儡登場手
칙사가 동쪽으로 왔다 하며 손뼉을 한 번 치네.　　勅使東來掌一抵
조그만 원숭이 참으로 아녀자를 놀래켜　　　　　　小猴眞堪嚇婦孺
제 뜻을 채워 주면 예쁘게 절하고 무릎 꿇네.　　　受人意旨工拜跪
　　　　　　　　　　　　　　　　　　　　　　　（『貞蕤集』 詩集 3卷）

고려 때에도 연희되었다고 볼 수 있다. 이렇게 본다면, 〈청산별곡〉의 화자는 당대의 유랑연예인 집단에 의해서 공연된 산악백희 중 〈솟대놀이〉 대목을 보고 이를 〈청산별곡〉에서 노래하였던 것이 아닌가 생각한다.[21]

4. 〈쌍화점〉의 '드레우믈'과 '우믓룡'

> 드레우므레 므를길라 가고신된
> 우믓룡이 내손모글 주여이다
> 아 말스미 이우믈밧씌 나명들명
> 다로러거디러 죠고맛간 드레바가 네 마리라 호리라
> 더러둥셩 다리러디러 다리러디러 다로러거디러 다로러
> 긔자리예 나도자라 가리라
> 위 위 다로러거디러 다로러
> 긔잔딕 ㄱ티 덦거츠니 업다

 　　　　　　　　　　　　　　　　　　　　 － 〈쌍화점〉 제3연

　주지하는 것처럼 〈쌍화점〉에서 난해한 부분은 '드레우믈'과 '우믓룡'이다. 드레우믈을 '두레박 우물'[22]로 보는 데는 의견이 통일되어 있으나 '우믓룡'에 대해서는 크게 보아 두 가지 견해가 대립되어 있다. '임금'으로 보는 견해[23]와 액면 그대로 '용'으로 보자는 견해[24]가 그것이다.

---

21 그 유랑연예인 집단을 몽골연예인 집단으로 좁혀서 생각해 볼 수도 있다. 그 이유는, 몽골에는 태양·사슴·버드나무 토템사상이 존재하기 때문이다. 특히 몽고 신화에 암사슴이 나오는 점, '사슴돌'이 여러 곳에서 발견되는 점, 보리야드 무당이 샤먼 북에 사슴을 그려놓고 천계 여행을 떠날 때 인도해 주는 안내자라고 설명하는 점, 사슴탈을 쓰고 추는 춤이 존재하는 점 등을 보면, 고려시대에 사슴으로 분장한 연희가 몽골인에 의해 연행되었을 가능성이 있다고 보이기 때문이다(장장식, 2002, 170~179쪽 참조).
22 양주동(1947), 269쪽. "드레. 綆(두레박줄 경)·絡(두레박줄 율) 드레줄"
23 성호주(2002), 89쪽.

임금으로 볼 경우, 왜 지존자인 왕이 백성(부녀자)이 사용하는 우물에 있는지 의아하게 여겨진다. 용으로 볼 경우에는, 다른 연과의 형평성 면에서 어긋난다는 의문이 제기된다. 다른 연에서 모두 현실적인 존재를 거론하였는데 유독 이 연에서만 비현실적이고 상상적 존재인 용을 등장 시켰다는 것이 납득하기 어렵다. 더욱이 이 대목이 용신신앙에서 유래했 다면, 〈쌍화점〉의 용은 신성한 존재인데 그런 용이 여성을 추행한다는 것은 상상하기 어려운 일이다.

필자는 '임금'으로 보는 설을 지지하되, '드레우믈'과 왕을 자연스럽게 연결시킬 수 있는 새로운 근거를 제시하고자 한다. '드레우믈'을 '달애 (다래)우믈'의 誤記로도 볼 수 있게 하는 자료를 발견했기 때문이다. 『고 려사』를 보면 권제129 열전42(8-b) 최충헌조에 다음과 같은 기록이 나온다.

> 최충헌과 최충수는 사람을 대궐로 보내서 왕을 강박하여 홀로 말을 타 고 향성문을 나가게 하여 창락궁에 감금하고 중금지유 정윤후를 시켜 간 수케 하였다. 그때 태자 숙은 내원 북궁에 있었는데 최충헌 형제가 사람을 보내서 독촉하였으므로 태자는 비와 함께 도보로 궁문을 나와서 비를 맞 으면서 역마를 타고 강화도로 쫓겨갔다. 그런 후 평량공 민을 맞아다가 대관전에서 즉위케 했으니 그가 바로 신종이며 그의 아들 연을 태자로 삼았다. 최충헌과 최충수는 군사를 데리고 추밀원으로 들어가서 각 위의 장군들을 구정에 주둔시키고 최충헌이 왕에게 청하여 내시 민식 등 70여 명을 내쫓았다. 그리고 **세속에 임금이 〈달애〉우믈믈(烜艾井)을 마시면 고 자가 득세한다**는 전설이 있었으므로 그 우물을 허물고 광명사 우믈믈을 왕이 마시는 물로 지정하였다. 그런데 **속어에 등리(藤梨)를 〈달애〉라고 하 였다.**(又以俗傳王飮烜艾井則宦者用事乃毀之以廣明寺井爲御水俚語藤梨謂之烜艾)[25]

24 허남춘(1990), 158쪽.
25 사회과학원고전연구실(1991), 358쪽.

이 기록을 따르면, 1196년(명종 26년) 최충헌 정권이 들어서기 전까지는 고려왕이 달애우물물을 마시다가, 무신란 후부터는, '왕이 달애우물물을 마시면 고자가 득세한다'는 민간속신어[26] 때문에 광명사 우물물로 바꾸어 마셨음을 알 수 있다. 필자는 이 기록을 근거로, 혹시 〈쌍화점〉의 '드레우믈'은 '달애우물(妲艾)'이 전승·기록 정착 과정에서 '드레우믈'로 誤記된 것은 아닐까 생각해 본다. 물론 텍스트를 무시하는 것은 매우 위험한 일이나, '두레박우물'로 해석할 경우 여전히 의문이 해소되지 않으므로 새로운 돌파구를 마련해 보기 위해서 이런 기록도 고려해 볼 필요가 있지 않을까 생각해 보는 것이다.[27]

그렇게 보면, 우물용을 임금으로 보는 견해가 좀 더 자연스러워진다. 왕이 마시는 달애우물의 주인은 왕일 터이고, 그 우물(달애우물)에 물길러 간 부녀자를 방탕한 고려왕이 추행하였다고 함으로써, 전 계층에 걸친 성윤리의 타락상을 지적하는 〈쌍화점〉의 일관된 주제의식과도 어울린다고 생각한다. 만약 이 해석이 옳다면, 〈쌍화점〉의 창작시기의 상한선도 추정이 가능하다. 〈쌍화점〉(혹은 그 3연)은 최소한 고려왕이 광명사 우물물 마시기 이전(1196년 신종이 즉위하기 전)에 형성(창작)되었으리라는 것이다.

5. 맺음말

이 글에서 얻은 성과는 두 가지이다.

---

26 김동욱 외(2001), 395쪽.
27 더욱이 실제로 고려말에 환관들이 득세하여 매우 어지러웠던 것을 고려해 보면, 어떤 상징성도 지니는 것이 아닌가 여겨지기도 한다. 어쩌면 뒤에 나올 '우뭇룡'은 당시 득세하던 환관을 가리키는 말로 해석할 수는 없는지 이 점에 대해서도 천착할 여지가 있지 않은가 생각한다.

첫째, 그간 〈청산별곡〉의 "사ᄉ미 짒대에 올아서 奚琴을 혀거를 드로라" 대목을 민속연희와 관련시켜 해독한 그간의 유력한 견해에 동조하되, 이를 방증할 만한 민속적인 사실을 새로운 자료를 들어 제시함으로써 보강한 점이다. 심증만 있었던 것을 물증까지 어느 정도 제시한 점에서 의의가 있다고 본다.

둘째, 〈쌍화점〉의 "드레우믈"을 당시 민간속신어 기록과 연관시켜, 무신란 때까지 고려왕이 마셨다는 '달애(다래)우물'의 誤記일 것으로 가정함으로써, '우믓룡'을 왕으로 해석하는 것이 좀더 자연스러워지도록 한 점이다.

셋째, 주변적인 것이지만, 그간의 해독에서는 〈청산별곡〉의 '짒대'를 솟대의 별칭으로서의 '짐대'와 연관지어 설명한 일은 없었던 것을 이번 글에서 새로 지적해 본 점이다.

하지만 이 글이 갖는 한계도 있다. 〈감로탱〉에 그려진 그림을 증거로, 솟대(짐대) 위에 동물분장 연희자가 올라가 악기를 연주하는 일이 있었다는 사실은 증명했지만, 여전히 '사슴'분장과 '해금'연주 사실을 보여주지 못한 점이 그것이다. 하지만 이규보의 〈동명왕편〉에 보이는 '하얀사슴(白鹿)'을 비롯하여 몽골의 사슴신앙 등을 고려해 볼 때, 사슴분장 연희도 존재했을 가능성은 크다고 여겨진다. 아울러 해금도 고려시대에 유입된 악기[28]이므로, 추후에라도 관련 자료가 등장할 수 있으리라 기대된다.

고려속요는 물론 국문학 작품의 해독과 해석에서 민속 현상 및 관련 자료에 대한 관심이 긴요하다는 점을 다시금 환기하는 데 이 글이 도움이 되기를 기대한다.

---

28 권오성, 「해금」, 『한국정신문화연구원 한국민족문화대백과사전』(한국정신문화연구원, 1991) 473쪽 참조.

〈자료1〉: 〈雲興寺 甘露圖〉(1730년)(倒立)

〈자료2〉: 〈水國寺 甘露幀〉(1832년)
(원숭이)

〈자료3〉: 〈쌍계사 甘露幀〉(1728년)(正姿勢)

〈자료4〉: 〈호암미술관 소장 甘露圖〉(18세기말)(대금불기)

〈자료5〉: 〈일본의 사슴분장 연희 '鹿踊'〉

제5장
최부의 〈표해록〉에 대한 두 가지 의문

1. 머리말

우리나라 해양문학의 대표작인 최부의 〈표해록〉에 대해서는 다른 학자들이 이미 몇 차례 다룬 적이 있다. 역사 또는 정치사적인 관점에서의 연구[1]가 가장 활발하고 서지적인 접근[2]도 이루어졌으며, 번역본에 대한 검토[3]도 있었다. 문학적인 측면에서도 접근이 시도되었다. 이 작품에 드러나는 해양 인식이 민요나 다른 기록문학과 어떻게 같고 다른지,[4] 기행

1 서인범, 「조선 관인의 눈에 비친 중국의 강남 －최부『표해록(漂海錄)』을 중심으로－」, 『동국사학』 37(동국사학회, 2002) ; 주성지, 「표해록을 통한 한중항로 분석」, 『동국사학』 37(동국사학회, 2002) ; 조영록, 「근세 동아 삼국 전통사회에 관한 비교사적 고찰 － 최보의 『표해록』과 일력 『당토행정기』를 중심으로 －」, 『동양사학연구』 64(동양사학회, 1998) ; 박원호, 「15세기 조선인이 본 명(明) "홍치중흥(弘治中興)"의 조짐(兆朕)－홍치(弘治) 원년(1488)의 최보 『표해록(漂海錄)』을 중심으로－」, 『중국학논총』 18(고려대학교 중국학연구소, 2005) ; 박원호, 「명대 조선 표류민(漂流民)의 송환절차와 정보전달 －최부 『표해록(漂海錄)』을 중심으로－」, 『명청사연구』 24(명청사학회, 2005) ; 홍성구, 「최소자 교수 정년기념 특집호 : 논문 ; 두 외국인의 눈에 미친 15, 16세기의 중국 －최부 『표해록(漂海錄)』과 책언 『입명기(入明記)』의 비교－」, 『명청사연구』 24(명청사학회, 2005).
2 박원호, 「최부 표해록 판본고」, 『서지학연구』 26(서지학회, 2003).
3 박원호, 「최부 표해록 번역 술평」, 『한국사학보』 21(경인문화사, 2005).

문학적인 관점에서 이 작품에 표류와 중국 체험을 텍스트로 형상화하는 과정에서 '대화(필담)' 형식이라는 특유의 글쓰기 방식을 동원하고 있는 측면을 드러내는 시도[5]에 대해서도 다루어졌다. 작가 최부에 대한 고찰[6]도 있었다. 본격적인 논문은 아니지만, 소개 차원에서 기술된 글[7]도 있다.

이 글에서는 그동안에 주목하지 않았거나 자세히 다루지 않은 두 가지 문제에 대하여 논의하고자 한다. 이 작품 또는 이 작품에 대해 연구한 글들을 읽으면서 떠올랐던 의문들이기도 한데, 그간의 글들만으로는 풀리지 않는다고 보여 이 글에서 논의해 보고자 한다. 그 하나는 이 작품의 표제 문제이다. 주지하는 대로, 이 작품의 표제는 〈중조문견일기〉와 〈표해록〉 두 가지로 존재한다. 둘 사이에 차이는 없는 것인지, 어느 한 쪽만 적합한 것인지 필자에게는 의문이다. 또 하나는 점필재 김종직의 제자로서 유교 사대부의 일원인 최부가 표류라는 절체절명의 위기를 만나서 보인 반응의 실상과 그 의의가 무엇인가 하는 것이다. 이 두 문제에 대해서 기존 연구에서는 특별히 또는 깊이 문제 삼지는 않았거나 사실과 다르게 말하였다.

필자가 생각하기에, 이 두 가지 문제는 작품을 이해하고 평가하는 데에서 필요하고도 중요하다고 본다. 오늘날의 글쓰기에서도 표제를 어떻

4 이경엽, 「동아시아의 도서,해양문화 연구 ; 연구논문 : 고전문학에 나타난 해양 인식 태도 - 어부가, 표해록(漂海錄), 어로요(漁撈謠)를 중심으로 -」, 『도서문화』 20(목포대학교 도서문화연구소, 2002).
5 서인석, 「최부의 표해록과 사림파 관료의 중국체험」, 『한국문화연구』 10(이화여자대학교 한국문화연구원, 2006) ; 서인석, 「최부의 〈표해록〉에 나타난 해외 체험과 체험의 대화적 재구성」, 『고전문학과 교육』 13(한국고전문학교육학회, 2007), 31~66쪽.
6 김기주, 「『표해록』의 저자 최박 연구」, 『역사학연구』 19(호남사학회, 2002) ; 김기주, 「조선중기 금남(錦南) 최부(崔溥)의 정치활동」, 『역사학연구』 24(호남사학회, 2005).
7 장덕순, 「이국기행의 금남표해록」, 『한국수필문학사』(박이정, 1995 재간본), 120~131쪽 ; 최래옥, 「漂海錄 硏究」, 『비교민속학』 10(비교민속학회, 1993), 221~255쪽.

게 붙일 것이냐는 상당히 중요하게 여기고 있듯, 이 작품의 표제는 이
작품의 성격을 이해하거나 규정짓는 데 영향을 미칠 수 있다고 보기 때
문이다. 죽음의 위기 앞에서 사대부 최부가 보인 반응이 어떠했는가 하
는 문제도 마찬가지로 중요하다. 모든 문학 작품이 무언가 가치 있거나
특이한 체험을 전하는 데 그 생명이 있다고 한다면, 실기문학인 최부의
〈표해록〉에서 가장 주목할 부분 중의 하나가 죽을 뻔한 위기를 만나
거기 대응했던 체험이다. 기본적으로 무신론적인 성격을 지녔다고 알려
진 유교로 무장된 최부가 그런 위기 앞에서 보인 반응의 실상은 시사하
는 바가 크다고 여겨지기에 자세히 살펴볼 필요가 있다.

　이 두 가지 문제를 해명하기 위해 작품 자체를 자세히 검토하는 것은
물론, 다른 표해록류 작품이나 관련 사례들과 견주어 보는 방법을 적용
하고자 한다. 그렇게 함으로써, 이 문제와 이 작품을 좀더 온당하고 객관
적으로 이해하고 평가할 수 있다고 보기 때문이다.

2. 中朝聞見日記인가 漂海錄인가?

　이 작품의 원제목 즉 작자 최부가 성종의 명에 따라 작성하여 올릴
때의 표제는 〈中朝聞見日記〉였다.[8] 하지만 최부의 死後인 명종 연간에

---

8 成宗 217卷, 19年(1488 戊申 / 명 홍치(弘治) 1年) 6月 22日(甲寅) 2번째 기사(조선왕조실
　록 사이트에 올려진 번역문과 원문을 따랐음. 이하 같음).
　"최부가 중국 조정에서 보고 들은 일기를 엮자 아비의 상을 당한 그에게 베 50필을 내려
　주다"
　전 교리(校理) 최부(崔溥)가 중국 조정에서 보고 들은 일기(日記)를 찬진(撰進)하였는데,
　승정원(承政院)에서 여럿이 아뢰기를,
　"최부(崔溥)가 지금 일기(日記) 찬집(撰集)을 마치고 아비의 상(喪)에 분상(奔喪)하고자 하
　니, 청컨대, 말을 주어 보내게 하소서."
　하니, 전교하기를,
　"그렇게 하라. 또 내가 일기(日記)를 보니, 애통한 생각이 든다. 그에게 부의(賻儀)로 베

판본으로 간행되면서부터 〈漂海錄〉으로 바뀌었다. 관청에서 낸 것이든 후손이 낸 것이든 마찬가지다. 다시는 '중조문견일기'라는 표제는 쓰지 않았다.

왜 최부는 〈중조문견일기〉라 하고, 뒤의 사람들은 〈표해록〉으로 바꾸었을까? 이 가운데에서 어느 하나가 맞고 다른 하나는 틀린 것일까?

2.1. 왜 최부는 〈중조문견일기〉라고 하였을까?

처음 의문에 대해서부터 생각해 보자. 왜 최부는 〈중조문견일기〉라고 하였을까? 우선 '일기'라고 한 까닭은 무엇일까? 충분한 이유가 있다. 조선왕조실록을 보면, 성종이 '일기'를 찬진하라고 명하였다.[9] 최부로서는 왕명대로 '일기' 형식으로 자신의 체험을 정리하였고, '일기'라고 표제를 달아 바쳤다고 할 수 있다. 지극히 당연한 처사처럼 보인다. 하지만 이 표제에는 문제가 있다. '일기'라고 표제를 단 것은 무방하나, '중조문견'일기라고 한정지은 것은 문제가 있다. 모든 글의 표제는 내용 전체를 포함할 수 있어야 가장 바람직하다. 그렇게 보았을 때, '중조문견일기'라

[布] 50필을 내려 주도록 하라."
하였다.
○前校理崔溥撰進中朝聞見日記。 承政院僉啓曰: "崔溥今畢撰日記, 欲奔父喪, 請給馬以送。" 傳曰: "可。 且予見日記, 可謂悽愴。 其賜賻布五十匹。"

9 성종 217권, 19년(1488 무신 / 명 홍치(弘治) 1년) 6월 22일(갑인) 2번째 기사.
사신(史臣)이 논평하기를, "최부(崔溥)가 돌아오니, 임금이 그 간초(艱楚)했던 것을 불쌍히 여겨 일기(日記)를 찬진(撰進)하도록 명하였었다.
【史臣曰: "溥之還, 上憫其艱楚, 命撰日記以進。
성종 217권, 19년(1488 무신 / 명 홍치(弘治) 1년) 6월 22일(갑인) 2번째 기사.
사신(史臣)이 논평하기를, "최부(崔溥)가 돌아오니, 임금이 그 간초(艱楚)했던 것을 불쌍히 여겨 일기(日記)를 찬진(撰進)하도록 명하였었다. 최부(崔溥)가 청파역(靑坡驛)에서 여러 날을 머물렀기 때문에, 옛친구로서 조문(弔問)하는 자가 있었다. 최부(崔溥)가 응당 초상(初喪)이라 하여 조문을 받지 않았어야 하는데 이따금 만나서 이야기하며 자신이 표박(漂泊)하여 고생스러웠던 상황을 서술하니, 이로써 비방(誹謗)을 받았다." 하였다.
【史臣曰: "溥之還, 上憫其艱楚, 命撰日記以進。

는 표제 즉 '중국 조정에서 보고 들은 일기'라는 제목은 내용의 일부만을
반영한 것이다. 아주 중요하다고 할 수 있는 '표해'의 사실이 드러나지
않는 제목이기 때문이다. '중조문견일기' 같은 제목은 최부의 저술 아니
고도 흔히 존재한다. 이른바 중국 견문기에 속하는 작품들은 모두 '중조
문견일기'라고 제목을 붙일 수 있다. 최부의 기록이 다른 중국 견문기와
차별화될 수 있는 것은 '표해'의 경험이 들어 있다는 점 때문이다.

그렇다면 최부는 우리의 기대나 희망사항과는 달리, '표해'의 체험은
간과하였던 것일까? 중국에 상륙하여 가진 견문만을 중시한 나머지 '중
조문견일기'라고 제목을 붙여 바쳤던 것일까? 그런 것 같지는 않다. 귀국
후, 자신을 위로하러 온 사람들에게 어떻게 했는지 전하는 다음 대목이
그 점을 증명한다.

> 사신(史臣)이 논평하기를, "(중략) 최부(崔溥)가 청파역(靑坡驛)에서 여러
> 날을 머물렀기 때문에, 옛친구로서 조문(弔問)하는 자가 있었다. 최부(崔溥)
> 가 응당 초상(初喪)이라 하여 조문을 받지 않았어야 하는데 이따금 만나서
> 이야기하며 자신이 표박(漂泊)하여 고생스러웠던 상황을 서술하니, 이로
> 써 비방(誹謗)을 받았다." 하였다.
> 【史臣曰: "溥之還, 上憫其艱楚, 命撰日記以進。 溥留靑坡驛數日, 故
> 舊有往弔者, 溥不以初喪受弔時, 引接談話, 敍己漂泊艱關之狀。 以此
> 致謗。"】[10]

이 기록을 보면, 최부는 자신을 위문하러 온 사람들에게 '漂泊' 즉 '풍
랑을 만난 배가 물 위에 정처 없이 떠돎'의 체험을 이야기하였고, 그 때
문에 주변에서 비방을 받기까지 하였다. 喪中이므로 조문을 받지 않았
어야 마땅한데 조문을 받았고 표박하여 고생스러웠다는 말을 하였기 때

---

10 성종 217권, 19년(1488 무신 / 명 홍치(弘治) 1년) 6월 22일(갑인) 2번째 기사.

문이다. 이 기록이 사실이라면, 최부는 당시의 체험에서 '중조문견'보다는 '표해'의 체험을 더 인상깊게 지녔을 가능성이 높다. 그러면서도 임금에게 보고서를 올릴 때는 '중조문견'사실만 부각하게 하였다. 어떤 경우는 '표해'의 체험에, 어떤 경우는 '중조문견'의 체험에 더 강조점을 두어서 표현했다고 읽혀지는 대목이다. 두 가지 체험이 다 사실이고 소중하지만, 친지들 앞에서는 '표해'의 어려움을, 임금 앞에서는 치국에 도움이 되는 '중조문견'의 내용을 더 강조할 수밖에 없었던 것으로 해석된다. 아마 그 친지들이 최부를 찾아가 위문하였던 이유도 최부의 '중조문견' 때문이 아니라 '표박'의 어려움을 겪은 데 대한 것이었으리라 여겨진다. 이 저술의 표제를 '중조문견일기'로 붙일 경우, '표해'는 '중조문견'을 위한 수단이나 과정 또는 그 일부로 포함되고 말아, 그 중요성이 희석될 수 있는 문제점을 지닌다.

2.2. 최부 사후에 〈표해록〉으로 바꾼 까닭은 무엇일까?

최부 사후에 〈중조문견일기〉는 '표해록'으로 바뀌어 간행된다. 첫 표제인 '중조문견일기'가 지닌 문제점이랄까 한계성을 보완하고자 하는 의식이 작용한 결과라고 보인다. 위에서 검토한 것과 같이, '중조문견'보다는 '표해'에 더 강조점을 두는 것이 이 저술의 특성을 드러내는 데 합당하다고 여겼지 않았을까 한다. 표제를 '표해록'으로 할 경우, '중조문견'은 '표해'의 연장선상에서 부수적으로 이루어진 경험이 되고 만다. 그럼에도 후대의 판본에서 계속 그리한 것은, 서술분량 면에서는 3분의 1 정도밖에 안 되는 표해 체험이지만, 그 중요성을 인식한 데 따른 선택이라고 생각한다.

'표해록'이라는 표제와 관련하여 한 가지 더 알아보고 싶은 게 있다.

왜 '일기'가 '록'으로 바뀌었는가 하는 점이다. '표해일기'라고 할 수도 있
는데, 굳이 '록'으로 명명한 이유는 무엇인지 궁금하다. 필자는 〈동문선〉
에 수록된 작품들을 토대로, '록' 작품들 모두가 여행기임에 주목하여,
'록'은 여행기라고 개념 규정한 적이 있다.[11] 하지만 〈한중록〉의 경우에
서 보듯, 여행기가 아닌 작품도 '록'을 표제로 한 경우들이 있어서 '록'
표제의 작품 모두를 여행기라고 하기는 무리라고 생각한다. 어쩌면 동문
선이 이루어지던 당시까지는 여행기만을 '록'으로 명명하다가, 후대로
내려오면서 오늘날의 개념에 접근하는 방향으로 변화가 일어난 것은 아
닌가 추정해 본다. 그렇기는 해도 '조천록'이니 '연행록'이나 '해사록' 등
에서 확인하듯, 여행기의 성격을 지닌 글들이 '록'의 주축을 이루었으리
라 생각한다. 더 자세히 고찰해 보아야 하겠지만, 초기소설 중의 하나인
김시습(1435~1493)이 지은 소설 작품인 〈용궁부연록〉의 경우도 '록'이 지
닌 여행기로서의 개념을 정확하게 적용한 사례라고 보인다. 다른 작품과
는 달리, 용궁에 가서 잔치에 참여해 시문만 주고받다 온 게 아니라,
용궁의 이곳저곳을 여행하는 내용이 들어있기 때문이다.

이 작품의 표제와 연관하여, 다른 작품들의 경우는 어떤지 궁금할 수
있다. 다른 작품들의 표제는 어떤가? 이 작품과 유사한 성격의 작품으로
〈표주록〉이 있다. 조선 영조 때 이지항(李志恒)이 표류한 경험을 쓴 〈표주
록〉은 부산에서 영해(寧海)로 가던 중 파선되어 일본의 북해도(北海道)까지
표류되었다가 돌아온 일기체 기록으로서, 표해의 경험과 다른 나라에서
의 견문, 이 두 가지를 포괄하고 있어 최부의 〈표해록〉과 유사한 편이다.
하지만 〈표주록〉은 활자본으로만 존재하기도 하지만, 부산진 첨사에게
올린 보고서적인 글이면서도 '표주록'이라고 함으로써, 이 저술의 특징

---

11 이종건·이복규,『한국한문학개론』(보진재, 1991), 229쪽.

이며 생명인 '표해'의 사실을 제목에 드러내고 있다. 배를 타고 떠나 육로로 돌아온 최부와는 달리, 시종 배를 타고 다니다 배로 돌아온 기록이고, 육지에 머물러도 어디에 머물렀다는 정도의 메모에 불과하기에 '표주록'이 적합하여 그렇게 제목을 달았다고도 할 수 있겠다. '표해'의 체험과 청산도 정박의 경험만 나타날 뿐 외국 견문은 없는 장한철의 〈표해록〉도 이본에 따른 표제상의 이원성은 엿보이지 않는다. 이것을 보면, 표해의 경험을 담은 기록들의 표제는 '표해록' 또는 '표주록'이 당대에도 더 자연스럽게 여겨졌던 것이라고 보인다.

그런데 객관적인 처지에서 보았을 때, '중조문견일기'도 '표해록'도 이 작품의 내용을 총체적으로 나타내주지는 못하는 한계성을 지니고 있다. 그렇다고 두 가지 사실을 다 반영하는 제목으로 고쳐 부른다는 것도 번거로운 일이다. 다만 표제의 변화가 머금고 있을 위의 사정과 두 표제가 지닌 의의와 한계성을 각각 의식하면서 이 작품을 이해하고 평가해야 하리라고 보며, 〈중조문견일기〉보다는 〈표해록〉이 더 낫다고 판단한다.[12]

---

12 이 작품이 지닌 이중성 때문에, 학계에 이 작품을 해양문학으로 다루는 시각(정병욱, 최강현)과 중국견문기로 다루는 시각(성균관대학교, 이재호)이 있다. 서인범·주성지 옮김, 『표해록』(한길사, 2004), 33쪽 참고.

3. 죽음의 위기 앞에서 작자 최부는 어떻게 반응했을까?

3.1. 그간의 논의에서는 어떻게 보았나?

부친상을 치르기 위해 떠난 배가 표류하여 사경을 헤매다 13일만에 중국에 상륙하기까지, 그 죽음의 위기 앞에서 최부가 보인 반응은 무엇이었을까? 그동안의 글들에서는 최부는 뱃사람을 비롯하여 함께 탄 사람들과는 달리 유교 사대부로서 의연한 자세를 견지했다는 점을 강조하였다. 〈표해록〉의 작자 최부는, 유교적 합리주의에 입각해 해신(海神)에 대한 뱃사람들의 의례를 부정적으로 평가했다는 점을 지적[13]하고 말았다. 주해서를 낸 이들조차도 "그는 수하 43명을 거느리고 태풍을 만난 대양 중에서 사투를 벌이는 가운데서도 유교적 이치에 닿지 않는 어떠한 행위도 용납하지 않았다."[14]라고 단언하였다. 그 근거로서 다음 대목들을 들곤 하였다.

> 큰 바다 가운데서 표류하였음.
> 이날은 날씨가 흐렸으나 풍파는 조금 그쳤으므로, 비로소 김구질회 등을 독려하여 조각이 난 돛자리를 기워서 돛을 만들고, 장대[桅竿]를 세워서 돛대를 만들고, 그전 돛대의 밑둥을 잘라서 닻을 만들어 바람을 따라 서쪽을 향하여 떠나갔습니다. 돌아다보니, 큰 파도 사이에 물건이 있는데 그 크기는 알 수가 없었지만, 그것이 물 위에 나타난 것은 기다란 행랑(行廊)집과 같고, 거품을 뿜어 하늘을 쏘는데 물결이 뒤집히고 놀라서 움직였습니다. 사공이 배 안의 사람들에게 경계하여 손을 흔들어 말하지 못하게

<hr>

13 이경엽, 앞의 글, 107쪽 ; 서인석, 「최부의 〈표해록〉에 나타난 해외 체험과 체험의 대화적 재구성」, 『고전문학과 교육』 13(한국고전문학교육학회, 2007), 38~39쪽.
14 서인범·주성지, 앞의 책, 34쪽.

하고, 배가 이미 멀리 지나간 후에 사공이 큰소리로 말하기를,

"저것이 바로 고래[鯨]입니다. 큰 것은 배를 삼키고 작은 것도 배를 뒤엎을 수 있습니다. 지금 다행히 서로 만나지 않아서 우리가 다시 살아났습니다."

하였습니다. 밤이 되자 풍랑이 다시 강해지므로 배가 가는 것이 매우 빨라졌습니다. 안의(安義)가 말하기를,

"일찍이 듣건대, 바다에 용신(龍神)이 있어 매우 욕심이 많다고 하오니, 청컨대 행장에 있는 물건을 던져서 무사하기를 빕시다."

하였으나, 신은 응하지 않았습니다. 배 안의 사람들이 모두 말하기를,

"사람은 자기 몸이 있은 뒤에야 이런 물건이 있게 되는 것이니, 이런 물건들은 모두 자기 몸 밖의 물건이다."

하고는, 서로 다투어 염색한 의복과 군기(軍器)·철기(鐵器)·구량(口糧; 사람 수효대로 내어 주는 양식) 등 물건을 찾아내어 바다에 던졌으나, 신 역시 능히 금하지 못했습니다.   (성종 19년 윤1월 6일)[15]

풍랑이 강해지자 위기를 느낀 나머지, 모두가 용신을 달래기 위해 휴대품들을 제물로 바치자고 하였지만 최부는 허락하지 않고 있다. 이 대목을 보면 최부가 용신에게 제물 바치는 행위 즉 민간신앙적인 행위에 동의하지 않은 것이 분명하다. 하지만 그렇다고 해서 최부가 전혀 신앙적인 반응을 보이지 않고 유교 사대부로서 합리적인 자세만을 고수했다고 보는 것은 쉽게 믿을 수 없다. 물론 서경덕(1489~1546)을 비롯하여 李

15 최부, 표해록, 閏正月 初六日。 (한국고전번역원 사이트에 올려진 번역문과 원문을 따랐음. 이하 같음.)
漂大洋中。是日陰。風波少歇。始督仇叱廻等。葺片席以爲帆。建檣竿以爲檣。劈舊檣之本以爲矴。隨風西向而去。顧見洪濤間有物。不知其大也。其見於水上者。如長屋廊。噴沫射天。波翻浪駭。梢工戒舟人。搖手令勿語。舟過甚遠。然後梢工呼曰。彼乃鯨也。大則吞航。小能覆舟。今幸不相値。我其更生更生矣。入夜風濤還勁。舟行甚疾。安義曰。嘗聞海有龍神甚貪。請投行李有物。以禳謝之。臣不 之應。舟人皆曰。人有此身。然後有此物。此物皆身外物。爭檢有染衣服，軍器，鐵器，口粮等物。投諸海。臣亦莫之能禁。

滉(1501~1570)이나 李珥(1536~1584) 같은 유교 사대부나 학자들은 평소에 소신(죽음이란 氣가 흩어지는 것에 불과함)에 따라 죽음에 직면해서도 전혀 흔들림없이 그 죽음을 맞이했다는 보고[16]가 나와 있고, 대부분 그렇게 이해하고들 있는 게 사실이다. 하지만 죽음으로 이어질 수 있는 극한상황에 직면했을 때, 유교 사대부들이 우리의 일반적인 통념과는 다르게 신앙적인 반응을 보인 경우들도 있어서, 최부가 신앙적인 반응을 보이지 않았다는 사실을 선뜻 받아들이기 어렵다.

3.2. 유교 사대부들도 신앙적인 행위를 하였다는 사례들

유교 사대부들이 인간적인 한계를 느껴 신앙적인 반응을 보인 현저한 사례[17]로 정몽주의 경우를 들 수 있다. 정몽주는 동방 성리학의 조종으로까지 추앙되는 인물이기 때문이다. 그렇지만 정몽주는 중국 使行길에서 해상 조난 사고를 당한 후, 다시 철산수로를 택하여 귀국길에 오른 적이 있는데, 그때 남긴 시 〈沙門島〉에서 음사의 귀신 즉 중국 민간도교 신[天妃]에게 머리를 조아려 흠향하기를 빌고 있어 충격적이다. 1629년 무렵에 水路로 명나라 사행길에 오른 이흘(1568~1630)도 16편의 해신제문을 남겼는데, 그중의 한 대목을 보면, 이렇다. "이처럼 예물을 갖추어 항해하나니 신께서는 지극한 정성을 굽어 살피시고 우리를 보호하여 바다를 무사히 건널 수 있게 하소서." 제문의 격식까지 갖추었으니 정몽주보다 더 강화된 형태라 할 수 있다. 정몽주만이 아니다. 배를 타고 사행길에 올랐던 다수의 인물들이 그 점을 보여준다. 개인적인 기복을 위한

---

16 조동일, 「죽음과 질병을 맞이하는 선인들의 자세」, 『독서·학문·문화』(서울대학교출판부, 1994), 133~143쪽.
17 안동준, 「해상 사행문학과 천비신앙」, 『도남학보』 16(도남학회, 1997), 171~201쪽 참고.

기도가 아니라, 나라에서 부여한 외교 임무를 다하기 위한 기도라 민간 신앙의 그것과는 일정하게 구별되지만 엄연히 祀典에 나와 있지 않은 이른바 淫祀 행위를 한 셈이다.

사행과는 무관하게, 다른 상황에서 음사 행위를 한 경우들도 있다. 묵재 이문건의 경우가 그렇다. 집안이 을사사화를 입어 자신마저 유배당하고 絶孫의 위기가 닥치자 손자를 얻기 위해, 그리고 얻은 손자가 건강하게 자라기를 위하여, 祈子, 問卜, 굿 등 수시로 민간신앙에 기대었다는 것을 알 수 있다.[18] 그 가운데에서 祈子 행위의 일환으로 옥황상제한테 올린 醮祭文을 본인이 직접 작성한 것은 유교 사대부도 경우에 따라서는 淫祀에 기대기도 하였다는 것을 알 수 있다. 최부의 외손인 미암 유희춘의 경우도 그렇다. 유희춘은 주역에 의한 作卦占을 쳤다. 이는 오랜 유배생활로 말미암은 심리적 불안감에서 비롯된 것으로 보인다. 점복의 양상을 가지고 말하면 유희춘은 운명론자에 가까운 인물이라고 할 수 있을 정도이다.[19] 이지항의 〈표주록〉에서도 주역점이 등장한다.[20] 유교

---

18 이복규, 『묵재일기에 나타난 조선전기의 민속』(민속원, 1999).
19 송재용, 『미암일기연구』(제이앤씨, 2008), 291~292쪽 참고.
20 이지항, 〈표주록〉 8일째(5월 7일인 듯하나 미상)(한국고전번역원 사이트에 올려진 번역문을 따랐음.)
　유시(酉時)쯤에, 마침 한 마리의 물개[海狗]가 배의 수 리(里) 밖에 나타나더니, 뱃깃에다 발을 걸치기도 하고, 혹은 동쪽으로 달아났다가 다시 오기도 하는 것이었다. 김북실이 칼을 가지고 찔러 죽이려 했다. 나는 그의 손을 잡아 말리고는,
　"물개가 배를 따르는 것으로 점괘를 만드니, 천지비괘(天地否卦 64괘의 하나)를 얻었다. 괘는 비록 불길하나 세효(世爻)가 재효(才爻)를 띠[帶]었고 일진(日辰)은 복덕(福德 6효에 있어서 자손효를 말함)에 닿으니, 우리는 반드시 죽음을 면할 것이다."
　라고 달래니, 모두 곧이어 '관세음보살'을 외우며 그치지를 않았다.

　〈표주록〉 9일째(5월 8일인 듯하나 미상)
　초경(初更)쯤에 서북풍(西北風)이 크게 불어 우리는 큰 바다 복판에서 이리저리 표류하여 어찌할 바를 몰랐다. 또 어느 날에나 정박할 수가 있는가를 점쳐 보았더니, 풍뢰익괘(風雷益卦 64괘의 하나)를 얻었는데, 복덕이 괘신(卦身)에 닿고, 세효가 재효를 띠었다. 복서(卜書)에 '자효(子爻 즉 복덕효를 말함)가 왕성하고 재효가 분명하면, 모름지기 길(吉)하고 이익이 있으리라.' 하였다고 달래니, 사람들이 다 답답한 근심을 조금 풀었다. 바람은 3경쯤에 이르러 그쳤다가, 동방이 밝아지며, 곧 이어 서풍이 불어왔다. 나는 여러 사람들에게

사대부들도 한계상황에 놓이게 되면, 사태를 진단하고 미래를 예견하기 위해 주역으로 점을 쳤다는 것을 알 수 있다. 고소설(〈홍길동전〉, 〈임경업전〉, 〈소대성전〉 등)에서는 자주 나타나지만 실기 문학에서는 쉽게 드러나지 않던 유교 사대부들의 점복 행위의 실상이 표해록류와 일기문학에서 확인되는 점은 눈여겨보아야 할 일이다. 이는 허구물이 일정한 근거를 가지고 씌어졌다는 사실을 입증해 주면서, 유교 사대부가 살았던 삶의 실상을 드러내고 있다는 점에서 가치가 있다 하겠다.

3.3. 최부가 보인 신앙적인 반응과 민간신앙과의 차이는 무엇일까?

(1) 최부가 보인 신앙적인 반응의 실상과 그 배경

이런 시각에서 최부의 〈표해록〉을 다시 자세히 읽어보면, 최부도 예외가 아님을 알 수 있다. 최부가 신앙적인 반응을 보이는 대목이 분명히 나와 있기 때문이다.

> 큰 바다 가운데서 표류했음.
> 이날은 캄캄한 안개가 사방에 꽉 끼어서 지척을 분변할 수가 없었는데, 저녁때가 되면서 빗발이 삼대[麻]와 같았습니다. 밤이 되자 비가 조금 그쳤으나 성난 파도가 산더미와 같아서, 높게 일 때는 푸른 하늘에 솟는 듯했고, 내려갈 때는 깊은 못에 들어가는 듯하여, 부딪치는 소리가 천지를

말하기를,
"전에 내가 일본(日本) 지도를 본 일이 있었는데, 동쪽은 다 육지였다. 또 통신사(通信使)를 배행(陪行)하여 왕래했던 사람의 말을 들으니, '그 중간에 대판성(大坂城)이 있어, 황제(皇帝)라는 자가 있고, 동북방 강호(江戶)라는 곳에는 관백(關白)이 있다. 대판성에서 육지로만 이어져 강호까지 가는 데는 16~17일이 걸린다.' 하였다. 이제 우리는 동해가 다하는 곳까지 가면 반드시 일본의 땅일 것이니, 이는 하늘이 도운 요행이다."

찢는 듯하니 모두 물에 빠져 썩어 문드러질 것은 경각에 달려 있었습니다.
막금(莫金)과 권송(權松) 등은 눈물을 씻으면서 신에게 말하기를,

"형세가 이미 급박해졌으니 다시 바랄 것이 없습니다. 청컨대 의복을 갈아 입고 대명(大命; 죽음)이 이르기를 기다리십시오."

하므로, 신도 그 말과 같이 인장(印章)과 마패(馬牌)를 품안에 넣고 상관(喪冠)과 상복(喪服)을 갖추고는 근심스럽고 두려워하는 태도로 손을 비비고 하늘에 축원하기를,

"신이 세상에 살면서 오직 충효와 우애를 마음먹었으며, 마음에는 기망(欺罔)함이 없고 몸에는 원수진 일이 없었으며, 손으론 살해함이 없었으니, 하느님이 비록 높고 높지마는 실제로 굽어살피시는 바입니다. 지금 또 임금의 명령을 받들고 갔다가 먼 곳에서 친상(親喪)을 당하여 급히 돌아가는 길인데 신에게 무슨 죄와 과실이 있는지 알지 못하겠습니다. 혹시 신에게 죄가 있으면 신의 몸에만 벌이 미치게 하면 될 것입니다. 배를 같이 탄 40여 인은 죄도 없으면서 물에 빠져 죽게 되었으니 하느님께서는 어찌 가엾지 않습니까? 하느님께서 만약 이 궁지에 빠진 사람들을 민망히 여기신다면, 바람을 거두고 파도를 그치게 하여, 신으로 하여금 세상에 다시 살아나서 신의 갓 죽은 아비를 장사지내게 하고, 노인이 된 신의 어미를 봉양하게 하십시오. 다행히 또 궁궐의 뜰 아래에 국궁(鞠躬)하게 한다면 그 후에는 비록 만 번 죽어 살지 못하더라도 신은 실로 마음에 만족하겠습니다."

하였습니다. 말을 미처 마치지 않는데, 막금이 갑자기 신의 몸을 안으면서,

"한집안의 사람들이 평생의 고락을 모두 이 몸에게 의뢰하기를, 마치 열명 장님이 1개의 지팡이에 의뢰하듯 하였는데, 지금 이 지경에 이르렀으니 한집안 사람들을 다시는 볼 수가 없습니다."

하고는, 마침내 가슴을 치고 뛰면서 슬피 통곡하니, 배리(陪吏) 이하 또한 소리를 내어 슬피 울면서 손을 모아 하늘의 도움을 빌었습니다.[21]

---

21 최부, 표해록, 閏正月 初五日。
漂大洋中。是日昏霧四塞。咫尺不辨。向晚雨脚如麻。至夜雨少止。怒濤如山。高若出靑

최부는 죽음의 위기 앞에서, 합리적으로만 대처한 게 아니다. 위에 보인 것처럼, 하늘에 빌었다. 그런데도 왜 그간의 논의에서는 이 대목을 간과했던 것일까? 그것은 유교와 유교 사대부와 신앙간의 관계에 대한 선입견 때문이 아니었을까? 심하게는 유교를 '신이 없는 종교'로 여기는 시각, 유교 사대부 역시 무신론자로 여기는 선입견 때문이 아니었을까? 과연 그 같은 생각은 정당한 것일까? 그렇다면 위에서 든 정몽주나 이문건 등의 유교 사대부가 보인 신앙적인 반응은 예외적이거나 잘못된 것일까? 아니다. 충분히 그럴 수 있는 배경이 있었다.

관련 논문[22]을 살펴보면, 통념과는 다르게 유교 안에도 신앙적, 종교적인 성격이 있다는 것이 확인된다. 上帝 혹은 天에 대한 관념이 그것이다. 유교의 상제는 天과 동일한 개념으로도 쓰였는데 은나라 때는 상제를 인격적인 존재로 보아 섬김의 대상으로 인식하였고, 주나라 때부터는 공포와 존경의 대상임과 동시에 원망과 하소연의 대상으로 보았다. 그러면서 上帝나 帝라는 용어보다는 天이라는 용어가 훨씬 자주 사용되기 시작한다. 上天, 昊天, 蒼天, 旻天 등으로 다양하게 표현된 天은 인간의 길흉화복의 주관자이자 국가의 운명의 결정자로서 덕 있는 자를 찾아 인민들을 대신 다스리게 하는 인격적 존재였다. 왕의 덕은 상제와 같다는 의미에서 왕을 帝라고 부르기도 하였다. 춘추전국시대 공자의 경우,

天。下若入深淵。犇衝擊躍。聲裂天地。胥溺臭敗。決在呼吸之間。莫金，權松等扶淚謂臣曰。勢已迫矣。無復望已。請替換衣服。以待大命之至。臣如其言。懷印與馬牌。具喪冠與服。惝惝然按手視天曰。臣在世。唯忠孝友愛　爲心。心無欺罔。身無讎冤。手無殺害。天雖高高。實所鑑臨。今又奉君命而往。犇父喪而歸。臣不知有何罪咎。倘臣有罪。罰及臣身可也。同舟四十餘人。無罪見溺。天其敢不矜憐乎。天若哀此窮人。返風息濤。使臣得再生於世。葬臣新死之父。養臣垂老之母。幸又得鞠朐於丹墀之下。然後雖萬死無生。臣實甘心。言未訖。莫金遽抱臣身曰。一家人百年苦樂。皆仰此身。有如十盲仰一杖。今至於此。無復再見一家之人。遂擗踊而哭。陪吏以下。亦　哭泣攢手。以祈天祐。

22 이광호, 「상제관을 중심으로 본 유학과 기독교의 만남」, 『유교사상연구』 19(한국유교학회, 2003).

상제에 관해서 직접적인 언급은 피하지만 그렇다고 『시경』과 『서경』에 나오는 종교적 측면을 부정하지도 않았다. 비록 송대의 성리학자들에 와서 상제관이 변모를 보여, 상제는 궁극적 진리인 無極이나 太極, 道와 理, 또는 天의 한 측면을 표현하는 용어로 바뀌지만, 공자가 주나라까지 의 전통을 계승하여 종교적인 측면을 부정하지 않은 것은, 후대 유교 사대부들에게서 신앙적인 반응이 나타날 가능성을 잉태하고 있다 하겠 다. 실제로 이 같은 배경에서, 정몽주를 비롯해 이 글의 대상인 금남 최부에 이르기까지 유교 사대부들의 신앙 행위가 이어졌다고 보인다.

(2) 최부의 신앙적 반응과 민간신앙과의 차이

그런데 최부가 보인 신앙적 반응은 민간신앙의 그것과는 구별된다. 고난의 원인에 대한 인식, 기도의 성격 등에서 일정한 차이가 있기 때문 이다. 위에서 인용했던 최부의 축원문을 다시 보면서 알아보자.

"신이 세상에 살면서 오직 충효와 우애를 마음먹었으며, 마음에는 기망 (欺罔)함이 없고 몸에는 원수진 일이 없었으며, 손으론 살해함이 없었으니, 하느님이 비록 높고 높지마는 실제로 굽어살피시는 바입니다. 지금 또 임 금의 명령을 받들고 갔다가 ①먼 곳에서 친상(親喪)을 당하여 급히 돌아가 는 길인데 신에게 무슨 죄와 과실이 있는지 알지 못하겠습니다. 혹시 신에 게 죄가 있으면 신의 몸에만 벌이 미치게 하면 될 것입니다. 배를 같이 탄 40여 인은 죄도 없으면서 물에 빠져 죽게 되었으니 하느님께서는 어찌 가엾지 않습니까? ②하느님께서 만약 이 궁지에 빠진 사람들을 민망히 여기신다면, 바람을 거두고 파도를 그치게 하여, 신으로 하여금 세상에 다시 살아나서 신의 갓 죽은 아비를 장사지내게 하고, 노인이 된 신의 어 미를 봉양하게 하십시오. 다행히 또 궁궐의 뜰 아래에 국궁(鞠躬)하게 한다 면 그 후에는 비록 만 번 죽어 살지 못하더라도 신은 실로 마음에 만족하겠습니다."

하였습니다(臣在世。唯忠孝友愛　　爲心。心無欺罔。身無讎冤。手無殺害。天雖高高。實所鑑臨。今又奉君命而往。犇父喪而歸。臣不知有何罪咎。倘臣有罪。罰及臣身可也。同舟四十餘人。無罪見溺。天其敢不矜憐乎。天若哀此窮人。返風息濤。使臣得再生於世。葬臣新死之父。養臣垂老之母。幸又得鞠躬於丹墀之下。然後雖萬死無生。臣實甘心。言未訖。莫金遽抱臣身曰。一家人百年苦樂。皆仰此身。有如十盲仰一杖。今至於此。無復再見一家之人。遂擗踊而哭。陪吏以下。亦　哭泣攅手。以祈天祐。).

첫째, 최부는 고난의 원인이 어디에 있다고 생각하였는지 살펴보자. ①을 보면, 최부는 죽음의 위기가 죄의 탓이라고 생각하고 있다. 무슨 죄인지는 모르지만, 파선당해 물에 빠져 죽게 된 것은 자신의 죄 탓이라고 기정사실화하고 있다. 우리가 보기에는 날씨가 좋지 않은 상황에서 행선하였으니 그 잘못을 인정해야 할 듯한데, 최부는 "먼 곳에서 친상(親喪)을 당하여 급히 돌아가는 길"임을 강조함으로써, 날씨를 돌보지 않고 무리하게 행선한 것은 죄도 과실도 아니라고 여기고 있는 듯하다. 도덕적으로 하자가 없으면 하늘도 재앙을 내리지 않으리라는 믿음이 거기 깔려 있다고 읽혀지는 대목이다. 최부는 자신이 의식하지 못하는 또 다른 죄가 있어서 하늘이 이런 고난을 내렸다고 생각해 '가엾'게 여겨 주시길 축원하고 있다.[23]

---

23 최부는 이렇게 생각하면서도, 1월 14일 기록에서는, 배가 표류하게 된 것은 자신이 순풍을 기다리지 않았기 때문이라는 점을 인정하고 있어서 다소 혼란스럽게 여겨질 수 있다. 하지만 전후 문맥을 고려해 볼 때, 최부는 자신의 불찰로 표류의 고난이 온 것은 인정하지만 그렇다고 그것이 신이나 하늘을 섬기고 안 섬기고와는 무관한 일이라는 확신을 가지고 있었다고 보인다. 〈오주연문장전산고〉 역경(易經) 길흉(吉凶) 회린(悔吝)에 대한 변증설에서 "세상에는 진실로 악한 것을 하고도 길함을 얻는 자가 있고, 착한 일을 했는데도 흉함을 만나는 자가 있으나, 이는 변고요 떳떳한 이치는 아니니, 변고는 떳떳한 것을 이기지 못한다. (중략) 저 간사한 자의 복됨과, 허물이 없는 자의 재앙은 다 우연의 소치이므로 오래지 않아 그 떳떳함으로 되돌아갈 것"이라 한 것과 동궤의 인식을 최부는 가졌고, 그런 바탕에서 기도도 드린 것이라고 여겨진다. 1월 14일 자 기록에서 최부의 발언 대목은 다

고난의 원인에 대한 민간신앙에서의 인식은 최부의 생각과는 다르다. 귀신을 공경하지 않아서 다시 말해 신에게 제사를 지내지 않아서 찾아온 것이라고 생각한다. 1월 14일 자 일기에서 이것을 확인할 수 있다.

> 큰 바다 가운데서 표류하였음.
> 이날은 맑았습니다. 신시에 배가 표류하여 한 섬에 이르니 동, 서, 남의 3면(面)이 아득하게 끝없이 멀어 눈을 가리는 것이 없었으나, 다만 북풍을 피할 만한 곳은 있었는데 도리어 닻이 없는 것이 근심이 되었습니다. 처음

음과 같다.

"천지(天地)는 사심(私心)이 없고, 귀신은 말없이 운행(運行)하면서 착한 사람에게 복을 주고 악한 사람에게 재앙을 주되, 오직 그것이 공평할 뿐이다. 악한 사람이 귀신을 아첨해 섬겨서 복을 구한다면 그 사람에게 복을 주겠는가? 착한 사람이 사설(邪說)에 미혹되지 않아서 부당하게 제사 지내지 않는다면 그 사람에게 재앙을 주겠는가? 일찍이 천지와 귀신이 음식으로 아첨해 섬긴다고 해서 사람에게 재앙과 복을 준다고 생각하겠는가? 절대로 이런 이치는 없을 것이다. 하물며 제사도 일정한 등급이 있으니, 사대부와 서인(庶人)이 산천에 제사 지내는 것은 예절에 어긋난 일이다. 예절에 어긋난 제사는 곧 음사(淫祀 부정한 귀신에게 제사 지냄)인데, 음사를 하면서 복을 얻은 일은 나는 보지 못하였다. 너희들 제주도 사람들은 귀신을 몹시 좋아하여 산택(山澤)과 천수(川藪)에 모두 신사를 설치해서, 광양 등의 신당(神堂) 같은 데는 아침저녁으로 공경하여 제사를 지냄이 지극하지 않은 점이 없었으니, 그 바다를 건너가는 데 있어서 마땅히 표류하고 침몰되는 근심이 없어야 될 것이지마는, 그러나 오늘은 어떤 배가 표류하고, 내일은 어떤 배가 침몰되어, 표류하고 침몰하는 배가 앞뒤로 서로 잇따르게 되었으니, 이것이 과연 신(神)의 신령스런 감응이 있는 일이겠는가? 제사를 지내어 능히 복을 받는 일이겠는가? 하물며 지금 함께 배를 탄 우리들 중에서 제사를 지내지 않은 사람은 다만 나 한 사람뿐이고, 너희 군인들은 모두 성심으로 재계하여 제사를 지내고 왔으니, 신이 만약 영험이 있다면 어찌 나 한 사람이 제사를 지내지 않은 까닭으로 너희들 40여 명이 재계하여 제사를 지낸 정성을 폐(廢)할 수 있겠는가? 우리 배가 표류한 것은 오로지 행리(行李 여행)가 전도되어 배가 떠날 때 순풍을 잘 기다리지 않은 데서 그렇게 된 것인데, 도리어 제사를 지내지 않은 일로 나를 책망하게 되니, 또한 미혹된 일이 아니겠는가?"(臣亦誨之曰。天地無私。鬼神默運。福善禍淫。唯其公耳。人有惡者諂事以徼福。則其可福之乎。人有善者不惑邪說。不爲黷祭。則其可禍之乎。曾謂天地鬼神。爲諂事飮食而降禍福於人乎。萬萬無此理也。況祭有常等。士庶人而祭山川。非禮也。非禮之祭。乃淫祀也。淫祀以獲福者。我未之見也。爾濟州人。酷好鬼神。山澤川藪。俱設神祠。至如廣壤等堂。朝夕敬祀。靡所不至。其於涉海。宜無漂沈之患。然而今日某船漂。明日某船沈。漂沈之船。前後相望。是果神有靈應歟。祭能受福歟。況今我   同舟人不祭者。唯我一人耳。爾軍人皆誠心齋祭而來。神若有靈。豈以我一人不祭之故。廢爾四十餘人齋祭之誠也。我之漂船。專是行李顚倒。不善候風之所致。反以廢祭尤我。不亦惑乎。)(한국고전번역원 사이트에 올려진 번역문과 원문을 따랐음.)

에 제주도를 출발할 때는 배가 매우 큰데도 실을 물건이 없으므로 몇 개의
돌덩이를 배 안에 실어서 배가 요동하지 못하게 하였는데, 이때에 와서
허상리(許尙理) 등이 새끼줄로 그 돌 4개를 얽어매어 합쳐서 임시 닻을 만
들어 배를 머물게 하였습니다. 안의(安義)가 군인 등과 서로 말하여 신에게
알아듣도록 하기를,

"<u>이번 행차가 표류해 죽게 될 까닭을 나는 알고 있었다.</u> 자고로 무릇 제주
도에 가는 사람들은 모두 광주(光州) 무등산(無等山)의 신사(神祠)와 나주(羅
州) 금성산(錦城山)의 신사에 제사를 지냈으며, 제주도에서 육지로 나오는
사람들도 모두 광양(廣壤)의 차귀(遮歸)・천외(川外)・초춘(楚春) 등의 신사
에 제사를 지내고 나서 떠났던 까닭으로, 신(神)의 도움을 받아 큰 바다를
순조롭게 건너갈 수가 있었는데, <u>지금 이 경차관은 특별히 큰소리를 치면
서 이를 그르게 여겨, 올 때도 무등산과 금성산의 신사에 제사를 지내지
않았고 갈 때도 광양의 여러 신사에 제사를 지내지 않아 신을 업신여겨
공경하지 않았으므로, 신 또한 돌보지 아니하여 이러한 극도의 지경에 이
르게 되었으니 누구를 허물하겠는가?</u>"

하니, 군인들은 동조하면서 모두 신(臣)을 책망하였으나(十四日。漂大洋中。
是日晴。哺時。漂至一島。東西南三面。一望無際。唯可避北風處。顧以無矴爲憂。
初發濟州時。舟甚大無載物。故輸若干石塊于舟中。使不撓動。至是。尙理等以絞索
纏其石四箇。合爲假碇。以留泊焉。安義與軍人等相與言。使之聞之於臣曰。此行所
以至於漂死者。我知之矣。自古以來。凡往濟州者。皆祭於光州無等山祠及羅州錦城
山祠。自濟州出陸者。又皆祭於廣壤，遮歸，川外，楚春等祠。然後行。故受神之
祐。利涉大海。今此敬差官特大言非之。來不祭無等，錦城之祠。去不祭廣壤諸祠。
慢神不敬。神亦不恤。使至此極。尙誰咎哉。軍人和之。咸咎臣。)

둘째, 기도의 성격 면에서, 최부의 축원문은 민간신앙과 구별된다. ②
에서 그것을 확인할 수 있다. 기복적인 기도가 아니다. 엄밀하게 말하면
최부의 기도는 동승한 40여 인을 위한 기도이다. 자신의 죄 때문에 무죄
한 40여 인이 희생당할 수는 없다며, 불쌍히 여겨 달라고 기도하고 있다.

구약성경에 나오는 모세의 기도[24]를 연상하게 하는 대목이다. 40여 인의 생명을 살리는 것을 가장 우선시한 최부는, 그 다음으로, "다시 살아나서 신의 갓 죽은 아비를 장사지내게 하고, 노인이 된 신의 어미를 봉양하게 하십시오. 다행히 또 궁궐의 뜰 아래에 국궁(鞠躬)하게 한다면 그 후에는 비록 만 번 죽어 살지 못하더라도 신은 실로 마음에 만족하겠습니다."라고 하여, 자신을 위한 간구를 한다. 자신을 위한 간구라고 하였지만 이 역시 유교에서 강조하는 孝와 忠을 이루기 위한 것이므로 엄밀하게 말하면, 자신을 위한 기도가 아니다. 부모와 임금 또는 나라를 위한 기도이다. 이런 면에서 최부의 기도는 민간신앙의 기도와는 그 성격이 다르다고 할 수 있다.

기도의 결과에 대한 최부의 인식은 무엇일까? 이 점에서도 최부는 민간신앙과는 구별된다. 다음 대목을 보자.

> 큰 바다 가운데에서 표류하였음.
> 이날은 흐리고 풍세(風勢)는 매우 험악하고 물결은 용솟음치고 바다 빛깔은 희었습니다. 정의 현감(旌義縣監) 채윤혜(蔡允惠)가 전에 신에게 말하기를,
> "제주의 부로(父老)들 말에, '갠 날 한라산 꼭대기에 오르면 서남쪽 멀리 떨어진 지역의 바다 밖에 백사정(白沙汀) 일대가 있는 것처럼 멀리 바라보인다.'고 합니다."
> 하였는데, 지금 보건대 흰 모래가 아니라 이 흰 바다를 바라보고 한 말이었습니다. 신은 권산(權山) 등에게 말하기를,
> "고려 때 너희 제주(濟州)가 원(元) 나라에 조공(朝貢)할 적에는 명월포(明月

---

24 이튿날 모세가 백성에게 이르되 너희가 큰 죄를 범하였도다 내가 이제 여호와께로 올라가노니 혹 너희의 죄를 속할까 하노라 하고 여호와께로 다시 나아가 여짜오되 슬프도소이다 이 백성이 자기들을 위하여 금신을 만들었사오니 큰 죄를 범하였나이다 그러나 합의하시면 이제 그들의 죄를 사하시옵소서 그렇지 않사오면 원컨대 주의 기록하신 책에서 내 이름을 지워버려주옵소서(출애굽기 32장 30~32절)

浦)에서 순풍을 만나 바른 길[直路]을 얻어서 7주야(晝夜) 동안에 흰 바다를 지나 큰 바다를 건넜었는데, 지금 우리는 바다에 표류하고 있으니 바른 길과 둘러 가는 길[散路]을 알 수가 없다. 다행히 흰 바다 가운데 들어갈 수만 있다면 아마 중국의 지경도 반드시 가까울 것이다. 만약 중국에 정박할 수 있다면 중국은 우리 부모의 나라다. 이런 때를 당하여 우리를 살리고 우리를 죽이는 것도 모두 하늘이 하는 일이며, 바람이 순조롭게 불고 거슬러 부는 것은 하늘이 실제 주장하고 있는데, 지금 동풍이 변함 없이 이미 여러 날을 지나고 있으니, 아마도 하늘이 반드시 우리를 살릴 마음이 있는 듯하다. 그대들은 각기 사람이 당연히 해야 할 일을 힘써서 하늘의 명령을 들어야 한다."

하였습니다.[25]

(윤1월 7일)

이 대목은 이미 최부가 40여 인의 생명을 위해 간절하게 기도한 이틀 뒤의 기록이다. 이 대목에서 최부는, "우리를 살리고 우리를 죽이는 것도 모두 하늘이 하는 일이며, 바람이 순조롭게 불고 거슬러 부는 것은 하늘이 실제 주장하고 있는데, 지금 동풍이 변함없이 이미 여러 날을 지나고

---

25 최부, 표해록, 閏正月 初七日.
漂大洋中。是日陰。風勢甚惡。波浪洶湧。海色白。旌義縣監蔡允惠嘗謂臣曰。濟州父老云。天晴日登漢拏山絶頂。則遙望西南絶域海外。若有白沙汀一帶者。以今觀之。非白沙。乃望此白海而云也。臣謂權山等曰。在高麗時。爾濟州新大元。自明月浦。遇便風得直路。七晝夜之間。過我海渡大洋。今我漂海。直路散路。不可知也。幸得入白海之中。則竊疑中國之界必近矣。若得泊中國。則中國是我父母之邦也。當此時生我死我。皆天所爲。而風之順逆。天實主張。今東風不變。已經累日。則抑竊疑天必有生我之心也。爾等其各勉人所當爲之事。以聽天所命耳。至暮風又變東而北。權山猶指舵向西。夜未央。暴濤激躍。又駕入天篷。被人頭面。人皆瞑目不能開。領船梢工。皆痛哭莫知所爲。臣亦知不免於死。裂單衾纏身數圍。縛之于舟中橫木。蓋欲死後屍與舟久不相離也。莫金。巨伊山。皆哭泣聯抱臣身曰。死且同歸。安義大哭曰。吾與其飲醎水而死。莫如自縊。以弓絃自縊。金粟救之得不死。臣叫領船梢工等曰。舟已破乎。曰。否。曰。舵已失乎。曰。否。卽顧謂巨伊山曰。波濤雖險。事勢雖迫。舟實牢固。不至易敗。若能汲殆盡。則庶幾得生。汝實壯健。汝又往首倡汲之。巨伊山卽命欲汲。汲水之器已盡破。叫號無據。安義卽以刀裂去小鼓面以爲器。授巨伊山。巨伊山與李孝枝。權松。都終。玄山等盡力以汲水。猶深一膝。孝子。程保。李楨。金重等或親自刮取。或立督軍人。仇此廻等七八人。相繼刮盡。僅得不見敗沒。

있으니, 아마도 하늘이 반드시 우리를 살릴 마음이 있는 듯하다. 그대들은 각기 사람이 당연히 해야 할 일을 힘써서 하늘의 명령을 들어야 한다.”라고 하였다. 기도는 하였지만 그 기도가 이루어질지 안 이루어질지는 철저하게 하늘에 맡기는 자세이다. “우리를 살리고 우리를 죽이는 것도 모두 하늘이 하는 일이며, 바람이 순조롭게 불고 거슬러 부는 것은 하늘이 실제 주장하고 있”다고 보았다. 하늘의 절대주권을 인정하고 있는 자세이다. 기도했다고 해서 반드시 그렇게 이루어지리라고 믿거나 강요하는 자세가 아니다.

그 대신 최부는 기도한 후에, 바람의 흐름을 예의 주시한 듯하다. 그것으로 하늘의 뜻이 어디 있는지, 변화가 있는지 없는지를 살펴본 듯하다. 그랬기에 “지금 동풍이 변함없이 이미 여러 날을 지나고 있으니, 아마도 하늘이 반드시 우리를 살릴 마음이 있는 듯하다. 그대들은 각기 사람이 당연히 해야 할 일을 힘써서 하늘의 명령을 들어야 한다.”라는 대목이 그것을 입증한다. 어쩌면 그 이후에 벌어진 절망적인 상황에서 선원을 독려하면서 고난 극복의 드라마를 지휘한 것[26]도 바로 이 같은 확신 때문이었다고 여겨진다.

4. 맺음말

위에서 논의한 바를 종합하면서 앞으로의 과제가 무엇인지 지적하고

---

26 윤정월 10일 기록에서 그 처절한 노력들을 볼 수 있다. 조금 남은 황감과 술을 아껴가며 차례로 갈증을 면하기, 그마저 떨어지자 마른 쌀을 잘게 씹고 제 오줌을 움켜서 마시기, 오줌마저 떨어지자 마침 내리는 빗물을 모자나 돗자리에, 또는 돛대와 노를 세워 중간중간에 종이 끈을 묶어서 물방울을 받아 혀로 핥기, 특히 자신이 간수한 옷들을 꺼내놓아 거기에 비를 받아 흠뻑 젖게 한 후에 짜내어 병에 담아 숟가락으로 나누어 마시게 하기 등이 그것이다.

자 한다.

첫째, 최부가 지은 〈표해록〉의 표제가 원래의 것과 나중의 것이 다른데도 이 문제에 대하여 별로 관심을 기울이지 않았다고 보아 다루었다. 그 결과, 최부는 왕명에 따라 '일기'를 표제로 하되, 자신의 내심에는 '표해'의 체험이 더욱 강렬할 수 있었지만, 임금의 통치를 위해서는 '중국견문'의 내용이 중요하다고 보아, 〈중조문견일기〉라고 제목을 달았던 것으로 여겨진다. 하지만 최부 사후에 이 책을 다시 간행할 때는, '표해'야말로 이 기록의 개성 혹은 정체성을 드러내는 데 적합하다고 보아 〈표해록〉으로 고쳤던 것으로 이해된다. 아울러 당시에 '록'은 주로 여행기를 담은 글이나 책의 표제에 많이 쓰였기에, 다소 모호한 '일기'라는 표현보다 '록'을 반영한 것으로 여겨진다.

둘째, 유교 사대부에 대한 선입견과는 달리, 최부는 죽음의 위기 앞에서 신앙적인 반응을 보였다는 점을 확인하였다. 이는 이단적이거나 예외적인 현상이 아니며 유교 문맥 안에서 지속되어 온 전통의 한 측면이었으며, 죽느냐 사느냐 하는 결정적인 계기를 통해 이어져 발현된 것이라는 점도 확인하였다. 다만, 민간신앙에서의 기복적인 성격의 반응은 아니었으며, 타인을 위하거나 유교 사대부로서의 도리인 효와 충을 이루기 위해서 기도하는 것으로 나타난다는 점을 살펴보았다. 하늘의 절대 주권을 인정하며 착하게 살면 복이 오고, 악하게 살면 재앙이 올 뿐, 제사를 비롯해 신앙적인 행위를 통해 화와 복이 결정될 수 없다는 성리학적이거나 합리적인 사고를 가지고 있으면서도, 결정적인 순간(남의 생명을 살리고, 자신의 사명을 이루기 위해서는)에는 하늘에 기도하기도 했던 사대부의 또다른 면모를 확인할 수 있었다. 그리고 그 기도 결과 희망의 조짐이 한번 보이자, 하늘이 살려줄 것이라는 굳은 믿음으로 사람들을 격려하며, 가능한 모든 노력을 다 기울여 고난을 극복하는 자세는 엄숙하기만 하다.

셋째, 앞으로 더 연구해야 할 점들을 몇 가지 지적하고자 한다. 조선후기에 이르러서 정약용을 위시한 남인 계열의 학자들이 유교의 상제관념 혹은 상제신앙의 전통을 이어받아 마침내 기독교를 수용하는 양상을 보이는데, 조선전기의 인물인 최부가 天에게 기도한 것도 종교사적인 관점에서 같은 맥락으로 조명할 수는 없는 검토할 필요가 있다고 본다. 아울러 최부의 문집인 『금남집』을 살펴서, 최부의 귀신관 혹은 신앙관을 살펴보고 그 양상과 표해록간의 관계를 따져볼 필요도 있다. 최부가 표해 체험을 하고 귀국한 이후의 삶과 의식에서 어떤 변화가 감지되는지도 추적해 볼 필요가 있으며, '표해' 체험을 다룬 외국의 작품들과는 어떻게 같고 다른지도 비교문학적 관점에서 검토해야 하리라고 본다.

제6장
〈설공찬전〉과 〈엑소시스트〉의
퇴마(退魔) 양상 비교

1. 머리말

고소설 〈설공찬전〉에는 퇴마(退魔) 혹은 축귀(逐鬼) 모티브가 나온다.[1]
퇴마 모티브를 다룬 작품에 〈설공찬전〉만 있는 것은 아니다. 국내는 물
론 외국에도 있다. 그 대표적인 작품이 W.P. 블레티의 소설 〈엑소시스
트〉이다.

동일한 모티브를 다룬 두 작품을 비교하는 것은 흥미도 있고 의미도
있는 작업일 것이다. 〈설공찬전〉은 16세기 작품이고 〈엑소시스트〉는 20
세기 작품이라 400년이란 시간 차이는 있지만, 그럼에도 두 작품이 동일
모티브를 다루고 있고 엄청난 파장을 불러일으키면서 양국 독자들에게
광범위하게 수용되었다는 점에서 일치하므로, 그 양상을 비교하면 한국
과 미국(서구), 혹은 16세기와 20세기의 같은 점과 다른 점을 알 수 있으리
라 기대한다. 더욱이 두 작품 모두 일정한 실화를 바탕으로 씌어졌기에[2]

---

1 이복규, 『설공찬전 연구』(서울: 박이정, 2003), 38쪽.

더 많은 반향을 불러일으켰던 것으로 필자는 판단하는데, 그만큼 '퇴마' 혹은 '신들림' 현상은 시대와 지역을 초월하여 많은 사람의 관심과 호기심을 자극하며 공감케 하는 보편성을 지닌 문화가 아닌가 여겨져, 그 같고 다름을 비교해 보고 싶었다.

두 작품을 동일선상에 올려놓고 비교하려는 시도는 이미 있었다. 2005년 4월, KBS 2TV에서 방영된 프로그램 〈스펀지〉에서 "1500년대 지어진 한글소설 〈설공찬전〉은 공포영화 〈엑소시스트〉와 똑같다"란 제목으로 다룬 게 그것이다. 그때 필자는 관련 전문가로 출연해 해설을 도우면서, 고소설 〈설공찬전〉에 등장하는 귀신과 미국소설 〈엑소시스트〉에 등장하는 귀신은 비슷한 것 같지만 구별되니, 자막을 통해서라도 그 점을 시청자들에게 알리라고 주문했지만 결국 반영되지 않아, 내 생각을 따로 글로 정리하고 싶은 마음이 있었다. 더욱이 소설은 소설끼리 비교하는 게 타당하지, 영화 작가와 감독의 주관에 의한 변용이 가해질 수밖에 없는 영상물과 소설 〈설공찬전〉을 바로 비교한다는 것은 아무래도 덜 적절하다는 생각을 가지고 있었기에, 이번 기회를 빌어 두 작품의 퇴마 양상을 자세히 비교하고자 한다.

〈설공찬전〉의 경우는 필자가 소개한 국문본 텍스트[3]를, 〈엑소시스

---

2 〈설공찬전〉이 실화에서 유래한 작품이라는 데 대해서는 같은 책, 133~152에서 필자가 논증했고, 〈엑소시스트〉는 국역본 첫머리에 실린 "이 책을 읽는 분에게"란 번역자의 글에서 다음과 같이 밝히고 있다. "1949년, 14세 소년이 귀신에 홀린 '폴터가이스트(poltergeist) 현상'을 나타내, 이를 한 예수회 신부가 '푸닥거리'를 하여 구해낸 실화에 이 작품은 근거하고 있다. 특히 신부의 일기장을 중심으로 작가 블래티는 새로운 사실을 가미하여 종교적 그리고 정신과학적 측면에서 주도면밀한 설명을 가해 상상할 수 없는 악마에 홀린 정신현상을 세밀하게 서술하고 있다. 어린 소녀에게서 악마를 추방하고자 목숨을 바치는 성직자의 고귀한 정신, 그의 성스러운 메티에(metier)는 베르나노스의 〈어느 시골 사제의 일기〉에서보다 더욱 감동 있게 묘사되고 있다."

3 같은 책, 22~26쪽. 현전 국문본의 경우, 베끼다가 말아, 작품의 전모를 알 수 없는 형편이라 논의의 한계는 있다. 하지만 그렇다고 손을 놓을 수는 없고 지금 가능한 범위에서나마 비교하는 것은 여전히 필요하다고 판단한다.

트)는 편의상 국역본[4]을 활용하고자 한다. 〈엑소시스트〉 국역본의 경우, 초판이 1974년에 나와서 그런지 시중에서는 구할 수 없었고 국립중앙도서관에서 그 제2판을 겨우 입수할 수 있었다. 초판과 2판의 차이를 검토할 겨를은 얻지 못하였으나, 번역자도 별다른 언급을 하지 않는 것으로 미루어 세부 묘사까지 고려하는 연구가 아니기에 어느 것을 활용해도 무방하지 않으리라는 생각에서 2판을 텍스트로 삼기로 한다. 한편 〈설공찬전〉 관련 연구성과는 몇 건[5]이 있으나, KISS에서 〈엑소시스트〉 연구성과는 물론 '영문학의 귀신관' 관련논문도 검색되지 않으므로 사용할 수 없다. 하지만 두 작품의 문면을 꼼꼼히 비교하는 이 글의 성격상, 어쩌면 기존 연구성과를 의식하지 않는 것이 유리할 수도 있으므로 그대로 진행하기로 한다는 것을 밝혀 둔다.

2. 귀신들린 사람의 성격과 귀신들린 양상

2.1. 귀신들린 사람의 평소 성격

〈설공찬전〉에서 귀신들린 사람의 이름은 설공침이며 남성이다. 설공침은 귀신을 찾아온 설공찬의 사촌형제로서, 글을 알고 쓰는 능력이 동생에 비해 떨어지는 인물로 묘사되어 있다. 나이와 결혼 여부는 알 수 없으나 아내가 등장하지 않는 것으로 미루어 총각이 아닌가 하나 단정할

---

4 W. P. 블레티 저, 하길종 역, 『엑소시스트』 2판 1쇄(서울: 범우사, 1990), 31쪽.
5 유탁일, 「나재 채수의 설공찬전과 왕랑반혼전」, 한국문학회 제7차 발표회 발표요지(1978. 5.30) ; 사재동, 「설공찬전의 몇 가지 문제」, 『불교계 국문소설의 연구』(서울: 중앙문화사, 1994) ; 이복규, 『설공찬전 연구』(서울: 박이정, 2003) ; 소인호, 「채수의 설공찬전」, 『한국 전기소설사 연구』(서울: 집문당, 2005) 등.

수는 없다. 아버지의 이름만 나오는 것으로 미루어 어머니는 안 계신 편부 슬하의 인물이라고 보인다. 설공침이 귀신들렸을 때부터 그런 설공침 때문에 슬퍼하고 울어준 사람으로 계속 아버지만 등장하는 것을 보면 그런 생각이 든다.

> 셜튱쉬 마춤 싀골 갓거눌 즉시 죵이 이런 줄을 알원대 튱쉬 울고 올라와 보니 병이 더옥 디터 그지업시 셜워ㅎ거눌 엇디 이려ㅎ거뇨 ㅎ야 공팀이드려 무론대 좀〃ㅎ고 누어셔 티답 아니ㅎ거눌 제 아바님 슬하며 울고 의심ㅎ니(중략) 그 넉시 밥을 ㅎㄹ 세 번식 먹으듸 다 왼손으로 먹거눌 튱쉬 닐오듸 예 아래 와신 제는 올흔손으로 먹더니 엇디 왼손으로 먹는다 ㅎ니 공찬이 닐오듸 뎌싱은 다 왼손으로 먹ㄴ니라 ㅎ더라 공찬의 넉시 나면 공팀의 무움 즈연ㅎ야 도로 드러안잣더니 그러ㅎ무로 하 셜워 밥을 몯 먹고 목노하 우니 옷시 다 젓더라 제 아바님끠 술오듸 나는 믜일 공찬의게 보채여 셜워이다 ㅎ더니 일로브터는 공찬의 넉시 제 문덤의 가셔 계유 둘이러니 튱쉬 아둘 병ㅎ는 줄 셜이 너겨 쏘 김셕산의손듸 사롬 브러 오라 ㅎ대
>
> 〈설공찬전 국문본〉 3~6쪽)

이렇게, 귀신들린 초기에 슬퍼하며 우는 것은 물론이고 밥 먹을 때 왼손으로 먹는 것을 관찰하고 왜 그런지 물어보고, 귀신을 쫓기 위해 퇴마사를 찾아가는 등 철저하게 그 아버지만 나오는 것을 보면 어머니는 없다고 여겨진다. 있다 해도 이미 설공침에게 그 어머니는 있으나 마나 한 존재가 아니었을까 싶다. 위 두 가지 특징을 고려해 볼 때, 설공침은 결핍요인을 안고 있는 존재라 할 수 있다. 지적인 능력면에서 동생에 비해 열등감을 지니고 있으며, 부모의 사랑 가운데에서 어머니의 사랑을 못 받거나 덜 받는 존재라 할 수 있기 때문이다.

한편, 〈엑소시스트〉에서 귀신들린 사람의 이름은 리건이며 12세이

다.[6] 어린 나이이며 사춘기 소녀이니, 외부의 자극에 매우 예민하게 반응할 수 있는 연령이라 하겠다. 더욱이 리건은 이혼녀인 어머니 밑에서 자라고 있으며, 영화배우인 그 어머니 크리스의 판단으로는 크리스가 영화감독인 비크 데닝스와 가깝게 지내기 때문에 어머니가 아버지 하워드와 이혼한 것으로 생각하고 있다. 하지만 내성적인 성격이라 그런 감정을 억누르고 있는 소녀이다.[7] 들창코에 주근깨가 있는 얼굴[8]이라고 묘사하고 있어, 이 때문에 본인이 특별히 열등감을 느끼고 있다는 점은 작품 안에서 서술하고 있지 않으나, '들창코에 주근깨가 있는 여자아이'를 주인공으로 설정한 것 자체가 주인공 리건의 결핍성을 강화하는 데 일조하기 위한 것이 아닌가 여겨진다. 예쁜 외모는 아니지만, 리건은 매우 효성스러운 아이기도 하다. 이혼에 대해 감정 표현을 하지 않아 어머니의 마음을 상하지 않게 하는 것은 물론이고, 아침마다 어머니의 식탁에 빨간 장미를 한 송이씩 꽂아줄 만큼 어머니를 위할 줄 아는 아이이다.[9]

---

6 10쪽에서는 "그녀의 아름다운 11살 난 딸은 둥근 눈을 한 곰인형을 꽉 끌어안고 잠들어 있었다"라고 하여 11세로 소개하였으나, 그 뒤부터는 12살로 나오고 있는데, 여기에서는 12세로 해두겠다. 12세로 나오는 대목을 하나만 인용하면 다음과 같다.
　조금 후에 리건은 최면상태에 빠졌다. "최면이 아주 쉽게 되는구먼." 정신과 의사는 중얼거렸다. "리건 편안하니?", "네.", "몇 살이냐?", "12살이에요."(89쪽)
7 크리스는 갑자기 우울한 걱정이 생겼으나 얼굴을 찡그리지 않으려고 애썼다. 이 애는 자기 아빠를 몹시 좋아했었지만 부모의 이혼에 대해 겉으로는 한번도 아무 말도 안했다. 그 점이 크리스 맘에 안 들었다. 어쩌면 저애가 자기 방에서 울었는지도 모른다. 그러나 크리스는 리건이 자기 감정을 억누르고 있다는 게 두려웠고 언제고 위태로운 형태로 감정이 폭발할까봐 걱정되었다.(28쪽)
　크리스는 문간에서 손으로 키스를 보내고 문을 닫았다. 아래층으로 내려왔다. '애들이란 참! 어디서 그런 생각이 나는 건지!' 크리스는 리건이 데닝스 때문에 이혼을 했다고 생각하지 않나 의문스러웠다. '아니, 그건 말도 안되는 얘기다!' 리건은 단지 크리스가 이혼소송을 제기했다는 사실만을 알고 있었다. 그러나 이혼을 원했던 것은 하워드 쪽이었다(31쪽).
8 그녀는 들창코에 주근깨가 귀엽게 난 딸을 내려다보다가 갑작스런 충동에 몸을 침대로 숙여 딸애의 뺨에 키스를 했다(11쪽).
9 늘 감정이 예민한 크리스는 이 여자의 우울한 표정을 자주 봤었기에 투덜대며 윌리가 싱크대로 가자 손수 커피를 따라서는 조반상 앞으로 가서 앉았다. 자기 접시를 내려다보며 다정히 미소지었다. 빨간 장미 한 송이다. 리건의 짓이지. '천사 같은 애.' 아침마다 크리스

이상의 내용을 감안하면 귀신에 들리는 인물들은, 〈설공찬전〉에서든 〈엑소시스트〉에서든 무언가 결핍 요인을 안고 있는 인물들[10]이다. 〈설공찬전〉의 설공침은 편부 슬하에 동생보다 지적인 능력이 떨어지는 인물로 나오고 있으며, 〈엑소시스트〉의 리건은 이혼녀인 어머니와 사는 12세 소녀로서 어머니가 데닝스 감독과 가깝게 지내기 때문에 아버지가 어머니와 이혼했다고 여기고 있다. 이처럼 지역과 시기의 차이에도, 귀신들림은 일정한 결핍 요인을 지닌 인물에게 잘 나타난다는 점에서 상통하고 있다. 그렇다고 같기만 한 것은 물론 아니다. 남성과 여성, 편부가정과 편모 가정 등의 차이도 있지만 이는 동질성에 비해 아주 사소한 차이라고 할 수 있다.

2.2. 귀신들린 후의 변화

〈설공찬전〉에서 설공침은 뒷간에 갔다가 공찬 누이 귀신에 씌는데, '기운이 미치고 남과 다르더라'(〈설공찬전 국문본〉 3쪽)고 포괄적으로 그 변화의 첫 모습을 묘사하였다. 미친 증세가 일어나 일상적이지 않은 모습으로 바뀌었다는 것을 알 수 있다. 그 구체적인 변화의 양상[11]들은 다음과 같다.

가 일을 할 때면 리건은 조용히 침대에서 기어나와 부엌으로 와서 꽃을 한 송이 접시 위에 놓고는 졸린 눈으로 더듬더듬 다시 방으로 돌아가 자곤 했다(13쪽).

10 김태곤, 『한국무속연구』(서울: 집문당, 1981), 247~259에서도 '강신 신병의 발생 요인'이란 항목을 두어, 신이 내리는 사람들의 개인사를 추적한 결과를 보고하였다. "이성에 대한 애정문제, 자식의 죽음, 불우한 가정환경" 즉 '존재 지속'과 관련된 문제를 그 공통 원인으로 안고 있다는 요지의 보고가 그것이다.

11 김태곤, 『한국무속연구』, 앞의 책, 220쪽에 신들린 사람들의 신병 증상의 다양한 양상을 정리해 제시하고 있어 참고가 된다. 밥을 먹지 못하기, 편식증이 생겨 냉수만 마시기, 어류와 육류를 전혀 못 먹기 소화불량, 몸이 말라 허약해지기, 사지가 쑤시거나 뒤틀리기, 신체의 한쪽만 아픈 편통증, 혈변, 속이 늘 답답하고 어깨가 무거워지기 등. 요컨대 평상시와는 다른 모습을 보인다는 보고로 읽는다.

첫째, 귀신의 말 즉 공수[12]를 한다. 가장 먼저 들어온 사촌 설공찬 누이 귀신의 말을 하다가, 그 뒤에 교체하여 들어온 설공찬 귀신의 말을 한다. 설공침의 아버지 설충수가 퇴마사인 김석산을 불러다 퇴마의식을 하자 이에 대한 반응으로 일정한 말들을 한다. 설공찬 누이 귀신은 제 대신 오라비인 설공찬 귀신을 불러오겠다 하고, 설공찬 귀신은 숙부인 설충수에게 퇴마행위를 해봐야 효과가 없을 것이라면서 거짓 방법을 알려주어 농락하기까지 한다.

> "셕산이 와셔 복셩화 나모채로 ᄀ리티고 방법ᄒ여 부작ᄒ니 그 귓저시 니ᄅ오ᄃᆡ 나ᄂᆞᆫ 겨집이 모로 몬 이긔여 나거니와 내 오라비 공찬이ᄅᆞᆯ ᄃᆞ려오리라 ᄒ고 가셔 이옥고 공찬이 오니 그 겨집은 업더라 공찬이 와셔 제 ᄉ촌 아ᄋᆞ 공팀이ᄅᆞᆯ 붓드러 입을 비러 닐오ᄃᆡ 아ᄌᆞ바님이 빅단으로 양지ᄒ시나 오직 아ᄌᆞ바님 아들 샹홀 ᄲᅮᆫ이디위 나ᄂᆞᆫ ᄆᆞ양ᄒᆞᄂᆞᆯ ᄀᆞ오로 ᄃᆞᆫ니거든 내 몸이야 샹홀 주리 이시리잇가 ᄒ고 또 닐오ᄃᆡ 또 윈 슷쇠와 집문 밧ᄉᆞ로 두르면 내 엇디 ᄃᆞᆯ로 ᄒ여ᄂᆞᆯ 툰시 고디듯고 그리ᄒᆞᆫ대 공찬이 웃고 닐오ᄃᆡ 아ᄌᆞ바님이 하 ᄂᆞ미 말을 고디드르실시 이리ᄒᆞ야 소기ᄋᆞ온이 과연 내 슐듕이 바디시거이다 ᄒ고 일로브터ᄂᆞᆫ 오명가명ᄒᆞ기ᄅᆞᆯ 무상ᄒ더라"
>
> (〈설공찬전 국문본〉 4–6쪽)

둘째, 평소에는 오른손잡이였는데 왼손잡이로 행동한다. 음식 먹을 때, 하루에 세 끼 먹는 것은 똑같았으나 모두 왼손으로 먹더라는 대목이 그것이다. 왜 그런지 설충수가 묻자, 저승에서는 다 왼손으로 먹는다고 대답한다.

> "공찬의 넉시 오면 공팀의 ᄆᆞ음과 긔운이 아이고 믈러 집 뒤 슐고나모

---

12 김태곤, 『한국무가집』 1(이리 : 원광대학교 민속학연구소, 1971), 27쪽 참조.

덩즈애 가 안자더니 그 넉시 밥을 흐르 세 번식 먹으듸 다 왼손으로 먹거
눌 튱쉬 닐오듸 예 아래 와신 제눈 올혼손으로 먹더니 얻시 왼손로 먹눈
다 흐니 공찬이 닐오듸 더싱은 다 왼손으로 먹느니라 흐더라"

(〈설공찬전 국문본〉 5쪽)

한편 〈엑소시스트〉에서 리건은 자기가 쓰던 방에서 귀신에 들리는데,
그 초기의 증세는 다음과 같다. 어머니 크리스가 단골의사에게 설명한
대목이다.

> 리건의 행동과 몸가짐에 갑작스럽고 극적인 변화가 있었다. 불면중에,
> 툭하면 싸우려 들고, 발작적으로 성을 내며, 아무거나 발로 차고 던지고,
> 큰 소리로 외치고 먹지 않았다. 게다가 힘이 비정상적으로 강해졌다. 또
> 일 초도 쉬지 않고 움직이며 아무거나 만지고 뱅뱅 돌며 두드리고 뛰어다
> 니고 뛰어넘고 했다. 학과공부는 통 못 하게 됐고, 환상적인 놀이친구가
> 생겼고 비정상적으로 관심을 끌려는 짓들을 했다.   (36~37쪽)

시간이 흐르면서 더 심각한 변화가 일어나기 시작한다. 의사와 아버
지에게 쌍소리하기,[13] 거실에 오줌누기,[14] 의사에게 침뱉기,[15] 예언하
기,[16] 어머니에게 증오의 눈빛 보이기,[17] 무서운 외모[18] 등의 변화가 그것

---

[13] 구체적으로 말한다면, 멕네일 부인, 따님은 제게 '그 개 같은 더러운 손가락으로 내 아랫도
리를 건드리지 마'라고 말했습니다. 크리스는 놀라서 숨이 막혔다. "그 애가 그런 말을 했
어요?"(41쪽)
"그 애가 나(아버지 하워드: 필자 주)를 '개자식'이라고 부르고는 전화를 끊어버렸단 말이
야."(67쪽)

[14] 크리스는 돌아보았다. 그러고는 잠옷 바람의 리건이 거실의 양탄자 위에 오줌을 싸하고
누는 것을 보고 숨이 막히는 듯했다(54쪽).

[15] 그 때 리건은 갑자기 일어나 앉아서 의사의 얼굴에 침을 뱉었다(65~66쪽).

[16] 리건은 우주인을 뚫을게 바라보며 유령의 목소리 같은 어조로, "당신은 저 높은 데 가서
죽을 겁니다."라고 읊조렸다(54쪽).

[17] 크리스가 괴롭게 말을 마쳤다. "그애의 눈 속에 증오가, 그 증오가 보였어요. 그러고는 내
게 말하기를———" 크리스는 목이 메었다. "글세 나보고——— 오, 맙소사!" 그녀는 울음
을 터뜨리고는 눈을 가리고 경련적으로 울었다(82쪽).

이다. 수줍고 내성적이며 어머니에게 효성스러웠으며, 잘 생기지는 않았으나 귀여웠던 평소의 모습과는, 크리스의 표현대로 "180도 달라"(70쪽)진 양상들이다. 특히 예언하는 일은, 앞에서의 '비정상적으로 강해진 힘'과 더불어 귀신에 들리지 않고는 일어나기 어려운 현상들이라 하겠다.

이상의 사실을 종합해 보면, 귀신 들린 이후의 양상도 다른 점보다는 같은 점이 두드러진다. 평소의 모습과는 딴판으로 변한다. 설공침은 왼손잡이로 바뀌고 리건은 비정상적으로 강해진 힘을 보이며, 둘 다 귀신의 말을 한다. 다른 점도 있다. 〈엑소시스트〉에서는 그 악마성이 더욱 강화되어, 오줌누기, 욕설하기, 무섭게 외모가 변하는 등의 변화를 보인다. 이는 〈엑소시스트〉의 작자가 서구에서의 악마 이미지의 원전인 성경 혹은, 그 성경의 악마 이미지를 중심으로 형성된 서구적 악마 관념을 많이 의식해, 악마가 들어간 사람의 모습을 그렇게 묘사한 결과라고 판단된다.

3. 환자 가족의 대처 양상

〈설공찬전〉에서 아들 설공침이 뒷간에 갔다가 귀신들려 "기운이 미치고 남과 다르"자, 그 아버지 설충수는 먼저 그 아들에게 왜 그런지 물어본 다음 아무런 대답이 없자 쓰러져 울다가, 바로 퇴마사 김석산을 부른다.

---

18 그러고는 침대에 누워 있는 동물, 리건에게 시선을 던졌다. 침대머리에 세워놓은 베개에 머리를 받치고 있는 리건의 크고 넓게 부풀어 나온 눈은 움푹 파인 전기 소켓 같았다. 그 두 눈은 광적인 교활과 지글지글 끓는 빛으로 번쩍이고 있었고, 호기심과 심술궂음으로 카라스를 향해 있는 그 눈은 아무 말 없이 한결같이 그를 바라보고 있었다. 얼굴 모양은 거의 해골에 가까웠고, 악마의 형상 같은 소름끼치는 모습을 드러내고 있었다(147쪽).

> 셜튱쉬 마츰 싀골 갓거놀 즉시 죵이 이런 줄을 알왼대 튱쉬 울고 올라와
> 보니 병이 더옥 디터 그지업시 셜워ᄒ거눌 엇디 이려ᄒ거뇨 ᄒ야 공팀이드
> 려 무른대 줌 〃 ᄒ고 누어서 디답 아니ᄒ거눌 제 아바님 슬하며 울고 의심
> ᄒ니 요긔로온 귓거시 빌믜 될가 ᄒ야 도로 김셕산이를 쳥□□ {셕산이는
> 귓귓애 ᄒᄂᆫ 방밥 ᄒᄂᆫ 사□이다라}   (〈설공찬전 국문본〉 3-4쪽)

〈엑소시스트〉에서 딸 리건에게 이상한 증세가 나타나자, 어머니 크리스는 단골의사인 마크에게 정신과의사를 소개해 달라고 부탁한다.[19] 리건의 행동과 몸가짐에 일어난 갑작스런 변화들, 특히 집안에서 들려오는 톡톡 두드리는 소리며, 책상이 옮겨지는 일 등이 모두 리건의 짓이라고 판단해 그렇게 요청한 것인데, 마크 의사는 육체적인 병 때문일 수도 있다며 내과의사부터 소개해 준다. 내과의사인 클라인 박사는 처음엔 과도활동이상증으로 다음에는 측두골엽이상증으로 진단하였으나, 뇌파검사를 비롯한 모든 검사의 결과 모두 음성으로 나오는 데다, 동행한 신경정신과 의사 데이비드와 함께 리건의 몸이 침대에서 공중으로 떴다 내렸다 하는 장면을 보고는 이중인격환자로 결론을 내리며 정신과 의사를 만나보라고 한다. 신경정신과 의사는 최면술을 통해 리건의 몸속에 들어있는 다른 인격과의 대화를 시도한 끝에, 리건이 일부러 그러는 게 아니라 나이가 많은 또 다른 인격이 그 속에 들어 있는 것으로 판단한다.

제2의 인격이 리건의 몸속에 있어서 활동한다는 사실을 안 데다, 정신병 마취요법을 위한 주사도 효력이 없다고 하며(116쪽), 데닝스가 리건의 방에서 의문의 추락사를 하자 의학에 대해서는 더 이상 '희망을 잃'(95쪽)은 어머니 크리스는, 최후 수단으로 카라스 신부에게 푸닥거리를 요청하기에 이른다. 신부가 신중한 태도를 취하며 거부하려 하자 간절하게 부

---

19 4월 11일 아침 일찍 크리스는 로스엔젤레스의 단골의사에게 전화를 걸어서 리건을 보일 워싱턴에 있는 정신과 의사를 소개해 달라고 부탁했다(36쪽).

탁을 하여 마침내 뜻을 이루기에 이른다.[20]

두 작품 모두, 귀신들린 자녀를 둔 부모들이 근심하며 이를 해결하기 위해 노력하는 모습을 보이며 그 일환으로 퇴마사를 초청한다는 점에서 동일하다. 하지만 〈설공찬전〉에서는 다른 가능성을 타진한다는 말이 없이 막바로 퇴마사를 불러오는 데 비해, 〈엑소시스트〉에서는 의학으로 고칠 수 있는 질병인지 충분히 진단해 본 다음, 종교적이거나 주술적인 방법을 그 최후의 수단이자 최선의 수단으로 판단해 퇴마사에게 요청하고 있어 일정한 차이를 보인다. 이는 작품의 시대배경 즉 합리적이거나 과학적인 사고의 발달 정도가 다르기 때문에 나타난 결과라고 해석된다.

4. 귀신의 정체와 활동 양상

4.1. 귀신의 정체

〈설공찬전〉에서 설공침의 몸속에 들어와 활동한 귀신들은 모두 죽은 사람의 혼령[21]이다. 설공침의 사촌인 설공찬과 그 누이의 혼령이다. 일

---

20 "카라스 신부님, 나와 아주 가까운 어떤 사람이 귀신에 홀린 듯해요. 그녀는 푸닥거리가 필요해요. 도와주시겠어요, 신부님?"(중략) "카라스 신부님, 그것은 내 딸입니다. 내 딸이란 말입니다." 그녀는 거의 흐느끼듯 말했다.(중략) "그애는 신부가 필요해요!" 크리스는 갑자기 소리쳤다. 그녀의 표정은 두려움과 노여움으로 일그러져 있었다. "난 말이에요. 그 애를 세상의 모든 망할 놈의 의사와 정신분석자들에게 데려갔어요. 그래서 결국 그들이 모두 한다는 소리가 당신을 만나보라는 것이었어요. 그런데 이제 와서 당신은 또다시 나를 그들에게 보내려 해요. 난 어떻게 하라는 말이에요!"(중략) "네, 좋습니다. 가죠. 당신의 딸을 만나보죠" 카라스 신부는 그녀를 달랬다(144~145쪽).

21 김태곤, 『한국무속연구』, 앞의 책, 285쪽 ; 김태곤, 『한국민간신앙연구』(서울: 집문당, 1983), 28, 307쪽을 각각 참고하면 '인신(人神)'으로서, '객사하거나 횡사 또는 옥사해서 원한이 맺혀 저승에 들어가지 못하고 부혼(浮魂)이 되어 이승에 떠돌며 인간을 가해'하는 즉 '저승에 들어가지 못하고 떠도는 불량잡귀'인 '객귀(客鬼)'이다.

찍 죽은 친족의 혼령이 그 몸속에 들어와 활동한 것이다. 한국의 점복자 가운데는 이처럼 가까운 가족의 혼령이 몸주가 되어 활동하는 유형이 있는데 이를 '명두' 점쟁이라고 하는바, 김태곤 교수가 보고한 사례를 소개하면 다음과 같다.

> 강릉에 사는 'C엄마'라는 '명두' 점쟁이가 있었다. 그러나 C는 살아있는 애가 아니고 벌써 25년 전에 죽은 아들의 이름이다. 이 명두 점쟁이 'C엄마'인 J씨는 반드시 죽은 아들인 C의 이름을 대고 'C엄마'라고 불러야 대답을 하고 또 편지도 그렇게 죽은 아들의 이름을 써서 보내야 받지, 현재 살아있는 아들의 이름을 대고 그의 엄마라고 부르면 화를 내고 대답도 않는다. 이 명두 점쟁이 J씨를 조사한 것은 1975년 12월 27일 유난히도 눈이 많이 내려 대관령의 교통이 두절되던 때였다. (중략) J씨는 그의 강신 과정을 이야기하다가 별안간 얼굴이 빨갛게 상기되며 허공에서 들려오는 듯한 휘파람소리 같은 것을 '휘익-, 휘익-, 휘익-' 하고 내더니 급기야 '휘우- 휘획-' 새소리를 내었다. 그러고는 J씨의 음성이 어느새 어린애 목소리를 닮기 시작했다. 그의 목소리는 차차 잦아지더니 나중에는 눈물을 흘렸다.(중략) 그러니까 세 살 때 죽어서 '동자' 넋으로 내려 점을 치는 '동자'의 말 내용을 간추려 보면 다음과 같다. "휙, 휙, 내가 삼각산 할아버지한테 공부해서 우리 엄마도 도울라고 들어왔다. (중략) 나가 죽으니 우리 엄마가 나를 땅에 묻잖어, 그래서 혼이 되어 날아가서 뻐꾸기가 되어 날아갔다." 하였다.[22]

그러다 보니 설공침에 몸속에 들어간 설공찬의 혼령은 설충수에게 '아 주바님'이라고 부르는 것은 물론이고 그와 같은 호칭에 걸맞게 말도 존대법에 맞게 하며, 설충수가 남의 말을 잘 듣는 약점까지 알아 골탕 먹이기까지 한다.[23] 죽기 전의 가족관계를 그대로 유지하면서 발화하고 있는

---

22 김태곤, 『무속과 영의 세계』(서울: 한울, 1993), 22~24쪽.

것이다. 그와 같은 기조는 계속 지속되어, 사촌아우와 친구 윤자신에게
도 평소의 관계를 드러내는 말을 한다. "내 너희와 닐별ᄒ연 디 다숫
히니 ᄒ마 머리조쳐 시니 ᄀ장 슬픈 ᄠ디 잇다 ᄒ여ᄂᆞᆯ"(〈설공찬전 국문본〉
6쪽)이란 대목이 그것이다. 육체만 상실했을 뿐 생전에 만났던 인물임을
강조하고 있다.

빙의 현상에 대하여 일련의 보고를 한 묘심화 스님의 최근 저서에서
도 이와 같은 사례는 다수 확인할 수 있다. 아들한테 버림받아 양로원에
서 지내다 화재로 숨진 어느 할머니의 혼령이 그 손녀의 몸에 들어가
"네가 날 돌봐서 내가 여기까지 와서 불에 타 죽었다"며 원망하는 사례,[24]
친정 쪽 이모와 그 딸의 혼령이 들어가 점복자가 된 어느 여인의 사례[25]
가 그것이다. 이를 보면 이 같은 혼령은 한국인에게 퍽 친숙한 혼령이라
할 수 있겠다.

〈엑소시스트〉에 등장하는 귀신은 리건 친족의 혼령이 아니다. 리건의
친족은 아니지만 이미 죽은 사람들의 혼령인 것처럼 행세하기도 하여,
〈설공찬전〉에서처럼 죽은 사람의 혼령이 아닌가 여길 수도 있다. 이미
죽은 데닝스 감독과 카라스 신부의 어머니가 리건의 입을 빌어서 번갈아
가며 메시지를 전하는 대목을 보면 그런 것도 같다.

　카라스는 깊은 숨을 들이쉰 후, 침실로 들어갔다. 방안은 차고 악취가
풍겼다. 그가 천천히 침대 곁으로 가니 리건은 자고 있었다. 이제야 좀
쉬겠구나 하고 카라스는 생각했다. 그는 리건의 가는 팔목을 잡고, 시계의

23 공찬이 와서 제 ᄉ촌 아ᄋ 공팀이롤 붓드러 입을 비러 닐오디 아ᄌ바님이 빅단으로 양지
ᄒ시나 오직 아ᄌ바님 아ᄃᆞᆯ 샹홰 ᄲᅮᆫ이디위 나ᄂᆞ 무양하ᄂᆞᆯ ᄀᆞ으로 ᄃᆞᆫ니거든 내 몸이야
샹홰 주리 이시리잇가 ᄒ고 ᄯ오 닐오디 ᄯ오 왼 숫꼬와 집문 밧ᄭ로 두ᄅᆞ면 내 엇디 들로
ᄒ여ᄂᆞᆯ 틈식 고디듣고 그리ᄒᆞᆫ대 공찬이 웃고 닐오디 아ᄌ바님이 하 ᄂᆞ믜 말을 고디드ᄅᆞ
실시 이리ᄒᆞ야 소기ᄋᆞᆫ이 과연 내 슐듭이 바다시거이다(4~5쪽)
24 묘심화, 『빙의가 당신을 공격한다』(서울: 랜덤하우스중앙, 2004), 42쪽.
25 같은 책, 51~52쪽.

분침을 들여다보았다. "왜 나한테 이러느냐? 데미언?" 그의 심장이 얼어붙
었다. "왜 나한테 그렇게 하니?" 그 신부는 움직일 수도 숨쉴 수도 없었고,
그 슬픈 소리가 나는 쪽으로 감히 쳐다보려고 하지도 못했다. 원망하고
애원하는 듯한 외로운 그의 어머니 목소리였다. "신부가 된다고 나를 떠나
가니? 데미언, 나를 양로원에―――" '보지 마라!' "너, 왜 나를 쫓아버리
니?―――" 소리를 내는 것은 어머니가 아니다. "왜 이러니?―――" 그의
머리는 핑 돌고 목이 메었다. 카라스는 그 목소리가 점점 더 애원하며,
겁이 나며, 눈물어린 소리가 커지자, 그의 눈을 힘껏 감았다. "너는 늘 착
한 애였는데, 데미언, 제발이다! 나는 무섭구나, 제발 나를 밖으로 내쫓지
말아다오! 데미언, 제발이다." 나의 어머니가 아니다! "밖은 아무것도 없고
어둡다! 얼마나 외로운지!" 이제는 울먹이는 소리다. "넌, 나의 어머니가
아니다!" 카라스가 열심히 부정했다. "데미언, 애야―――" "넌 나의 어머
니가 아닌―――" "야, 이건 뭐야, 카라스!" 갑자기 데닝스의 목소리로 바
뀌었다. "좀 봐! 우리를 쫓아내려고 하니, 그건 너무 하잖아? 정말! 나를
두고라도 말이지, 내가 여기 있는 게 당연하지 않냐 말이야! 요 작은 계집
애가! 요 계집애가 나를 죽였지 않아? 그러니까 내가 요 계집애 안에 들어
있는 게 정당해, 그렇지 않아? 나 참, 제기랄! 카라스, 나 좀 봐! 나 좀
볼래? 이러지 마라! 내가 내 말을 하는 일이 쉽지 않단 말이야. 조금만
돌아서 봐!" 카라스는 눈을 뜨고 데닝스의 모습을 리건에게서 보았다. "그
렇지, 그게 좋구만, 걔가 날 죽였지! 다른 사람이 죽인 게 아니라 걔였어,
카라스――― 고 계집애, 정말이야! 그날 저녁 아래층에서 한 잔하고 있는
데, 위에서 신음소리 같은 것이 들렸단 말이야. 그래서 뭔가 그애를 괴롭
히나 보아야 했거든! 그때, 위층으로 올라갔더니 고것이 내 목을 비틀었단
말야, 그 작은 악마가 말이야!"   (246~248쪽)

하지만 리건의 몸속에서 활동하는 귀신의 정체는 악마이다. 아담과
하와를 꾀어 타락시킴으로 인류를 죄와 사망의 저주 아래 몰고 간 사탄
이다. 그 점에 대해서 작품 내부에서 분명하게 밝히고 있다.

"난 리건이 아니야." 그녀는 여전히 소름끼치는 미소를 지으며 지껄였다. "아, 그래. 그렇다면 우린 서로 소개를 해야겠군. 나는 데미언 카라스야. 넌 누구지?"라고 신부는 말했다. "난 악마예요."   (148쪽)

카라스는 머리를 저었다. "없습니다. 그러나 리건이 나타내는 다른 형태의 인간상에 관한 배경을 좀 들으시면 도움이 될 것이라고 생각이 듭니다. 지금까지 관찰해 보니, 세 사람의 인격이 나타나는 것 같습니다." "아니오. 단지 하나일 뿐이오."라고 메린은 어깨 위로 영대를 두르면서 가만히 말했다.   (230쪽)

이제 메린은 일어나 엄숙하게 기도했다. "천주여, 우리를 창조하시고, 우리를 보호하시는 이여, 당신의 종, 리건 테레사 멕네일을 자비롭게 굽어 살피소서. 그는 인류의 오래 된 원수에게 묶여 있나이다. 그는 ———."   (233쪽)

카라스보다 한 수 위의 능력을 지닌 메린 신부의 설명에 의하면, 카라스 신부 어머니와 데닝스 감독의 혼령도 결국은 인류의 원수 사탄 즉 악마가 사람을 공격하기 위해 동원하는 여러 방법 중의 하나이다. 하와로 하여금 선악을 알게 하는 나무의 실과를 따먹도록 유혹할 때는 뱀으로 나타나고 40일간 금식한 예수 앞에 나타나 세 가지 시험을 할 때는 본래의 모습으로 나타나듯, 여러 가지 형태로 등장하지만 그 정체는 하나이듯 리건에게 들어온 귀신의 정체도 그렇다는 것이다.

그렇다면, 〈설공찬전〉에 나오는 귀신과 〈엑소시스트〉의 귀신은 어떤 차이가 있는가? 큰 차이가 있다. 〈설공찬전〉의 귀신은 한국 전래의 귀신 관념에 따르면 지상계에 일시적으로만 존재한다. 제 명대로 살지 못했거나 원한을 품은 채 죽은 사람의 영혼은 바로 저승으로 가지 못하고, 지상계에서 정처없이 떠돌면서 살아있는 사람의 몸에 들어가 작용하다가 굿을 하면 한이 풀려 저승으로 떠난다고 믿는다. 하지만 〈엑소시스트〉에 등장하는 악마는 다르다. 악마는 타락한 천사로서 하와를 유혹했을 뿐만 아니라 지금도 공중권세를 잡아 인간을 멸망의 길로 유혹하는 존재로서, 예수 그리스도가 재림하여 지옥불에 던져질 때까지 활동하는 존재이다. 굿을 통해 그 한이 풀려서 저승으로 곱게 떠나가는 그런 존재가 아니다. 따라서 〈설공찬전〉에 나오는 귀신과 〈엑소시스트〉에 나오는 귀신은 비슷한 것 같지만 본질적으로 다르다고 보아야 한다. 일시적으로 존재하다 사라지는 존재와 신과 함께 거의 영속적으로 존재하는 대상과는 구별해야 한다.

4.2. 귀신의 활동 양상과 출현 목적

(1) 귀신의 활동 양상

〈설공찬전〉에 나오는 귀신은 설공찬 누이의 혼령과 설공찬의 혼령 둘이다. 설공찬 누이 혼령은 초반에 잠깐 등장해서, 뒷간에 갔던 설공침으로 하여금 땅에 엎어졌다가 한참 만에야 기운을 차렸으나 미쳐버려 비정상적인 사람으로 바꾸어 놓는다. 그 뒤를 이어 찾아온 설공찬의 혼령은 이후의 사건을 거의 주도하는데, 그 활동 양상을 정리하면 다음과 같다.

첫째, 설공침의 입을 빌어 이승의 사람들과 대화를 한다. 일반적으로는 신이 인간의 입을 빌어서 말을 할 때는 '공수'라 하여 대부분 일방적인 발화를 하는데, 설공찬의 혼령은 숙부인 설충수와 대화를 나누기도 한다. 저승 소식을 묻는 사촌과 윤자신에게는 저승에서 보고 들은 이야기를 들려주기도 한다.

　　그 넉시 밥을 ᄒᆞᄅᆞ 세 번식 먹으듸 다 왼손으로 먹거ᄂᆞᆯ 튬쉬 닐오듸
예 아래 와신 제ᄂᆞᆫ 올ᄒᆞᆫ손으로 먹더니 엇시 왼손로 먹ᄂᆞᆫ다 ᄒᆞ니 공찬이
닐오듸 녀싱은 다 왼손으로 먹ᄂᆞ니라 ᄒᆞ더라

(〈설공찬전 국문본〉 5쪽)

　　뎌 사ᄅᆞᆷ이 그 말 듯고 하 긔특이 너겨 녀싱 긔별을 무ᄅᆞᆫ대 녀싱 말을
닐오듸 녀싱은 바다ᄭᅵ이로듸 하 머러 에셔 게 가미 ᄉᆞ십 니로듸 우리 돈
로ᄆᆞᆫ 하 샬라 예셔 슐시예 나셔 ᄌᆞ시예 드려가 튝시예 셩문 여러든 드러
가노라 ᄒᆞ고 ᄯᅩ 닐오듸 우리나라 일홈은 단월국이라 ᄒᆞ니라 듕국과 제국
의 주근 사ᄅᆞᆷ이라 이 ᄯᅡ해 모ᄃᆞ니 하 만ᄒᆞ야 수ᄅᆞᆯ 혜디 몯ᄒᆞ니라 ᄯᅩ
우리 님금 일홈은 비사문텬왕이라 므릿 사ᄅᆞᆷ이 주거ᄂᆞᆫ 졍녕이 이싱을 무
로듸 네 부모 동싱 족친ᄃᆞᆯ 니ᄅᆞ라 ᄒᆞ고 쇠채로 티거든 하 맛디 셜워 니ᄅᆞ
면 칙 샹고ᄒᆞ야 명이 진듸 아녀시면 두고 진ᄒᆞ야시면 즉시 년좌로 자바가
더라 나도 주겨 졍녕이 자펴가니 쇠채로 텨 뭇거ᄂᆞᆯ 하 맛디 셜워 몬져
주근 어마니과 누으님을 니ᄅᆞ니 ᄯᅩ 티려커ᄂᆞᆯ

(〈설공찬전 국문본〉 8~9쪽)

　　둘째, 사람의 몸에 수시로 들락날락한다. 몸에서 나가 있는 동안에는
그 사람이 정상적인 사고와 행동을 하지만, 혼령이 몸에 들어오면 평소
와는 다르게 행동한다. 설공침의 경우에는 왼손으로 밥을 먹는 것이 그
현저한 사례이다.

　　셋째, 퇴마사가 일정한 의식을 행하자 이에 반발한다. 설충수의 요청
을 받아 찾아온 김석산이 귀신 쫓아내기 위한 조치를 취하자, 설공찬의
혼령은 즉각적으로 반응하며 그만두라고 하다가 그래도 계속해서 축귀
절차를 밟으려 하자, 설충수의 얼굴을 변형시키겠다는 협박에 이어 실제
로 설공침의 형용을 일그러뜨려 항복을 받아낸다.

공찬의 넉시 듯고 대로ᄒᆞ야 닐오ᄃᆡ 이러ᄐᆞ시 나ᄅᆞᆯ ᄯᆞ로시면 아ᄌᆞ바
님 혜용을 변화ᄒᆞ링이다 ᄒᆞ고 공팀의 ᄉᆞ시ᄅᆞᆯ 왜혀고 눈을 ᄲᅳ니 ᄌᆞ의
지야지고 ᄯᅩ 혀도 ᄑᆞ 배여내니 고 우희 오ᄅᆞ며 귓뒷겨티도 나갓더니
늘근 종이 겨틔셔 병 구의ᄒᆞ다가 ᄢᅵ온대 그 종조차 주것다가 오라개야
기니라 공팀의 아바님이 하 두려 넉슬 일혀 다시 공찬이 향ᄒᆞ야 비로
ᄃᆡ 셕산이ᄅᆞᆯ 노여 브ᄅᆞ디 말마 ᄒᆞ고 하 비니 ᄀᆞ장 오라ᄀᆞ야 얼굴이
잇더라   (〈설공찬전 국문본〉 6~7쪽)

〈엑소시스트〉에서 리건의 몸에 들어온 악마의 활동 양상을 정리해
보면 다음과 같다.

첫째, 리건의 입을 빌어 사람들과 대화를 나눈다. 크리스의 요청을
받아 진찰하러 온 의사 클라인이 리건의 맥박을 짚으려고 하자, "그 암퇘
지는 내 거야!", "그건 내 거야! 가까이 가지 마! 그건 내 거야!"(76쪽)라며
의사 표시를 한다. 이미 앞에서 인용한 바 있듯이, 카라스 신부와 카알에
게는 각각 죽은 그 어머니 및 데닝스 감독의 영혼인 것처럼 위장한 채로,
카라스와 카알의 약점 혹은 비밀을 들추고 계속해서 걸어오기도 한다.
카라스 신부가 묻고, 자신이 악마라는 사실을 악령 스스로가 대답하며
계속 이어지는 대화 대목이야말로 악령이 살아있는 사람들과 대화한다
는 것을 가장 잘 보여주는 장면[26]이라 하겠다. 그런데 그 언어 중에는
외국어들도 있다. "독일어뿐만 아니라 라틴어도! 그리고 그 완벽한 구
문을!"(199쪽)이라고 카라스 신부가 감탄한 것처럼, 영어[27]는 물론 외국어
도 구사할 줄 안다.[28] 이는 한국 점복자에게서는 찾아보기 어려운 현상

---

26 『엑소시스트』, 앞의 책, 148~149쪽.
27 정상적인 어순의 영어도 하지만, 때로는 녹음기를 반대로 돌려서 들어야만 올바른 어순으
　로 나오는, 매우 기이한 영어를 말하기도 한다.
28 악령이 그럴 수 있는 이유도 악령 스스로 밝히고 있다. "카라스? 나는 전혀 라틴어를 몰
　라. 나는 너의 마음을 읽고 있는 거야. 나는 너의 머릿속에서 단순히 답변을 빼냈거
　든."(200쪽)

이다.

둘째, 〈엑소시스트〉의 경우에도 〈설공찬전〉에서처럼, 리건의 몸에 들어온 악령은 나갔다 들어왔다 하는 것으로 보인다. 데닝스의 혼이 들어왔다가 빠져나간 후, 다시 그 귀신이 돌아온다고 묘사한 대목[29]이야, 메린 신부가 간파한 것처럼, 그 두 귀신은 별개의 존재가 아니라 악령이 사람들을 공격하기 위해 다른 인격인 것처럼 위장한 것이므로 악령의 출입현상으로 보아서는 안 될 것이다. 하지만 리건의 의식으로 돌아왔다가 다시 악령의 인격으로 바뀌기도 하는 대목은 〈설공찬전〉과 같은 양상을 보인다. 그 대목들을 보이면 다음과 같다.

> "리건을 우리에게 보여줘. 그러면 한 쪽을 풀어주지."라고 카라스는 제의했다. "만일에————." 순간 그는 갑작스런 충격에 움찔했다. 리건이 공포에 충혈된 눈으로 입을 크게 벌리고 소리조차 내지 못하고 구원을 청하고 있는 모습이 너무나 섬 했던 것이다. 그러고 나서 리건의 모습은 또 다른 형태로 드러났다. "가죽끈을 풀어주지 않겠어요?"라고 유혹하는 듯한 어조인 리건의 발음은 영국 사투리 액센트를 지니고 있었다. 눈깜짝할 순간, 다시 악마적인 인간으로 환원된 리건은 "좀 도와주지 않겠어, 신부님?" 하고 지껄이며 머리를 뒤로 젖히더니 킬킬거렸다.   (152쪽)

> 리건은 늑대처럼 고개를 젖히고 짖기 시작했다. 리건은 혼수상태에 빠졌고 무엇인가가 방을 빠져나가는 것을 크리스는 느꼈다.   (93쪽)

> 셋째, 퇴마사에게 반발한다. 리건의 몸에 있는 게 악령임을 확인한 카라스 신부 및 메린 신부가 성수를 뿌릴 때, 악령은 격렬하게 반응한다.

---

[29] "어이, 메린, 그래? 나를 몰아냈다고?" 이제는 그 귀신이 돌아왔고, 메린은 귀신 쫓는 탄원의 기도를 계속하며, 영대(靈帶)를 리건의 목에 대어주며 성호 긋기를 되풀이했다(241쪽).

'악령이다! 카라스, 도대체 왜 이러지?' 신부는 겨우 진정하고는 숨을 깊이 들이쉬고는 일어서서 윗도리 호주머니에서 성수병을 꺼냈다. 그리고 병마개를 뺐다. 악령이 조심스럽게 쳐다보았다. "그건 뭐지?" "뭔지도 모르니?" 물으며 카라스는 엄지손가락으로 병 주둥이를 반쯤 막고는 그 물을 리건의 온몸에 뿌리기 시작했다. "악마야, 이건 성수란다." 즉시 악령은 굽실대며 몸부림치며 공포와 고통 속에 아우성쳤다. "이게 타는데! 이게 내 몸을 태워! 아, 그만 둬! 멈추라니까, 이 개 같은 신부야! 그만둬!" 무표정한 카라스는 물 뿌리는 것을 그만두었다.　　　　　　　　(175쪽)

리건은 메린의 얼굴에 누런 가래침을 뱉었다. 그 침은 천천히 귀신 추방자 메린의 뺨을 흘러내렸다. "나라에 임하옵시며————"

넷째, 과거와 현재와 미래의 일들에 대하여 말한다. 일반인이 알 수 없거나 감추고 있는 과거와 현재의 일을 들추어내어 말하는가 하면 앞으로 일어날 일도 말한다. 카알에게 숨겨놓은 다리장애에다 마약중독에 걸린 딸이 있다는 사실[30]을 폭로하고, 한 사람이 높은 데서 죽을 거라고 예언[31]하는 것이 그 예이다.

다섯째, 초인적인 힘을 발휘한다. 책상을 옮긴다든지,[32] 책상서랍이 저절로 나왔다 들어갔다 하고,[33] 침대를 허공에 떴다 가라앉게 하며,[34]

---

30 "나가! 히틀러 자식아! 썩 꺼져! 네 안짱다리 딸년이나 보러 가렴! 그년에 무나물이나 갖다 주지 그래! 무나물하고 헤로인을 갖다줘! 그년 좋아할걸! 산다이크야! 그년은————." 카알이 나가버리자 그 악마의 표정은 갑자기 온순해져서 카라스가 재빨리 녹음기 장치를 준비하는 것을 보았다.(171쪽)
31 "당신은 저 높은 데 가서 죽을 겁니다."(54쪽)
32 발을 들어 손가락으로 비비면서 보니 그 큰 책상이 있던 자리에서 3피트 가량 떨어져 옮겨져 있었다.(23쪽)
33 카라스는 갑작스럽게 나는 쿵 소리에 섬 하여 고개를 돌렸다. 책상 서랍이 툭 열리더니 튀어나왔다. 그러다가 그것이 다시 쿵하는 소리를 내며 닫혔다(171쪽).
34 샤론은 침대를 보고 너무 놀라서 움직이지도 못하고 서 있었다. 이상하게 생각하여 돌아다본 카라스도 순간 전기충격을 받은 것처럼 그 자리에 움직이지조차 못하고 서 버렸다. ————침대의 앞 머리가 바닥에서 혼자 들려지고 있었다————. 그는 믿을 수 없어 그것을 노려보았다. 4인치 정도, 반 피트, 아니 1피트쯤 떠 있었고, 뒷다리도 공중에 뜨기 시작했다.(중략) 침대는 1피트 더 위로 떠서 빙빙 돌다가, 마치 썩은 연못 위에 부표처럼

방안에서 두드리는 소리가 나게 하고,[35] 쥐덫에 봉제완구 쥐가 물리게[36] 하는 등의 초능력을 발휘한다.

여섯째, 악취,[37] 욕설,[38] 뱀이나 늑대 같은 모습,[39] 불건전한 섹슈얼리티[40]를 보이는 등 매우 악마적인 이미지를 풍긴다.

이상의 사실을 보면, 앞의 세 가지는 두 작품이 동일하다. 〈설공찬전〉이든 〈엑소시스트〉든, 귀신들이 환자의 입을 통해 세상 사람과 대화를 시도한다든지 환자의 몸에 출입하며, 퇴마사에게 반발하는 것이 그것이다. 다만 귀신의 말 가운데, 〈설공찬전〉에는 저승경험담이 포함되어 있으나 〈엑소시스트〉에서는 없다. 이는 한국과 미국, 혹은 동양과 서양의 영혼관과 내세관의 차이 때문이라고 보인다. 한국의 전통 관념으로는,

가볍게 기울어졌다.(234쪽)

35 먼저 톡톡 두드리는 것이 시작이었다. 크리스가 다락을 조사했던 밤 이후에도 두 번 그 소리를 들었다.(37쪽)

36 크리스가 이층의 복도를 지나가다가 손에 커다란 봉제완구 쥐를 뚫어져라 바라보며 되돌아오고 있는 카알을 만났다. 쥐덫에 주둥이가 꽉 물려 있는 이 장난감을 그가 발견했다는 것이다.(32쪽)

37 침묵, 리건의 호흡이 빨라지며 악취를 내기 시작했다.(91쪽)
짐승같은 소리는 그치고 갑자기 조용해졌다. 그러자 걸쭉하고, 썩은 냄새가 나는 푸르스름한 것이 리건의 입으로부터 간헐천과 같이 내뿜어졌다. 그것은 용암처럼 솟아나와 메린의 손 위를 흐르고 있었다.(235-236쪽)

38 그리고 이 괴물은 다른 성격의 인물로 변해 있었다. "저주받은 푸줏간 개.새끼 같으니라고!" 그 목소리는 쉬었고 강한 영국식 액센트를 갖고 있었다. "쌍놈의 자식"(171쪽)

39 크리스는 고개를 들자 얼어붙는 것 같았다. 샤론 바로 뒤로 몸을 뒤집어 머리가 거의 발에 닿게 구부리고 뱀처럼 재빨리 미끄러져 들어오는 리건이 보였다. 리건의 혀는 빠르게 입에서 낼름낼름 나왔다 들어갔다 하며 뱀처럼 쉬쉬 소리를 내고 있었다.(87쪽)
리건은 늑대처럼 고개를 젖히고 짖기 시작했다.(93쪽)

40 리건의 목구멍에서는 캥캥 웃는 소리가 쏟아져 나왔다. 그러더니 누가 떠다민 듯이 침대에 등을 대고 넘어졌다. 리건은 잠옷을 들어올리고 아랫도리를 내보이면서, "자, 날 데리고 자라!"고 의사들에게 아우성치더니 양손으로 미친 듯이 수음을 하기 시작했다.(77쪽)
"한가지는 따님이 헛소리하는데 대부분이 종교적인 이야기라서요. 무슨 말인지 못 알아듣게 지껄이는 때 말고요, 그러면 어디서 그런 생각이 났으리라 생각하십니까?" "글쎄요, 예를 들어보시면요?" "오, 그리스도와 성모 마리아가 69를 한다든가———."(115쪽)
"넌 그 여자하고 자고 싶어서 그러지? 좋아. 우선 이 가죽끈나 풀어줘. 그러면 내가 그 여자하고 자게 해줄게!"(151쪽)
"그애는 네가 가져! 그래, 그 창녀 같은 년은 너나 가져라! 네가 하고 싶은 대로 해도 된다. 카라스, 아닌 게 아니라 그애가 밤마다 너의 공상을 하며 수음을 한단다."(240쪽)

사람이 죽으면 모두가 차별없이 '저승'이라는 미분화된 내세로 이행한다고 보았으며 한을 품고 죽은 영혼은 저승에 안착하지 못하고 떠돌아다니거나 되돌아온다고 믿었다. 그러다 보니, 나이 스물에 장가도 못 가고 죽은 설공찬의 혼령이 저승에서 돌아와 남의 몸에 실려 그 저승경험담을 진술한다는 설정이 가능하다. 하지만 기독교를 바탕으로 하는 미국 혹은 서구의 관념에서는, 사람이 죽으면 지옥 아니면 천국으로 간다고 본 데다, 한번 저승에 간 영혼은 다시는 지상에 올 수 없다고 믿었기에 죽은 사람의 혼이 저승경험담을 진술하도록 설정한다는 것은 불가능하였던 것으로 보인다. 더욱이 리건에게 들어간 귀신의 정체가 사람이 죽은 혼령이 아니라, 인류 전체의 원수로 묘사된 사탄 즉 악마로 규정되다 보니 더욱 저승경험담은 개입할 수 없었으리라 여겨진다.

또 하나의 차이로, 〈엑소시스트〉의 악령은 과거와 현재와 미래의 일을 알아맞히는 신통력을 보인다. 한국에서는 무당들이 공수를 통해 과거의 일은 족집게처럼 잘 맞추지만, 현재와 미래의 일까지 맞추는 것은 그만 못하다고 알려져 있다. 하지만 〈엑소시스트〉에서는 과거는 물론 현재와 미래사까지 알려주며 예언까지 하여 다른 양상을 보인다. 이는 리건의 몸속에 들어간 귀신의 정체를 악마로 규정한 데서 비롯한다고 생각한다. 이미 성경에서, '타락한 천사'로서, 엄연한 영물(靈物)로 사탄 즉 악마를 정의하고 있기 때문에, 얼마든지 과거와 현재와 미래의 일을 알아맞히거나 예언할 수 있다고 보이기 때문이다. 더욱이 메린 신부가 지적하였고 창세기의 인류 타락 삽화에서도 나타나듯, 사탄을 '거짓말'로 사람을 미혹하는 존재로 인식한다면, 더욱 더 그 개연성은 커진다고 할 수 있다. 악마성이 더욱 강화되어 있다. 초인적인 힘을 발휘하며, 악취, 욕설, 뱀같은 짐승의 모습, 불건전한 섹슈얼리티를 보이는 등 매우 악마적인 이미지를 풍기도록 묘사하는 것도 〈엑소시스트〉에서 확인되는데, 이 역시 귀신의 정체를 사탄으로 규정한 것과 연관된다고 생각한다. 성경에서 사탄은 모든 부정적인 것의 근원이요 본질을 이룬다고 되어 있기 때문이다.

(2) 귀신의 출현 목적

설공찬의 혼령이 설공침의 몸에 들어간 목적은 어디에 있을까? 현전하는 국문본 내부에는 설명이 없다. 하지만 대동야승에 수록된 어숙권의 〈패관잡기〉 권2에 전하는 한문본 설공찬전의 말미를 보면 그 단서를 찾을 수 있다.

> 난재 채수가 중종 초에 지은 설공찬환혼전은 지극히 괴이하다. 그 말미에 이르기를, "설공찬이 남의 몸을 빌어 수개월간 머무르면서 능히 자신의 원한과 저승에서 들은 일을 아주 자세히 말하였다. (설공찬으로 하여금) 말한 바와 쓴 바를 좇아 그대로 쓰게 하고 한 글자도 고치지 않은 이유는 공신력을 전하고자 해서이다."라고 하였다. 언관이 이 작품을 보고 논박하여 이르기를, "채수가 황탄하고 비규범적인 글을 지어서 사람들의 귀를 현혹하게 하고 있으니, 사형을 시키소서."라고 하였으나 임금이 허락하지 않고 파직하는 것으로 그치었다(蔡懶齋壽, 中廟初, 作辭公瓚還魂傳, 極怪異. 末云, 公瓚借人之身, 淹留數月, 能言其怨及冥聞事, 甚詳, 令一從所言及所書, 書之, 不易一字者, 欲其傳信耳, 言官見之, 駁曰, 蔡某著荒誕不經之書, 以惑人聽, 請寘(置)之死, 上不允, 只罷其職).

"자신의 원한과 저승에서 들은 일을 아주 자세히 말하였다"라는 대목을 보면, 설공찬의 혼령은 원한과 저승에서 들은 일을 말하기 위해 출현했다고 할 수 있다. 저승에서 들은 일은, 작품상에 사촌동생 설위와 윤자신이 물은 데 대한 답변으로 나와 있고 아주 자세하게 진술[41]된 것으로 미루어, 어쩌면 어숙권이 증언한 대로 그 이야기를 세상 사람들에게 알리고 싶은 충동에서 출현했다고 여길 만하다. '원한'을 말했다는 부분은 현전 국문본에서는 구체적으로 확인하기는 어렵지만 어숙권의 증언에 의하면, 설공찬의 혼령이 출현한 이유와 깊이 관련되어 있다고 할 수 있다. 문장력이 뛰어났으면서도 스물 젊은 나이에 장가도 못 가고 요절한 원한일 수도 있고, 그래서 저승에 안착하지 못하는 원한일 수도 있다. 설공침의 몸에 들어갔지만 설공침을 해하려는 의도는 없는 것으로 보인다. 다만 귀신에 씐 설공침으로서는 제 정신으로 있다가도 공찬의 혼령이 들어가면 공찬이 시키는 대로 움직여야 하므로 그 괴로움이 심한 나머지, 그러다가 병이 들어 죽을지도 모른다고 생각할 만큼 몹시 서러워하는 것은 사실이지만, 설공찬의 혼령이 공침을 죽이려는 의도는 없다고 보인다. 한국의 전통적인 관념에서처럼, 저승에 편히 가지 못한 혼령들은 잠시 머물면서 자신의 한을 하소연하거나 자신을 괴롭힌 대상에게 복수하고자 해서 특정한 사람의 몸(마음이 가장 끌리는 곳[42])인 사촌 형제 설공침의 몸을 선택해 들어갔다고 여겨진다.[43]

---

41 이복규, 앞의 책, 22쪽 참조.
　① 저승의 위치 : 바닷가에 있으며 순창에서 40리 거리임 ② 저승 나라의 이름 : 단월국 ③ 저승 임금의 이름 : 비사문천왕 ④ 저승 심판 양상 : 책을 살펴서 명이 다하지 않은 영혼은 그대로 두고, 명이 다해서 온 영혼은 연좌로 보냄. 공찬도 심판받게 되었는데 거기 먼저 와있던 증조부 설위의 덕으로 풀려남. ⑤ 저승에 간 영혼들의 형편 : 이승에서 선하게 산 사람은 저승에서도 잘 지내나 악하게 산 사람은 고생하며 지내거나 지옥으로 떨어지는데 그 사례가 아주 다양함. ⑥ 염라왕이 있는 궁궐의 모습. 아주 장대하고 위엄이 있음. ⑦ 지상국가와 염라국 간의 관례 : 성화 황제가 사람을 시켜 자기가 총애하는 신하의 저승행을 1년만 연기해 달라고 염라왕에서 요청하자, 염라왕이 고유 권한의 침해라며 화를 내고 허락하지 않음. 당황한 성화 황제가 염라국을 방문하자 염라왕이 그 신하를 잡아오게 해 손이 삶아지리라고 함(이 대목은 지상의 국가와 저승간에는 연속성과 함께 불연속성 혹은 변별성이 있다는 사실을 일깨우는 삽화라고 보이는바, 따로 거론할 기회를 가질 필요가 있음).
42 묘심화, 같은 책, 41쪽.
43 설공침 형제 중에서 왜 하필 설공침에게 들어갔는가 의문일 수 있는데, "져머셔브터 글을 힘서 빈호듸 업동과 반만도 몯ᄒ고 글스기도 업동이만 몯ᄒ더라"(2쪽)가 그 한 열쇠가 아닌가 한다. 지적인 능력이 뛰어난 사람보다 그렇지 못한 사람에게 신이 실릴 가능성이

〈엑소시스트〉에서 리건의 몸에 들어온 악령은 얼핏 쉴 곳을 찾아 들어온 것처럼 보인다. 악령 스스로가 "우리들은 사실상 갈 곳이 없어. 집이 없지."(169쪽)라고 말하고 있기 때문이다. 하지만 좀 더 적극적인 목적을 따로 가지고 있다. 리건을 죽이는 것이 그것이다. 다음 대목이 그것을 잘 말해 준다.

> "넌 리건을 해치고 싶니?" 긍정. "죽이려고 하니?" 긍정. "리건이 죽으면 너도 죽지 않아?" 부정.　　　　　　　　　　　　　　　　　　　(92쪽)

이 대목을 보면, 귀신이 들어온 결과 몸이 괴로워서 죽음의 위협을 느끼는 설공침의 경우와는 달리 〈엑소시스트〉에서는 악령이 리건을 죽이려는 의도를 가지고 들어와 있어, 리건은 자각하고 있지 못하지만, 제3자들이 그 사실을 악령을 통해서 듣고 전율하고 있다. 악령의 목적은 살아있는 사람을 사망에 빠뜨리는 데 있음을 알 수 있다. 설공찬의 혼령이 공침을 죽이려고도 하지 않았고, 설충수를 협박할 때도 그 얼굴 모습만 일그러뜨리는 정도로 그친 데 비해, 〈엑소시스트〉의 악령은 퇴마사인 메린 신부와 카라스를 죽음에 이르게 하고 있어 확실히 대비된다.

5. 퇴마사의 신분과 퇴마 양상

5.1. 퇴마사의 신분

〈설공찬전〉에 등장하는 퇴마사는 김석산이란 인물이다. 이 인물이 어

높다고 여기는 민간의 관념이 있기 때문이다.

떤 신분에 속하는지는 작품에서 설명하고 있지 않아 미상이나, 그 하는 일에 대해서는 분명하게 기술해 놓았다. "셕산이ᄂ 귓것애 ᄒᄂ 방밥ᄒ ᄂ" 사람 즉 '귀신을 쫓는 사람'이라는 설명이 그것이다. 어떤 계층의 사람인지는 소개하지 않았지만, 성과 이름을 지닌 것으로 미루어 평민이거나 몰락양반으로서 축귀하는 일로 생업을 삼던 인물이라고 할 수 있다. 유교 국가인 조선에서는 다소 음성적으로 활동하던 인물이라고 하겠다. 존경받는 인물은 아니지만, 유사시에는 유교 국가인 조선에서 달리 해결할 수 없던 종교적(혹은 신앙적)인 문제가 발생할 경우, 무당의 경우와 같이, 요청에 의해서 그런 문제를 해결해 주던 계층이라 하겠다.

〈엑소시스트〉의 퇴마사는 메린과 카라스 둘이다. 둘 다 가톨릭 신부이고 가톨릭 교회에서 엑소시스트의 자격을 갖춘 인물이라고 평가하여 파견된 인물들이다. 가장 먼저는 카라스 신부가, 크리스의 개인적인 요청으로 리건에 접근하지만 카라스는 가톨릭의 관례에 따라, 리건이 "순전히 정신병적인 문제가 아니라는 충분한 그리고 결정적인 서류를 구비하여 허가를 받"았으나, 카라스는 경험이 없다는 이유로 경험이 있는 메린 신부를 차출하여 보냈는바, "푸닥거리할 사람은 랭카스터 메린이며 카라스가 참석하여 거들어야 한다는 내용"(216쪽)의 지시가 내려진다. 〈설공찬전〉의 김석산과는 달리, 〈엑소시스트〉는 종교 기관에서 환자의 병이 종교적인 것임을 판단하여 '경건'과 '높은 도덕'(217쪽)을 지닌 인물 중에서 선택하여 파견하고 있어 대비된다. 〈설공찬전〉의 시대를 지배하던 종교는 유교였고, 유교 문맥에서는 귀신들린 데 대한 가르침이 없으므로 음성적이거나 비공식적으로 퇴마행위가 이루어지다 보니, 김석산도 개인적인 자격이나 평판으로 퇴마행위를 하였으나, 〈엑소시스트〉는 기독교가 보편화된 미국사회를 배경으로 하고 있다 보니 이런 차이가 나타났다고 할 수 있다.

5.2. 퇴마의 도구와 방법

〈설공찬전〉에서 퇴마사 김석산이 동원한 퇴마 도구로 몇 가지가 있다. 첫째, 복숭아 나무채, 둘째, 부적, 셋째, 주사(朱砂) 등이 그것이다. 이 밖에도 '왼새끼'도 등장하나 이것은 김석산이 동원한 게 아니라 설공찬의 혼령이 그 숙부인 설충수를 골려주기 위해 거짓으로 제보한 것이나 민간신앙에서는 축귀에 효과가 있다고 믿어, 금줄을 칠 때는 항상 왼새끼를 사용한다. 김석산은 이들 도구를 가지고, "복셩화 나모채로 ㄱ리티고 방법ㅎ여 부작ㅎ니"(4쪽), "쥬사 훈 냥을 사 두고 나롤 기돌오라 내가면 녕혼을 제 무덤 밧긔도 나디 몯호리라 ㅎ고 이 말을 만이 닐러 그 영혼 들리라 ㅎ여늘"(6쪽)이라고 하여, 복숭아나무채로는 후려치고 부적은 붙이고, 주사는 미수에 그쳤으나 무덤에다 뿌림으로써 퇴마 효과를 보았음을 알 수 있다. 특히 '주사' 관련 대목에서, 주사를 마련해 놓았으며 퇴마사가 올 것이라는 사실을 영혼에게 많이 들려주라고 하는 것은, 〈삼국유사〉 수로부인조에서 해룡을 퇴치하고 굴복시키기 위해 뭇 사람들이 모여 〈해가〉라는 노래를 일제히 부를 때의 상황과 당시의 '중구삭금(衆口鑠金)'이라는 언어주술관념을 연상시켜 주목된다. 퇴마사 김석산의 노력은 반은 성공하고 반은 실패한다. 설공찬 누이의 혼령은 쫓아내는 데 성공하나, 설공찬의 혼령을 쫓아내는 데는 실패한다. 주사를 사용해 퇴치하려고 하였으나, 미리 안 공찬의 혼령이 그 숙부인 설충수의 얼굴을 일그러지게 하는 등 심술을 부리자 설충수가 축귀 노력을 포기했기 때문이다. 이 대목에서, 설공찬의 혼령이 퇴마사인 김석산에게 직접 보복하지 않고 그 의뢰자인 설충수에게 보복한다는 설정은 〈엑소시스트〉와는 차이가 나는 점이다. 김석산은 퇴마술을 통해 아무런 해도 당하지 않는다.

〈엑소시스트〉에서 메린 신부가 동원한 퇴마 도구로는 다음과 같은 것들이 있다. 첫째, 성의와 중백의와 영대, 둘째, 성수, 셋째, 로마예전서, 넷째, 기도 등이다. 퇴마 의식을 집행하기 전에, 메린 신부는 카라스 신부에게 이렇게 말한다. "데미언, 내가 입을 성의 하나와 두 개의 중백의(中百衣), 그리고 영대 하나와 성수 좀 하고, 로마 예전서(禮典書) 두 권을 가져오시오."(224쪽)라고 지시한다. 카라스가 이것들을 가져오자 메린 신부는 성의를 입고 그 위에 중백의를 입고 영대를 어깨 위에 두른다. 그리고는 카라스에게 두 가지 당부를 한다. '악령과 어떤 대화라도 피할 것(필요할 경우, 물어보기는 할 것)', '악령이 말하는 것은 듣지 말 것(우리를 혼돈시키기 위해 거짓말을 하는데 그 공격은 심리적으로 무서운 힘을 가졌음)'(229-230쪽), 이 두 가지를 이른 다음, 성수를 들고 카라스와 함께 리건에게 접근한다. 메린은 성수병을 쳐들어 발악하는 리건(악령)에게 뿌리고 주기도를 하였고 카라스도 로마예전서를 들여다보며 거기 기록된 대로 기도한다. "우리 주 예수 그리스도의 아버지이신 천주여, 당신의 거룩한 이름에 비옵니다. 당신의 자비를 구하옵니다. 당신의 종을 괴롭히는 이 악귀를 물리치도록 도와주시옵소서. 주의 이름으로————."(233쪽) 카라스와 메린이 교대로 기도문을 읽거나 기도하며 이따금 리건의 이마에 성호를 긋기도 하고 (235쪽), 영대의 한 끝을 리건의 목에다 대며 기도하기도 한다(235쪽). 그 결과, 메린은 희생당하고 말지만 카라스는 혼자 남아 악령과 대결하다가 최후의 선언을 한 다음, 장렬하게 악령과 함께 죽어가고 그 희생 덕분에 리건은 정상적인 아이로 돌아온다. 카라스 신부가 남긴 그 최후의 선언은 다음과 같다.

"안돼! 난 네놈들이 이 사람을 해치게 두진 않을 테다! 넌 이 사람들을 해치지 못할거다! 나와 함께 가는거다!"

(262쪽)

이 대목을 보면, 〈엑소시스트〉에서 기독교(특히 가토릭)의 전례를 따라 성의, 성수, 로마예전서 등으로 무장하여 기도하며 악령에 대처하기도 하였으나, 결국 악령을 퇴치한 가장 강력한 무기는 환자에 대한 사랑과 희생의 정신이라는 점이 드러나 있다. 〈설공찬전〉의 김석산한테서는 그 점이 엿보이지 않지만, 〈엑소시스트〉에서는 표나게 강조되어 있다. 〈설공찬전〉의 김석산이 혼자 귀신과 대결한 것과는 달리, 〈엑소시스트〉에서 메린과 카라스 신부 둘이서 대결한 것도 다른 점이다. 기독교에서는 전통적으로 전도할 때, 두 사람이 짝을 지어 하는 것이, 예수 그리스도가 복음서에서 제자들을 둘씩 짝지워 전도하러 내보낼 때부터 관례화하여 있는데, 〈엑소시스트〉의 작자도 그 점을 의식해 이렇게 처리한 것으로 보인다. 실화에서는 신부 한 사람이 퇴마의식을 행한 것으로 나오는데, 이 작품에서는 둘이 함께 행한 것으로 바꾸어 놓은 것을 보면 다분히 의도적이라는 것을 간파할 수 있다.

6. 맺음말

〈설공찬전〉과 〈엑소시스트〉는 시대와 배경은 물론 주제의식이나 작품 구조에서 일정한 차이를 지니지만, 다 같이 '퇴마 모티브'를 동원했다는 점에서 동질적이기에 비교할 만한 작품들이다. 위에서 몇 가지 항목으로 나누어 비교한 결과를 정리하면 다음과 같다.

(1) 귀신들린 사람의 성격과 귀신들린 양상 : 〈설공찬전〉과 〈엑소시스트〉는 다른 점보다는 같은 점이 두드러진다. 귀신에 들리는 인물들은 무언가 결핍 요인을 안고 있는 인물들이다. 지역과 시기의 차이에도, 귀신들림은 일정한 결핍 요인을 지닌 인물에게 잘 나타난다는 점에서

인식을 같이하고 있다. 귀신 들린 이후에 평소의 모습과는 딴판으로 변한다는 점도 동질적이다. 다만 〈엑소시스트〉에서는 그 악마성이 더욱 강화되어 나타난다.

(2) 퇴마를 요청한 가족의 대처 양상 : 자녀에게 귀신이 들리자 그 부모들이 근심하며 이를 해결하기 위해 노력하며 그 일환으로 퇴마사를 초청한다는 점에서 동일하다. 하지만 〈설공찬전〉에서는 막바로 퇴마사를 불러오는 데 비해, 〈엑소시스트〉에서는 의학으로 고칠 수 있는 질병인지 충분히 진단해 본 다음에야 퇴마사에게 요청하고 있어 일정한 차이를 보인다.

(3) 〈설공찬전〉에 나오는 귀신과 〈엑소시스트〉의 귀신의 정체 : 〈설공찬전〉의 귀신은 제 명대로 살지 못했거나 원한을 품은 채 죽은 사람의 영혼으로서 바로 저승으로 가지 못하고, 지상계에서 임시적으로 떠도는 혼령이다. 하지만 〈엑소시스트〉에 등장하는 악마는 죽은 사람의 혼령이 아니라, 타락한 천사로서 예수 그리스도가 재림하여 지옥불에 던져질 때까지 활동하는 존재이다.

(4) 귀신의 정체와 활동 양상과 목적 : 귀신들이 환자의 입을 통해 세상 사람과 대화를 시도한다든지, 환자의 몸에 출입하며 퇴마사에게 반발하는 것은 동일하다. 다만 귀신의 말 가운데, 〈설공찬전〉에는 저승 경험담이 포함되어 있으나 〈엑소시스트〉에서는 없다. 이는 한국과 미국, 혹은 동양과 서양의 영혼관과 내세관의 차이 때문이라고 보인다. 〈엑소시스트〉의 악령은 과거와 현재와 미래의 일을 알아맞히는 신통력을 보인다는 점에서도 차이를 보인다.   설공찬의 혼령은 공침을 죽이려고도 하지 않았고, 설충수를 협박할 때도 그 얼굴 모습만 일그러뜨리는 정도로 그친 데 비해 〈엑소시스트〉의 악령은 리건을 죽이려고 했고 마침내 퇴마사인 메린 신부와 카라스를 죽음에 이르게 하고 있어 그 목적

면에서도 대비된다.

(5) **퇴마사의 신분과 퇴마 양상** : 〈설공찬전〉과는 달리 〈엑소시스트〉에서는 퇴마사를 특정 종교 기관에서 선택하여 파견하고 있다. 〈설공찬전〉의 시대를 지배하던 종교는 유교였고, 유교 문맥에서는 귀신들린 데 대한 가르침이 없으므로 음성적이거나 비공식적으로 퇴마행위가 이루어지다 보니, 김석산도 개인적인 자격이나 평판으로 퇴마행위를 하였으나 〈엑소시스트〉는 기독교가 보편화된 미국사회를 배경으로 하고 있다 보니 이런 차이가 나타났다고 할 수 있다.

(6) **퇴마의 도구와 방법** : 〈설공찬전〉에서는 복숭아나무채, 왼새끼, 주사 등 한국 토산이며 민간신앙에서 퇴마 효력을 지닌다고 믿는 도구들을 활용하고 〈엑소시스트〉에서는 기독교(특히 가톨릭)의 전례를 따라 성의, 성수, 로마예전서 등으로 무장하여 기도하며 악령에 대처한다. 하지만 환자에 대한 사랑과 희생의 정신을 가지느냐 하는 데서 두 작품은 구별된다. 〈엑소시스트〉의 경우, 악령을 퇴치한 가장 강력한 무기는 환자에 대한 사랑과 희생의 정신이라는 점이 드러나 있으나 〈설공찬전〉에서는 그 점이 엿보이지 않는다. 〈설공찬전〉의 김석산이 혼자 귀신과 대결한 것과는 달리, 〈엑소시스트〉에서 기독교의 전도 원리를 따라 메린과 카라스 신부 둘이서 대결하는 것도 다른 점이다.

제7장
우리 고전문학에 나타난 부자

1. 머리말

한국인은 복을 좋아한다. 수(壽), 부(富), 귀(貴), 다남자(多男子). 이 네 가지 복 가운데에서 부(富)를 누리는 사람이 부자인데, 전통 농경사회에서는 물론 산업사회를 지나 정보사회에 이른 오늘날에도 부자가 되고 싶어 하는 마음들은 여전하다. 이른바 '10억 만들기' 열풍도 이 점을 증명하는 사례일 텐데, 27억은 가져야 부자 축에 낀다는 요즘이고 보면 이제 10억을 만들어도 만족하지 못할 것 같다.

한국인이 되고 싶어 하는 부자, 도대체 우리 고전문학에서는 이 '부자'를 어떻게 인식하며 어떻게 그리고 있을까? 이 궁금증을 풀어 보려는 것이 이 글의 목적이다. 말로 전해지는 구비문학이든 글로 전해지는 기록문학이든, 문학에는 현실적인 삶의 모습이 표현되어 있으며 아울러 바람직한 삶이 무엇인가에 대한 인식도 표현되어 있다. 부자에 대해서도 마찬가지이다. 우리 고전문학에는 부자에 대한 생각이 잘 드러나 있다.

우리 고전문학의 범위는 매우 넓어서 모두 다루기는 어렵다. 이 글에서는 속담과 이야기문학만으로 한정해서 거기 나타나는 '부자' 이미지와 인식 양상을 살펴보고자 한다. 이야기문학은 구전설화, 야담, 고소설 등을 포괄하는 뜻으로 사용하겠다.

2. 속담에 나타난 부자 인식

속담에는 부자에 대한 인식이 다양하게 드러나 있다. 긍정적인 인식과 부정적인 인식이 있는가 하면, 객관적인 인식도 나타나 있다. 그 각각의 사례를 구체적으로 살펴보기로 하자.

2.1. 긍정적인 인식

▶ 부자는 마을 사람 밥상이다.
▶ 부자는 여러 사람의 밥상이다.

이 속담의 의미는 무엇일까? 부자가 있으면 함께 사는 사람들이 그 덕으로 먹고 산다는 뜻이다. 마을에 부자가 있으면 마을의 여러 사람이 그 부자의 덕을 본다는 말이다. 절대 빈곤이던 예전에만 그랬던 것은 아니다. 요즘에도 부자가 회사를 세우면 거기 수많은 사람이 고용되어 생계를 꾸려나갈 수 있다는 점에서 이 속담은 여전히 유효하다 하겠다.

아울러 이 속담에는 부자에 대한 희망사항도 들어있다. 부자가 지닌 부는 부자 한 사람만을 위해 쓰여서는 안 되며, 함께 사는 공동체 구성원들과 함께 누려야 마땅하다는 생각이 표현되어 있기 때문이다. 생각해 보면 이것도 맞는 말이다. 부자의 부는 부자 혼자 이룬 게 아니다. 수많은 사람들이 도왔기에 가능하다. 농업사회에서는 수많은 농민이 농사일을 해주었기에 부를 유지할 수 있었고, 현대사회에서는 수많은 종업원이 일해 주기에 회사가 돌아가고 이윤도 창출된다. 사리가 이러하기에, 자신의 부를 다른 사람들을 먹여살리는 데 쓰는 게 당연하며, 그렇게 하는 부자만이 진정한 부자라는 의식이 이들 속담에 담겨 있다 하겠다.

2.2. 부정적인 인식

(1) 인색함

▶ 가난한 활수(滑手)가 돈 있는 부자보다 낫다.
▶ 부잣집 떡개는 작다.
▶ 부자치고 인정 있는 사람 없다.

이들 속담은 모두 부자가 인색하기 쉽다는 점을 지적한다. 써야 할 데 안 쓰는 부자보다는 무엇이든지 아끼지 않고 시원스럽게 잘 쓰는 사람 즉 활수가 더 좋다는 첫 번째 속담만 해도 그렇다. 원래 활수는 부정적인 존재이지만, 그래도 인색한 부자보다는 낫다는 것이다. 떡을 줄 때도 인색해서 떡의 날개 부분(떡개)마저 작게 만들어 보낸다든가, 부자치고 인정 있는 사람이 없다는 속담 역시 그 점을 반영하고 있다. 어찌 생각하면 그런 자세로 돈을 아끼면서 모았으니 부자가 된 것이겠지만 부자가 된 이후에까지 계속 그렇게 사는 것은 좋지 못하다는 민중의 인식이 거기 드러나 있다.

▶ 부자가 없는 놈보고 왜 고기 안 먹느냐고 한다.

돈 있는 사람은 가난한 사람의 사정을 모른다는 뜻을 담은 속담이다. 원래는 가난했다가 부자가 된 사람은 그럴 리 없겠지만, 부자의 2세나 3세 같은 후손들은 그럴 수 있다. 가난을 경험한 일이 없기 때문에 모든 사람이 자기네처럼 고기를 먹으며 사는 줄 착각할 수 있을 것이다. 이 속담은 그 점을 잘 지적하고 있다.

▶ 부자 하나 나면 세 동네가 망한다.

부자가 한 사람 생기자면 몇 동네 재산을 긁어모아야 되기 때문에 그 결과 그 동네는 망하고 만다는 속담이다. 과장법이 들어 있기는 하나 일정한 진리를 담고 있다. 에너지 보존의 법칙처럼, 이 세상의 재화라는 것도 한정이 있어서, 한 사람이 부자가 되는 현상은 결국 다른 사람의 재화가 한 사람에게로 옮겨간 결과라는 인식이다. 굳이 마르크스주의자들의 잉여가치설을 들먹일 필요도 없이 우리 민중들은 한 사람의 거부(巨富)가 등장하는 배경에는 여러 사람의 희생이나 협조가 작용하고 있다는 사실을 이 속담을 통해 알 수 있다. 부자들로 하여금 가난한 이웃을 향해 절대 교만하지 못하게 쐐기를 박는 금언이라 하겠다.

2.3. 객관적인 인식

(1) 부의 순환성

▶ 가난뱅이 조상 안 둔 부자 없고 부자 조상 안 둔 가난뱅이 없다.

➡ 부자 삼대 못 가고 가난 삼대 안 간다.
➡ 부자 조상 안 둔 가난뱅이 없고 가난뱅이 조상 안 둔 부자 없다.

부유함과 가난함은 고정불변하는 것이 아니라 순환 교체된다. 가난하다고 대대손손 가난한 것은 아니고, 부자라고 천추만대 부자로 있는 것은 아님을 지적하는 속담들이다. 가난한 사람도 부자 될 때가 있고 부자도 가난해질 때가 있다는 것이다. 음지가 양지 되고 양지가 음지 되며 선진이 후진 되고 후진이 선진 되듯, 우리 속담에서 말하는 부의 순환 원리도 진리 가운데 하나라 하겠다.

(2) 부의 한시성

➡ 부자는 백 년 못 가고 권력은 십 년 못 간다.
➡ 벼락부자 사흘 못 간다
➡ 부자도 한이 있다.
➡ 부잣집 업 나가듯 한다.

부는 영원히 지속되는 게 아니라 한시적이라는 사실을 말해 주는 속담들이다. 권력이 10년 못 가고 종말을 맞기 일쑤이듯, 부자의 부도 일시적이다. 특히 벼락부자는 사흘도 못 갈 만큼 그 지속기간이 더 짧다. 예전에는 집집마다 그 가정의 재물을 관장하는 가신으로서 '업'이 있다고 믿었는데, 그 업이 집에서 나가면 망한다고 생각하였다. 일정한 기간까지만 업이 머물러 있다는 것, 그 업이 있는 동안만 부를 누린다는 것, 이 점을 분명하게 드러내는 속담들이라 하겠다.

(3) 부자의 필요 조건

▶ 부자 되는 집 머슴은 배고프고 망하는 집 머슴은 배부르다.
▶ 부자라야 더 부자 된다.
▶ 부자는 반드시 더 큰 부자로 된다.
▶ 고관이 되면 부자가 된다.
▶ 관리를 오래 다니면 저절로 부자가 된다.

부자가 되는 데 필요한 조건들은 무엇일까? 세 가지를 말한다. 머슴을 배고프게 할 만큼 알뜰하게 살림을 해야만 부자가 된다. 둘째, 밑천이 많아야만 부자가 된다. 셋째, 높은 관직을 얻으면 저절로 부자가 된다. 아껴쓰는 생활 자세, 밑천, 권력, 이 세 가지를 부자가 되기 위한 필요 조건으로 보고 있다. 지금도 부정하기 어려운 조건들이라 할 수 있다. 이를 뒤집어 보면, 부자가 부자가 된 것은 그냥 된 것이 아니고 그럴 만한 배경이 있다는 인식이다. 생활 태도가 근검하였거나 밑천(자본)이 있었거나, 권력을 얻어 그것을 사용했거나 셋 중의 하나이거나 이것들이 복합적으로 작용했다고 여긴 셈이다. 그러니 부자가 되고 싶은 사람이 있다면 이들 조건부터 갖추라는 주문일 수도 있다.

(4) 부자에 대한 경고

▶ 부자 천 냥보다 과부 두 푼의 정성이 더 크다.
▶ 부자 한 집이 있으면 천 집이 이를 미워한다.
▶ 부잣집도 거지 집에서 얻어 오는 것이 있다.

불우이웃돕기 성금을 비롯하여 각종 기부 행사 때, 대부분은 그 액수의 다과를 가지고 평가하기 쉽다. 그러니 절대 액수가 많은 부자들이 남보다 많이 냈다고 뻐길 수도 있다. 하지만 많은 돈을 희사하는 것보다는 없는 사람이 내는 적은 돈에 더 정성이 담겼다고 속담은 지적한다. 액수만 가지고 따질 성질의 것이 아니라는 것이다. 맞는 말이다. 예수님도 과부가 내는 동전 두 푼을 더 귀하게 여겨 극찬했듯이, 부자들도 항상 그 점을 염두에 두라는 메시지가 이 속담에 담겨 있다 하겠다.

두 번째 속담은 가난한 사람만 사는 곳에 홀로 부자가 살면 미움을 받게 된다는 것이다. 인간은 사회적 동물이라 했듯이, 절대로 인간은 혼자만 잘 살 수가 없다는 점을 강조하는 속담이다. 같이 잘 살아야지 혼자만 특출하게 잘 살고 나머지는 모두 빈곤할 때, 이웃 사람들의 질시를 받아 따돌림을 당할 수 있다는 점을 명심하라는 말이겠다. 이웃으로부터 저주 대신 축복을 받을 수 있는 부자로 살아야 진정으로 행복하다는 주문으로 읽을 수 있는 속담이기도 하다.

세 번째 속담은, 아무리 부자라도 모든 것을 구비할 수는 없다는 뜻을 담고 있다. 사실이 그렇다. 모든 것을 다 구비한 사람은 이 세상에 없다. 절대적인 차원에서 보면 인간은 어차피 모두 불완전한 존재이다. 반대로, 가진 것이 없는 거지에게도 부자가 지니지 못한 무엇인가가 있을 수 있다. 그래서 부자가 그 거지의 도움을 받아야 할 때도 있다. 이 점을 잊지 말라는 경구이다.

3. 이야기에 나타난 부자

우리 이야기에 등장하는 부자들은 한 가지 모습이 아니다. 다양한 형태로 존재한다. 비현실적인 해결을 보이는 경우와 현실적 해결을 보이는 경우, 자력으로 해결하는 경우와 타력으로 해결하는 경우, 남성을 주인 공으로 한 경우와 여성을 주인공으로 한 경우, 보수적인 인물을 주인공 으로 한 경우와 진취적이거나 이기적인 인물을 주인공으로 한 경우 등 다양하다.

여기에서는 부자가 등장하는 이야기를 두 가지로 구분해 그 각각에 해당하는 이야기들을 살펴보기로 하겠다. 가난하다 부자 되기, 부자였다 가 망하기로의 구분이 그것이다. 여기 속하는 이야기들을 살펴봄으로써 가난한 사람이 어떻게 부자가 되고, 원래는 부자였던 사람이 어쩌다 망 한다고 인식했는지 확인해 보기로 한다. 그런 이야기들에서 바람직한 부자는 무엇이고, 부정적인 부자는 무엇인지에 대한 한국인의 인식도 아울러 파악할 수 있을 것이다. 대부분 짧은 이야기들이므로 좀 길거나 이미 잘 알려진 이야기는 줄거리만 소개할 것이나, 다른 것들은 전문을 다 보이도록 하겠다. 백문이불여일견이라는 말처럼, 이야기에 대한 해설 이나 해석보다 작품 그 자체를 읽어보는 것이 더 재미있고 의미도 있기 때문이다.

3.1. 가난하다 부자 되기

처음에는 가난했으나 일정한 과정을 거쳐 부자가 된 이야기는, 어떻 게 부자가 되었는가에 따라 다시 몇 가지로 나눌 수 있다. 장사하기(매점 매석, 소금장사, 술장사), 농사짓기(벼농사, 담배농사), 초월적 존재의 도움을 받기 등이다. 이 글에서 이렇게 구분한다고 해서 한국고전의 부자 이야기 모 두가 이 구도로 설명되는 것은 아니다. 필자가 선택하여 읽은 자료들에 한정해 그렇다는 것이다.

(1) 장사하기

① 매점매석

가. 〈허생전〉

〈허생전〉은 조선 후기에 박지원이 지은 한문 단편소설이다. 줄거리는
다음과 같다.

허생은 남산 아래 묵적골의 오막살이집에 살았다. 독서를 좋아하였으
나 몹시 가난하였다. 아내가 삯바느질을 하여 살림을 꾸려나갔다. 굶주리
다 못한 아내가 푸념을 하며 과거도 보지 않으면서 책은 무엇 때문에 읽으
며, 장사 밑천이 없으면 도둑질이라도 못하느냐고 다그친다. 허생은 책을
덮고 탄식하며 문을 나선다. 허생은 한양에서 제일 부자라는 변씨를 찾아
가 돈 만 냥을 꾸어 가지고 안성에 내려가 과일장사를 하여 폭리를 취한
다. 그리고 제주도에 들어가 말총장사를 하여 많은 돈을 번다. 그 뒤에
어느 사공의 안내를 받아 무인도 하나를 얻었다. 허생은 변산에 있는 도둑
들을 설득하여 각기 소 한 필, 여자 한 사람씩을 데려오게 하고 그들과
무인도에 들어가 농사를 짓는다. 3년 동안 거두어들인 농산물을 흉년이
든 나가사키에 팔아 백만금을 얻게 된다. 허생은 외부로 통행할 배를 불태
우고 50만금은 바다에 던져버린 뒤에, 글 아는 사람을 가려 함께 본토로
돌아와 가난한 자들을 구제하고 남은 돈 십만금을 변씨에게 갚는다. 변씨
로부터 허생의 이야기를 들은 이완 대장이 변씨를 데리고 허생을 찾는다.
이완이 나라에서 인재를 구하는 뜻을 이야기하자 허생은 "내가 와룡선생
을 천거할 테니 임금께 아뢰어 삼고초려를 하게 할 수 있겠냐?", "종실의
딸들을 명나라 후손에게 시집보내고 임금의 친척이나 귀한 가문의 세력을
빼앗겠느냐?", "우수한 자제들을 가려 머리를 깎고 호복을 입혀, 선비들은
유학하게 하고 소인들은 강남에 장사하게 하여 그들의 허실을 정탐하고
그곳의 호걸들과 결탁하여 천하를 뒤엎고 국치를 설욕할 계책을 꾸미겠느
냐?"라고 묻는다. 이완은 이 세 가지 물음에 모두 어렵다고 한다. 허생은
"나라에서 믿어주는 신하라는 게 고작 이 꼴이냐!"라고 분을 참지 못하여

칼을 찾아 찌르려 하니 이완은 달아난다. 이튿날에 이완이 다시 찾아갔으나 허생은 이미 자취를 감추고 집은 비어 있었다.

〈허생전〉은 여러 각도에서 읽을 수 있는 문제작이다. 맨 마지막 대목에 나오는 이완 대장과의 대화를 중심으로, 청나라를 무찌르자는 등 명분론에 치우쳐 있는 당시의 집권세력을 실학적인 관점에서 비판한 작품으로 읽어도 된다. 하지만 이 글의 주제인 '부자'에 초점을 맞추어 보면, 자기 지혜를 잘 발휘하여 부자가 된 이야기이자 바람직한 부자의 전형이 무엇인지 보여주는 이야기라 할 수 있다.

우선 부자가 되는 과정을 살펴보자. 아내의 등쌀에 못 이겨, 자기가 정해 놓은 독서 기간을 못다 채운 채 돈벌이에 나선 선비 허생이 돈을 모을 수 있었던 것은, 요즘 식으로 표현하면 매점 매석이란 방법을 동원한 것이었다. 매점 매석은 잘못된 것이다. 작자 박지원도 부정적으로 보고 있다. 허생이 뭇 과일을 독점하여 큰 이윤을 남긴 후 "길게 한숨을 내쉬"면서, "만 냥으로 온갖 과일의 값을 좌우했으니, 우리 나라의 형편을 알 만하구나."라고 했다는 대목에서 그것을 알 수 있다. 그런데도 매점 매석이란 방법을 끌어들인 이유는 무엇일까? 하나는, 우리 경제 구조의 취약성을 드러내 위정자들로 하여금 반성하게 하기 위한 것이었을 게다. 또 하나는, 빈털터리인 허생으로 하여금 금세 치부하게 만드는 방법은 현실적으로 이것밖에 없었기에 부득이 도입한 것이었다고 보인다. 허생이 이 방법을 동원한 것은 지혜였다. 그 당시 국내 경제 구조의 수준과 허점을 파악하는 통찰력이 있었기에 가능했다. 그리고 이는 적중하여 단기간에 엄청난 재화를 벌어들여 빌린 돈도 갚고 큰 일을 할 수 있었다.

다음으로 이 작품의 주제라고도 할 수 있는, 바람직한 부자의 전형에 대해 살펴보자. 허생이 돈을 모은 것은 제 몸이나 자기 가문의 영화를 위해서가 아니었다. 매점 매석이라는 방법을 동원하여 치부한 것은 잘못이지만, 그렇게 해서 번 돈을 모든 백성을 윤택하게 하고 세상이 잘 되게 하는 데 활용하였다. 이른바 사회환원을 한 셈이다. 부자가 되어야 하는 이유, 돈을 벌어야 하는 진정한 목표는 바로 이렇게 이웃을 구제하고 사회와 국가의 문제점을 해결하기 위한 데 목표를 두어야 한다는 점을 제시한 것이 〈허생전〉이다. 이 이야기의 마지막 대목에서 허생은 모든 부를 포기하고 원래의 상태로 돌아간다. 요즈음 거론되는 이른바 '자발적인 가난'을 선택한다. 하지만 아무도 이 허생을 가난하다고 할 수 없다. 어떤 부자보다도 더 넉넉한 사람, 큰 사람이라는 이미지가 또렷하게 부각되어 있기 때문이다.

나. 〈택사〉

〈택사〉는 한 부인이 특정 약재를 매매하여 큰돈을 벌었다는 내용의 야담이다. 적은 자금으로 시중의 택사를 매점한 후 철저하게 가격 조작을 하여 폭리를 취한다. 이 이야기의 전문은 다음과 같다.

> 이영철은 중인으로서 찢어지게 가난했다. 그 부인이 남자가 의당 살아갈 방도를 차려야 할 것이지, 마냥 팔짱만 끼고 앉아 있어서 되겠느냐고 보챘다. 그러자 하는 말.
> "손에 든 게 없는 걸 별 수 있소?"
> "그럼 손에 쥘 것이 생기면 해볼래요?"
> "비록 돈이 있더라도 지금 돈벌 일이 없는 걸."
> "가장이 이러시니 가망이 없지요. 내가 나서서 해보겠어요."
> 이영철의 부인은 집을 팔아서 300냥을 마련했다. 그리고는 남편에게 부탁하였다.

"요즘 시중 약재 중에서 가장 헐값인 것이 뭔지 알아오세요."

그때 택사라는 약재가 지천이라 한 근 값이 2전인데, 그 두 근인즉 3전이요, 엿 근인즉 5전이어서 이 사실을 부인에게 알려주었다. 10여 명 인부를 모집하여 잘 대접하고 고용을 시켜 이들을 여러 약국으로 나누어 보내 택사를 사들이게 했다.

약국인들은 택사가 지천이었던 터라, 어렵잖이 있는 대로 털어주었다. 여러 날 이렇게 사들이니 장안에 택사가 완전히 동이 났다.

며칠 있다가 짐짓 다른 약국에 가서 택사를 사려는 듯 해 보았더니, 재고가 없으므로 값이 풀쩍 뛰어 한 근에 8, 9돈을 호가하는 것이었다. 돌아와서 택사 약간을 내니 약국은 2, 3전의 이문을 탐하여 다투어 사갔다.

며칠이 지나서 다시 약국에 가서 사려고 했더니, 6, 7전 값으로 살 수 있었다. 고의로 약간을 내었다가 도로 그 값에 전부 거두어들이니, 제 약국에 택사는 극히 귀해져서 중가를 주고도 구입할 수 없는 형편이었다.

5, 6일 사이에 한 근 값이 20전으로 올랐다. 다시 또 매근 열돈에 토가 붙은 값으로 얼마를 내니 모든 약국은 다투어 들여놓았고, 이를 또 5, 6일 있다가 전부 매입했다. 매번 3, 4일 혹은 5, 6일 간격을 두고 얼굴을 바꿔서 사람을 보내 많이 사들이고 적게 내니, 값이 날로 올라가 한 달 사이에 한 근 값이 50문에 이르렀다.

이때 제 약국에 이렇게 선전하였다.

"어느 시골 약국에서 시방 택사가 긴히 소용되어 값의 고하를 묻지 않고 많이 사들이려 합니다."

그러면서 동(銅) 수십 냥을 보이며 매우 급히 구하려는 듯한 표정을 지었다. 제 약국은 단 한 근의 재고도 없어 돈을 보고 모두 군침을 흘리며 말했다.

"이런 판국에 택사만 있으면 여러 배 이득을 남기는 건데, 이젠 어쩔 수 없는 걸."

이에 택사를 3, 40전 값으로 내니, 약국인들은 씨가 없어진 끝이라 반가워하고, 게다가 시골 약국에서 급구하기 때문에 즐겨 사들였다. 그랬으나 끝내 구입하려는 사람이 나타나지 않자, 약국인들은 그제야 속았음을 알았으나 어떻게 하겠는가?

이영철의 아내는 한 달 사이에 수십 배의 이득을 취하고 가정으로 돌아와 일평생 편안히 살았다.

이 이야기의 서두는 〈허생전〉과 매우 비슷하다. 무능한 남편더러 살방도를 마련해 보라고 요구하는 아내가 등장한다는 점에서 닮았다. 그러면서도 차이가 있다. 허생은 양반이고 글 읽는 선비지만, 이 이야기의 주인공 이영철은 중인이다. 더욱 큰 차이는 아내의 역할이다. 허생의 아내는 남편을 다그치기만 할 뿐이었으나 이영철의 아내는 남편의 무능함을 탓하고만 있지 않고 자기가 직접 문제 해결을 위해 나선다.

이영철의 아내는, 택사라는 약재가 아주 흔하다는 정보를 알고, 모든 돈을 풀어 시중 약국의 택사를 모두 사들인다. 그 결과 택사 값이 오르자 조금만 출고하여 이문을 챙기고, 또 몽땅 사들여 가격이 오르면 또 조금만 출하시켜 이문 남기고, 이러기를 반복해 치부한다. 거기에서 그치지 않고 인위적인 가격 조장까지 한다. 시장에 거짓 소문을 퍼뜨려 아주 엄청난 액수로 택사를 사들일 것처럼 하여 가격을 폭등시킨 후, 비축한 택사를 다시 내놓아 비싼 가격으로 팔아 이득을 남기고는 사 가지 않는 방법을 쓴 것이다.

오늘날 주식시장에서 이따금 문제가 되는 이른바 주가조작 같은 방법이 이 이야기에 벌써 등장한 셈이다. 그야말로 돈을 벌기 위해 무슨 방법이든 가리지 않고 동원하는 사례를 여기에서 볼 수 있다.

② 소금장사

여기에 속하는 사례는 〈염〉이란 야담이다. 아주 가난한 양반 아들이 가난한 풍헌의 딸과 결혼하여 그 아내의 슬기로운 설계와 남편의 근면 노력으로 부자가 된 이야기이다. 천한 직업이었던 소금 장수의 길을 선택해 부부가 성실한 마음으로 초지일관하여 치부한다. 매점매석이나 담배 재배는 속성으로 치부하게는 하지만 사실상 남에게 피해를 줄 수 있는 반면, 소금 장사는 이문이 남지 않고 시간도 많이 걸리지만 누구에게나 꼭 있어야 할 생활필수품인바, 아주 건전한 방법으로 치부한 경우라 하겠다. 이 이야기의 전문은 다음과 같다.

　　서울에 김씨 성을 가진 가난한 양반이 있었다. 처자식을 이끌고 유리걸식하며 돌아다니다가, 남양 땅에 발길이 닿아 산기슭에 오두막을 짓고 살았다. 그 아들은 나이 삼십이 넘었다. 그런데 여태 장가도 못들고 아우와 함께 매일 나가서 양식을 빌어오면, 그 노모가 그것으로 밥을 짓는 것이었다.
　　그 아랫마을에 장씨 성의 풍헌이 살았다. 그 지방의 평민으로 역시 찢어지게 가난했는데, 당혼한 딸이 있었다.
　　어느날 김씨의 아들이 아비에게 말했다.
　　"어머니께서 이제 연로하셔서 손수 조석을 끓이시기도 어렵고, 저는 아직 안 사람이 없으니, 저 같은 노총각이 장차 어떻게 살아가겠습니까? 불가불 사람을 속히 구해야겠습니다."
　　"난들 어찌 네 혼인에 행여 소홀했겠느냐? 도대체 누가 우리 같은 비렁뱅이 집에 딸을 보내려 하겠니?"
　　"아랫 마을 장 풍헌에게 당혼한 딸이 있다지요? 제가 대면하여 청혼해 보렵니다."
　　"우리가 궁해서 비록 죽을 지경이지만, 평민들과 혼인하다니 그건 차마 못할 일이 아니냐?"
　　"매우 답답한 말씀입니다. 우리가 이 지경에 이르렀으니 이른바 '새벽 호랑이 중이건 개건 가릴 겨를 없다'는 격이지요."
　　드디어 그 김 총각은 자기 아버지의 헌 의관을 몸에 걸치고 장 풍헌을 가서 만나보았다.

"내 드릴 말이 있어 왔습니다."

"무슨 말인가?"

김총각이 말을 꺼냈다.

"어른도 틀림없이 저희 집 문벌은 들었을 줄 압니다. 이만한 양반으로 과년토록 아내를 얻지 못했습니다. 어른께서 따님을 제 아내로 주시면 어떠실는지요? 하늘이 제각기 먹을 것을 점지해 주었고, 또 아무리 가난해도 연명할 방도야 없겠습니까?"

"내 딸이 자네 집에 들어가면 영낙없이 굶어 죽고 말 거야. 자네는 어쩌자고 그런 말도 안되는 소리를 하는가?"

풍헌은 손을 내저었다. 김 총각은 멋적게 물러나왔다. 풍헌은 안으로 들어가면서 혼자 중얼거리며 혀를 찼다.

"원 당치도 않는 소릴……"

그 딸이 마침 부엌에서 쌀을 일다가 나와서 물었다.

"아버지 무얼 가지고 그렇게 불평하셔요?"

"네가 참견할 일이 아니다."

그래도 딸이 재삼 그 까닭을 물어서 말해주었다.

"윗동네 김도령이 내게 청혼을 하지 않겠니. 그래 내 이미 거절은 했다만, 원 말이 너무 당치도 않구나."

"우리집 안방에 맞아들일 사위래야 기껏 군인밖에 더 있겠어요? 김 도령은 그래도 양반이란 명색을 띠고 있으니, 아무렴 저들보다야 낫지 않겠어요? 빈부와 사생은 저마다 정해진 복에 달렸는데, 그의 청혼이 무어 해괴하달 것이 있겠나요? 저는 그가 꼭 허락받게 됨을 소원하옵니다."

"네 의향이 정 그러하다면 그냥 굽혀 좇은들 무엇이 나쁘겠느냐?"

"김도령이 십상 아침을 걸렀기 쉬운데, 우리집 아침밥을 이미 솥에 앉혔으니 불러다가 요기라도 시키고, 겸하여 허혼을 해서 보내는 것이 좋겠습니다."

풍헌이 바로 울타리 밖으로 나가서 그를 손쳐 불렀다. 김 총각이 다시 돌아와서 자리에 앉자, 풍헌이 말했다.

"두 궁한 사람끼리 서로 만나니 실로 큰 고민이지만, 내 자네 말을 좇아 혼인을 맺으려 하네.”

“어른이 과연 잘 생각하셨오.”

김 총각은 즉시 다섯 손가락을 꼽아 좋은 날이 언제인지 점쳐 보더니 모래가 길일이라는 것이었다. 풍헌이 말했다.

“너무 급하네.”

“댁의 적빈한 형편으로 애당초 금침을 갖춰 시집보낼 가망이 없는 바에 왜 하필이면 날짜를 늦춰 잡겠습니까? 남녀가 동침하면 그것이 곧 혼인이지요.”

“그도 그렇지.”

김 총각은 조반을 들고 돌아갔다. 그 아버지가 아들에게 물었다.

“장풍헌의 대답이 어떻더냐?”

“모래로 혼인날을 정했습니다.”

“너무 급하구나.”

“혼인을 미룬다고 어디서 비단에 화려한 의복과 말이 갖춰집니까? 당일에 아버지의 이 헌 의관으로 다시 차리고 나서면 족합니다.”

초례를 치르고 동침을 하는데, 신부가 이렇게 말했다.

“어머님께서 연로하시어 조석을 하시는 일도 감당키 어려우실 텐데, 이제 자부가 되었으니 비록 하루 사이라도 일찍 가서 노고를 대신하여 며느리된 도리를 다하는 것만 같지 못합니다. 내일 아침에 같이 갑시다.”

날이 새자 친정 아버지에게 고하였다.

“집에서 저를 보내심에 기왕 아무 마련도 없지요. 저도 시어머니의 수고로움을 대신하는 일을 조금이나마 늦출 수 없으니, 지금 신랑과 함께 떠나렵니다.”

큰빗 작은빗 둘을 품속에 간수하고 버들고리를 머리에 이고 신랑을 뒤따라 걸어서 오두막집 앞에 이르렀다.

신랑이 먼저 들어가서 부모에게 고했다.

“처를 데리고 돌아왔습니다.”

아뢴 다음 즉시 신부를 불러들였다. 신부는 들어와 시부모에게 절하고 그날로 부엌에 들어가 일을 보았다. 신랑 형제가 동냥을 나갔다가 돌아오면, 동냥해오는 것에 따라 죽이고 밥이고 짓는 것이었다.

어느날 신부가 신랑에게 말했다.

"대장부로 세상에 나와서 밥벌이를 꾀하는데 전혀 깜깜해가지고 한껏 거렁뱅이를 일삼으니, 이를 장차   어찌할 셈이에요?"

"농사일은 못배웠고, 나무하고 풀베기도 손방인 걸 동냥을 말고 무엇을 하겠소?"

신부는 즉시 버들고리 속에서 영낙 비단 같은데, 비단은 아닌 세목 두 필을 꺼내었다. 올이 원체 가늘어 분간조차 안 되었다. 이것은 신부가 시집오기 전에 자기 손으로 짠 것이었다.

"장에 가서 잘 팔면 각기 20냥은 덜 받지 않을 거예요. 열 꿰미로 면화와 양식을 사고, 나머지 돈은 가지고 오셔요."

남편은 그 말대로 하여 받은 돈이 과연 40냥이었는데 장을 보고도 남긴 것이 30냥이었다. 온집에 가득히 기쁨이 넘쳤다. 쌀로 호구를 하며 면화로 베를 짰다. 그리고 30냥은 남편에게 주며 말했다.

"염장에 가서 소금꾼들과 약정을 하되, 이 돈을 염장에 들여놓고 3년 동안 소금을 받아다가 장사를 하고 만 3년이 되면 본전을 안 찾아가겠노라고 하면 소금꾼들이 틀림없이 좋아라고 응할 거예요. 그러면 소금을 지고 100리 안을 두루 돌아다니되, 값을 꼭 그 당장 받아낼 일이 아니라 외상을 남겨두어 인정을 맺어서 단골들을 삼으면 반드시 이득이 많으리다."

아내의 말대로 소금꾼에게 가서 약정을 했다. 과연 소금꾼들은 다만 목전에 30냥의 재물이 불소함을 탐내고 3년 동안 적은 것이 쌓여 큰 것이 됨은 헤아리지 못하여, 3년까지 이자로 소금을 대주고 기한이 차면 다시 본전도 갚겠다고 했으나 그는 굳이 본전은 사양하겠노라고 말하였다.

그 이튿날부터 매일 등에 소금짐을 지고 몇 고을을 두루 돌면서 직전을 받기도 하고 외상을 놓기도 하여 이르는 곳마다 모두 친숙해져서, 혹 다른 소금장수가 오더라도 반드시들 김 서방의 소금을 기다린다고 말하는 것이었다.

그리하여 만 3년이 되었다. 그 아내가 남편에게 물었다.

"그동안 장사한 것이 외상까지 합하여 모두 얼마가 되나요?"

"근 3천 냥은 되지."

아내는 다시 30냥을 내어맡기며 말했다.

"이걸 가지고 다시 염장에 가서 전과 같이 약속하세요. 이번엔 형제 두 몫의 소금을 대어달라고 해도 필시 거절하지 않을 거예요."

그는 이런 의미로 소금꾼들에게 가서 타합했더니, 그들은 선뜻 응했다.

"당신이 전에 끝내 본전을 안 찾아간 건 지나친 청렴이라. 이번 두 분 몫을 대기가 무엇이 어렵겠소?"

이래서, 날마다 소금짐을 지고 먼저처럼 돌아다녔다. 다시 1년이 흘렀다. 그는 아내에게 사정했다.

"4년 소금짐을 졌더니, 이제 등골이 부러지겠어. 참기 힘들구려. 말에 싣고 다녀봅시다.

"말 등의 이익이 사람 등만이야 못하지만, 등짐이 정 어렵다면 말에 실어도 좋겠지요.

10냥 정도를 주고 암말을 사서 소금을 실었다. 말이 소금을 실은 뒤로 아우는 소금을 지고 나란히 나가는 것이었다.

그 말이 새끼를 배었다. 하루는 장사를 나갈 때 아내가 말했다.

"오늘은 소금을 팔고 돌아오는 길에 말은 집으로 들여보내고, 염장에 가서 소금짐을 져야겠어요."

하여, 도중에서 말을 집으로 보냈다. 이날 말이 숫망아지를 낳았는데 그 망아지는 뛰어난 명마였다.

이러구러 소금꾼과 기한한 만 3년이 찼다. 그 아내가 길쌈으로 마련한 것도 천 냥이 넘어서 소금으로 남긴 이문을 긁어 모아 도합 계산하면 거의 만 냥에 가까운 것이었다. 이제 엄연히 그 고장의 갑부였다.

망아지 역시 5, 6년에 이르러 비호처럼 뛰고 나는 듯이 달려 높은 값을 호가하게 되었다. 특히 동네 부자 이선달이 이 말을 사고 싶어했다. 서울 올라갈 때 타려는 것이었다. 이선달은 말을 김씨집 문전에 있는 자기 올벼 논 세 두락과 바꾸어달라고 청했다.

그 아내는 이 말을 듣고 이선달을 맞아오게 하여, 직접 흥정을 했다. 이선달이 오자 그 아내는 사립문을 사이에 두고 말을 건네었다.

"댁에서 꼭 우리 말을 사려 하시나요?"

"그렇소."

"저기 바라보이는 곳에 묵정밭 사흘갈이가 댁의 것이라고 들었는데, 저 것과 바꾸면 좋겠습니다."

"그 밭은 내버린 거나 다름없는 물건이요. 어찌 감히 값을 쳐서 남의 좋은 말을 차지하겠소. 청컨대 그 밭을 이왕 바꾸자고 한 올벼논에 끼어서 드립지요."

그 아내는 굳이 논은 사양하고 밭만 달라고 요청하여, 이에 문서를 작성하고 명마와 묵정밭을 바꾸었다. 며칠 안에 큰 집을 지을 재목을 구하여 그 바꾼 묵정밭에 우뚝이 굉장한 집을 세웠다. 그리고 이 집에 이사하여 수부다남을 누리었다. 대개 그 밭이 바로 좋은 집터 자리이니, 그 아내의 안목이 능히 그것을 알아보았던 것이다.

③ 술장사

여기 속하는 이야기는 〈삼난〉이란 야담이다. 〈삼난〉은 충청도 어느 몰락한 양반집 둘째 아들이 가난을 이기고 성공한 이야기다. 이 이야기에는 제목 그대로 세 가지 어려운 일이 등장한다. 신혼한 아내와 함께 남모르게 전주에 내려가서 술장사를 시작한 것이 1난이고, 오랜만에 찾아온 형에게 밥값을 받은 것이 2난이고, 부자가 된 뒤에 다시 공부를 해서 과거에 급제한 것이 3난이다. 이 이야기의 전문은 다음과 같다.

조삼난(趙三難)은 충청도의 명가집 아들이었으나, 대대로 가난하고 어려서 부모를 잃어 일찍 장가를 들지 못하고 있었다. 그 형 모씨는 글은 잘하지만 세상살이에 서툴어 살아갈 도리를 차리지 못하고, 굶주림에 겨로 배를 채우기를 부잣집 고기 먹듯 하는 형편이었다.

조 삼난은 나이 근 30에 형이 친구들에게 도움을 청해 채단을 마련하고 서로 비등한 혼처를 구해주어서 장가라고 들었다. 역시 궁한 사람이 궁한 사람과 만난 것이다.

시집온 날에 항아리에 좁쌀 한 톨 담긴 게 없었고, 싸늘한 부엌엔 연기조차 낼 수 없었다. 이에 신부가 말하였다.

"집안 살림이 이 모양인데 어떻게 살아가지요?"

"내게 한 가지 계책이 있긴 한데, 당신 따르겠소?"

"굶기를 밥 먹듯 하는 처지에 저 채단은 어디다 쓰겠소? 저걸 팝시다. 돈 기십 꿰미는 받을 테니, 당신과 멀리 도망가서 대로변에 집을 사가지고 살아봅시다. 우선 술장사를 하여 그 이문으로 변리를 놓아, 돈이 좀 벌리면 집을 늘려 안방을 깨끗이 꾸미고, 주막 깃발을 걸고, 봉놋방을 널리 열어놓고 마구를 연달아 지어 오고가는 상인들을 받되, 나는 객주의 심부름꾼이 되고, 당신은 술청의 꽃이 되어 두 주먹 불끈 쥐고 10년을 기약해 수만 냥의 재산을 모은 다음, 그때 가서 옛 가문을 회복하면 어떻겠소?"

"참으로 어려운 일입니다."

"어렵지 않으면 어찌 쉬운 일이 있겠소?"

"그럼 해봅시다."

드디어 채단을 팔아, 남편은 지고 아내는 이고 아무도 모르게 도망하였다. 그 형은 집이 가난한 때문으로 아우가 견디지 못하여 가문의 누를 끼친 것이겠거니 생각하고, 책을 볼 마음도 내키지 않고 남을 대할 면목도 없었다.

그로부터 5, 6년 지난 사이에 생계가 더욱 궁핍해져 굶은 기색이 얼굴에 나타나고, 땟자국이 온몸에 흘러 허름한 갓에 뒤축이 떨어진 신을 끄는 양이 갈데없이 걸인 형상이 되었다. 이에 처자식에게 분수를 따라 먹자고 하였다.

이 사람은 동생의 종적을 찾으려고 팔방으로 떠돌아다니느라 실컷 고생을 하고 전주 만마관에 당도했다. 관내에 큰 객점이 있는데, 한 미인이 술청에 나와 있었다. 지팡이를 세우고 눈을 들어 바라보니 바로 자기 계수가 아닌가. 혹 닮은 사람이 아닐까 싶어 행동거지를 유심히 살펴보니 틀림없이 다른 사람이 아니었다. 크게 한숨을 쉬고 탄식을 하며 주기를 걷고 들어갔다.

"제수씨, 이게 어찌 된 영문이요?"

"아주버님, 우리에게 따지려 오셨우?"

"내 길에 시달려 목이 마르오. 우선 목을 추기게 한 잔 주시오."

한 잔 쭉 들이키고는

"아우는 어디 갔소?"

"장사일로 마침 가까운 장터에 갔네요."

"내 이번 길은 아우 때문이오. 여기서 기다리다가 오거든 만나보고 하룻밤 묵어가겠소."

"그럼 봉놋방으로 들어가세요."

한참 기다리자 아우가 짧은 배자를 걸치고 행상들의 짐바리 수십여 필을 줄줄 몰고 들어와서 짐을 풀고 꼴을 베어 말을 먹이는데, 먼지를 잔뜩 뒤집어 쓴 양이 취한 사람 같이도 보이고 미친 사람 같이도 보이었다. 그 형이 방에서 지켜보다가 일손이 끝나기를 기다려 아우를 불렀다.

"아무개야, 네가 이게 웬 꼴이냐?"

동생이 눈을 들어 쳐다보니 자기 형이다. 뜰에서 잠깐 허리를 굽혀 인사를 하고,

"형님 여긴 무슨 일로 오셨우?"

하더니 다시는 집에 소식이나 노정이나 오래 떨어졌던 회포 등에 대해서 말하는 법도 없이, 밥상을 나르며 손님을 접대하며 돌아다니느라 조용한 겨를이 없었다.

"형님도 다른 길손들과 똑같이 자시려우?"

"그게 무슨 말이니? 되는 대로 먹지."

"길가 계산은 10전인데 형님에겐 5전어치를 드립죠."

그 형은 냉대가 극심한 줄 알면서도 꾹 참고 밤을 넘겼다. 아우는 밤에도 딴방에서 자며 들여다보지도 않는 것이었다.

그 이튿날 길손들은 전부 떠났으나, 그 형은 차마 뜨지 못하고 망설이고 있는데, 아우가 하는 말.

"형님 왜 안가고 머뭇거리시우? 얼른 밥값이나 셈하고 일어서요."

"나는 너를 오래 보지 못하여 못내 마음이 울적하다가, 이제 너를 만나

니 자연 발걸음이 무거워지는구나. 너는 이 형이 이다지도 미워 내쫓는
거냐? 밥값이라니 해도 너무한다."

"내 동기간을 생각한다면 이 지경이 되었겠소?"

"대체 값이 얼마냐?"

"내 미리서 형님 주머니가 넉넉지 못한 줄 알고 저녁과 아침을 반상으로
두 차례 드렸으니 10전이오."

"네가 넉넉지 못한 줄만 알았지 텅텅 빈 줄은 몰랐구나."

"그럼 허다한 부잣집에 어디 묵을 곳이 없어 하필 여관엘 들었소? 어쨌
든 돈이 없거든 수중에 든 물건이라도 대신 잡히시오."

"그건 참 어려운 일이다."

"어렵잖으면 어찌 쉬운 일이 있겠소?"

그 형은 이에 떨어진 부채와 닳은 수건으로 셈을 했다. 계수가 옆에서
거들었다.

"어제 술 한 잔 값이 있소. 그것도 갚으셔야죠."

주머니 속에서 헌 빗을 꺼내 땅에 던지고 눈물을 씻고 돌아섰다.

그 후로 심회가 편치 못하여 혼자 탄식하였다.

"교지·광동의 탐천과 말릉의 욕정이란 곧 이를 두고 말함이겠지. 우리
집안에 저런 패악한 동생이 나올 줄 생각했으랴."

아이들을 훈계하여 부지런히 치가해서 그 부끄러움을 씻자고 했다. 4,
5년 지내는 동안 추우나 더우나 아우를 원망하며 세월을 보냈다.

어느날 어떤 손님이 준마를 타고 가벼운 갓옷을 입고 찾아왔다. 문전으
로 들어오는데 어디서 귀한 손인지 몰랐다가, 방안으로 들어와 공손히 절
을 하고 주저주저하는 양을 보니 자기 아우였다. 성을 내어 꾸짖었다.

"너도 사람노릇 할 날이 있느냐?"

"죄송합니다. 우선 제 말을 들으십시오. 제가 집을 떠날 때 가난을 이기
지 못해 아내와 약속하여 몇년 계획을 세웠지요. 남쪽 수백 리 관시로 가
서 대로변 요지에 자리를 잡고 이문을 독점하는 일이나, 거간노릇 등 직접
닥치는 대로 손을 대어 전을 벌어 장사를 하고, 물건을 팔아 이문을 남기
기에 골몰한 판에 어찌 동기간의 정을 염두에 두었겠습니까? 전에 형님이

들르셨을 때 원수처럼 대한 것은 비인도적인 방법으로 돈벌이하는 고로 인정을 끊어서 그러했던 겁니다. 무슨 다른 뜻이 있었겠습니까? 이제 저는 수만금의 재산을 모아 어느 고을 어느 마을에다 집터를 닦고 2천 석 필지의 땅을 마련했지요. 그 천석은 큰집 장토요. 나머지 천석은 작은집 장토로 몫을 정했고, 산기슭을 끼고 동서로 각기 50간 기와집을 지었는데, 몸채·사랑채·대청·마루·부엌·창고 등이 똑같고, 가장 기물과 의복·서책도 서로 비등한데, 다만 큰댁에 사당 3칸이 더 있지요. 지금은 노비들이 지키고 있습니다.

여기 땅문서 두 궤짝과 저녁과 아침거리로 정백미와 찬품을 약간 마련해가지고 왔소이다. 원컨대 형님은 우선 문서궤를 보시고 아우노릇 못하고 사업을 이룬 죄를 용서해 주십시오. 내일 날이 밝거든 이 보잘것 없는 집과 쓸모없는 물건들을 전부 버리고 몸만 빠져 저리로 가서 부자가 되시면 기쁘겠습니다."

그 형이 이 말을 듣고 꾸짖음이 웃음으로 바뀌었다. 예전처럼 화락하여 등불을 켜고 마주앉아 정회를 나눈 것이다.

"집이 가난한데 재물을 모았으니 물론 가상한 일이나, 우리 같은 양반 가문에 험이 아닐 수 없으니, 이를 어쩌면 좋으냐?"

한편으로 위로하고 한편으로 마음 아파하기도 했다.

그 이튿날 교자를 세내고 말을 빌려서 낡고 지저분한 것들은 버리고 온전한 것과 세전하는 장부만 수습하여 아우가 앞서고 형이 뒤따라 일가가 이사를 하였다. 집을 지키던 비복들이 날짜를 잡아 기다려서 성대히 음식을 마련하고 맞이하는 것이었다.

그 형이 두 집의 꾸밈을 두루 둘러보고 그 규모의 웅대함을 극찬했다. 그 설비한 대로 각기 처소를 정하고 다시는 세상 근심이 없이 먹고 사는 신선이 되었다.

아우가 이에 형과 상의해서 빈객을 초청하여 잔치를 벌였다. 며칠 즐기고 잔치를 파할 즈음에 아우가 크게 탄식하였다.

"내 만약 여기서 그친다면 한갓 한 모리꾼에 지나지 못하지요. 이제부터는 가사를 돌아보지 않고 사서 삼경을 읽어 명경과에 급제하여 허물을 씻으려는데 어떻겠소?"

빈객과 여러 벗들이 말했다.

"이미 부한 데다 또 고귀까지 누리려 하니 자네의 계획이 실로 어려울 듯하네."

"어렵잖으면 어찌 쉬운 일이 있겠소."

일을 잘보는 영리한 자를 택하여 대소가 마름을 삼아 제반 출납과 빈객을 영송하는 등 일들을 처리하도록 하고는, 경서를 싸들고 절로 들어가 한적한 방을 잡아 주야로 글읽기에 몰두했다.

5년 사이에 칠서를 통하여 외우고 뜻을 파악하는 데 막힘이 없었다. 식년시를 보아 33인 중 2등으로 합격하여 이름이 홍패에 쓰이고 어사화를 꽂아 가문이 영화롭고 상서로운 빛이 났다. 바로 6품 관직으로 벼슬을 하여 사헌부·사간원을 거쳐 홍문관 교리에 이르렀다.

〈삼난〉에서 주인공은 위에서 언급한 세 가지 어려운 일을 해낸다. 양반 명문가의 후손이 신혼한 아내와 함께 남모르게 전주에 내려가서 술장사를 시작한다는 것은 보통 어려운 일이 아니다. 장사는 조선사회에서 가장 천하게 여기는 일이었다. 그것도 술장사는 지금 세상에서도 좋지 않게 여기는 일인데 주인공이 술장사를 하기로 결정하여 실행에 옮긴 것은 정말 힘든 결단이다. 돈을 벌기 위해서는 그런 통념 같은 것은 무시해야만 한다는 사실을 보여주는 이야기라 하겠다. 이 일이 어려운 일이었다는 사실은 아무도 모르는 지역으로 내려가서 술장사를 했다는 데서 드러난다. 안면을 아는 곳에는 차마 못할 짓이었고, 연고가 없는 곳에 가서야 장사행위를 할 수 있었다는 데에서 이 작품의 시대성을 확인할 수 있다.

오랜만에 찾아온 형한테서 밥값과 술값을 받은 것도 쉬운 일이 아니다. 우애를 강조했던 조선사회에서, 친형한테 밥값과 술값을 요구한 것은 패륜적인 행위가 아닐 수 없다. 주인공과 함께 그 부인도 이에 공조하고 있다. 이는 부를 이루려는 주인공의 욕망과 의지가 얼마나 강한지를 부각하기 위한 설정이라 보인다. 예외를 두면 자신들의 그 의지가 약화되어 목적을 이루지 못할까봐 누구든 예외를 인정하지 않았다는 것, 그 결심을 끝까지 관철했다는 점을 보여주고 있다.

마침내 부자가 된 뒤에 다시 공부를 해서 과거에 급제한 것도 보통 사람들로서는 해내기 어려운 일이다. 먹고 살 만큼 벌었으니 그것으로 실컷 즐기며 지낼 만하지만 이 주인공은 가난 때문에 포기했던 공부를 다시 하여 과거에 급제한다. 이는 조선사회가 얼마나 신분을 중시했는지 반증하는 사례라 할 수 있다. 아무리 물질을 많이 모아 부자가 되어도 과거에 급제하지 못하면 즉 양반 신분을 유지하지 못하면 수치로 여겨지기에, 주인공은 살 만해지자 과거 공부를 다시 하여 성공하고 마는 것이다.

경제적으로 몰락한 가문에서 못될 수밖에 없었지만, 건곤일척, 비상한 각오와 의지로 장사라는 새로운 영역에 발을 들여놓아 일정 기간 동안 초지일관한 결과, 마침내 부자가 된 이 이야기는 못될 만한데 잘된 유형이다.

(2) 농사짓기

가. 〈귀향〉

〈귀향〉은 벼슬길이 막힌 주인공 최생이 귀향하여 농사에 뛰어들어 성공한 이야기이다. 이 이야기의 전문은 다음과 같다.

옛날 서울에 최생이란 선비가 있었다. 이름은 전하지 않지만, 대대로 벼슬하는 집 자손이었다. 일찍이 문장으로 이름을 떨쳤으나 장성해서 과거에 번번이 낙방하였다. 집이 가난해지고 어버이는 늙고 초라해졌다. 그

선대의 문생과 연고 있는 관리들에 현달한 사람도 많았으나, 형세가 최씨 가문과 차이가 나다 보니 그를 애석하게 여겨 도와주는 자가 없었다.

최생이 『맹자』를 읽다가 "사지를 게을리 하여 부모의 봉양을 돌보지 않음은 한 불효니라."는 구절에 이르러 책을 덮고 한숨을 내쉬며, "내가 실로 불효이지." 하고는 붓과 벼루를 치우고 서책을 걷어서 쌓아두고, 자기 원고들을 모아 불태웠다. 그리고 서가에 가득한 책을 친구에게 맡겼다.

이튿날 집을 팔아서 집값 500냥을 받아, 부모를 모시고 처자를 거느리고 아이종 2명, 계집종 3명과 함께 충청도 청주 고장으로 내려간 것이다. 고장에는 제위답 10결과 초가 7간에 노비가 10여 명을 헤아리고 소가 세 바리 남아 있었다.

최생이 노비들을 불러 서약하였다. "내 너희들과 10년을 기약하여 전답 100결에 노비 100구, 소 100필, 50간 집에서 만 전의 용돈을 쓰고, 매달 포옥 300필을 소비하는 부자가 되겠다. 내 명을 순종하는 자에겐 100냥을 상으로 줄 터이지만, 순종하지 않는 자는 의당 죽음을 못 면하리라."

노비들이 말했다.

"사람치고 누가 부유하게 살고 싶지 않으리요마는, 복이 다 정해진 걸 어떻게 맘대로 됩니까?"

"화복은 다 자기로부터 나오느니라, 구하려는 자가 힘쓰면 얻어지는 법이다. 무엇이 어렵단 말이냐? 너희들은 아무 소리 말고 내 시키는 대로만 하여라. 장담할 수 없다고 걱정하지 말아라."

노비들은 마음으로는 전혀 그러려니 안 여기면서도, 입으로 대답은 "그리합죠." 하였다.

최생은 이에 500냥을 주어 곡식을 팔아오게 하여 저축했다. 그해는 마침 충청도 지방이

풍년이어서 150전으로 벼 25두를 바꿀 수 있었고, 다른 곡식도 이에 준하는 값이었다. 이듬해 봄에 최생은 몸소 삽을 들고 논두렁 사이에 나아가 농군을 지도하여 200석의 추수를 했다. 이 해 역시 대 풍년이라 곡가는 지난해보다도 더욱 헐한 값이었다. 최생은 이에 제위답을 전부 팔아서 돈 3천냥을 받아 오곡을 사들였다. 지난해에 팔아들인 것과 합쳐 계산해보

니 곡식이 4천여 석이었다.

그 이듬해에는 여름은 가뭄이 들고 가을은 홍수가 쓸어 들에 제대로 된 곡식이 없었다. 시절이 대기근이라 겨울이 지나고 봄이 오자 늙고 병든 사람이 구렁에 쓰러지고, 젊은 사람은 도망하여 열에 아홉 집이 빈 형편이었다. 피곡 한 섬 가격이 열 냥이고, 쌀은 그 곱절이었다. 늙은 종들이 저장된 곡식을 판매하자고 졸랐으나 최생은 듣지 않았다.

"가서 동네 노인들을 불러 오너라."

불려온 사람들을 뜰 밑에 세우고 물어보았다.

"우리 이웃에 거의 굶어죽을 지경에 이른 사람이 얼마나 되오?"

"시방 누가 안 죽을 사람이 있습니까. 땅 한 평 없는 이가 많은 데다 토지가 있어 소를 세우고 남녀 일손이 많아 땅에 엎드려 힘써 농사를 지어서 1년을 걱정없이 살아가던 사람도 모두 부황이 들어 죽어가는 판이지요. 이네들 금년 농작이 여름에 가뭄으로 타고 가을에는 물에 잠겨 왕왕 논바닥에 세워둔 채 낫도 대보지 못한 때문입지요."

"허허! 모두 죽게 되다니…… 내게 양곡이 얼마간 있으니, 비록 약소하나 여러분을 구휼할 수 있겠소. 우리 고장 사람이 전부 굶어죽는 것을 차마 보겠소. 아무로부터 아무까지 인구의 다소와 호구의 대소를 기록하여 보여주시오."

노인들은 입을 모아 칭송하는 것이었다.

"정말 생불이십니다."

그들은 돌아가서 인근 사람들에게 알려 그 호구를 기록하여 최생에게 바쳤다. 약정한 날짜에 기록된 500여 농가의 1,300여 명을 모두 불러 곡식을 나누어주면서 말하였다.

"여러분, 굶주림을 근심하지 말고 본업에 힘쓰도록 하시오."

드디어 매월 호구에 따라 양식을 분배하여 굶주림을 없애며, 소를 팔아 고삐를 놓친 농가에 소를 사주며 농량을 대주고, 또 500여 농가가 합심 협력하여 농사를 때맞춰 부지런히 힘쓰고 서로 솔선 권면하였다. 최생이 말했다.

"나도 작년에는 흉년으로 실농을 했지. 금년엔 잘 지어야 할 터인데,

그런데 10결의 땅을 이미 팔아버렸으니, 마땅히 남의 땅을 많이 빌려 경작해야 소출의 반을 취하리라."

그리고는 노비를 거느려 몸소 감농을 했다. 그 해는 수확이 매우 좋아서 논임자와 나누어서 100여 석이 되는 것이었다. 500여 농가들이 제각기 추수를 끝내자, 공론이 돌았다.

"우리네 이 곡식은 모두 최씨 덕이라. 500여 농가 1,300여 구가 올 봄·여름철 열에 아홉 집이 비던 때 우리가 주림을 면하고 삶을 온전히 하여 부모·형제·처자식과 단란하게 지내며 앞들에서 노래부르게 된 것은 오로지 누구의 은덕인가? 사람이 이 같은 골육지은을 두고도 보답하기를 생각지 않으면 개·돼지도 우리가 남긴 찌꺼기를 안 먹을 것이네."

너나 없이 이구 동성으로 "그렇구 말구!" 하였다. 그 중 노숙하고 학식이 있는 사람이 나서서 동민들과 의논을 하였다.

"최씨댁 곡식은 바로 그 양반 제위전 10결과 서울집을 처분한 돈이라, 지나간 봄 곡가로 치자면 4천여 석으로 4만 냥을 받을 수 있음에도 판매하지 않고 우리를 살렸으니, 그야말로 천하에 의인이고 어진 분이시라. 우리가 기껏 4만 냥으로 쳐서 돌려드린다면 너무 박하지요. 의당 6만 냥으로 갚아야지."

모두들 '옳소' 하였다. 이에 호구의 수를 쪽 적어놓고 평상시 식량과 농량 및 사준 소값 등을 추곡가로 환산하면 100전이 곡식 20두에 해당해서 전부 6만여 석이 되는 것이었다. 500여 호 농민들이 소와 말에 실어 꼬리를 물고 최씨집 문전에 줄줄이 들어섰다. 최생은 어리둥절하여 무슨 영문인가 물었다.

"차차 말씀드립지요."

그리고는 곡물을 바깥에다 노적하는 것이었다. 그리고 부로들이 들어와 뜰에서 나란히 절하며 말했다.

"저희들이 받은 은혜가 태산 같은 데 비하면 이까짓 곡식이야 터럭 한 낱입지요. 소인들이 지금 터럭 한 낱으로 태산을 갚는 격입니다."

"대체 얼마를 가져왔소?"

"6만여 석입니다."

"내가 굳이 묵적(墨翟) 같은 겸애(兼愛)나 백이(伯夷) 같은 청렴을 지키는 것은 아니나, 6만 석은 내가 여러분에게 드린 양곡에 비하면 열 배하고 다섯 곱이오. 이건 조그만 미끼를 던져 큰 자라를 낚는 격이지."

하며 최생은 고사하고 받지 않으니, 노인들이 말했다.

"안 그렇습니다. 지난번에 만약 4천석을 판매하셨다면 4만 냥을 받았을 것이요. 4만 냥을 가지고 경향간에서 백화를 사들였다가 적당한 시기에 냈다면 12만냥은 벌었을 것 아닙니까? 이 12만냥으로 지금 곡식을 사들이면 12만석이 안 되겠어요. 6만석은 12만석의 반입니다. 12만석을 안취하고 6만석을 취하시니 이것이 청렴이요, 이해 상관을 따지지 않고 굶어 죽어가는 마을 사람들에게 베풀어주고 조금도 보답을 바라지 않으시니 이것이 겸애십니다. 저희들의 이해를 가지고 논하더라도 500여 호 1,300여 구가 지난 여름 크게 기근이 들었을 때 빚을 얻을래야 아예 길도 없었을 뿐더러, 설사 돈이 얻어진다 하여도 그 이자가 필시 5할을 내려오지 않으며, 그 돈으로 곡식을 바꿀래야 곡식은 귀하고 돈이 천하여 돈을 가진 사람은 장터에 가득한데 곡식을 낼 사람은 거의 없었지요. 이런 판국에서 살아날 수 있었겠습니까? 게다가 때를 안 잃고 농사를 지어 집집마다 안온해질 수 있었겠습니까? 이 곡식을 안 받으시면 소인들이 노비로 자원하여 만에 한 끝이나마 은혜를 갚겠습니다."

"당신들 말이 그러하니 안받을 수 없구려."

"곡식이야 밖으로 갚는 것이옵고, 감사하는 마음은 안에 박혀 있으니 죽기 전에야 어느 날이라 잊겠습니까."

최생이 말했다.

"준 것은 적은데 받음이 많으니, 오히려 내가 실로 미안할 뿐이지 무어 감사할 게 있겠소?"

그 이듬해 밤에 그 곡식을 매출하는데, 곡가가 한 석에 150전이어서 전부 9만냥을 받았다. 가을에 다시 매입하여 9만여 석이 되었고, 명년 봄에 한 섬에 2냥을 쳐서 도합 18만냥의 돈이 된 것이다. 그 뒤로는 돈이 지천으로 많아서 곡식을 매입하기도 어렵고, 곡식도 많아 역시 돈으로 바꾸기도 지난했다. 그래서 500여 호 중 장사석을 짐작하는 자들에게 밑천을 대주어 장사를 시켰다.

10년 사이에 최생은 재화가 넘쳐흘러 애초에 노비들과 약조했던 대로
된 것이었다. 이에 노비들에게 상으로 각기 100냥을 주었다. 500여 호 농
가들은 흉년이 들어도 최생의 도움으로 무난히 지냈다.

〈귀향〉은 오늘날로 말하면 귀농 이야기이다. 몰락한 양반이 귀농을
통해 역전에 성공한 이야기이다. 못될 만한데 잘되고 만 이야기이다.
최생은 양반 가문의 후손으로 과거를 통한 입신양명에 힘쓰나 연속 낙방
하여 가산만 탕진한 채 곤궁한 처지에 놓인다. 신분은 양반인데 생활이
나 처지는 궁핍한, 모순적인 상황에 처한 것이다. 최생은 자기 처지 때문
에 부모 봉양이 미흡하다며 자신의 불효를 탓한다. 그리고 그런 불효의
근본원인이, 자신이 숭상해 온 삶의 방식 즉 과거를 통해 관직에 나가려
고만 했던 삶의 방식에 있다는 것을 깨닫는다.

최생은 양반 자제라면 과거 공부를 해야 하고 급제하여 관료로 진출
해야만 한다는 유교적 명분이 절대적 가치가 될 수 없다는 것을 알아차
렸다. 그 결과 새로운 삶의 방법을 탐색한다. 지금까지 자신을 지배한
유교적 명분을 재해석하고 새로운 가치관을 발견한다. 그리하여 최생은
지닌 재산을 정리하여 생산활동을 한다. 농사일에 전념하여 적극적으로
호구지책을 마련하는 한편 치밀한 계획 아래 매점 매석을 하여 부를 이
룬다.

오늘날에는 신분의식이 거의 없으니, 무슨 일을 하다 안될 경우 귀농
한다는 게 그리 어려운 일만은 아니라 하겠으나, 신분제 사회였던 조선
시대에 양반이 농사꾼으로 전환한 것은 충격적이다. 그런 면에서 주인공
최생은 진보적인 인물이다. 현실감각이 뛰어난 사람이라 하겠다. 직면
한 상황에서 최선의 대안을 찾아 선택하였다. 현실을 파악하는 지혜와

의지로 마침내 부자가 되었다 하겠다. 이 이야기에도 매점 매석 방법이 동원되는데 〈허생전〉과 마찬가지로 그렇게 해서 얻은 부를 이기적인 데에서 탈피해 이웃을 구제하는 데 활용하여 진정한 부자의 모습을 보여준다.

나. 〈광작(廣作)〉

광작이라는 새로운 농사 경영을 통해 치부(致富)한 사람의 이야기이다. 광작이란 18세기 이래로 우리나라 농촌에 종래의 안일한 지주들과는 달리, 넓은 토지를 직접 경영하는 사람들의 증산 운동을 말한다. 그 결과 농촌에 새로운 부자가 많이 등장하였는데 이 이야기의 주인공인 허 공도 그 한 예이다. 이 이야기의 전문은 다음과 같다.

여주에 허씨 성을 가진 양반이 있었다. 그는 어질고 착하나 몹시 가난했다. 집에 세 아들을 두고 글 공부를 시키면서 사방 친지에게 두루 구걸하여 독서하는 아들들이 겨우 입에 풀칠을 하였는데, 그가 어질고 착한 덕분으로 모두 동정하여 구걸해 응해주었다.

허씨 양반 내외가 세상을 뜨자 삼년상까지는 고을 사람들의 부조가 컸다. 삼년상을 마친 다음 그 둘째아들인 공이 형과 아우에게 말하였다.

"우리가 오늘까지 굶어 죽지 않은 것은 오로지 부모가 인심을 얻으신 덕분 아니오? 이제 삼년상이 끝나 부모님의 여덕에 더 의지할 수도 없는 일이니, 이런 곤궁한 형세로는 다같이 몰사지경에 갈 밖에 도리 없소. 우선 각기 살아갈 방도를 차리는 것이 옳겠소."

형과 아우가 공에게 말했다.

"본디 배운 글공부 외에는 다른 도리 없지."

"각기 자기 뜻을 따를지라. 굳이 다른 길을 권하지는 않겠으나, 삼형제가 모두 글공부만 일삼다가는 기한에 굶어죽기 알맞소. 내 아무렇거나 10년 기한하고 목숨을 걸고 치산을 하여 온집을 구하겠소. 결단코 오늘로 파산을 하여 형님과 아우는 절로 올라가서 중들에게 얻어먹으며 공부를 계속하고, 형수님과 제수씨는 친정에 돌아가시지 않을 수 없어요. 부모의 세업이라고는 단지 저 보리밭 세 두락과 집터, 아이 계집종 하나뿐인데, 이는 의당 문중 재물이 되겠으나, 형님이 이제 파산하시니 우선 제가 빌림이 좋겠습니다"

공의 이 말에 따라, 이 날 형제 내외들이 서로 눈물을 뿌리며 헤어져 살기로 했다.

공은 즉시 아내의 몸에 딸린 물건을 팔아서 육칠 꿰미의 돈을 마련했다. 때마침 면화가 풍년이어서 미역을 사서 등에 지고 부모가 일찌기 내왕하던 집을 두루 찾아다니며 집집마다 미역을 내놓고 안면을 가리고 면화를 구걸하니, 모두 옛 정의를 생각하고 가난을 동정하여 넉넉히들 바꾸어주어서 걷어들인 면화가 호부를 물론하고 수백 근이 되는 것이었다.

강원도의 귀리 100여 석을 사서 10년간 죽만 먹기로 굳게 약속을 정했다. 계집종은 한 사발을 주고 그들 부처는 반 사발을 들면서 계집종에게 말했다.

"주림을 정 견디기 어려우면 네 마음대로 가거라."

계집종은 울며 말했다.

"상전께서 죽음으로 맹세하고 치신을 하시는데, 쇤네가 어찌 주림을 두려워하여 버리고 가겠어요."

1년 안에 길쌈으로 마련한 것이 수백 냥에 이르렀다. 문전에 마침 서울 사람의 논 10두락과 밭 하루갈이가 나서 공이 이것을 사들였다.

공은 남의 손을 빌려 땅을 갈면 비용이 들어가서 노인 농부를 맞아 잘 대접하여 두둑에 앉히고 쟁기질을 배운 것이다. 논이고 밭이고 갈기를 열 번이나 하여 깊숙이 흙을 일으키니 다른 농부에 비할 바 아니었다.

밭에는 담배모를 옮겨심기 위해서 거름을 두껍게 깔고서 이랑 위에 무수히 구멍을 뚫고 비오기를 기다렸다. 한편 가뭄이 들어 담배 모종이 시들까 염려하여 이른 봄에 길게 가자를 매고 그 아래 담배씨를 파종하여 자주 물을 주었다. 그해 마침 크게 가물어 도처에 담배모종이 전부 말라죽었으나, 공의 담배 모판은 유독 무성했던 것이다. 비가 오자 즉시 옮겨 심었더니, 오래지 않아 담배 잎사귀는 파초처럼 너푼너푼 땅을 덮었다. 담배가 약이 차기도 전에 강상의 연초 상인이 찾아와서 담배밭이 통째로 200꿰미에 흥정이 되었다. 담배장수는 잎사귀를 따서 모래사장에 말려가지고 가더니 후에 다시 100냥을 가지고 와서 그 순도 사갔다.

10두락 소출의 곡식도 역시 100석에 이르렀다. 이로부터 재산이 매달 불어나고 매해 늘어가서 그 성장을 이루 척도할 수 없었다. 5, 6년 미만에 노적이 충만하고 논밭이 연달아서 10리 안통의 농민들이 공의 집에 의지하지 않는 자 없이 된 것이다. 사방의 소작인들이 주찬과 어육으로 인정을 쓰니 밥상에 고기 반찬이 떨어지지 않았으나 여전히 귀리죽 반 사발은 더하고 덜함이 없었다.

8년만에 그 형과 아우가 절에서 자기 집이 부유해졌다는 소문을 날마다 듣고 궁금하여 내려왔다. 공의 내외는 혼연히 반기었다. 공의 아내가 이웃에게 가져온 주육으로 대접을 하고 저녁밥 때 세 그릇 밥을 지어 내왔는데 그것은 8년 만에 돌아온 두 시숙에게 차마 귀리죽을 드리기 어려웠던 때문이다. 공은 밥을 보더니 불끈 눈을 치떠 꾸중하며 한 그릇 밥으로 두 그릇 죽을 만들어오라고 하는 것이었다. 그 형이 성내어 꾸짖었다.

"네 부가 몇 천 석인지 모르는 터에 8년 만에 재회한 동기지간에 이미 해온 밥을 물리고 죽을 끓여오라 하니, 이게 사람의 도리냐?"

"저희가 정한 기한이 아직 덜 되었소. 형님이 비록 대노하시나 저는 추호도 동하지 않습니다."

하여 형과 아우는 불평한 기색으로 돌아갔다.

이듬해 형제가 나란히 소과에 급제했다. 공은 합격 축하의 비용을 준비해가지고 몸소 상경하여 함께 돌아와 집에 이르러 기념 잔치를 배설했다. 이튿날 광대들을 불러 일렀다.

"우리 형님과 동생이 집도 없이 절에서 걸식하고 있는 것을 너희도 혹시 들었는지 모르겠구나. 오늘 당장 다시 산에 올라가 공부를 하셔야 한다. 너희들이 머물러 있음이 무익하니라. 그만 파하고 돌아가거라."

각기 100냥을 주어 보내고, 형과 아우에게도 다시 절로 들어가 대과준비를 하도록 권했다. 만 10년이 되니 엄연히 만석권이 되어 있었다.

봄철에 친히 장터로 나가 쌀로 명주·비단·모시베·삼베 등 좋은 옷감을 끊어다 동네의 가난한 부녀자에게 삯바느질을 주어서 남녀 의복을 부지기수로 지었다. 섣달 스무하룻날 절에 편지를 써서 형과 아우에게 기별하여 일렀다.

"제가 10년 치산하기로 정한 기한이 이제 다 되었습니다. 일찍기 경영해온 것이 우리 삼형제가 일생 먹고 입고도 다 함이 없을 것입니다. 오늘로 고생 그만하시고 일실에 단란히 모여 행복을 같이 누립시다."

준마에 화려한 안장을 갖춰 맞아왔다. 형수와 계수에게도 역시 편지를 내어 데려왔다. 형과 아우 및 형수 계수가 일시에 당도했다. 마당에 장막 둘을 치고 쇠를 채운 가죽농 여섯을 옮겨다 내외의 장막에 각각 세 농씩 놓았다. 형제 내외는 각기 새 화사한 옷으로 갈아입었다.

그리고는 마부에게 명하여 안장한 말 세 필을 대령시키고 형과 아우에게 말하였다.

"여기는 살 만한 곳이 못됩니다. 달리 잡아둔 곳이 있지요."

말고삐를 나란히 하여 고개 하나를 넘었더니, 산중에 세 채의 굉장한 기와집이 있었다. 앞으로 긴 사랑이 가로지르고, 사랑 앞으로 긴 행랑이 있어 마구에는 말이 가득했으며, 일촌 사람이 모두 길에 나와 환영했다.

그 형과 아우가 놀라 물었다.

"여기가 어딘데 이렇게 굉장한가?

"우리 형제가 살 곳이지요."

주택과 노비를 배치한 폼이 이같이 굉장하고 옛집으로부터 오리 남짓의 거리임에도 그 형제도 이것을 몰랐으니, 일을 경영함에 면밀 주도하기 이와 같았음을 알겠다. 그 날로 그들 형제의 부인들은 각각 한 채씩 나누어 들고 삼형제는 한 사랑에서 거처했다.

가죽 농 10개를 운반해 오는데 이는 전답 문서다. 공이 말하였다.

"우리 형제는 분재를 더도 덜도 없이 의당 고르게 해야 할 일이나, 다만 제 처가 거의 죽을 고생을 하여 이 살림을 이루었으니, 그 고생에 대한 보상이 없을 수 없습니다. 따로 구분해 줌이 있어야겠습니다."

열다섯 섬지기의 논을 떼어 아내 몫으로 정한 뒤, 나머지 일체는 균분하였다.

　하루는 형제가 같이 자는데, 공이 문득 밤중에 일어나서 통곡을 하는 것이었다. 그 형이 위로하기를

　"너의 누리는 바가 공작이나 후작과 다름이 없거늘, 무슨 부족이 있어 이렇게 슬퍼하니?"

　"부모님이 당초 우리 형제의 과거 급제에 기대를 두셨는데, 형님과 아우는 비록 작으나마 족히 어버이의 끼치신 뜻을 이루었습니다만, 저는 오로지 생계에 골몰하여 글공부를 놓은 지 이미 10여년이라 한 자도 기억에 없소. 어버이의 뜻을 저버렸으니 어찌 슬프지 않으리오. 다시 시작해보았자 전혀 가망이 없으니, 차라리 활을 잡아 성공하면 그 역시 한 도리가 아니겠소."

　이로부터 공은 활터에 나아가 풍우를 가리지 않고 독실히 활쏘기를 연습하여 3년을 지나 무과에 올랐다. 공은 자신의 수단과 국량으로서 세상에 유명한 무사로 일컬어졌다. 첫 외임이 안악군수이었다. 곧 부임할 즈음에 아내가 병사했다. 그러자 공이 말했다.

　"내 이미 부모님이 돌아가신 후라서 벼슬로 봉양할 수도 없고, 다만 아내를 영광스럽게 할까 했더니, 아내도 이제 죽었거늘 내 어찌 쌀과 돈에 뜻을 두어 관의 급료를 좋아하리요?"

　마침내 부임하지 않고, 향리에서 여생을 마쳤다.

　이 〈광작〉의 주인공인 허 공은 그냥 있으면 가난을 면하지 못할 처지에서 타개책을 강구한다. 두 형은 원하는 대로 절간에서 과거 공부를 하게 하되, 자신은 모든 재산을 정리해 농사에 뛰어든다. 면화가 풍년인 해에 미역으로 모든 면화를 사들여 길쌈하여 많은 이문을 남기는가 하면, 그 자금으로 넓은 토지를 사들여 담배농사를 시작하여 합리적인 쟁기질을 하여 많은 소득을 올린다. 잘될 수밖에 없는 요인으로 주인공의 실용적이고 합리적인 노력이 있었다는 점을 보여준 것이다.

　이와 함께 강조되는 것이, 허 공의 굳은 의지이다. 강원도의 귀리 100

여 석을 사서 10년간 죽만 먹기로 굳게 약속을 정해 흔들림없이 관철한다. 심지어 그 형제가 찾아와도 약속한 10년이 안되었다며 죽을 먹인다. 그 형제가 매우 섭섭하게 여겨도 막무가내였다. 겉으로는 그렇게 했지만 속마음은 그렇지 않았다. 형제가 소과에 급제하자 그 축하잔치 비용을 전담하는 한편 대과에 합격해 가문의 명예가 회복되고 효를 실천하자, 형제와 함께 살기 위해 은밀하게 준비한 집과 토지를 보여주고 있기 때문이다.

이처럼 노력과 굳은 의지를 가진 사람은 잘될 수밖에 없다는 메시지를 이 이야기는 담고 있다. 아울러 이 이야기에는 여성에 대한 배려 또는 아내에 대한 사랑의 문제를 함께 거론하고 있어 주목된다. 모든 목표를 이룬 뒤, 자기가 부를 이루는 데 아내가 기여한 바가 크다는 점을 인정해 따로 재산을 정리해 제공하는 점이 그것이다. 물질적인 성공이 이루어진 후에 자신이 원래 이루고자 했던 과거 공부로 돌아가되 문과 공부는 때가 늦어 힘들다는 현실 인식 아래 무과로 전환해 그 꿈을 이루는 것도 인상적이다. 옷감들을 끊어다 삯바느질 일거리를 창출하여 동네의 부인들에게 일거리를 제공하는 지혜와 배려도 돋보인다. 진정한 부자란 단순히 이익만 추구하는 것이 아니라 이런저런 미덕도 지녀야 한다는 작가의 식을 엿볼 수 있다 하겠다.

다. 〈부부각방〉

〈부부각방〉은 머슴살이하던 노총각이 장가를 들었는데, 부부가 살림을 모으기로 결심하고 각방에 거처하여 아이 출산을 예방함으로써 부의 축적이 성공적으로 이루어졌다는 이야기다. 젊은 부부가 부부 생활을 전폐한다는 것은 매우 비장한 일인데, 그만큼 부자가 되고자 하는 열망이 컸다는 것을 보여주는 설정이라 하겠다. 이 이야기의 전문은 다음과 같다.

　　상주에 김생이 있었다. 나이 20이 넘었는데 일찌기 부모를 여의고 빈한
하여 남의 집 머슴을 살았다. 여러 해 새경을 저축하여 스물여섯에 비로소
장가를 들어 살림차릴 차비를 하였다.

　　아내는 시집와서 첫날밤을 지낸 다음 날, 남편에게 이렇게 말하였다.

　　"오늘부터 우리 웃방문을 철봉합시다."

　　대게 삼간 집인데 웃방문은 아래 웃방 사이를 통하는 문이었다. 그래서
김생이 반문하였다.

　　"무슨 말이오?"

　　"우리 부부가 두 궁상끼리 서로 만나 동침하게 되면, 자연 자녀를 생산
할 터이라, 만약 금년엔 아들을 낳고 명년엔 딸을 낳으면 자손을 둔 즐거
움이 좋기야 좋지만은 그동안에 식구가 불고 가환이 생겨, 들게 될 씀씀이
를 무엇으로 당하겠어요. 당신은 웃방에서 짚신을 삼고, 나는 아랫 방에서
길쌈을 하여 10년을 기한하고 날마다 죽 한 그릇으로 배를 채우며 치산해
봄이 어떨까요?"

　　김생은 아내의 말을 유리하게 여겨, 드디어 문을 폐쇄하고 부부가 따로
거처한 것이다.

　　날이 저물면 부부가 매일밤 뒤안에 나가서 구덩이 여섯 일곱을 파고
들어왔다. 그리고 섣달이 되자 주머니를 많이 지어서 마을의 여러 집 머슴
들에게 나눠주면서 개통 한 섬으로 그 값을 정했다.

　　초봄 해동할 무렵 파놓은 구덩이를 전부 개통으로 메우고 봄보리를 파
종했다. 그해 큰 풍작이어서 거의 100여 짐을 거두었다. 또 이어서 담배를
심어 수십 냥 돈을 손에 쥔 것이다. 이처럼 근간히 하여 6, 7년이 지나자
전곡이 집에 가득 찼으나 여전히 죽으로 끼니를 삼았다. 9년을 마치는 섣
달 그믐날에 남편이 말하였다.

　　"이제 10년이다. 오늘은 밥을 하지."

　　아내가 책망하였다.

"우리가 10년 기한하고 죽을 먹기로 작정한 걸 하룻밤 새를 못참고 파계해서 되겠어요?"

김생이 무안하여 물러섰다. 10년 후에 과연 한 도내의 갑부가 되었다. 김생은 오랫동안 생홀아비로 지낸 셈이다. 아내에게 동침을 요구하자 아내가 하는 말.

"우리가 이미 부자가 되었는데, 이 누추한 집에서 동침할 수 있겠어요? 조금만 기다려요."

마침내 집을 크게 지어 들었다. 김생 내외는 처음부터 서로 과년해서 만났거니와, 다시 10년을 경과하고 보니 이제 생산할 희망이 없었다. 김생은 이것으로 근심했다. 아내가 말했다.

"우리 살림이 이만하니 반드시 주장할 사람이 있으리다. 당신이 원근 일가들을 두루 알아보아 쓸 만한 애를 골라 양자를 삼으면 뜻이 안 맞는 자기 소생 자식보다 낫지 않겠어요? 그리고 정을 붙여 기르면 제 살붙이와 진 배 없습니다."

마침내 동성 아들을 후사로 삼으니, 곧 상산 김씨이다. 그 후예가 크게 번창하여 벼슬이 대를 이은 것이다.

〈부부각방〉에 나오는 주인공 부부의 치부담은 상당히 파격적이다. 부를 이루기 위해 성욕 또는 번식의 본능까지도 포기하고 있기 때문이다. 그것도 남성 주도가 아니라 여성이 주도적이라는 점에서 더욱 그렇다. 여성은 본능적으로 모성애를 지니고 있어 아이를 가지고 싶어 하게 마련인데, 도중에 살 만하게 되었는데도 기한이 덜 되었다며 남편의 동침 요구를 거부하는 대목은 어떤 경우에는 물질에 대한 욕망이 성욕이나 번식욕구보다 강할 수 있다는 사실을 확인하게 해준다.

10년간 죽 한 그릇만 먹기, 짚신삼기와 길쌈, 담배농사 등으로 마침내 부자가 되었을 때는 이미 아이를 생산할 수 없는 몸이 되어 있었는데 이때 보여준 결정은 매우 진보적이다. 양자를 들이기로 한 결정이 그것이다. 그러면서 그 부인이 했다는 말은 지금 들어봐도 신선하고 의미심장하다.

"쓸 만한 애를 골라 양자를 삼으면 뜻이 안 맞는 자기 소생 자식보다 낮지 않겠어요? 그리고 정을 붙여 기르면 제 살붙이와 진 배 없습니다."

무조건 자기가 낳은 피붙이만 자식으로 여길 뿐 양자에 대해서는 극히 무관심한 것이 오늘날 우리의 자화상인데, 조선시대에 위와 같은 인식을 가졌다는 게 놀랍다. 부를 성취한 과정이나 방법에 대한 교훈과 함께 이 점도 유념할 만한 가치가 있다.

(3) 초월적 존재의 도움 받기

여기 해당하는 이야기는 〈남문내 주점〉과 〈흥부전〉이다.

가. 〈남문내 주점〉

〈남문내 주점〉은 한 탁주집을 두고 엮은 이야기다. 술장수도 마음씨가 좋은 사람은 잘될 수 있고 마음씨 나쁜 사람은 망한다는 것을 도깨비의 장난과 함께 그려놓았다. 이야기의 전문은 다음과 같다.

　　남대문 안 어느 탁주 장수가 가게문을 연 첫날 해장국을 끓여서 파루 즉시 가게문을 열고 등불을 걸었다.
　　한 상주가 혼자 들어오더니,
　　"해장국에 술 한 잔 주오."
　　했다. 곧 내가니 또르르 마시고는,
　　"여기 국하고 술 한 잔 더 따르오."
　　또 얼른 내가니 쭉 들이켜고는,
　　"내 돈이 없소. 이담에 갚으리이다."
　　탁주 장수는,

"아무렴 어떻겠수?"

그런데 그 상주가 나가자마자 술꾼들이 구름처럼 몰려들어서 진종일 밥 먹을 겨를도 없이 술을 팔았다.

이튿날도 새벽에 가게문을 열고 등불을 내걸자, 그 상주가 또 들어와서 어제와 똑같이 행동했으나, 탁주 장수는,

"아무렴 어떻겠수?"

하였다.

상주가 나간 후로 술꾼이 역시 어제처럼 밀렸다. 탁주장수는 그가 도깨비거니 생각하고, 그 이후부터 더욱 각별히 대접했다.

그 상주가 어느 날 밤 돈 200냥을 들고와 주면서,

"이게 외상 술값이오."

했다. 종종 이렇게 했고, 술도 한결같이 잘 팔려서 1년 미만에 돈이 여러 만금 벌리었다.

술장수가 상주에게 물었다.

"내 술장사는 치우고 달리 계획을 세워보는데 어떨까요?"

"좋지."

가게를 내놓으니 어느 선혜청 사령 놈이 집 판다는 말을 듣고 그 술집이 술이 잘 팔리는데 잔뜩 눈독을 올렸다. 사령이 집값을 두둑히 지불하고 그릇들이며 솥 등속도 후한 값으로 사간 것이다.

사령 놈도 술을 수십 항아리 빚은 연후에 해장국을 끓이고 파루 즉시 가게를 열고 등불을 달았다.

한 상주가 혼자 들어오더니 하는 말.

"해장국에 술 한 잔 주오."

곧 내가니 또르르 마시고는,

"여기 국하고 술 한 잔 더 따르오."

또 얼른 내가니 쭉 들이키고는,

"내 돈이 없어, 내일 갚으리다."

술장수는 잔뜩 골이 났다.

"남의 새로 낸 가게에 외상 술이 어디 있어. 빨리 돈을 내시오."

"돈이 없는 걸 어떻게 하겠소?"

"돈이 없으면 상복이라도 잡히고 가시오."

상주는 욕을 퍼부었다.

"상복을 너 푼 술값에 잡히란 말야?"

술장수가 욕설에 바짝 약이 올라 맨발로 뛰어내려와 상주의 볼따귀를 갈려주려 했더니, 상주는 욕을 연발하며 달아났다. 술장수는 붙잡아서 때려주려고 뒤쫓았으나 잡히진 않고 오히려 점점 멀어졌다.

한 모퉁이를 돌아섰을 때 웬 상주가 붙들리었다. 얼굴 확인도 안하고 다짜고짜로 삿갓을 벗기고 왼손 오른손 번갈아 볼따귀를 갈기며 욕지거리를 해붙였다.

"남의 마수에 와서 돈도 안내고 술을 마시고는 게다가 욕까지 하니 무슨 버릇이야. 이런 자는 심상하게 다뤄선 안 되지."

하고는 상복을 벗겨가지고 방립과 함께 옆에 끼고 갔다.

이 상주는 다름아닌 벼슬아치 양반이었다. 큰집 제사에 갔다가 혼자 귀가하다가 뜻밖에 망측한 변을 당한 것이다. 뺨이 얼얼할 뿐 아니라 분기가 탱천하여 다시 큰집으로 돌아갔다. 온 집안이 대경하여 어찌된 영문인가를 물었다.

"엉겁결에 어떤 놈이 돌출하여 여차 여차합디다."

모두들,

"술장수놈 소행이 틀림없다."

하고 하인을 다수 발동하여 방립과 상복을 찾고 술장수를 잡아왔다. 우선 단단히 분풀이를 하고 날이 밝자 형조로 보냈다. 형조에서 법에 따라 귀양을 보내니, 이미 들인 비용이 적지 않은 데다, 아무도 술 마신 사람이 없어 가산을 탕진하고 말았다.

이 이야기에는 잘되어 부자가 된 사람과 잘못되어 가산을 날린 사람이 함께 등장한다. 그러니 엄밀하게 말하면, 이 이야기는 잘되기도 하고 못되기도 한 이야기이다. 하지만 여기에서는 잘되어 부자가 된 사람에 초점을 맞추어 다루기로 한다.

이 사람은 어떻게 하여 부자가 되었을까? 도깨비 덕분이다. 이야기에서 똑부러지게 언급하지는 않지만 이 탁주집 주인이 후대한 것은 도깨비일 가능성이 높다. 우리 이야기 세계에서 도깨비를 잘 대접해서 횡재하는 경우가 흔하기 때문이기도 하려니와, 문맥을 보아 거의 확실하다. 도깨비가 아니고서는, 그 사람이 다녀가자마자 손님들이 들끓어 매상이 올라가는 기적이 나타날 수는 없는 일이다.

탁주집 주인은 그게 도깨비인 줄도 모르는 상황에서, 상주의 행색으로 찾아와 돈도 없이 외상술을 마시고 다음에 갚겠다는 사람을 욕하지 않고 선선히 그러라며 보내준다. 아마 상복을 입고 있기에, 상주로서는 돈을 휴대하지 않을 수도 있다고 여겨 그렇게 관대하게 대했는지도 모른다. 어쨌든 역지사지하여, 손님의 처지에서 헤아릴 줄 아는 처신을 하였다. 어디 사는 누구인지도 모르는 사람에게 그런 친절을 베푼다는 것은 아무나 할 수 있는 일이 아니다. 되받지 못할 수도 있는데도 베푸는 행위, 분명 아무나 할 수 있는 것은 아니다. 아주 특별한 덕성을 지닌 사람만이 할 수 있는 일이다. 그랬기에 도깨비라고 하는 초월적인 존재의 도움을 받아 마침내 수만 금을 지닌 부자가 되었다.

그냥 잘된 게 아니라 이렇게 윤리적으로 일정한 선행을 한 결과 잘될 수밖에 없었다는 이야기가 이 〈남문내 주점〉이다. 오늘날의 부자 가운데에도 이렇게, 다분히 종교적으로 해석할 수 있는 경우도 존재할 것이다. 구약성경에서 나그네를 대접하다 천사를 대접하여 복 받은 아브라함 같은 경우라 하겠다.

나. 〈흥부전〉

〈흥부전〉은 가난했던 흥부가 초월적인 도움으로 그야말로 대박난 이야기이다. 갖은 고생을 다 해도 가난을 벗어날 길이 없었으나, 우연히 구해준 강남 제비의 보은으로 얻은 박에서 온갖 재보가 터져 나와 일약 부자가 된다. 이 같은 역전의 구조는 이미 앞의 작품들에서 확인했으므로, 〈흥부전〉에서 주목해야 할 것은 다른 것을 보기로 한다. 그것은 여기에 나오는 부자의 형상이다.

우리 고전문학에서, 부자의 생활 모습을 구체적으로 그린 예는 드문 편이다. 물질적인 복을 욕망하면서도 그것을 입에 올리는 것을 천시하였던 묘한 심리 때문이 아닌가 여겨지는데, 〈옹고집전〉에 나오는 다음의 짤막한 묘사도 희귀할 정도이다.

> 앞뜰에 노적이요 뒤뜰에 담장이라. 울 밑에 벌통 놓고 오동 심어 정자 삼고 소나무와 잣나무 심어 앞을 가리고, 사랑 앞에 연못 파고 연못 위에는 석가산(정원을 꾸미기 위해 돌로 쌓아 만든 산)을 조성해 놓고, 석가산 위에 일간 초당을 지었으되 네 귀에 풍경(처마 끝에 달아서 소리나는 경쇠)이라. 반짝반짝 맑은 소리 바람결에 흔들리고, 못 가운데 금붕어는 물결 따라 뛰노는데, 동쪽 정원의 모란화는 반쯤 피어 너울너울, 왜철쭉·진달래는 아주 피어 삼월 춘풍 모진 바람 되게 맞아 떨어지고, 서편의 앵두꽃은 담장 안에 너울너울, 영산홍·자산홍은 물에 비치어 방금 작작 웃어 있고, 매화·도화 만발한데 사랑 치레 찬란하다. 팔작집·어간대청·삼층난간·세상창문·들장자·영창·안팎걸쇠·구리사북·쌍룡 새긴 손잡이는 온갖 채색 영롱하여 반공중에 솟아 있고, 별도로 단 앞달이, 팔첩병풍, 요강과 대야 밀쳐놓고……

〈옹고집전〉에서는 짧은 분량의 서술이지만, 부자의 문화적인 측면 또는 그 질적인 측면을 강조한 것으로 보인다. 소유가 많다는 것보다는 얼마나 여유와 품격을 누리는가에 초점을 맞추고 있다. 온갖 나무를 심어 놓은 것은 물론이고 연못과 석가산이라는 인공산, 석가산 위의 초당,

못 속의 금붕어와 온갖 꽃들, 부속건물들과 아름답게 장식한 세간들. 이 정도는 살아야 부자라는 게 그 당시 사람들의 인식이었음을 알 수 있다. 단순히 물질만 많은 것을 부자라고 생각하지는 않았다는 것을 유념할 필요가 있다.

그런데 〈흥부전〉에서는 부자의 조건을 이보다 훨씬 자세하게 제시하고 있어 흥미롭다. 흥부가 박을 탈 때마다 쏟아져 나온 것들이 그것이다. 그런 것들을 다 소유한 사람이 부자라는 인식을 그런 모습으로 형상화한 것이다. 그 장면들을 모두 모아 보면 다음과 같다.

▶첫 번째 박 : 쌀과 돈

흥부가 한 궤짝을 찰칵 열어보니, 궤 안에 눈부시게 하얀 쌀이 수북하게 들어 있다. 흥부가 깜짝 놀라 큰소리를 지른다.

"아니, 이게 웬 쌀인가?"

쌀이라는 소리를 듣는 순간, 사립문 밖에서 눈치만 살피고 있던 흥부 식구들이 우르르 달려들어 온다.

"아버지, 정말 쌀이에요?"

"와! 쌀이다!"

"형! 이게 쌀이란 거야?"

"그래! 이게 쌀이야."

"아버지, 우리 이거 우리 쌀이에요?"

"그래, 우리 쌀이야!"

"와! 우리도 이제 부자다!"

"아버지, 우리 빨리 이 쌀로 밥해 먹어요."

흥부 자식들은 너도 나도 쌀을 보자 신기하고 좋아라고 날뛴다.

흥부는 자식들이 뭐라 떠들어도 또 다른 한 궤짝이 궁금하여, 찰칵 열어 본다. 거기에는 누런 돈이 수북하니 쌓여 있다. 흥부가 다시 깜짝 놀라

소리친다.

"아이고, 이게 웬 돈인가?"

"돈이요?"

"아버지, 이게 돈이에요?"

"그래, 이게 돈이야. 나도 전에 본 적 있어."

"와, 돈 참 좋다!"

"형, 이 돈 있으면 우리 뭐든지 살 수 있어?"

"그래, 뭐든지 살 수 있어. 이제 우리도 부자가 됐어!"

흥부 자식들은 너도 나도 좋아라고 떠들고 야단법석이다.

▶두 번째 박 : 비단

박이 "쩍" 벌어지면서 박속에서 온갖 비단이 쏟아져 나온다. 세상에 진기한 비단과 이름난 비단, 좋은 비단은 몽땅 나와서, 비단전을 차려도 될 듯하다.

해처럼 환하게 빛이 난다, 날 일자 '일광단'.

달처럼 은은히 빛이 난다, 달 월자 '월광단'.

신선들이 먹는다는 천도복숭아를 그린 '천도문'.

천하 사방의 너른 땅을 무늬 새긴 '지도문'.

소나무(송)와 잣나무(백)의 기상을 새긴 '송백단'.

온갖 꽃(화)과 풀(초)을 무늬 새긴 '화초단'.

과거에 장원 급제한 비단인가 '장원주'.

사랑하는 임을 보내고 상사병에 걸렸나 '상사단'.

깊은 산 무서운 호랑이 가죽이 아름답다 '호피단'

복(복)과 수명(수)을 오래오래 누리는 '복수단'.

하늘처럼 푸르고 푸르러서 아름다운 '청사'.

해처럼 붉고 붉어서 아름다운 '홍사'.

중국 당나라에서 건너온 베 '당포'

길주 명천의 가는(세) 삼베(마) '세마포'.

한산의 가는(세) 모시 '한산 세모시'.
나주의 극히 상품인 가는 목화 '극상세목'.
청색 공단으로 보드랍기도 보드랍다 '청공단'.
홍색 공단으로 예쁘기도 하구나 '홍공단'.
흰색 공단으로 깨끗하기도 하구나 '백공단'.
윤기가 자르르한 흑색 공단 '흑공단'.
소나무 송화 가루처럼 아름다운 '송화색'.

▶세 번째 박 : 솟을 대문 집

　수백 명의 일꾼들이 산골짜기에 갑자기 나타나 집을 짓는다. 이런 상상
도 못한 일이 흥부네 식구들 눈앞에서 순식간에 펼쳐진다. 너무나 엄청난
일이 눈앞에 벌어지니, 흥부 식구들이 이것이 꿈인지 생신지 도무지 분간
할 수가 없다. 모두 너무나 크게 놀라서 눈도 뜨지 못하고 "끙" 하고 기절
해 버린다. 한참 "뚝딱뚝딱" "뚝딱뚝딱" 집짓는 공사하는 소리가 요란하더
니 얼마간 시간이 흘렀는지 천지가 맑아지고 사람들의 자취가 흔적 없이
사라져 고요하다. 흥부가 잠시 넋을 잃고 기절했다가 사방이 조용해지니
다시 정신을 차린다. 가장이 정신을 차리니 식구들도 하나둘 부스럭부스
럭 깨어난다. 흥부가 눈을 가만히 뜨고 앞을 보니, 참으로 기이하다. 전에
있던 초가집은 온데간데없이 사라지고, 전에 없던 웅장하고 아름다운 대
궐 같은 집이 우뚝 눈앞에 솟아 있다.
　'하, 이거 웬일인가?'
　흥부가 매우 신기하여 일어나서 보니, 솟을 대문이 웅장하다. 흥부가
박속에서 나온 사람들이 자기를 위해 지어준 집인 줄 알고, 대문을 열고
집 안으로 들어간다. 그 뒤를 흥부 아내와 자식들이 줄줄이 따라 들어간
다. 흥부가 들어가 집 안을 돌아다녀보니, 순식간에 큰 기와집 아흔아홉
칸을 대궐같이 지어 났다. 안채, 사랑채, 행랑, 별당, 초당, 서당, 곳간에
앞뒤 정원에 우물까지 골고루 빠뜨리지 않고 다 갖추어 놓았다. 게다가
방안에 도배는 언제 하였는지 벌써 말라 깨끗하고 매끈하다.
　안방 치레를 볼작시면, 용과 봉을 자개로 수놓은 용봉장롱을 비롯하여,

반다지, 의주 장롱, 얼굴 보는 면경, 몸매 보는 체경, 원앙을 수놓은 온갖 좋은 비단 이불들과 요, 목숨 '수'자와 복 '복'자를 수놓은 베개에 은으로 만든 요강까지 갖춰 있다. 또 다락에는 만석지기 논문서와 천석지기 밭문서가 들어 있다. 거기다 백 명이 넘는 종문서까지 담뿍 쌓여 있다.

사랑에 나가보니, 윤기 나는 장판, 소란반자(반자틀에 소란을 대고 반자널을 얹은, 지붕 밑이나 위층 바닥 밑을 편평하게 하여 치장한 각 방의 천장), 완자문(문짝 살대가 '卍' 자 모양으로 된 문), 화류(붉은 빛을 띤 고급 목재) 문갑(문서나 문구 따위를 넣어 두는 세간), 대모(바다거북이 껍질) 책상에 문방사우(종이, 붓, 먹, 벼루의 네 가지 문방구)에 안경까지 고루 갖춰져 놓여 있다. 벽에는 거문고와 가야금에 화초장(문짝에 유리를 붙이고 꽃이나 풀 무늬를 색으로 새겨 넣은 장롱)까지 세워져 있다. 책장에는 〈천자문〉, 〈유합〉, 〈동몽선습〉, 〈소학〉, 〈시경〉, 〈서경〉, 〈주역〉, 〈논어〉, 〈맹자〉, 〈대학〉, 〈중용〉이며 〈사략〉, 〈통감〉, 〈고문진보〉 같은 책들이 좌우로 좌르르 벌여 있다.

흥부 아내가 부엌에 들어가 보니, 온갖 기물이 다 갖춰져 있다. 용가마(큰 가마솥), 큰솥, 가마솥, 중솥, 노구솥(놋쇠나 구리쇠로 만든 작은 솥), 곱돌솥, 왜솥, 통노구(품질이 낮은 놋쇠로 만든 작은 솥), 탕솥 같은 온갖 솥이 고루 갖춰져 있다. 또 왜화기(그림을 그려 넣은 일본식 사기 그릇), 당화기(그림을 그려 넣은 중국식 사기 그릇), 안성 유기(놋그릇), 주발(놋쇠로 만든 밥그릇), 자개그릇(자개를 박아 만든 나무 그릇), 쟁첩(놋쇠로 만든, 반찬을 담는 작은 접시) 등물이 찬장에 들어 있다. 또 동래 밥상, 나주 소반, 자개소반 같은 밥상들도 고루 갖춰져 있다. 부엌 바닥에는 함지박(통나무의 속을 파서 큰 바가지같이 만든 그릇), 쪽박, 이남박(안쪽에 여러 줄로 고랑이 지게 돌려 파서 만든 함지박으로 쌀을 일 때 씀), 조롱박, 뚝배기(찌개를 끓이는 오지 그릇), 전골틀(전골을 끓이는 그릇), 방구리(물을 긷는 데 쓰는 작은 질그릇), 옹동이(물 긷는 데 쓰는 작은 질그릇), 깁체(깁으로 쳇불을 메운 체로 고운 가루를 치는 데 씀), 어레미(바닥의 구멍이 굵은 체), 장군(물, 술, 간장 따위의 액체를 담아서 옮길 때에 쓰는 그릇), 항아리, 김칫독, 장독 등이 없는 것 없이 모두 갖춰져 있다.

동편 곳간을 열고 보니, 남자가 쓰는 물건들이 가득 들어 있다. 해를 가리는 일산, 비를 피하는 우산, 사모관대(관복을 입을 때에 쓰던 모자인 사모와 허리띠인 관대), 각대(벼슬아치가 예복에 두르는 띠), 허리에 띠는 요대, 가죽으로 만든 수혜자(비 올 때에 신던 무관의 장화), 말안장, 은으로 만든 등자(말을 타고 앉아 두 발로 디디게 되어 있는 물건), 굴레(말이나 소 따위를 부리기 위하여 머리와 목에서 고삐에 걸쳐 얽어매는 줄), 산호로 만든 채찍이 들어 있다.

서편 곳간을 열어 보니, 여자가 쓰는 물건들이 가득 들어 있다. 가마, 베틀, 물레, 홍두깨(다듬잇감을 감아서 다듬이질할 때에 쓰는, 단단한 나무로 만든 도구), 빨래 방망이, 다듬잇돌, 다리미, 바늘상자, 실 상자, 골무, 가위, 풀, 화로 들이 들어 있다.

남편 곳간을 열고 보니, 농기구가 가득 들어 있다. 디딜방아(발로 디디어 곡식을 찧거나 빻게 된 방아), 절구방아, 절구통, 절굿공이, 맷돌, 쟁기, 극쟁이 (땅을 가는 데 쓰는 농기구), 가래(흙을 파헤치거나 떠서 던지는 기구), 써레(갈아 놓은 논의 바닥을 고르는 데 쓰는 농기구), 낫, 호미, 따비(풀뿌리를 뽑거나 밭을 가는 데 쓰는 농기구), 쇠스랑(땅을 파헤쳐 고르거나 두엄, 풀 무덤 따위를 쳐내는 데 쓰는 갈퀴 모양의 농기구), 괭이, 보습(땅을 갈아 흙덩이를 일으키는 데 쓰는 농기구), 두레(논에 물을 퍼붓기 위하여 나무로 만든 기구), 무자위(물을 높은 곳으로 퍼 올리는 기계), 도리깨(곡식의 낟알을 떠는 데 쓰는 농기구), 갈퀴(검불이나 곡식 따위를 긁어모으는 데 쓰는 기구), 고무래(곡식을 그러모으고 펴거나, 밭의 흙을 고르거나 아궁이의 재를 긁어모으는 데에 쓰는 '丁' 자 모양의 기구), 넉가래(곡식이나 눈 따위를 한곳으로 밀어 모으는 데 쓰는 기구), 매통(벼의 겉겨를 벗기는 농기구), 수레, 지게, 똥장군(똥을 담아 옮길 때 쓰는, 오지 또는 나무로 만든 통), 오줌장군 등이 들어 있다.

북편 곳간을 열어 보니, 짚으로 만든 물건들이 들어 있다. 삿갓, 도롱이 (짚, 띠 따위로 엮어 허리나 어깨에 걸쳐 두르는 비옷), 멍석(짚으로 결어 네모지게 만든 큰 깔개), 멱둥구미(곡식이나 채소 따위를 담는 데에 쓰는, 짚으로 둥글고 울이 깊게 결어 만든 그릇), 멱서리(곡식을 담는 데 쓰는, 짚으로 날을 촘촘히 결어서 만든 그릇), 짚방석, 오쟁이(짚으로 엮어 만든 작은 섬), 씨오쟁이, 삼태기(가는 싸리나 대오리, 칡, 짚, 새끼 따위로 만든, 흙이나 쓰레기, 거름 따위를 담아 나르는 데 쓰는 기구), 망태기(가는 새끼나 노 따위로 엮어 만든, 물건을 담아 들거나 어깨에 메고 다닐 수 있도록 만든 그릇), 새끼줄 등이 차곡차곡 쌓여 있거나 벽에 걸려 있다.

박속에서 나온 사람들이 만들어놓고 간 집 안에는 없는 게 없이 다 갖춰

져 있다. 흥부 부부가 기분이 엄청나게 좋고 흥겨워서, 저절로 어깨를 들
썩이며 손을 잡고 춤을 춘다.

〈흥부전〉에 묘사된 부자의 형상에 대해서는 더 이상 군말이 불필요할
정도로, 위 박 타는 대목에 아주 잘 드러나 있다. 우선은 쌀로 대변되는
식량이 풍부해야 하며, 필요한 것들을 얼마든지 살 수 있는 돈이 많아야
부자라고 생각하였다. 그 정도만 해도 될 텐데 굳이 비단도 있어야 한다
고 보았다. 아마도 옷이 날개라는 우리말처럼, 우리는 식생활의 충족만
으로는 부족하고 의생활에 대한 욕망도 충족되어야 부자라고 생각했던
듯하다. 실제로 〈흥부전〉의 해당 대목을 더 읽어보면 온 가족이 그 비단
옷들을 입고 서로 평가하면서 즐거워하고 있어 그 점을 확인할 수 있다.
끝으로 나온 솟을대문 집, 그리고 그 집을 이루고 있는 부속건물과 세간
들에 대한 묘사는 앞에서 살핀 〈옹고집전〉의 옹고집네 집과는 또 다른
측면에서 부자의 형상을 보여준다. 옹고집전에는 부의 질적인 측면을
더 강조했다면, 〈흥부전〉의 이 대목은 부의 양적인 측면을 더 강조하고
있다. 그야말로 없는 게 없다고 할 정도로 온갖 것이 구비되어 있는 게
흥부의 새 집이다. 이 땅에서 가난하게 살아 변변한 집을 가져 보지 못한
가난한 이들의 번듯한 집을 소유하고자 하는 욕망을 충족할 수 있어야만
부자라는 인식을 엿볼 수 있게 한다. 앞의 식생활, 의생활에 이어 주생활
도 충족되어야만 진정한 부자라는 생각이 여기 드러나 있다 하겠다.

3.2. 부자였다 망하기

망하고 만 부자 이야기이다. 여기 해당하는 작품으로 〈장자못전설〉, 〈손님오는 것 싫어하다 망하기〉를 들 수 있다.

(1) 〈장자못전설〉

〈장자못전설〉은 전국 각지에 퍼져 있는 이야기인데, 장자 즉 부자가 하루아침에 망한 이야기이다. 각편 중 하나의 원문을 보이면 다음과 같다.

옛날에 지금의 태백시에서 생긴 일이다. 태백시의 옛 지명은 황지인데 이는 황씨 못(늪)이라는 뜻이다. 아주 오래 전에 황씨라고 하는 굉장한 부자가 그곳에 살고 있었다. 그런데 그는 마음씨가 어찌나 나쁜지 아주 고약한 사람으로 소문이 나 있었다.

그러던 어느 날 황부자가 집 앞에 한 중이 목탁을 두들기며 시주를 청하였다. 외양간의 거름을 치우고 있던 황부자는 들고 있던 삽으로 오물을 한 삽 푹 떠 가지고 스님의 바랑에 쏟아 넣었다. 스님은 아무 말 없이 돌아서 그 집을 떠났다.

그러자 얼마 못 가서 "스님! 걸음을 잠깐만 멈추세요." 하는 말과 함께 황씨 집 며느리가 바가지에 쌀을 가득 담아가지고 쫓아왔다. "스님! 용서하십시오. 저희 시아버님 성미가 하도 고약해서……." "그대가 저 집의 막내며느리인가?" "그러합니다." "까마귀떼 속에 학이로구나. 너는 지금 저 집을 떠나라." "네?" "저 집은 망하리라. 너는 당장 이 길로 나를 따라 나서라. 그러나 결코 뒤돌아보아서는 안된다." 막내며느리는 집이 망한다는 말과 함께 절대로 뒤돌아보지 말라는 스님의 말이 궁금했다. 무엇 때문에 뒤돌아 보지 말라는 것이며 집이 어떻게 망한다는 말인가?

동네를 마지막으로 벗어나는 고개 마루턱에 오르자 막내며느리는 더 이상 참을 수가 없었다. 이 고개만 넘으면 시댁의 집은 영영 보이지 않는다. 결국 막내 며느리는 끓어오르는 궁금증을 참지 못하고 뒤돌아보고 말았다. 그러자 이게 웬일인가? 조금 전까지 자기가 살던 대궐같던 집이 순식간에 사라지고 없었다. 눈을 비비고 다시 쳐다보아도 그곳에 있던 집은 온데 간데 없이 사라지고 그 대신 그 집 일대가 별안간 큰 연못으로 물이 가득 차 있지 않은가. "아이구 스님, 이게 웬일입니까?" 놀란 막내며느리의 비명이 끝나자마자 막내며느리의 몸도 돌기둥이 되고 말았다. "나무아미타불 관세음보살. 그대의 마음이 착해서 그대 하나만은 구하려고 했건만 부처님의 명을 어겼으니……."

주지승은 돌기둥이 돼버린 며느리 앞에 오랫동안 합장한 후 떠났다. 그리하여 지금의 황지(수원지)는 그 옛날 황부자의 집이 있었던 곳으로 지금도 물이 맑은 때에 자세히 내려다보면 못 밑바닥에는 황부자의 큰 집의 지붕과 집기둥이 비쳐 보인다고 한다.

이 이야기의 의미는 무엇일까?

첫째, 부자는 나눌 줄 알아야 한다는 것이다. 부자가 망한 원인은 도움을 요청하는 스님의 요청을 거부했기 때문이다. 그 요청을 받아들여, 자기가 가진 소유의 일부를 시주했다면 망할 까닭이 없는데 그렇지 않았다. 부자는 자선을 베풀 줄 알아야 하며 다른 사람들을 향해 열린 마음을 가지고 살아야 한다는 점을 이 이야기는 말하고 있다.

부자가 초월계의 힘과 의지에 따라 하루아침에 몰락하고 말았다는 사실은, 부자의 부도, 눈에 보이지는 않지만 그 위에 존재하는 초월적인 존재의 도움으로 가능했다는 것을 깨닫게 해 준다. 이 사실을 알았다면 부자는 초월계와 연결된 중에게 마땅히 시주했어야 하는데 시주는커녕 쇠똥을 넣어주는 무도한 행위를 하였다. 그렇게 현실계에서 자기 자신만을 위한 욕망을 추구할 뿐, 이웃 특히 초월적인 세계에는 아무런 도움을 주지 않는 존재는 초월계가 인정하지 않는다는 것을 이 이야기의 결말은 보여준다.

이 글의 시작 부분에서도 언급했듯이, 우리 한국인의 기복사상 가운데 부(富)를 추구하는 성향이 있는데, 이것이 극단화되면 부의 축적이 삶의 목적 그 자체가 되어 버릴 수가 있다. 부를 축적하여 가치있는 무엇인가를 이루기 위해 살아야 하는데, 오직 물질의 양만을 늘려가는 삶을 살아간다면, 물질에 자폐되어 살아간다면, 초월계의 개입으로 모든 것이 사라질 수 있다는 점을 일깨우는 이야기라 하겠다.

(2) 〈손님오는 것 싫어하다 망하기〉

이 이야기는 제목 그대로, 부자네 집 며느리가 손님 많이 오는 것이 귀찮아 한 나머지 망하고 만 이야기이다. 줄거리는 이렇다.

어떤 사람이 아주 부자였다. 그래서 늘 손님이 많아 찾아왔다. 손이 찾아오니까, 그 집 맏며느리가 손님 대접하는 게 싫었다. 밥상 차릴라 술상 차릴라 물 떠 나를라 바빴기 때문이다. 어떻게 하면 손님을 못 오게 할까 궁리하고 있던 차에, 탁발 스님 한 분이 들어와 후하게 대접하고는 그 스님한테 비결을 물었다. "스님, 우리가 잘 살다 보니, 우리 고을 사람들이 하루 한 시도 쉬지 않고 찾아오는 통에 제가 죽을 지경입니다. 그러니 손님 안 오게 하는 비결을 일러주시면 후하게 사례하겠습니다." 그 스님이 하는 말. "당신이 정 원하면, 내가 그렇게 해줄 수는 있소. 하지만 나중에 크게 후회하게 될 것이오. 그래도 하겠소?" 며느리가 대답했다. "후회는 추호도 안 하겠습니다. 제발 그렇게만 해 주십시오." 그러자 스님이 말했다. "그럼 내가 시키는 대로 하시오." 이래서 며느리는 그 스님이 시키는 대로, 대문 밖에 나가서 동서남북 각 방면에 물부어 끈 숯을 가져다 아무도 모르게 파묻기 시작했다. 다 묻고 나자, 스님이 예언한 대로 손님이 차츰 끊어지기 시작하더니, 한 달 후에는 남편이 급사하고 두 달 후에는 시부모를 비롯해 온 가족이 다 죽었다. 손님도 더 이상 오지 않았고 재산도 없어지고 완전히 망해 버렸다. 며느리는 치마를 둘러쓰고 앞 개천에 뛰어들어 목숨을 끊었다.

이 이야기는, 아무리 부자라도 며느리를 잘못 얻으면 망한다는 메시지와 함께, 감사할 줄 모르는 부자는 망한다는 메시지도 함께 드러내고 있다. 생각이 없거나 짧은 며느리를 얻은 것이 이 부잣집에 일어난 비극의 화근이다. 부를 유지할 만한 지혜를 지닌 여성을 며느리로 맞이해야 하는데 지혜보다는 미모나 다른 요소를 우선시했을 수도 있다.

이 며느리는 자신에 부여된 사명이 무엇인지 망각한 채, 우선 당장 편하게 살고 싶어 스님에게 스스로를 파멸에 이르게 하는 청탁을 하기에 이른다. 손님이 많이 찾아오는 것은 그 집에 먹을 게 많아 그런 것이고, 그렇게 해서 재화의 재분배가 자연스럽게 이루어지고 있던 것인데, 며느리의 행위는 그 자연스러운 흐름을 단절시키는 짓이었다. 부를 누리려면 손님맞이 정도의 수고는 당연히 감당할 수 있어야 하는데, 감사하거나 만족할 줄 모르는 그 맏며느리는 이미 더 이상 부를 소유할 자격을 상실해 마침내 파국을 맞이하고 말았다.

4. 맺음말

이상 한국 고전문학에 나타난 부자의 이미지, 부자에 대한 인식을 알아보았다. 내용을 요약하고 정리해 보기로 한다.

속담을 살펴본 결과, 긍정적인 인식과 부정적인 인식, 객관적인 인식, 이 세 가지가 공존하였다. 부와 부자를 무조건 부정하지도 긍정하지도 않는 한국인의 균형 있는 인식을 엿볼 수 있었다. 객관적인 인식을 보여주는 속담들에서는 가치평가를 유보한 채, 부의 순환성과 한시성, 부자가 되기 위한 필요조건, 부자에 대한 경고(교훈)를 제시하고 있어, 민중들이 부와 부자에 대해 아주 건강한 생각을 지니고 있다는 것을 확인하였다.

이야기를 살펴본 결과, 부자가 등장하는 이야기에는 크게 두 가지가 있다. '가난하다 부자 되기'와 '부자였다가 망하기' 이 두 가지이다. '가난하다 부자 되기'도 무엇을 해서 부자가 되었는지 그 내용이 다양하다. '장사하기'(매점매석, 소금장사, 술장사), '농사짓기'(벼농사, 담배농사), '초월적 존재의 도움을 받기' 등이다. 인간의 노력으로 부자가 되기도 하지만 초월적인 힘의 도움으로 부자가 될 수도 있다는 점을 함께 이야기한다. '부자였다 망하기'의 경우, 인색해서 망하는 경우와 부유함에 감사할 줄 몰라 망하는 경우가 있다.

속담에 나타난 부자 인식과 이야기에 나타난 부자 인식은 묘하게 연결되고 있어 흥미롭다. 예컨대 속담에서 '부의 순환성'을 언급했는데, 이는 '가난하다 부자 되기' 유형과 관련된다. 부자가 따로 있는 게 아니라 가난한 사람도 얼마든지, 그 노력이나 의지나 초월자의 도움으로 처지가 변하여 부자로 바뀔 수 있다는 점을 이야기하고 있기 때문이다. '부자였다가 망하기'도 마찬가지이다. '부의 한시성'을 속담에서 지적하고 있는 바, 이 진리를 모른 채, 자기네 부가 영속할 것이라 믿고 교만하거나 제대로 간수하지 못할 때, 허무하게 모든 부가 사라지고 망한다는 사실을 증언하고 있다.

속담이든 이야기든, 오랜 세월 동안 수많은 사람들의 검증을 받아 오늘까지 존재한다. 한두 사람이 아니라 다수 민중의 공감을 얻은 속담과 이야기만 현재까지 살아남아 있다. 따라서 속담과 이야기에 나타난 부자

이미지, 부자에 대한 인식은 시대를 넘어 지속적인 가치를 지니고 있다
고 보아야 마땅하다. 고전문학에 나타난 이들 검증된 인식을 내 것으로
삼아 진정한 부자로 사느냐 못 사느냐는 우리 각자의 몫이다.

〈자료1〉: 『열하일기』의 옥갑야화 중
허생전 부분

〈자료2〉: 흥부가 『연의 각』 표지
(국립중앙도서관 소장)

〈자료3〉: 〈장자못전설〉 유래지 중 하나인 충남 공주의 장자못

3부

: 국어국문학의 경계 넘나들기

제8장
서산의 무학대사전설

1. 머리말

〈무학대사전설〉은 조선시대부터 지금에 이르기까지 지속적으로 전승되고 있는 설화이다. 조선시대의 것으로는 홍만종의 『순오지』를 비롯하여 차천로의 『오산설림』 등에 실린 수편의 문헌설화 자료[1]를 들 수 있다. 근래의 구전자료들은 『한국구비문학대계』, 『임석재전집』, 『서산민속지』 등에서 확인해 볼 수 있다.

그런데 자료들을 검토하여 보면, 서산 지역의 〈무학대사전설〉은 어느 지역보다도, 어떤 설화보다도 활발하게 전승되고 있음을 알 수 있다. 『한국구비문학대계』에 실려 있는 다른 지역 조사 자료의 수가 총 21편[2]

---

1 『순오지』에는 ①이성계의 꿈을 풀어 주었다는 석왕사 유래담, ②이성계에게 방번·방석의 난을 예언한 이야기, 『오산설림』에는 ①태조의 부친(환조)의 묘터를 잡아주는 이야기, ② 한양터 잡는 과정에서 정도전과 대립하는 이야기, ③이성계를 함흥에서 환궁시킨 이야기 등 모두 5편의 문헌설화가 실려 있다.
2 『한국구비문학대계』(성남: 한국정신문화연구원) 수록 자료의 목록은 다음과 같다. 이들 자료를 대상으로 한 연구는 김일렬, 「무학전설의 형태와 의미」, 『어문론총』 31(대구: 경북

인 데 비해, 『서산민속지』에 수록되어 있는 서산 지역의 자료만 17편에 이른다는 사실이 이를 잘 말해 준다. 그뿐만이 아니다. 〈무학대사전설〉은 서산 지역 설화의 전체 판도에서도 두드러진 비중을 차지하고 있다. 『서산민속지』에 실려 있는 설화 가운데에서 그 빈도수 면에서 〈무학대사전설〉을 능가하는 이야기는 없기 때문이다.

어문학회, 1997) ; 김일렬, 「무학대사전설의 역사적 의미」, 『설화와 역사』(서울: 집문당, 2000)에서 이루어진 바 있다.

번호	각편의 제목	조사 지역	실린 곳	내용(특징)
1	무학이야기	경기	1-2, 169쪽	일대기(복숭아 먹고 잉태)
2	무학대사	〃	1-9, 171쪽	도통해 남 도와주기
3	무학대사 이야기	강원	2-2, 787쪽	한양터 잡기
4	무학대사와 이성계의 건국	〃	2-3, 75쪽	오이 먹고 잉태, 해몽담
5	이성계와 무학대사	〃	2-8, 248쪽	치악산 은거담
6	오이 먹고 잉태한 무학대사	충남 보령	4-4, 178쪽	
7	무학의 한양터 전설	전북	5-2, 292쪽	
8	꺼멍소보다 미련한 무학대사	전북	5-3, 46쪽	
9	산신령과 무학	전북	5-4, 232쪽	한양터 잡기
10	경복궁터를 잡은 무학대사	전남	6-4, 904쪽	
11	무학대사 일화	전남	6-8, 329쪽	어린시절, 수도, 도읍지 잡기
12	무학의 대궐 짓기	전남	6-10, 259쪽	
13	궁궐을 지은 무학이	경북	7-3, 708쪽	
14	무학대사와 이성계	경북	7-8, 308쪽	해인사 화재 진압, 해몽담
15	무학대사 이야기	경남	8-5, 358쪽	효불효교 이야기
16	무학대사 일화	경남	8-10, 187쪽	명당 잡아주기
17	무학대사의 도술	경남	8-11, 655쪽	
18	무학대사 전설	경남	8-14, 191쪽	무학대사 나무란 농부
19	무학대사 이야기	경남	8-14, 241쪽	무학대사 나무란 농부
20	이성계와 무학대사	경남	8-14, 562쪽	정도전과 풍수 능력 비교
21	무학대사와 정도전	경남	8-14, 565쪽	도읍터 잡기

〈무학대사전설〉이 지닌 위와 같은 위상에 비추어 볼 때, 〈무학대사전설〉은 서산 지역 설화 연구에서 우선적으로 주목할 만한 가치가 충분하다. 따라서 이 글에서는 『임석재전집』[3]과 『서산민속지』[4]에 실려 있는 서산 지역의 〈무학대사전설〉 중에서도 서산 지역

특유의 자료들만을 대상으로, 그 전승양상 및 구조와 의미를 살펴본 다음, 전반적인 특징을 드러내 보이고자 한다.

이 작업은 서산 지역의 자료만을 대상으로 한다는 점에서 처음 시도되는 것이다. 아무쪼록 이 글이, 서산 지역 〈무학대사전설〉에 대한 이해는 물론 이 설화의 전승주체인 서산 사람들의 의식을 알아보는 데도 시사하는 바 있기를 희망한다.

2. 각 삽화의 구조와 의미

서산 지역 〈무학대사전설〉 자료의 수는 19편이다. 이들 중 몇 가지는 두세 개의 삽화가 연결된 것도 있어, 삽화 수로 치면 총 25편이다. 이 가운데에서 단순 지명 전설화한 것 2편[5]을 제외하고, 본격적인 인물전설의 면모를 갖추고 있으면서 서산 지역에서만 볼 수 있는 자료는 삽화 수로 총 15편이다.

서산 지역 특유의 〈무학대사전설〉 자료 15편은 이야기의 내용으로 보아 크게 세 가지 삽화로 구별된다. 세 삽화를 각각 (1)〈학의 보호〉 삽화, (2)〈쌀 나오는 구멍〉 삽화, (3)〈나무 예언〉 삽화 등으로 이름붙인

---

3 임석재, 『임석재전집』 6-충청남도 충청북도 편-(서울: 평민사, 1990).
4 경희대학교 민속학연구소 편, 『서산민속지』 하(서산: 서산문화원, 1987).
5 『임석재전집』 6, 앞의 책, 255쪽, 〈무학대사(1/2)〉 ; 『서산민속지』 하, 앞의 책, 262쪽, 〈학이 날개로 보호한 아이와 간월도(3/3)〉.

다. 각 삽화별 자료 목록 제시와 대표 자료 소개, 단락 정리 및 각편별 변이 양상 검토를 한 다음, 구조와 의미를 알아보는 순서로 진행하기로 한다.[6]

2.1. 〈학의 보호〉 삽화

(1) 전승 양상

〈무학대사전설〉 가운데, 출생한 주인공을 학이 보호하여 주었다는 이야기가 있다. 이런 자료들을 〈학의 보호〉 삽화로 묶어 다루기로 한다. 15편의 자료 가운데 〈학의 보호〉 삽화는 9편으로 가장 많다. 자료를 제시하면 다음과 같다(이야기 하나에 여러 삽화가 들어있을 경우에는 1/2, 2/2 등으로 해당 삽화를 표시함).

번호	각편의 제목	수록된 책과 쪽수	
1	무학대사(無學大師)	『임석재전집』 255쪽	
2	학이 날개로 보호한 아이	『서산민속지』 (하) 168쪽	
3	학이 날개로 보호한 어린아이(1/2)	〃 〃	177쪽
4	학이 날개로 보호한 어린아이	〃 〃	189쪽
5	학이 날개로 보호한 아이	〃 〃	195쪽
6	학이 날개로 보호한 아이	〃 〃	224쪽
7	학이 날개로 보호한 어린아이	〃 〃	230쪽
8	학이 날개로 보호한 아이와 간월도(1/3)	〃 〃	262쪽
9	학이 날개로 보호한 아이와 간월도(2/3)	〃 〃	262쪽

6 특정 인물에 대한 전설을 몇 개의 '삽화'로 나누어 검토하는 방법은 조동일, 『인물전설의 의미와 기능』(경산: 영남대학교 출판부, 1979)에서 적용한 바 있다. 주인공의 일대기를 유기적이고 일관된 줄거리로 전개하는 신화나 민담과는 달리, 하나의 삽화 또는 몇 개의 삽화가 그다지 유기적이지 못한 양상으로 나열되어 존재하기 일쑤인 인물전설의 경우, 이같은 분석 방법은 불가피하다고 판단한다. 〈무학대사전설〉 역시 '삽화' 중심으로 존재하고 있어, 삽화별 분석 방법을 원용하기로 한다.

이들 자료는 다시 두 계열로 구분된다. 하나는 무학대사의 어머니가
장에 가는 도중에 무학대사를 낳았다는 이야기이고, 다른 하나는 모종의
죄 때문에 서산 감영에 출두하러 가다가 해산했다는 이야기이다. 이제
그 각각의 경우를 살펴보기로 하자.

먼저 〈장에 가다가 해산한 이야기〉를 보자. 여기에 속하는 자료는 1,
2, 3, 4, 6, 7, 8번이다. 그 가운데 내용이 가장 풍부한 3번 자료를 인용해
보이면 다음과 같다.

> 그 전에 으른들 말씀 들으니께 인저, 첫 번째, 무학대사 그 냥반 어머니
> 가 이 간월도 섬이서 아마 살었던 모냥이유. 살어서 그 으른이 살어서, 인
> 제, 아마, 그 오머니가 무학대사를 낳구서, 무학대사 아버지가 돌아가셨는
> 지, 아버지는 얘기를 못 듣구, 그 무학대사 어머니헌 역사가 있드만 그류.
> 뭐냐구 그러면, 그 으른이 이구 대니면서 도부를 해다 먹었대요. 장사를
> 해 먹었대요. 굴장사. 거기는 굴이 흔하니께. 굴을 이고 다니면서 저 서산,
> 시방 차 있지만 그 전에 무슨 차 있슈. 서산 이구 다니면서 이렇게 저렇게
> 돌아다녔지. 팔아서 인제 먹구 지내는디, 인제 어린애가 뱄드라 그거여.
> 어린애가 배서, 그래두, 없으니께 어쩔 수 없어 어린애, 밴 어린애를,
> 달은 찼는디, 말하자면 곧 낳게 됐는디도 불구하고 없으니께 이 무얼 이구
> 서 팔러 나가다가 갑작스레 어린애를 낳게 되니까 어쩔 수 없이 쑥대라구
> 있어요. 인지(仁旨), 바루 인지올시다. 그 쑥대는. 거기 가니께 어린앨 낳게
> 되는데, 어쩔 수 없이, 달새밭이 있드랴. 달새라는 것이 이 밭둑을 모두
> 와하게 많이 나잖유. [채록자: 억새하고 같은 건가요?] 응, 말하자면 왜새라
> 구 해야지. 그 왜새밭에 인저, 그게 밭둑에 여간 끔찍이 나지 않다? 그루
> 헐 수 없이 들어가서 그 어린앨 낳았대유.
> 낳아서, 어쩔 수 없이 그것을 덮었던지, 덮었어. 폭씬 덮어 놓구서는,
> 인제 그걸 팔러 갔대유. 그 무학대사 낳아 놓구서 팔러 가서, 팔구 오니께,
> 오너 보니께, 학이라 덮어 눌르고 있어. 학이라 덮어 눌르고 있는디, 보니
> 께, 어린애가 바르작 바르작 하거든. 그럴 것 아니요? 따땃하니께 인제

살았시유. 그래 가꾸서, 그 어린애를 안구 오너서, 간월도에서 그냥 지내는디, 그 무학대사가 많이 잘 커 가꾸. 그러니께 이름을 학이라구 지었어. 학이라구. 왜냐하면 학이라 덮어놔서, 학이라 덮어서 살았다는 그거일러란 거여. 그래, 무학대사라드만 그려. 이름이 학이여. 자라서는 중이니께 대사라구 하구. 학이는, 무학이니께, 말하자면 무학대사라는 건 중으로 따져서 대사구. 학은 그게 원 이름이 학일러먼 그려.

이 이야기를 중심으로 이들 자료의 내용을 5개 단락으로 정리하면 다음과 같다.

> (가) 무학대사의 어머니는 간월도(혹은 남면) 사람이다.
> (나) 임신한 몸이었지만 시장에 해물(혹은 굴)을 팔기 위해 나서게 되었다.
> (다) 갑자기 해산하게 되었는데, 해물을 팔아야만 하기 때문에 풀 속에 아이를 놓아둔 채 장에 갔다.
> (라) 해물을 팔고 와 보니 학이 아이를 품어 주어 살아있었다.
> (마) 그래서 아이 이름을 무학(舞鶴 또는 無鶴)이라고 하였다.

이제 각 단락의 순서대로 각편별 변이 양상을 살펴보기로 하겠다.

(가) 단락에 나오는 무학대사 어머니의 거주지는 바로 무학대사의 출신지를 나타내는 것이기도 하여 주목된다. 자료마다 주인공의 출신지를 매우 강조하는 데다, 다른 지역의 〈무학대사전설〉과 크게 차이 나는 부분이 바로 이 출신지 대목이면서, 다른 단락 및 각 삽화를 '서산지역 무학대사전설'로 묶어 주는 기능을 하고 있기 때문이다.

무학대사 어머니의 거주지는 간월도가 5편, 남면이 1편(7번 자료), 미상이 1편(6번 자료)이다. 전체 판도 가운데 남면으로 되어 있는 7번 자료는 좀 예외적이라 할 수 있는데, 남면이 간월도가 속한 부석면의 바로 인근 면임을 고려하면, 간월도의 소속을 남면으로 혼동할 수도 있는 일이라 생각한다(더욱이 이 자료의 구연자는 멀리 떨어진 원북면 사람이다). 미상으로 되어 있는 6번 자료는 자료 말미에 적힌 구연상황란에 "(구연자가) 술에 취해 있었고, 망각이 심하여 구체적인 표현은 하지 못했다."라고 한 것으로 미루어, 구연자가 취하지 않은 상태에서 구연했더라면, '간월도'와 같은 특정지역으로 소개하였을 가능성이 있다고 하겠다.

그런데 무학대사의 출신지 문제는 그렇게 간단하지 않다. 경남 합천을 출신지로 밝힌 기록도 있기 때문이다. 『조선왕조실록』과 〈묘엄존자 탑명(妙嚴尊者塔銘)〉이 그 예이다. 먼저 『조선왕조실록』의 기록을 보면 다음과 같다.

> 삼기현사(三岐縣司)를 승격시켜서 감무(監務)로 삼았으니, 왕사(王師) 자초(自超)의 본향이기 때문이었다(陞三岐縣司爲監務 王師自超本鄕也).[7]

삼기현이 무학대사 자초의 본향이기 때문에 감무 고을로 승격시켰다는 이 기록은 무학대사의 출신지를 삼기(三岐)로 소개하고 있다. 삼기는 현재의 행정구역으로는 경남 합천군 삼가면(三嘉面)이다. 〈묘엄존자탑명〉에서는 다음과 같이 기록하고 있다.

> 속성(俗姓)은 박씨이며 삼기군(三岐郡) 사람이다.(俗姓朴氏 三岐郡人也).[8]

여기에서도 묘엄존자(무학대사)의 출신지가 삼기군(三岐郡)임을 알려주고 있다.[9] 아울러 현전하는 무학대사의 초상화를 분석해 보아도 영남인의

7 『태조실록』 권5, 3년(甲戌) 3월 14일(癸丑)조.
8 『국역 동문선』 제121권.

특징이 드러난다. 『한국민족문화대백과사전』19, '자초'조에 실린 초상
화는 실물에 근거에 이루어진 것으로 보이며, 콧날개가 분명하다든가
입술이 두툼하고 눈꺼풀이 두터운 등 얼굴 생김새의 특성상 그 가계가
영남인임을 보여주고 있다.[10]

하지만 『합천군지』의 인물조에는 무학대사에 대한 언급이 전혀 없다.
무학대사가 합천에서 태어나고 자랐다면, 『합천군지』에서 언급하지 않
을 리 없다. 한편 영조와 현종 연간에 이루어진 것으로 보이는 다음 기록
은 무학대사가 간월도에서 거주한 일이 있음을 전하고 있어 주목된다.

> 무학(無學) 신승(神僧)이 간월도(看月島)에서 거주하였다(無學神僧居生于看
> 月島).[11]

이 기록을 따르면 서산 간월도는 무학대사와 연관이 있는 곳임이 분
명하다.

이제 이상의 기록들을 종합해 보면, 경남 합천이나 충남 서산은 모두
무학대사와 연관이 있는 지역들이라고 할 수 있다. 우선 합천은 무학대
사의 부모나 그 윗대 조상이 오랫동안 살아오던 지역이라고 여겨진다.
무학대사의 출생지가 합천은 아니었던 듯하다. 출생지라면 그 지역에
출생담이 존재하지 않을 리 없기 때문이다. 하지만 적어도 부모 때까지

---

9 『국역 동문선』 제121권.
10 무학대사의 초상화에 대한 분석은 서울교대 조용진 교수의 조언에 힘입은 것인데, 최근
   조용진 교수는 『얼굴, 한국인의 낯』(서울: 사계절, 1999), 138~139쪽에 자세하게 서술해
   놓아 참고가 된다. 한편 『정조실록』 16년 윤4월 23일 기록을 보면, 무학대사의 초상화가
   원래는 석왕사 토굴의 옛터에 걸려 있었는데 신하의 건의를 받아들여 이때 모사하였다고
   되어 있어, 현재 국립중앙박물관에 소장중인 이 그림이 상상화가 아니었을 가능성을 크게
   해준다.
11 『한국지리총서읍지』 7 충청도①(서울: 아세아문화사, 1984), 474쪽. 한편 1927년에 이민
   영이 편찬한 『서산군지』 권2 〈인물〉조에서도 '서산구지(瑞山舊誌)'의 인용이라며, 똑같은
   내용을 전하고 있다.

합천 지역에서 살아온 가문이라, 무학대사가 영남인의 특징을 물려받았던 것으로 보인다.[12] 초상화 분석 결과가 이 점을 강력하게 방증한다.

한편 충남 서산은 무학대사가 출생한 곳이거나 수도한 곳이라고 할 수 있다. 비록 문헌기록에서는 무학대사의 출생지를 명확하게 밝히지 않았지만 전설상의 증거를 존중한다면, 서산에서 출생하였던 것으로 추정된다. 무학대사의 부모(또는 어머니)는 대대로 살아오던 영남 합천에서 서산으로 이주하여, 그곳에서 어렵게 살면서 무학대사를 낳은 것으로 추정할 수 있다. 전설이 비록 꾸며낸 이야기이면서도 실제로 있었던 사실과 일정한 관계를 지닌다는 점을 고려하면, 서산 지역 〈무학대사전설〉은 문헌기록만으로는 밝히기 어려운 무학대사의 행적을 재구성하는 데 소중한 구실을 할 수 있다 하겠다.[13]

(나) 단락에 나오는 무학대사 어머니의 처지는 무학대사의 처지와도 연결된다. 무학대사 어머니의 생활 상태는 갯것(해물)을 팔아 생계를 유지하는 것이 2편(1, 20번 자료), 굴을 팔아 생계를 유지하는 것이 4편(4, 5, 12, 22번 자료), 미상이 1편(19번 자료)이다. 여기에서 미상인 1편을 제외하면, 무학대사 어머니의 거주지로 설정된 간월도나 남면의(바다를 끼고 있는) 지역적인 특성과 긴밀하게 연결되어 있음을 알 수 있다. 특히 간월도의 어리굴젓이 전국 굴 생산량의 90%를 차지하고 있다는 사실을 고려해 보면, 아주 자연스러운 표현이라고 할 수 있다. 미상으로 되어 있는 19번 자료도 구연자가 술에 취해 망각이 심한 상태에서 구연한 것이 확실한 이상, 정상적인 상태에서였다면 굴이나 해물로 구연했을 가능성이 있다고 생각한다.

---

12 『묘엄존자탐명』을 보면, 무학대사의 어머니가 "고성(固城) 채씨(蔡氏)"라고 하였다. 무학대사의 부모 모두 영남인이었음을 알 수 있다.
13 전설의 역사적 성격에 대해서는 임재해, 「전설과 역사」, 『한국문학연구입문』(서울: 지식산업사, 1982), 123쪽 참조.

이와 같이 무학대사 어머니가 해물을 팔아 생활을 유지했다는 전설 자료상의 진술은, 무학대사의 집안이 경제적으로 곤궁했음을 의미한다. 무학대사의 집안이 실제로 어떤 상태였는지 자세히 확인할 길은 없다. 〈묘엄존자탑명〉에도 그 아버지의 이름이 인일(仁一)이며, 어머니는 고성 (固城) 채씨(蔡氏)라고만 되어 있을 뿐 다른 정보는 제공하고 있지 않다. 그 기록에서 "배움에 나아가기에 이르렀다(及就學)."라고 하는 대목이 나오지만, 그것만 가지고 경제적인 상태를 추정하기는 어려운 형편이다. 생활이 어려운 상태에서도 공부는 시킬 수 있기 때문이다.[14]

그런데도 설화에서는 한결같이 경제적으로 빈한한 처지였음을 강조하고 있다. 임신 중인데도 "워칙"할 수가 없어서(2번 자료), "근근해서"(7번 자료), "추운 겨울이었는데, 자기 노모를 봉양하기 위해서, 시모를 봉양하기 위해서"(8번 자료) 시장에 굴을 팔러 가야만 하는 절박한 처지로 묘사하고 있는 것이다.

(다) 단락에서 무학대사 어머니가 무학대사를 해산하는 장소 면에서 약간의 변이가 나타난다. 인지면(4, 5, 12, 22 자료)이 4편, 미상이 3편(1, 4, 6번 자료)이다. 미상이 3편이지만, 술에 취해 구연한 6번 자료를 제외한 2편은 (부석면) 간월도에서 서산장으로 가는 도중으로 되어 있기 때문에, 그곳이 인지면일 수밖에 없게 되어 있다. 부석면과 서산읍 사이에 있는 면은 인지면뿐이기 때문이다.

그 밖에 출산해 놓아둔 곳을 덤불(1, 2, 6번 자료), 억새밭(3번 자료), 쑥(4번 자료), 솔(7번 자료), 해당화나무(8번 자료) 등으로 다양하게 표현하고 있기도 하다. 하지만 이것들은 모두 서산 지역에서 자생하는 식물들이거나 그 군락지로서, 무학대사가 태어나자마자 거의 자연상태로 방치되었음을

---

14 자료 가운데는, 그 어머니가 어려운 상황에서도 굴 장사를 하여 공부를 시켰다고 한 것도 있다(『임석재전집』 6, 255쪽, 〈무학대사〉).

잘 말해 주고 있다.

(라) 단락에서 아이를 품은 새가 학이라는 점에서 완전한 일치를 보이고 있는데, 그것은 (마) 단락의 증거 제시부에서 주인공의 이름을 무학이라고 해야 하는 제약성 때문이라고 하겠다. 대부분의 자료가 한 마리의 학이 날개로 덮어주고 있었다고 하는데, 8번 자료에서만은 여러 마리가 덮고 있었다고 했다. 아마도 한 마리로서는 아이를 따뜻하게 할 수 없다는 판단에서 그런 변형을 가한 것이라 하겠다.

(마) 단락에서 대부분의 자료가 무학을 '舞鶴(춤추는 학)' 내지 '無鶴(없던 학이 왔음)'으로 이야기하고 있다. 하지만 문헌기록상으로는 '舞鶴'이나 '無鶴'이란 표기는 근거가 없다. 『조선왕조실록』을 비롯하여 역사적인 기록에는 오직 '無學(무학)', '자초(自超)', '자초상인(自超上人)', '묘엄존자(妙嚴尊者)' 등으로만 나타날 뿐이다. 그런데도 설화에서는 '舞鶴(무학)'이라고 이야기하고 있다. 설화의 담당층은 실제상의 표기가 어떤지에 대해서는 무관심한 채 설화 자체의 논리를 중시하고 있다 하겠다.[15]

다음으로, 〈서산감영에 출두하러 가다가 해산한 이야기〉를 보기로 하자. 여기에 속하는 자료는 5, 9번이다. 그 가운데 9번 자료를 인용해 보이면 다음과 같다.

> 간월도 무학대사 얘기는 전설이 아니고 실지 있는 얘기일 거예요.
> 무학대사의 아버지가, 무슨, 나라의 죄를 지어서 감옥을 사는데, 그 부인을 군수가 불러요. 불르는데, 그 부석면 간월도에 살다가 불려가요.
> 군수한테 불려가는데, 가다가 어린애를 낳았어요. 어린애를 낳았는데, 헐 수 없이 명령이 뭣해서 가는 참이니까, 군수 앞에 가기는 가야 하구

---

15 이 글의 제목에서 이 설화의 제목을 '무학대사전설'이라 하여 한글로만 표기한 이유도 여기에 있다. '無學대사'라고 하면, 이 지역 자료의 특성을 도외시하게 되기 때문이다.

그러니께, 어린애를 그냥 두고 갔어요. 가서 군수 앞에 나타났는데, 그 부인이 보니까 참말로 얼굴이 창백하구 하니까, 그 사연을 물었어요.

"왜 그렇게 얼굴이 창백하구 그러냐?"

그러니께, 오다가 어린애를 낳고 왔다는 거유.

"그 어린애를 어쨌느냐?"

아무데나 그냥 놓구 왔다는 거지. 길거리에다 그냥 놓구 왔다니, 그래서, 그 군수 부인이 그냥 쫓아가서, 자기가 쫓아갔던지, 하여간 사람을 시켰든지 간에 그 장소를 가보니께, 그 학이 날개로 이렇게 어린애를 덮어놨다구 허는 얘기요.

그거는 전설이 아니고 실지일 거요. 그래서, 살렸지요. 그래서, 그 무학, 학 학(鶴)자 무학대사요. 춤출 무(舞), 학 학자 해서. 그래서 무학대사입니다. 그래서, 그가 이태조, 서울, 한양 터도 잡구 하지 않았습니까?

이 이야기를 중심으로 이들 자료의 내용을 5개의 단락으로 정리하면 다음과 같다.

（가) 무학대사의 부모는 간월도 사람이다.

（나) 무학대사 아버지가 죄 때문에 수감되어, 그 부인이 군수에게 불려 가게 되었다.

（다) 도중에 갑자기 해산하게 되었는데, 군수의 명령을 따라야 하기 때문에 길거리에 놓아둔 채 갔다.

（라) 군수(또는 군수 부인)가 사람을 시켜 아이 있는 데 가보니 학이 날개로 덮어주어 살아있었다.

（마) 그래서 아이 이름을 무학(舞鶴)이라고 하였다.

이제 각 단락의 순서대로 자료별 변이 양상을 살펴보기로 하겠다.

（가) 단락에서 두 자료 모두 무학대사 부모의 거주지를 간월도로 나타 내고 있다.

(나) 단락에서 5번 자료는 무학대사 아버지의 구체적인 죄목을 소개하지 않고, 그 부인의 출두 경위도 "군수가 불러서" 갔다고만 했는데, 9번 자료는 "돈을 없앤 죄"이며, 변상하기 위해서 출두하는 길이었다고 구체적으로 밝혔다.

(다) 단락에서 5번 자료는 "군수 앞에 가기는 가야하구 그러니께" 아이를 "길거리다 그냥 놓구"왔다고 구체적으로 기술했는데, 9번 자료는 "출산하고 왔다"라고 간략하게 진술하고 있다.

(라) 단락에서 5번 자료는 군수가 관노를 시켜서 가보게 한 것으로, 9번 자료는 군수 부인이 직접 또는 사람을 시켜서 가보게 한 것으로 나타난다.

(마) 단락에서 주인공의 이름을 무학(舞鶴)이라고 하였는데, 9번 자료에서는, 본명은 무학(舞鶴), 법명은 무학(無學)이라고 하였다. 이는 전설상의 이름과 기록상의 이름이 한자 표기 면에서 차이를 보이자, 그 문제점을 해소하기 위해 절충한 결과가 아닌가 한다.

(2) 구조와 의미

이야기의 구조와 의미는 각 단락 상호간의 관계를 분석함으로써 파악할 수 있다. 이를 위해 앞에서 정리한 바 있는 각 단락의 요지를 간추리고 단락소를 살펴보겠다.

먼저 〈장에 가다가 해산한 이야기〉의 각 단락별 요지와 단락소를 정리하면 다음과 같다.

(가) 무학대사는 서산(간월도, 남면) 사람이다. ·················· 출신지
(나) 어머니는 임신한 몸으로 장에 가야만 하였다. ···· 출생 전의 고난
(다) 출생하자마자 방치되었다. ···························· 출생 이후의 고난

　(라) 학의 보호로 살았다. ································· 의외의 행운
　(마) 그래서 이름이 무학(舞鶴)이다. ···················· 증거물 제시

　이 이야기에서 의미 해석과 관련해서 우선적으로 눈여겨 보아야 할 대목은 (가) 단락이다. 각편마다 유달리 주인공의 출신지를 강조하고 있기 때문이다. 다른 지역에서 전승되는 〈무학대사전설〉과 견주어 보면 이 점은 확연히 드러난다. 다른 지역에서는 무학대사를 특정 지역 사람으로 서술하는 경우가 거의 없다. 이 점을 유의하면, 이 삽화의 1차적 의미는 자기 고장에 대한 자부심이라고 할 수 있다. 조선왕조의 건국과 관련하여 그 이름이 널리 알려진 무학대사의 출신지가 서산 지역이라는 사실에 대한 이 지역 사람들의 확신과 긍지가 이 대목에 나타나 있다. 사실 이 같은 양상은 이 삽화만의 것은 아니다. 이 지역 〈무학대사전설〉 자료 전체가 보여주는 국면이기 때문이다.
　따라서 이 삽화만이 지니고 있는 의미를 따져볼 필요가 있다. 어디에서 이 삽화 고유 의미를 탐색해 볼 수 있을까? (나), (다), (라) 단락에서일까? 일단 그렇게 접근할 수 있다. 그랬을 때, 일반적인 설화와는 달리 이 삽화에서의 고난은 중층적이다. (나)의 출생 전의 고난에 이어, (다)에서 출생 후에도 고난이 연속되고 있기 때문이다. 그만큼 이 삽화에서 고난의 양상은 심각하다 하겠다.
　이 삽화에서의 고난은 경제적인 것이다. 가난하기에, 임신한 몸으로 장에 굴을 팔러 가야만 하였고, 갓난아이를 방치할 수밖에 없었다. 이 같은 상황에서 주인공은 철저하게 소외당하여 급기야는 어머니로부터 분리되는 데까지 이르게 된다. 갓난아기가 어머니와 분리되는 것은 죽음을 의미한다. 이렇게 (나)와 (다) 단락의 거듭된 고난으로 죽을 위기에 직면한 주인공이 (라) 단락에서 학의 보호로 살아난 것은 의외의 행운이

다. 주인공의 고난을 '학의 보호'라는 의외의 행운으로 극복하게 한 것은 무엇을 의미하는 것일까? 그것은 비록 인간이 경제적인 원인으로 말미암아 절망적인 상황에 빠지게 된다 할지라도, 그것을 극복할 수 있는 가능성이 존재한다는 낙관적인 세계관의 반영이라고 생각한다. 한편으로, 이 화소는 영웅적인 주인공이 어려서 죽을 고비에 이르렀다가 구출, 양육자를 만나서 살았다고 하는, 이른바 '영웅의 일생'[16] 구조의 한 부분을 차용한 것으로서, 무학이 보통 사람과는 다른 비범한 인물임을 강조하기 위한 의도가 작용하고 있다고 할 수 있다.

하지만 (나), (다), (라) 단락이 지닌 이 같은 의미도 서산 지역 〈무학대사전설〉 중의 〈학의 보호〉 삽화 고유의 것은 아니다. 같은 유형의 설화 전체가 공유하는 의미이기 때문이다. 그렇다면 이 삽화의 고유 의미를 알아보기 위해서는 마지막 (마) 단락을 주목할 수밖에 없다. (마) 단락은 증거물 제시 대목이다. 이 삽화에서 증거물은 주인공의 이름이다. 그런데 이 증거물 제시 부분이야말로 다른 삽화와 구별되는 이 삽화만의 특징적인 요소이기도 하다. 어찌 보면, 이 삽화는 주인공의 이름이 왜 무학인가를 설명할 목적으로 만들어 낸 전설로 볼 수 있다는 점에서 설명적인 전설[17]이라고 할 수 있다. '무학대사는 서산 출신인데 왜 그 같은 이름을 지니게 되었는가? (나), (다), (마) 단락에서와 같은 이중의 고난에도 학의 보호라는 의외의 행운으로 살아난 행적이 있기에, 그 이름을 무학(舞鶴 또는 無鶴)이라고 명명하게 되었다'는 것이 이 삽화의 전체적인 의미라고 할 수 있다.

따라서 이 삽화에서 '학'은 필수 불가결한 요소이다. 서산 지역에서는 한결같이 무학을 '無學(무학)'이 아닌 '舞鶴(무학)'이나 '無鶴(무학)'으로 명명

---

16 조동일, 『한국소설의 이론』(서울: 지식산업사, 1977), 245~256, 292~303쪽 참조.
17 장덕순, 『구비문학개설』(서울: 일조각, 1978), 42쪽.

하고 있다. 학의 보호 사실과 연관지어 무학의 이름을 기억하여 전승하고 있기 때문이다. 사실, 실제상의 이름인 '無學(무학)'은 다분히 관념적이다. 그에 비해 '舞鶴(무학)'이나 '無鶴(무학)'은 매우 상징적이거나 형상적인 명명이다. 고고한 자태를 자랑하는 학을 바로 연상시킴으로써, 승려로서의 무학이 지닌 풍모를 떠올리게 하는 효과를 발휘한다.

다음으로 〈서산 감영에 출두하러 가다가 해산한 이야기〉의 각 단락별 요지와 단락소를 정리하면 다음과 같다.

> (가) 무학대사는 서산(간월도) 사람이다. ································· 출신지
> (나) 어머니가 군수에게 불려가게 되었다. ··············· 출생 전의 고난
> (다) 출생하자마자 방치되었다. ····························· 출생 이후의 고난
> (라) 학의 보호로 살았다. ······································· 의외의 행운
> (마) 그래서 이름이 무학(舞鶴)이다. ······················· 증거물 제시

이 이야기의 구조는 앞 이야기와 비슷하다. (나), (다) (라)를 중시하여 의미 파악을 시도할 경우, 〈장에 가다가 해산한 이야기〉와 비교하여 고난의 성격이 달라졌음을 지적할 수 있다. 앞 이야기에서의 고난이 경제적인 것이었다면, 이 이야기에서의 고난은 사회적인 것이다. 아버지의 죄와 수감에 따른 관의 출두 명령 때문에, 주인공은 출생하자마자 한데 방치당하게 된다. 주인공을 죽음의 고비에서 구출해 준 것은 '학의 보호'라는 의외의 행운이다. 사회적인 고난으로 야기된 절망적인 상황에서도 인간 외적인 요소의 개입으로 극복할 수 있다는 세계관이 작용한 것이라 하겠다. 하지만 이 같은 의미는 〈나옹 이야기〉를 비롯하여 다른 인물전설에서도 발견되는 것이기에 이 삽화만이 지닌 고유한 것이라고 할 수 없다.

따라서 이 〈서산 감영에 출두하러 가다가 해산한 이야기〉 역시 앞에
서 다룬 〈장에 가다가 해산한 이야기〉처럼, (마) 단락을 중시하는 방향
에서 그 의미를 판독할 필요가 있으며, 그 결과도 일치한다고 하겠다.

2.2. 〈쌀 나오는 구멍〉 삽화

(1) 전승 양상

〈무학대사전설〉 가운데 무학대사가 있는 절에 쌀이 나오는 구멍이
있었는데, 다른 중이 욕심을 내어 망쳤다는 이야기가 있다. 이를 〈쌀 나
오는 구멍〉 삽화라고 이름붙인다. 여기 속하는 자료는 다음 두 편이다.

번호	각편의 제목	수록된 책과 쪽수
1	쌀 나오는 구멍	『서산민속지』(하), 213쪽
2	간월도의 쌀 나오는 구멍(1/2)	『서산민속지』(하), 263쪽

1번 자료를 인용해 보면 다음과 같다.

　　그전에 여기서 듣는 말로는 무학대사가 간월도에 가 있을 적에, 자기하
구 제가 하나하구 둘이서 있는디, 바위구녕에설랑으니 꼭 쌀 서 홉씩, 쌀
이 나왔다거든요. 쌀, 양미가 나왔드래요. 무학대사가 먹구 살 양미가.
　　나오는데, 그 무학대사가 어디 가서, 절에 안 있구 그러니까, 서 홉 가지
구서, 둘이 하루에 서 홉 가지구서 먹으니께 식량이 적지 않아요? 거기
있는 대사가. 그러니께,
　　'아, 이거 스님 어디 간 김에 구녕 좀 켜 보리라. 이걸 좀 켜면 쌀이 좀
더 나오너서, 식량이 적지 않아서 둘이 배불르게 먹을 테니께, 이걸 좀 켜
본다.'

구 징으로 좃어서 구녕을 컸더라. 켜고 나니껜두루 양미가 안 나왔대야. 양미가 안 나오너 가지구서, 그 뒤로는 그 돌중이 대니면설으니 시주 받아 다 먹구 살았다구 그래요.

이 이야기를 중심으로 이들 자료의 내용을 4개의 단락으로 정리하면 다음과 같다.

> (가) 간월도는 무학대사가 머물렀던 곳이다.
> (나) 무학대사와 제자가 있는 곳에 쌀 나오는 구멍이 있었다.
> (다) 무학대사가 절을 비우자, 배부르게 먹고 싶은 욕심에 중이 쌀 나오는 구멍을 키웠다.
> (라) 다시는 바위에서 쌀이 나오지 않았다.

이제 각 단락의 순서대로 자료별 변이 양상을 살펴보기로 하겠다.

(가) 단락에서 무학대사가 간월도에 '있을 적'의 일이라고 두 자료 모두 진술하고 있다. 다른 삽화에 간월도를 무학대사의 출신지로 진술하고 있는 것과는 구별되면서도, 간월도와 무학대사를 관련짓고 있다는 점에서 일치한다고 하겠다.

(나) 단락에서 쌀 나오는 구멍의 정체를, 1번 자료에서는 '바위구멍'이라고 하였는데, 2번 자료에서는 '쌀 나오는 샘'이라고 하였다. 하지만 '쌀 나오는 샘'의 경우에도, "샘에서 쌀이 똑똑 똑똑 똑똑 떨어졌다고 그래요."라고 묘사한 것을 보면, 이 역시 일반적인 샘이 아니라, 바위구멍에서 흘러내리는 형태의 샘이라고 볼 수 있어, 1번 자료의 '바위구멍'이 변형된 것이라고 하겠다.

(다) 단락에서 쌀 나오는 구멍을 망친 인물을, 1번 자료에서는 무학대사와 동거하던 제자 중이라고 하였는데 2번 자료에서는 외지에서 온 '화

주승'이라고 하였다.

(라) 단락에서 구멍 망친 후의 결과를, 1번 자료에서는 그냥 양미가 나오지 않게 되었다고 한 데 비해 2번 자료에서는 쌀알은 없어지고 물만 흘러내리게 되었다고 묘사하였다. 이는 2번 자료가 쌀 나오는 구멍의 정체를 '쌀 나오는 샘'으로 설정한 데 따른 결과라고 하겠다.

(2) 구조와 의미

앞에서 정리한 바 있는 각 단락의 요지를 간추리고 단락소를 살펴보기로 한다.

> (가) 간월도는 무학대사가 머물렀던 곳이다. ························· 연고지
> (나) 무학대사와 제자에게는 쌀 나오는 바위구멍이 있었다. ····· 행복
> (다) 제자 중이 바위구멍을 키웠다. ······················· 행복의 증대 시도
> (라) 쌀이 나오지 않게 되었다. ···································· **불행**

각 단락간의 상호 관계를 분석하는 방법으로 이 삽화의 의미를 파악해 보면, 등장 인물의 행복이 불행으로 전환하는 과정을 다루고 있는 이야기라고 말할 수 있다. (나) 단락에서 하루에 세 홉씩 바위구멍에서 쌀이 나온 것은 분명히 행복이다. 비록 배불릴 만한 양은 아니었지만 먹고 살만한 양이었다(1번 자료를 보면, '죽을 쒀서 겨우 연명할 정도'라고 하였다). 사실, 승려들의 수도를 위해서는 소식이 바람직하기도 하다. 그러니 올바른 승려라면, 그 상태에서 만족하고 감사했어야 할 일이다.

그런데, 제자 중은 하루 세 홉의 양이 불만이었다. 배불리 먹고 싶은 욕심에 〈쌀 나오는 구멍〉을 쪼아서 늘렸다. 더 많은 양의 쌀이 나오리라는 기대에서였다. 더 큰 행복을 획득하기 위한 시도를 감행한 것이다.

하지만 이 같은 시도는 불행을 초래하고 만다. 다시는 쌀이 나오지 않아 시주 받아먹고 살 수 밖에 없게 된 것이다. 구연자는 그 제자 중이 불행한 상태로 전락되었음을 호칭의 변화를 통해 인상적으로 나타내고 있다. 처음에는 그 제자 중을 '제자' 또는 '대사'라고 부르다가 쌀 구멍을 망친 다음에는 '돌중'으로 표현하고 있기 때문이다. 따라서 이 삽화의 의미를 종합적으로 진술해 보면, 현재의 행복에 만족할 줄 모르고 과욕 부리는 사람은 현재의 행복마저 박탈당한다는 교훈이라 하겠다.

  하지만 이 같은 의미는 일반적인 것이지 이 지역 특유의 것이라고는 할 수 없다. 왜냐하면 쌀 나오는 구멍을 망쳐서 다시는 쌀이 나오지 않게 되었다는 이야기는 도처에서 전승되고 있기 때문이다. 물론 이런 이야기가 널리 유포되는 근본적인 이유는, 암석의 생산력에 대한 민중의 믿음[18]이다. 암석의 생산력에 대한 믿음이 보편적이듯, 여기에서 유래한 쌀 나는 바위구멍 이야기의 의미 역시 매우 일반적이라고 해야 한다. 따라서 이 지역에서 전승되는 〈쌀 나오는 구멍〉 삽화가 지닌 개별적인 의미는 달리 접근해야 마땅하다. 그렇게 할 수 있는 단서는 이 이야기가 무학대사와 연결되어 있다는 점이다. 그렇게 할 수 있는 단서는 이 이야기가 무학대사와 연결되어 있다는 점이다. 무학대사와의 관련성을 염두에 두고 삽화의 내용을 검토하면, 무학대사가 그 자리에 있느냐 없느냐의 차이로 상황이 바뀌어 있음을 주목하게 된다. 무학대사가 있을 때는 쌀 나오는 구멍이 온전했는데, 무학대사가 떠난 후에 문제가 발생했다고 진술하고 있는 것이다. 이것이 의미하는 바는 무엇이겠는가? 바로 무학대사와 다른 중을 수도의 정도 면에서 대비해 보여줌으로써, 무학대사가 지닌 수도승으로서의 절제력을 드러내는 데 있다고 생각한다. 다른 중이

---

18 이홍, 「암석전설의 구조와 의미 연구」(익산: 원광대학교 대학원 석사학위논문, 1984), 19
    쪽 참조.

현재의 상태에 만족하지 못하고, 배불리 먹고 싶은 욕망을 이기지 못한 채 쌀 나오는 구멍을 키우다 망치고 말았다는 것은, 결과적으로 무학대사는 소식으로 만족하면서 수도에만 정진했음을 강조하는 셈이기 때문이다.

2.3. 〈나무 예언〉 삽화

(1) 전승 양상

〈무학대사전설〉 가운데 무학대사가 떠나면서 나무(떡갈나무 또는 팽나무)를 가리키면서 예언했다는 이야기가 있다. 이를 〈나무 예언〉 삽화라고 이름 붙인다. 이에 해당하는 자료는 다음 4편이 있다.

번호	각편의 제목	수록된 책과 쪽수
1	무학대사(2/2)	『임석재전집』 6, 256쪽
2	무학대사와 간월도 무당사	『서산민속지』 (하), 179쪽
3	무학대사와 한양성(1/3)	『서산민속지』 (하), 190쪽
4	간월도의 쌀 나오는 구멍(2/2)	『서산민속지』 (하), 263쪽

이들 가운데 2번 자료를 인용해 보이기로 한다.

> 그런디 그 무학대사가, 열 살 먹어서, 열 살 먹어 나가는디, 떡가나무를 심구 가더래요. 두 포기를. 자기 어머니더라,
> "이 떡가나무가 죽걸랑 나 죽은 줄 알구, 살걸랑 나 산 줄 알라."구 이러구 나갔거든. 그런디, 그 떡가나무가 다 죽었다 웂났디야.

이 자료를 중심으로 이 삽화의 단락을 정리해 보면 다음과 같다.

　(가) 무학대사의 출신지는 간월도이다.
　(나) 무학대사가 떠나게 되었다.
　(다) 나무(지팡이)를 가리키면서(꽂으면서) 예언하였다.
　(라) 예언대로, 죽었던 나무가 다시 살아났다.

　이제 각 단락의 순서대로 자료별 변이 양상을 살펴보기로 하겠다.
　(가) 단락에서 무학대사의 출신지를 '간월도'로 일치하여 진술하고 있다. 오직 1번 자료에서 무학대사가 '간월암'에서 수도하다 떠났다고 하였는데, 간월암 역시 간월도에 있으므로 마찬가지이다.
　(나) 단락에서 집을 떠났다는 것(3번 자료)이 있는가 하면, 마을 또는 절(2, 4번 자료)을 떠났다고 하는 등의 변이가 나타난다. 이 같은 변이는 누구에게 예언하였는가를 밝히는 (다) 단락의 내용과 유기적인 관련을 가지게 된다.
　(다) 단락에서 대부분 나무를 가리키면서 예언한 것으로 나타나는데, 지팡이를 꽂으면서 예언했다는 것(4번 자료)도 있다. 나무를 두고 한 것 가운데에도 '떡갈나무'(2, 3번 자료)가 있는가 하면, '팽나무'(1번 자료)도 있다. 예언의 내용도 "나무가 죽으면 나도 죽고, 나무가 살면 나도 살아있을 것이다."라고 한 것(2, 3, 4번 자료)도 있고, "나무를 베지 마라. 나무가 재생하면 나라도 재생할 것이다."라고 한 것(1번 자료)도 있다.
　(라) 단락에서 예언의 성취가, 죽었던 나무(지팡이)가 다시 살아난 적이 있다는 점에서 일치하고 있다. 다만 1번 자료에서는 해방되면서부터 살아나 현존하고 있다고 하였고, 4번 자료에서는 조선 말기에 잠시 잎이 피었다가 또 지더라고 하여 여운을 남기고 있다.

(2) 구조와 의미

위에서 정리한 각 단락의 요지를 간추리고 단락소를 살펴보면 다음과
같다.

> (가) 무학대사는 서산(간월도) 사람이다. ······························· 출신지
> (나) 무학대사가 떠나게 되었다. ································· 절망
> (다) 나무를 두고(지팡이를 꽂으면서) 예언하였다. ·············· 예언
> (라) 예언대로 나무가 살아났다. ······························· 희망

단락 간의 상호 관계를 분석하는 방법으로 이 삽화의 의미를 파악해
보면, 이 삽화는 이별해야만 하는 절망이 예언 및 예언의 성취를 통해
희망으로 전환되는 이야기라고 할 수 있다. 무학대사가 어머니와 동민을
떠나가게 된 상황은 분명히 절망적인 것이다. 그래서 생사 여부만이라도
알 수 있게 하기 위한 수단으로 제시한 것이 무학대사의 예언이다. 나무
와 자신이 생사를 함께할 것이라는 예언이 그것이다. 이 같은 예언은
'인간과 식물 사이의 신비적인 참여'[19]에 대한 보편적인 민간 전통에 기
반을 두고 있으므로, 미래의 희망을 제시하는 데 적절한 수단이라고 하
겠다. 과연 예언대로 나무가 죽었다 살아남으로써 무학대사는 죽음을
극복하고 나무처럼 지속적인 생명을 지니게 되었음을, 이 삽화에서 말해
주고 있다. 특히 4번 자료에서, 꽂아둔 지팡이에 잎이 피었다는 화소는
최치원전설, 나옹전설에서도 나타나는데, 떠나가는 것이야말로 남아있
는 길이며, 죽음이야말로 생명과 통하는 것이라는 불교적 역설을 잘 표
현하고 있다.

흔히 종교의 궁극적인 목적은 영생에 있다. 거기에 비추어 보면, 이

---

19 미르세아 엘리아데, 이은봉 역, 『종교형태론』(서울: 형설출판사, 1985), 339쪽.

삽화는 영생 문제에 대한 관심을 표명하였다고 할 수 있다. 무학대사가 집을 떠나고 동네를 떠난 것은, 일상인의 눈으로 보기에는 분명 절망이 었지만, 무학대사는 그 떠나감을 통하여 마침내 영원한 생명을 획득하기에 이르렀음을 설화적으로 표현한 이야기라고 하겠다.

그런데 이 같은 의미는 최치원이나 나옹 등 여타의 인물전설에서도 흔히 확인[20]되기에 그 개별성을 인정하기가 어렵다. 그렇다면 개별적인 의미는 무엇인가? 전승적인 삽화를 무학대사라는 구체적인 인물과 연결시켜 놓은 이 삽화만의 고유한 의미에 접근하고자 할 때, 1번과 4번 자료에서 무학대사의 생명을 국운과 연결시켜 놓은 점에 주목할 필요가 있다. 죽었던 나무가 해방 후에 살아나 지금까지 살아있다든가, 조선말기에 잠시 잎이 피더니 시들더라는 표현이 그것이다. 이는 최치원전설이나 나옹전설에서는 찾아볼 수 없는 면모이다. 일반적인 나무 예언 삽화들은 나무의 재생이 주인공 개인의 재생을 상징한다고 하여, 해당 인물이 죽음을 극복하고 개인적인 영생을 획득했다는 의미만을 전할 따름이다. 그런데 서산 지역 〈무학대사전설〉 중의 〈나무 예언〉 삽화에는 그 같은 일반적인 성격 외에, 무학대사의 생명은 국운과 유기적인 관계가 있는 것으로 표현함으로써, 그 생명의 의미가 좀 더 확대되어 있음을 알 수 있다. 무학대사는 더 이상 개인적이거나 지역적인 인물이 아니라, 이 나라의 흥망성쇠와 그 생명력을 함께하는 국가적인 인물로까지 전화(轉化)하였음을 나타내고 있는 것이다.

---

20 조동일, 『인물전설의 의미와 기능』(경산: 영남대학교 민족문화연구소, 1979), 104~107쪽 참조.

3. 서산 지역 〈무학대사전설〉의 특징

서산 지역 〈무학대사전설〉이 지니고 있는 특징을 몇 가지 지적해 보면 다음과 같다.

첫째, 문헌설화 또는 삽화가 다른 지역의 〈무학대사전설〉에는 있는데 서산 지역의 〈무학대사전설〉에는 없는 경우도 있고 그 반대의 경우도 있다.

먼저 다른 데는 있으나 서산에는 없거나 열세인 경우부터 소개한다. 그 사례로 들 수 있는 게, 한양터를 잡는 과정에서 무학대사와 정도전과의 대립을 전하는 이야기이다. 이 이야기는 『오산설림』을 비롯하여 『한국구비문학대계』에 상당수 실려있는 삽화인데, 서산 지역에서는 찾아볼 수 없다. 이것은 아마도 서산 지역 설화 담당층이 그 같은 대립(유교와 불교의 대립) 같은 것에 무관심했거나, 비판적이어서 그랬다는 해석이 가능하다. 한 가지 사례를 더 들면, 무학대사의 어머니가 처녀 시절에 빨래하다가 물에 떠내려오는 오이나 복숭아를 먹고 잉태하였다는 이야기가 서산 지역에는 없다. 그 다음으로 지적해야 할 것은, 전국적인 범위에서 〈무학대사전설〉이라 하면 바로 연상될 만큼 많이 알려진 〈무학대사를 나무란 농부〉 이야기가 서산 지역에서는 거의 없다는 점이다.[21] 각편의 제목에서 드러나듯 이 화소가 중심을 이루는 자료는 오직 1편뿐이다. 다음으로, 서산 지역에만 있는 삽화는 앞 장에서 다룬 세 가지의 삽화가 바로 그것이기 때문에 별도로 언급하지 않는다.

---

21 김일렬, 앞의 논문들에서 중점적으로 검토한 19편의 자료는 "무학대사가 이성계의 부탁으로 도읍을 건설하다가 실패해 당황하던 중 밭이나 갈며 살아가는 이름 없는 한 농부의 핀잔어린 충고 덕택에 가까스로 성공했다"라는 줄거리를 지닌 각편들이다. 여기에서 확인할 수 있듯이, 전국적인 범위에서는 〈무학대사 나무란 농부〉 이야기가 〈무학대사전설〉의 주류를 차지하고 있는 게 분명하다.

둘째, 서산 지역 〈무학대사전설〉은 이주적 전설의 지역적 전설화 양상을 보여준다. 앞 장에서 거듭 밝혔거니와, 〈학의 보호〉 삽화를 비롯하여 〈쌀 나오는 구멍〉 삽화, 〈나무 예언〉 삽화 등은, 그 똑같은 줄거리를 가진 이야기가 도처에서 발견되는 이주적 전설[22]을 바탕으로 하고 있다. 예컨대 〈학의 보호〉 삽화만 하더라도(특히 〈서산 감영에 출두하러 가다가 해산한 이야기〉의 경우) 나옹의 출생담에서 동일한 구조를 확인할 수 있다.[23] 다만 아기를 보호한 새가 학이 아니라 까치로 변이되어 있을 따름이다. 그런데 이 같은 이주적 전설을, '간월도', '부석면', '인지면', '서산장' 등의 구체적인 배경을 들어 완전한 서산 지역의 전설로 전함으로써, 지역적 전설[24]화를 하고 있는 것이다.

4. 맺음말

이상 서산 지역 〈무학대사전설〉의 양상과 특징에 대해 살펴보았다. 그 결과를 요약하고 한계점 및 앞으로의 과제를 제시하면 다음과 같다.

〈무학대사전설〉 자료 가운데 서산 지역 특유의 삽화에는 〈학의 보호〉 삽화, 〈쌀 나오는 구멍〉 삽화, 〈나무 예언〉 삽화 등 세 가지가 있다. 〈학의 보호〉 삽화는 출생한 주인공을 학이 보호하여 주었다는 이야기로서, 주인공이 직면한 경제적이거나 사회적인 고난을 〈학의 보호〉라는 의외의 행운으로 극복하게 한 데에서, 이 삽화의 의미가 드러난다. 인간이 절망적인 상황에 빠지더라도 극복할 수 있다는 낙관적 세계관과 함

---

22 장덕순 외, 앞의 책, 42쪽.
23 조동일, 『인물전설의 의미와 기능』(앞의 책), 83~94쪽.
24 장덕순 외, 앞의 책, 412쪽.

께, 무학이 보통 사람과는 다른 비범한 인물임을 강조하기 위한 의도가 거기 나타나 있다. 〈쌀 나오는 구멍〉 삽화는 무학대사가 있는 절에 쌀이 나오는 구멍이 있었는데 다른 중이 욕심을 내어 망쳤다는 이야기이다. 현재의 행복에 만족할 줄 모르고 과욕 부리는 사람은 현재의 행복마저 박탈당한다는 교훈과 함께, 무학대사가 지닌 수도승으로서의 절제력을 찬양하고 있다. 〈나무 예언〉 삽화는 무학대사가 떠날 때 나무를 가리키면서 예언했다는 이야기이다. 무학대사가 떠나감으로써 영원한 생명을 획득하였다는 역설적 진리를 표명함과 동시에, 무학대사의 생명력을 국가적 차원으로 확대하고 있다.

서산 지역 〈무학대사전설〉이 지니고 있는 특징은 두 가지로 지적할 수 있다. 첫째, 문헌설화 및 삽화가 다른 지역의 〈무학대사전설〉에는 있는데 서산 지역의 〈무학대사전설〉에는 없는 경우도 있고 그 반대의 경우도 있다. 둘째, 서산 지역 〈무학대사전설〉은 이주적 전설의 지역적 전설화 양상을 보여준다.

이 글은 〈무학대사전설〉 중 서산 지역에만 있는 자료들만을 대상으로 한 것이라, 논의의 성과도 그만큼 제한적일 수밖에 없다. 앞으로 문헌자료는 물론 다른 지역에 전하는 구전자료 모두를 망라하는 후속 연구가 반드시 이루어져야만 한다. 그래야 이 설화의 전반적인 성격이 드러나고 이 지역 설화의 특징도 좀더 명료해질 수 있기 때문이다. 특히 이 지역 〈무학대사전설〉에서 무학대사의 출신지를 한결같이 서산으로 묘사하고 있는 점, 이름을 무학(舞鶴)으로 인식하고 있는 점 등은, 무학대사에 관한 역사적 기록이 절대적으로 부족한 상황에서 역사학계나 불교학계가 관심을 가져야 할 대목이라고 생각한다.

제9장
북한 설화에 대하여
― 관련자료집의 현황과 연구 과제를 중심으로

1. 머리말

북한 설화에 대한 연구는 이제 겨우 시작 단계라고 할 수 있다. 선행 업적으로서 최인학의 논문[1]과 김화경의 저서[2]가 제출되어 이 방면 연구자에게 길잡이 역할을 하고 있는 것은 사실이다. 하지만 한정된 자료만을 대상으로, 제한된 시각으로 접근한 탓에 여전히 구명해야 할 과제가 적지 않은 형편이다.

우선 북한 설화 연구의 최초의 사례로 꼽히는 최인학의 논문은 임석재의 『한국구전설화』전집 중에서 첫 번째 책인 『평안북도편Ⅰ』만을 대상으로 작성된 글이기에 북한 설화의 일부에 국한한 논의였다. 김화경의 저서는 최인학의 논문을 이어서 북한 설화를 연구한 최초의 단행본이지만, 분단 이후 북한에서 나온 자료집 가운데에서 오직 한 책(『구전문학자료

1 최인학,「북한의 설화―30년대 북한의 설화자료 분석―『임석재전집』1 한국구전설화·평안북도편을 중심으로」,『구전설화연구』(서울: 새문사, 1994), 99~113쪽.
2 김화경,『북한 설화의 연구』(경산: 영남대학교출판부, 1998).

집(설화편)』만을 대상으로 논의한 데다, '기반설화'와의 비교 과정에서 무리하거나 입증 곤란한 '추정'을 빈번하게 함으로써, 설득력을 반감시키고 있다. 하지만 최인학·김화경의 논저는 기존의 북한 설화 자료집에 어떤 것들이 있는지, 그 변개의 주요 방향이 무엇인지 가늠할 수 있도록 해주었다는 점에서, 이들 논저는 연구사적으로 큰 의의를 지닌다.

필자는 북한 설화 자료집 전체를 아직 입수하지 못하였다. 국내에서는 확인할 수 없는 자료가 상당수 있었기 때문이다. 따라서 본격적인 작업은 자료 확보 이후로 미루고, 북한의 설화 연구에서 가장 중요한 관련자료집의 현황을 검토하고, 앞으로 본격적인 북한 설화 연구를 진행하는 데에서 해결해야 할 과제 몇 가지를 거론하고자 한다. 기존 연구를 통해 이미 드러난 사실들에 대해서는 될 수 있는 한 재론하는 것을 피하고, 이번 기회에 필자가 관련자료집과 기존의 연구성과를 검토하는 과정에서 알아내었거나 생각한 바를 정리해 제시하는 데 주력하고자 한다.

2. 북한 설화 자료집에는 어떤 것들이 있는가?

북한 설화를 포함한 자료집으로서 우리말 표기의 것만 소개하면 다음과 같다.

> 1) 박영만, 『조선전래동화집』(1940). 총 75편 중 65편은 채록 지명이 밝혀짐. 평안남북도 48편, 함경남북도 11편(최인학, 상게서 참조).
> 2) 이홍기, 『조선전설집』(조선출판사, 1944): 한국인에 의한 최초의 본격 전설집. 조선 8도의 대표적 전설 수록. 황해도, 평안도, 함경도 포함 모두 67편(한국민속대관 6, 고려대 민족문화연구소, 1981, 78쪽 참조).
> 3) 최상수, 『한국민간전설집』(서울: 통문관, 1946): 2번 책과 마찬가지로

전설만 모아놓은 자료집. 황해도 48편, 평안남도 22편, 평안북도
4편, 함경남도 14편, 함경북도 10편.

4) 임석재,『한국구전설화 평안북도편Ⅰ』,『한국구전설화 평안북도
편 Ⅱ』,『한국구전설화 평안북도편Ⅲ·평안남도·황해도편』,『한국
구전설화 함경남도·함경북도·강원도편』(『임석재전집』1~4, 평민사,
1987)(1927~1941 및 1980년 채록분): 194편의 전설과 민담. 총 824편(평안
북도 504, 평안남도 55, 황해도 113, 함경북도 28, 함경남도 27편).

5) 고정옥,『전설집』(평양: 국립출판사, 1956).

6) 신래현,『향토전설집』(평양: 국립출판사, 1959).

7) 계정희·류창선,『평양의 전설』(평양: 국립문학예술서적출판사, 1958).

8) 학우서방 편집부,『우리 나라 옛 이야기』(동경: 학우서방, 1980~1984).

9) 사회과학원 문학연구소 구전문학연구실,『구전문학자료집(설화편)』
(평양: 사회과학원출판사, 1964): 전설 25편, 민담 28편, 동화·우화 15편.

10) 리영규·우봉준,『옛말』1~2(평양: 조선문학예술총동맹출판사, 1964): 제1
권 35편, 제2권 63편.

11) 홍기문,『낙랑벌의 사냥－실화와 전설』(평양: 조선문학예술총동맹출판
사, 1964): 14편 ※문헌·역사자료상의 것과 구전전설·설화 자료들.

12) 사회 과학원 역사연구소,『금강산의 역사와 문화』(평양: 과학백과사전
출판사, 1984).

13) 사회과학원 주체문학연구소 문학사실,『재미나는 옛이야기』1~3
(평양: 근로단체출판사, 1986): 총77편(제1권 25, 제2권 25편, 제3권 27편) ※이
중에서 18편은 앞 12번 책과 동일함.

14) 김우경,『백두산전설집』(평양: 문예출판사, 1987).

15) 리용준,『금강산전설』(평양: 사회과학출판사, 1991).

16) 김정설,『봉이 김선달 전설』(평양: 사회과학출판사, 1992).

17) 박현균,『조선사화전설집』1－13(평양: 문학예술종합출판사, 1990년대).

18) 장동일,『칠보산전설』(1994).

19) 박현균,『구월산전설』(1998).

20) 북한사회과학원,『야담 삼천리』1(서울: 현암사, 2000).[3]

이들 가운데에서 대부분의 자료집이 전설만을 다룬 것(2, 3, 5, 6, 7, 14, 15, 16, 18, 19)이 아니면, 문헌설화까지 포함한 것(11, 17, 20)이라서 북한 구전설화의 전모를 파악하는 데는 일정한 한계를 안고 있다.

북한 전역을 대상으로, 설화의 각 갈래를 망라하고자 의도한 자료집으로서 가장 먼저 주목할 것은 4, 8, 9, 10, 13번 자료집이라 할 수 있다. 따라서 앞으로 북한 설화의 전반적인 양상을 연구하기 위해서는 이들 다섯 가지 설화집에 실린 자료를 중심으로 논의할 것이다.

그중에서도 4번 임석재가 펴낸 자료집은 극히 일부를 제외하고는 분단 이전에 채록한 자료를 담고 있고, 방언 그대로 표기한 것이라서, 분단 이후 북한에서 윤색하여 펴낸 8, 9, 10, 12번 자료집과는 대조적이다. 4번 임석재의 자료집이 있기 때문에, 분단 이후에 북한 설화에 어떤 변화가 일어났는지 추적이 가능하다는 점에서 4번 임석재의 자료집은 매우 커다란 가치를 지닌다고 할 수 있다.

아울러 같은 전설자료집 중에서도 2, 3번은 분단 이전의 전설을 채록한 것이라서, 5번 이하의 분단 이후 북한에서 낸 자료집과 대비하면, 분단 이후 북한 전설의 변화 여부와 정도를 살필 수 있다는 점에서 아주 긴요한 자료집이라 평가할 수 있다.

---

3 북한에서 자료를 제공하고 출판은 남한에서 담당함으로써, 이른바 남북한 동시 출판의 첫 사례고 꼽히는 책이다. 모두 10책 분량으로 나올 예정인데, 2000년 12월 현재 제1책만 나와 있다. 제1책에는 기존의 문헌설화집에서 뽑은 자료만 실려 있으나, 앞으로 나올 책에는 북한에서 채록한 설화도 수록될 것이라고 보도되어 주목할 필요가 있는 자료집이다.

3. 북한에서 출판한 설화 자료집의 특징은 무엇인가?

3.1. 수록 자료 선택의 특징

북한에서 출판한 자료집에서는 조사한 모든 자료를 수록하지는 않고 있다. 그와 같은 사실은, 책 모두에 밝힌 출판사측의 머리말에 잘 드러나고 있다. 9번 자료인 『구전문학자료집』의 〈머리말〉에서 그 점을 확인해 보자.

> 연구 자료집이라는 것과 관련하여 독자들에게 량해를 구할 것은 일부 작품들은 그대로는 광범한 대중의 교양 자료로 되기에 약간의 난점이 있다는 것이다. 그 난점들은 주제의 통일성이 부분적으로 결여되어 있는 것, 중세기적 미신에 로대하고 있는 것, 야담적 전설의 경우에 그 기본 내용에 있어서 력사적 사실과 부합되지 않는 점들이 있는 것 등이다. 그러나 이런 작품들도 기본적으로 긍정적이거나 또는 적어도 일정하게 인식 교양적 가치를 가지고 있는 것에 한하여 여기에 수록하였다.

이 같은 북한의 태도는 남한과는 다르다. 남한에서는 『한국구비문학대계』의 예에서 보듯, 채록한 자료를 모두 수록하는 것을 원칙으로 하고 있다. 남한에서 얼마나 철저하게 채록자료를 전면 수록하고자 하는 지향을 보이는가는, 『한국구비문학대계』 수록 설화 자료를 대상으로 한 유형 분류작업을 할 당시, 도저히 설화라고 볼 수 없는 자료(실화)까지 들어있던 것을 보아서도 확인된다. 제보자가 구연한 것은 모두 싣고자 하는 의식이 강한 나머지 그 같은 현상까지 나타난 것을 보면, 분명히 남한에서는 자료집을 낼 경우, 특히 연구자료로 제공하는 자료집인 경우, 망라주의를 견지하고 있다고 할 수 있다. 4번 임석재의 『한국구전설화』에서도 설화라고 보기 어려운 자료(예컨대 〈함남 각군 기질 단평〉)가 포함되어 있는 것은 남한의 망라주의를 보여주는 한 예라 하겠다.

북한 당국 또는 출판사나 편집진이 설정한 기준-그것도 다분히 문학 외적인 가치평가를 앞세운 기준-에 부합하는 것에 한하여 선별 수록하는 원칙은 다른 자료집에서도 그대로 이어지고 있다. 13번『재미나는 옛이야기』1~3의 〈머리글〉을 보기로 한다.

> 출판사는 선조들이 남긴 다양하고 풍부한 이야기유산가운데서 착취받고 억압당하여온 인민의 피맺힌 원한과 새생활에 대한 념원과 지향을 보여주고 우리들에게 생활의 교훈을 주며 민족의 세기적숙망이 실현된 오늘의 고마운 사회주의조국을 빛내이는데 도움을 줄 수 있다고 생각되는것들을 우선 추려서 세책으로 묶고 그 이름을 인민이 즐겨불러온 그대로『재미나는 옛이야기』라고 하였다.

이 책 역시 "착취받고 억압당하여온 인민의 피맺힌 원한과 새생활에 대한 염원과 지향을" 보여준다든가 "사회주의 조국을 빛내는 데 도움을 줄 수 있다고 생각되는 것들"만을 골라서 수록하였음을 밝히고 있다. 일정한 기준에 부합하는 자료만을 선별하여 싣는 원칙을 고수하고 있는 것이다.

3.2. 서술의 특징

북한의 설화를 수록하고 있는 설화집 가운데에서 남한에서 나온 4번만이 제보자가 구술한 그대로 즉 구어체로 표기하기, 채록일시와 장소 및 제보자 성명을 부기하기 등의 원칙을 따르고 있을 뿐, 나머지 자료집은 그 같은 일반 원칙을 따르지 않고 있다. 특히 북한에서 출판한 자료집

은 예외없이 구어체를 외면하고 문어체로 윤색하였으며 채록 관련 정보
를 담지 않고 있어 학술자료로서의 신뢰성을 의심케 하고 있다.

 이 같은 결과는, 설화집 발간의 목적이 어느 정도 다른 데서 기인한
것이 아닌가 판단된다. 남한에서는 학자들을 위한 연구용으로 제공하기
위하여, 북한에서는 일반대중을 위한 교양용으로 설화집을 펴내는 데서
야기된 현상으로 보인다. 물론 북한에서도 "근로 대중에 대한 계급 교양"
과 함께 "설화 연구 자료로서" 도움을 주려는[4] 두 가지 목적을 동시에
표방하고 있기는 하지만, 대중교양 쪽에 더 비중을 둔 처사라고 여겨진
다. 윤색된 자료를 가지고, 그것도 일정한 기준에 맞는 자료만을 가지고
는 객관적인 연구란 기대하기 어렵다는 것은 북한에서도 모를 리 없을
것이기 때문이다.

 북한에서 발행한 설화집의 서술이 구술체를 포기하고 문어체로 바뀐
것은, 남한의 일부 설화자료집이 방언에 어두운 일반독자를 위해, 설화
본래의 서술순서나 디테일을 그대로 최대한 존중하면서, 발어사나 더듬
거나 반복한 말들을 생략하거나 다듬으면서 표준어화하고 문어체로 바
꾼 것과는 사뭇 그 양상을 달리한다는 점에서 문제점이 심각하다. 김화
경이 지적한 것처럼, 전설이나 민담의 문법을 무시하고 일정한 목적을
위해 아예 "만들어 낸"[5] 것 같은 인상을 강하게 풍기는 대목이 빈번하기
때문이다. 13번 『재미나는 옛이야기』에 수록된 자료 가운데에서 하나를
예시해 보면 다음과 같다.

    공서방은 돈냥이 있었으나 미천한 출신이라 량반들한테 갖은 천대와
  구박을 받을뿐아니라 량반들의 행악에 가산을 지켜낼수가 없었다. 그는

---

4 사회과학원 문학연구소 구전문학연구실, 『구전문학자료집(설화편)』(평양: 사회과학원출
  판사, 1964), 3~4쪽 참조.
5 김화경, 앞의 책, 92쪽.

생각끝에 어떻게 해서든지 조그마한 벼슬이라도 얻어 서러운 처지를 면해
보리라 마음먹었다. 매관매직을 식은죽먹기로 내놓고하는 판이니 아무리
미천한 사람이라도 돈만 내면 조그마한 벼슬쯤은 얻어할듯싶었던것이다.[6]

이 자료는 민담 일반이 지니는 서두의 법칙을 벗어나 있다. "옛날옛적
어디에 누가 살았다"라고 시작하지 않아, 마치 소설의 서두와 혼동할
정도이다. 서두의 법칙을 따르고 있는 자료들도 지나치게 상세한 묘사를
하여, 설화와는 다른 면모를 보여주고 있다.

3.3. 배열(분류)의 특징

모든 책이 그런 것은 아니지만, 북한에서 펴낸 일부 자료집에서, 남한
과는 다른 기준으로 자료를 배열하고 있는 것이 눈에 띈다. "전설, 민담,
동화, 우화"의 넷으로 구분하여 자료를 수록하는 점이 그것이다. 9번『구
전문학자료집』에서 그 예를 볼 수 있다. 이는 남한 학계와는 이질적인
분류요 배열이다. 남한에서는 이른바 3분법이 통용되고 있는 데 비해,
북한에서는 신화, 전설, 민담 외에 "동화, 우화"를 설화의 하위 갈래로
따로 설정하고 있음을 확인할 수 있다.[7]

---

6 사회과학원 주체문학연구소 문학사실, 『재미나는 옛이야기』(평양: 근로단체출판사, 1986),
  29~30쪽.
7 북한학자들이 펴낸 구비문학개론류의 책을 보면, 북한에서는 설화의 하위 갈래로 "신화,
  전설, 민담(민화), 동화, 우화"의 다섯 가지를 설정하는 것이 보편적임을 알 수 있다. 장권
  표, 『조선구전문학개요』(고대~중세편)(평양: 사회과학출판사, 1990) ; 과학백과사전종합
  출판사, 『구전문학』(서울: 대산출판사, 2000 재출간) 참조.

3.4. 수록 빈도가 높은 설화

분단 이전과 이후가 다르다. 2번 자료집을 통해서 볼 때, 분단 이전에는 44화의 유화(類話)를 거느린 〈바보신랑〉에 이어 23편의 유화를 거느린 〈바보〉 이야기가 가장 높았는데, 분단 이후의 자료집에서는 이들이 일체 배제되어 있다. 말하자면 민중들의 자연발생적인 이야기 현장에서는 〈바보신랑〉 같은 골계담이 주류를 점하고 있으나, 골계담이 사회주의적 가치관을 심는 데는 도움이 되지 않는다고 판단해서 배제한 것으로 이해할 수 있겠다. 더구나 〈바보신랑〉류의 골계담은 조동일 교수가 주도하여 작성한 〈한국설화유형분류〉[8]에서 '24번 모를 만해서 모르기'에 속하는 이야기이다. '24번 모를 만해서 모르기'유형은 보통 이하의 지능을 지닌 인물들의 비정상적인 행동을 다루는 이야기들로 구성되어 있다. 이른바 골계담 또는 소화(笑話)로 불려오던 이야기들이 거의 여기에 속해 있다. 한마디로 교훈적인 의미보다는 흥미 그 자체를 강조하는 이야기들이 대부분이다.

따라서, 이런 류의 이야기는 교훈성과 목적성을 강조하는 북한 당국의 의도와는 배치되기에 설화집에서 전면 누락시킨 것이 아닌가 추단된다. 더 상세히 분석해 보아야 하겠으나, 북한에서 낸 자료집에서는 〈바보신랑〉 이야기는 물론 여타의 단순 소화 – 즉 반침략 애국 투쟁 주제, 반봉건 투쟁 주제, 사회주의 체제 확립에 부합하는 인간형을 제시하는 인정세태 설화와는 무관한 우스개 이야기 – 자료는 철저하게 외면당하고 있는 것으로 해석된다.

그 대신 어떤 자료가 중시되고 있을까? 9, 13번 자료집에 실린 자료들

---

8 조동일 외 4인, 『한국설화유형분류집』, 『한국구비문학대계』 별책부록 I (성남: 한국정신문화연구원, 1989) 참조.

을 일별해 보면, 양쪽에 중복되어 수록된 자료들이 있다. 모두 18편이다. 이들 중복된 자료(정확히 말하면, 9번 자료집의 것을 13번 자료집에 재수록한 경우)의 목록은 다음과 같다. 이들 설화의 성격을 살펴보면 북한 당국자들이 애호하는 설화가 어떤 것들인지 가늠할 수 있으리라고 본다.

(1)온정터와 선녀바위(※외귀 온정터와 선녀 바위)/(2)소보다 미련한 정승의 아들/(3)고추가루 장사(※고추가루)/(4)시골 량반 서울 구경(※시골 량반 서울 구경)/(5)꿀돼지/(6)솔개논 이야기/(7)수돌의 꾀/(8)병풍 속의 호랑이/(9)방어사가 된 농부/(10)돌쇠와 지혜있는 토끼/(11)효자 샘물/(12)십리국/(13)백 쉰 가지 음식/(14)강선의 유래/(15)머슴의 지혜/(16)게으른 너구리/(17)수달과 토끼의 꾀/(18)여우의 죽음

이들 거듭 실린 설화들의 성격은 지명전설을 비롯하여 지략담, 동물담 등 다양하기 때문에 한마디로 뭉뚱그려 말하기는 곤란하다. 그 주제를 보아도 부당한 착취나 억압을 일삼는 양반지배계층이나 지주, 승려에 대한 반감을 주제로 한 것(1, 2, 5, 6, 7), 상층(권력자 포함)을 능가하는 하층민의 지혜를 주제로 한 것(3, 4, 8, 9, 10, 11, 12, 14, 15, 17, 18), 어려운 가운데에서도 인간적인 미덕을 잃지 않고 살아가는 인물에 대한 예찬을 주제로 한 것, 게으름에 대한 경계를 주제로 한 것(16) 등 다양하다. 하지만 분명한 것은 이 같은 주제야말로, 사회주의 건설에 도움이 된다고 평가할 만한 것들이라는 사실이다. 〈바보신랑〉같은 흥미 위주의 단순 소화는 배격하는 대신, 이처럼 다분히 계급의식을 고취하거나 사회주의 구현에 도움이 되는 자료만을 수록해 유통시킴으로써, 대중을 일정한 방향으로 이끌어가고자 의도했다는 것을 간취할 수 있다.

4. 앞으로 북한 설화 연구에서 해결해야 할 과제는 무엇인가?

첫째, 그간에 소개된 북한 설화 자료의 전부를 한데 모아야 한다. 필자 역시 이 글을 작성하기 위해 자료수집의 노력을 기울였으나, 소장처마저 알지 못해 확인 못한 자료집이 있다. 남한의 학자나 출판사의 노력으로 일부 자료가 재출간 또는 영인출판되고 있으나, 극히 일부에 지나지 않는 실정이다. 일부는 국내에서는 확인이 불가능하고 일본이나 북한을 통해서나 입수 가능한 자료도 있는 것으로 보여 그다지 쉬운 일은 아니나 가능한 노력을 다 기울여야 한다. 이미 소개된 북한 설화의 전모마저도 파악하지 못하는 상황에서는 극히 일부의 자료만을 근거로 북한의 설화를 논의할 수밖에 없는 한계를 면치 못할 것이기 때문이다.

둘째, 분단 이후에 나온 북한 구전설화집의 저본 역할을 한 원래의 채록본을 입수하는 일이다. 앞의 언급에서도 이미 드러났듯이, 분단 이후에 나온 북한 설화집에 수록된 자료는 하나같이 가공된 것이지, 원형 그대로가 아니다. 하지만 『구전문학자료집(설화편)』의 머리말을 보면, 1959년부터 과학원 언어문학연구소 문학연구실(현 사회과학원 문학연구소)의 발기에 의해서 구전문학 수집 작업을 펼쳤고, 그 결과물 중의 일부를 정리한 것이 『구전문학자료집(설화편)』인 것을 알 수 있다. 북한 당국에서 의도적으로 폐기하지 않았다면, 수집 당시의 원자료는 어디엔가 존재할 가능성이 있다고 생각한다. 그 원자료를 입수할 수만 있다면, 북한 당국의 설화 변개 작업의 구체적인 양상이 명확하게 드러날 것이다. 그 원자료를 입수하지 못하는 한, 북한 설화(특히 분단 이후의 설화자료)의 변개 양상 추적은 한계를 지닐 수밖에 없다. 실제로 김화경의 『북한 설화의 연구』를 보면, 북한 설화가 얼마나 원형의 모습과 멀어졌나를 밝히기 위해, 남한에서 채록한 자료와 북한 자료를 대비하였는데, 부자연스럽고 설득력을 확보하기가 어려운 작업이라 할 수 있다.[9] 김화경만이 아니라 북한 설화의 원자료를 볼 수 없는 상황이 지속되는 한, 이 같은 무리수는 언제든 반복할 가능성이 충분하다. 따라서 남북 교류가 활성화하면 우리 구비문학계에서 북한에 요구할 것 중의 하나는 이들 채록본이라고 생각한다.

셋째, 북한에 들어가 현지조사를 통해 북한 주민의 구전설화 자료를 채록해 연구하는 일이다. 현재 남한에서 볼 수 있는 북한 설화 자료는 원형 그대로가 아니다. 북한 학자들이 펴낸 구비문학개론류 저서에 인용된 자료도 하나같이 가공된 이후의 것이지 원형 그대로는 아니다. 구비문학개론류마저 일반대중용으로 제작해서 그런지도 모르는 일이나 안타깝기 짝이 없다. 북한의 학자들간에만 유통되는 원자료가 있을 수 있으니, 그 자료의 입수를 위해 노력하는 한편, 우리가 직접 현지에 들어갈 기회를 마련해 현장자료를 채록하기 위해 힘을 기울여야 한다.

넷째, 이렇게 그간에 소개되었거나 채록된 자료에다 현지 조사자료가 확보된다면, 다음과 같은 본격적인 연구에 착수해야 한다. 통시적 연구(분단 이전과 이후의 변화, 분단 이후에도 김일성의 주체노선이 확립되기 이전과 이후), 남한 설화와의 비교 연구(동질성과 이질성 규명), 갈래별 연구(신화, 전설, 민담/ 문헌설화, 구전설화), 유형별 연구(김선달설화, 김삿갓설화가 우선적인 연구과제임), 지역별 연구 등이 그것이다.

---

9 북한의 〈방어사가 된 농부〉 이야기의 변개 양상을 살피기 위하여 남한의 〈활로 새 잡기〉 이야기와 비교한 것이 그 대표적인 예이다. 즉 김화경, 앞의 책, 127~128쪽에서는, 북한의 〈방어사가 된 농부〉(『구전문학자료집』, 200~202쪽 수록)가 남한 지역의 자료인 〈활로 새 잡기〉(임동권, 『한국의 민담』(서문당, 1972), 56~58쪽 수록)를 기반으로 하여 변개된 것으로 추단하였는데, 무리라고 생각한다. 〈활로 새 잡기〉는 1956년에 경북 금릉군(지금의 김천) 구성면 상원리에서 채록한 이야기인 바, 이 자료가 북한의 〈방어사가 된 농부〉의 기반설화로 작용했다는 구체적인 증거가 전무한 상황에서, 양자의 관계를 모태자료와 파생자료의 관계로 막바로 추정하는 것은 위험하다고 보기 때문이다.

5. 맺음말

이상으로 북한 설화 자료집의 현황과 앞으로의 연구 과제에 대해 진술하였다. 요약하면 다음과 같다.

북한에서 출판한 설화 자료집 가운데에서 주요한 것들의 특징으로 네 가지를 지적하였다.

첫째, 수록 자료 선택의 특징: 남한에서는 채록한 자료를 모두 수록하는 것을 원칙으로 하고 있으나, 북한에서는 당국 또는 출판사나 편집진이 설정한 기준에 부합하는 것만 수록하고 있다.

둘째, 서술의 특징: 북한에서는 제보자가 구술한 그대로 서술하지 않고 있다. 구어체를 외면하고 문어체로 윤색하고 채록 관련 정보도 담지 않고 있어, 학술자료로서의 신뢰성이 적다.

셋째, 배열(분류)의 특징: 북한에서는 남한과는 다른 기준으로 자료를 배열하고 있다. "전설, 민담, 동화, 우화"의 넷으로 구분하여 자료를 수록하는 점이 그것이다. 남한에서는 3분법이 통용되고 있는 데 비해, 북한에서는 신화, 전설, 민담 외에 "동화, 우화"를 설화의 하위갈래로 따로 설정하는 5분법을 적용하고 있는 셈이다.

넷째, 수록 빈도가 높은 설화: 분단 이전에는 〈바보신랑〉이야기에 이어 〈바보〉이야기가 가장 높았는데, 분단 이후의 자료집에서는 이들이 일체 배제되어 있다. 골계담이 사회주의적 가치관을 심는 데는 도움이 되지 않는다고 판단해서 배제한 것으로 이해된다. 그 대신 대외적인 주체성, 대내적 반봉건성, 민중의 미덕을 고취하는 이야기 등 북한 당국의 방침과 부합하는 설화들이 반복해서 수록되고 있다.

앞으로 북한 설화 연구에서 해결해야 할 과제 네 가지를 제시하였다.

첫째, 그간에 소개된 북한 설화 자료의 전부를 한데 모으는 일이 이루어져야 한다.

둘째, 분단 이후에 나온 북한 구전설화집의 저본 역할을 한 원래의 채록본을 입수하는 일도 이루어져야 한다.

셋째, 북한에 들어가 현지조사를 통해 북한 주민의 구전설화 자료를 채록하는 일이 이루어져야 한다.

넷째, 이렇게 그간에 소개되었거나 채록된 자료에다 현지 조사자료가 확보된다면, 다음과 같은 본격적인 연구에 착수해야 한다. 통시적 연구, 남한 설화와의 비교 연구, 갈래별 연구, 유형별 연구, 지역별 연구 등이 그것이다.

이 글은 본격적인 연구를 위한 기초작업에 불과한 내용이라 부끄럽기 짝이 없다. 하지만 필자로서는 보람있는 기회였다고 생각한다. 구비문학 연구에서 또 하나 힘을 기울여야 할 분야의 하나로 '북한 설화'에 주목하게 되었다는 점, 그 관련자료를 일부나마 확인하고 검토할 수 있었다는 것은 분명 큰 수확이라고 생각한다.

앞에서 제시한 과제들이 실천으로 이어져 좀 더 총체적인 '북한설화연구'가 완성되는 시기가 앞당겨지길 원한다. 그 일을 위해 필자 역시 진력할 것을 다짐하고, 다른 분들의 동참도 기대하면서 이 글을 마무리한다.

부록 주요 북한설화집에 실린 설화제목 목록

아래의 내용은 주요 북한설화집 가운데에서 현재까지 필자가 확인한 책의 설화
제목 목록을 제시한 것임.

▶ 임석재,『한국구전설화 평안북도편Ⅰ』(평민사, 1987)(1931~1940 채록분)

1. 고양이의 꾀 / 2. 메추리의 꼬리 / 3. 메추라기와 여우 / 4. 비에 놀란 호랑이
/ 5. 호랑이와 토끼(4) / 6. 호랑이와 토끼와 곰 / 7. 호랑이 / 8. 호랑이와 곰 / 9. 호랑
이와 당나귀와 토끼 / 10. 노파와 토끼 / 11. 꿩과 쥐(5) / 12. 꿩의 죽음 / 13. 노래
소리 판정 / 14. 까치와 여우와 왁새(2) / 15. 까치와 호랑이와 메추라기 / 16. 포수
와 토끼 / 17. 토끼의 꾀 / 18. 두꺼비 신랑(2) / 19. 구렁덩덩 시선비(4) / 20. 나무꾼과
선녀(5) / 21. 살려 준 고기의 보은(2) / 22. 살려 준 잉어의 보은 / 23. 살려 준 붕어의
보은 / 24. 우렁이에서 나온 색시 / 25. 신기한 꿈 / 26. 범이 된 사람 / 27. 변신경쟁(2)
/ 28. 단명아(短命兒)(2) / 29. 지네미인 / 30. 지네미인과 만난 사람 / 31. 특재(特才)
있는 의형제 / 32. 특재 있는 8형제 / 33. 특재 있는 6형제 / 34.특재 있는 3형제
/ 35. 3형제(2) / 36.두꺼비와 토끼와 호랑이 / 37.두꺼비의 꾀/ 38.두꺼비와 여우
/ 39. 토끼와 호랑이와 할머니 / 40. 까마귀와 범과 토끼 / 41. 토끼 / 42. 우호(愚虎)
/ 43. 거짓 활 잘 쏘는 사람(4) / 44. 힘이 센 사람 / 45. 내 복에 산다(2) / 46. 외쪽이(4)
/ 47. 계모와 7형제와 누이(3) / 48. 계모와 9형제와 누이 / 49. 장화와 홍련의 원혼
/ 50. 계모와 아들(2) / 51. 계모가 팔을 자르고 내쫓은 처녀 / 52. 콩쥐 팥쥐 / 53.
혼전간부(婚前姦夫) / 54. 일본을 항복시킨 신승(神僧) / 55. 군수 부인 잡아가는
괴물(2) / 56. 악형(惡兄) / 57. 횡재한 사람(5) / 58. 벼낟가리와 돌낟가리를 바꾼
사람 / 59. 대대로 내려온 불 / 60. 무엇이든지 나오는 화로(2) / 61. 무엇이든지 나
오는 절구 / 62. 거지의 횡재 / 63. 이상한 거울 / 64. 범의 눈썹 / 65. 호랑이와
의형제 맺은 사람 / 66. 여우의 영주(靈珠) / 67. 신묘한 연적 / 68. 신묘한 보배(3)
/ 69. 고양이와 개의 보은(2) / 70. 신묘한 구슬 / 71. 여덟 모의 보옥 / 72. 삼태자(三
胎子)(2) / 73. 처녀의 원혼 / 74. 삼살(三煞)을 면한 사람(3) / 75. 이상한 호랑이 눈
썹 / 76. 선생을 장가 보내다 / 77. 코흘리개 눈병앓이 머리헌뎅이 / 78. 얽은 사람
과 외눈박이 / 79. 작은 술잔 보고 운 사람 / 80. 뽕구새 / 81. 강감찬 여우잡기 /
82. 지아(智兒) / 83. 죽을 목숨을 살린 아이 / 84. 도둑 잡은 아지(兒智) / 85. 수를

짝지워 세는 노인 / 86. 새끼를 짝지워 세는 토끼 / 87. 소금장수의 한탄 / 88. 미련한 아이 / 89. 글 많이 읽은 사람 / 90. 구렁이의 분심(忿心) / 91. 범 잡으려다 망한 사람 / 92. 너도 아내에게 쫓겨났느냐 / 93. 우아(愚兒) / 94. 우인(愚人)(2) / 95. 바보각시(2) / 96. 며느리의 기지 / 97. 자랑동의 봉변 / 98. 찬밥을 오래 두면 / 99. 소를 꽁무니에 달고 가다 / 100. 미움받는 사위 / 101. 바보신랑(15) 102. 우인(愚人)의 인사 / 103. 신부 / 104. 망신당한 사돈 / 105. 바보형(4) / 106. 현형우제(賢兄愚弟) / 107. 미련한 원님(3) / 108. 무식쟁이의 승리 / 109. 어사에 놀란 사람 / 110. 비올 줄 미리 아는 사위 / 111. 농부와 변호사 / 112. 이항복 혼사 / 113. 울다가 웃기 / 114. 과부를 데려왔더니(2) / 115. 죽은 알사탕 / 116. 선생의 떡 뺏아먹는 아이들 / 117. 긴긴 이름 / 118. 장인 골탕먹이는 사위 / 119. 괴력인(怪力人) / 120. 괴력인을 죽이다 / 121. 도둑의 횡재 / 122. 꾀를 써서 도깨비를 잡아먹다 / 123. 신의 없는 도둑 / 124. 속임수를 쓰려다가 / 125. 적의 화살로 적을 공격하다 / 126. 무쇠바가지 / 127. 과부촌 / 128. 횡재한 소금장수 / 129. 실수한 여인 / 130. 음부(淫婦) / 131. 아내의 음행을 고치다(2) / 132. 아내의 음행(2) / 133. 아들이 어머니 음행을 고치다 / 134. 나무꾼과 곰과 여우 / 135. 나무꾼과 호랑이와 토끼 / 136. 장인 도둑질 버릇 고치다 / 137. 어린 신랑의 마음씨 / 138. 어린 신랑의 기지 / 139. 환갑연시(還甲宴詩) / 140. 신랑의 시 / 141. 주먹만한 아이 / 142. 통자시(通字詩) / 143. 타자시(他字詩) / 144. 우는 모퉁이 / 145. 말하는 벙어리 / 146. 사둔네 소를 바꿨더니 / 147. 상투 잡고 아이 낳다 / 148. 망신당한 신랑 / 149. 노래 잘하는 며느리 / 150. 볶은 콩 먹기 / 151. 지아(智兒)의 재판 / 152. 어린 감사의 슬기 / 153. 강냉이 같은 선생 / 154. 김선달 대동강 물 팔다 / 155. 김선달 돈 벌기(2) / 156. 김선달의 기지(奇智) / 157. 김선달의 꾀(3) / 158. 김선달과 과부 / 159. 김선달과 중 / 160. 김선달 남의 약점으로 돈을 울궈먹다 / 161. 김선달 중과 힘내기 / 162. 속아넘어간 장님 / 163. 김선달과 장님 / 164. 장님을 속이는 김선달 / 165. 김선달 장님을 울궈먹다 / 166. 중을 속인 김선달 / 167. 김선달 중을 울궈먹다 / 168. 김선달 돈 없이 서울 가다 / 169. 김선달 일화 / 170. 기지(奇智) 있는 조개달(趙介達)(2) / 171. 거짓말 / 172. 거짓말로 장가들다(2) / 173. 거짓말하고 사위되다(3) / 174. 거짓말 세 마디(2) / 175. 속지 않는 사람이 속았다 / 176. 거짓말 잘하는 사람(3) / 177. 거짓말 세 마디로 사위되다 / 178. 거짓말 내기 / 179. 수수께끼 내기 / 180. 수수께끼말 / 181. 수수께끼 같은 말(2) / 182. 아내의 기지(奇智) / 183. 춤추는 쥐(2) / 184. 도로 찾은 당나귀 / 185. 간지(奸智)에 속지 않는 사람 / 186. 아우의 보복 / 187. 미련한 형의 기지(奇智) / 188. 미련한 자의 기지(奇智)

➡ 임석재, 『한국구전설화 평안북도편Ⅱ』(평민사, 1987)(1931~1940 채록분)

죽을 짬이 없다 / 87. 이를 주먹으로 쳐서 죽이려는 장수 / 88. 성급한 사람, 우둔한 사람, 잊기 잘하는 사람 / 89. 욕심쟁이, 미욱쟁이, 잊기 잘하는 사람 / 90. 욕심쟁이와 미련한 놈 / 91. 잘 잊어버리는 사람(2) / 92. 내년 봄에나 만납시다 / 93. 허풍선이의 대화(2) / 94. 꼽꼽쟁이 / 95. 코 큰 형과 눈 큰 아우 / 96. 받기 잘하는 사람과 물기 잘하는 사람 / 97. 게으른 사람 / 98. 이제 봐야지요 / 99. 참새 잡는 법 / 100. 꿩 잡는 법 / 101. 족제비 잡는 법 / 102. 오리 잡는 법 / 103. 축문 읽어 주고 돈 번 사람과 못 번 사람(2) / 104. 도둑 쫓은 이야기(4) / 105. 도둑 쫓은 글(2) / 106. 도둑 쫓은 방귀 / 107. 도둑 잡은 방귀 / 108. 흰소리 / 109. 싱거운 사람 / 110. 싱검동이 / 111. 똥 벼락 맞은 중 / 112. 실없는 선생의 봉변 / 113. 실없는 선생 / 114. 좆 먹이다 / 115. 망신한 사돈 / 116. 상객의 망신 / 117. 망신한 상객(2) / 118. 팥죽땀 / 119. 독장수 구구(2) / 120. 거울을 처음 본 사람 / 121. 먼 것 / 122. 눈먼 처녀 시집가기 / 123. 시집가고 싶은 처녀 / 124. 아흐레 아니고 열흘 / 125. 주인을 속인 하인 / 126. 십칠자(十七字) 시 / 127. 문자쓰기 / 128. 무식쟁이의 편지 / 129. 무식쟁이의 그림 편지 / 130. 천자 한 장을 읽고 / 131. 천자 3년매(賣) / 132. 버들버들 꼿꼿 / 133. 무식한 신랑의 글 / 134. 무식쟁이의 글 / 135. 무식한 사위의 시 / 136. 무식쟁이 선생 / 137. 무식쟁이 선생과 유식쟁이 선생 / 138. 며느리 방귀(3) / 139. 방귀살 / 140. 방귀 경합 / 141. 방귀 냄새 / 142. 꿀똥(2) / 143. 단똥(2) / 144. 꿀 강아지 산 사람 / 145. 여자와 게 / 146. 쌍둥이 시아재 / 147. 망치를 샀다가 / 148. 철없는 새신랑 / 149. 바보신랑 / 150. 잃은 것 찾기 / 151. 식충장군 도둑 잡다 / 152. 식충이가 호랑이 잡다 / 153. 보리밥 장군 / 154. 통장군 / 155. 힘없는 장군 / 156. 작은 신랑(3) / 157. 하늘을 날 수 있는 조끼 / 158. 요괴에 홀린 사람(2) / 159. 도깨비 도움 받은 군수 / 160. 도깨비 죽인 사람(2) / 161. 도깨비 속인 사람 / 162. 도깨비 속여서 부자가 됨 / 163. 갑자기 부자가 된 소금장수 / 164. 도깨비감투 얻은 사람과 못 얻은 사람 / 165. 여우감투 쓰고 도적질하기 / 166. 보이지 않는 의장 / 167. 도깨비가 가져다 준 돈 / 168. 포수와 도깨비 / 169. 쥐구멍에서 금을 얻은 사람과 못 얻은 사람 / 170. 중이 준 이상한 쌀 / 171. 가난한 총각 장가들기 / 172. 촌부와 가축의 소리 / 173. 클 것은 적고 / 174. 딱 죽고 싶다 / 175. 상가치 식으로 / 176. 너 볼 낯없다 / 177. 감자나 자시요 / 178. 발명 자랑 / 179. 한잔 먹자 / 180. 한좆으로 만들다 / 181. 20년이 넘어도 나오지 않는 아이 / 182. 귀신 성한 집에는 / 183. 시어머니와 며느리 / 184. 고양이가 끄릉끄릉 소리내는 이유 / 185. 맹부(盲夫) 아부(啞婦) 회화 / 186. 음양경문(陰陽經文) / 187. 보지 종류 / 188. 門+力장군(門안에 力) / 189. 깨좆 / 190. 무상쭐

네기 / 191. 처녀 병 고치기 / 192. 곪은 데 터뜨리는 법 / 193. 그 안에 약을 발라야 / 194. 밤 줍는 것이 / 195. 쉰 씹 / 196. 부랄진이 약 / 197. 백호의 놀람 / 198. 과부와 병아리(2) / 199. 총각과 쥐 / 200. 냄새로 범 잡은 여자 / 201. 숫 벼락 / 202. 음모가 긴 탓으로 / 203. 문자 썼다가 / 204. 코 큰 사람 / 205. 음녀와 음승(淫僧) / 206. 욕심 많은 여자와 이승(異僧) / 207. 음부(淫婦)의 버릇을 고치다 / 208. 음남음녀 버릇 고치다 / 209. 금지(金指) / 210. 조계달의 봉변 / 211. 조계달의 기지(奇智) / 212. 키가 큰 장길산 / 213. 김선달과 과부 / 214. 김선달의 꾀 / 215. 김삿갓의 시 / 216. 굼벵이 등 / 217. 밑고 끝도 없다 / 218. 찰밥 문답 / 219. 호랑이도새끼를 귀여워한다 / 220. 인지위덕(忍之爲德) / 221. 선약(仙藥)을 먹은 사람 / 222. 요술을 남용했다가 / 223. 뽕나무·대나무·참나무 / 224. 침착지 못한 사람 / 225. 말하는 것으로 장래를 점칠 수 있다 / 226. 말조심 / 227. 말을 조심해야 한다 / 228. 음덕 쌓은 사람 / 229. 부은 물은 다시 담을 수 없다 / 230. 쏟은 물은 다시담을 수 없다(2) / 231. 돌부처의 지시 / 232. 정녀(貞女) / 233. 정녀(貞女)의 교훈 / 234. 충견(忠犬) / 235. 고양이를 죽인 쥐 / 236. 동(東)이 머냐 중천이 머냐 / 237. 공자와 아이의 문답 / 238. 강대골 강서방 / 239. 태자로 태어난 사람 / 240. 이랫세상에 갔다온 사람 / 241. 순진한 처녀를 욕심냈다가(2) / 242. 왕이 될 팔자의 사람 / 243. 꿈 / 244. 팔자가 좋으면 / 245. 제사는 친자손이 지내야 한다 / 246. 제사음식은 깨끗이 / 247. 수명을 고치다 / 248. 그림자 없는 사람 / 249. 어떤 선비의역경(歷經) / 250. 내객(來客)을 호대(好待)하여 죽을 목숨 구하다 / 251. 귀신을 이긴사람(2) / 252. 불 켜지 않고 밥 먹다가 / 253. 남의 복으로 사는 사람 / 254. 차복(借福) / 255. 천복(天福) / 256. 복 얻으러 간 사람 / 257. 이무기 잡은 효자 / 258. 용한점(2) / 259. 무우옹(無憂翁) / 260. 장승 동무해 주고 인삼 얻은 사람 / 261. 뜻하지않은 명대꾸(名對句) / 262. 나이를 한시로 대답하다 / 263. 호지무화초(胡地無花草) / 264. 명의 아닌 명의 / 265. 거짓 점장이 / 266. 거짓 명인(名人)(4) / 267. 왕을만나 벼슬한 사람 / 268. 틀린 답에도 급제하다(2) / 269. 비련(非戀)(2) / 270. 원혼의 복수 / 271. 강기리 / 272. 구렁이의 복수 / 273. 쓸모없게 된 명당 / 274. 달래나보지 강 / 275. 거짓말 잘하는 부자(父子) / 276. 동생에게 속은 형 / 277. 깨를 볶아서 심다 / 278. 음흉한 소금 장수 / 279. 싸움한 부부 / 280. 밥값 떼어먹다

▶ 임석재, 『한국구전설화 평안북도편Ⅲ·평안남도·황해도편』

(평민사, 1987) (1927~1941 채록분)

〈평안북도〉

1. 위원산(渭原山) / 2. 중대가리산 / 3. 와우산 / 4. 임해산(臨海山) / 5. 아차산 / 6. 운산산 / 7. 목이 부러진 삼각산 / 8. 목이 떨어진 삼각산 / 9. 마이산(2) / 10. 삭주 지명풀이 / 11. 벽동설성(碧潼雪城) / 12. 통군정(2) / 13. 충렬사 / 14. 용천(龍川)이 망한 이유 / 15. 천벌받은 부자 / 16. 천벌받은 동네 / 17. 벽동의 동문사람과 서문 사람의 불화 / 18. 의주에 금이 나는 이유 / 19. 생벼랑 / 20. 장항대 / 21. 문필봉· 화연·먹당·지당 / 22. 조개늪 / 23. 매리늪 / 24. 벽동 무언리 / 25. 용천구읍(龍川舊邑)의 석탑 / 26. 산정기를 끊은 철마 / 27. 산정기를 끊는 바위 / 28. 양책(良策)의 용머리 바위 / 29. 거북팡구 / 30. 터진바위 / 31. 불운한 장수 / 32. 불세출의 장수 와 용마 / 33. 장수봉과 마시암 / 34. 폐가케 한 바위(2) / 35. 쌀이 나오던 바위(2) / 36. 투구바위 / 37. 애기팡구 / 38. 애기방구 / 39. 바위로 화한 며느리(4) / 40. 돌로 화한 여자 / 41. 김안국 / 42. 근엄한 조정암 / 43. 장오위장(張五衛將)범 / 44. 서산대사 오동나무 / 45. 형제 소나무 / 46. 청개구리 울음소리 / 47. 비둘기 울음소 리 / 48. 꿩의 울음소리 / 49. 뻐꾸기와 풍덕새 / 50. 망두기·가재미·낙지 / 51. 붕어 의 꿈 / 52. 궁감투 두 개 쓴 훈장 / 53. 신방 엿보는 이유 / 54. 가화(家禍) 발동(發動) / 55. 바닷물이 짠 이유(3) / 56. 담배 / 57. 임질병 / 58. 일본 신 / 59. 일본 담배대 / 60. 되놈 / 61. 무릎뼈가 노는 이유(2) / 62. 짐승의 양물(陽物) / 63. 새우젓 이 냄새나는 이유 / 64. 새우젓 냄새 나는 이유(2) / 65. 아침에 심어서 저녁에 따는 박 / 66. 방귀 뀌고 소박맞은 여자 / 67. 지아(智兒)(14) / 68. 지부(智婦)(3) / 69. 명 철한 사또의 딸 / 70. 지혜있는 원님 / 71. 계교로 면욕(免辱) / 72. 재치있는 아내 / 73. 거짓말 잘해서 사위되다 / 74. 꾀를 써서 장가들다(2) / 75. 노총각 장가들기 / 76. 말대구 잘하는 사위 / 77. 악형(惡兄)(9) / 78. 우형(愚兄) / 79. 동생 흉내내다 망한 형 / 80. 주인을 애먹인 나그네 / 81. 밥값 떼어먹기 / 82. 간계에 빠진 정승의 아들 / 83. 흉측한 사람 / 84. 흉측한 놈(4) / 85. 흉측한 소금장수(2) / 86. 흉측한 소금장수(5) / 87. 간지(奸智)있는 자 / 88. 간지있는 하인 / 89. 하인의 간지(奸智) / 90. 주인집을 망하게 한 하인(3) / 91. 주인을 망하게 한 종 / 92. 옛말(2) / 93. 이야기 말뚝 / 94. 옛말 말뚝 / 95. 거짓말(3) / 96. 쓴 것 어디 있소 / 97. 찬 것 쓴 것 / 98. 길고도 고소한 이야기 / 99. 쥐가 강을 건너다 / 100. 쥐가 쌀알을 물어 갑니다 / 101. 독이 떼굴떼굴 굴러옵니다 / 102. 개미의 해산 / 103. 개구리의 해산 / 104. 개미의 망건 쓰기 / 105. 벼룩의 망건 쓰기 / 106. 가재의 망건 쓰기 / 107. 개구

〈평안남도〉

〈황해도〉

/ 31. 모기의 보은 / 32. 쥐의 보은 / 33. 해와 달이 된 오누이 / 34. 여우누이 / 35. 머리에 헌데난 아이와 눈앓이와 코흘리기 / 36. 벼노적과 돌노적과 바꾼 사람 / 37. 쪽박새 / 38. 콩쥐 팥쥐 / 39. 나무꾼과 선녀 / 40. 구룡동동선비 / 41. 장구머리사또 / 42. 신기한 꿈 / 43. 용한 해몽 / 44. 딸의 복 / 45. 내 복으로 잘산다 / 46. 괴상한 뼈 / 47. 나팔소리에 놀란 호랑이 / 48. 호랑이 잡은 소금장수 / 49. 호랑이 죽인 장사 / 50. 불운의 장수(2) / 51. 감사사위 얻은 과부 / 52. 글동무 세 사람 / 53. 잘 속는 부자 / 54. 오한평생무이와(吾恨平生無二蛙) / 55. 착한 아우와 악한 형 / 56. 우형(愚兄) / 57. 도적 잡은 방귀 / 58. 머슴 새경(3) / 59. 아지(兒智) / 60. 특수 재주있는 총각 / 61. 삼정승 육판서 날 묘자리 / 62. 용한 점 / 63. 대대로 내려온 불 / 64. 쥐구멍에서 얻은 보화 / 65. 효자가 얻은 보물 / 66. 중이 준 이상한 지팡이 / 67. 천하귀보 나무도장 / 68. 인색인(吝嗇人)의 책벌 / 69. 집안 화목의 비결 / 70. 자선가의 후보(後報) / 71. 도적의 아들 / 72. 침쟁이 죄 / 73. 제석이 삼촌팔재(三寸八字) / 74. 세상만사는 다 배워둘 것 / 75. 신(神)에 인사드리면 신조가 있다 / 76. 강태공 부처(夫妻) / 77. 다독의 효과 / 78. 한문자쓰기 좋아하는 사람 / 79. 잊어버리기 잘하는 사람(돌떵애비) / 80. 지타령 / 81. 맹인 아인(啞人)의 회화(會話) / 82. 술 잘먹는 사람 / 83. 어린 신랑의 실수 / 84. 우인문상(愚人問喪)(3) 85. 핏줄 / 86. 미련한 원님 / 87. 미련한 신랑 / 88. 간부의 기지(奇智) / 89. 음녀의 기지(奇智) / 90. 조부·부·손 / 91. 눈깔지지지 말고 / 92. 게와 여인과 중 / 93. 그 손가락 아니다 / 94. 그집에서도 / 95. 무 묻은 놈이 애봐라 / 96. 장님의 봉변 / 97. 열두 바뀌째 돈다 / 98. 숫도깨비 / 99. 괭착 / 100. 가슴앓이 병의 약 / 101. 콩과 말의 그림 / 102. 모시 한 필이면 되지 / 103. 시주한 여자 / 104. 발꼬락 맛 / 105. 털을 세다가 / 106. 생돈 물기 / 107. 게으른 여자 / 108. 대동강 오리를 팔아먹다 / 109. 대동강 물을 팔아먹다 / 110. 죽 더 먹으려는 부녀 / 111. 범의 굴을 쑤셨다가 / 112. 흉측한 소금장수 / 113. 횡재한 소금장수

▶ 임석재, 『한국구전설화 함경북도·함경남도·강원도편』

(평민사, 1987)(1931~1940 채록분)

〈함경북도〉

1. 천지·압록강·두만강 / 2. 경성 / 3. 길성 / 4. 여진어 / 5. 장연호 / 6. 북청 유아암(乳兒岩) / 7. 광지바이 / 8. 바위가 된 여자 / 9. 오누이 힘 경합 / 10. 전백록 / 11. 적도(赤島) / 12. 적지(赤池)(3) / 13. 선사수(善射手) / 14. 천자와 왕이 나오는

〈함경남도〉

▶ 사회과학원 문학연구소 구전문학연구실, 『구전문학자료집(설화편)』
(평양: 사회과학원출판사, 1964)

〈전설〉

〈민담〉

쳐라 / (5)김선달에게 혼난 리 영감 / (6)김선달과 원 / 16. 고추가루 / 17. 소보다 미련한 정승의 아들 / 18. 십리국 / 19. 백 쉰 가지 음식 / 20. 머슴의 지혜 / 21. 시골 량반 서울 구경 / 22. 세도 있는 재상과 젊은이 / 23. 억쇠의 꾀 / 24. 말뚝에 찔려 죽은 홍 부자 / 25. 범에게 물려간 중 / 26. 꿀돼지 / 27. 자랑 끝에 불 난다 / 28. 솔개논 이야기

〈동화, 우화〉
1. 어린 재판관 / 2. 선비와 초동 / 3. 수돌의 꾀 / 4. 참새잡이 / 5. 병풍 속의 호랑이 / 6. 꿀떡 / 7. 돌쇠와 지혜 있는 토끼 / 8. 호랑이와 말 도적 / 9. 딸랑 귀신 / 10. 수달과 토끼의 꾀 / 11. 여우의 죽음 / 12. 게으른 너구리 / 13. 원숭이의 재판 / 14. 황새, 개미, 메뚜기의 천렵 놀음 / 15. 미련한 호랑이와 부지런한 황소

▣ 리영규·우봉준, 『옛말』제1집(평양: 조선문학예술총동맹출판사, 1964·1965)

〈제1집〉
1. 늙은 중과 어린 중 / 2. 재판 받는 망두석 / 3. 떡 먹는 부처 / 4. 네 형제의 소원 / 5. 슬기로운 총각 / 6. 한평생 쓰고도 남는 것 / 7. 뿔귀신과 숲귀신 / 8. 고망종이 과거 보기 / 9. 무당과 소년 / 10. 형제 소년 / 11. 형제 무덤 / 12. 다리에 깃든 이야기 / 13. 기이한 상봉 / 14. 력사 우하형 / 15. 첫날밤의 언약 / 16. 의로운 무관 / 17. 다섯 처녀를 중매한 이야기 / 18. 전해지지 못한 명약 / 19. 콩밥을 먹으면 장수가 되는가 / 20. 꿀단지 / 21. 목침이 약 / 22. 그럴 듯한 약방문 / 23. 점 잘치는 두타비 / 24. 〈염챙이〉와 대감 / 25. 문자 잘 쓰는 사위 / 26. 애비가 고손자 된 이야기 / 27. 강낭떡과 돈주머니 / 28. 효녀와 두꺼비 / 29. 안협의 한 효부 / 30. 산삼 캐러 갔던 세 사람 / 31. 슬기로운 안해 / 32. 〈명주곡〉의 유래 / 33. 미친 놈은 뜸으로 고쳐야 한다 / 34. 두벌 가죽 / 35. 〈봉이 김선달〉이란 칭호의 유래 / 36. 남 잡이 제 잡이

〈제2집〉
1. 벽동 군수 / 2. 범의 꼬리 / 3. 신랑의 도량 / 4. 밤중의 물레소리 / 5. 황금덩이와 구렁이 / 6. 달미 바람 / 7. 봉이 김선달의 일화 / 8. 록두죽 / 9. 박첨지의 선물 / 10. 원한의 무덤 / 11. 헛장수 / 12. 해인사에 대한 전설 / 13. 밥값으로 기둥그루를 찍다 / 14. 비싼 이야기값 / 15. 화목한 가정과 불화한 가정 / 16. 어사놀이 /

▶ 사회과학원 주체문학연구소 문학사실, 『재미나는 옛이야기』 1~3

(평양: 근로단체출판사, 1986)

〈제1권〉

〈제2권〉

13. 꿀돼지 / 14. 솔개논 이야기 / 15. 수돌의 꾀 / 16. 병풍 속의 호랑이 / 17. 방어 사가 된 농부 / 18. 산삼 캐러 갔던 세 사람 / 19. 돌쇠와 지혜있는 토끼 / 20. 대바른 섬처녀 / 21. 까투리의 뉘우침 / 22. 방이와 그 동생 / 23. 도미의 안해 / 24. 세 가지 소원 / 25. 선비와 중

〈제3권〉

1. 금강선녀와 나무군 총각 / 2. 잔치날에 있은 일 / 3. 쌀뜨물 전술 / 4. 의가 좋아진 부부 / 5. 효자 샘물 / 6. 도적 잡은 두꺼비 / 7. 십리국 / 8. 백 쉰 가지 음식 / 9. 강선의 유래 / 10. 머슴의 지혜 / 11. 눈을 고친 소년 / 12. 로총각과 호랑이 / 13. 황소로 변한 지주 / 14. 련못 속에 잠긴 장재집 / 15. 홀어미 산성 / 16. 밥값으로 기둥그루를 찍다 / 17. 화목한 가정과 말썽많은 가정 / 18. 아기 바위 / 19. 게으른 너구리 / 20. 수달과 토끼의 꾀 / 21. 여우의 죽음 / 22. 꽃님이와 돌장수 / 23. 놓아준 잉어 / 24. 오누이가 쌓은 성 / 25.『한 다리』의 마장수 / 26. 도하동의 마십 부부 / 27. 김선달 이야기

제10장
분단 이후 북한의 민간신앙과
현대판 속담의 일단
— 최근의 탈북자들이 구술한 자료를 중심으로

1. 머리말

김일성 유일사상 혹은 유물론이 지배하는 북한 사회에도 민간신앙이
존재할까? 남한에서처럼 북한에도 현대판 구비문학의 일환으로서 현대
판 속담이 존재할까?

이와 같은 궁금증을 푸는 데 도움을 주기 위해 이 글은 씌어졌다. 물
론 북한의 민속 관련 논저가 이미 여럿 나와 있는 게 사실이다. 하지만
필자가 보기에 북한의 현행 민간신앙과 현대판 속담의 실상을 살피는
데는 일정한 한계가 있다고 생각한다.

예컨대 북한의 현행 민속에 대해 가장 자세하게 다루었다고 할 수
있는 주강현의 『북한의 민족생활풍습』(1994)의 경우, 의생활, 식생활, 주
생활, 명절, 혼상제, 민속놀이, 여가생활 등 모두 7가지 영역에 대해 소개
하였으나, 민간신앙과 현대판 속담에 대해서는 전혀 언급하지 않았다.
이기춘 외, 『북한의 가정생활문화』(2001), 『오늘의 북한민속』(1989)이란 표

제로 나온 김열규의 저서도 마찬가지이다. 70년대에 나온 『한국민속종
합보고서』(함경남북도편) 및 『한국민속종합보고서』(황해·평안남북편)에는 '민
간신앙'이란 항목이 들어있기는 하나, 6·25피난민들을 면담해 얻은 자료
와 조선총독부에서 낸 자료집에 의존함으로써 분단 이전의 정보만 담고
있다.

이 같은 아쉬움은 북한과 중국 조선족 학자의 연구성과에서 더 많이
나타난다. 선희창, 『조선의 민속』(1991)을 보면, '민속'을 표제로 내걸었음
에도, 식생활풍습, 옷차림풍습, 주택생활풍습, 가정생활풍습(가정성원들사
이의 호상관계, 친척, 관혼상제), 공동생활풍습, 민간명절과 인사례법, 민속놀이
등 모두 7장으로 구성하였으면서, 민간신앙 항목은 설정하지 않았다.
연변의 조선족 학자인 조성일이 쓴 『조선민족의 민속세계』(원제: 조선민족
의 다채로운 민속세계, 1986)(1996 남한에서 재출간)에서는 '민간신앙' 항목을 별도의
장으로 설정하여, "신에 대한 숭배, 굿, 점치기, 조상숭배, 풍수설, 속신
과 금기" 등의 순서로 서술함으로써 일단 기대를 가지게 한다. 하지만
그 서술 내용이 북한의 현행 민속을 대상으로 한 것이 아니라 과거의
사실(그것도 막연한 과거의 사실)을 지적하는 데서 그쳤다. 예컨대 '점복'에 대
한 서술에서, "옛날에 우리 민족 인민들 사이에서는 점복 즉 점치기가
매우 성행하였다"(451쪽)라고 한다든지, '속신'에 대한 서술에서는, "우리
민족의 조상들은 옛날에 어떠한 징조에 의해서 한 사물이나 현상의 결과
를 상상하고 판단을 내리고 예비적인 행동을 한 동시에 그를 실천에 옮
겨왔던 것이다"(460쪽), 이렇게 과거의 사실로만 기술하고 있다. 분단 이
후의 현재적 상황에 대해서는 일체 거론하지 않고 있다. 북한 학자나
조선족 학자나 분단 이후의 상황을 현지조사를 통해서 연구한 흔적은
전혀 보이지 않는다.

속담의 경우, 북한에서 나온 속담집[1]이 있으나, 북한에만 존재하는 속

담만 묶은 것은 아니다. 더욱이 현대판 북한 속담을 담고 있지도 않다. 하지만 필자가 판단하기에, 진정한 의미에서의 북한 속담이란, 북한 사회·지역의 특수성을 잘 반영하는 속담이라고 생각한다. 전통적인 속담보다는 분단 이후에 새로 생성된 속담들이 여기 해당하겠는데 기존 속담집에서는 확인할 수 없다.

요컨대 지금까지의 북한 민속 연구성과들은 분단 이후 북한 민속의 실상에 대한 궁금증을 풀어주는 데는 미흡하다. 분단 이후에도 북한 주민이 남한처럼 민간신앙을 가지고 있는지, 현대판 속담을 유통하며 사는지, 그 양상은 어떤가 하는 의문들을 충족시켜 주지 못하는 아쉬움을 안고 있다. 그렇게 되고 만 것은 북한 현지조사를 실시할 수 없었던 근본적인 제약 때문에, 북한에서 출간한 자료에 의존하다 보니 그럴 수밖에 없었다고 이해된다.

현재 상황에서, 이와 같은 문제를 해결할 수 있는 최선의 방책은 무엇일까? 그것은 탈북자를 상대로 한 면담 조사이다. 급증 추세에 있는 탈북자들을 조사하면 북한에 들어가서 조사하는 것과 거의 같은 효과를 거둘 수 있기 때문이다. 이런 확신을 가지고, 2002년 봄부터 필자는 다수의 탈북자들을 만나 민간신앙 및 속담 자료와 구전설화 등 북한의 민속자료를 채록하였는데, 그 가운데 4인[2]으로부터 민간신앙과 현대판 속담자료를 제보 받았다.

이들 북한 민속 자료 중에서, 구전설화 자료는 따로 정리해 보고[3]했고, 이 글에서는 민간신앙과 현대판 속담 자료를 소개하면서 그 의의에 대해

---

1 엄병섭, 『조선속담집』(평양: 사회과학출판사, 1992)(서울: 한국문화사, 1994 재출간).
2 임홍군(남, 44세, 석탄대 졸업, 함북 출신, 2000년 탈북), 최영실(여, 40세, 김정숙사범대 졸업, 함북 샛별군 출신, 2000년 탈북), 최진이(여, 45세, 김형직대학교 작가양성반 졸업, 평양 출신, 1999년 탈북), 김창세(남, 48세, 김책공대 졸업, 모스코바 유학, 평남 출신, 1991년 탈북) 제씨.
3 이복규, 「북한 구전설화 연구」, 『동아시아고대학』 8(동아시아고대학회, 2003), 71~113쪽.

서도 언급하기로 한다.[4] 얼핏 생각하기에, 민간신앙과 속담을 한자리에
서 다루는 것이 부자연스럽게 여겨질 수 있다. 하지만 신앙적인 자료든
문학적인 자료든 민속이라는 점에서는 포괄될 수 있고 서둘러 보고함으
로써, 이 방면 조사와 연구의 활성화에 기여하고자 하는 희망에서 다소
어색하다는 것을 알면서도 함께 소개하였다는 것을 밝혀둔다.

2. 북한의 민간신앙

2.1. 북한 민간신앙의 존재 여부

얼핏 생각하기에, 김일성 유일사상 내지 유물론이 지배하는 북한에서,
상당 부분 주술적인 사고가 강하게 반영되어 있는 민간신앙이 지속되고
있을까? 의문시하였던 것이 사실이다. 하지만 북한에도 민간신앙이 있
다. 필자가 면담한 탈북자들은 한결같이 북한에 민간신앙이 존재함을
증언하고 있기 때문이다.

---

4 필자는 연구를 진행하는 과정에서, 탈북자를 통한 북한 민속 연구가 최인학·조흥윤 교수
에 의해서 필자보다 먼저 시도되었다는 것을 알 수 있었다. 최인학, 『북한의 민속』(서울:
민족통일중앙협의회, 1986)에서는 〈부록〉에 1977년 당시에 이루어진 2인의 탈북자와의
대담 내용을 싣고 있었다. 거기에서는 무당과 조상단지는 1957년 이후에 사라졌으나, 점
복은 1958년 당시까지는 행해졌다고 되어 있다. 그 이후 조흥윤, 「북한의 신앙전승」, 『북
한민속 종합조사 보고서』(서울: 문화재관리국, 1997)에서는 '우연히' 만난 1인의 탈북자를
통해 알아낸 북한의 신앙전승 제보 내용을 요약해 소개하였다. 점복과 주술은 없다고 하
였으며, '해몽'에 대해서는 '있다'고만 했을 뿐 구체적인 양상에 대해서는 기술하지 않았다.
최인학·조흥윤의 연구성과는 국가 용역을 받아 이루어져 일반 학술서로 출간되지 않고
비매품 혹은 보고서로만 존재해 널리 알려지지 않았고 더 이상 계획적인 후속작업도 펼치
지 않아 아쉬우나, 탈북자 만나기가 힘들었던 당시 상황에서, 탈북자를 통한 북한 민속
연구의 가능성을 처음 보여준 시도라는 점에서 그 의의가 인정된다.

2.2. 북한 민간신앙의 존재 양상

현재까지의 조사에서 확인한 북한의 민속은 점복과 꿈풀이다.

(1) 점복

① **점복행위의 급증현상 및 점치는 동기** : 북한에서 점복은 공식적으로 금지되어 있다. 단속 대상이다. 그러므로 대부분의 점복행위는 은밀하게 비공개적으로 이루어지고 있다.[5] 당국에서 금지하고 있는데도, 부부 불화시 자손이 잘 안될 때, 궁합볼 때 등 필요에 따라 행해져 오는데, 1997년도부터 배급이 끊기고 식량난이 가중되면서 장사에 나서거나 탈북하고자 하는 사람들이 늘면서 더욱 빈번하게 행해진다고 한다. 장사가 망하지는 않을까, 무사히 탈북할 수 있을까, 평양에서 추방당한 후 어디로 가서 사는 게 좋을까 등등 현실과 미래에 대한 불안감을 해소하기 위해, 더욱 많은 사람이 점복자를 찾아가고 있다는 것이다. 필자가 면담한 탈북자들의 경우, 평소에는 인텔리로서 점복을 미신시하였으나, 막상 탈북을 앞두고 앞날에 대한 불안감 때문에 결국은 용한 점쟁이를 찾아가 점을 쳤다고 하였다. 최○○ 씨(43세)도 작가로 활동하는 인텔리지만, 1998년에 평양으로부터 추방당하게 되자, '추방후 어디로 가야 할까? 어디로 가야 먹고 살 수 있을까?' 하는 불안감에서, 친구의 권유로 점을 쳤다고 한다. 그 결과 '동북쪽'으로 가라고 해서 청진으로 갔다고 한다. 일반 주민만 그런 게 아니라, 일꾼들도 겉으로는 단속하나, 점복자들을 밤에 은밀히 자신의 집으로 불러들여서 점을 치는 일이 공공연한 비밀로

---

5 예외도 있다. 최진이 씨에 따르면, 북한에서도 순천처럼 먹고 살기가 특히 힘들고 깡패가 득실거리는 등 분위기가 너무도 '살벌한' 지역에는 당국도 손을 놓고 있는 실정이라, 그곳의 기차역에서는 점쟁이들이 '노골적'으로 점복행위를 하고 있다고 한다.

알려져 있다고 탈북자들은 말하고 있다. 당일꾼들 역시 김정일체제 아래에서 동요하며 불안감을 느끼는 것은 마찬가지라는 사실을 알게 해주는 대목이라 하겠다.

② **점복자의 유형** : 북한의 점복자에는 '신을 업은 점쟁이'로 표현되는 강신점복자, 사주와 성명 등을 풀어서 알아 맞추는 역리점복자, 관상을 보아 알아 맞추는 상점복자, 명당자리를 알아 맞추는 풍수점복자 등 남한과 동일한 유형들이 존재함을 알 수 있었다.[6] 역리점복자의 경우, 『토정비결』류의 책자는 원칙적으로 북한에 존재할 수 없는 것인데도, 최○○ 씨(38세)의 경우에는 1998년도 당시 점쟁이가 그런 책(당수책)을 펴놓고 점치는 것을 목격했다고 하는 것으로 미루어, 60년대 말에 벌어진 서적 수거시 빼돌려 숨겨가지고 있다가 활용하는 것으로 추정된다. 북한에서는 현재 이런 류의 책은 일체 출판할 수가 없기 때문이다. 1998년도에 점을 쳤다는 최진이 씨도, 평양예술영화촬영소 출신으로 활동하다 청진으로 추방당해 호구지책으로 점복행위를 하던 당시 60여 세의 여성 점쟁이가 오래된 책을 펼쳐놓고 나이를 물어본 다음에 궁합이며 오행을 따지면서 점을 쳤다고 진술하고 있는데, 토정비결이나 그 부류의 점복서를 가지고 점복행위를 했다고 여겨진다. 이와 관련하여, 최○○(38세) 씨의 할머니는 화투를 몰래 숨겨 가지고 있으면서, 1994년에 작고할 때까지, 음력 설이면 화투짝을 뒤집어 놓아가며 '해년풀이'라 하여 가족의 1년 신수를 점쳤다는 사례를 보면, 북한에도 당국의 탄압이나 금지조치에도, 얼마든지 종래의 점복서가 전해질 수 있다는 것을 알 수 있다. 최진이 씨에 따르면, 그 당시 50 고개의 여성 신점자는 그 조부로부터 교육을 받아서 점복행위를 하는 세습 점복자였는데, 그 신통력으로 도둑을 잡는

---

6 남한 점복자의 유형에 대해서는 김태곤 외, 『한국의 점복』(서울 : 민속원, 1995) 참조.

일도 있었다고 기억하였다.

③ **복채** : 일정하게 정해져 있지는 않은 듯하다. 최영실 씨의 경우는, 탈북하던 해인 2000년에 할머니 점쟁이에게 100원을 주고 점을 쳤는데, 당시 교원신분이었던 자신의 월급이 80원이었다고 한다. 왜 그렇게 많은 돈을 주었느냐는 조사자의 물음에 "아끼지 않고 많이 주어야 점을 정성껏 쳐주기 때문"이라고 대답하는 것으로 미루어, 중국으로 떠난 남편이 과연 장사에 성공해서 자신을 찾아올지 아닐지 불안한 상황에서 있는 돈을 다 바쳐서라도 그 해답을 찾고자 했던 것으로 이해되는 대목이다. 북한사람들 역시 '정성제일주의'를 가지고 살아간다는 사실을 확인할 수 있는 대목이 아닌가 한다. 하지만 늘 그렇게 고액의 복채를 지불하는 것은 아닌 듯하다. 특히 자발적으로가 아니라 친구의 권유로 찾아간다든지 할 때는 소주 2병을, 최진이 씨의 경우에는 그 친구가 대신 지불한 것이지만 강냉이 석 되 정도였다고도 하니 다양한 형태로 복채가 주어지고 있음을 알 수 있다. 대부분 현금으로 바뀐 남한과는 달리, 식량문제가 심각한 북한의 경우 과거와 같이 생활필수품같은 현물로 복채를 지불하기도 한다는 것이 특이한 점이라 하겠다.

(2) 꿈풀이

남한과 마찬가지로 북한에서도 꿈풀이는 일상적으로 행해지고 있다. 길몽, 흉몽, 양가적인 꿈으로 구분해서 소개하면 다음과 같다.

가. 길몽

① 꿈에 피를 보면 고기가 생긴다.[7]
② 불을 보면 큰돈이 들어온다.

③ 황소(또는 조상)가 들어오면 좋다.

④ 물로 목욕하면 시름을 던다.

⑤ 돼지(새끼)꿈을 꾸면 목돈 생긴다(또는 아들을 낳는다).

⑥ 골짜기에 떨어지면 돈이나 먹거리가 생길 징조이다.[8]

⑦ 용꿈을 꾸면 출세한다(간부, 합격, 입당 등).

나. 흉몽

① 이빨 뽑히는 꿈을 꾸면 안 좋다(윗니는 윗사람에게, 아랫니는 아랫사람에게

좋지 않은 일이 생길 징조).

② 바닷고기를 보면 날이 궂다.[9]

③ 황소(또는 조상)가 나가면 좋지 않다.

⑥ 뱀꿈을 꾸면 딸을 낳는다.

⑦ 개에 물리면 좋지 않다.

다. 양가적인 꿈: 죽은 어머니가 꿈에 보임

(사람에 따라 좋게도, 나쁘게도 받아들임)

이들을 보면, 몇 가지 차이도 있지만, 대체적으로 흉몽과 길몽의 내용이 남한과 일치하여 동질성을 강하게 느낄 수 있다. 분단되어 이념과

---

7 남한에서는 길조로 보지 않는다. 양동인, 『꿈해몽 대백과』(서울: 예지원출판사, 1999), 179쪽에서 '피를 흘리는 사람에 관한 꿈'을 풀이하기를 "좋은 징후라고는 할 수 없다. 피는 모든 사물의 근원을 상징하는 것이다. 그러므로 모든 사물이 근본적으로 뒤집힐 우려가 있다. 벽에 부딪히고 침체 상태에 빠져 자신감을 상실하는 당신을 암시하고 있다."라고 하였다. 이하 남한과 다른 경우만 각주를 달아 설명하고, 동일한 경우는 부연설명하지 않기로 한다.

8 남한에서는 '추락하는 꿈'을 양가적으로 풀이한다. '높은 곳에서 아래로 떨어지는 꿈'은 "직위나 신분의 몰락, 의욕 상실 등의 일을 체험한다."로, '고의로 아래로 뛰어내리는 꿈'은 "소원충족을 가져올 일과 상부에서 하부로 시달하는 일이 성취됨을 뜻한다."로 분리해서 해몽하고 있다. 양동인, 같은 책, 455쪽 참조.

9 남한에서는 '바닷물고기'에 관한 꿈만을 따로 다루지는 않으나, 산 물고기 꿈은 길조로 풀고 있다. 양동인, 같은 책, 230쪽 참조.

체제가 달라졌지만 여전히 같은 꿈을 꾸고 같은 풀이를 하며 산다는 것을 확인할 수 있는 것이다. 남북 문화의 이질성을 강조할 때가 많은데, 꿈풀이에서의 이 같은 동질성은 남북의 화해와 교류에서 소중하게 활용할 수 있는 공통 코드 가운데 하나가 아닌가 여겨진다.[10]

(3) 무속

무속신앙은 발각될 경우 처벌받는 대상이라 점복처럼 흔하지는 않으나 아주 은밀한 형태로나마 전해지고 있다는 것을 알 수 있다. 최○○씨(38세) 증언에 의하면, 1979년 당시 그 어머니(80대의 노인)가 중병에 시달리자, 할머니가 밤중(10시~12시쯤)에 산골에 사는 무당 전력을 가진 노파(80대의 노인)를 집으로 불러들여, 불빛과 소리가 밖으로 새어나가지 않도록 한 다음 무속행위가 이루어졌는데, 칼을 던진다든지, 병의 원인으로 밝혀진 플라스틱 그릇을 부수는 절차가 있었다고 한다. 어머니의 병을 칼에 담아 던지는 한편 플라스틱 용기에 몰아넣어서 이를 깨는 것으로 병마를 퇴치시켰던 것이 아닌가 추정된다. 하지만 일부 탈북자는 무당의 존재를 강하게 부정하고 있어, 아주 예외적으로, 그야말로 은밀하게만 무당 및 무속행위가 존재함을 알 수 있다.[11]

---

10 예컨대 남북 인사가 만났을 때, 지난 밤의 꿈 이야기를 하면서 자연스럽게 대화할 경우 훨씬 부드러운 분위기가 될 수 있을 것이다.
11 최○○ 씨가 제보한 할머니가 과연 무당이겠는지, 구두발표 자리에서 논란이 있었다. 무당이 아니라 해도 그런 축귀의례를 행할 수 있다는 게 논란의 핵심이었다. 하지만 최영실 씨의 제보에서, "그 사람이 한 복장은 우리 할머니와 같은 옷은 아니었어요. 이런 일반인이 입는 옷이 아니고 별나게 입고 왔어요. 무섭더라니까 그 할머니를 보는 순간에. (중략) 집안이니까 볼 순 있었는데, 일단 옷은 특이했기 때문에, 그 할머니를 보니까 저는 무서운 생각만 들더라니까요?"라고 하는 것을 보아, 무당으로 보아야 자연스럽다고 생각한다. 일반인이 특별한 복장을 입고 그런 의례를 행한다는 것은 납득하기 어렵기 때문이다. 북한 무속에 밝은 양종승 박사도 이 할머니를 무당으로 보아야 한다는 의견이었다.

3. 북한의 현대판 속담

3.1. 북한 현대판 속담의 존재 여부

우리 남한에서 이른바 현대판 구비문학의 한 범주로서, 남한의 변화하는 세태를 반영하는 각양의 유머와 속담이나 수수께끼가 존재하듯이, 북한에도 그런 속담이 유통된다면 북한을 이해하는 데 도움이 될 것이다. 과연 북한에도 그런 새로운 속담이 있을까?

북한에도 새로운 속담이 있다. 탈북자들은 대부분 요즘들어 새로 유통되는 속담자료들을 제보하였다. 어쩌면 설화 구연은 부담스러워 해도 속담 제보는 어려워하지 않았다. 하지만 김일성 유일체제하에서 새로 생겨난 속담들이 상당수 존재하는바, 이들 현대판 북한 속담이야말로 남한의 새로운 속담들과 구별되면서 북한사회의 특수성을 드러내는 자료라고 생각한다.

3.2. 북한의 새로운 속담들

① 남자는 집안의 멍멍이, 자식은 짹짹이, 여자는 집안의 희망새
② 3부가 잘 산다
③ 딸 없는 여자(아들만 있는 여자)는 국제고아다
④ 무자식이 상팔자
⑤ 군대 나가면 굶겨죽이기
⑥ 입당하려니 세포비서가 바뀌고, 또 입당하려니 당비서가 바뀐다
⑦ 사과가 되지 말고 토마토가 되라
⑧ 외유내강하지 마라
⑨ 강계 색시면 다 미인이냐?

⑩ 병아리도 평양이 그리워 "피양피양" 한다
⑪ 잘생긴 도시남자보다 돈 많은 곱사둥이가 낫다.
⑫ 달러 1장만 있으면 고운 여자들을 한 삼태기 건질 수 있다.

①의 속담들은 식량난이 심해진 북한의 상황을 잘 보여주는 속담 중의 하나이다. 북한의 남성들은 가부장제적인 의식이 강해서, 배급이 끊긴 상황에서도 가족을 부양하기 위한 적극적인 노력을 기울이지 않는다. 남자의 체면을 더 의식하기 때문이다. 그래서 집이나 지키다 주인이 주는 밥을 얻어먹는 개처럼 소비적인 존재로 전락되어 있음을 나타내는 게 '남자는 집안의 멍멍이'라는 속담이다. '자식은 쩍쩍이'는 설명할 필요도 없이, 노동력 즉 생산력은 없이 부모에게 밥이나 달라고 보채는 존재이기에 그렇게 명명하는 것이다. '여자는 집안의 희망새'란, 남자와는 달리 북한 여성은 강한 모성을 발휘하여 가족을 먹여 살리기 위해, 행상·구걸은 물론 심지어는 몸을 팔기까지 해서 가족을 부양하기에, 그만큼 가정에서 여성 역할의 비중이 더 커진 세태를 여실하게 반영하는 속담이다.

②의 '3부가 잘 산다'란 속담은, 남한에서 '사'자 돌림 직업인(의사, 판사, 검사)이 잘 사는 걸로 인식되어 있듯, 북한에서는 '부'자가 들어가는 세 부류가 잘 산다는 속담이다. 농부, 어부, 과부가 그것이다. 농부와 어부는 자연을 근거로 1차 생산에 종사하므로 최소한 굶어죽지는 않을 수 있으므로 그렇게 말하는 것이고, 과부는 부양해야 할 가족이 없어 자유로운 데다가 몸을 팔 수도 있어 물질적 여유를 가지기 때문에 그렇다.

③의 '딸 없는 여자는 국제고아다'라는 속담은, 아들은 일단 결혼하고 나서 자기 아내한테 빠지면 어머니에게 관심을 가지지 않을 수 있으나 딸이 있으면 친정어머니를 모셔다 살든 식량을 제공하여 부양하든 한다

는 것이다. 실제로 북한에서는 현재 아들보다는 훨씬 딸을 선호한다고 한다. 남한과는 달리 여자가 가정 경제활동의 주역이기 때문이다. ①번 속담에서도 이미 드러났듯, 북한 가정에서 생계를 유지하는 중심 역할을 여성이 담당하는 비중이 커졌다는 것을 다시 한 번 일깨우는 속담이라 하겠다.

④의 '무자식이 상팔자'라는 속담은, 남북한 공통의 전통적인 속담이다. 하지만 현재 북한에서 그 함의가 약간 축소되어 있다. 전통적인 의미('자식이 없는 것이 도리어 걱정이 없이 편하다는 말로 『표준국어대사전』에서 규정하는 것처럼, 다분히 심리적인 함의를 지님)와는 달리, 식량난의 격화와 함께 부양 능력이 없어 자식을 하나만 낳는 것도 부담을 느끼게 된 상황을 드러내는 속담 즉, 물질적인 함의만 지닌 속담으로 변화되어 있다고 보이기 때문이다. 국가에서는 더 낳으라고 출산을 장려하는데, 비밀리에 피임들을 하고 있는 실정이라고 한다(최○○ 씨의 제보).

⑤의 '군대나가면 굶겨죽이기'는 90년대 중반부터 유행하기 시작한 속담이다. 일반 인민은 궁핍해도 군인들만은 잘 먹었던 북한이지만, 식량난이 심해져 군인에 대한 식량배급 사정도 악화되자 이런 속담이 나돌게 되었다. 굶주림을 못 견딘 군인들이 인근의 닭이나 돼지를 끌고가는 일도 일어나며, 어렵게 구한 소금을 화장실에 몰래 들어가서 먹기도 한다니,[12] 이런 속담이 나올 법하다고 이해된다.

⑥의 '입당하려니 세포비서가 바뀌고, 또 입당하려니 당비서가 바뀐

---

12 21~22세, 한창 먹을 땐데, 영양 보충 못하니까, 픽픽 쓰러지고. 소금 한 줌이 없어 가지고, 몰래 한 줌 얻어가지고, 주머니에 넣고 몰래 변소에 가서, 뺏길까봐, 어린애들이 나가서 한줌씩 먹고. 말도 못해요. 상층에서부터 조금씩 뜯어먹기 시작하여 맨밑에 오면 돌아올 몫이 없어요. 군대 갔다가 도망쳐 오기도 해요. 영양 실조 치료받으러 나왔다, 안 간다고 하고.)
*채록일시 : 2002.5.21. 제보자 : 최○○(여, 45세, 김형직대학교 작가양성반 졸업. 작가동맹 회원)

다'는 속담은 불운한 사람을 일컬을 때 하는 속담이면서, 노동당 당원을 선망하는 북한 사람들의 의식, 그리고 입당을 위한 뇌물 수수의 존재를 반영하는 속담이다. 1980년대부터 이런 속담이 유행하기 시작하였다고 한다.

⑦의 '표리부동하지 마라'는 우리 남한에서도 사용하는 말이지만, 북한에서는 약간 변형되어 있다. 남한에서는 개인적인 차원에서, 분열된 인격을 보이지 말라는 것이지만, 북한에서는 사회체제와 관련하여 겉으로는 체제에 순응하는 척하고 속으로는 반대되는 성향을 가져서는 안된다는 요청을 담고 있다.

⑧의 '사과가 되지 말고 토마토가 되라'는 속담은 김정일이 명제로서 내세운 이래 유통되는 신종 속담인데, 면종복배하지 말라는 뜻이다. 겉만 빨갛고 속은 그렇지 않은 사과처럼 살지 말고, 안팎이 새빨간 토마토처럼 철저한 사회주의자로 살아야 한다는 주문이다. ⑦번 속담과 같은 맥락의 것이라 하겠다. 이런 속담이 유통된다는 것은 북한 주민(특히 인텔리 계층)의 사회주의 의식에 동요가 일어나고 있다는 것을 보여주는 증거가 아닌가 해석되기도 한다.

⑨의 '강계 색시면 다 미인이냐?'는 속담은, 북한의 지역적 특성을 드러낸 속담이라 생각된다. 남남북녀라는 말이 있지만, 특히 강계 지역은 미인이 많기로 유명한 곳인데, 그곳 처녀라고 다 미인은 아니라는 것이다. 의미론적인 용어를 빌자면, 일치적(一値的) 혹은 흑백논리적 사고를 해서는 안된다는 교훈을 담고 있는 속담이라 하겠다.

⑩의 '병아리도 평양이 그리워 피양피양 한다'는 평양에 대한 북한 사람들의 동경심을 표현한 속담이다. 평양에는 100만 명만 거주할 수 있게 제한되어 있으며, 당원들 중에서만 들어가게 되어 있다. 배급의 문제, 지하철 수용능력의 한계 등을 고려해서 김정일이 그렇게 평양인구를

100만으로 제한한 것인데, 평양에 들어가 살고 싶은 소망은 있으나 그게 불가능한 것이 일반 주민이므로 그 간절한 정도를 병아리에 투사하여 表現한 속담이라 하겠다. 북한 사투리로 평양을 '피양'이라고 하는 데 착안하여, 병아리가 울 때 '피양피양'하며 우는 것을 마치 평양에 가서 살고 싶어서 '평양평양' 소리를 낸다고 해석한 것이다.

⑪의 "잘생긴 도시남자보다 돈 많은 곱사둥이가 낫다."는 물질중시 풍조를 반영하는 속담이다. 일반적으로 북한이 너무 물질에 치중하니까, 잘생긴 도시남자보다 차라리 돈 많은 곱사둥이를 선호할 만큼 북한 처녀들의 인식이 바뀌었음을 나타내는 말이다.

⑫의 "달러 1장만 있으면 고운 여자들을 한 삼태기 건질 수 있다." 달러 1장은 100달러를 의미한다. 100달러만 있으면 예쁜 여자들을 얼마든지 구할 수 있다는 이 말은, 북한에서 달러가 얼마나 큰 위력을 발휘하는지 잘 보여준다 하겠다.

4. 북한 민간신앙과 현대판 속담의 존재 의의

북한에 민간신앙과 현대판 속담이 존재한다는 사실이 지니는 의의는 무엇일까?

첫째, 북한 민속의 실상을 알아내기 위해서는 방법론의 전환이 이루어져야 한다는 사실을 일깨워준다. 그간의 연구는 주로 북한 당국에서 공식적으로 발간하거나 방영한 자료에 의존하였으나, 그 방법으로는 알아낼 수 없었던 사실이 거의 현지조사와 맞먹는 효과를 가진, 탈북자와의 면담을 통한 조사를 통해, 그 일부나마 구체적으로 드러났기 때문이다. 북한 민속의 연구에 있어서 현지조사 혹은 면담조사로의 방법론적 전환의 필요성이 입증되었다고 보이는바, 차후 다른 분야에 대해서도 이와 같은 방법으로 접근하면 종래보다 진전된 성과를 거두리라는 기대를 가지게 한다.

둘째, 사회주의 혹은 김일성 유일사상이 지배하는 북한에도 점복신앙을 위시하여 민간신앙이 활발하게 존재하고 있다는 사실은 그간의 편견을 시정하게 한다. 소설가 황석영 씨가 북한을 방문하고 와서 〈그곳에도 사람이 살고 있었네〉라는 글을 쓴 적이 있는데, 민간신앙의 존재 사실도 그런 류의 느낌을 가지게 한다. 당에서 금지하고 규제하는데도 점복신앙 같은 민간신앙이 활발하게 존재한다는 것은 북한 주민들도, 체제나 이데올로기로는 도저히 해결할 수 없는 삶의 절실한 문제 앞에서, 남한의 우리와 다를 바 없이 대처한다는 생각이 들기 때문이다. 아니 지금의 우리만이 아니라, 그와 같은 심리적 기제는 유교를 신봉하는 사대부이면서도, 절손의 위기에 몰리게 되자 기자치성과 점복 등의 민간신앙에 의존했던 조선전기의 문사 묵재 이문건의 예[13]에서 보듯, 어느 시대 누구에게서나 확인되는 동질성이기도 하다. 그럼에도 불구하고, 북한 사람들은 사회주의 혹은 김일성 유일사상으로 무장된 나머지, 민간신앙과는 절연된 채 살아갈 것이라는 선입견을 가졌던 게 사실이다. 하지만 이들 민간신앙 자료들은, 북한 사람들도 절박한 상황에서 민간신앙의 힘이라도 빌리려는 양태를 보인다는 점에서 그간의 편견을 불식하게 한다.

셋째, 북한의 현대판 속담을 통해, 식량난이 심해진 북한의 실정을 여실하게 확인할 수 있는 한편, 일당독재 체제 아래에서도 다분히 체제 비판적인 속담이 존재한다는 사실도 알 수 있는바, 특히 후자는 새롭게 알려진 내용으로서 주목할 만하다. 기존의 북한 속담집은 물론이고 어떤

---

13 이복규, 『묵재일기에 나타난 조선전기의 민속』(서울: 민속원, 1999), 89쪽 참조.

매체에서도 확인할 수 없었던 이들 현대판 속담들과 거기 담긴 의식이야 말로, 북한 사람들이 분단 이후의 상황에서 체제에 대해, 현실에 대해 어떤 의식을 가지고 살아가는지 여과 없이 보여주는 자료로서 소중한 가치를 지니기 때문이다. 북한 사람들 역시 남한 사람들과 마찬가지로 비판 의식이 있다는 사실을 일깨워 주기 때문이다. 어쩌면 북한 사람들의 내면의식은, 구전되어 유통되고 있는 이들 속담에 잘 담겨 있는지도 모를 일이다. 말로서 형성되고 말로 존재하는 민속문학 혹은 구비문학이기에 이럴 수 있다는 점에서, 이들 속담 자료는 21세기에 들어와서도 민속문학 혹은 구비문학의 중요성과 존재 가치를 웅변으로 증명하고 있다. 아울러 탈북자를 통한 현대판 속담 채록 작업이 계속해서 이루어져야 할 필요성과 가능성을, 이들 자료는 강하게 시사한다고 할 수 있다.

넷째, 북한에도 민간신앙과 현대판 속담이 존재한다는 사실이 지닌 의의를 한마디로 요약해 말하면, 남북한 동질성 회복의 가능성을 확인하게 해준다는 점이다. 점복신앙과 현대판 속담에 대해서는 이미 언급했으므로 재론하지 않거니와, 특히 꿈풀이의 내용 같은 것은 남한과 아주 유사하기 때문에 동질성이 더 크다고 보인다. 흔히들 분단 이후 남북간의 이질화가 심화되는 양상에 대하여 지적하며 우려하는데, 다른 점만 자꾸 강조해서는 남북 교류와 통일에 도움이 되지 않는다. 체제와 이데올로기의 차이에도 불구하고 민족문화 차원에서 여전히 같은 점이 무엇인지 드러내어 강조해야 남북의 화해와 교류, 나아가 민족 통일로 나아가는 데 유익하다고 본다. 그렇다고 달라진 점을 부정하거나 모른 체하자는 것은 아니다. 언어의 경우에서 보듯, '코너킥'을 '구석차기'로, '아이스크림'을 '얼음보숭이'로 일컫는 등 명백히 이질화한 부분이 있는 게 사실이다. 하지만 이질화한 부분과 함께 여전히 동질성을 유지하는 측면에 대해서도 힘써 연구해 보고함으로써, 균형감각을 지니도록 도와주는 것이 연구자의 책무라고 생각한다. 북한의 민간신앙 자료야말로, 그 동질성을 가장 명징하게 보여주는 사례이며, 현대판 속담 자료 역시 그 일단을 확인시켜 주는 예로서 그 의의를 인정할 수 있다.

5. 맺음말

　이 글은 분단 이후 북한 민속 중에서 민간신앙과 현대판 속담의 양상을, 최근 탈북한 사람들의 구술을 통해 얻어낸 결과를 소개한 것이다. 분단 이전의 상황을 거론한 기존의 보고와는 구별된다 할 수 있다. 북한에서 출판한 자료나 신문 및 북한 방송을 아무리 살펴보고 들어도 포착할 수 없는 북한 민간신앙과 현대판 속담의 실상을 부분적이나마 알아낼 수 있었다고 생각한다. 아마 북한에 들어가서 조사한다 해도 민간신앙은 금지되어 있기 때문에, 현대판 속담은 다분히 체제비판적이기 때문에 제보자들로부터 순순히 그 실상을 제보받기 어려울 것이라는 점에서, 탈북자를 통해서 얻어낸 이 보고는 나름대로 의의를 지닌다고 생각한다.

　하지만 이 글은 몇 가지 한계를 지니고 있다. 우선 제보자의 지역 면에서, 북한 전역을 망라하지 못하고 평양·함경도 출신 제보자 위주의 조사였고 그 수도 4인에 불과하였다. 조사 대상도, 속담 및 민간신앙중의 점복·꿈풀이·무속만으로 제한되어 있다. 앞으로 다른 지역 출신자까지 제보자를 더 확충하고 조사 항목도 광역화하며 시기별 변모양상까지도 추적해야만 명실상부한 '분단 이후 북한 민속의 실상'에 대한 보고로서 손색이 없을 것이다. 구전문학 중에서 민요와 수수께끼, 민간신앙 중에서 '금기·주술·풍수·민간의료' 등에 대해 계속 조사할 필요가 있다.

　한정된 자료를 근거로 한 글이지만, 북한 민간신앙과 현대판 속담의 실상이 어떤지 한 단면은 분명히 확인한 기회였다고 생각한다. 이 글이 북한 민속 연구의 활성화에 자극제가 되고 남북 동질성 회복과 통일이라는 시대적 과업에 작으나마 기여할 수 있기를 희망한다.

부록 최○○·최○○ 씨 구술 북한 민간신앙 관련 자료

1. 북한의 민속(최영실 씨 구술자료)

(채록자 : 그러면 이야기는 이 정도로 하고, 그럼 이제 뭐 무당 이야기 무당 이야기 해주세요.) 그건 제가 직접 목격했는데요. 예 79년도 같아요. 어머니가 심한 중병을 앓게 되니까, 할머님이 그 무당을 데리고 왔더라구요. 지금 생각하면 무당이죠. 이렇게 칼을 막 뿌리면서 있잖아요? 막 갈구면서 막 칼끝을 뿌리더라구요. 그리고 집에 있는 병그릇을 가져와서 다 마시더라고. 풀그릇을 어머니가 새로 사왔는데 수지 그릇이에요. 저 플라스틱그릇 그걸 새로 사왔는데, 이것이 집안의 지금 화물(禍物)이라는 거에요. 플라스틱그릇이? 풀그릇, 그것을 없애버린다고 다 마사버리더라구요. 그리고 어머니 옷가지에서 몇 가지 옷을 색깔나는 것 있잖아요? 그것을 다 베. 칼로. 그래가지고 뭐 어떻게 한다면서, 하는데, 우리를 윗방으로 다 들어가라고 하더라구요 보지못하게. 그러니까, 희귀해 가지고, 이렇게 가만히 내다보니까, 칼꽂을 뿌리기도 하고, 막 정말 중얼거리면서 말을 막 하더라구요. 빌면서. 간 다음에 물어보니까, 절대 말하지 말라고 방해하더라구요. 밤 10시 넘어서. (채록자 : 언제까지?) 12시까지죠. 예, 근데 이북은, 제가 기억을 해보면, 그때 아래학생 때였는데, 아홉시나 열시 되면 다 자야 되거든요? 그런데 그 시간에 늦게까지 하니까 (채록자 : 마을사람들이 알 거 아니에요?) 알까봐 밤에 지금 한다니까요? 남들 모르게 한다고. (채록자 : 알 거 아니에요? 그만큼 부수고 하면.) 글쎄요. 일단 밖으로 문 다 걸고, 그 다음에 불 죽이고 문을 다 닫거든요? 그리고 여기는 창문이고 바깥이에요. 그리고 밭이니까, 민가가 가깝지는 않거든요. 떨어져 있죠. 그렇게 하고서리 이렇게 막 하더라구요. 근데 우리 이북 집은 일본 집이라 놔서 미닫이가 있어요. 창문이 있고, 미닫이를 하면 창호지를 다 발랐기 때문에, 밖의 불빛이 잘 안보여요. 새깜해 보이거든요? 그렇게 해 가지고 집안에서 해요. (채록자 : 그럼 아까 칼을 뿌린다고 하셨는데 그게 무슨 소리에요?) 그 사람 자체가 이렇게 말을 하다가 막 칼을 뿌리더라구. 칼끝이 딱 앞으로 나가 서더라구요. 곧게 뻗어 가지고, 막 중얼중얼거리면서 말하더란 말입니다. 할머니인데, 어떤 할머니인데. (채록자 : 칼을 던지는구나!) 네 (채록자 : 다시 들어서 다시 또 하고) 무슨 말을 하더라고요. (채록자 : 할머니 무당이란 말이죠?) 할머니무당이더라구요. (채록자 : 그런데 이렇게 뛰진 않아요?) 기억에는 그거는 잘 모르겠는데. (채록자 : 뛰는 것 같지

는 않았아요? 뭐라고 하진 않았어요?) 계속 중얼거리죠. 말, 계속 (채록자 : 알아듣는?) 못 알아듣죠 저는. 한마디도 못 알아듣고, 계속 이렇게. (채록자 : 보통 쓰는 말은 아니란 말이죠?) 예, 말을 계속 하긴 하는데 알아듣지 못하겠고, 그리고 그담에 칼을 막 뿌리니까 겁이 나더라구, 그때 당시. (채록자 : 두 개를?) 그래 두 개인 것 같아요. 그래서 내가 할머니한테 그거는 물어봤거든요. 우리 할머니보고,

"할머니 그 칼은 왜 이렇게 뿌리냐?"

고. 그러니까 귀신이 다 나가라고 칼끝을 뿌린다. (채록자 : 그러면 그 때 복장은 일반복장 이었어요, 아니면?) 아니에요. 그 사람이 한 복장은 우리 할머니와 같은 옷은 아니었어요 이런 일반인이 입는 옷이 아니고 별나게 입고 왔어요. 무섭더라니까 그 할머니를 보는 순간에. 제가. (채록자 : 밤이니까 잘 안 보인건 아닌가요?) 아니죠, 그러니까 집안이니까 볼 순 있었는데, 일단 옷은 특이했기 때문에, 그 할머니를 보니까 저는 무서운 생각만 들더라니까요? (채록자 : 칼 던지는 것 이외에 다른 기구는 없었어요?) 예 없고. 그 무슨 밥상 같은 데다가 이렇게 저 뭐나요? 뭐 할마이가 다 준비했더라고. 뭐뭐 준비하라고 했는지, 그래서 엄마가 사온 그릇에다가 어머니 천옷들 있잖아요? 옷들을 쩍쩍 벤 걸 거기다가 한데 놓고, 제가 본 기억이 나가지고, 어떻게 했는지는 모르겠는데, 그리 자꾸 웃방에 올라가서 떨구니까, 우리 오빠하고 둘이는 웃방에 올라가서 자꾸 늦잠을 자다본 께. 그래서 엄마 병을 낫게 한다 그런다 하면서. (채록자 : 사례를 얼마 줬는지는 모르겠 고?) 그건 모르겠어요. 돈 줬겠죠. (채록자 : 그리고 어머니가 나으셨어요?) 돌아가셨어요. (채록자 : 그 병으로?) 예 그 병으로. 그런데 그 순간에는 (채록자 : 막판엔 무당을 했구나.) 네 그랬겠죠. (채록자 : 약도 안되고 하니까.) 돌아가셨어요. (채록자 : 그 뒤에는 무당을 집으로 초청하는 일은 없었어요? 그 뒤에는?) 무당은 그 때해서 끝을 냈고, 그 이후에 그 뭐나요? 오빠가 94년도에 사망됐거든요? 오빠가 사망됐을 때에는 점쟁이를 데리고 왔었 어요. 그때는 점쟁이를 데리고 와서 하니까, 와서 오빠를 척 보던 게. (채록자 : 시체를?) 아니요, 살아있었지. 복막염에 물이 차서. 그래서 점쟁이를 데리고 왔거든요. (채록자 : 와서 뭐 한 거예요? 그 사람은?) 그러니까 오빠가 살 수 있냐 죽겠냐? 좀 감립좀 해서 투자를 해서라도 살구자고. 그래 보니까 봐서 물이 지났다, 큰돈 들이지 말아라, 병이 지새워서 소생하기 힘들다 하더라구요. 그 때 점쟁이가 와서. 근데 정말 돌아갔어요. (채록자 : 그 뒤에 무당이 북한에 있다는 얘기를 들어보셨어요?) 무당은 없는데 곳곳마다 점쟁이들은 많았어요. (채록자 : 그 그때 그 무당은 마을에 사는 건 아니었어요?) 모르겠어

요. 아직까지 어디에 사시고 있는지는 모르겠고. 할머니가 알아서 했으니까. (채록자 :
점쟁이에 대해서는 그 뒤에 또) 많죠. 최근 점쟁이들은 이북에 많아요 곳곳에. (채록자 :
점쟁이한테 가본 일은 있어요?) 있어요. (채록자 : 무슨 일로 가셨지요?) 남편이 중국에 갔잖
아요? (채록자 : 아, 남편이 중국에 가 있을 때니까) 어떻게 되겠는지 그래서 한번 점쟁이한
테 간 적이 있었어요. (채록자 : 그러니까 뭐래요?) 근데 그 점쟁이는 아주 정확하게 맞췄
어요. 가을이면 동쪽에서 소식이 온다, 그래서 좋은 소식이겠다, 그러더라구요. (채록자
: 뭘 가지고 보던가요?) 저의 연도를 생년월일을 묻고 이름을 쓰라 하고. (채록자 : 한자
로?) 아니, 자기가, 이름 부르면 다 쓰더라구요. 그리고 무슨 막 계산을 하더라구요. 계산
하는 척 하더라구요. 잘 모르죠. 그리고 터억 말하는 게 그러더라구요. 그런데 이 사람이
카드 가지고 뭐 이렇게 하는 것은 상대방을 그렇게 속이는 거고, 실제 점쟁이들은 사람을
보면 벌써 쫙 읽는대요. 그리고 벌써 천천히 보더라구요. 그 사람 자체도. 여잔데, 한
70 먹은 할머니에요. 잘 본다고 해서 갔거든요? 그래, 갔는데 절 보고 그러더라구요. 손금
도 보자 해서 보이고, 그 다음에 생년월일도 물어보고, 남편 생년월일도 물어보고, 쭉
물어보던게, 동족에서 가을이면 좋은 소식이 오겠다고, 그러더라구요. 그런데 가을에 남
편한테서 좋은 소식이. (채록자 : 그때가 언제에요?) 2000년. 2000년 5월에 점쟁이를 봤거
든요. 그런데 남편한테 소식이 왔더라구요. 가을도 아니고 8월달인데, 애들 데리고 중국
으로 넘어오라고. 그래서 남한으로 왔죠. 바로 왔더라구요. 그건 내가 생각해보면 일단
맞췄다고 생각을 하죠. (채록자 : 그래서 얼마를 줬어요?) 100원 줬어요. (채록자 : 북한돈으
로 100원이면 어떻게 되는거에요? 우리 돈으로?) 잘 모르겠어요. 댓수가 어떻게 되는지
모르겠으니까. (채록자 : 귀한 것, 상당히 많은 겁니까?) 일단 북한으로서도. (채록자 : 한
달 봉급이 얼마나 됩니까?) 80원. (채록자 : 한 달 봉급이? 야, 많은 거다. 안 주면 어떻게
되는 거에요? 돈.) 먼저 주죠, 봐 달라고 주죠. 그래야지 잘 봐주거든요. (채록자 : 만약에
안줄 수도 있네? 그대로 안줄 수도 있네?) 안 주면 잘 안 봐줘요 잘. 굿을 붙이고 돈을
주고 복채 먼저 주고 보는 게 옳잖아요? 다. (채록자 : 어떻게 100원 주실 생각을 하셨어요?
정해졌어요?) 아니죠. 복채는 큰돈이니까 정성이니까 줬죠. 내가 보고 싶으니까. 또 (채록
자 : 정해진 건 없다?) 정해진 가격은 없고 내가 보고 싶은 욕망에 의해서, 점쟁이가 잘
보면 돈을 더 투자해서 보자! (채록자 : 그런데 그 점쟁이가 잘 본다는 이야기는 어떻게
알고 갔습니까?) 소문이 쫙 났더라구요. (채록자 : 소문이?) 예, (채록자 : 샛별군에?) 네.
(채록자 : 사람들 많이 가는군요?) 많이 가더라요. 그런데 그 어떤 사람들은 이래 가면

점쟁이(?) 자체가 뭘뭘 가져오라 하는 게 액수가 대단한 숫자래요. 그런데 저는 100원 가지고 가서 봤는데 이렇게 맞췄어요. 다른 분들도 그 집 가요. (채록자 : 이건 싼 거다?) 예. (채록자 : 돈이 없는 사람은 어떻게 보지?) 못 보죠. 돈 없는 사람은 점 볼 생각도 안해요. 그러니까 생활이 조금 여유가 있고 조금 이런 걸 볼 수 있는 사람이. (채록자 : 어쨌든 이거 당국에서 안 잡아간다는 거죠?) 모르게 하죠. 아니면 잡아가지. (채록자 : 아, 잡아가는 게 있어요?) 그렇죠. 이거 절대 모르게 해요. 가만히 찾아가요. 그리고 이 점쟁이 자체가 소문이 쫙 났으니까, 정부에 가서 반성문 쓰고 다신 안하겠다 딱 각서를 쓰고 나온 사람이에요. (채록자 : 그럼, 노동당 일꾼들은 안갈까요? 점쟁이 점 보러?) 가는 분들도 있대요. (채록자 : 아, 있다고 들었어요?) 예. 노동당 간부들도 집안에 병이 났거나 자기 직책이 어려울 때에는 이런 점쟁이들을 찾아간다고 하더라구요. 그 집에서 하는 것이 아니라, 불러다가. (채록자 : 불러다가? 소문나니까?) 예, 그렇겠죠. 그런 경우 있다고 많이 들었어요. 무당은 아니고? 이북은 지금 무당보다도 점쟁이 소리가 더 많아요. 그리고 어떤 사람들은 신을 업었다 이렇게 하거든요. 그래 신을 업었다 하게 되면은 꿈에 와서 할아버지가 배워 주는 사람이 있고, 또 어떤 사람들은 꿈에 와서 할머니가 와서 배워주는 사람이 있대요. 그럼 법에서 말리기 때문에 안 해야잖아요? 그러면 본인이 앓는다잖아요. (채록자 : 앓어?) 네, 그래서 자꾸 남이 지나가는 거, 딱 생각이 없기 때문에 말해주는데, 그 사람이 딱 맞거든요, 말해주는 게. (채록자 : 점쟁이라고 해요? 그걸?) 네, 점쟁이라고 해요. (채록자 : 신을 업어서 하는 점쟁이도 있고, 그러니까 아까처럼 사주를 갖다가 따져가지고 이름풀이해서 보는 점쟁이도 있다는.) 예, 제가 해서 본 점은 이름풀이해서 보는 점쟁이였고. (채록자 : 책을 펴놓고 하던가요?) 모르겠어요. 그때는 책 이렇게 있었는지. 그때는 책 안 보이고 하더라구요. (채록자 : 이름을 한자로 적던가요? 한자로 어떻게 쓰는지 물어보던가요?) 아니요. 그런 건 물어도 안봐요. 이북은 한자란 말 나오지 않아요. 모든 생활에서. (채록자 : 그냥 이름을 적더라는 거죠?) 예, 이름을 다 적더라구요. (채록자 : 한글로 적겠네. 그러니까.) 그렇죠, 한글로 적죠. 한자로 말고 한글. 그리고 또 동의보감에 이렇게 조금 보는 책이 나온 게 있긴 하더라구요.

옛날에 당수란 책이 있었대요. 이 책은 그림으로 됐는데, 그 사람의 이름과 나이 대면 그림으로 딱딱 설명이 된대요. 그 책이, 이북에서는 돌아가는 책이 있었는데, 본 사람은 없어요. 그런데 이 책을 가지고 점쟁이들이 많이 지금 사용한다 이런 얘기는 들었어요. (채록자 : 아, 점쟁이 교본이구만. 그때 점친 것 외에 다른 때 점친 건 없었어요?) 있었어요.

(웃음) (채록자 : 어떤 때 점쳤지요?) 남편이 중국에 들어갔거든요? 그래 저를 감옥에 가둬 넣었어요. 법에서. 제가 감옥에서 나오자마자, 우연히 친구를 만났는데, 자기 집에 유명한 남자 점쟁이가 왔다는 거죠. 그래서 호기심이 나더라고요. 그래 딱 그 집에 들어가니까, 내가 한 번 더 화를 겪어야 한대요. 그래,

"그 무슨 화냐?"

한 번 법에 들어갈 일이 또 있다는 거죠. 그래도 살아는 나온다고 그러더라고요. 옥에 들어가서. 그 사람 말마따나 또 감옥에 들어갔다 나왔어요. (채록자 : 왜 들어갔어요?) 그때는 제가, 남편이 중국의 두만강에 나왔다고 하니까, 보위부에서 시킨 줄 모르고, 보위부에서 한 번 저를 떠보려고 각본 썼죠. 그걸 모르고, 남편이 왔는가 보다고 움직였더니, 보위부에서 나와서 딱 낚아챘거든. 그래서 또 들어갔댔어요. 그런데 그 점쟁이들 맞추더라고요.(웃음) 항번 더 화를 겪는다 이렇게 이야기하면서. (채록자 : 그때는 얼마 주셨어요?) 그 남자분한테는 술 두 병 갖다 줬어요. (채록자 : 소주?) 예. 그렇게 얘기해 주니까 감사하더라고요. 모르는 사람인데, 그런 이야기 해주더라고요. (채록자 : 그 남자 점쟁이 나이는요?) 지금 마흔 둘인가 그랬어요. 젊은 사람이에요. 그런데 잘 본다고 소문나 있더라고요. 근데 그 사람은 신든 사람처럼 생겼어요. 눈도 희뜩희뜩 이러면서리 얘기하는데, 정상이 아니더라고요. 눈을 이렇게 별나게 하면서, 히쭉 웃곤 말하고, 이렇게 말하더라고요.

"아주마이, 미안하지만 이제 한 번 그런 고액을 또 겪어야 되겠다."

고. 그래,

"그게 무슨 소리예요?"

하니까,

"한 번 감방에 들어갈 일이 또 있다."

는 거예요.

"그런 뒤에는 감옥에서 나온다, 아주마이로 말하면, 내가 이 손이라면, 개들이 가득하대요. 개들이 가득한데, 아주마이를 잡아먹자고 막 이렇게 하는데, 아주마이 개들에 물리지 않는다는 거지. 그래서 살아는 나온다. 그리고 좋은 소식이 있다."

고. (채록자 : 이 사람은 뭘로 점치던가요?) 이름도 대고 다 봤어요. 이름도 물어보고 생년월일도 물어보고, 그러고 나보고 무슨 말까지 하는고 하면, 남자들이 많대요. (채록자 : 실제로 그랬어요?) 그건 모르겠어요. 그 친구의 말을 들으면, 이 사람도 유명하고 잘 맞춘대요. (채록자 : 그러니까 선생님이 생각할 때, 이 사람이 이름 물어보고 생년월일 따지는

것은 그냥 쇼 같은 생각이 들고, 척 보는 순간 알아맞치는 것 같았어요?) 어쨌든지 그 사람은 눈이 좀 이상했어요. 보통 정상 사람 아니야. 눈 동공을 보잖아요? 초점을 맞추지 않는 동공이에요. 이렇게 사람 딱 보면 정확해야 되는데 어딘가 모르게 허공을 떠돈다는 감이 들어요. 그런, 좀 별나더라고요. 딱 보는 순간에, 똑똑한 사람 같지 않아 보여요. (채록자 : 흰자위가 많이 보여요?) 네.

(채록자 : 친구들이나 이런 사람들도 점쟁이 점치러 가요?) 예, 많이 가죠. (채록자 : 교원들도?) 아니요. 부락 가차운 이웃들끼리, "아무개 엄마, 점쟁이 왔어. 아무데 아무데 점 보러 갈까?" 이러거든요. (채록자 : 어떤 경우에 많이 가는 것 같습니까?) 어떨 때 가는가 하면, 혹시 97년부터 장사를 떠나야 되겠는데, (채록자 : 식량난 때문에 그런 건가요?) 예, 장사 떠나면 망하지 않겠는가, 이래서 점쟁이 찾아갈 때 있거든요? 그 다음에 또 혹시 가정불화가 나서, 남편이 다퉈요, 싸움하고. 이럴 때도 점쟁이를 찾아가고. (채록자 : 왜 그런가 알아보려고?) 예, 점치러 가요. 그리고 자손이 안되잖아요? (채록자 : 잘 안되는 것은 어떤 경우입니까?) 병이 나거나, 병이 나서 자식이 앓잖아요? 이러면 어떻게 아무 일 없겠는가 하고 이래 점쟁이 찾아간대요. 그러면 점쟁이들은, 어떤 거는, 할아버지 산에 가서 소주를 부어라, 사람마다 다 각이하거든요. 그렇게 점쟁이가 가르쳐 주면, 어떤 사람들은 움직이면 낫는 사람도 있는가 봐요. 그렇게 하라고 해서. 그러니까 자꾸자꾸 가겠죠. 어떤 집에서는 밥을 세 공기 해 가지고 모퉁이 가서 제사를 지내라 다 여러 가지예요. 점쟁이들이 하는 게.

(채록자 : 궁합도 보나요?) 결혼할 때 궁합을 봐요. 다 그런 것은 아니고. (채록자 : 궁합이 나쁘게 나오면 안 하기도 해요?) 그건 모르겠어요.(웃음)

(채록자 : 화투는요?) 예, 카드놀이. (채록자 : 카드놀이라고 해요?) 카드놀이도 있고, 화투도 있어요. (채록자 : 화투는 금지잖아요?) 못하는 건데, 지금 국경을 낀 두만강, 거기 조선족들이 드나들잖아요? 그런 지역에서는 화투를 갖고 놀아요. 가만히 몰래. 그러니까, 풍약, 비약, 초약, 이럴 때는 돈 얼마를 딴다, 이런 규정이 있거든요? 그 다음에 또 광, 똥글똥글한 거, 광은 20점에 얼마 번다, 이런 노름삼아 노는 게 있고. (채록자 : 민화투라고 해요? 화투 종류를 뭘로 나눠요?) 약하고 단만 따져요. (채록자 : 민화투만 있구나!) 그래요. 한 가지만 있어요. (채록자 : 근데 왜 금지시키는 것 같아요?) 도박이잖아요. (채록자 : 놀이로 해도?) 놀이로 해도 마지막에는 꼭 돈들 내기 하거든. 북한 돈 10원이라도 내고 뭐라도 먹자 하잖아요. (채록자 : 그런데 할머니가) 네, 우리 할마는 그걸 가지고 해년풀이

를, 매해마다 해년풀이를 하는데, 딱 음력설이면 있잖아요? 화투를 쫙 넉 줄 쫙 번져(뒤집어) 놔요. 이렇게 짝짝 번지면서 어느 달에 무슨 일이 있고, 이렇게 뒤집어 놓더라고요. 할마는 웃방에서 가만히 해요. 남들이, 우리 아버지랑 오빠랑 보면 뭐라고 욕하니까. 화투를 없애라고 했잖아요? 그런데 할마니 농짝이 따로 있었거든요? 그 농짝에 꼼쳐 놨다가는, 여느 때는 안 보더라고요. 혹간 명절 때는 봤는지. 하여튼 내 기억에는, 설날에는 항상 해마다 보더라고요. 그때는. 이렇게 다 번져 놓고 나서, 넉 줄인가 그래요. 번져 놓고는 적어요. 내보고도 "야, 무슨 놈의 9월달에는 초상이 나겠다" 이런다고요. 그런데 작은엄마가 사망됐어요. (채록자 : 오 가족 전체의 해년풀이를 하는구만?) 모르겠어요. 저는. 그래서 할마 말이 맞기 때문에, "거 봐라, 내 뭐라디?" 이렇게 하고. 또 그 다음에 출산할 적에, 해산하잖아요? "아무개는 무슨 딸을 낳겠다." 먼저 말해요. 그럼 어떤 때는 그게 맞는 게 있더라고요. (채록자 : 아, 안 맞을 때도 있고?) 있겠지요. 다 기억은 안 나는데, 지금 제 생각에는, 저희 삼촌 아줌마가 맨 딸이 너인데, "또 이번에도 딸 낳는가?" 그러면서 우리 할머니가 그래요. 아닌게 아니라 또 딸 낳았어요. (채록자 : 하하하, 점쟁이네?) 그렇게 화투풀이를 하더라니까요. 할머니는. (채록자 : 애! 그 용도로 가지고 계셨구나. 도박하는 게 아니고) 예, 그래서 할머니가 아흔 네 살에 돌아가셨거든요? (채록자 : 돌아가실 때가 언젭니까?) 80년대에요. (채록자 : 어디 출신이셨어요?) 북한 출신이었어요.

(채록자 : 무덤 잡을 때 명당 가리고 이러지 않아요?) 가려요. (채록자 : 누가 가려요?) 우리 집안 어른들은 다 가렸어요. (채록자 : 명당 가리는 사람이 있어요?) 있어요. (채록자 : 초청을 해요?) 초청을 해요. 그분을 데려. (채록자 : 유명한 사람이 있군요?) 우리 때에는 우리 집안 안에 친척되는 8촌되는 할아버지가 계셨거든요? 그분이 오시면 아버지 산도 그분이 봐 주시고 우리 어머니 돌아가셨을 때도 그분이 와서 봐주고 묘자리를 봐서 했거든요. (채록자 : 뭐라고 불러요? 그 사람보고.) 모르겠어요. 뭐라고 부르는지. 집안 친척이니까. 그리고 혹간 여느 집에서 돌아가셔도, 다 이렇게 산을 잘 본다는 분들이 있으니까, 예로부터 그렇게 내려왔겠죠 뭐. (채록자 : 산을 잘 본다고 그래요?) 예. (채록자 : 그걸 나라에서 금지하거나 그러진 않아요?) 글쎄요. 그건 모르겠어요. 금지하는 것 같지는 않아요.

(채록자 : 선생님은 궁합 본 일 없습니까?) 없었어요. (채록자 : 어떻게 결혼하셨어요?) 중매 결혼했어요. 오빠가 중매 섰거든요. (채록자 : 연애결혼도 있습니까?) 연애결혼도 많죠. (채록자 : 중매결혼할 때는 어떤 조건들을 많이 봅니까?) 대학을 졸업했거나 당원이라

고 할 때, 그런 걸 주로 보죠. 그리고 또 군사복무를 하고 있는 군인들한테 가는 걸 잘 가는 걸로 알아요. 군인도 병사들 말고 군관한테 가면 잘 가는 걸로 치고요. (채록자 : 몇 살 때까지 군관하는 거예요?) 군종별로 다르긴 한데 55세까지는 다 하는 것 같애요.

(채록자 : 꿈에 대해서 좋은 꿈 나쁜 꿈) 구별하지요. 꿈풀이를 하면. 우선 이빨이 뽑아졌다 할 때, 윗이빨이 뽑아졌잖아요? 웃사람이 잘못 된다 이렇게 해요. 아래 이빨 뽑아졌을 때는 아랫사람이 잘못된다 이렇게 얘기해요. 그 다음에 꿈에 피를 보았을 때에는 고기가 생긴다고 해요. 꿈에 바닷고기를 봤을 때 날이 굳는다, 눈이 오거나 비가 온다고 해요. 그 다음에, 꿈에 불을 보잖아요? 산이 막 타는 불을 보거나, 불 피는 걸 보면, 큰돈이 생긴다고 해요. 돼지를 보거나 그래도 목돈이 생긴다고 해요. 꿈에 황소가 나타나지 않았어요? 그러면 조상꿈인데, 이것도 황소가 들어오는가 나가는가 따라서 꿈풀이가 다른 것 같애요.(웃음) 집으로 들어왔냐 나갔냐, 이건 잘 모르고 있어요. 꿈에 물에서 모욕(목욕)하잖아요? 그러면 시름을 던다 해요. 시름을 다 덜어버린다, 좋은 일이 있겠다 이렇게 얘기하거든요. (채록자 : 그런 얘기들을 만나서 합니까?) 예, 합니다. 엊저녁에 꿈 깼는데, 자는 꿈 깼는데, 이렇게 이야길 해요. 무슨 꿈 깼는가 하면, 나는 꿈에 무슨 죽은 어머니가 보이면, 자꾸 나쁜 일이 생긴다 이야기를 해요. 또 어떤 사람들은 죽은 아버지를 보면 일이 잘 되고 좋다 이렇게 이야기를 하기도 해요. (채록자 : 상반되네?) 다르더라고요. 무조건 좋은 건 아니고. 그리고 그 사람은 항상 엄마만 보면 일이 잘못 되었기 때문에 그런 말 하겠지요. 한두 번 겪어 보니까. 그러면 일하다가 혹시 짜증난다 하거나 기분이 없다 이런 이야기도 하기도 하거든요. 꿈을 깨면 나이 많은 할머니들한테 가서 물어도 봐요. 뭐 지나치게 중시하거나 이러진 않아도 일상생활로서 그저 물어도 보고 그리고 지나쳐요, 그걸로. 그리고 어떤 사람은, 나는 꼭 꿈이 반대더라, 이렇게 말하는 사람들도 있어요. (채록자 : 뱀꿈은 어때요?) 그럼은 자식낳이를 한다 그래요. 꿈에 태아를 가졌다고 해요. 태몽꿈이라 하죠. 태몽꿈도 여러 가지예요. 무슨 황새를 봤을 때는 남자꿈이다, 그 다음에 꽃이 봤을 때는 여자다, 여러 가지예요. 많습니다. 그리고 또 꿈에 고추를 땄다거나 산 열매를 땄으면 남자애를 낳는다, (채록자 : 여자를 낳는 것은 꽃 말고는 없어요?) 모르겠어요.

*채록일시 : 2002.5.9.   *채록장소 : 서울 강남구 일원동 최○○ 씨 자택
*제보자 : 최○○(여, 38세, 김정숙사범대 졸, 초등학교 교원, 함북 출신, 2000년 탈북)

2. 북한의 점복(최진이 씨 구술자료)

(채록자 : 점쳐 보신 일 있어요?) 딱 한 번, 누가 가자고 끌어가지고 한 번. (채록자 : 어떤 경우에 점을 치셨어요?) 평양에서 추방당한다고 할 때, 어디로 가야될지 모르겠는 거예요. 어디로 가야 덜 굶고 (채록자 : 그걸 아버지가 선택해서 가신 게 아니에요?) 아니 남편은 시누이집으로 가고, 제가 좀 결혼을 늦게 하다나니까, 상처한 집에 들어갔거든요. (채록자 : 아, 평양에 사시다가 지방으로 가신 거구나) 네. (채록자 : 그 뒤에 가신 데가 어디예요?) 함북 청진. (채록자 : 거기는 연고자가 없는 데였습니까?) 네. (채록자 : 갈만한 데가 없었나요?) 남편 고향이 청진이니까 남편은 시누이집에 있었는데. (채록자 : 그런데 왜 어디로 갈까 걱정하셨죠? 그냥 남편 있는 데) 아니 전 남편을 뒤따라 갈 의향은 없었고, 제가 독자적으로 개척…… (채록자 : 아, 그때 점을 치셨는데, 어떻게 나왔어요?) 북쪽으로 가라, 아니 동북쪽? (채록자 : 거기가 청진입니까?) 네, 그 방향이지요. (채록자 : 복채를 얼마 주신 것 같아요?) 제가 낸 게 아니고, 데리고 간 여자가 강냉이, 뒷박으로, 큰 되거든요, 거기. 뒷박으로 석 대인가 가지고 왔어요. (채록자 : 그때가 몇 년도 얘깁니까?) 그때가 98년이죠. (채록자 : 바로 넘어오셨구나.) 네. (채록자 : 점 치는 사람은 노인이었나요?) 네, 그 사람이 북한에서, 평양에서 문화 활동을 하다가, 예술영화촬영소에서 무슨 시나리오 쓴 사람이더라고요. 그러다 나와서 이제 먹고 살아야되겠으니까 그쪽 방면으로 개척을 했나 보더라고요. 한문 공부 많이 한 사람이니까. (채록자 : 은퇴를 한 거에요?) 추방당했지요. 평양에서 한 20년 전에 추방돼 가지고. (채록자 : 그런데 상당히 이름이 났어요?) 거기에서는 그때 거의 공식화되다시피 했죠. (채록자 : 나이가 대략?) 거의 60 다 됐어요. (채록자 : 책을 놓고 보던가요?) 예. (채록자 : 점 치는 책이던가요?) 예. (채록자 : 오래된 책 같던가요?) 오래됐죠. (채록자 : 토정비결은 아니고?) 아마 그런 것 같아요. (채록자 : 그걸 놓고 나이 묻고 생년월일 묻고?) 그렇죠. 궁합 따지고. 오행을 따져 가지고. (채록자 : 책만 봐가지고 분석하던가요, 아니면, 꼽아보고……) 아뇨, 전혀 책만 봐가지고. (채록자 : 얼굴 보지는 않고요?) 아니요. 전혀. 그러니까 이 분은 책, 학자니까. 근데 보면, 관상보며 감각적으로 하는 사람들 있지 않습니까? 신기(神氣) 띠어가지고…… (채록자 : 그런 사람들도 있단 말씀이죠?) 예, 많죠. 그런 사람 내가 한 명 본 사람 있어요. 전문적으로 굉장히 유명한 분인데, 그 사람 정말 무당이겠다. (채록자 : 무당은 금지됐잖아요?) 무당이 뭐지요? 춤추며…… (채록자 : 네) 아니 그건 아니고, 완전히 신기를 타고난 사람이더라고요. 할아버지부터, 어릴 때 할아버지한테 그런 교육을 받았더라고요. 그걸 대물림받은

거죠. 할아버지가 손자들 속에서 고르다가 이 여자를 택해 가지고 이제 물려준 거죠. 그런데 그것 때문에 추방도 되고 그러는데, 관상 자체가 그 여자는 그렇고 한데. 그 여자 한테 좀 물어보고 싶은데 차마 자존심이 허락지 않는 거요. 내가 스스로 그 여자와 얘기 많이 해보고 그랬는데, 내가 점치러 간 건 아니었고, 내 친구가 걔네 집에 엄마하고 무슨 의형제를 맺었다고, 그래서 가서, 호기심이 있어 가지고 얘기 좀 나눠보고, 도대체 이 사람들은 어떤 경로를 겪고 났는가, 얘기를 나눠보는데, 굉장히 잘하더라고요. 잘 하고, 어릴 때부터 훈련이 돼 있는 여자고. 그때는 내가 돈도 없었고.

　그때도 내가 간 게, 그 여자가 하도 가자고 해서, 내가 통 갈피를 못 잡겠어요.(채록자 : 추방당하고?) 추방 거의, 위기에 놓여있을 때고, 늙은이 만날 때, 지방에 내려와서 간 거는, 완전히 내가 어디를 선택해야 되겠나 갈피를 못 잡고 있을 때. (채록자 : 지방에 내려와 있을 때?) 아니, 내가 지방에 출장내려와 있었거든요. 그러다가 친구 만나가지고.

　(채록자 : 여자 점쟁이는 나이가 많았습니까?) 네, 50 고개…… . (채록자 : 근데 신기가 있더라는 거죠?) 그런데 일절 무슨 말을 안하더라고요. (채록자 : 아, 그냥 탁 보고?) 아니, 어떤 말도 안해 주더라고요. (채록자 : 아, 의뢰를 안했으니까?) 예. (채록자 : 그 사람은 듣기로, 그러니까 그 책을 가지고 보는 게 아니고……) 아니 책도 있고, 감각도 있고. 도둑도 잡고, 그 사람이 점친 게 평양시에 전국적으로 소문이 날 정도로. (채록자 : 그런데 왜 체포당했어요?) 남편이 보위부에 신고해 가지고. (채록자 : 왜요?) 남편이 그 아내 때문에 해를 받으니까. (채록자 : 그런데도 다시 영업을 하는 것 같아요?) 지금 하죠. 아, 지금은 벌이도 안정돼서 딱딱 뭐. 요새는 담배도 공담배만 피고. (채록자 : 그럼 국가에서 통제를 안하는 거에요?) 안 하죠. 어떻게…… .

*채록일시 : 2002.5.21.　　　*채록장소 : 서울 양천구 신정동 최○○ 씨 자택
*제보자 : 최○○(여, 43세, 김형직대학교 작가양성반 졸업, 작가동맹 회원, 평양 출신, 1999년 탈북)

제11장
속담에 나타난 서울 인식

1. 머리말

　서울은 한국인에게 특별한 곳이다. 조선왕조 500년간은 물론 그 이후 지금까지도 서울은 우리의 정치, 경제, 문화의 중심이라는 지위를 견지하고 있다. 과연 한국인은 이 같은 서울에 대하여 어떤 인식을 지니고 살아왔고 살아가고 있는 것일까? 이 글에서는 속담을 자료로 삼아 이 의문을 풀어보기로 하겠다.

　그간 속담이 아닌 다른 국문학 갈래에 나타난 서울의 형상에 대해서는 한 차례 다루어진 적이 있다. 정도 600주년 기념으로 한국고전문학회에서 '국문학과 서울' 주제로 가진 학술대회가 그것이다. 그 자리에서 연희(산대놀이), 무가, 악장, 가사, 고소설, 한시에 나타난 각 시기별 서울의 모습이 검토[1]되었는데, 속담은 다루어지지 않았다. 한국민족문화대

1　고려대학교(1994.8.18－1994.8.19). 이혜순, "한시에 나타난 서울의 형상"에 각 발표문의 요지가 소개되어 있다(KISS 참고).

백과사전(네이트 백과사전으로 제공 중) '서울' 항목의 일부에서 관련 속담 일부를 거론하였을 뿐 아직까지 독립 논문으로 체계적으로 다룬 일은 없다. 이 글에서는 차제에 그간 보고[2]된 서울 관련 속담들을 모두 모아 거기 반영된 서울 인식의 양상을 파악하고자 한다. 특히 북한에서 펴낸 속담집에 실린 서울 관련 속담도 조사해 함께 다루기로 한다.

서울 관련 속담을 모은 결과 모두 70여 편이었다. 이 가운데에서 서울을 주제화하고 있는 속담만을 다루는 것을 원칙으로 하되, 〈모로 가도 서울만 가면 된다〉 같이 서울을 주제화하는 속담은 아니지만 서울에 대한 인식이 그 배경에 깔려 있는 것들도 함께 다루고자 한다. 하지만 서울을 소재로 하였으되 서울에 대한 인식이 잘 드러나지 않는 것[3]은 논의 대상에서 제외하기로 한다.

2. 긍정적인 서울

2.1. 전면적인 긍정

(1) 사회문화적인 매력을 지닌 곳

〈① 망아지를 낳으면 제주도로 보내고, 사람이 자식을 낳으면 서울로

---

2 송재선, 『우리말속담큰사전』(서문당, 1984), 이기문, 『개정판 속담사전』(일조각, 1997), 한국민족문화대백과사전(네이트 백과사전), 표준국어대사전(국립국어원 사이트), 정종진, 『한국의 속담 대사전』(태학사, 2006), 『조선속담성구사전』(평양 : 과학백과사전출판사, 2006)

3 ① 서울 소식은 시골 가서 들으랬다: 자기 일은 자신보다도 남들이 더 잘 안다는 뜻. 서울에서 벌어진 사건에 대한 소식 중의 어떤 것은 시골에 먼저 퍼진다는 뜻으로, 자기 주위의 일은 먼 데 사람이 더 잘 아는 경우가 많음을 비유적으로 이르는 말. ② 서울 가는 과객(過客) 편에 남편 옷 보낸다: 믿음성이 없는 사람에게 중요한 부탁을 한다는 뜻. ③ 서울 가는 길이라고 다 대로(大路)는 아니다: 소문이 났다고 다 좋은 것은 아니라는 뜻.

　보내라〉
〈② 사람의 새끼는 서울로 보내고, 마소의 새끼는 제주로 보내라[4]〉
〈③ 서울에 살면 당나귀도 연설을 한다〉
〈④ 서울에 가야 과거도 본다〉
〈⑤ 금천 원이 서울 올라다니듯 한다[5]〉

　말의 고장인 제주에서 자라고 조련되어야 말다움을 실현할 수 있는 것처럼. 사람도 서울에서 살아야만 타고난 가능성을 충분히 발휘할 수 있다고 한국인은 생각하였다. 〈망아지를 낳으면 제주도로 보내고, 사람이 자식을 낳으면 서울로 보내라〉, 〈사람의 새끼는 서울로 보내고, 마소의 새끼는 제주로 보내라〉, 이 속담은 지방 사람들이 선망의 대상으로 삼았던 곳이 서울임을 보여주는 속담이라 하겠다.

　왜 그랬을까? 서울은 나라의 수도이다 보니, 그것도 세계에서 유례를 찾아보기 힘들 정도로 600년간 수도이다 보니, 우리나라에서는 사회문화적으로 가장 발달되고 수준이 높은 곳이다. 운종가라는 번화가가 서울에 있었으며 성균관이라는 국립대학도 서울에 있었다. 따라서 이곳에서 지내야만 그 분위기 속에서 자연적인 영향을 받거나 제도적인 교육을 통해 품격 높은 사람이 될 수 있다고 보았다. 그 결과 〈서울에 살면 당나귀도 연설을 한다〉는 속담까지 생겼다. 사람은 물론 당나귀도 서울의 영향을 받아 요즘말로 해서 '표현력'이 좋아질 수 있다는 것이다. 지방

4　북한의 『조선속담성구사전』에는 이 속담이 실려 있지 않다.
5　북한의 『조선속담성구사전』에 실린 다음 두 속담도 서울의 이런 특성을 나타내고 있다. 앞의 것은 남한과 같은 것이고, 뒤의 것은 북한 속담집에만 실려 있다. ① 금천 원이 서울 올라다니듯: 낡은 사회에서, 출세욕에 눈이 어두워 일을 빨리 이루려고 뻔질나게 옷 기관을 찾아 드나드는 꼴을 비웃어 이르던 말. ② 서울에 감투 부탁: 감투를 구하기 어려운 서울에다가 감투를 부탁하여 놓고 구해다 주겠거니 하고 무턱대고 기다리고 있다는 뜻으로, 좋은 결과가 이루어질 수 없는 데에 기대를 걸고 기다리고 있는 어리석은 행동을 비유적으로 이르는 말.

사람들의 서울 지향성을 극명하게 보여준다 하겠다.

서울로 이사하지 않는다 하더라도, 다시 말해 지방에서 공부를 한다 하더라도 종국에는 서울에 가야만 과거에 급제하여 출세할 수 있었던 게 조선시대였다. 그냥 지방시험인 향시에 합격해 생원이나 진사가 되어 그 명예만 자랑하고 만족하며 살기로 한다면 모르지만, 문과에 급제하여 벼슬하기 위해서는 반드시 서울로 올라가야 했다. 〈서울에 가야 과거도 본다〉는 속담이 그래서 생겼다. 과거에 급제하여 서울에서 근무하는 게 가장 선호하는 바였지만, 지방으로 발령났을 경우 어떻게든 더 높고 좋은 자리로 승진하기 위해 중앙에 있는 인물에게 청탁하곤 하였다. 〈금천 원이 서울 올라다니듯 한다〉는 속담이 그것을 말해 준다. 그것이 그리 만만한 일은 아니었을지라도, 그런 노력을 기울이는 것 자체가 서울이 그런 가능성을 지닌 곳이라고 인식하였음을 이 속담이 보여준다 하겠다.

지금도 이들 속담은 유효하다. 여전히 패션의 최첨단을 보여주는 거리들이 서울에 집중되어 있고, 주요 대학들이 서울에 포진하고 있으며, 박물관과 놀이시설을 비롯하여 최고의 문화시설도 서울에 편중되어 있다. 여전히 서울은 지방 사람들에게는 살고 싶어하는 곳이다. 교육을 받고 또 출세하고 품격을 높이기 위해서는 서울로 가야 한다는 생각을 가지고 있기에 이 속담은 유효하다.

(2) 경제적인 매력을 지닌 곳

〈가난할수록 서울로 가랬다〉

한국인은 오랫동안 가난에 시달려 왔다. 특히 낮은 신분을 지닌 사람들은 가난에서 벗어나기 어려웠다. 양반층은 과거 급제를 통해 관직을 얻어 가난에서 벗어날 수도 있었지만 상민과 천민들은 불가능하였다. 신분이 낮은 많은 사람들이 가난에서 벗어날 수 있는 계기를 만들어 준 곳은 서울이었다. 조선후기에 들어 서울의 인구가 증가되고 시장 경제가 발전됨에 따라 서울의 소비가 늘면서 상민, 천민들이 가난을 타개할 수 있게 되었던 것이다. 시골에 있으면 대대로 가난에서 벗어날 수 없지만, 서울에 가서 농사나 장사 등을 하면 물질적인 여유를 확보할 수 있었던 것이다. 이 점을 드러내고 있는 것이 이 속담이라 하겠다.

지금도 이런 현상과 의식은 지속되고 있다. 계속되는 지방 인구의 서울 또는 수도권으로의 유입이 그것을 말해 준다. 서울에 인구가 집중하는 이유를 분석한 논문에서, 경제적 요인을 그 하나로 지적하고 있는 것은 물론이다. "소득이 높으며, 풍부한 고용 기회의 다양성"[6] 때문이라는 것이다.

그런데 북한의 『조선속담성구사전』에는 이 속담이 올라 있지 않다. 그 이유를 확실히 알 수는 없으나, 평양을 사회주의 북한의 체제적 우월성을 보여주는 모델 도시로 선전하는 북한으로서 부담이 되어 그런 것은 아닐까 여겨진다. 이 세 속담만은 다른 속담과는 달리 서울을 아주 이상적인 곳으로 표현하고 있다는 점에서 그런 생각이 강하게 든다. 그렇지 않아도 북한 주민들이 자꾸만 남한으로 탈주하고 있는 상황에서, 이 속담을 그냥 두면 주민들의 탈북에 더욱 영향을 미친다고 판단해 누락시킨 것은 아닌가 판단한다.

---

6 민경태, 「도시 인구 집중에 관한 요인 분석 – 서울시와 관련해서」(한양대 석사논문, 1981), 39쪽.

(3) 기타

〈모로 가도 서울만 가면 된다〉
〈모로 가나 기어가나 서울 남대문만 가면 그만이다〉
〈서울 구경 못 해 본 사람은 저승 가서도 쫓겨 나온다〉
〈살아 정들면 서울[7]〉
〈서울이 시골에도 있다[8]〉

서울에 가보거나 서울에 살고 싶어 하는 바람이 얼마나 큰지를 역설적으로 표현한 속담이 〈모로 가도 서울만 가면 된다〉, 〈모로 가나 기어가나 서울 남대문만 가면 그만이다〉이다. 모로 가거나 기어가는 것은 비정상적인 방법인 줄 뻔히 알면서도, 그렇게 해서라도 가고 싶은 곳이 서울이라는 지향 의식을 담고 있는 속담으로 보이기 때문이다. 물론 이들 속담은 목적에 못지 않게 수단이나 동기도 정당해야 한다는 사실을 일깨우면서, 결과지상주의적인 세태를 풍자하는 데 초점을 두고 있지만, 이 같은 서울 인식을 엿볼 수도 있다고 생각한다. 이 속담에서 '서울'은 특정 지역을 넘어서 인생의 목표와 등가적인 것으로 읽혀진다. 〈서울 구경 못 해 본 사람은 저승 가서도 쫓겨 나온다〉도 동궤의 의식을 담은 속담이다. 평생에 꼭 한 번 가보고 싶은 곳이 서울이기에, 못 가보고 죽으면 저승에도 들어갈 수 없어 무주구천을 떠돌아다닐 수밖에 없다는 말이니 아주 강렬한 지향이다. 이제는 교통이 좋아지고 생활 형편이 좋아져서, 마음만 먹으면 얼마든지 서울나들이를 할 수가 있어, 〈서울 구경 못 해 본 사람은 저승 가서도 쫓겨 나온다〉는 속담은 더 이상 실감을

---

7 북한의 『조선속담성구사전』에는 "〈살아가면 고향〉(어느 곳이나 마음 붙여 살아가노라면 정이 들게 된다는 말)"이 올라 있다.
8 북한의 『조선속담성구사전』에는 이 속담이 올라 있지 않다. 〈내 집이 서울〉도 마찬가지다.

주지 못한다고 하겠다.

〈살아 정들면 서울〉, 〈서울이 시골에도 있다〉는 서울이 따로 있는 게 아니라, 그 어디든 살아 정들면 그곳이 그 사람에게는 서울처럼 좋게 여겨져서 시골에서도 그렇게 만족할 수 있다는 인식이 드러나 있다. 하지만 이 속담의 근저에는 서울이 가장 좋은 곳이라는 전제가 깔려 있어, 차선책으로서 다른 곳을 상정하고 있다고 보이기에 이 역시 서울에 대한 전면적인 긍정을 담은 속담이라 할 수 있다. 이 속담을 북한에서는 사전에 올리지 않고 있는바, 〈가난할수록 서울로 보내랬다〉, 〈망아지를 낳으면 제주도로 보내고, 사람이 자식을 낳으면 서울로 보내라〉, 〈사람의 새끼는 서울로 보내고, 마소의 새끼는 제주로 보내라〉의 경우와 같이, 서울을 이상적인 곳으로 나타내고 있다는 점 때문에 배제한 것으로 보인다.

2.2. 제한적인 긍정

〈서울이 좋다 해도 임이 있어야 서울이다〉

아무리 생활 환경이 좋아도 그것만으로 만족할 수 없는 게 인간이다. '인간은 관계의 존재'라고 하듯, 사랑하는 사람이 있을 때만 행복감을 느끼는 게 사람이다. 서울이 객관적인 의미에서 아무리 최상의 환경을 갖춘 곳이라 해도, 사랑하는 사람이 있을 때만 서울일 수 있다는 의식을 보여주는 것이 위 속담이다. 사랑하는 사람과 평범하고 단란한 생활을 즐길 수 있도록 해주기 위해 노력해야만 한다는 이 속담의 메시지는 오늘날에도 당국자들이 계속 곱씹어 보아야 하리라고 본다.

3. 부정적인 서울

3.1. 인심이 사나운 곳

〈서울 가면 눈 뜨고 코 베간다〉
〈서울 인심이다〉
〈시골깍쟁이[9] 서울 곰만 못하다〉
〈서울 까투리〉
〈서울 까투리가 시골 의뭉이에게 속는다〉
〈서울 까투리다〉

〈서울 사람을 못 속이면 보름 동안 똥을 못 눈다〉는 서울 사람이 약아도 시골 사람에게 속는다는 뜻이다(시골 사람이 서울 사람을 못 속이면 보름 동안 똥을 못 눌 정도로 속을 태운다는 뜻으로, 시골 사람 중에 서울 사람을 속이려는 사람이 많음을 이르는 말).

〈시골놈이 서울놈을 못 속이면 보름씩 배를 앓는다〉는 시골 사람이 서울 사람을 더 잘 속인다는 뜻이다.

〈서울 깍쟁이가 못 당하는 건 시골 어수룩이라〉는 서울 깍쟁이가 아무리 약은 것 같아도 어수룩해 보이는 시골사람을 당해내지 못한다는 뜻이다.

시골의 공동체사회와는 달리 도시 특히 자본주의 사회에서의 도시는 그 같은 공동체적인 유대감이 상대적으로 약하기 때문에 인심이 각박해지기 쉽다. 이웃을 잘 모르기도 하려니와 자기 힘으로 모든 문제를 해결

---

9 1. 이기적이고 인색한 사람. 2. 아주 약빠른 사람(표준국어대사전).

해야 하고, 자신이 어려워지면 도움을 요청할 곳이 없기 때문에 시골같은 인심을 가지고 살기 어렵다. 그래서 나온 속담이 〈서울 가면 눈 뜨고 코 베 간다〉, 〈서울 인심이다〉라고 할 수 있다. 번연히 눈을 뜨고 쳐다보고 있는 상황에서 코를 베어 갈 만큼 고약한 것이 서울 인심이라는 것이다. 서울 사람의 인심이 나쁘다는 것을 시골사람과 대비해 표현한 것이 〈시골깍쟁이 서울 곰만 못하다〉는 속담인데, 아무리 시골에서 깍쟁이로 소문난 사람보다도 서울에서 곰같이 미련하다고 여겨지는 사람이 더 인색하고 이기적이라고 평가하고 있다. 〈서울 까투리〉, 〈서울 까투리가 시골 의뭉이에게 속는다〉, 〈서울 까투리다〉는 속담도 서울 또는 서울 여자가 매우 약삭빠르거나 잔꾀가 많다는 점을 드러내고 있다.

3.2. 무서운 곳

〈서울이 낭이라〉

〈서울이 낭이라니까 과천(果川)서 긴다〉

〈서울이 낭이라니까 과천서부터 무서워한다〉

〈서울이 낭이라니까 삼십 리 밖에서부터 긴다〉

〈서울이 무섭다니까 과천(果川)서 긴다〉

〈서울이 무섭다니까 남대문서 긴다〉

〈서울이 무섭다니까 남태령(南太嶺)서 긴다〉

〈서울이 무섭다니까 새재서부터 긴다〉

〈서울에서 매맞고, 송도에 가서 주먹질 한다〉

〈종루에서 뺨맞고 한강가서 눈흘긴다[10]〉

---

10 북한의 『조선속담성구사전』에는 "〈서울에서 뺨 맞고 안성 고개에서 주먹질한다〉"로 올라 있다.

시골 사람에게 서울은 가고 싶은 곳이면서도 두려운 곳이다. 자신의 고향인 지방에서도 수령이나 아전들로부터 수탈을 당하기 일쑤였던 시골 사람들이, 아무런 연고가 없이 권력의 중심지인 서울에 대해서 가지는 두려움은 당연한 것인지도 모른다. 그 같은 심리를 보여주는 속담이 〈서울이 낭이라〉, 〈서울이 낭이라니까 과천(果川)서 긴다〉류이다. 이 속담은 각편이 아주 많은데, '과천' 대신 '남대문', '새재', '30리', 어떤 데는 '파주' 등으로 다양하게 변주되어 있다.

우려했던 대로, 서울에 진입한 결과, 그 권력으로부터 부당한 횡포를 당한 경우가 많았을 것이다. 그 억울함을 어디 호소할 데도 없는 사람들은 권력자가 보이지 않는 곳에서 아주 소극적인 분풀이만을 할 수밖에 없었을 것이다. 이를 반영한 것이 〈서울에서 매맞고, 송도에 가서 주먹질 한다〉, 〈종루에서 뺨맞고 한강가서 눈흘긴다〉 같은 속담이다.[11]

3.3. 사이비 서울사람도 사는 곳

〈서울 놈 못난 놈은 고창 놈 불알 만도 못하다〉
〈서울 겉에 시골내기〉

서울이 모든 면에서 수준이 높은 곳이라고 하지만 그곳에 사는 사람 모두가 수준이 있는 것은 아니다. 주소만 서울로 되어 있을 뿐 품위나 교양이 갖추어지지 못한 사람도 있을 것이다. 그 점을 지적한 속담이

---

11 〈서울이 낭이라〉를 대부분의 속담집에서 "서울 인심이 매우 나쁘다는 뜻"으로 풀고 있으나, '서울이 무섭다니까' 각편이 많은 것으로 미루어, 여기에서 분류한 것처럼 '무서운 곳'을 의미하는 속담으로 보는 것이 더 자연스럽다고 생각한다. '낭'은 낭떠러지인 바, 거기에서 떨어지면 바로 죽음이라고 본다면, 서울을 공포스러운 곳으로 여겼다고 보아야지 '인심이 나쁘다'는 말로 풀이하는 것은 덜 자연스럽다고 판단한다.

〈서울 놈 못난 놈은 고창 놈 불알 만도 못하다〉, 〈서울 곁에 시골내기〉
이다. 전자의 경우에는 시골 사람보다도 못한 서울 사람도 있다고 함으
로써, 서울이나 서울사람을 무조건적으로 긍정하지만은 않으려는 시골
사람의 비판정신을 엿볼 수 있다. 단순히 서울에 살고 있다고 해서 서울
사람이 아니라, 서울사람다운 격조를 지녀야만 한다는 메시지를 담고
있는 이 속담은 오늘날에도 명심해야 하리라 생각한다.

3.4. 시골에 대해 무지한 곳

〈서울 놈은 비만 오면 풍년이란다〉
〈서울 양반은 쌀나무에서 쌀이 연다고 한다〉
〈서울 사람들은 돔배젓[12]을 알아도 홍어맛은 모른다〉

서울에 산다고 다 아는 것은 아니다. 시골 문화에 대해서는 젬병이다.
우선 농사에 대해서 모른다. 이 점을 풍자한 속담이 〈서울 놈은 비만
오면 풍년이란다〉이다. 비가 와야 할 때 와야 농사에 이로워서 풍년이
드는 법인데, 그것을 모르는 서울 사람은 무조건 비만 내리면 농사에
유리한 줄 알아서 풍년타령을 한다고 비꼬고 있다. 그런가 하면, 벼농사
경험도 없고 벼를 도정하는 과정에 대한 이해도 없이 쌀을 사다 바로
밥을 해 먹을 줄만 알기에, 쌀도 무슨 과일처럼 쌀나무에 직접 열리는
것으로만 알고 있다고 꼬집고 있다. 오늘날에도 이런 무지가 이어질 수

---

12 '전어밤젓'의 별칭. 전어의 내장 중에서 위로 담근 젓. 전어속젓, 밤젓이라고도 한다. 전어
는 등이 솟고 배가 불러 달걀 모양을 한 물고기로 근해에서 잡힌다. 밀가루를 푼 물에 전
어 창자를 깨끗하게 씻은 뒤 소쿠리에 밭쳐 물기를 뺀다. 달군 팬에 소금을 달달 볶아서
곱게 빻아놓는다. 전어 위에 찹쌀밥과 고춧가루, 청각, 생강 등을 넣고 고루 섞은 뒤 사이
사이에 빻아놓은 소금을 뿌려가며 용기에 켜켜이 담고 밀봉하여 그늘지고 서늘한 곳에
보관한다. 100여 일이 지나면 먹을 수 있다. 밥에 비벼 먹어도 맛있다(네이버 사전).

있으므로, 선진농촌에서는 각종의 농촌체험 현장을 만들어 서울사람들이 농사를 짓거나 수확하는 경험을 해보도록 제공하고 있는바, 이 속담은 여전히 유효하다 하겠다. 서울 사람들은 한 지역의 특수한 문화에 대해서는 더욱 더 모른다. 〈서울 사람들은 돔배젓을 알아도 홍어맛은 모른다〉는 속담이 그것을 드러내고 있다. 홍어맛을 제대로 즐기는 곳은 전라도 해변 지역인데, 서울 사람들은 그 맛을 모른다는 것이다. 이들 모두가, 서울사람이 교만할 수 없도록 견제하는 속담이라 하겠다.

4. 서울에 대한 가치중립적인 인식

4.1. 먼 곳

〈서울 가는 놈이 눈썹 빼고 간다〉
〈서울 가려면 눈썹 하나도 무겁다〉
〈서울 갈 당나귀는 발통 보면 안다〉
〈서울 갈 신날도 안 꼬았다〉

교통이 발달하지 않은 전통사회에서 서울은 멀었다. 조선시대 경상도나 전라도에서 서울에 가려면 걸어서 한 달 이상이 걸렸다. 그러니 서울에 가기 위해서는 단단히 준비해야 했다. 짚신도 준비해야 하고, 옷과 양식도 짊어지고 가야 했다. 따라서, 어떻게 해서라도 불필요한 것을 줄이려고 노력할 수밖에 없었다. 그래서 생긴 속담이 〈서울 가는 놈이 눈썹 빼고 간다〉, 〈서울 가려면 눈썹 하나도 무겁다〉이다. 서울이 먼 거리이기 때문에 오래 가다 보면 평소에는 눈썹같이 가벼운 것도 부담스

러워져 장거리 여행을 방해한다는 사실을 표현하는 속담이다. 서울에
갈 때는, 가까운 데 갈 때와는 다르게 철저한 준비가 따라야 한다는 점을
강조하기 위해 〈서울 갈 당나귀는 발통 보면 안다〉, 〈서울 갈 신날[13]도
안 꼬았다〉라는 속담도 만들어 냈다. 당나귀의 발통과 짚신을 장거리
여행을 감당할 수 있도록 단단히 미리미리 준비해야만 한다는 사실을
나타내는 속담들이다.

4.2. 넓은 곳

〈서울 가서 김 서방 찾기다〉
〈서울 가서 김 서방 집도 찾아간다〉
〈서울 가서 아주머니 찾기다〉
〈서울 남대문 입납이다〉
〈서울 가본 놈이나 안 가본 놈이나〉
〈서울 가본 놈하고 안 가본 놈이 싸우면 서울 안 가본 놈이 이긴다〉

서울은 넓은 곳이다. 비록 원래는 도성 안만 서울(한양)이었다 해도,
시골 사람에게는 넓고 복잡한 곳이었다. 1426년의 인구가 10만 3천 명,
1899년에 20만 922명이었다고 하는데, 1,000만을 헤아리는 지금과는 달
리, 시골에만 살던 사람이 서울에 가서 사람을 찾으려고 할 경우 아주
막막할 만큼 넓게 느껴졌을 것이다. 농촌 마을에서는 그저 큰 소리로
"아무개 양반" 또는 "아무개 아버지"라고 부르면 다 들린다는 점을 염두
에 두면 좋을 것이다. 시골과는 달리 서울이 넓다는 점을 나타낸 속담이

---

13 짚신이나 미투리 바닥에 세로 놓은 날. 네 가닥이나 여섯 가닥으로 하여 삼는다.

〈서울 가서 김 서방 찾기다〉, 〈서울 가서 아주머니 찾기다〉, 〈서울 남대
문 입납이다〉이다. 정확한 주소 없이는 도무지 특정인을 찾을 수 없고
편지도 전달할 수 없을 만큼 넓다는 것을 말해주고 있다. 〈서울 가서
김 서방 집도 찾아간다〉는 다소 상반되는 속담도 있는데 가만히 따져
보면, 이 속담 역시 '서울 가서 김 서방 집 찾아가기'가 지난한 일이라는
전제를 깔고 있기에 같은 부류에 포함시킬 수 있다고 생각한다. 〈서울
가본 놈이나 안 가본 놈이나〉, 〈서울 가본 놈하고 안 가본 놈이 싸우면
서울 안 가본 놈이 이긴다〉도 마찬가지다. 서울 사람이 한 번 가보고
와서 설명하기에는 하도 넓고 복잡하다 보니, 안 가본 사람이 가본 것처
럼 허풍을 떨며 말해도 반박하기 어렵다는 뜻으로 볼 수 있으니, 이 범주
에 소속시킬 수 있다고 생각한다.

4.3. 문화가 다른 곳

〈서울 사람은 입기에 망하고 평양 사람은 먹기에 망한다〉
〈서울 놈의 글 꼭질 모른다고 말 꼭지야 모르랴〉
〈서울 놈 글귀야 모르지만, 말귀야 모르랴〉
〈서울사람의 옷은 다듬이 힘으로 입고 시골사람의 옷은 풀힘으로 입
는다[14]〉
〈서울 아침이다〉
〈서울 무당 도시락 긁듯〉

---

14 서울 사람들은 멋을 내는 데 치중하여 풀은 적게 먹이는 대신 다듬이질을 많이 하여 옷을
입지만, 시골 사람들은 땀이 차더라도 괜찮도록 풀을 강하게 먹여 입는다는 뜻이다. 문화
의 차이이자 생활환경의 차이를 나타내는 속담이다. 이와 동궤의 속담이 북한의 속담집에
실려 있다. "서울 량반은 글 힘으로 살고 시골 농군은 일힘으로 산다."가 그것이다. 서울
사람과 시골 사람은 살아가는 수단과 방법이 다르다는 뜻으로, 모든 사람은 자기의 격식
대로 살아나간다는 것을 비유적으로 이르는 말이다.

각 지역에는 그 지역 나름의 문화가 있다. 서울이라는 한 지역에 거기 사는 사람들에 의해 일정한 문화가 형성되었다면, 지방에도 나름대로의 문화가 존재하는 법이다. 어느 지역의 문화만이 우월하고 다른 지역의 문화는 저열하다는 식의 평가는 곤란하다. 왜냐하면 각 지역의 문화는 거기 사는 사람들이 오랜 역사와 현실 속에서 수많은 시행착오를 거치며 그 지역의 실정에 맞게 정착한 전통[15]이기 때문이다. 그 점을 분명하게 일깨워주는 속담들이 있다. 〈서울 사람은 입기에 망하고 평양 사람은 먹기에 망한다〉, 〈서울 놈의 글 꼭질 모른다고 말 꼭지야 모르랴〉, 〈서울 놈 글귀야 모르지만, 말귀야 모르랴〉, 〈서울사람의 옷은 다듬이 힘으로 입고 시골사람의 옷은 풀힘으로 입는다〉 등이다. 서울에서는 의생활에 비중을 두는데 평양 사람들은 음식문화를 더 중시하는가 하면, 서울에서는 기록문화 중심이지만 시골에서는 구술문화 중심이라는 사실을 지적하고 있다. 의생활 중심이든 음식문화 중심이든 즐거운 인생이라는 목적을 이루기 위해 각각 자신의 환경에 맞는 수단을 동원하고 있다는 점에서 동일하다. 또한 기록문화든 구술문화든 의사소통이나 자기 표현을 위해 그 처지에서 나름대로의 수단을 동원하고 있다. 이렇게 보면 서울과 지방 사이에 본질적인 차이란 없다고 할 수 있다. 다만 그 목적을 이루는 수단만이 외형상 차이를 보일 뿐이다. 같은 의생활문화라 해도 서울에서는 맵씨에 치중하여 다듬이질을 많이 해 입으나 시골 사람들은 실용성을 중시해 풀을 많이 먹여 입는 차이가 있다. 그 지역에서는 그게 최선일 뿐이다.

그 밖에 〈서울 아침이다〉, 〈서울 무당 도시락 긁듯〉도 서울문화의 특징을 잘 드러내고 있다. 시골 사람들은 농사가 주업이므로 일찍 일어

---

15 이해준, 「한국사상의 중앙과 지방」, 석학과 함께하는 인문강좌 발표요지(서울역사박물관, 2010.7.24), 5쪽 참고.

나야 하지만 서울 사람들은 늦게 자고 늦게 일어나다 보니 아침밥을 늦게 먹는다. 서울 무당들은 굿을 할 때 다른 지역 무당들과는 달리 장구를 치는 대신 고리짝 혹은 도시락을 긁으면서 굿을 하는 특징이 있다.[16] 시골사람이 서울에 갔을 때, 이 같은 서울문화만의 특수성을 모르면 시골을 기준으로 옳으니 그르니 함부로 재단할 수 있는데 그럴 수 없다는 것을 이들 속담은 일러준다. 이른바 문화 상대주의적 관점이 필요하다는 인식을 가지게 한다.[17] 서울을 동경하지만, 시골에도 나름대로의 문화가 있다는 사실을 잊지 말라는 이 속담의 충고는 지방자치제의 바람직한 실현을 위해 꼭 새겨들어야 할 사항이라 생각한다. 서울도 서울이려면 서울만의 문화적 개성을 구현해야 한다는 주문이 이 속담에 포함되어 있다는 점을 명심해야 할 일이다.

5. 맺음말

이상에서 서술한 내용을 종합 요약하면서 앞으로의 과제를 적시해 보면 다음과 같다.

첫째, 속담은 서울에 대한 이중적인 인식을 표출한다. 긍정하며 동경하는 의식과 함께 부정적이거나 비판적인 의식도 드러나 있다. 서울을 동경하면서도 그 문제점과 한계점에 대해서도 또렷하게 인식하고 있었기에, 어쩌면 서울은 생명력을 가지고 600년이라는 오랜 세월 동안 수도

---

16 '도시락'은 순수 우리말로서 고리버들이나 대오리로 엮은 타원형의 작은 고리짝을 말한다. 들녘에서 일을 할 때 점심밥을 담아 나르는데 쓰이기도 했다(네이트 백과사전).
17 이 점을 더 인상적으로 드러내는 속담이 하나 있다. 〈서울 놈은 서울 년이 좋고, 제주 놈은 제주 년이 좋다〉는 속담이다. 남녀간에서 습속이 같고 편하게 여겨지니, 끼리끼리 어우러지는 게 좋다는 이 속담의 정신은 문화상대주의의 정신을 잘 함축하고 있다 하겠다.

로서의 위상을 견지하며 발전하고 있는지도 모를 일이다.

둘째, 전면적이든 제한적이든 속담에서 긍정하고 있는 서울의 이미지는 앞으로 더욱 극대화하도록 힘쓸 일이며, 부정적인 면모는 극소화하거나 지양하기 위해 노력해야 할 일이다. 대내적으로 만족을 주지 못하면서 국제화, 세계화 시대에 외국인에게 호감있는 도시로 인정받을 수는 없겠기 때문이다.

셋째, 서울의 문화를 지역 문화의 하나로 인식하는 문화상대주의적인 인식은 문화의 세기라는 오늘날 다시금 곱씹어 볼 만한 가치가 있다. 서울은 서울 나름의 문화적 정체성을 유지 발전시켜 나가야 하겠고, 지역은 지역 나름대로의 문화적 정체성에 대해 자긍심을 가지고 계승 발전시켜, 서로 대등하게 여기고 존중할 때 전체로서의 한국문화는 다양하게 이루어질 것이다.

넷째, 북한에서 펴낸 속담집에 상당수의 서울 관련 속담이 이어지고 있는 점은 고무적이다. 하지만 서울에 대한 긍정적인 인식을 담은 속담들은 배제되고 있어, 이런 현상이 더 확대 심화하기 전에 통일이 이루어져야 하겠다는 생각을 가지게 한다.

다섯째, 동일한 속담을 두고 속담집 간에서 해설의 차이가 보이기도 하는데 해결되어야 한다. 정종진의 속담집에서는 〈서울 놈 글귀야 모르지만, 말귀야 모르랴〉라는 속담을 두고 "아무리 배운 게 없어도, 서울에서 굴러먹었으면 말귀는 알아듣는다."라고 풀이하고 있는데, 송재선의 속담집에서는 〈서울 놈의 글 꼭질 모른다고 말 꼭지야 모르랴〉를 두고 "글을 안다고 글 모르는 사람을 너무 무시하지 말라는 뜻."으로 풀이하고 있다. 필자의 생각으로는 송재선의 풀이가 맞다고 생각하지만 더 조사해서 통일할 필요가 있다.

여섯째, 서울 관련 속담에 담긴 서울의 역사와 문화가 무엇이었는지를 규명하는 작업도 필요하다. 〈서울 혼인에 깍쟁이 오듯〉이란 속담의 경우, "서울집 혼인에 지나가던 깍쟁이들이 얻어먹겠다고 모여오듯 한다"라는 속담이었으나, 이제는 예식장 결혼으로 바뀌어 더 이상 지나가던 깍쟁이들이 얻어먹을 수 없게 되어 격세지감을 느끼게 하는 속담인데, 이처럼 문화적인 관점에서 속담들에 접근할 필요가 있다. 앞에서도 언급했듯이, 〈서울 무당 도시락 긁듯 한다〉는 속담을 통해 서울 무속의 특징을 규명하는 데 도움을 받을 수도 있을 것이다.

일곱째, 외국속담에서도 과연 우리처럼 수도에 대해 각별한 관심을 표명하고 있는지 알아볼 필요가 있다. 그럴 때 서울 관련 우리 속담의 보편성과 특수성도 잘 드러날 것이다. 영문학자의 말에 의하면, 영국의 경우 런던이 우리 서울과 거의 맞먹는 역사를 지닌 곳이지만 영국 속담집에서 거론하는 일이 없다고 하는데 비교 연구해 볼 필요가 있다. 왜 영국에서는 런던도 한 개의 도시라고만 생각하는데 우리는 중심으로 보고 있는지, 다른 나라는 어떤지 거시적으로 조사해 볼 필요가 있다.

서울이 속담에 어떤 양상으로 나타나는지, 거기 담긴 인식이 무엇인지, 아직 연구된 바가 없어 다루어 보았으나 여러 모로 미진하다. 초점을 단일화하여 예각적인 논의를 해야 하는데 자료들을 일정한 기준에 맞추어 분류하고 의미를 해석하며, 북한 자료집과의 차이를 밝히는 정도에 머물렀다. 이 첫 시도를 바탕으로, 앞으로 심층적인 논의가 후속되기를 기대한다.

4부

: 국어국문학의 경계 넘나들기

제12장
우리의 옛 문장부호와 교정부호

1. 머리말

필자는 근대 이전의 우리 문장부호의 양상에 대하여 이미 발표한 적이 있다.[1] 그때 그 글의 말미에서, 더 많은 자료를 검토해 우리 문장부호의 시대별 고찰은 물론 대두법과 서간문 쓰는 순서도 다루겠다고 약속한 바 있다. 이제 그 약속을 일부나마 지키기 위해 이 글을 쓰는데, 서간문 쓰는 법은 문장부호와는 성격이 구별되므로 별도의 논문을 작성해 보고하기로 하겠다.

이 글에서는 그동안 필자가 자료의 범위를 확대하여 검토한 작업 결과를 토대로, 새로 발견한 문장부호까지 추가해 현재까지 확인한 우리의

---

1 이복규, 「근대 이전의 우리 문장 부호」, 『국제어문』 16(국제어문학연구회, 1995), 61∼75쪽. 필자는 그 논문에서 우리 전래의 문장부호의 양상에 대하여 필자가 처음 소개하는 것인 양 말하였는데, 이 논문을 발표한 후에야, 유탁일 교수의 선행업적(「고문헌의 문장부호와 존대·겸양방식」, 『한국문헌학연구』(아세아문화사, 1989))이 있다는 것을 알았다. 그 가운데에는 필자가 미처 거론하지 못한 자료도 더러 있는바, 이 논문에서는 그것까지 포괄하기로 하겠다.

전통적인 문장부호의 양상을 소개하기로 한다. 전에 약속했던 시대별 고찰은, 아직 필자의 자료 섭렵 범위가 매우 제한적이라 유보하겠다. 한편 지난번에 발표한 글에서는 문장부호와 교정부호를 구별하지 않고 다루었는데, 이 글에서는 구별하여 검토하기로 한다.[2]

2. 문장부호

문장부호는 표기된 문장의 의미를 정확하게 전달하기 위하여 쓰여진, 문자 이외의 부호[3]이다. 이제까지 필자가 확인한 문장부호는 모두 10종이다. 이제 그 각각의 사례를 보이면 다음과 같다.

2.1. 단락구분표[段落符]

단락구분표(段落符)는 "한 편을 여러 단락으로 나눌 때, 새 단락의 첫머리에 장이나 절 따위의 뜻으로"[4] 쓰는 문장부호이다. 단락구분표는 ○와 같이 큰동그라미(圈點)로 나타내는 게 일반적이다. 예를 들면 다음과 같다.

---

2 『개정한 한글 맞춤법 통일안』(한글학회, 1953), 61~68쪽에서는 문장부호와 일부 교정부호까지를 포괄해 '문장부호'라 명명하고 있으나, 부적절하다고 생각한다. 이 점에 대해서는 민현식 교수의 조언이 있었다.
3 유탁일, 앞의 책, 97쪽. 필자는 이 같은 개념 규정을 존중하기로 하겠다. 다만, 문자로 되어 있으면서도, 문자 본래의 음이나 훈으로 쓰이지 않고, 별도의 뜻을 지닌 부호로서 구실을 하는 경우까지 문장부호의 범위에 포함하여 다룬다는 점을 밝혀둔다.
4 『개정한 한글 맞춤법 통일안』(앞의 책), 67쪽에서는 이 부호의 명칭을 '각설표(却說符)'라 하였는데 요즈음에는 잘 쓰이고 있는 말이므로, 필자 임의로 '단락구분표'라 명명하기로 한다.

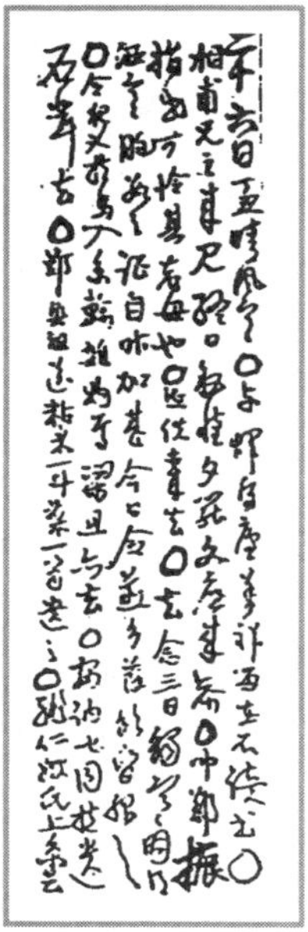

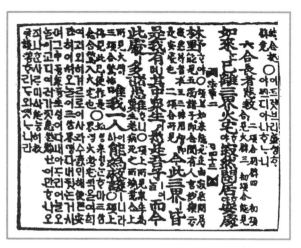

▲ 〈그림 2〉 이문건, 『묵재일기』 권1, 75면

◀ 〈그림 1〉 『법화경언해』

2.2. 구두점(句讀點)

구두점(句讀點)은 "말이 끊어지는 곳(句)"과 "읊조리기에 편리하도록 문장을 나눈 곳(讀)"[5]을 나타내는 문장부호이다. 句點은 글자의 곁에 찍고, 讀點은 줄의 한 가운데(글자와 글자의 사이)에 찍는다.[6] 구두점은 오늘날의 마침표와 쉼표에 대응되는데, 다만 그 표시 방법만 다르다고 할 수 있다.

則並書終聲同。ᆞㅡㅗㅜㅛㅠ
附書初聲之下。ㅣㅏㅓㅑㅕ
附書於右。凡字必合而成
音。左加一點則去聲。二則上
聲。無則平聲。入聲加點同而
促急

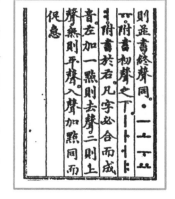

〈그림 3〉 훈민정음 ▶

5 리의도, 「띄어쓰기 방법의 변해온 발자취」, 『한글』 182(한글학회, 1983), 199쪽.
6 같은 글, 같은 곳.

2.3. 사성표(사성부)

중국의 전례를 따라 한자나 한글에 사성(四聲: 평성·상성·거성·입성)을 표시하기 위해 일정한 부호를 사용하였다. 한자의 사성 표시와 한글의 사성 표시가 서로 다르다. 한자의 경우, 평성은 좌측 아랫모서리에, 상성은 좌측 윗모서리에, 거성은 우측 윗모서리에, 입성은 우측 아랫모서리에 각각 고리점을 찍는다. 한글의 경우, 평성은 아무런 표시도 하지 않으며 상성은 좌측에 두 개의 점을, 거성은 좌측에 한 개의 점을 찍으며, 입성은 한자와는 달리 일정하게 정해져 있지 않고 경우에 따라 다양하게 나타난다. 그 각각의 사례를 보이면 다음과 같다.

〈그림 3〉

〈그림 4〉

2.4. 드러냄표[特示符]

"중요한 부분을 특별히 드러나게 보일 때"[7] 사용하는 부호가 드러냄표[特示符]이다. 예컨대, 독서를 할 때나 저술을 할 때 특별히 공감하거나

---

7 『개정한 한글 맞춤법 통일안』, 같은 책, 63쪽.

강조할 부분의 글자나 어구에 일정한 표시를 함으로써 그 부분을 드러내는 부호이다. 이에는 관주와 비점, 음문(陰文) 등이 속한다.

(1) 관주(貫珠)

관주는 중요하다고 여기는 부분에 동그라미 표를 하는 것이다.[8] 그 예는 〈그림 5〉와 같다.

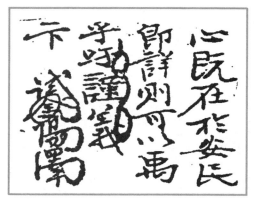

〈그림 5〉 科文 (국민대학교 도서관 소장 고810.819 과11)

(2) 비점(批點)

비점은 중요하다고 여기는 부분에 점을 찍는 것이다.[9] 그 예는 〈그림 6〉과 같다.

---

8 유탁일, 앞의 책, 104쪽.
9 위와 같음.

〈그림 6〉 科文(〈그림 5〉와 같음)

(3) 음문(陰文)

음문이란 문장의 표제 등 시각적 효과를 노리기 위해, 글자 배경을 까맣게 처리함으로써 글자 부분이 드러나도록 하는 경우이다. 그 예는 다음과 같다.

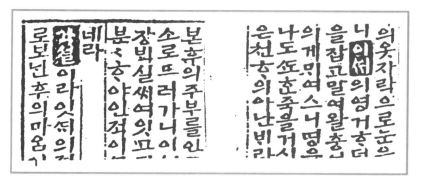

〈그림 7〉 『유충렬전』

2.5. 거침표[經由符]

거침표(經由符)란 여러 조항을 열거하여 놓은 것을 하나씩 살펴 나가는데, 이미 거쳐 지나감을 나타낼 때[10] 사용하는 부호이다. 〈그림 8〉에서 사람 이름 아래의 숫자 부분에 상당수의 꺾자 표시가 되어 있는 것을 볼 수 있는데, 이것이 바로 거침표이다. 이 자료는 종들이 모여서 만든 계(契)에서 계원들에게 돌린 통문의 일부로서, 각 계원이 계에서 빌어간 돈과 콩의 본전과 이자의 명세를 제시한 대목이다.

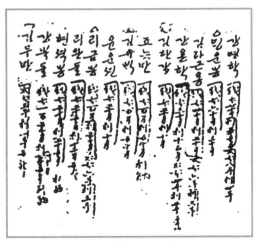

〈그림 8〉 최승희, 『한국고문서연구』, 302쪽

이 자료의 첫머리를 예로 들어 거침표의 기능을 확인해 보도록 하자. 첫 부분을 보면, '강명학'이란 이름 아래 그 사람이 계에서 빌어 간 돈과 콩의 본전과 이자를 "錢 本七十兩 利三十五兩 太 本八斗 利四斗"로 적어 놓고 있다. 이를 통해서 볼 때 '강명학'이 갚아야 할 액수는 돈은 원금

10 『개정한 한글 맞춤법 통일안』, 앞의 책, 66쪽.

70냥에 이자 35냥, 콩은 본전 8말에 이자 4말이다. 그런데 그 부분에 꺾자 표시를 해놓고 있다. 이는 해당 부분을 이미 갚았기에 그 사실을 확인했다는 표시라고 해석된다.

2.6. 자거듭표[疊字符]

자거듭표[疊字符]는 『개정한 한글 맞춤법 통일안』을 따르면 "한자(漢字)의 필기에 한하여 한 글자를 거듭 쓸 때, 거듭 쓰는 대신에 편의상 쓸 수 있"[11]는 문장 부호이다. 이 규정대로라면 한자의 경우에만 이 부호를 사용할 수 있다고 보겠다. 한문의 경우에도 한 글자에 한해서만 그럴 수 있는 것처럼 규정하고 있다. 하지만 근대 이전의 자료를 보면 한문은 물론 국문의 경우에도 자거듭표를 사용했음을 알 수 있으며, 두 글자 이상의 어구가 거듭될 때도 사용하였음을 확인할 수 있다.

먼저 한문 문장에서 자거듭표를 사용한 예를 보이면 다음과 같다.

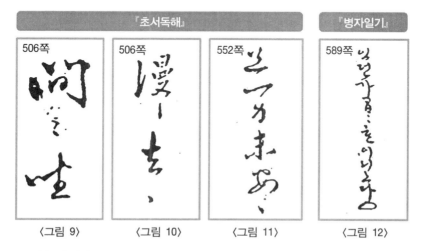

『초서독해』			『병자일기』
506쪽	506쪽	552쪽	589쪽
〈그림 9〉	〈그림 10〉	〈그림 11〉	〈그림 12〉

11 같은 책, 65쪽.

〈그림 9〉을 보면, "間間坐休"라 써야 할 것인데, '間' 다음에 똑같은 글자인 '間'이 거듭되니 점 두 개를 이어서 찍어놓은 형태의 자거듭표를 사용하고 있음을 알 수 있다. 〈그림 10〉에서는 자거듭표의 형태가 이와는 다르게 되어 있다. 점 하나만 찍어서 자거듭표의 기능을 수행케 하고 있는 것이다.

이상은 글자 하나가 거듭되는 경우에 사용한 자거듭표들이었는데, 두 글자 이상이 거듭되는 경우를 처리한 사례도 있다. 〈그림 11〉을 보면, "送一力未安未安"이라 써야 하는데, '未安'이란 두 글자가 거듭되자 이를 자거듭표를 사용해 처리하고 있다는 것을 알 수 있다.

앞에서 거론한 대로, 자거듭표는 한문 문장에서만 쓰인 게 아니라 국문 문장에서도 사용되었다. 그 사례가 〈그림 12〉이다.

2.7. 묶음표[括弧]

묶음표[括弧]는 "어떤 부분을 한 덩이로 묶을 때"[12] 사용하는 문장 부호이다. 묶음표의 사례는 다음과 같다.

〈그림 13〉을 보면, 각 나물의 우리말 명칭을 소개하는 중에, 한자로 두 가지 이상으로 표기되는 나물들의 명칭이 우리말로는 하나의 명칭으로 불리어질 경우, 그 한자들 밑에 묶음표를 하고 있음을 알 수 있다. 그와 같은 사례는 〈그림 14〉에서도

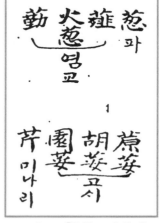

〈그림 13〉『物譜』, 〈蔬菜〉條

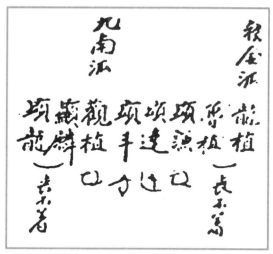

〈그림 14〉『한국고문서연구』, 478쪽

보인다. 첫 번째에 나열된 "龍稙"과 "魯稙"을 묶은 다음에 "喪不着"이라
고 씀으로써, 이 두 사람은 喪中이라 착압(着押: 수결)하지 못했음을 밝히
고 있다. 맨 끝에 기재된 "顯麟"과 "顯龍"의 경우에도 묶음표를 사용해서
그 같은 표시를 하고 있음을 알 수 있다.

　앞에서 제시한 묶음표를 팔짱묶음[13]표라 하는데, 다른 형태의 묶음표
도 있다. 〈그림 15〉와 〈그림 16〉이 그것이다. 이들 자료에서는 【 】(이른
바 어물(魚尾)) 기호를 사용하고 있어, 요즘의 꺾쇠묶음[14]표(〔 〕) 형태와
유사한 기호를 사용하고 있다. 보충설명이 필요할 경우 해당 어구의 앞
뒤에 이 기호를 적어 넣음으로써, 소기의 목적을 달성하고 있는 것이다.

---

13 『개정한 한글 맞춤법 통일안』, 같은 책, 67쪽.
14 같은 책, 같은 곳.

〈그림 15〉『법화경언해』   〈그림 16〉『원각경언해』

2.8. 따옴표(引用符)

따옴표(引用符)는 다른 말을 따다가 쓸 때, 그 말의 앞뒤에 갈라서 쓰는 부호이다. 그 예로서 전봉준이 1893년에 다른 사람들과 함께 돌린 〈사발통문〉을 들 수 있다. 이 자료의 본문 세 번째 줄을 보면 당시 백성들이 혁명을 일으키겠다는 격문을 여기저기 돌리자, 민중이 곳곳에 모여서 "낫네 낫서 亂離ㄱ 낫서"로 시작되는 내용으로 말을 주고받더라고 인용해 보이고 있다. 이 대목을 자세히 보면, 민중의 대화 부분인 "낫네 낫서 亂離ㄱ 낫서" 부분의 앞뒤에 각각 "「" "」" 표시가 있는데 이것이 바로 따옴표이다. 그 아래에 이어지는 대화 내용도 같은 방식으로 처리되어 있다. 이 같은 사례는 다른 자료에서는 발견할 수 없으므로, 전봉준이 새롭게 창안[15]한 것으로 보인다.

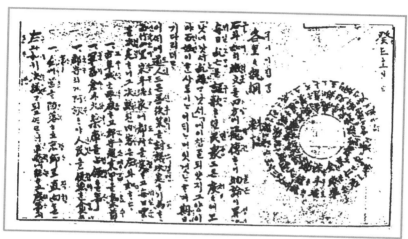

〈그림 17〉 전봉준 외, 〈사발통문〉

2.9. 높임표(尊待票)

높임표(尊待票)는 높여야 할 주체가 있을 경우, 일정한 방식으로 이를 표시하는 방법이다. 다른 부호는 일정한 기호가 있는 데 비해, 이 높임표 는 일정한 기호가 없다. 다음 두 가지 방식으로 주체에 대한 존대를 나타 낸다. 하나는 주체 자신 또는 그 주체의 행위와 관련된 글자가 나올 경우, 해당 글자를 줄을 바꾸어 쓰되, 다른 줄의 첫 글자보다 1~3자 높여서 쓰는 방식이다. 다른 하나는 그 주체 자신 또는 주체의 행위와 관련된 글자가 나올 경우, 줄을 바꾸는 대신 해당 글자 앞에 공란을 두는 방식이다.

15 조동일, 「글의 종류와 변천」, 『국어작문』(서울: 서울대학교출판부, 1992), 400쪽.

학계에서는 이 두 방식을 일컬어 대두법표기(擡頭法表記)[16]라고 하는 이도 있는가 하면, 전자와 후자를 구분해, 전자를 대두법, 후자를 공격(空格)(또는 間字라고도 함)으로 지칭[17]하기도 한다. 여기에서는 이해의 편의상 구분해서 보는 견해를 따르기로 한다. 그 사례를 제시하면 다음과 같다.

(1) 대두표(擡頭票)

〈그림 18〉에서 보는 바와 같이, 임금을 나타내는 "主上"이란 글자가 나올 때마다 한 칸씩 올려서 씀으로써, 임금을 존대하고 있는 것을 알 수 있다. 〈그림 19〉에서도 제1행에 나오는 "車駕"가 임금이 탄 수레이므로, 한 칸 올려서 표기하고 있다. 중국 황제의 경우에는 더 올려서 씀으로써 차등을 두기도 한다.

| 〈그림 18〉 이문건, 『묵재일기』 권1-90 | 〈그림 19〉
『고문서집성』 17, 606쪽 |

---

16 최태영, 「초기번역성경의 대두법표기」, 『숭실어문』 7(서울: 숭실대학교 숭실어문 연구회, 1990), 5쪽.
17 유탁일, 앞의 책, 107~108쪽.

(2) 공격(空格)

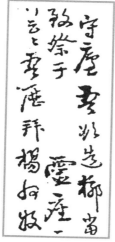 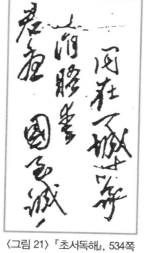 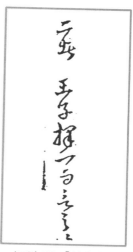

〈그림 20〉『묵재일기』 〈그림 21〉『초서독해』, 534쪽 〈그림 22〉『심양일기』

2.10. 완결표(完結票)

문장이나 항목이 완결되었다는 것을 나타내는 표가 완결표이다. 이역시 존대표와 마찬가지로, 특별한 부호를 따로 만들어서 사용하지 않고, 다른 방법으로 목적을 달성하고 있다. 그 방법은, 기존의 글자를 차용하되, 뜻과 소리를 전혀 다르게 사용하는 것이다. 예컨대, 〈그림 23〉에서도 확인할 수 있듯이, 항목이 다 끝난 표시로 "印"자를 적어 놓았는데, 이때 쓰인 "印"은 "도장 인"이 아니라 "끝"으로 읽는다.(『한국한자어사전1』, 단국대 동양학연구소, 1992, 711쪽) "印" 대신 "原"이나 "際"(〈그림 24〉)로 되어 있는 경우도 더러 있다.

〈그림 23〉『李瑗分財記』　　　〈그림 24〉최승희,『한국고문서연구』, 229쪽

3. 교정부호

교정부호는 일단 작성한 원고에다가, 필자 스스로 또는 제3자가 수정·보완할 사항을 표시하기 위해 사용하는 부호이다.

3.1. 끼움표(挿入符)

끼움표(挿入符)는 "이미 적어 놓은 글에 다른 말을 끼워 넣을 때"[18] 사용하는 문장부호이다. 근대 이전의 자료에서 쓰인 사례를 보이면 다음과 같다.

---

18 『개정한 한글 맞춤법 통일안』(서울: 한글학회, 1953), 66쪽.

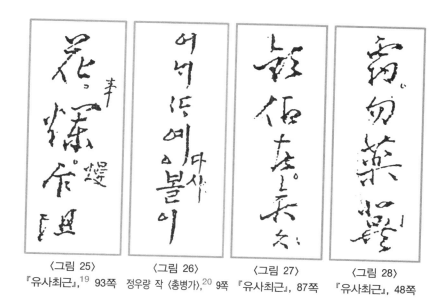

〈그림 25〉　　　〈그림 26〉　　　〈그림 27〉　　　〈그림 28〉
『유사최근』,[19] 93쪽　정우량 작 〈총병가〉,[20] 9쪽　『유사최근』, 87쪽　『유사최근』, 48쪽

〈그림 25〉를 보면, "花爛乍阻"라고 썼다가 '花'와 '爛' 사이에 '爒'을 각각 끼워 넣고 있음을 알 수 있다.

한문 문장에서 보이는 이 같은 끼움표는 국문 문장에서도 동일하게 쓰였음을 알 수 있다. 〈그림 26〉에서 보는 바와 같이, '예'와 '볼'의 중간에 '다시'를 삽입하고 있는 것이다.

이상은 새로운 글자나 어구를 끼워 넣는 경우들이었는데, 자료 가운데에는 그 문장 내의 어느 자구를 자리를 옮겨서 끼워 넣는 경우도 있다. 〈그림 27〉 아래 부분을 보면, '矣'와 '久'의 위치를 맞바꾸도록 표시하고 있다. 우선 '者'와 '矣' 사이에 끼움표를 한 다음, '久'의 오른쪽에 뒤로 향하도록 점을 비쳐 놓는 방법을 사용하고 있다. 말하자면 끼움표와 자

19 이 자료는 이철영(1867~1919)의 책인데, 국사편찬위원회 이종순 선생님의 복사본을 참조하였음.

20 〈총병가〉에 대해서는 이복규, 「정우량 작 〈총병가〉와 〈탄중원〉」, 『국제어문』 8(서울: 국제어문학연구회, 1987), 205~214쪽 참조.

리바꿈표(자리바꿈표에 대해서는 제5항에서 소개할 것임.)를 절충해서 이용하고 있
는 셈이다. 〈그림 28〉도 같은 양상을 보여주고 있다. 아래 부분에서 '竊
勿藥冀'라고 썼다가 '竊'과 '勿' 사이에 그 아래의 '冀'를 끌어다 끼워 넣고
있는 것이다.

3.2. 없앰표(削除符)

없앰표(削除符)는 불필요한 어구를 없애는 경우에 사용하는 문장부호
인바, 〈한글맞춤법통일안〉에는 규정되어 있지 않아 필자가 임의로 명명
한 것이다. 없앰표의 사례는 다음과 같다.

▲ 〈그림 29-1〉『황기로서첩』[21] (1557년 작)

◀〈그림 29〉『조선중기의 서예』, 37쪽

---

21 여기 소개하는 『황기로서첩』은 종이에 쓴 황기로의 서첩으로는 유일한 것으로 미공개 작
품이다. 필자는 장한평의 태고당이란 고서점의 주인은 전문(田文) 옹의 배려로 그 복사본
을 이용할 수 있었다.

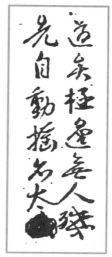

〈그림 30〉『한국고문서』, 459쪽   〈그림 31〉『조선중기의 서예』, 28쪽

〈그림 29〉의 첫 부분과 〈그림 29-1〉을 보면, "草率" 다음에 네 글자를 썼다가 글자 주위를 둥그렇게 에워쌈으로써 해당 부분을 삭제한다는 표시를 하고 있다. 〈그림 30〉에서도 "合田"이란 두 글자 주위를 동그라미로 에워싸 해당 부분을 삭제하고 있다.

그런데 없앰표로서 동그라미 형태만 사용했던 것은 아닌 듯하다. 〈그림 31〉의 경우에는 요즈음에도 흔히 볼 수 있는 대로, 해당 대목을 아주 새까맣게 칠함으로써 삭제 표시를 하고 있기 때문이다. 이 다음에 검토할 〈그림 32〉의 경우에는 네모로도 표시하고 있어 이색적이다.

3.3. 되살림표[再生符]

되살림표[再生符]는 삭제했던 부분을 다시 살리고 싶을 때 사용하는 부호인바, 적절한 명칭이 없어 필자가 임의로 명명한 것이다. 〈그림 32〉의 제1행을 정자로 옮기고 나서 그 의미를 판독해 보기로 하자.

身故代金基遠

都山直 金基遠 頉代 金星仲

이 내용을 해석하면, 都山直인 김기원에게 사고가 생기자 그 이름을 삭제하고, 그 대신 김기원에게 탈(頉)이 생길 경우 그 책임을 대행하기로 되어 있는 김성중으로 명의 변경을 했다가, 김성중이 죽자 도로 김기원 으로 원상 회복한 사실을 반영하고 있다고 풀이된다. 이런 경우, 처음에 김기원을 삭제할 때에는 '金基遠' 주위에 네모로 에워쌌다가 다시 회복 할 때에는 그 네모 칸 주위에 여러 번 점을 찍어 되살림표를 하고 있음을 알 수 있다. 〈그림 32-1〉에서도 되살림표의 사례를 확인할 수 있다.

〈그림 32〉『한국고문서연습』, 141쪽

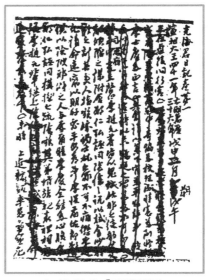

〈그림 32-1〉『광해군일기』

3.4. 고침표[修正符]

고침표[修正符]는 처음에 쓴 어구를 다른 내용으로 고치는 경우에 사용하는 부호인바, 〈한글맞춤법통일안〉에는 규정이 없어 필자가 임의로 명명한 것이다. 이는 없앰표(削除符)와 관계가 깊은데, 우선 고치고자 하는 어구에 없앰 표시부터 하고 나서 그 오른쪽에 새로운 내용을 적는 방식임을 알 수 있다.

〈그림 33〉 제2행을 보면, 중반 이후 상당 부분을 없앰표를 동원하여 삭제하고는, 그 대신 그 오른쪽 여백에다 작은 글씨로 새로운 내용(上意歡符卒從弘)을 적어 넣고 있어 그 점을 확인할 수 있다.

삭제 표시를 하지 않은 채 수정하고자 글자 오른쪽에 새로운 어구를 바로 적어 넣는 경우도 있는데, 〈그림 34〉에서 '施'를 '旋'으로 수정한 사례가 그것이다.

〈그림 33〉 『조선중기의 서예』, 37쪽

〈그림 34〉 『유사최근』, 91쪽

3.5. 자리바꿈표[換置符]

자리바꿈표[換置符]는 글자의 자리가 바뀌었을 때 사용하는 문장부호인데 〈한글맞춤법통일안〉에는 규정되지 않아 필자가 임의로 명명한 것이다. 자리바꿈표의 사례를 제시하면 다음과 같다.

〈그림 35〉의 맨 밑을 보면, "家宗"이란 두 글자의 오른쪽에 점이 하나씩 찍혀 있다. 이는 '家'와 '宗'의 위치를 서로 바꾸어 '宗家'로 바로잡으라는 표시이다. 여기에서 유의해서 보아야 할 사항은 그 점의 삐침 방향이다. 위의 것은 아래 방향으로 삐쳐 있고, 아래의 것은 위로 향하도록 삐쳐 있는 것이다. 〈그림 36〉 윗 부분에서도 마찬가지의 사례를 볼 수 있다. "雲納所"에서 '納'과 '所'의 위치를 바꾸어 '所納'으로 바로잡도록 표시하고 있음을 알 수 있다.

〈그림 35〉
『법제사료강독』, 105쪽

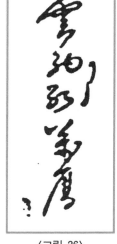

〈그림 36〉
『법제사료강독』, 114쪽

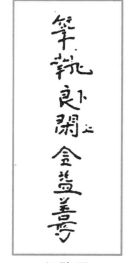

〈그림 35〉
『한국고문서연습』, 219쪽

이상은 점을 삐치는 방식의 자리바꿈표 사례들이었는데, 다른 형태의 자리바꿈표도 사용되었음을 알 수 있다. 〈그림 37〉의 예가 그것이다. "筆執良閑金益善"이라고 썼다가 '良'과 '閑'의 위치를 바꾸어 '閑良'으로 고치는 경우인데, 점을 찍는 대신 '下'와 '上'이란 글자를 이용하고 있어 흥미롭다. 즉, 아래로 가야 할 글자의 오른쪽 옆에다가는 '下'자를, 위로 올려야 할 글자의 오른쪽 옆에다가는 '上'자를 각각 작게 써 놓고 있음을 알 수 있다.

3.6. 띄어쓰기표[隔字符]

띄어쓰기의 일반적인 형태는 낱말과 낱말 사이에 공간을 두는 것[22]으로서 빈칸 띄어쓰기[23] 또는 사이떼기[24]라고도 한다. 우리글에서 이런 형태의 띄어쓰기는 19세기 무렵부터, 만주 및 일본에서 활동하던 서양 선교사들에 의해서 처음 시도되어, 그 영향이 〈독립신문〉에도 이어졌던 것으로 밝혀져 있다.[25]

하지만 아직까지 근대 이전에 사용된 빈칸 띄어쓰기 사례는 거론된 적이 없다. 이제 그 사례를 제시하기로 한다.

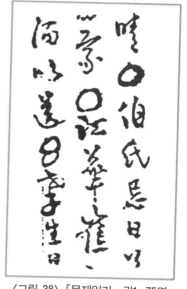

〈그림 38〉 『묵재일기』 권1, 75면

22 리의도, 「띄어쓰기 방법의 변해 온 발자취」, 『한글』 182(서울: 한글학회, 1983), 197쪽.
23 이기문, 앞의 글, 13쪽.
24 리의도, 같은 글, 209쪽.
25 리의도, 앞의 글, 16쪽 이하 참조.

〈그림 38〉의 제3행에서 보이는 두 개의 동그라미 표시는, 해당 부분을 동그라미 숫자만큼 띄어 놓아야 할 것을 지시하고 있다. 그 이유는 동그라미 다음 글자인 "世子"를 높이기 위한 목적에서이다.

3.7. 착오표[錯誤符]

착오표[錯誤符]는 일기문에서 발견되는바, 밀린 일기를 한꺼번에 쓸 경우, 날짜를 혼동해서 이 날짜에 적어야 할 일을 저 날짜에 적고, 저 날짜에 적어야 할 것을 이 날짜에 적는 등의 착오가 발생했을 때, 이것을 표시하는 부호이다.

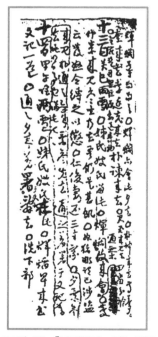

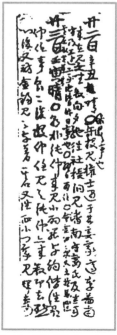

〈그림 39〉『묵재일기』 권1, 79쪽   〈그림 40〉『묵재일기』 권1, 93쪽

〈그림 39〉 13일 자 일기의 제3행의 마지막 단락 "夕, 景參來見, 朴通之亦來, 景參先去, 通之着署于文記, 暮去. 此明日事也, 誤此記之."라고 되어 있어, 이 부분이 그 다음 날(14일)에 일어난 일인데 착오로 거기에 기록한 것임을 알 수 있다. 그 사실을 알게 하기 위해, 해당 부분에 에워싸는 표시를 한 후에, 착오라고 밝히고 있다. 〈그림 40〉에서는 다른 방식으로 착오 사실을 밝히고 있다. 제1행의 단락표 다음에 "昨日之事也"라는 말을 먼저 적어 놓아, 해당 단락의 사건이 그 이전 날(21일)에 일어난 일이었음을 밝히고 있는 것이다.

4. 맺음말

지금까지 근대 이전에 쓰인 우리 문장부호들에 대해 소개하였다. 하지만 이들 문장 부호는 필자가 직접 검토한 자료에서 추출한 것이기에, 자료의 범위를 확대하면 더 많은 형태의 문장부호가 발견될 가능성이 있다고 본다.[26]

앞에서 소개한 문장부호 가운데에는 지금도 쓰이는 것도 있고 전승이 단절된 것도 있다. 하지만 어느 것이든 원전의 바른 해독을 위해서는 이들의 쓰임새에 대한 이해가 필수적이라고 생각한다. 앞으로 이 방면의 연구가 더욱 확대되고 심화되기를 기대하며 글을 맺는다.[27]

---

26 이 원고를 마무리한 후에도 『초본 징비록(草本 懲毖錄)』과 『묵재일기』 등에서 붙임표(接合符)' 등 형태의 문장부호를 계속 발견할 수 있었다.

27 이 글을 작성하는 데 도움을 주신 박병호·최승희·남풍현·정구복·민현식 교수님, 국사편찬위원회의 이종순·김현영 선생님, 태고당 주인 전문 선생님, 국민대 도서관의 이선영 선생님, 한국정신문화연구원의 안승준 선생님께 감사드립니다. 아울러, 각주 1의 논문 말미에서 거론한 바 있는 호암미술관 소장 『백지묵서대방광불화엄경』「조성기(造成記)」 말미에 나온다는 없앰표는 미술관 측의 협조를 얻지 못해 소개하지 못해 유감임을 밝혀 둔다.

제13장
'한글'이란 단어의 오용·오인 문제

1. 머리말

"한글의 위기"

"영어를 잘하려면 한글부터 잘해야"

이런 말이 버젓이 통용되고 있다. 앞의 것은 SBS TV에서 2006년 10월 초에 방영한 '한글날 기념 특집 프로그램'의 제목[1]이고, 뒤의 것은 미국 조지아 주립대에 근무하는 어느 한국인 교수가 쓴 글의 제목이다. 이 두 사례에 등장하는 '한글'은 '우리 문자' 즉 세종대왕이 창제한 '글자'의 이름 '훈민정음'이 아니다. 모두 '우리말(한국어, 국어)'의 의미로 쓰였다. 위에 두 가지 경우만 소개했지만, 이런 표현이 우리 주변에서 아주 흔하게 쓰이고 있어 문제이다.

현재 한국 기독교계에서 세계의 숱한 무문자 종족에 대한 선교를 위해, 표기능력이 탁월한 우리 한글을 저들에게 가르치고, 그 나라 방언대

---

1 원문은 http://news.sbs.co.kr/issue/news_issue_참고(1995).

로 음역한 성경을 보급해 읽게 함으로써, 문맹도 퇴치하고 복음도 접하게 하고 있는데,[2] 이때의 '한글'은 '문자'이지 절대로 '글'이나 '말'이 될 수가 없고 그래서도 안 될 일이다. 그런데, 어떻게 된 일일까? 어째서 '한글'이 '우리말'을 뜻하는 말로까지 쓰이고 있는 것일까? 그동안 내가 알아온 게 틀렸는가?

이와 같은 의문에서, 이 글을 쓰기로 하였다. 아예 이 문제를 정면으로 다루어 보기로 한 것이다. 도대체 '한글'이란 단어의 올바른 뜻 즉, 사전적인 뜻은 무엇인가? 이 말이 처음 만들어질 때, 과연 어떤 뜻을 지니고 등장한 것일까? 실제로 이 말은 사전에 규정된 대로, 처음 만들어질 때의 뜻으로 올바르게 인식되고 바르게 쓰이고 있는 것일까? 오용·오인되고 있다면 그 양상은 구체적으로 어떠하며 그 원인은 어디에 있을까?

이 문제와 관련된 글이 몇 편[3] 있지만, '한글'이란 단어의 유래, '한글'이란 단어의 작명 주체, '한글날'이란 명칭의 부당성에 대해 각기 논증하는 데 주력할 뿐, '한글'이란 단어가 오늘날 '국문', '한국어(국어)'의 의미로까지 오인되어 오용되는 문제를 심도있게 거론하여 집중적으로 다루지는 않았다.[4] 필자는 이 문제를 실제적으로 논하기 위해, 주요 신문들의 기사를 자료로 삼아 일상생활에서 흔하게 확인되는 오용·오인 사례들을 검토하는 것은 물론이고, 필자가 몸담고 있는 서경대학교 2007학년도 신입학 수험생 43명 및 대전 D여고 2학년 학생 40명, 여러 고등학교의 국어교사 38명, 대학 국문과 교수와 강사 42명을 대상으로 실시한 설문

2 christ.infocop.com 참조(1995).
3 고영근, 「'한글'의 유래에 대하여」, 김민수·고영근·이익섭·심재기 공편 『국어와 민족문화』 (서울: 집문당, 1984), 278~286쪽. ; 임흥빈, 「주시경과 한글 명칭」, 『한국학논집』 23(대구: 계명대학교 한국학연구소, 1996), 21~41쪽. ; 김종환, 「'한글날'이란 명칭은 바로잡아야 한다」, 『한글한자문화』 76(서울: 전국한자교육총연합회, 2005), 48~49쪽.
4 논문은 아니지만, '김창진의 방송언어 바로잡기' 카페(cafe.daum.net/uselang), 토막글 코너에서 '한글'과 '한국어'를 혼동하지 말자는 의견이 개진된 바가 있다는 것을 이 글을 탈고한 후, 김창진 선생의 제보를 통해 알았기에 여기 밝혀둔다.

조사 결과를 활용해 이 사태의 심각성을 알리고자 한다. 이렇게 고등학생, 대학 입학 국어국문학과, 국어교사, 국문과 교수 및 강사들의 인식양상을 종합적으로 살펴봄으로써, 이 문제가 일반인은 물론 국어를 다루는 전문가 집단인 국어교사와 국문과 교수들에게서도 확인된다는 사실을 드러내 보이고자 한다.

2. '한글'이란 단어의 올바른 뜻

'한글'의 올바르고도 정확한 뜻은 무엇일까? 믿을 만한 국어사전의 개념규정을 살펴보는 것이 가장 좋은 방법이라고 생각해 그렇게 하겠다. '한글'은 새로 만들어진 단어이므로, 처음 만들어질 때 무슨 뜻을 지니는 말로 등장했는지도 알아보기로 한다.

2.1. '한글'이란 단어의 사전적인 뜻

'한글'이란 단어의 뜻을, 국립국어원에서 펴낸 『표준국어대사전』(1999)에서는 이렇게 규정하고 있다.

> 한글 : 우리나라 고유 글자의 이름. 세종대왕이 우리말을 표기하기 위하여 창제한 훈민정음을 20세기 이후 달리 이르는 것으로, 1446년 반포될 당시에는 28 자모(字母)였지만, 현재는 24 자모만 쓴다.
> (밑줄은 필자가 그은 것임: 이하 같음.)

한글학회에서 펴낸 『우리말큰사전』(1991)도 같다.

> 한글 : 우리 나라 글자의 이름. 훈민정음 28 낱자 가운데 현대말에 쓰이
> 는 24낱소리글자.

북한의 『조선말 대사전』(1992)도 마찬가지다.

> 한글 : 큰 글 또는 바른 글이라는 뜻으로 『조선인민의 고유한 민족글자
> 〈훈민정음〉』을 달리 이르는 말. 20세기 초 우리나라에서 국문운
> 동이 벌어지는 과정에 주시경을 비롯한 국어학자들이 『정음』의
> 뜻을 고유어로 풀어서 붙인 이름이다. 1927년에 잡지 『한글』이
> 나오면서 점차 사회적으로 쓰이게 되었다.

이렇게 남북한 주요 국어사전에서 '한글'을 '글자의 이름'이라고 한결
같이 규정하고 있으며, 훈민정음을 20세기 들어와 달리 이르는 말이라는
데 의견이 일치되어 있다. 이번에는 '글자'라는 단어는 어떻게 개념 규정
하고 있는지 알아보자.

> 글자 : 말을 적는 일정한 체계의 부호.

'말을 적는 부호'라고 했다. 말 자체가 아니라 말을 적기 위한 수단이
라는 사실을 분명하게 밝히고 있다. 그러면 이번에는 '글자'와 동의어로
쓰이는 '문자'에 대해서는 어떤 개념으로 풀이하는지 살펴보자.

> 문자 : 인간의 의사소통을 위한 시각적인 기호 체계. 한자 따위의 표의
> 문자와 로마자, 한글 따위의 표음 문자로 대별된다.

결국, '한글'은 '우리 글자' 혹은 '우리 문자'이며, 그 의미를 '글자(문자)'
의 뜻풀이까지 감안하여 개념 규정해 보면, 아래와 같이 정리할 수 있다.

한글 : 세종대왕이 창안한 표음문자인 '훈민정음'을 달리 일컫는 말로서, 우리말을 적어 사람간의 의사소통을 하게 하는 부호(기호 체계).

위에서 확인한 것과 같이, '한글'의 사전적인 의미는 분명하다. '우리 글자(문자)'이다. '말'이 아니라 '글자(문자)'이다. '말'을 적기 위한 수단으로서의 '부호(기호체계)'이지 '말' 자체가 아니다.

2.2. '한글'이란 단어가 유래할 당시의 뜻

'한글'의 사전적인 의미는 확인했고, 이제는 '한글'이란 단어가 만들어질 당시의 뜻은 무엇이었는지 알아보자. '한글'이란 말은 언제 누구에 의해서 어떻게 등장했을까?

'한글'이란 말이 언제 누구에 의해서 등장했는지, 우리의 통념과는 달리, 아직 정설이 마련된 것 같지 않다. 이 문제를 두고 고영근과 임홍빈의 견해가 대립되어 있다는 것을 알 수 있는데,[5] 고영근은 주시경을, 임홍빈은 최남선을 이 말의 작명부로 각기 주장하고 있다.[6] 필자는 '한글'이란 말을 누가 만들었느냐는 데 대해서는 다른 기회에 천착하기로 하고, 여기에서는 '한글'이란 말이 처음 등장할 때 도대체 어떤 뜻을 가졌던 것인지에 대해서만 관심을 집중하고자 한다.

고영근과 임홍빈이 제시한 관련 자료들을 읽어 보면 '한글'이 어떤 필요성에서, 어떤 뜻을 지닌 말로 등장했는지에 대해서 초기의 관련자들의 진술이 갈리고 있어서 혼란스럽다. 고영근과 임홍빈이 각각 제시한 관련

---

5 고영근, 같은 글, 임홍빈, 같은 글 참고.
6 남광우에 의해 '이종일'이 지었다는 주장도 제기되었다는 사실이 고영근, 「'한글'의 작명부는 누구일까—이종일·최남선 소작설과 관련하여—」, 『새국어생활』 13-1집(봄호), 131~150쪽에 실려 있다.

자료들을 인용해 보이면 다음과 같다.

> ① "이 말이 생기기는 지금으로 십오년 전에 돌아가신 주시경 선생이 '한글
> 배곧'이란 것을 세우니 이것이 「조선어강습소」란 말입니다. 그 뒤로 조
> 선글을 '한글'이라 하게 되어 지금까지 일컬어 온 것입니다.", "이러한
> 의미로 우리 글을 한글이라고 하게 된 것입니다. '한글'은 '한'이란 겨레
> 의 글 곧 조선의 글이란 말입니다."
>
> (리윤재, 「한글강의」, 『신생』 2권 9호
(『역대한국문법대계』 3－23, 1929), 344쪽)

> ② "최남선씨 경영 광문회내에서 주시경씨가 조선어를 연구하여 당시에
> 주씨는 한자전폐론자로서, 또 조선문을 전승하고자 하는 감정으로 '언
> 문'의 명칭을 버리고자 하야 그 대용어를 고찰하는 도중에 최씨로부터
> '한글'이라고 명명하야 주씨도 이에 찬동하야 이후로 사용된 말이다."
>
> (박승빈, 『한글맞춤법통일안비판』(조선어학연구회, 1936), 4쪽)

> ③ "융희말년(1910년 : 필자 주) 조선광문회에서 조선어정리에 대하야 종종의
> 계획을 할 때에 조선문자를 조선어로 칭위하자면 무엇이라고 함이 적
> 당하겟느냐함이 일 문제이다가 마츰내 세계문자중의 가장 거룩한 왕자
> 란 뜻으로써 '한글'이라고 부르자 하는 말이 가장 유력하니 '한'은 대를
> 의미함과 함께 한을 표시하는 말임에 인한 것입니다. 그래서 그뒤 계축
> 에 신문관에서 발행하든 아동잡지 〈아이들보이〉에 '한글'난를 베픈 것
> 이 이 이름을 공적으로 쓴 시초며 동시에 한글난은 자모분해에 의한
> 횡서식의 조판을 처음 실시하얏습니다." "대저 한글이란 말은 본대 조
> 선문자를 조선어로 부르는 새이름으로 생긴 것인데, 그 이름의 행용이
> 아직 넓어지지 못하고 뒤에 주시경 계통의 조선어학 쓰릅이 이 이름을
> 선전하기에 힘써서 드듸여 그 계통에서 나온 철자법 내지 문법을 쓰는
> 조선어문의 명칭 비스름하게 전화하야 심지어 '한글식'이라는 국한적의
> 말이 생기기에 이르럿습니다."
>
> (최남선, 『조선상식문답』(동명사, 1946), 180쪽.)

'한글'이란 말이 처음 등장할 무렵의 사정을 전하는 위의 기록들을 보면, '한글'의 개념을 두고 묘한 차이를 보인다. ①에서 리윤재는 주시경이 세운 '한글배곧'을 '조선어강습소'와 같은 말이라고 함으로써 '한글=조선어'라는 생각을 비치기도 하고, "그 뒤로 조선글을 '한글'이라 하게 되어 지금까지 일컬어 온 것"이라는 데에서는 "조선글=한글"이란 생각을 보인다. "'한글'은 '한'이란 겨레의 글 곧 조선의 글이란 말"에서도 "한글=우리글"로 개념 규정하고 있다. 처음에는 '조선어'로까지 생각하다가 최종적으로 '한글=우리글(조선글)'로 정리하고 있다 하겠다. 그런데 리윤재는 '조선글(우리글)'이 '문자'인지 '글'인지 또렷하게 밝히지 않고 있다.

박승빈에 오면 좀 더 또렷해진다. ②에서 "주시경씨가──(중략)──조선문을 전승하고자 하는 감정으로 '언문'의 명칭을 버리고자 하야 그 대용어를 고찰하는 도중에 최씨로부터 '한글'이라고 명명하야 주씨도 이에 찬동하야 이후로 사용된 말"이라고 함으로써, "한글=언문"이라는 인식을 드러내고 있기 때문이다. '언문'이 '정음'이나 '반절'에 이어 조선시대에 '훈민정음'의 다른 이름으로 쓰였다는 것은 이미 널리 알려진 일이다.

최남선의 견해는 더 명확하다. ③에서 "조선문자를 조선어로 칭위하자면 무엇이라고 함이 적당하냐는 문제가 생겨 마침내 세계문자중의 가장 거룩한 왕자란 뜻으로 '한글'이라 부르자는 말이 가장 유력하니 '한'은 대를 의미함과 함께 한을 표시하는 말임에 인한 것"이라고 함으로써 "한글=조선문자", 즉 조선문자를 일컫는 새로운 말로서 '한글'이란 말이 유력한 대안으로 떠올랐다고 증언하고 있기 때문이다.[7]

참으로 묘한 일이다. 왜 리윤재와 박승빈, 최남선의 진술에 차이가

---

7 최남선은 '한글'을 '훈민정음'의 대체어 가운데에서 가장 유력한 것으로 보면서도, 세종 당시의 명칭인 '훈민정음' 혹은 그 약칭인 '정음'을 가명(가명) 즉 가장 아름다운 명칭이라고 생각하였다. 임홍빈, 앞의 글, 37쪽 참조.

있는 것일까? 누구 말이 맞는 것일까?

　최남선이야말로 현장에 있던 인물이므로 그 진술을 더 신빙해야 한다고 필자는 생각한다. 그렇게 본다면, 맨 처음에 '한글'이란 단어가 등장할 때는 '훈민정음' 즉 '우리 글자'를 의미하는 신조어로 등장했다 할 수 있다. 주시경 학파의 대표적인 인물인 최현배의 주저인 『한글갈』(1940)의 제목에 쓰인 '한글'도 철저하게 '훈민정음' 즉 '우리 고유 문자'의 의미로 일관하고, '한국어'에 대한 저서에서는 '우리말(『우리말본』, 1929)', '조선말(『중등조선말본』, 1934)', '조선어(『중등교육조선어법』, 1936)' 등으로 구분한 것을 보면 이런 판단이 옳다고 할 수 있다. 무엇보다도 현행 남북한 국어사전에 그렇게('한글'은 20세기에 들어서 '훈민정음'의 별칭으로 쓰인 말이라고) 규정하고 있는 점이 이를 뒷받침한다.

3. '한글'이란 단어의 오용·오인 양상

　'한글'이란 단어가 오용·오인되는 양상을 살피기 위해, 세 가지 층위로 접근한다. 첫째, 신문과 인터넷 기사에 나타나는 사례를 통해 사회 일반의 오용·오인 실태를 파악한다. 둘째, 고등학교까지의 국어교육을 받은 최근 학생 집단 및 고교 국어교사와 대학 교수와 강사의 인식을 설문조사를 통해 확인한다. 현행 7차교육과정용으로 개발되어 쓰이는 고등학교 2학기용 『국어』(하) '국어의 역사' 단원에 유일한 '한글' 단어 관련 자료인 〈훈민정음 서문〉이 실려 있기에, 고등학교 2학년 이상의 학력을 가진 학생 집단과 고등학교 국어교사로 제한해서 설문 대상자를 정하였다는 것을 밝혀둔다.

3.1. 신문과 인터넷 기사에서 확인되는 오용·오인 실태

(1) '한글'을 '국문(우리글)'으로 오용하는 경우

표준 국어대사전에서 '국문'을 어떻게 개념 규정하고 있는지 살펴보자. '한글'의 개념 규정은 앞에서 이미 보였지만, 논의의 편의상 다시 한 번 보이기로 한다.

> 한글 : 우리나라 고유 글자의 이름. 세종대왕이 우리말을 표기하기 위하여 창제한 훈민정음을 20세기 이후 달리 이르는 것으로, 1446년 반포될 당시에는 28 자모(字母)였지만, 현재는 24 자모만 쓴다.

> 국문 : 나라 고유의 글자. 또는 그 글자로 쓴 글.

위에서 보는 것처럼, 한글은 '글자(문자)'만을, 국문은 '글자'도 의미하고 그 '글자로 쓴 글'도 의미하는 말로 규정되어 있다. 엄밀하게 따지자면 이 '국문'의 개념 규정에는 문제가 있다. '나라 고유의 글자'는 '국자'라고 해야 맞지 '국문'이라고 표현하는 것은 이치에 맞지 않기 때문이다. 갑오경장 이후 우리말과 우리글을 각각 '국어'와 '국문'으로 불러왔는데, 실상 이때의 '국문'은 '우리글'의 의미이지 '우리 문자'의 의미는 아니었다.[8]

하지만 표준국어대사전의 규정 자체를 여기서 비판하는 것은 무리라고 생각한다. 어떻게 하여 '국문'이 '국자' 혹은 '우리 글자'의 뜻까지 포함하게 되었는지, 납득하기 어려운 게 사실이지만, 일단은 이 개념 규정을 존중할 수밖에 없다. 그런다 해도 따지지 않을 수 없는 문제가 있다. 사전에서 이렇게 규정하여 놓고 있는데도, 즉 '한글'은 '국문'의 하위 개

---

8 고영근, 앞의 글, 279쪽 참조.

념, 곧 '음절'이 모여 '어절'을 이루듯, '한글'은 '국문'이란 텍스트를 이루는 하위 단위로 인식하도록 규정하고 있는데도, 실제에서는 "한글=국문"인 양 사용되고 있다는 문제점이다. 인터넷에 올라 있는 신문 및 여타 기사 가운데에서 그 사례를 검색해 검토하기로 하자(이하 원문에 밑줄 그은 것은 편의상 필자가 한 것임).

가. '한글소설'이란 용어

> [조선일보, 2006 – 09 – 29]
> 최초의 <u>한글소설</u>인 '홍길동'을 다룬 책들이 많지만, 이처럼 '유별난' 그림책은 처음이다.

지면 관계상 하나의 예만 보였지만, 현재 '한글소설'이란 용어는 아주 일반화하여 있다. 우리나라 '최초의 한글소설' 논쟁에서부터 특정 작품 혹은 작품군의 성격을 드러내어 말할 때 이 용어를 자주 쓴다. 하지만 이 용어는 문제가 있다. '한글'이 '우리 글자' 즉 '우리 알파벳'이라면, '한문소설'의 대립어로서 '한글소설'이란 용어를 만들어 쓸 수는 없기 때문이다. '한글소설'이란 용어가 가능하다면, '한자소설', '로마문자소설'도 가능해야 하는데 그렇지는 않다. '한문소설'이나 '영어소설', '이탈리아어소설', '프랑스어소설'이라고 부른다. 문자는 창작·번역의 수단 아니라 표기·전사하는 수단일 따름이다. 텍스트를 짜는 것은 '문자'가 아니라 '언어'이며, '우리 언어'인 '한국어'를 음성으로 표현한 것이 '한국어'이고 글로 적어놓은 텍스트가 '국문'이다.

따라서 '한글소설'을 '국문소설'과 등가적인 개념으로 사용할 수는 없다. 위의 예문에 나오는 '한글소설'이란 표현은 '한국어소설' 혹은 '국문소설'로 적어야 올바르다.

나. '한글본', '한글판', '한글번역(한글역)' 등의 용어

'한글소설'과 같은 계열의 용어로서 '한글본', '한글판', '한글번역(한글역)' 등이 쓰이는데, 마찬가지 문제점을 안고 있다. 마땅히 '국문본(한국어본)', '국문판(한국어판)', '국문번역(국역)' 등으로 바꾸어 써야 옳다. 이런 용어들이 쓰일 때의 문맥을 자세히 살펴보면 상대어가 나오곤 하는데, 전혀 등가적이지 않거나 어울리지 않는다. 예를 들어보자.

> [한겨레, 2007 - 01 - 18]
> 이 번역본은 두 권으로 이뤄졌다. 첫 권은 (중략) 모두 번역한 '한글본'이며, 다른 한 권은 원문을 실은 '한문본'이다.
> (앞으로 편의상 두 책을 '한글본' '한문본'이라 구별하겠다.)

이 기사에 쓰인 '한글본'이 정확히 어떤 의미인지는, 바로 뒤에 나오는 '한문본'이란 말을 보아야 알 수 있다. '국문본'의 의미이다. '한자본'의 상대어로 쓰였다면 '한글본'이 타당하겠으나, '한문본'의 상대어라면 '국문본'이라고 해야 자연스럽다.

(2) '한글'을 '한국어(우리말, 국어)'로 오용하고 있는 경우

'한글'과 '한국어'는 다른 층위의 단어이다. '한글'은 '글자(문자)', '한국어'는 '말(언어)'의 층위에서 사용하는 단어이다. '한글'의 개념 규정은 이미 소개했으므로, '글', '말', '한국어'에 대한 표준국어대사전의 개념 규정을 제시하면 다음과 같다.

글 : 어떤 생각이나 일 따위의 내용을 글자로 나타낸 기록.

말 : ①사람의 생각이나 느낌 따위를 표현하고 전달하는 데 쓰는 음성
　　　기호.

한국어 : 한국인이 사용하는 언어. 형태상으로는 교착어이고, 계통적으
　　　　로는 알타이 어족에 속한다. 한반도 전역 및 제주도를 위시한
　　　　한반도 주변의 섬에서 쓴다. 어순(語順)은 주어, 목적어(또는 보
　　　　어), 술어의 순이며 꾸미는 말이 꾸밈을 받는 말의 앞에 놓이는
　　　　것 따위의 특성이 있다.

　위에서 보듯, '글'과 '말'은 구분되며, '한국어'는 한국인이 사용하는 언
어로서 대외적 혹은 중립적으로 쓰는 말이다. 대내적으로 우리끼리는
'국어' 혹은 '우리말'이라고 한다. '한글'과는 다른 말이다. 혼동할 수도
없고 혼동해서도 안 되는 어휘이다.
　우리가 사용하는 우리말 즉 국어는 한글로 표기할 수도 있고 한자로
도, 로마자로도 표기할 수 있다. 마찬가지로 영어를, 한글을 사용해 표기
할 수 있다.
　이처럼 '글자(문자)', '글', '말'은 분명하게 구별된다. '글자'는 말을 적는
부호이며 그 '글자'로 사람의 생각이나 일 따위의 내용을 나타낸 기록이
'글'이고, '말'은 음성 기호로서 앞의 '글자'나 '글'과는 다시 구별된다. 그
러니 '한글'을 '한국어'로 인식할 수 없건만 실제는 그렇지 않다.

가. '한글이름'이란 용어

　[문화일보, 2006－10－09]
　충북도교육청이 한글날을 맞아 도내 초등학교 1학년(99년생)과 6학년(94
년생) 1226명 및 고교 3학년(88년생) 868명 등 총 2094명을 뽑아 분석한 결과
<u>한글 이름</u>이 급격히 감소하고 있는 것으로 나타났다. 조사에서 '보라' '슬

기' '아름' 등 (하략)

위의 기사에 등장하는 '한글이름'은 무엇을 의미할까? '한글이란 문자로 표기한 이름'일까? 아니다. '순우리말' 이름이다. 예시로 든 '보라', '슬기'를 보아 알 수 있다. '한자'로는 그 뜻과 소리를 그대로 나타낼 수도 적을 수도 없는 이름, 즉 '순우리말이름'이다. 그렇다면 마땅히 '순우리말이름'이라고 해야 할 자리인데 '한글이름'이라 쓰고 있다.

나. '한글학회'란 기관명

잘 알려진 대로, '한글학회'는 〈'국어 연구 학회'→ '배달 말글 몯음'→ '한글모'→ '조선어 연구회'→ '조선어 학회'→'한글학회'〉로 이어지는 역사를 지닌 학회이다. 일제강점기 동안 '조선어학회'로 부르다가 광복 후에 대한민국이 수립되자 정기총회를 거쳐 '한글학회'로 개칭한 것이다.[9] 그런데 '조선어학회'의 후신이면서 그 명칭을 '한글학회'라고 고쳐 부른 것이 과연 자연스러운 일이었을까? '조선어'는 '우리말'이니, 마땅히 '한국어학회'로 바꿔 불렀어야 하지 않을까? '한글학회'는 '한글(훈민정음)'만 연구하는 학회에만 어울리는 이름이지만 우리말 전반을 연구하는 학회의 명칭으로서는 부적절하다고 여겨지기 때문이다. '한글학회'라는 기관명은, 한글학회의 역사를 아는 언중의 뇌리에 '한글=우리말'이라는 인식을 심어주었을 가능성이 크다고 생각한다.

다. '한글맞춤법'이란 용어

'한글맞춤법'이란 말도 곰곰이 따져보면 문제가 있는 용어이다. 국어사전들의 개념 규정대로 '한글'이 '문자' 즉 세종대왕이 창제한 28자(현행

9 한글학회 홈페이지(http://www.hangeul.or.kr/) 참고.

24자)의 자모를 일컫는 말이라면, '한글맞춤법'이란 용어는 성립하기 어렵다. 지금 우리가 따르고 있는 이 '한글맞춤법'은 '국어 정서법'·'국어 정자법'이라고도 부르는 것처럼, 우리말을 적는 방법을 규정한 것이지, 'ㄱ ㄴ ㄷ ㅏ ㅑ ㅓ' 등 한글 자모 하나하나를 어떻게 운용할 것인지에 대해 규정한 게 아니기 때문이다. 표준국어대사전에도 "한글맞춤법: 한글로써 우리말을 표기하는 규칙의 전반을 이르는 말."이라고 분명하게 밝히고 있다. 일찍이 박승빈도 『한글맞춤법통일안비판』에서 이 문제를 제기한 바[10]가 있다.

라. '한글학자', '한글학자', '한글성경' 등의 용어

'한글학자'라는 말이 자주 쓰이고 있는데, 엄밀한 의미에서 '한글을 연구하는 학자'에게만 붙일 수 있는 말이다. 전공이 '우리 문자'인 '훈민정음' 즉 '한글'인 사람에게만 적용되는 말이다. 하지만 우리 주변에서 과연 이 말이 그렇게 쓰이고 있을까? 우리말을 바르게 쓰도록 계몽하는 데 공로가 컸던 고 한갑수 선생에 대하여 '한글학자'라고 불러온 관행을 비롯하여, 현재에도 순우리말사전 편찬에 주력해온 박용수 선생 같은 분에게 '한글학자'라는 호칭을 붙여 표현하는 사례가 그것이다. '우리말 지킴이' 혹은 '우리말 애호가' 정도로 표현해야 실상이 부합할 일인데, '한글학자'라는 표현을 씀으로써, 전공이 '훈민정음학' 혹은 '우리문자학'인 분들에게 결과적으로 누를 끼치거나, 언중으로 하여금 은연중에 '한글=우리말'이란 인식을 심어주는 데 기여하고 있는 셈이다.

다음으로 '한글사전'이란 말을 보자. 엄정한 의미는 '한글에 대한 용어 사전'이어야 맞다. 하지만 그런 사전은 없다. 모두 우리말 사전(국어사전)

---

10 박승빈, 『한글맞춤법통일안비판』(조선어학연구회, 1936), 3~4쪽.

을 달리 일컫고 있는 말이다. 예를 들어 본다.

> [연합뉴스, 2007.01.08]
> 〈링컨박물관, 개관 2년도 안돼 입장객 100만명 돌파〉
> 개관행사에서 한인 고교생 이미한 양은 일제시대 <u>한글사전</u>을 편찬하다 옥고를 치른 외증조부 고(故) 정인승 박사의 이야기를 소재로 한글을 탄압한 일제를 고발하고 자유의 소중함을……

고 정인승 박사가 편찬한 사전은 우리말 사전이지, 한글에 대한 사전이 아니다. 그런데도 한글을 우리말로 인식한 나머지 위와 같이 표현하고 있다.

'한글성경'이란 말도 문제가 있다. '한글성경'이 맞다면 '영자성경'이나 '한자성경'이란 말도 있어야 한다. 하지만 그렇게 표현하지는 않는다. '국문성경' 혹은 '우리말성경', '한국어성경'이라고 해야 할 자리에 '한글성경'을 넣고 있다.

> [국민일보, 2005.05.22]
> 기독교인이 갖고 있는 영어 성경이나 <u>한글 성경</u>을 읽을 때 상이한 점이 발견된다. 히브리어 성경과 (중략) 그러나 한글 성경은 4장까지 기록돼 있다.

위에서 바로 드러나듯, '영어성경'이나 '히브리어'의 상대어는 '우리말(한국어)성경'이어야 격이 맞는 표현일 텐데, '한글성경'이라고 적고 있다. 한글을 한국어로 인식하지 않고서는 불가능한 표현이라 하겠다.

3.2. 학생(고교2년 및 대학 입학 국어국문학과), 고교 국어교사, 대학 국문과 교수와 강사를 대상으로 실시한 설문 조사 결과에 나타난 '한글'의 오인 실태

인터넷에 올려진 신문 기사와 여타 정보를 통해, 일반인들이 '한글'에 대해 어떻게 오용·오인하고 있는지 살펴본 다음, 필자는 고등학교 국어 교육을 받고 있거나 받은 학생들, 국어교육을 담당하는 고교 국어교사들과 대학 국어국문학과 교수(강사 포함)의 경우는 어떤지 조사해 보기로 하였다. 학생의 경우는 대전 D여자고등학교 2학년 40명과 서경대학교 디자인학부 비주얼콘텐츠디자인 전공 2007년 입학 국어국문학과 43명, 모두 83명을 대상으로 설문지를 돌려 응답 자료를 확보하였다. 서경대 입학 수험생의 출신 지역은 전라, 충남, 경상, 경기, 서울 등 다양하고 출신 고등학교도 각이하여, 한국에서 고등학교까지의 국어교육을 정상적으로 받은 학생들의 '한글' 인식을 확인하는 데 무리가 없다는 점을 부언한다.

국어교사들에 대한 설문은 고교 국어교사로 한정하였다. 현행 7차교육과정의 고등학교용 『국어(하)』에 〈훈민정음서문〉이 실려 있어, 고1이 수업 시간에 이를 다루면서 '한글'의 개념을 가르치는 경우가 많다는 사실을 알았기 때문이다. 상당수의 학교가 홈페이지에 교사들의 이메일을 공개하고 있어서 지역을 안배하여, 【전남】나주고, 【전북】원광고, 이리고, 익산고, 전주고, 대전고, 【서울】대일고, 선덕고, 영훈고, 정의여고, 재현고, 한성고, 휘문고, 【부천】정명고 등의 국어 교사 200여 명에게 이메일을 보내 38통의 회신을 받았다. 20퍼센트에 불과한 회신이었으나 응답 내용이 서로 엇갈려, 교사들도 '한글'이란 단어에 대해 통일된 인식이 되어 있지 않음을 충분히 확인할 수 있었다.

대학 국어국문학과 교수 및 강사들을 대상으로 한 설문은, 필자와 친

분이 있는 교수 및 강사들에게만 설문을 하여 42통의 회신을 확보하였
다. 42통의 내용만으로도 전체적인 경향을 확인하는 데는 충분하였으며,
더욱이 견해 차이가 있다는 사실이 또렷이 드러났다. 회신한 교수와 강
사들은, 비록 숫자는 많지 않으나 서울과 지방, 사범대 국어교육과와 인
문대 국어국문학과, 여성과 남성, 국어학 전공과 국문학 전공, 고전문학
전공과 현대문학 전공을 망라하고 있어 상당히 다양하여 어느 정도 대표
성을 지닌다는 점을 밝혀 둔다.

설문 내용은 이것이었다. "한글은 무엇인가?" 우리 글자인가, 우리글
인가, 우리말인가, 아니면 셋 다인가, 이들 네 가지 중에서 선택하게 하
였다. 교사들에게는, 별도로 "한글의 개념에 대하여 학생들에게 가르칠
기회가 있는가?"라는 설문을 추가하였는데, 대다수의 교사가 가르친다
고 하였다.

(1) 한글이 무엇이라고 생각합니까?

1) 답변 선택 사항

답변 선택
1. 우리 글자(문자)
2. 우리글(국문)
3. 우리말(한국어, 국어)
4. 위의 세 가지 다

2) 응답 양상

(더러 복수로 응답한 경우도 있어서, 합계의 숫자가 조사자 수와 다를 수도 있음)

답변	학생 (고2, 대입 수험생)	고교 국어교사	대학 국문과 교수	답별 총평균	비고
1(우리 글자)	17명 (20.5%)	19명 (50%)	26명 (62%)	62명 (38%)	
2(우리글)	7명 (8.5%)	8명 (21%)	6명 (14%)	21명 (13%)	1, 2 이중답 (2건)
3(우리말)	11명 (13%)	0명 (0%)	0명 (0%)	11명 (7%)	
4(셋 다)	48명 (58%)	11명 (29%)	10명 (24%)	69명 (42%)	
각 인원	83명	38명	42명		
총 인원	163명				

이 집계 결과가 보여주는 사실을 정리해 보면 다음과 같다.

첫째, 학생 중에서 '한글'을 '문자'로 제대로 인식하는 경우는 20.5%에 불과하였다. 무려 58%에 이르는 학생이, 4번을 선택하였다. '한글'이 '우리 글자'이자 '우리글'이자 '우리말'이라는 것이다. '우리글'로 반응하는 경우가 10%, '우리말'이라는 응답도 10% 나왔다.

둘째, 교사들은 학생들보다 한결 나았다. 50%가 '우리 글자'라고 정확하게 반응하였다. 학생들보다 2배 정도 높았지만, 이상치인 100%에는 턱없이 못 미치는 비율이다. 교사의 29%가 '한글'을 '우리 글자'이자 '우리글'이며 '우리 말'이라고 응답하였다. 나머지 21%가 '우리글'로 인식하고 있다. 게다가 '한글'의 개념을 오인하고 있는 교사들의 경우, '한글'의 개념에 학생들에게 가르치는 기회가 있다고 대부분 응답하고 있어, 그럴 경우, 그 교사한테 배운 학생은 계속해서 교육받은 대로 '한글'에 대해 부정확한 인식을 가지고 사회생활을 해 갈 것으로 여겨진다.

셋째, 국문과 교수 및 강사들은 교사보다 더 올바른 답변을 보였다. '한글'을 '우리 글자'라는 데 62%가 선택하여 교사와 마찬가지로 50% 이상의 정답률을 보이기 때문이다. 하지만 100%가 정상이라는 점을 고려하면, 교수의 62%만이 바른 인식을 하고 있다는 사실은 예상과 판이한 결과이다. 나머지 가운데에서 24%가 '한글'을 '우리 글자'이자 '우리글'이며 '우리말'이라고 하였고, 14%는 '우리글'이라고, 서로 갈리게 응답하였다. 대학 교수나 강사들 역시 거의 과반수가 학생들에게 '한글'의 개념에 대해 가르친다고 응답하고 있는바, 그 밑에서 공부한 학생들이 교사로 나갈 경우, 그 잘못된 인식은 연쇄적으로 확대 재생산될 것이라 예견된다. 국어학 전공 강사로서 박사학위를 받은 어느 강사의 경우에도, 잘못된 인식을 가지고 있으면서 학생들에게 '한글'의 개념을 가르친다고 응답하고 있어 더욱 그런 우려감을 가지게 한다.

넷째, 전체적으로 보았을 때, 한글이 무엇이냐는 질문에 대하여, 학생, 교사, 교수의 응답한 내용을 평균해 보면 1번(우리 글자)이라고 정확하게 답한 경우는 38%에 불과하며, 4번('우리 글자'이자 '우리글'이며 '우리말'임)을 선택한 경우가 42%로서 가장 많다. 기타 2번(우리글)이 13%, 3번(우리말)이 7%이다. 통계로만 본다면, 국어사전의 개념규정과는 달리 이미 '한글'의 개념은 현재 '우리 글자이며 우리글이며 우리말'을 나타내는 말로 인식되어 사용되고 있다는 판단을 하게 한다. 교사와 교수는 50% 이상(교사 50%, 교수 62%)이 '우리 글자'라고 답하였지만, 여타 답지를 선택한 경우도 교사 50%, 교사 38%에 달하고 있음을 보여주어 '한글'의 개념에 대하여 모든 계층이 혼란 양상을 보인다는 것을 확인할 수 있다. 국어교사와 국문과 교수를 포함해 조사하여 얻은 평균이 이런 정도이니, 만약 학생이나 일반인만을 대상으로 조사하면 학생들에게서 확인되는 20% 정도만 맞게 응답하지 않을까 예상된다.

4. '한글'에 대한 오용·오인의 원인

어째서 사전의 개념 규정이나 유래에서 '한글'이 '문자'라는 사실이 밝혀져 있는데도, '우리글'이나 '우리말'로까지 확대하여 인식하고 실제로 그렇게 쓰고 있는 것일까? 앞의 작업이 실증적인 것인 데 비해, 이는 주관적이고 추론적인 성격이 강하지만, 나름대로 필자의 생각을 개진하도록 하겠다.

4.1. 작명 자체의 문제

'한글'이란 단어를 '글'과 '말'로까지 확대 해석하게 만든 데 '한글'이란 작명 자체가 그럴 소지를 이미 마련해 놓고 있다고 필자는 판단한다. 이에 대해서는 고영근 교수도 "주시경이 한국어문, 당시로는 조선언문을 표시하는 고유어로 '배달말글' 대신에 '한글'을 택한 이유는 무엇일까. (중략) 현재 '한글'이라는 말로 국어를 지칭하는 일이 많은데 이는 태생에서 이미 그 씨앗이 뿌려져 있기 때문이라고 해석된다."라고 하여, 작명 자체에 문제가 있다는 점을 시사한 바가 있지만,[11] 필자도 그 점에 공감하면서 나름대로 다시 거론하고자 한다.

앞에서도 언급했듯이, '한글'이란 단어는 1910년에 와서 새로 만들어진 말이다. 우리 글자를 일컫던 어휘가 '훈민정음'→'정음'→'언문'[여기까지는 조선시대]→'국문'[갑오경장 이후]→'언문'·'조선문'·'조선글'[국권침탈기] 등으로 역사의 흐름에 따라 변천하는 연속선상에서, 우리 국권과 모국어를 되찾겠다는 우국지사들의 모색 끝에 만들어낸 말이다.[12] 문제는 왜 하필 '한

---

11 고영근, 앞의 글.
12 같은 글.

글'이라고 지었는가 하는 것이다. 크고도 유일하며 한민족의 것이라는 사실을 반영하기 위해 '한'이란 음절을 사용한 것은 타당한 일이지만, '글'을 합성시킨 것은 무리다. 왜냐하면 '글'은 '글자' 이상의 무엇이기 때문이다. 물론 주시경이나 최남선이 이 단어를 등장시킬 때, '한글'이라고 명명할 수밖에 없었던 나름대로의 이유가 있었을 것이다. 하지만 '문자(글자)'의 이름에 '글'이란 말을 붙여 작명하여 유포하는 순간, 이 새로운 말을 날로 쓰는 한국인의 뇌리에는 자연스럽게, '글'에 대한 선입견이 작용하여 "한글=우리글"이라는 인식이 생겨나기 십상이라고 여겨진다. 그리고 '우리글'은 '우리말'을 문자로 적은 것이기에, 한걸음만 비약하게 되면, '한글=우리글=우리말'이란 인식이 생겨날 수 있다고 보인다. 그런 나머지 마침내 주시경 스스로도 '한글'을 '우리말'의 개념으로 확장하여 사용하는 선례 즉, 1913년 3월에 '배달말글모듬(조선언문회)'의 명칭을 '한글모'로 개칭하기에 이르지 않았나 생각한다. 그 선례를 따라 '한글'의 개념을 확장해서 쓰는 사례가 당대부터 계속되어 오늘에 이르고 있다고 여겨진다. 앞에서도 언급했듯이, '조선어학회'를 '한글학회'로 개칭한 것도 이런 맥락에서 이루어진 일이라 생각된다(물론 최현배 선생은 『한글갈』이란 책에서 보이듯, 정확하게 '한글'이란 단어를 '훈민정음' 즉 '우리 문자'의 의미로만 쓰고 있기도 하지만).

주시경, 최남선이 1910년 당시에 순우리말을 고집하지 말고 '우리 글자'의 이름으로 그냥 '훈민정음'이나 '정음'을 그대로 썼더라면, '국자', '한자'라는 단어를 만들어 썼더라면 어땠을까? 그러고도 오늘날과 같이 우리 글자를 나타내는 말이 '우리글'이나 '우리말'로까지 매우 혼란스럽게 인식되고 쓰이는 일이 일어났을까? 아니라고 생각한다. 순우리말을 지나치게 고집한 나머지 오늘의 혼란을 야기한 것이라 생각한다. 이런 현상은 세계에 유례가 없는 일이다. 예컨대 일본의 알파벳인 '가나(가명)'를

'일문'이나 '일어'로, 영어 알파벳을 바로 '영문'이나 '영어'로 인식하거나 쓰는 일도 없다. 저들 나라에서도 그렇고 우리도 그렇게 인식하거나 쓰지 않는다. 철저하게 구별한다. 유독 '한글'에 대해서만 신축자재하다. 이현령비현령이다. 이 모든 사단이 '한글'이란 작명 자체에 잉태되어 있었다고 판단한다.

4.2. 미온적인 국어교육

작명에 문제가 있어 언중들이 '한글'을 '우리말'의 의미로까지 쓰는 사례가 지속되고 있지만, 앞에서 서술한 대로, 사전에서는 철저하게 '우리 글자(문자)'로 규정하고 있다. '한글날'에 대해서도 "세종대왕이 창제한 훈민정음의 반포를 기념하고, 한글을 보급·연구하는 일을 장려하기 위하여 정한 날"로 명확하게 규정하고 있다. 따라서 국어교육을 통해 '한글'과 '훈민정음'의 관계, '한글'의 개념에 대하여 제대로 교육한다면 학생들이나 사회인들이 '한글'을 오인하거나 오용하는 일은 발생하지 않을 것이다.

하지만 신문과 인터넷 기사 검색 결과를 통해 보인 것처럼, 또한 고등학교까지의 국어교육을 받은 학생들을 대상으로 한 설문 조사 결과에서 확인할 수 있듯, '한글'이란 단어의 의미는 올바로 교육되어 있지 않다. 초등학교 때부터 무려 12년간, 유치원까지 포함하면 그 이상의 세월을 통해 '한글'과 '국어'를 가르치고 있지만, 그 결과 얻어진 결과는 매우 실망스럽고 당혹스럽다. 고등학교 국어교사들마저 '한글'에 대해 '훈민정음'에 대해 오인하고 있으니 어쩌면 당연한 결과인지도 모른다.

이 사실은 무엇을 의미하는가? 국어교육에서 '한글', '국어'의 개념에 대한 교육이 매우 미온적임을 뜻한다고 생각한다. 고교 국어교사가 되려면, 공립이든 사립이든 사범대학 국어교육과 아니면 일반대학 국어국문학과 교직과정을 이수하여야 하고, 특별한 경우가 아니면 임용고시를 통과하여야 한다. 일반 학생들도 12년 이상의 국어교육을 받지만, 국어교사가 되기 위해서는 최소한 16년의 국어 관련 학습과 전문적인 연구까지 거친 셈인데, 국어 과목에서 가장 기초를 이루는 '국어(우리말)'의 의미, 그 표기문자인 '한글'과의 관계에 대한 개념 정립이 되어 있거나 잘못되어 있다는 것이니 관심을 가져야 할 문제이다.

5. 맺음말

위에서 논의한 내용을 요약하고 몇 가지 제언하기로 한다.

'한글'은 '우리 글자(문자)'라는 게 믿을 만하고 권위 있는 남북한 국어사전의 일치된 개념 규정임을 확인하였다. '한글'이란 말이 유래될 당시에도 '우리 글자(문자)'를 달리 일컫기 위해서 만들어진 말이므로 그런 뜻이었음을 알 수 있었다.

하지만 오늘날 '한글'이란 단어는 '우리 글자(문자)' 이상의 의미로 오용되고 오인되고 있다는 사실을, 여러 방면에서 확인하였다. 신문과 인터넷 기사에서 자주 보이는 용어나 표현들을 분석해 보면, '우리글'로 쓰인 경우, '우리말'로 쓰인 경우로 나뉘었다. '한글소설', '한글본', '한글판' 등의 용어에 쓰인 '한글'은 더 이상 '우리 글자(문자)'로서의 의미가 아니라 '우리글'의 뜻임을 알 수 있었다. '한글이름', '한글학회', '한글맞춤법', '한글학자', '한글사전', '한글성경' 등의 용어에 동원된 '한글'도 '우리말'의 의미로 사용되고 있는 게 대부분임을 확인할 수 있었다.

2007년 1월 현재, 고등학교 2학년 이상의 학생 83명(대전 D여자고등학교

2학년생 40명 및 서경대학교 디자인학부 수험생 43명), 전국 고등학교 국어교사 38
명, 전국 국어국문학과 교수 42명을 대상으로, '한글'의 개념이 무엇인지,
알아본 설문 조사 결과는 더욱 예상과 다르다. 제대로 응답한 비율이,
학생 20.5%, 교사 50%, 교수 및 강사 62%에 그치고 있기 때문이다. 학생
의 58%, 교사의 29%, 교수 및 강사의 24%가 '한글'의 개념을 '우리 글자
이자 우리글이자 우리말'이라고 인식하고 있다는 사실은, 신문과 인터넷
기사의 오용이 아주 자연스러운 결과임을 방증하고 있다고 보여진다.
게다가 오답으로 반응한 대부분의 교사와 상당수의 교수 및 강사가 학생
들에게 '한글'의 개념에 대하여 학생들에게 가르치고 있어, 가르치는 이
들의 잘못된 인식이 교육을 통해 확대 재생산되고 있다는 판단을 하게
하여 우려스럽다.

이상의 사실을 바탕으로, 이 문제의 해결을 위해 몇 가지 제언하고자
한다.

첫째, '한글'의 사전적인 개념 규정이 맞고, 현 상황이 왜곡된 것이라
면, 이 문제를 해소하기 위해 노력해야 한다. 초중등 국어교육에서 '국어
(한국어)'의 의미, '한글'의 의미, '국어'와 '한글'의 관계가 무엇인지 반드시
포함해 가르치도록 해야 한다. 특히 국어교사들에게는 그 점을 분명하게
인식하여 제대로 가르치게 해주어야 한다. 아울러 이 글에서 지적한 여
러 가지 잘못된 한글 관련 용어와 표현들이 더 이상 쓰이지 않도록, 국립
국어원이나 관련단체에서 일정한 영향력을 행사하여야 한다.

둘째, '한글'에 대한 사전적인 개념 규정보다 현재 언중이 사용하는
뜻, 즉 '우리글'이나 '우리말'을 존중하기로 한다면, 국어사전을 고쳐야
한다.

셋째, 이 글을 쓰면서 비로소 발견한 사실인데, '영문'이나 '일문'처럼,
'우리글'을 의미하는 한자어가 사실상 없다. '국문'은 이미 갑오경장 이후

에 조선시대에 '우리 글자' 즉 '훈민정음(정음)'을 가리키던 '언문'을 대체하여 부른 명칭이므로, '우리글'이라고만 하기 어렵게 되어 있다(실제 국어사전에서도 '국문'은 '우리 글자까지 포함하는 어휘로 규정되어 있음). 국권침탈기에 쓰던 '한나라글', '우리나라글', '배달글'이란 단어를 재활용하든지, '한국문' 혹은 '한문'으로 하든지, '국문'이라고 하되 '글자'의 개념을 배제하고 '우리글'만을 의미하는 단어로 고쳐서 개념규정하는 것이 타당하다고 생각한다. 그래야만 '한글'에 대한 인식도 바르게 잡혀간다고 보기 때문이다. '우리글'만을 가리키는 단어가 없거나 불완전하기 때문에 '한글=국문'이란 인식이 계속하여 생겨난다고 여겨지기 때문이다.

제14장
현대 한국인의 이메일 아이디(ID)
— 필자 주변 217인의 이메일 ID를 중심으로

1. 머리말

필자는 대학에서 '전통문화의 이해' 강의시간에, 이름, 자, 호 등 전통적인 작명법에 대하여 소개하다가, 이메일 아이디야말로 현대판 호라는 생각이 들었다.[1] 서예가나 화가 등 전문인을 제외하고는, 특히 젊은층에서 전통적인 호는 쓰지 않지만 이메일 아이디가 그 구실을 대신한다는 착상을 해 본 것이다. 그래서 본격적으로 아이디를 모아서 분석하고 싶은 마음이 생겼다.

처음에는 서경대학교 2003년 2학기 수강생과 졸업생만을 대상으로 하였으나, 여타 필자와 이메일을 주고받는 지인들의 아이디까지 포괄하기

---

1 이 글의 심사과정에서 이메일 아이디를 호와 연결시키는 데 대해 거부감을 표명하는 의견이 있었다. 대부분의 네티즌들이 두 개 이상의 아이디를 갖고 있다는 점 때문이다. 하지만, 호를 즐겨 쓰던 전통 시대에도, 한 사람이 여러 개의 호를 사용한 경우는 드물지 않다는 점에서 그 지적은 타당하지 않다. 김시습의 경우, 매월당, 동봉, 청한자, 벽산청은, 췌세옹 등 5가지나 되었으며, 김정희의 경우는 그보다 더해, 추사, 완당, 시암, 노과, 농장인, 천축고선생 등 100여 가지나 되었다.

로 하여, 총 217건을 분석하였다. 하지만 졸업생과 지인의 아이디 중에
서 성명의 이니셜을 따서 만든 것이 분명한 경우(65건)는 따로 설문하지
않고, 여타의 사람에게만 아이디의 작명 동기와 의미가 무엇인지 알려달
라고 요청하여 회답을 받았다. 1인이 여러 개의 아이디를 가진 경우도
있어 사람 숫자와 아이디 숫자가 일치하지는 않았다.[2]

그렇게 해서 확보한 217건(필자의 것 1건 포함)의 아이디를 몇 가지 기준을
세워 유형 분류하고, 작명의 원리를 체계화해 본 것이 이 글이다. 아이디
작명상의 유의점, 작명전통 호와의 비교 작업도 했고, 아울러 외국인(중
국, 몽골, 미국, 일본인)의 아이디와의 비교 결과도 검토하여 제시해 보았다.

하지만 필자가 교신하고 있는 사람들의 경우만을 대상으로 한 분석이
라, 이것이 과연 현대 한국인의 아이디를 대표할 수 있는지 확신하기는
어려운 게 사실이다. 그래도 대체적인 경향성만은 엿보게 해주는 결과가
아닐까 생각하여 보고한다.[3]

---

2 심사과정에서 '인터넷은 코스모스보다는 카오스적인 공간이다. 그 공간에서 사용되고 있
  는 아이디에 대해 코스모스적인 규칙을 찾아내고 논리적으로 해석하려는 시도가 그리 미
  덥지 않은 것은, 그 공간의 주민인 네티즌들의 에고가 결코 합리적이지도 이성적이지도
  않기 때문이다'라고 하여, 극도의 불신감을 표출한 경우가 있었다. 하지만 필자를 포함하
  여, 필자가 교유하고 있는 인사들(주로 교수이거나 강사급 학인들)의 성향이나 수준을 헤
  아려 보았을 때, 이들을 '비이성적인 집단'으로 규정하는 것은 타당하지 않다고 생각한다.
  설령 아이디의 세계 및 네티즌의 세계가 카오스적이라는 판단을 존중한다 해도, 학문이란
  무질서한 현상을 대상으로 거기 내재하는 질서와 원리를 찾아내는 것이라고 할 때, 이 글
  의 시도 자체를 부정하는 태도는 받아들이기 어렵다고 생각한다.
3 아울러, 아이디를 소개하면서 그 소유자의 인적 사항까지 드러낸 경우가 많은데 구비문학
  자료를 인용할 때 제보자의 인적사항을 밝히는 것처럼, 아이디 자료도 신뢰성을 높이기
  위해 제공자들의 양해를 얻어 어지간한 사항은 다 노출하였음을 밝혀둔다. 필자의 요청에
  기꺼이 아이디의 작명 동기에 대해 답신을 보내준 모든 분들에게 이 자리를 빌어 사의를
  표한다.

2. 아이디의 분류 및 작명 원리

이메일 아이디는 일견 아주 다양한 모습으로 존재하고 있어서 무질서한 듯하지만, 기준에 따라 세 가지로 유형화할 수 있다. 의미의 유무에 따른 분류, 정상입력 여부에 따른 분류, 구조의 복잡성 여부에 따른 분류가 그것이다.

2.1. 의미의 유무에 따른 분류

대부분의 이메일 아이디는 일정한 뜻을 담고 있으나 모두가 그런 것은 아니다. 개중에는 별 의미가 없거나, 의미도 모른 채 사용하는 경우도 있다.

(1) 유의미형(96%)

대부분의 아이디는 유의미형에 속한다. 필자의 경우, bky5587인데, 앞의 'bky'는 이름(bkk-kyu yi)을 의미하며, 뒤의 '5587'은 생년월일(55년 8월 7일)을 뜻해 이 유형에 해당한다. 외견상(형태상) 무의미한 듯이 보이지만 내용상 의미있는 것도 이 유형에 포함된다. 'whdrnfkr1'의 경우가 그렇다. 아무런 의미가 없는 것처럼 보이지만, 영문자판상에서 자신이 좋아하는 말(혹은 도달하고자 하는 바)인 '종구라기(자그마한 바가지)'란 우리말을 입력한 데에서 유래한 것이기 때문이다.

(2) 무의미형(4%)

① 전면적인 무의미형(3건)

별 뜻이 없이 지은 경우이거나 남이 지어주었기 때문에 무슨 의미인지 모르고 사용하는 경우가 여기 해당한다. 아이디 전체가 무의미한 경우만 여기 소속된다. asdf, aabb 등이 그것이다. 자판에서 나란히 있다는 이유로 그렇게 정했을 뿐 아무런 의미도 들어있지 않다.

조동일 님의 아이디도 여기 소속시킬 수 있다. '여러 해 전에 인터넷을 사용해 강의를 할 때 강의를 부탁한 쪽에서 정해준 이름'인 's21318'을 그냥 쓰고 있다고 한다. 물론 이 아이디를 지어준 쪽에서는 나름대로 어떤 의미를 부여했을 가능성이 있지만, 사용자가 의미 부여를 하지 않고 있으므로 여기 포함시킬 수 있다.

② 부분적인 무의미형(6건)

아이디의 일부 요소가 무의미성을 띠는 경우이다. 대개는 중복을 피하기 위해 부득이 문자를 첨가한 경우인데 더러 확인된다. 'csskang'의 경우는 원래는 'cskang'인데, 중복을 피하기 위해 's를 하나 더 넣'었다고 한다. 'toto79hoho'에서 'toto'는 '예전에 키우던 강아지 이름'이고 '79'는 '친구'인데, 이미 사용하는 사람이 있어서 뒤에 웃음소리의 의성어인 '호호(hoho)'를 넣었다고 하는데 이 경우 'hoho'도 그런 예라 하겠다.

꿈인 '소설가'를 뜻하려 'novelist'를 쓰려가다 중복 아이디인 것을 알고 맨끝 글자 't' 대신 그와 가장 모양이 유사한 숫자 '1'을 써서 'novelis1'라고 정한 경우도 이 예에 속한다. 'koy123'의 '123', 'jnk530bee'의 'bee'는 글자수를 채우기 위해 아무렇게나, 떠오르는 대로 첨가한 것이라 한다.

linda5221는, 특정 메일에서 중복된다고 하자 1225를 뒤집어 5221로 만든 경우이다. 이 밖에도 각종 사이트에 들어가는 아이디를 거의 linda 와 1225를 조합해서 linda12 또는 linda25또는 linda122 등으로 쓰고 있다고 한다.

2.2. 정상 입력 여부에 따른 분류

자판의 상태와 입력하고자 하는 언어가 일치하는가 불일치하는가에 따른 분류이다. 일치하는 경우는 정상입력형, 불일치하는 경우는 비정상 입력형이라 한다.

(1) 정상입력형(97%)

아이디는 영문자판을 선택한 상태에서 영어로 입력하는 게 정상적이 고 일반적이다. 대부분의 아이디가 정상입력형이다.

(2) 비정상입력형(3%)

자판은 영문자판으로 해놓고, 입력할 때는 마치 한글자판에 입력하는 것처럼 생각하고 우리말을 입력하여 만들어진 경우들이다. 'ehflehfl4'의 경우, 영문자판에서 우리말로 '도리도리'(별명)를 치고 그 뒤에 숫자 4를 첨 가한 것이다. 'rnjsgurass'과 'simruaauf'는 성명(권혁민, 심경열)을 'wkgus1218' 는 이름과 생일을, 'barbietlsdo'는 좋아하는 인형의 이름과 자신의 이름 (신애)을 입력한 것이다. 다만 'whdrnfkrl'의 경우는 영문자판에 '종구라기' 라는 별명을 친 것이다.

2.3. 구조의 복잡성 여부에 따른 분류

1개의 기본요소만으로 이루어진 경우를 단순형, 2개 이상의 요소(기본요소 및 숫자)가 결합된 경우를 확장형으로 보아서 분류하니 다음과 같았다.

(1) 단순형(136건)(62%)

1가지 기본요소만으로 이루어진 경우인데, 사는 곳을 반영한 것, 처지를 반영한 것, 도달하고자 하는 바를 반영한 것, 소유물을 반영한 것, 좋아하는 것을 반영한 것, 이름의 영자표기 등 6가지로 나뉜다. 숫자만 가지고 이루어진 아이디는 찾아볼 수 없었다.

① 사는 곳(거주지, 고향)을 반영한 것(2건): jigogae(지고개),   daegok(대곡)
② 처지를 반영한 것(전공, 직업, 학위, 직장)(4건): shanzi(이름의 중국어식 표기),
    altan(황금)+oboo(오보)가 결합된 몽골이름(몽골학자), licensor(기술제공자
    -과학강사)
③ 도달하고자 하는 바를 반영한 것(9건): urihamkke(우리 함께), 'oldtree'(다
    시 태어나면 나무가 되고 싶은 열망), 'noaas'(노아의 방주. 마지막 남은 한 사람의
    의인이라는 의미의 노아, 그 노아의 방주에 타고 싶은, 하느님의 선택된 딱 한사람이
    고 싶은 바람.)
④ 소유물을 반영한 것(3건) : hsrene(결혼하면서 저희 부부가 아이를 낳으면 이름
    을 '하린'과 '시린'이라 하자고 맘먹었음. 두 이름의 영문 표기가 harene serene이어서
    둘을 합치면 hsrene), boriari(두 딸의 이름)
⑤ 좋아하는 것을 반영한 것(22건) : altan(황금)+oboo(오보), whdrnfkrl(종구
    라기=자그마한 바가지), luck-7373(행운), ithinksoiam(나는 생각한다 고로 존
    재한다)

⑥ 이름의 영자표기(96건) : uidolee(리의도), imh(임문혁), youngsuh(서영대),
jakob(세례명. 김동소), yunwu(박윤우), <u>futurenine('구미래'의 영어 의역)</u>

이상에서 보는 것처럼, 단순형(총 136건) 중에서 이름의 영문표기(96건)가
압도적이며, 좋아하는 것의 반영(22건)이 그 뒤를 잇는다는 것을 알 수
있다. 하지만 이는 초기의 상황이고, 최근들어서는 각 인터넷 회사에서
영문과 숫자를 조합해서 아이디를 만들도록 요구하는 추세라서, 앞으로
는 단순형이 축소되거나 사라질 수밖에 없으리라 예측된다.

(2) 확장형(76건)(38%)

확장형은 기본요소에 숫자나 다른 기본요소가 첨가된 경우를 말한다.
숫자첨가형, 기본요소첨가형의 두 가지로 나누어진다.

가. 숫자첨가형(56건)(73%)

① 생년월일첨가형(40건)(72%)
  첫째, 좋아하는 것 + 생년월일(13건)(33%) : paradiso76(가장 좋아하는 영화
  인 cinema paradiso에서 따왔고 76은 태어난 연도), lunar127(달, 게임 이름 + 생
  일), primavera21(스페인어 봄 + 생일)
  둘째, 처지 + 생년월일(1건) : doggabi5852(전공 + 생년월일)
  셋째, 도달하고자 하는 바 + 생년월일(2건) : pro903(프로), shine625(빛나
  자 + 생일)
  넷째, 이름(별명포함) + 생년월일(24건)(60%) : cod1104, sjy0724, bky5587
② 전화번호첨가형(6건)
  첫째, 처지 + 전화번호(2건) : system8430(직장명 + 전화번호)
  둘째, 이름 + 집전화번호(4건) : chh4041(정형호) 신세대는 핸드폰이 일상

화한 결과인지 전화번호를 쓰지는 않는 경향을 확인할 수 있다.

③ 기념일첨가형(6건)

첫째, 처지 + 기념일(연도 포함)(1건) : pb2003(가게이름 Paper Box + 개업연도)

둘째, 도달하고자 하는 바 + 기념일(1건) : oldwind2000(쉽게 변치 말자 + 사용연도)

셋째, 이름 + 기념일(4건) : hyp1000(hwan young park + 21세기의 새로운 희망을 나타내는 새 천년)

④ 기타번호첨가형(사번, 학번 등)(4건) : wind3631(3학년 6반 31번 + 바람과함께 사라지다), sori89(동아리모임 + 학번)

나. 기본요소첨가형(이름 + 다른 기본요소)(20건)(27%)

① 좋아하는 것 첨가형(10건)(50%) : khfreedom, imh22(이름 im moon hyuk + 제일 좋아하는 숫자가 22라고 한다. 1은 외로운데 2는 짝이 되어 좋다. 그런데 그 2가 또 짝이 된 숫자가 22이니 얼마나 좋으냐는 설명임.)[4]

② 처지첨가형(처지, 전공 + 이름)(4건) : syshisto(역사학), kimpansori(판소리 연구자)

③ 소유물첨가형(2건) : jaechull19(태어날 아들의 이름이 '일구'), barbietlsdo (인형이름 + 영문자판에 '신애'란 이름을 친 것)

④ 도달하고자 하는 것 첨가형(2건) : renxideai(인희의 사랑, 인간에 대한 보편적인 사랑을 실천하고 싶다.), Actor－2Do(배우+자신의 별명)(본명 '이도윤')

⑤ 사는 곳 첨가형(2건) : pnjinho(풍납동 진호), hskkim2104(김학선+이천군 백사면 출신)

이상에서 살펴본 것처럼, 확장형에서는 '숫자첨가형'이 총 55건(73%) 으로서 가장 많고, 숫자첨가형 중에서도 '이름+생년월일'형이 총 24건

---

4 이모티콘을 사용한 아이디 중의 상당수가 여기 포함할 수 있다. 예컨대 1004나 7979를 선택하는 동기가 그 이모티콘의 내포적 의미를 선호하기 때문이라 볼 수 있기 때문이다.

(60%)으로서 가장 보편적임을 알 수 있다. 기본요소첨가형 중에서는 '이름+좋아하는 것'형이 50%를 차지해 가장 압도적임을 알 수 있었다.

단순형과 확장형을 통틀어, 가장 흔하게 사용되는 요소는 '이름'으로서 총 85건, 그 다음으로 흔한 것이 '좋아하는 것' 총 43건, '생일'이 총 40건으로 집계되고 있다. 이 중에서 생일은 단독적으로는 이메일 아이디로 사용되지 않는다는 것을 알 수 있다.

앞에서도 언급했듯이, 요즘들어 각 인터넷 회사에서 영문과 숫자를 조합해서 아이디를 만들도록 요구하고 있어, 확장형은 점차 더 확대될 것으로 전망된다.

3. 아이디 작명상의 주의사항

위에서 살펴본 것처럼 대부분의 이메일 아이디는 그 나름의 작명원리와 사연과 의미를 지니고 있어 잘 되고 못 되고를 평가하기 어렵다. 하지만 그동안의 경험을 바탕으로, 다음 두 가지 문제점을 지적하고 대안을 제시하고자 한다.

첫째, 아이디를 만들 때, 시각상 혹은 음독상 오독할 가능성이 있는 표기는 삼가야 한다는 점이다. 영어알파벳 l과 아라비아숫자 1, 영어알파벳 o과 한글자음 ㅇ은 특히 화면상에서 변별하기 어려우므로, 알파벳과 아라비아숫자 및 한글이 공존할 경우, 아주 조심해야 한다. 예를 들어 보기로 한다. 강재철 님의 아이디인 jaechull19를 보자. 진실은 맨 뒤의 19만 숫자이지만, 얼핏 보아서는 '1119'를 숫자로 오인할 수 있고, 실제로 그렇게 입력하여 이메일을 보내 교신에 실패한 경험을 필자는 가지고 있다. 따라서 이런 경우는 jckang19으로 적으면 오독하지 않으리라고 본다. bky5587이나 ybk2287의 숫자 부분도 눈으로 볼 때는 아무 문제가 없으나, 귀로 들을 때는 '55'를 'oo'로, '22'는 'ee'로 오인할 가능성이 있으므로 피하는 게 좋다. 어느 PD의 아이디인 che67도 마찬가지 문제점을 안고 있다.[5]

둘째, 성과 명의 표기순서와 방법을 통일할 필요가 있다. 성을 앞세우는 사람도 있고 이름을 앞세우는 경우도 있는가 하면, 같은 성씨라도 다르게 표기하고 있다. 예컨대 이 씨의 경우 어떤 사람은 lee로 어떤 이는 yi로 적는데, 특별한 이유가 없다면 통일하는 게 좋으리라 생각한다.

4. 아이디와 작호(作號) 전통과의 같고 다른 점

머리말에서 필자는 이메일 아이디는 현대판 호라고 하였다. 그렇다면 호를 지었던 전통에 비추어 보았을 때 요즘의 이메일 아이디는 어떤 점이 같고 다를까?

4.1. 유형

① 전통 호에서는 무의미한 호란 전무하다고 할 수 있다. 하지만 이메일 아이디에서는 극소소수이지만 무의한 경우도 존재한다. 호의 경우는 그 사람의 개인사와 연관지어 지음으로써 그 사람의 이름 대신 활발하게 호명되어 그 의미가 두드러지나, 아이디는 불리어지는 경우는 없고 이메

---

5 요즘들어 초등학생들 사이에서 영어에 한자를 섞어서 만든 아이디가 퍼지고 있는데, 아예 한글 아이디도 사용하는 쪽으로, 각 인터넷 회사들의 컨텐츠 운용방식이 바뀌면, 이상의 문제점은 많이 완화되리라고 판단한다.

일을 주고받는 데 지장만 없으면 되므로, 의미가 약화될 수가 있어서 그런 것이라 해석된다.

② 구조의 복합성 면에서 호는 단순형 일색이지만, 이메일 아이디에는 단순형과 거의 같거나 더 많은 비중으로 '확장형'이란 유형이 별도로 존재한다.

③ 단순형을 특징으로 하는 전통 호에서의 작호 유형으로 두드러진 것은 모두 4가지이다.[6]

첫째, 사는 곳을 반영한 것(所處以號)이다. 생활하고 있거나 인연이 있는 처소, 지명을 반영한 경우이다. 삼봉(정도전), 퇴계(이황) 등이 여기 해당한다.

둘째, 처지를 반영한 것(所遇以號)이다. 짓는 사람이 처한 환경이나 여건을 표현한 경우이다. 벽산청은(김시습), 直峯布衣(金宇顒) 등이 여기 해당한다.

셋째, 도달하고자 하는 바를 반영한 것(所志以號)이다. 자신이 목표를 삼아 도달한 경지 또는 지향하고자 하는 목표와 의지가 담긴 호이다. 백운거사, 사임당(주 나라 문왕의 어머니 태임을 스승삼음), 면앙정(하늘과 땅의 사이의 정자라는 뜻으로, '호연지기'를 드러냄) 등이 여기 해당한다.

넷째, 소유물을 반영한 것(所蓄以號)이다. 간직하고 있는 物 가운데 특히 완호하는 것을 담은 경우이다. 오류선생, 瓜亭(鄭敍 ; 유배 후 정자 짓고 오이심고 거문고 타고 시 읊으며 지냄) 등이 여기 해당한다.

이 네 가지는 이메일 아이디에도 지속된다는 것을 알 수 있다. 이에 대해서는 앞에서 제시했으므로 반복 서술하지 않기로 한다.

---

6 신용호·강헌규, 『선현들의 자와 호』(서울: 전통문화연구회, 1998), 89~103쪽에서는 네 가지로 분류함. 이규보가 말한 세 가지(거처하는 곳, 소유한 물, 도달한 경지)에 근거하여, 도달한 경지를 '소지이호'로, 그가 처한 처지를 호로 한 '소우이호'를 추가하여 네 가지로 분류함.

그런데, 전통 호와 대비되는 단순형 이메일 아이디의 경우, 이들 네가지 유형 외에 두 가지 유형이 더 있다는 것을 확인할 수 있었다. '좋아하는 것'(所好以號 ; 종교적으로 숭배하는 인물명, 동아리명, 좌우명), '이름의 영자 표기' 유형이 그것이다.

그뿐만 아니라, 전통 호에서는 '사는 곳'을 반영한 것이 가장 보편적인데 비해, 이메일 아이디에서 '사는 곳'만을 반영하여 아이디를 만든 사례는 극소수이고 그 대신 '이름의 영문표기' 단순형 및 '이름의 영문표기+생일' 확장형이 가장 보편적이어서 일정한 차이를 보이고 있다.

확장형으로까지 확대할 경우, 이메일 아이디에서 새로 추가된 요소들로서 눈에 띄는 것은 '생일', '전화번호', '기념일' 등이다. 현대의 산물인 이메일 아이디에서 확인되는 이들 추가요소들은 대개 개성을 드러내는 것들로서 전통사회의 호가 개성보다는 집단의 이데올로기(愼獨齋, 默齋)나 집단적인 것(退溪, 栗谷 등의 지명도 마찬가지)을 반영한 경우가 많은 데 비해, 이메일 아이디는 한 개인 고유의 어떤 것을 드러내는 성향이 강해졌다고 보인다. 그런 과정에서 생년월일, 좋아하는 것이 애호된 것이 아닌가 판단된다.

4.2. 자작 여부

전통 호는 자기 스스로가 지은 자호도 있고, 남이 지어준 호도 있다. 이메일 아이디에서도 마찬가지 양상을 보이는데, 대부분은 자호이고 남이 지어주는 경우는 매우 드문 편임을 알 수 있다.

4.3. 중복 여부

호에서는 중복되는 경우가 많다. 같은 호를 여러 사람이 공유할 수 있다(默齋, 鶴山 등). 남의 호를 모르는 상태에서 똑같이 짓기도 하지만, 알면서도 모방하여 짓는 경우도 있다. 하지만 이메일 아이디의 경우는, 동일한 사이트에서는 회원가입 단계에서 아이디 중복 여부를 검색하여 원천봉쇄하기 때문에 동일한 아이디는 존재할 수 없다. 글자 하나라도 다르게 하는 과정에서 '2'라든가 심지어는 무의미한 글자까지 첨가하는 현상이 나타나는 것을 알 수 있다. 인터넷 쇼핑의 경우는, 회사마다 독자적인 아이디를 요구하기 때문에, 즉 중복 아이디는 사용 못하게 원천적으로 규제하고 있기 때문에, '一人多 아이디 현상'이 심화되고 있는 형편이다.

4.4. 표기문자

전통 호는 한자 혹은 한글을 사용하여 표기하는 게 일반적이다. 하지만 이메일 아이디는 철저하게 영문과 숫자로만 표기할 수 있게 되어 있다. 한자는 물론 한글 표기도 불가능하게 되어 있다. 이 아쉬움을 극복하기 위해 혹은 그에 대한 반발로 영문자판상에 우리말을 입력하는 '비정상적입력형'도 나타나는 것이 아닌가 생각한다.

4.5. 글자 수 제한

전통 호에서는 글자 수 제한은 없다고 할 수 있다. 다만 관습적으로 2자, 3자, 4자로 짓는 편이다. 2자 이상 4자 이하의 불문율이 존재한다고

할 수 있다. 하지만 이메일 아이디에서는 인터넷 회사마다 글자 수를
명시해 놓고 있어 제약을 받는다. 4~8, 4~10, 6~12, 4~12 등으로 규
정하고 있어서, 최소 네 글자에서 최고 12 글자 이내로 제한을 받고 있
어, 어떤 경우는 그 글자 수를 채우기 위해 의미없는 글자를 첨가하기도
한다.

5. 외국인 이메일 아이디와의 비교

위에서 밝힌 것처럼, 우리나라 사람들은 생년월일을 아이디에 반영하
는 일이 흔하다. 생년월일만이 아니라 나이나 전화번호 등 개인적인 정
보와 관련된 사항을 거리낌없이 아이디에 노출하는 경우가 많다. 숫자로
표현된 부분에서 그런 점을 확인할 수 있다.

그런데, 필자가 주변 사람들을 통해서 거칠게 확인한 바로는, 중국,
몽골 사람들은 우리처럼 생년월일을 아이디에 적극 반영하는 편이지만,
일본이나 미국 사람들은 일절 반영하지 않는다고 하니 흥미로운 일이다.
일본과 미국에서 생활했던 50대, 60대의 인사들(서경대 일어과 박무희 교수,
안양대 영어과 박길수 교수)에게 문의한 결과, 상상하기 어려운 일이라는 반응
이었다. 프랑스에서 교수를 역임하고 강남대 대우교수로 부임한 김필영
교수도 마찬가지 이야기를 하였다. 과연 그런지 외국인의 아이디를 입수
해서 살펴본 결과 그 말이 사실임을 알 수 있었다. 이제까지 필자가 입수
한 외국인의 이메일 아이디를 제시하면 다음과 같다.

①미국인 이메일 아이디(제공자 : 안양대 박길수 선생님)
anna4x@msn.com (Anna Kim)(이름+숫자)

ecohen123@earthlink.net (Elon Cohen)(이름+숫자)

pakana@thehawaiichannel.com (Paula Akana)(이름)

akne@aol.com (Kimo Akane)(이름)

dallgire@thehawaiichannel.com (Dick Allgire)(이름)

augz1a@aol.com (Augie Tulba)(이름)

babba—b@pixelworld.net (Baba B)(이름)

bbit@hgea.org (BB Shawn)(이름)

ka_beaz@yahoo.com (Beazley, Del)(이름)

bigdaddycel@kpoifan.cm (Big Daddy Cel)(이름)

malanibilyeu@pixelworld.net (Bilyeu, Malani)(이름)

blaze@newwavehawaii.com (Blaze, Jon E.)(이름)

BOBBROZMAN@worldnet.att.net (Brozman, Bob)(이름)

wade.faildo@cox.com (Bruddah Wade)(이름)

marvdog@khnl.commailto:kelandmona@juno.com (Buenconsejo, Marvin)(이름)

② 일본인 이메일 아이디(제공자 : 창원대 강용자 선생님 및 동아시아고대학회 회원
주소록)

yokoyamao@mt—sou401.ccgwnec.co.jp(이름)

satiko@bnn—net.or.jp(이름)

uenom@daibutsu.nara—u.ac.jp(이름)

nstn(니시타니)@tufs.ac.jp(이름)

sato@office—rindo.com(이름)

kannazuki10@t.vodafone.ne.jp(이름)

asamon@gamma.ocn.ne.jp(이름)

saijo@muf.biglobe.ne.jp(이름)

m—kishi@seaple.ice.ne.jp(이름)

yano@sejong.ac.kr(이름)

③ 몽골인 이메일 아이디(제공자 : 국립민속박물관 장장식 선생님)

　Bilgee602002@yahoo.com(이름+출생연도+2002년)

　mgnasun@mail.imu.edu.cn(부모이름+이름)

　nyamsambuu@yahoo.com(이름)

　norobnyam@yahoo.com(이름)

　ulziibat@hotmail.com(이름)

　khuldorj@hotmail.net(이름)

　mongol12@kornet.net(몽골+숫자)

④ 중국인 이메일 아이디(제공자 : 북경외국어대 苗春梅 선생님 및 인민일보)

　fishy0825(영어+생일)

　grace_huyuheng@ (영어+이름)

　yellowredhh@ (yellow red 이름 중의 색깔에 따라 영어로 적은 것)

　wodemeng26@ (영어+나이)

　fireinsea2000@ (영어+숫자)

　oaynat@ (이름의 중국 병음을 거꾸로 적은 것)

　edison313@ (영어 이름+기숙사의 방 번호)

　sonialina@ (영어 이름)

　linlin2626@ (이름+전화 번호)

　wopashuikr@ ('나는 누구든 두려워 하지 않는다'를 중국어 병음으로 쓴 것)

　왜 이런 결과가 나타나는 것일까? 개인정보를 아이디에 노출하는 점에서 왜 한국과 중국과 몽골은 유사성을 지니며, 일본과 서양은 이질적일까? 혹시 '사주(四柱)문화권'과 연관이 있지 않을까? 사주를 따져서 그해 혹은 일생의 운세를 헤아리며 믿는 민족은 한국, 중국, 몽골이라고한다. 하도 사주팔자를 믿다 보니, 은연중 생년월일을 중요시하게 되고, 그러다 보니 이메일 아이디에까지 자연스럽게 반영하게 된 것이 아닌가하는 가설이다.[7]

그런데, 여기에서 한 가지 의문이 제기될 수 있다. 일본도 '백말띠'를 새로 만들어 믿을 만큼 사주팔자를 따지는 민족이요 나라인데, 왜 일본인의 아이디에는 나이라든가 생년월일이 일체 노출되지 않는가 하는 점이다. 일본인 및 일본학 연구자들의 반응을 떠본즉, 일본 사람은 서양인과 똑같이 개인적인 정보를 절대로 노출하지 않는다고 하니, 그 이유는 무엇일까? 일본에서 태어나고 자란 서경대 일어과 박무희 교수의 전언에 따르면, 일본인들도 사주팔자를 이야기하지만, 그것을 믿는 정도 면에서 우리보다 훨씬 덜하다고 한다. 지진이라든가 태풍 등 자연재해가 잦고, 그로 말미암아 사망하는 경우가 많다 보니 사주팔자 관념이 우리보다 훨씬 덜한 것이 아니겠는가 추정된다고 하였는데, 필자도 공감한다.

일본인에게서 확인되는 개인정보 감추기 현상의 이유로 두어 가지 더 고려할 수 있다고 본다. 일본문화 및 일본인의 특징으로 지적되는 '혼내(本音)' 즉 속셈 혹은 본심, 속마음을 알 수 없는 점이 그것이다. 싫어도 겉으로는 활짝 웃어 보이는 이른바 다테마에(立前) 문화가 그것인데, 이것이 체질화되어 있다 보니 이메일 아이디에도 개인적인 정보를 드러내지 않게 되었다고 여겨진다. 또 하나, 아시아에서 일본이 어느 나라보다 먼저 서구화한 나라라는 점이다. 서양 콤플렉스라는 표현을 쓸 만큼, 일본인들은 미국을 비롯하여 서구의 문화를 숭상하는 경향이 강한데,

---

7 사주문화와 관련시키는 데 대해 이견이 있을 수 있다. 하지만 동양삼국에서 우리처럼 태어난 해에 의미를 부여하는 나라도 드물다고 생각한다. 그 대표적인 예가 띠 문화이다. 나이를 물어볼 때 '무슨 띠냐?'고 묻는 것은 물론, 각 신문마다 '오늘의 운세'라 하여, 띠에 따라 운세가 어떠한지 해설하는 코너가 따로 제공될 정도이다. 2005년 9월 7일 자 인터넷 뉴스에는 '한국 부자들의 12가지 특성'을 소개했는데 그중의 하나가 '겨울이 생일'이라는 항목이 들어있는바, 이는 '생년(生年)'만이 아니라 사주중의 또 한 요소인 '생월(生月)'도 중시한다는 점을 잘 드러내고 있다 하겠다. 한국인의 개방적인 사고를 비롯하여 다른 요인을 가지고도 한국인 아이디에서의 생년월일 반영 선호 현상을 해석할 수도 있겠으나, 우선적으로 사주팔자문화를 고려하는 것이 타당하고 가능하다고 필자는 생각한다.

서양인들이 자신의 프라이버시를 노출하지 않고 남의 프라이버시를 알려고도 하지 않는 것처럼, 일본인들도 일찍 서구화하면서 원래의 다테마에문화가 더욱 극단화하여 이메일 아이디에 개인의 프라이버시를 드러내지 않게 된 것이 아닌가 판단한다.

6. 맺음말

이상으로 현대 한국인의 이메일 아이디의 존재양상을 살펴보았다. 요약하고 나서, 앞으로의 과제를 제시하기로 한다.

현대 한국인이 사용하는 이메일 아이디의 유형은, 의미를 지니고 있는지 없는지에 따라 유의미형과 무의미형으로 구분된다. 주로 의미가 있는 '유의미형'이지만, 아무런 뜻도 지니지 않은 '무의미형'도 일부 있었다. 정상적인 입력 여부에 따라 구분하면, 정상입력형과 비정상입력형으로 나뉜다. 대부분, 영어자판 상태에서 입력하는 '정상입력형'이지만, 자판은 영어자판으로 해놓고서 한국어를 입력하는 '비정상입력형'도 확인되었다. 구조가 단순한지 복잡한지에 따라 구분하면, 단순형과 확장형으로 나뉜다. 사는 곳, 처지, 도달하고자 하는 것, 소유물, 좋아하는 것, 이름 등 어느 한 가지 요소만으로 이루어진 '단순형'이 많았지만, 자기 이름에다 숫자나 다른 요소를 동시에 반영하는 '확장형'도 상당수 있었다.

아이디 작명상의 주의사항으로 두 가지를 들었다. 첫째, 시각상 혹은 음독상 오독할 가능성이 있는 표기는 삼가야 한다는 점이다. 영어알파벳 l과 아라비아숫자 1, 영어알파벳 o과 한글자음 ㅇ은 특히 화면상에서 변별하기 어려우므로, 알파벳과 아라비아숫자 및 한글이 공존할 경우,

아주 조심해야 한다. 둘째, 성과 명의 표기순서와 방법을 통일할 필요가 있다. 성을 앞세우는 사람도 있고 이름을 앞세우는 경우도 있는가 하면, 같은 성씨라도 다르게 표기하고 있다. 하지만 특별한 이유가 없다면 통일하는 게 좋으리라 생각한다.

이메일 아이디와 작호(作號) 전통과의 같고 다른 점을 지적하면 다음과 같다.

첫째, 유형 면에서의 비교 : 전통 호에서는 무의미한 호란 전무하나 이메일 아이디에서는 극소소수이지만 무의한 경우도 존재한다. 호는 단순형 일색이지만, 이메일 아이디에는 단순형과 거의 같거나 더 많은 비중으로 '확장형'이란 유형이 존재한다. 단순형 이메일 아이디의 경우, '좋아하는 것', '이름의 영자 표기' 유형이 추가되었고 확장형에서 새로 추가된 요소들로서 눈에 띄는 것은 '생일', '전화번호', '기념일' 등이다. 전통 사회의 호가 개성보다는 집단의 이데올로기나 집단적인 것을 반영한 경우가 많은 데 비해, 이메일 아이디는 한 개인 고유의 어떤 것을 드러내는 성향이 강해졌다고 보인다.

둘째, 자작 여부 : 전통 호는 자기 스스로가 지은 자호도 있고 남이 지어준 호도 있다. 이메일 아이디에서도 마찬가지 양상을 보이는데, 대부분은 자호이고 남이 지어주는 경우는 매우 드문 편임을 알 수 있다.

셋째, 중복 여부 : 호에서는 중복되는 경우가 많으나 이메일 아이디의 경우는, 동일한 사이트에서는 회원가입 단계에서 아이디 중복 여부를 검색하여 원천봉쇄하기 때문에 동일한 아이디는 존재할 수 없다.

넷째, 표기문자 : 전통 호는 한자 혹은 한글을 사용하여 표기하는 게 일반적이다. 하지만 이메일 아이디는 철저하게 영문과 숫자로만 표기할 수 있게 되어 있다.

다섯째, 글자 수 제한 : 전통 호에서는 글자 수 제한은 없다고 할 수 있다. 하지만 이메일 아이디에서는 인터넷 회사마다 글자 수를 명시해 놓고 있어 제약을 받는다.

우리들의 아이디와 외국(중국, 몽골, 미국, 일본) 사람들의 아이디를 비교해 본 결과, 아이디에 생년월일을 비롯하여 개인적인 정보를 흔하게 노출하는 현상 면에서 차이가 확인되었다. 중국, 몽골에서는 우리와 마찬가지로 생년월일을 반영하기도 하는 데 반해, 미국이나 일본에서는 그런 경우가 없었다. 왜 그런 차이가 나타나는지 깊이 있게 고찰해 볼 필요가 있겠으나, 필자는 사주문화권과의 관련성을 가설로서 조심스럽게 제기해 보았다.

강의 과정에서 떠오른 착상과 호기심 때문에 작성한 글이었지만, 조사 과정에서 필자와 교신하는 인사들의 아이디에 그분들의 개인사와 관심사가 녹아있다는 것을 비로소 알아 더 가깝게 이해할 수 있어서 좋았다. 호를 지을 때도 심사숙고하여 짓듯이 이메일 아이디에도 그런저런 사연과 의미가 깃들어 있으므로, 각자 교신하는 인사들의 아이디의 의미가 무엇인지 확인한다면 관계가 더욱 정겨워지지 않을까? 생각한다.

이 글이 우리나라 사람들의 이메일 아이디를 조사한 첫 시도로서, 다음 연구의 디딤돌로서의 의의를 가지지만 명백한 한계도 지닌다. 제목에 '현대 한국인'이라는 관형어를 붙였지만, 필자와 교신하는 인사들의 217개 아이디에 한정된 분석이었기에 과연 여기서 얻은 결과가 현대 한국인의 이메일 아이디의 양상을 대표할 수 있는지 의문이 제기될 수 있다. 자료를 더 확대해서 다루어야 좀 더 설득력을 높일 수 있겠지만, 대체적인 경향성만은 파악하게 하는 첫 시도였다고 자평한다.

앞으로의 과제를 몇 가지 제시하면서 이 논의를 마무리하고자 한다.

첫째, 우리나라 사람들의 이메일 아이디의 양상과 외국인들의 그것과를 조목조목 비교해 볼 필요가 있다. 예컨대 외국인도 '좋아하는 것'을 반영하기를 즐긴다는데, 그 좋아하는 내용이 우리나라와 어떻게 같고 다른지 비교한다면 문화적인 차이, 가치관의 차이 등을 이해하는 데 도움이 되리라 생각한다. 아울러, 외국인의 아이디를 몇 가지 소개했지만 극히 일부에 불과하므로, 좀 더 범위를 확대해서 조사하고 우리의 것과 총체적인 비교를 할 필요가 있다. 특히 외국인의 아이디를 몇 가지 소개하였는데, 네 나라에 그쳤고 그나마 10개 내외에 불과하여 대표성을 획득하기 곤란한 점이 없지 않다. 앞으로 대상 국가도 확대하고, 성별, 연령별 등으로 좀 더 다양한 사례를 조사해서 우리의 경우와 비교 분석할 필요가 있다고 생각한다.

둘째, 이메일 아이디가 계층별·세대별·전공직업별·성별·개인별로 어떻게 같고 다른지에 대해서도 고찰할 필요가 있다. 10대의 경우는 어떤지 고3인 아들(이범신)에게 문의한 결과, 10대도 '성명+생일' 혹은 '성명+좋아하는 숫자'를 주로 쓰고 있다고 하는 것으로 미루어, 단연 확장형 중에서 '숫자첨가형'을 선호한다는 것은 확인하였을 밝혀둔다.

셋째, 현대적 호로서 이메일 아이디와 함께 살펴볼 만한 것으로서 '닉네임'(인터넷 카페나 대화방 등에서의 별명)이 있다. 이에 대해서도 연구할 필요가 있다.

넷째, 이 논문에서는 '이메일 아이디'에 대해서만 다루었는데, '로그인용 아이디'도 있으니 그것에 대한 별도의 논문도 필요하리라 본다.

제15장
윤동주의 이른바 '서시'의 제목 문제

---

1. 머리말

1999년 3월 1일에 초판이, 2002년에 증보판이 나온 『사진판 윤동주 자필 시고전집』(민음사)(이하 '시고전집'으로 약칭함)은 윤동주 연구를 정상화하며 심화시킬 수 있는 계기를 마련해 주었다. 이 책이 나온 후, 이를 토대로 새로운 연구성과[1]가 속속 제출되고 있다. 그 중에서도 〈이런 날〉이란 작품의 제목이 원래는 '矛盾(모순)'이었다가 고친 흔적에 주목해, 윤동주의 시대인식의 맹아 시기를 용정 광명중학교 시절까지 인상시킨 보고[2]는 이 '시고전집'의 가치를 웅변한 것이라 할 만하다. 필자의 이 글도 이에 감발 받아 이루어졌다.

---

1 오오무라 마스오, 『윤동주와 한국문학』(소명출판, 2001) ; 홍장학, 『정본 윤동주 전집 원전연구』(민음사, 2004) ; 박종찬, 「윤동주시판본비교연구－자필시고전집 및 재판본을 중심으로」(연세대 교육대학원 석사논문, 2004) ; 원본대조 윤동주 전집 『하늘과 바람과 별과 시』(연세대학교 출판부, 2004) ; 이상섭, 『윤동주 자세히 읽기』(한국문화사, 2007) ; 권오만, 『윤동주 시 깊이 읽기』(소명출판, 2009) 등이 그 대표적인 경우이다.
2 권오만, 위의 책, 68~77쪽.

이른바 '서시'는 윤동주의 대표작으로 인정되고 있다.[3] 이 작품만을 다룬 논문도 여러 편 나와 있다. 그럼에도 불구하고 아직 논의할 여지가 있다는 게 필자의 판단이다. 특히 제목에 대해서 그렇다.

우리가 알고 있는 이른바 '서시'의 제목이 원전과 다르다는 사실은, 오오무라 마스오에 의해 가장 먼저 제기된 바 있다. "〈서시〉라는 제목은 나중에 누군가가 붙인 것이고, 원래는 제목이 없었다."[4]라고 지적하였다. 그 뒤를 이어 홍장학과 박종찬도 이 사실을 강조하면서, 윤동주의 본의와는 달라진 것이라고 했다.[5] 그간의 통념을 재고하게 하는 중요한 지적들인데, 현상만 지적했을 뿐 더 이상의 논의는 펼치지 않았다.

이 글에서는 오로지 이 문제, 이른바 '서시'의 제목이 윤동주의 '자필시고'[6]에서는 어떻게 적혀 있는지 직접 사진을 제시하며 확인해 보고, 그 현상이 머금고 있는 의미가 무엇인지 해석해 보겠다. '자필시고'에 실린 이른바 '서시'의 원형이 윤동주 사후 모두 4차에 걸쳐 거듭 출판되면서 어떤 변형이 가해져 오늘에 이르고 있는지도 사진을 통해 추적하기로 하겠다. 이 작업을 통해, 윤동주가 제목도 없이 적은 글이 출판본의 판차를 거듭하면서 제목을 가지게 되고, 마침내 독립적인 시로 독자들에게 인식되는 과정이 드러나리라 기대한다. 이른바 '서시'의 제목 문제만 분

---

3 이 작품이 윤동주의 대표작이라는 데 대해서는 김흥규, 『한국현대시를 찾아서』(한샘, 1982), 76쪽 ; 정한모, 『한국 대표시 평설』(문학세계사, 1983), 43쪽을 비롯, 1998년 11월 한국현대문학관에서 개최한 '일제하 한국시 100인전'에서 한국인이 가장 좋아하는 시로 선정된 사실만 봐도 알 수 있다(안정임, 「교과서에 수록된 윤동주 시의 문제점과 교육적 의의 연구」(고려대 교육대학원 석사논문, 2010), 1쪽) 참고. 한 가지 더 든다면, 윤동주가 공부했던 중국 용정중학교, 한국의 연세대학교, 일본의 동지사대학 교정에 세워진 시비에 모두 '서시'가 새겨져 있다는 사실이다.
4 오오무라 마스오, 위의 책, 112쪽. 그런데 기실 오오무라 마쓰오는 '자필시고집'이 나오기 전에 이미 이 문제를 거론한 바 있다(오오무라 마쓰오, 「윤동주 시의 원형은 어떤 것인가」, 『윤동주전집 2』(문학과사상사, 1995), 533쪽).
5 홍장학, 앞의 책, 468쪽, 박종찬, 앞의 논문, 3쪽.
6 1941년 말, 윤동주가 그때까지 지은 시 가운데에서 18편을 선별해 연희전문 졸업 기념으로 출판하려고 했던 시집 『하늘과 바람과 별과 시』의 자필원고본을 이렇게 약칭하겠음.

리해 집중적으로 논의하는 것은 이 글이 처음이다.

2. 『윤동주 자필 시고전집』에서의 이른바 '서시' 제목의 원형

2.1. 이른바 '서시' 제목의 원형

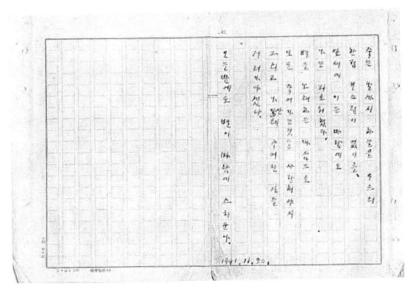

▲ 윤동주 '자필시고'에서의 이른바 '서시'의 원형

사진에서 보는 바와 같이, '자필시고'에서는 이른바 '서시'로 알려진 글에 아무런 제목도 달려 있지 않다. 이와는 달리 그 뒤에 바로 이어지는 시 〈자화상〉의 경우에는 명백하게 제목이 달려 있다. 요즘 우리가 원고지 쓰는 것과 마찬가지로, 제1행을 비우고 제2행의 한 가운데에 제목

'自畵像'이라 쓰고 다시 한 행을 비우고, 제4행에서부터 시의 본문을 적고 있다.

'자필시고'에 수록된 시들을 살펴보면, 모든 시가 예외없이 이런 식으로 적혀 있다.

"동주는 시를 함부로 써서 원고지 위에서 고치는 일이 별로 없었다. 즉 한 편의 시가 이루어지기까지는 몇 달 몇 주일 동안을 마음 속에서 소용돌이치다가 한 번 종이 위에 적혀지면 그것으로 완성되는 것이었다."[7]라는 정병욱의 증언, "조용히 열흘이고 한달이고 두달이고 생각하여서 한편 詩를 탄생시킨다. 그때까지는 어느 누구에게도 그 詩를 보이지를 않는다. 이미 보여주는 때는 흠이 없는 하나의 玉이다."[8]라고 한 강처중의 증언을 보거나 '자필시고'의 필사 양상을 살펴보면, 윤동주는 이 글의 제목을 실수로 빠뜨릴 인물이 아니다. 더욱이 이 자필시고는 출판할 목적으로 정서한 것이니 더욱 그렇다.

제목을 미처 정하지 못해 그런 것일까? 그것도 아니다. 그랬다면 서두의 몇 행을 비워 놓았어야 한다. 하지만 윤동주는 명백하게 제1행부터 꽉 채워서 적었다. 원고지 여백이 부족한 것도 아니다. 날짜를 적은 다음 면이 공백으로 남아 있으므로, 제목을 적어도 충분하건만 윤동주는 이 글에 제목을 달지 않았다. 이 점을 주목해야 한다. 이 현상이 머금고 있는 의미는 무엇일까?

7 정병욱, 「잊지 못할 동주의 일」, 『나라사랑』 23(외솔회, 1976), 138쪽.
8 강처중, 「발문」, 『하늘과 바람과 별과 시』(정음사, 1948), 70쪽.

2.2. 이른바 '서시'에 제목이 없는 현상에 대한 해석

(1) 序의 전통으로 본 이른바 〈서시〉의 정체

▲ 윤동주 '자필시고'에 실린 시 '자화상'의 원형

주지하듯, 동양에서는 대부분의 책의 앞에 序를 붙였다. 본문과는 구별되는 머리말로서, 전통적인 구분으로는 書序라고 하는데 원래는 남이 쓰는 게 관례였다. 시집에도 마찬가지로 序가 실리는 게 일반적이었다. 물론 스승이나 친분이 있는 사람한테 청탁하여 실었지 자기가 쓰지는 않았다.

근대에 들어서면 양상이 달라진다. 남이 쓴 序와 함께 自序가 새로 등장한다. 필자가 확인한 바로는, 근대 시집 가운데에서의 自序는 1924년에 나온 정독보의 시집 『혈염곡』, 1925년에 나온 김동환의 서사시집 『국경의 밤』, 1934년에 나온 황순원의 시집 『방가』, 1937년에 나온 박세

영의 시집 『산제비』 및 이찬의 시집 『분향』, 1939년에 나온 이광수의 시집 『춘원시가집』, 이해문의 시집 『바다의 묘망』, 김기림의 시집 『태양의 풍속』 등에서 보인다. 윤동주가 이른바 '서시'를 지은 1941년 이전의 것들이다. 他序이든 自序이든 시집의 앞 부분에, 본문의 작품들과는 구분되어 序가 붙는 문학관습의 존재, 이것을 우선 주목할 필요가 있다.

　윤동주도 이 관습을 알았을 것이다. 윤동주가 책을 아주 좋아하여, "방학 때마다 짐 속에서 쏟아져 나오는 수십 권의 책으로 한 학기의 독서의 경향을 알 수 있었습니다. (중략) 이리하여 집에는 근 팔백권의 책이 모여졌"다는 윤일주의 회고9를 보면, 여러 책을 섭렵했을 윤동주가 序의 전통을 몰랐을 리가 없다. 자필시고의 〈부록〉에, 박세영, 유치환, 이찬, 이용악 관련 자료가 수록되어 있는 점을 보아도 더욱 그렇게 여겨진다. 이들 시인들은 윤동주가 자필시고를 만들기 이전에 시집을 출판한 이들로서, 모두 序가 붙어 있다. 이 셋 중에서 박세영, 유치환, 이찬의 시집은 自序이고 사용악의 시집은 他序이다.10

　序의 전통을 알았을 윤동주가, 자신의 시 가운데에서 일부를 선별하여 시집으로 출판하려는 계획을 세웠을 때, 문학관습을 따라 序를 붙이는 것은 아주 자연스러운 일이다. 그래서 지은 것이 이른바 '서시'로 불리는 글이라고 필자는 생각한다.11 그랬기에 다른 시 작품들과는 달리,

---

9　윤일주, 「선백의 생애」, 『하늘과 바람과 별과 시』(정음사, 1983), 233쪽.
10　이복규, 「현대 시집 서문과 전통시대 시집 서문의 비교」, 『한국고서연구회 창립 30주년 기념 학술발표회 발표논문집』(서경대학교, 2012.5.19), 18쪽 참고.
11　이와 관련하여 앞에 든 정병욱의 진술을 주목할 필요가 있다. "이로 보아 알 수 있듯이 〈별 헤는 밤〉을 완성한 다음 동주는 자선 시집을 만들어 졸업 기념으로 출판하기를 계획했었다. 〈서시〉까지 붙여서 친필로 쓴 원고를 손수 제본한 다음 그 한 부를 내게다 주면서 시집의 제목이 길어진 이유를 〈서시〉를 보이면서 설명해 주었다.(밑줄 표시 : 필자)"라는 진술이 그것인데, '〈서시〉까지 붙여서'라는 표현에 유의해야 한다. 정병욱도 이른바 '서시'를 독립작품으로서가 아니라 기존의 序로 인식했다는 것을 보여주는 표현이라 보이기 때문이다. 그렇다. 모든 序의 본질은 '덧붙여진 것'이다. 한용운이 자신의 시집 『님의 침묵』의 序를 '군말'이라고 달리 명명한 것과 같이, 정병욱도 이른바 '서시'를 序로 본 게 틀림없다.

제목이 붙어 있지 않은 것이라고 해석한다. 序는 序이되 그간의 관례와는 달리 산문이 아니라 시 형식으로 썼다. 산문이 아니라 시로 쓰다 보니, 글 쓰는 데에서 결백한 윤동주로서, 전통적인 序, 다시 말해 산문 형식으로 된 序의 관례에서 벗어난 자신의 그 글에다 '序'나 '머리말'이라 명명할 수는 없었을 것이다. 또한 우리 독자들은 시집의 첫머리에는 대부분 序가 실린다는 사실을 잘 알고 있으므로 굳이 序라고 제목을 달지 않아도 그 글을 序로 인식하리라 판단해서 그러지 않았을까?

이른바 '서시'를 독립작품이 아니라 序로 쓴 게 윤동주의 의도였으리라는 점을 방증해 주는 또 하나의 근거가 있다. 이른바 '서시'의 내용은, 다른 작품들과는 달리 독자적인 구조와 의미를 가지기보다는, 序 일반이 그런 것처럼, 해당 시집에 수록된 작품들을 창작한 시인의 지속적이고 공통적인 관심 및 다짐을 드러내고 있기 때문이다. 이 글에 나오는 '하늘', '바람', '별', '시(노래)', '부끄럼', '괴로움', '죽음', '사랑' 등 8가지 주요 사항은 윤동주가 선택해 놓은 18편의 작품은 물론이고 윤동주의 다른 시들에 이미 숱하게 많이 등장한 어휘들이라는 게 밝혀져 있다.[12] 자기 시의 지속적인 제재이자 테마가 이들 8가지 항목이며, 이들이 이루는 세계가 자신의 시이며, 시를 쓰는 작업을 계속해 나가겠노라 다짐한 것이 이른바 '서시'의 내용이라 하겠다. 아울러 序에서 이렇게, 자신의 관심사 또는 다짐을 피력하는 일은 아주 흔한 일이다.[13] 다만 윤동주는 이를 시의 형식을 빌어 표현했을 따름이다.[14]

---

12 이상섭, 앞의 책, 35~57쪽 참고.

13 박세영의 『산제비』, 이해문의 『바다의 묘망』, 한죽송의 『방아찧는 처녀』, 김동석의 『길』, 이성부의 『이성부시집』, 최승호의 『진흙소를 타고』, 천상병의 『요놈 요놈 요 이쁜 놈』, 김혜순의 『불쌍한 사랑 기계』, 김신용, 『버려진 사람들』의 自序들이 그 예이다. 이복규, 앞의 글, 18~19쪽의 시집 서문 분석 결과표 참고.

14 序를 시 형식으로 표현한 것은 윤동주가 처음은 아니다. 정독보의 『혈염곡』, 김동환의 『국경의 밤』 自序에서 그 선례를 볼 수 있기 때문이다.

(2) 윤동주의 시 창작 관행으로 본 '이른바 〈서시〉'의 정체

윤동주의 자필시고를 면밀히 검토해 보면, 윤동주의 관행 두 가지가 확인된다.

첫째, 작품의 제목을 다는 데 철저하다. 예전의 시인들은 특별한 제목이 떠오르지 않으면 〈무제(無題)〉, 〈실제(實題)〉, 〈유소사(有所思)〉, 〈유감(有感)〉 등 다소 모호하거나 제목이랄 것도 없는 제목을 달기 일쑤였는데, 윤동주는 다르다. 자칭 '습작기'에서부터 철저하게 모든 작품에 제대로 된 제목을 달고 있다. 시는 물론이고 산문에도 그렇게 하였다. 어떤 것들은 제목을 달았다가도 마음에 안 들었는지 수정한 흔적을 보여주고 있다. 이런 관행을 보이는 윤동주이기에, 이른바 '서시'에 제목을 달지 않았다는 것은 의미심장하다. 이 글을 독립된 시 작품으로 여기지 않았기에 그런 게 아닐까?

둘째, 앞에서 보인 〈자화상〉에서 보듯, 윤동주는 원고지에 시를 적을 때 첫 칸을 절대 비워놓지 않고 꽉 채워 적는다. '자필시고'에 실린 다른 17편의 작품도 예외없이 그렇다. 그런데 이른바 '서시'는 그렇지 않다. 첫 칸을 모두 비워놓고 있다. 왜 그랬을까? 다른 18편의 시 작품들과는 구분하고 싶어서, 달리 말해, 이른바 '서시'를 독립된 시 작품으로 오인하지 말라는 표시로 그랬던 것이 아닐까? 필자는 그렇게 생각한다.

2.3. 원형을 반영한 시비(詩碑)의 사례

윤동주의 이른바 '서시'를 새긴 시비 가운데 '자필시고'의 원래 모습대로 처리한 예는 연세대학교와 일본 동지사대학의 것이다. 먼저 연세대의 시비부터 보자.

▲ 연세대학교 교정에 세워진 윤동주 시비

연세대의 윤동주 시비는 1968년 11월 2일 연세대 학생회와 문단 및 친지 등이 모금한 성금으로 연희전문학교 시절 윤동주가 기거하던 기숙사 건물 앞에 건립한 것[15]인데, 윤동주의 자필원고 그대로 새긴 것 같으나, 자세히 보면 그렇지 않다. 제1행에서 '우르러'를 '우러러'로, 제8행의 '거러가야겠다'를 '걸어가야겠다'로 바꾼 것이 첫 번째 지적할 점이다. 맨 끝의 발표 시기 부분도 원전과 다르다. 아라비아숫자로 적은 원전과는 달리 한자로 바꾸어 적었으며, 맨 끝에 '東柱'라는 두 글자까지 적어 놓았

15 사진판 윤동주 자필 시고전집, 앞의 책, 〈부록〉의 '윤동주 연보' 참고.

기 때문이다. 원형을 모르는 독자들이 이 시비만 볼 경우, 윤동주가 이 글을 쓸 때 한자로 발표시기를 적고 나서 자필 서명을 한 것으로 오해할 소지가 있게 해 놓았다.

그 다음으로 일본 동지사대학 교정에 세워진 〈윤동주시비〉를 보자. 이는 1995년 2월 16일 윤동주가 일본 유학시절 공부했던 동지사대(同志社大)에 세운 것이다.

▲ 일본 동지사대학 교정의 윤동주시비

사진에서 보는 것처럼, 동지사대 교정의 윤동주시비는 맨 오른쪽에 한자로 '尹東柱詩碑'라 새기고, 검은 바탕 위에 이른바 '서시'의 원문을 '자필시고'처럼 종서로 새기고, 왼쪽에 일본어 번역문[16]도 함께 새겨 놓았다. 동지사대 윤동주시비는 자필시고 그대로 새겨, 일정 부분 변형을

---

16 死ぬ日まで　空を仰ぎ　一点のはじなき　ことを
　　葉あいに　そよぐ風にも　わたしは　心痛んだ
　　星をうたう心で　生きとし生けるものを　いとしまねば / そして　わたしに　与えられ
　　た道を　歩みゆかねば
　　今宵も　星が　風に吹き晒らされる。

가한 연세대의 것과 구별된다.

제1행의 '우르러', 제8행의 '거러가야겠다'는 표기가 그것을 가장 먼저 증명한다. 발표 시기도 자필시고처럼 횡서로 '1941.11.20'이라 아라비아 숫자로 원전처럼 적어 놓았으며, 맨 끝의 서명도 없다. 원전을 최대한 존중한 시비라 하겠다.

3. 출판본 『하늘과바람과별과시』에서의 이른바 '서시'의 변형

3.1. 정음사본 제1판에서 제4판까지의 변형 양상

(1) 제1판(정음사, 1948년)의 경우

연희전문 졸업기념으로 '하늘과 바람과 별과 시'란 시집을 출판하려 한 윤동주의 희망은 이루어지지 못하고, 그 사후에 동생인 윤일주와 후 배인 정병욱에 의해 1948년 1월 30일에 『하늘과 바람과 별과 시』 제1판 이 발행되었다. 그런데 이 제1판은 원래 윤동주의 의도와 비교하면 세 가지 면에서 변형이 가해진 것이다.

첫째, 수록 작품 수가 늘어났다. 윤동주가 원래 실으려고 선별해 놓은 것은 18편의 작품이었는데, 이 제1판에는 12편의 작품이 추가되어 있다. 18편만을 대상으로 그 시집 제목을 '하늘과 바람과 별과 시'라고 명명하 고자 했던 게 윤동주의 생각이었으므로, 이를 존중한다면 마땅히 18편만 출판했어야 하지 않을까? 12편의 작품을 추가하여 출판할 경우에는 그 제목을 달리했어야 하지 않을까? 예컨대 『윤동주시집』이라고 해야 마땅하지 않았을까? 그렇게 하고 나서 내용으로 들어가, 하나의 편명으로 ‘하늘과 바람과 별과 시’라고 했어야 하지 않았을까?

둘째, 본문에 들어가기 전에 쓴 문제의 그 글(이른바 ‘서시’)에 원래는 제목이 없었는데, 제목을 부여하였다. 사진에서 보듯, 비록 괄호를 씌워 놓았지만 제목을 부여한 게 사실이다. 그 밑에는 “하늘과 바람과 별과 시”라는 제목을 또 하나 달아 놓았는데, 이도 ‘자필시고’에는 없던 것이다.

셋째, 윤동주의 이른바 ‘서시’ 앞에 타인의 서문이 추가되었다. 윤동주는 남에게 부탁해 서문을 실으려는 생각이 없었다. 오로지 자신의 생각을 담은 自序만, 그것도 제목 없이 붙여 놓으려 했다. 그런데 제1판을 출판하면서 정지용의 序를 받아다 수록하였으니 이것도 윤동주의 의사와는 무관한 일이라 할 수 있다.

　(序　詩)．

“하늘과 바람과 별과 詩”

죽는 날까지 하늘을 우르러
한점 부끄럼이 없기를,
잎새에 이는 바람에도
나는 괴로워했다.
별을 노래하는 마음으로
모든 죽어가는것을 사랑해야지
그리고 나한테 주어진 길을
걸어가야겠다.

오늘밤에도 별이 바람에 스치운다.

──〈1941. 11. 20〉──

▲ 제1판(1948년)에서의 이른바 ‘서시’의 변형

넷째, 이른바 '서시'의 본문에서 몇몇 구절을 원형대로 하지 않았다. '나안테'를 '나한테'로, '거러가야겠다'를 '걸어가야겠다'로 바꾼 것이 그것이다. 표준어로 바꾼 것이라면 제1행의 '우르러'도 '우러러'로 바꿔야 할 텐데 '우르러'는 원전대로 하였다.

왜 이런 변형을 가했던 것일까? 세 가지 사항 중에서, 제목을 부여한 데 대해서만 추론해 보기로 하자. 제목이 없던 그 글에, 필자가 보기로는 序인 그 글에다 왜 '序詩'라는 제목을 붙였던 것일까? 거기에는 윤일주의 주장이 작용한 듯하다. 윤일주가 쓴 「윤동주의 생애」[17]란 글에서 "1941년 12월 연희전문을 졸업하고 새로 맞춘 곤색 더블 신사복을 입고 집에 돌아왔을 때 19편으로 된 자선 시집 '하늘과 바람과 별과 시'의 원고를 갖고 왔었다. 원고용지에 정서하여 제본한 것의 첫장을 넘기면 '서시(序詩)'란 제목이 확실히 있었고(지금 서울에 있는 서시 원고에는 제목이 없다)"라고 한 것을 보면, 제1판을 낼 때, 강력하게 이 사실을 주장했을 가능성이 높다. 그렇지만 윤동주가 따로 보관했다는 '자필시고'의 실물이 없는 상태에서 윤일주의 주장을 액면 그대로 받아들일 수 없어 고육책으로 나온 게 괄호 처리를 하여, '(序詩)'라 적는 것이지 않았을까?[18]

그런데 그 밑에 따로 달린 "하늘과 바람과 별과 시"란 제목은 어떻게 해서 나온 것일까? 이 문제는 이 시집의 원래 제목이 '病院'이었다는 사실[19]과 연관된다고 본다. 정병욱의 회고에 의하면, 윤동주는 18편의 시

---

17 『나라사랑』 23(외솔회, 1976), 159쪽.
18 윤동주처럼 철저한 사람이, '자필시고' 세 부를 만들었다면, 그 세 부는 완전히 똑같았을 가능성이 높다. 어떤 것에는 '서시'라고 제목을 달고, 어떤 것에는 제목을 달지 않고, 그렇게 다르게 했을 가능성은 희박하다. 이런 면에서 윤일주의 '서시' 제목 관련 진술은, 실물이 등장하기까지는 신빙하기 어렵다. 아울러 제1판을 낼 때 윤일주 외에 누가 관여했는지 아직 확실히 밝혀져 있지는 않으나, 권오만 교수는 강처중일 것이라는 데 무게를 두고 있다. 필자는 '자필시고'를 보관해 온 정병욱도 관여했으리라고 생각한다.
19 정병욱, 「잊지 못할 윤동주의 일들」, 『나라사랑』 23(외솔회, 1976. 6), 140쪽. "이 자선 시집에 실린 19편의 작품 중에서 제일 마지막에 쓴 시가 〈별 헤는 밤〉으로 1941년 11월 5일

를 모아서 내려고 한 이 시집의 제목을 '病院'이라고 달려고 했는바, '병원'은 본문에 수록된 개별 작품의 제목이기도 하다. 이렇게 시집에 수록된 작품 가운데에서 한 편의 제목을 골라, 이를 그 시집의 제목으로 삼는 일도 문학계에서는 흔한 일이다. 윤동주가 이 시집을 내려고 했던 1941년 11월 이전에 나온 것들만 적어도, 서정주의 『화사』, 이하윤의 『물레방아』, 김광섭의 『동경(憧憬)』, 윤곤강의 『만가(輓歌)』, 장정심의 『금선(琴線)』, 김소월의 『진달래꽃』, 정지용의 『백록담』 등이 그 예이다. 그러므로 윤동주가 이런 관례를 따라 이미 쓴 작품 중에서 하나를 골라 시집명으로 겸용하려고 한 것은 자연스러운 일이다.

그랬다가 생각이 바뀌어 이른바 '서시'를 썼고, 정병욱의 회고대로 "〈서시〉까지 **붙여서** 친필로 쓴 원고를 손수 제본한 다음 (중략) 시집의 제목이 길어진 이유를 〈서시〉를 보이면서 설명"했다. 왜 시집 제목이 '하늘과 바람과 별과 시'인지 이른바 '서시'를 들어 설명했다는 것이다. 이른바 '서시'에 나오는 '하늘', '바람', '별', 그리고 '노래'라는 말을 발췌하여 시집 제목을 삼았다는 사실을 설명했다는 말일 것이다. 이런 과정을 잘 알고 있었기에, 정병욱은 '병원'이란 시집 제목이 독립작품인 〈병원〉의 겸용인 것과 마찬가지로, 이른바 '서시'에서 시집 제목인 '하늘과 바람과 별과 시'가 나왔다면, 이른바 '서시'의 제목도 〈하늘과 바람과 별과 시〉라고 하는 게 타당하다고 여겼으리라. 하지만 그 글이 독립적인 시 작품은 아니고 序라는 사실을 알고 있기에, 윤일주의 주장을 반쯤 받아

자로 되어 있다. 그리고 〈서시〉를 11월 20일에 쓴 것으로 되어 있다. 이로 보아 알 수 있듯이 〈별 헤는 밤〉을 완성한 다음 동주는 자선 시집을 만들어 졸업 기념으로 출판하기를 계획했다. 서시까지 붙여서 친필로 쓴 원고를 손수 제본을 한 다음 그 한 부를 내게 다 주면서 시집의 제목이 길어진 이유를 서시를 보이면서 설명해 주었다. 그리고 처음에는(서시가 되기 전) 병원이라고 붙일까 했다면서 표지에 연필로 '병원'이라고 써 주었다. 그 이유는 지금 세상은 온통 환자투성이이기 때문이라 하였다. 그리고 병원이란 앓는 사람을 고치는 곳이기 때문에 혹시 이 시집이 앓는 사람들에게 도움이 될 수 있을지도 모르지 않겠느냐고 겸손하게 말했던 것을 기억한다."

들여 '(序詩)'라고 하되, 그 밑에 작은 글자로 "하늘과 바람과 별과 시"라고 적어 놓은 것이리라. 序를 적으면서 '序'라고고 하지 않고 따로 제목을 달아두는 전례[20]가 있다는 것도 알아 그렇게 했으리라.[21] 또한 (序詩)라는 표현을 했지만 이때 강조점은 '序'에다 두고 썼으리라. '序'시라는 의미로 썼던 것이리라. '序詩'라는 용어는, 이 글이 산문으로 썼다면 마땅히 序나 序文이라 적어야 하겠지만 명백히 詩로 썼기에 序文과 대비되는 개념을 찾다 보니 선택된 것이었으리라.

(2) 제2판(정음사, 1955년)의 경우

제1판이 나온 지 7년 만에, 윤동주 10주기를 기념하여 89편의 시와 4편의 산문을 엮어 제2판이 출판되었다.[22] 이때는 제1판에 실렸던 정지용의 서문과 강처중의 발문이 제외되었다. 두 사람이 좌익 인사였기에 6·25를 막 겪고 난 상황에서 불가피한 일이었다. 차례가 맨 뒤로 옮겨지는 변화도 일어났다. 지금은 거의 모든 책의 차례가 앞에 오지만, 그 당시에는 뒤에 놓이기도 했으니 특별한 의미를 지니는 변화는 아니라 할 수 있다. 제1판과는 달리 앞 에 윤동주의 사진이 실리는 변화도 있었다. 학생복 차림의 사진과 학사모를 쓴 사진 등 두 장이 실렸다.

---

20 1948년 이전에 나온 시집 가운데에서 序의 제목을 따로 단 사례로, 김용호의 『향연』('아뢰우는 말'), 김동석의 『길』('길을 내놓으며'), 사용악의 『오랑캐꽃』('오랑캐꽃을 내놓으며'), 김기림의 『새노래』('새노래에 대하야') 등이 있다.

21 그런데 제2판이 출판되기 2년 전인 1953년 7월 15일 자 『연희춘추』의 '윤동주 유고 특집'을 보면, 이미 편집자인 윤일주와 정병욱은 이때부터 이른바 '서시'를 독립 작품화하려고 마음먹었던 듯하다. 수필 2편(〈종시〉, 〈트르게네프의 언덕〉)과 시 5편(〈序詩〉, 〈쉽게 씨워진 詩〉, 〈달같이〉, 〈아우의 印象畵〉, 〈懺悔錄〉)을 실으면서, 이른바 '序詩'에다 '序詩'라고 제목을 달았기 때문이다. 이 유고특집에 윤일주와 정병욱의 글이 각각 실려 있는 것으로 미루어, 이들 유고 작품 소개에도 양인의 도움이 절대적이었으리라는 점에서 그렇게 생각한다.

22 사진판 윤동주 자필 시고전집, 앞의 책, 〈부록〉의 '윤동주 연보' 참고.

　　제2판에서 일어난 가장 큰 변화는 이른바 '서시'가 제1판에서는 '(序詩)'라고 괄호 처리한 다음 그 밑에 "하늘과 바람과 별과 시"라는 별도의 제목(부제)을 달아주고 전체에 점선으로 둘러싸 놓았으나, 괄호를 벗겨내 '序詩'라고 하면서 "하늘과 바람과 별과 시"라는 부제도 삭제해 버렸으며, 이 글 전체를 둘러쌌던 점선도 없앴다. 제1판인 1948년판을 모르는 사람들이 이 제2판을 볼 경우, 윤동주가 원래부터 이 글의 제목을 '序詩'라고 달아서 발표한 줄로 오인할 소지가 마련되었다 하겠다. 이른바 '서시'가 독자들에게 독립작품으로 인식되기 시작한 단초가 이 제2판에서부터 비롯되었다는 게 필자의 판단이다. 윤동주의 본의는 이 글을 序로 쓴 것인데, 편집자에 의해 '序詩'란 제목이 붙고 글을 싸고 있던 점선도 사라지면서, 序詩에서 序의 의미보다는 詩에 더 무게중심이 실려 인식되는 변화가 초래되기 시작했다고 생각한다.

▲ 제2판(1955년)에서의 이른바 '서시'의 변형

또 하나의 변화는 원전이나 제1판과는 달리, 제1행의 '우르러'를 '우러러'로 바꾼 것이다. 표준어로 바꾸는 원칙을 일관되게 적용해 일어난 변화라 하겠다. 본문의 표기는 이 제2판의 것이 그 다음의 판에도 계속 이어진다.

(3) 제2판의 중판(1967년)의 경우

1967년 2월, 백철, 박두진, 문익환, 장덕순의 글을 1955년판의 말미에 수록하고 판형을 바꾸어 새로 간행하였다.[23] 위에 든 4인의 글이 첨가된 것 외에, 시 본문을 비롯하여 다른 것은 제2판과 동일하다.

(4) 제3판(정음사, 1976년)의 경우

1976년 7월 15일, 그동안 게재 유보했던 시 작품 23편을 추가하여 새로 간행하였다.[24] 사진도 여러 장이 추가되었다. 북간도의 명동 소학 시절, 연희전문 시절, 평양숭실중학교 시절, 연희전문 시절 강화도에서 농구 경기를 끝내고, 서시의 친필 원고, 고향에 돌아와서 친척들과 함께 찍은 마지막 모습, 중학시절의 습작집, 연희전문 시절의 습작집, 연세대 캠퍼스에 세워진 윤동주 시비 등의 사진 자료가 그것이다.

하지만 이른바 '서시'를 비롯해 다른 사항은 제2판 및 제2판의 중판과 동일하다.

---

23 위의 책, 같은 곳.
24 위의 책, 같은 곳.

(5) 제4판(정음사, 1983년)의 경우

1983년 10월 10일 '개정판'이란 이름으로, 몇 장의 사진 자료를 추가하였다. 연희전문 시절 졸업 무렵 정병욱과 함께, 윤동주가 읽던 영어 성경, 윤동주 묘비, 일제의 판결문, 자선시고집 표지, 1948년도 초판 및 1955년도판 시집의 표지, 최초의 작품과 마지막 작품의 사진, 윤동주가 옥사한 후쿠오카 형무소 1950년대 사진 등의 자료가 그것이다. 윤동주 연보도 일부 수정하였다. 작품 수 면에서는 1976년판과 동일하나, 모두 6부로 되어 있던 제3판과는 달리 7부로 재편성하여, 제1부의 '하늘과 바람과 별과 시'만 그대로 두고, 나머지는 일정한 원칙에 입각해 배열을 달리 하고 있다.

이 제4판에서는 처음으로 '편집의 의도'라는 항목을 첫머리에 두어, 편집 원칙을 밝혀 이 개정판을 이해하는 데 도움을 주고 있다. 그런데 그 서두에서 "제1부는 고인이 1941년말, 연희전문학교 졸업기념으로 출간하려다 뜻을 이루지 못한 자선(自選)시고집 '하늘과 바람과 별과 시'를 그대로 실은 것이다. 다만 〈서시〉는 책 머리에 옮겼다."라고 하였는데, 문제가 있는 서술이다. 여기에서 자선시고집이란 말할 것도 없이 정병욱 교수가 소장하고 있던 텍스트일 텐데, '그대로 실은 것'이라면 이른바 '서시'에 제목이 없었다는 사실을 알렸어야 하지만 그렇게 하지 않았다. 또 하나, 이른바 '서시'를 "책 머리에 옮겼다"라고 했는데, 자필시고집 자체에서부터 책머리에 놓여 있던 것인데, 새삼스럽게 '옮겼다'고 함으로써 독자로 하여금 원래는 본문에 들어 있던 시 작품인데, 편집자가 이를 본문에서 빼어다 책 머리에 옮겨 놓은 것으로 오인하게 만들었다.

이상, 정음사에서 낸 판본 네 가지는 수록 작품의 수가 점차 늘어나는 변화는 보이지만, 〈서시〉에 관한 한 공통된 편집 원칙을 고수하고 있어 주목된다. 본문의 시들과는 구별해, 따로 맨 앞에 두며 이를 차례에도 보인다는 점이다.

제1판인 48년도 본에서는 위에 보인 것처럼 아예 테두리를 둘러서 본문의 시들과는 성격이 다르다는 것을 보였고, 제2판인 55년본에서는 〈서시〉 다음의 페이지를 백면 처리하되 '1'이란 숫자를 적어 놓아, 거기에서부터 제1부가 시작된다는 것을 표시했다. 제3판인 76년본에서는 〈서시〉 다음 페이지는 비워두고 그 다음에 차례를 실어 본문과 구분하게 해 놓았다. 그렇게 함으로써, 독자들이 이 글을 본문의 다른 작품들과는 달리, '序'시, 그야말로 독립작품은 아닌 이 시집의 첫머리에 놓이는 序로서의 시 또는 서문 구실을 하는 시로 이해하기를 바랐던 것으로 여겨진다.

하지만 후술하겠거니와, 정음사가 아닌 다른 출판사의 것들은 이 원칙을 무시하는 경우가 많다. 〈서시〉를 본문의 시들과 구분하지 않고 섞어 놓고 있다. 결과적으로, 독자들이 〈서시〉를 독립작품으로 오해할 소지를 만들었다 하겠다.

3.2. 정음사 출판본의 판차와 연구자들의 이른바 '서시' 인식과의 관련 양상

앞에서, 정음사에서 낸 판본들의 양상을 자세히 살폈는데, 각 판본이 이른바 '서시'를 어떻게 편집해 실었는가가 독자는 물론 윤동주 연구자들에게 밀접한 영향을 미쳤다고 필자는 판단한다. 그 점에 대해 논의하고자 한다.

제1판인 1948년본에서는 이른바 '서시'를 '(序詩)'라고 처리하는 한편

"하늘과 바람과 별과 시"라는 부제까지 다는가 하면, 그것도 모자라 그 글 전체에 점선을 둘러놓아, 그 글이 본문의 시들과는 구분된다는 사실을 표시해 놓았다. 최대한 원전을 존중하려 노력한 것이다.

그 노력의 결과일까? 제1판에 실린 정지용의 序를 보면, 윤동주의 시 사적 가치에 대해 발언하면서 이른바 '서시'는 일체 언급하지 않고 있다. 다만 〈쉽게 씌어진 시〉, 〈십자가〉, 〈팔복〉, 〈소년〉, 〈사랑스런 추억〉이 다섯 작품만 거론하고 있다. 정지용이 보기에, 이른바 '서시'는 독립작품 즉 시로 여기지 않았기 때문이 아닐? 序로 본 것이 아닐까?

정지용에 이어, 윤동주의 시를 다룬 고석규의 평론이 1953년 9월에 발표되는데, 이 글에서도 이른바 '서시'는 언급되지 않는다. 〈소년〉, 〈병원〉, 〈무서운 시간〉, 〈새벽이 올 때까지〉, 〈간〉, 〈별 헤는 밤〉, 〈또 다른 고향〉, 〈돌아와 보는 밤〉과 함께 습작기의 작품[25]인 〈못 자는 밤〉, 〈거리에서〉까지 모두 10편이나 다루면서도 끝내 〈서시〉에 대해서는 침묵하고 있다. 왜 그럴까? 고석규 역시 제1판에 근거하여 이른바 '서시'를 독립 작품으로 여기지 않았던 게 아닐까? 더욱이 고석규는 앞에서 지적한 대로 다른 육필 원고들도 열람한 인물이므로 자필시고를 보았을 가능성이 큰바, 그렇다면 제목이 없다는 사실도 알았을 터이니 시 작품으로 거론할 리가 만무하였으리라.

고석규에 이은 두 번째 윤동주론은 김용호의 글[26]인데, 거기에서도

---

25 고석규가 제1판 『하늘과 바람과 별과 시』는 물론 중학시절의 원고인 『나의 습작기의 시 아닌 시』(〈못 자는 밤〉, 〈돌아와 보는 밤〉, 〈거리에서〉) 및 『산문집』(〈종시〉)에 이어, 낱 장 상태로 보관되어 온 유학 이전의 습유작품들(〈못 자는 밤〉)까지 보았다는 것을 이 글을 통해 알 수 있는바 매우 흥미로운 사실이다. 그간 일본인 오오무라 마스오가 자필시고를 처음 열람한 인물로 알려져 있는데, 고석규가 먼저였음을 알 수 있다. 『하늘과 바람과 별과 시』 제1판이 출판된 때가 1948년 1월인데, 같은 해 12월에 "윤동주의 누이 윤혜원이 윤동주의 중학시절 원고를 갖고 고향에서 서울로 이주하"였고, 고석규의 글이 1953년 9월에 발표된 것을 보면, 그 어간에 고석규가 윤동주 가족의 배려 아래 세상에 아직 알려지지 않은 이들 원고들을 보았던 것으로 추정된다. 1986년에 일본인 오오무라 마스오가 보기 무려 30년 이전에 본 셈이다.

이른바 '서시'는 거론되지 않는다. 〈별혜는 밤〉, 〈간〉, 〈십자가〉, 〈자화상〉, 〈무서운 시간〉, 〈병원〉, 〈또 다른 고향〉 등만 언급하고 있다. 왜 그럴까? 제1판만 유통되던 시기에 작성된 글이라 그랬던 것으로 필자는 이해하고 싶다.

그런데 제2판이 1955년에 출판되고, 거기에 백철, 박두진 등의 평설이 첨가된 1967년의 중판이 나오면서부터 양상이 달라진다. 1960년에 발표된 이상비의 평론 「시대와 시의 자세－윤동주론」[27]에서 비로소 이른바 '서시'가 부각되기 시작한다. "내가 너무 가벼운 단언이라 싶지만 이 〈서시〉는 이미 그 속에 管略하게나마 시와 인간과 시인 전반에 대한 이야기가 함께 어울려 거의 완전하다할 明示가 들어있는 뒤쪽엔 이미 그의 숙명적인 短命이 재빠르게 등대하고 있었던 것이다. 이 〈서시〉 한 편으로 윤동주는 이미 시인으로서의 천명을 감수했고 그리고 그 속엔 聖者的 길에로의 뚜렷한 선택이 나타나 있다."라고까지 극찬하였다.

관심 밖에 있던 이른바 '서시'가 왜 갑자기 이상비에 와서 부각된 것일까? 제2판의 영향이 크게 작용했다고 본다. 이상비는 위의 글 서두에서 "1955년 3월 16일 발행의 정음사판 유고집 『하늘과 바람과 별과 시』가 없었던들"[28]이라고 하여, 분명히 제2판을 텍스트 삼아 글을 썼다는 것을 보여주고 있다. 제1판과 달리 이른바 '서시'에 완전한 제목을 부여하여 출판한 제2판의 영향력이 독자 및 연구자에게 작용하기 시작했음을 시사하는 것이라 하겠다.

이상비 다음에 나온 것이 김열규의 「윤동주론」[29]이다. 다룬 작품 가운데 제2판에 처음 수록된 산문 〈달을 쏘다〉가 들어있는 것으로 미루어

---

26 김용호, 「민족의식과 자아의식」, 『연희춘추』 1955년 2월 14일 자.
27 『자유문학』(자유문학사, 1960년 11월호), 210~216쪽.
28 위의 글, 210쪽.
29 김열규, 「윤동주론」, 『국어국문학』 27(국어국문학회, 1964), 97~112쪽.

김열규도 이상비와 마찬가지로 제2판 『하늘과 바람과 별과 시』를 텍스트로 삼은 게 분명한데, 이른바 '서시'의 서두를 인용한 후, "이 속에는 그의 지나친 결벽증의 이면이기도 한 죄업망상이 있다. 풀잎의 움직임 하나도 자기의 죄업의 그늘을 흔들어 놓는 것이다. 하늘과 바람과 별과 함께 풀잎도 그의 죄업의 그늘을 비치는 큰 눈망울인 것이다. 객관을 객관으로서는 더 이상 볼 수 없는 것이다."라고 해석하였다. 김열규 역시 제2판을 따라, 이 글을 독립작품으로 다루고 있는 셈이다.

이와 같은 양상은 박두진의 글[30]에 오면 더 강화된다. 이른바 '서시'에 대한 적극적인 평가가 이루어진다. 이른바 '서시'의 전문을 인용한 다음, "어느 한 편을 따 보아도 그의 시에는 고고한 품격과 지순한 인간성, 강직한 지조, 투철한 지성의 번뜩임이 윤택한 서정에 싸여 생명적인 구상(具像)을 이루고 있다. 시와 사상, 사상과 지조, 그리고 시와 생애가 촌분의 괴리도 있을 수 없이, 그의 서정정신과 저항정신이 한 줄기 순절에의 희생으로 일철화(一徹化)함으로써 하나의 영원한 비극적 아름다움을 이루어 놓고 있다."라고 하였다. 박두진은 〈십자가〉를 대표작으로 꼽고 있기는 하지만 이른바 '서시'에 대해서도 이렇게 높은 가치를 부여하고 있다. 이른바 '서시'를 독립작품으로 적극 평가한 사례라 하겠다. 박두진의 위상에 비추어 볼 때, 제2판의 중판에 실린 박두진의 '서시' 평가는 그 다음 사람들에게 상당한 영향을 미쳤으리라 예견되는데, 그 이후의 학자들은 이 글을 당연히 윤동주의 다른 시와 동질적인 시 작품의 하나로 인식하는 양상을 보이고 있다.

김윤식·김현의 『한국문학사』에서의 평가도 박두진의 글과 함께 뒤의 연구자들에게 일정한 영향력을 행사했으리라 여겨진다. "1941년의 일제

---

30 박두진, 「윤동주의 시」, 『하늘과 바람과 별과 시』(정음사, 1967), 243∼249쪽.

치하에서 이런 각오의 시가 쓰여질 수 있다는 것은 하나의 기적이다."[31]
라 극찬하였기 때문이다. 그런데 그 각주를 보면 김윤식과 김현이 참고
한 텍스트가 『하늘과 바람과 별과 시』의 제1판이 아니라 제2판(1955년)임
을 알 수 있다. 제2판이 끼친 파장이 얼마나 큰지 다시 한 번 확인할
수 있다 하겠다.

제1판에서 제4판까지, 그 정도의 차이는 있지만 편집자들은 이른바
'서시'를 '序로서의 시' 즉 '序詩'로 읽어주기를 바랐던 것이나, 독자들은
序보다는 '詩'에 더 무게중심을 두어 '序詩'로 읽고 이해하면서, 마침내
이른바 '서시'를 독립작품으로 인식되는 상황이 야기되었던 것이 아닌
가 여겨진다. 이 과정에 대해 진지하게 검토할 기회가 없는 채 널리
회자되어 우리나라 사람들의 으뜸가는 애송시가 되어 오늘에 이른 것
이라 하겠다.

3.3. 여타 출판사본들의 경우

정음사가 아닌 여타 출판사에서 낸 윤동주 시집들에서 이른바 '서시'
를 어떻게 다루고 있을까? 두 가지 유형으로 나누어진다. 시집의 첫 머
리에 수록한 경우와 중간에 수록한 경우가 그것이다. 정음사판에서는
시집의 첫 머리에 수록하는 것을 원칙으로 삼았다는 것을 위에서 확인하
였다. 제목에 괄호를 씌웠다가 벗겼다든지, 부제를 붙였다 떼었다 했다
든지, 미묘한 차이를 보이기는 했으나 어떻게 해서든 본문의 시들과는
구분할 수 있도록 배려한 것을 알 수 있다.

하지만 다른 출판사본들은 이 원칙을 어겼다. 이른바 '서시'를 맨 앞에

---

31 민음사, 1973, 210쪽.

두는 경우라 하더라도 본문의 작품들과 구분된다는 어떤 표시도 해설도 달지 않은 채, 본문의 첫 작품으로 제시하고 있다. 예컨대 1979년 인물연구소에서 출판한 『하늘과 바람과 별과 시』가 그렇다. 이 시집의 차례를 보면 다음과 같다.

일러두기
1. 하늘과 바람과 별과 시
   序詩
   自畵像
   少年
   눈오는 地圖

이 책은 총 6부로 구성되어 있는데, 제1부에는 윤동주의 자선시집 『하늘과바람과 별과시』를, 2부에는 동시, 3부에는 전기시(前期詩), 4부에는 중기시(中期詩), 5부에는 만년시(晩年詩)를 수록하고 6부에는 산문을 실었다. 따라서 정음사에서 낸 체재를 따라 1부를 구성하되, 정음사본들과는 달리 일반 시들과 동렬에 놓고 있다. 실제로 페이지도 바로 이어진다.

1994년 홍진문화사 『윤동주시집』에서는 81편을 수록하였는데, 맨 처음에 〈태초의 아침〉을, 〈서시〉는 41번째로 실려 있다. 편집 기준이 무엇인지 밝혀 놓지도 않았다. 창작 시기 순서도 아니다. 무책임한 편집이라 할 수 있다. 〈서시〉가 독립작품화하여 있다.

표제를 '하늘과 바람과 별과 시'라고 단 경우에는 비록 서시를 본문과 구분하지는 않더라도 맨 첫 머리에 오게 하는데, 책 제목을 '하늘과 바람과 별과 시'라 하지 않고 다른 제목으로 단 것들은 〈서시〉의 위치마저 옮겨 놓아, '서시'라는 제목을 무색하게 하고 있다. '서시'의 본래적인 뜻[32]이 망각된 채 독립작품이란 인식이 널리 퍼졌음을 확인시켜 준다 하겠다.

원본대조 윤동주전집 하늘과 바람과 별과 시(연세대학교 출판부, 2004)에서는 원본과 대조한 것인데도 아무런 설명도 없이 '서시(序詩)'라고 적고 있어 독자들이 오해할 소지가 있다.

이처럼 제2판 이후, 이른바 '서시'는 더 이상 序로 씌어져 시집의 첫머리에 붙여진 글이 아니라, 〈십자가〉나 〈참회록〉처럼 본문의 다른 시와 동질적인 작품으로 수용되고 있다. 일반 독자는 물론이고 전문 연구자들조차도 이에 대해 의심하지 않는 상황이다.[33]

3.4. 변형을 반영한 시비(詩碑)의 사례

서울 종로구 부암동에는 윤동주 시인의 언덕이 조성되어 있다. 윤동주가 연희전문 시절 정병욱과 함께 이 동네에서 하숙하였던 것을 기념하여 만들었는데, 거기에 윤동주 시비가 건립되어 있고 이른바 '서시'가 새겨져 있다.

---

32 『표준국어대사전』에서 '서시'를 풀이한 내용은 다음과 같다. 이 중 첫 번째와 두 번째가 '서시'의 원래 개념일 텐데, 윤동주의 시집은 서사시집이 아니므로 두 번째 개념도 해당되지 않는다. 오직 첫 번째 개념이 '서시'의 원래 개념이라 할 수 있다.
　　1. 책의 첫머리에 서문 대신 쓴 시.
　　2. 긴 시에서 머리말 구실을 하는 부분.
　　3. 윤동주가 1941년에 지은 시. 그의 시집인 『하늘과 바람과 별과 시』에 실려 있다.
33 오오무라 마스오, 홍장학에 의해 이 문제가 제기되었지만, 이른바 '서시'를 독립작품으로 여기는 인식은 공고한 듯하다.

▲ '윤동주 시인의 언덕'의 시비(전면)

앞에서 검토한 연세대나 동지사대 교정의 시비와는 달리 '서시'라는 제목을 달았고 제1행에서 '우러러', 제8행에서 '걸어가야겠다'라고 적어 원전과는 다소 거리가 있다. 맨 끝의 집필시기 부분을 원전과 같이 아라비아숫자로 적어 놓았으나, '尹東柱'라고 적어 놓아 마치 윤동주가 이 시 끝에 서명을 한 것으로 오인하게 되어 있다. 원전과는 몇 가지 면에서 다르다는 사실을 어딘가에 밝혀 놓았어야 마땅하며, 동지사대의 전례를 따라 그 시비의 이름을 '윤동주시비'라고 적어 놓으면 그만인 것을, 굳이 작품 끝에다 원래는 없던 서명을 넣은 것은 잘못이다.[34]

34 그런데 이 시비의 뒷면에는 〈슬픈 족속〉이 새겨져 있는데, 자필시고의 표기 그대로 적어 놓아, 이른바 '서시'와는 다른 양상을 보여주고 있다. '흰'을 원전 그대로 모두 '힌'으로, '거친 발'을 '거츤 발'로, 집필연대 표시도 원전처럼 한자로 '一九三八. 九'로 적었다. 왜 이른바 '서시'는 변형을 해 놓고 〈슬픈 족속〉은 원형대로 했는지 궁금한 일이다.

▲ '윤동주 시인의 언덕'의 시비(후면)

　　한편 만주 용정중학교(옛 대성중학교)에도 윤동주 시비가 있다. 윤동주가 만주에서 살 때, 대성중학교에 다녔고 지금은 용정중학교로 개명한 학교인데, 이곳 교정에 시비가 건립되어 있다. 시인의 언덕에 있는 시비와 마찬가지로 '서시'라고 제목이 들어가 있다.

　　연세대, 동지사대, 윤동주 시인의 언덕의 시비가 윤동주의 필적을 새긴 것과는 달리, 용정중의 시비는 다른 글자체로 새겼다. '우러러', '걸어가야겠다'라 적었으며 집필 시기도 한자로 적고 문장 부호를 전혀 찍지 않아, 원전과는 차이가 있다.

▲ 만주 용정중학교 교정의 시비

4. 맺음말

이상의 작업을 통해 얻은 성과를 요약하고 그 의의를 정리해 보면 다음과 같다.

『사진판 윤동주 자필 시고전집』을 보면, 윤동주의 이른바 '서시'의 원형은 제목이 없는 것이었다. 유고집으로 출판된 1948년의 『하늘과 바람과 별과 시』의 제1판에 와서 제목을 부여하려는 시도가 처음 나타났지만 괄호 처리를 하는 등 본문의 시들과는 구별하려 노력한 흔적이 보인다. 이때까지는 아무도 이른바 '서시'를 거론하지 않았다. 1955년의 제2판에 와서 괄호를 벗겨내는 등 큰 변화가 일어남으로써, 독립작품으로 인식할 수 있는 소지가 마련되었고, 비로소 윤동주 논의에서 이른바 '서시'가 거론되기 시작해 오늘에 이르고 있다.

윤동주의 이른바 '서시'는 序(서)로 쓴 시가 본문의 시보다 인기를 모은 경우로서 매우 이례적이라 할 수 있다. 편집의 영향력 또는 작품이 작자의 의도와 무관하게 수용될 수 있다는 점을 보여주는 사례라 하겠다. 필자의 이 글에서 밝힌 게 타당하다면, 이제부터는 이른바 '서시'를 싣거나 거론할 때, 원래는 제목이 없었다는 것, 序(서)로 썼다는 사실을 밝혀 주어야 할 것이다.

앞으로, 김수영의 〈서시〉를 비롯, 윤동주의 영향으로 출현한 여러 '서시'들에 대해서도 살펴보아야 한다. 아울러 '서시'가 우리나라 최고의 애송시가 될 수 있었던 여타 요인들도 알아보고, 윤동주 소장 도서 검토를 통한 영향관계 규명도 이루어져야 할 것이다.

참고문헌

1 자료

http://christ.infocop.com/(1995)

http://news.sbs.co.kr/issue/news_issue(1995)

http://sillok.history.go.kr

KINDS(뉴스전문검색사이트) http://www.kinds.or.kr/

LONGMAN DICTIONARY OF CONTEMPORARY ENGLISH, KOREAN STUDENT EDITION (LONGMAN ■ 연합출판, 1986).

SBS TV 사이트 http://news.sbs.co.kr/issue/news_issue_talk.jsp? uniq_no=10000010027.

위키피디아 인터넷 백과사전 www.wikipedia.org/

『개정한 한달 맞춤법 통일안』(서울: 한글학회, 1953)

경희대학교 민속학연구소 편, 『서산민속지』 하(서산문화원, 1987).

국립문화재연구소, 『한국민속종합조사보고서(함경남북도편)』(민속원, 1999).

국립문화재연구소, 『한국민속종합조사보고서(황해·평안남북편)』(민속원, 1999).

『국역 동문선』

『고문서집성』 12 -장서각편-(성남: 한국정신문화연구원, 1994)

『고문서집성』 17 -하회 풍산유씨편 (Ⅲ)-(성남: 한국정신문화연구원, 1994)

『고문서집성』 23 -거창 초계정씨편-(성남: 한국정신문화연구원, 1995)

『고문서집성』 31 -합천향교편-(성남: 한국정신문화연구원, 1996)

「科文」(국민대학교 도서관 소장본)

「광산김씨오천고문서」(성남: 한국정신문화연구원, 1982)

『광해군일기』(태백산본)(서울: 국사편찬위원회, 1991)

김철희, 『초서독해(草書讀解)』(과천: 국사편찬위원회, 1989)

南面禮成江里戶口單子(정구복 교수 소장 복사본)

남평 조씨, 전형대 · 박경선 역주, 『병자일기』(서울: 예전사, 1991)

『님경업전』(박순호 소장 국문필사 47장본)

『대사림』(동경: 삼성당, 1983) www.goo.ne.jp.

『物譜』(『한글』 216호 수록 영인본)

『법제사료강독』(과천: 국사편찬위원회, 1990)

『순오지』

『潘陽日記』

『영남대박물관 소장 고문서 1』(경산: 영남대출판부, 1993)

『오산설림』

이문건, 『默齋日記』

「李瑷男妹分財記」(정신문화연구원 MF)

이철영, 『유사최근(儒事最近)』(이종순 선생 소장 복사본)

〈표주록〉(한국고전번역원 사이트본)

표준국어대사전

『한국구비문학대계』(한국정신문화연구원).

한국민족문화대백과사전(네이트 백과사전).

『한국지리총서읍지 7 충청도①』(아세아문화사, 1984).

한글학회, 『우리말큰사전』(어문각, 1991).

황기로, 『황기로서첩(黃耆老書帖)』(태고당 주인 田文 선생 복사본)

『훈민정음』

2 단행본

박종찬, 「윤동주시판본비교연구—자필시고전집 및 재판본을 중심으로」(연세대
　　　교육대학원 석사학위논문, 2004).

W. P. 블레티 저, 하길종 역, 『엑소시스트』 2판 1쇄(서울: 범우사, 1990).

강명혜, 축원의 노래 청산별곡, 『고려속요·사설시조의 새로운 이해』(북스힐, 2002).

고민정, 앵산전도가에 관한 연구(장로회신학대학교 대학원 교회음악과 석사학위논문, 2000).

민경태, 도시 인구 집중에 관한 요인 분석-서울시와 관련해서(한양대 석사학위논문, 1981).

박원호, 「최부 표해록 번역 술평」, 『한국사학보』 21(2005).

이홍, 「암석전설의 구조와 의미 연구」(원광대학교 대학원 석사학위논문, 1984).

최명환, 「윤동주 시 연구」, 명지대학교 대학원 박사학위논문, 1992.

강우방, 『감로탱』(예경출판사, 1995).

강한영 교주, 『신재효판소리사설집』(보성문화사, 1978).

과학백과사전종합출판사, 『구전문학』(대산출판사, 2000 재출간).

권오만, 『윤동주 시 깊이 읽기』(소명출판, 2009).

김기서·이복규, 『조선총독부 기관지 일어판 〈조선〉지의 민속,국문학 자료』(민속원, 2004).

김기창·이복규, 『분단 이후 북한의 구전설화집』(민속원, 2006).

김대숙, 『한국설화문학연구』(집문당, 1994).

김동욱 외, 『한국민속학, 개정판』(새문사, 2001).

김열규, 『오늘의 북한민속』(서울: 조선일보사, 1989).

김완진, 『문학과 언어』(탑출판사, 2000).

김완진, 『향가와 고려가요』(서울대출판부, 1982).

김재철, 『조선연극사』(보고사, 1933).

김태곤 외, 『한국의 점복』(서울: 민속원, 1995).

_____, 『무속과 영의 세계』(한울, 1993).

_____, 『한국무가집 1』(원광대학교 민속학연구소, 1971).

_____, 『한국무가집 Ⅲ』(원광대, 1978).

_____, 『한국무속연구』(집문당, 1981).

_____, 『한국민간신앙연구』(집문당, 1983).

김형규, 『고가주석』(일조각, 1968).

김화경, 『북한 설화의 연구』(영남대학교출판부, 1998).

김흥규, 『한국현대시를 찾아서』(한샘, 1982),

묘심화, 『빙의가 당신을 공격한다』(랜덤하우스중앙, 2004)

문학과문학교육연구소, 『문학의 이해』 제3판(삼지원, 2007),

미르세아 엘리아데, 이은봉 역, 『종교형태론』(형설출판사, 1985).

박노준, 『고려가요의 연구』(새문사, 1990).

박승빈, 『한글맞춤법통일안비판』(조선어학연구회, 1936).

사회과학원 문학연구소 구전문학연구실, 『구전문학자료집(설화편)』(평양: 사회
      과학원출판사, 1964).

사회과학원고전연구실, 『북역고려사』 11책(신서원, 1991 재간).

서인범·주성지 옮김, 『표해록』(한길사, 2004),

서재극, 『한국시가연구』(형설출판사, 1981).

선희창, 『조선의 민속』(평양: 사회과학출판사, 1991).

송재선, 『우리말속담큰사전』(서문당, 1984).

송재용, 『미암일기연구』(제이앤씨, 2008),

신연우, 『우리 설화의 의미 찾기』(민속원, 2008).

신용호·강헌규, 『선현들의 자와 호』(서울: 전통문화연구회, 1998).

심재완, 『시조의 문헌적 연구』(세종문화사, 1972).

양동인, 『꿈해몽 대백과』(서울: 예지원출판사, 1999).

양주동, 『여요전주』(을유문화사, 1947).

엄병섭, 『조선속담집』(평양: 사회과학출판사, 1992)(서울: 한국문화사, 1994 재
      출간).

에릭 홉스봄 외, 박지향·장문석 옮김, 『만들어진 전통』(휴머니스트, 2004).

오오무라 마스오, 『윤동주와 한국문학』(소명출판, 2001).

원본대조 윤동주 전집 『하늘과 바람과 별과 시』(연세대학교 출판부, 2004).

유탁일, 『한국문헌학연구』(서울: 아세아문화사, 1989).

이기문, 『개정판 속담사전』(일조각, 1997).

이기선, 『지옥도』(대원사, 1992).

이기춘 외, 『북한의 가정생활문화』(서울대학교출판부, 2001).

이복규, 『개신교가사』(학고방, 2010).

_____, 『묵재일기에 나타난 조선전기의 민속』(민속원, 1999).

_____, 『부여·고구려 건국신화 연구』(집문당, 1998).

_____, 『설공찬전 연구』(박이정, 2003).

_____, 『우리 고소설 연구』(역락, 2004).

_____, 『임경업전연구』(집문당, 1993).

_____, 『중앙아시아 고려인의 구전설화』(집문당, 2008).

_____, 『중앙아시아 고려인의 생애담 연구』(지식과교양, 2012).

_____, 『초기 국문·국문본소설』(박이정,1998).

이상섭, 『윤동주 자세히 읽기』(한국문화사, 2007).

이종건·이복규, 『한국한문학개론』(보진재, 1991).

이필영, 『솟대』(대원사, 1990).

임동권, 『한국의 민담』(서문당, 1972).

임석재, 『임석재전집』 6-충청남도 충청북도 편-(평민사, 1990).

임석재·장주근, 『관북지방무가』(문화재관리국, 1965).

임석재·장주근, 『관서지방무가』(문화재관리국, 1966).

임재해, 전설과 역사, 『한국문학연구입문』(지식산업사, 1982).

장권표, 『조선구전문학개요(고대~중세편)』(평양: 사회과학출판사, 1990)

장덕순 외, 『구비문학개설』(일조각, 1978).

_____, 『구비문학개설』(일조각, 1978).

『재미나는 옛이야기』(평양: 근로단체출판사, 1986).

전경욱, 『북청사자놀이 연구』(태학사, 1997).

_____, 『한국전통연희사』(미간행).

정민, 『한시미학산책』(솔, 2002).

정종진, 『한국의 속담 대사전』(태학사, 2006).

정한모·김재홍, 『한국 대표시 평설』(문학세계사, 1983).

조동일 외 4인, 『한국설화유형분류집』, 『한국구비문학대계』 별책부록 I(한국
　　　　정신문화연구원, 1989).

_____, 『인물전설의 의미와 기능』(영남대학교 민족문화연구소, 1979).

_____, 『한국 가면극 그 역사와 원리』(열화당, 1998).

_____, 『한국소설의 이론』(지식산업사, 1977).

『조선말대사전』(평양: 외국문도서출판사, 1992)

『조선속담성구사전』(평양: 과학백과사전출판사, 2006).

『조선중기의 서예』(서울: 학고재, 1990)

조성일, 『조선민족의 민속세계』(원제: 조선민족의 다채로운 민속세계, 1986)
　　　　(1996 남한 한국문화사에서 재출간).

주강현, 『북한의 민족생활풍습』(대동, 1994).

최남선, 『조선상식문답』(동명사, 1946).

최승희, 『한국고문서연구』 증보판(서울: 지식산업사, 1989)

_____, 『한국고문서연습』(과천: 국사편찬위원회, 1990)

최인학, 『북한의 민속』(서울: 민족통일중앙협의회, 1986).

최철·전경욱, 『북한의 민속예술』(고려원, 1990).

홍장학, 『정본 윤동주 전집 원전연구』(민음사, 2004).

▰▰ 3 논문

박원호, 「15세기 조선인이 본 명(明) "홍치중흥(弘治中興)"의 조짐(兆朕) ─홍치
　　　　(弘治) 원년(1488)의 최보 『표해록(漂海錄)』을 중심으로─」, 『중국학논
　　　　총』 18(고려대학교 중국학연구소, 2005).

강재철, 「조선총독부가 1913년에 전국적으로 실시한 조선설화조사자료의 발굴
　　　　과 그에 따른 해제 및 설화학적 검토」, 『비교민속학』 48(비교민속학회,
　　　　2012.8).

고영근, 「'한글'의 유래에 대하여」, 『국어와 민족문화』(집문당, 1984).

_____, 「'한글'의 작명부는 누구일까─이종일·최남선 소작설과 관련하여─」,
　　　　『새국어생활』 13─1집(봄호).

김열규, 「윤동주론」, 『국어국문학』 27(국어국문학회, 1964), 97~112쪽.

김완진, 「훈민정음 제작의 목적」, 『국어와 민족문화』(집문당, 1984).

김용호, 「민족의식과 자아의식」, 『연희춘추』 1955년 2월 14일 자.

김일렬, 「무학대사전설의 역사적 의미」, 『설화와 역사』(집문당, 2000).

_____, 「무학전설의 형태와 의미」, 『어문론총』 31(경북어문학회, 1997)

김종환, 「'한글날'이란 명칭은 바로잡아야 한다」, 『한글한자문화』 76(서울: 전국
　　　한자교육총연합회, 2005).

김현선, 「저승의 생성과 변천」(한국민속학회 161차 학술발표대회 발표문, 2003).

김형규, 「국어학에서 본 문헌상 몇가지 문제」, 『서지』 제2권 1호(한국서지학회,
　　　1961).

리윤재, 「한글강의」, 『신생』 2권 9호(역대한국문법대계 3-23, 1929).

마쓰오, 「윤동주 오오무라 시의 원형은 어떤 것인가」, 『윤동주전집』 2(문학과사
　　　상사, 1995).

박원호, 「15세기 조선인이 본 명(明) "홍치중흥(弘治中興)"의 조짐(兆朕) -홍치
　　　(弘治) 원년(1488)의 최보 『표해록(漂海錄)』을 중심으로」(고려대학교
　　　중국학연구소, 2007).

_____, 「명대 조선 표류민(漂流民)의 송환절차와 정보전달 -최부 『표해록(漂
　　　海錄)』을 중심으로-」, 『명청사연구』 24(명청사학회, 2005).

박원호, 최부 표해록 판본고, 『서지학연구』 26(서지학회, 2003).

박두진, 「윤동주의 시」, 『하늘과 바람과 별과 시』(정음사, 1967), 243~249쪽.

사재동, 「설공찬전의 몇 가지 문제」, 『불교계 국문소설의 연구』(중앙문화사,
　　　1994).

『사진판 윤동주 자필 시고전집』(민음사, 1999 및 2002).

서대석, 「국문학 연구 60년의 흐름과 반성」, 『국어국문학』 161(국어국문학회,
　　　2012, 20쪽).

서인범, 「조선 관인의 눈에 비친 중국의 강남 -최부『표해록(漂海錄)』을 중심
　　　으로-」, 『동국사학』 37(동국사학회, 2002).

서인석, 「최부의 표해록과 사림파 관료의 중국체험」, 『한국문화연구』 10(이화
　　　여자대학교 한국문화연구원, 2006).

_____, 「최부의 〈표해록〉에 나타난 해외 체험과 체험의 대화적 재구성」, 『고
　　　전문학과 교육』 13(한국고전문학교육학회, 2007).

_____, 「최부의 〈표해록〉에 나타난 해외 체험과 체험의 대화적 재구성」, 『고

전문학과 교육』 13(한국고전문학교육학회, 2007).

성호주, 「속요」, 『국문학신강』(새문사, 2002).

소인호, 「채수의 설공찬전」, 『한국 전기소설사 연구』(집문당, 2005).

송병구, 「아우구스티누스의 시간론에 대한 존재론적 접근-시간의 내면화를 통한 내면철학의 효시-」, 『종교학연구』 22(서울대종교학연구회, 2003).

신한용, 「성 어거스틴에 있어서의 시간에 대한 연구(계속)」, 『신학과 세계』 9(감리교신학대학교, 1983).

심경호, 「오륜전전에 대한 고찰」, 『애산학보』 8(애산학회, 1989).

안동준, 「해상 사행문학과 천비신앙」, 『도남학보』 16(도남학회, 1997),

안정임, 「교과서에 수록된 윤동주 시의 문제점과 교육적 의의 연구」(고려대 교육대학원 석사논문, 2010).

유탁일, 「나재 채수의 설공찬전과 왕랑반혼전」(한국문학회 제7차 발표회 발표요지, 1978. 5. 30).

윤일주, 「선백의 생애」, 『하늘과 바람과 별과 시』(정음사, 1983), 228~238쪽.

이경엽, 「동아시아의 도서, 해양문화 연구 ; 연구논문 : 고전문학에 나타난 해양 인식 태도 -어부가,표해록(漂海錄),어로요(漁撈謠)를 중심으로-」, 『도서문화』 20(목포대학교 도서문화연구소, 2002).

이광호, 「상제관을 중심으로 본 유학과 기독교의 만남」, 『유교사상연구』 19(한국유교학회, 2003).

이기문, 「독립신문과 한글 문화」, 『주시경학보』 4(서울: 주시경학보, 1989).

이복규, 「'쥐뿔도 모른다' 계열 속담과 '뙈기'의 어원에 대하여」(온지학회 동계학술대회, 2010.12.30.)

_____, 「고려가요 난해어구 해독을 위한 민속적 관견-청산별곡과 쌍화점의 일부 어구를 중심으로」, 『국제어문』 30(국제어문학회, 2004. 4).

_____, 「북한 구전설화 연구」, 『동아시아고대학』 8(동아시아고대학회, 2003).

_____, 「북한 설화에 대하여」, 『한국문화연구』 4(서울: 경희대학교 민속학연구소, 2001).

_____, 「오륜전전서의 재해석」, 『어문학』 75(한국어문학회, 2002).

_____, 「정우량 작 〈총병가〉와 〈탄중원〉」, 『국제어문』 8(서울: 국제어문학연

구회, 1987).

──, 「중앙아시아 고려인 강제이주담의 사실성」, 한국구비문학회 2008년도 하계학술대회 발표논문집(방송통신대학교, 2008.8.18).

──, 「현대 시집 서문과 전통시대 시집 서문의 비교」, 한국고서연구회 창립 30주년 기념 학술발표회 발표논문(서경대학교, 2012.5.19).

──, 「국문판 조선지 수록 문학작품 및 민속 국문학 논문들에 대하여」, 『국제어문』 29(국제어문학회, 2003.12).

이상비, 「시대와 시의 자세─윤동주론」, 『자유문학』(자유문학사, 1960년 11월호).

이익섭, 「표가법」, 『국어연구 어디까지 왔나』(서울: 동아출판사, 1990).

이해준, 「한국사상의 중앙과 지방」, 석학과 함께하는 인문강좌 발표요지(서울역사박물관, 2010.7.24).

이혜순, 「한시에 나타난 서울의 형상」(한국고전문학회 1994년 학술대회 기조발표)(KISS 참고).

임형택, 「18·9세기의 이야기꾼과 소설의 발달」, 『고전문학을 찾아서』(문학과지성사, 1976).

임홍빈, 「주시경과 한글 명칭」, 『한국학논집』 23(계명대학교 한국학연구소, 1996).

장덕순, 「이국기행의 금남표해록」, 『한국수필문학사』(박이정, 1995 재간본).

정병욱, 「잊지 못할 동주의 일」, 『나라사랑』 23(외솔회, 1976.6),

조규익, 「구소련 고려인 작가 한진의 문학세계」, 『한국어문학연구』 59집(한국어문학연구학회, 2012).

조동일, 「글의 종류와 변천」, 『국어작문』(서울: 서울대학교출판부, 1992).

──, 「죽음과 질병을 맞이하는 선인들의 자세」, 『독서·학문·문화』(서울대학교출판부, 1994).

조영록, 「근세 동아 삼국 전통사회에 관한 비교사적 고찰 ─최보의 『표해록』과 일력 『당토행정기』를 중심으로─」, 『동양사학연구』 64(동양사학회, 1998).

조현설, 「해와 달이 된 오누이형 민담의 창조신화적 성격 재론」, 『비교민속학』 33(비교민속학회, 2007).

조흥윤, 「북한의 신앙전승」, 『북한민속 종합조사 보고서』(문화재관리국, 1997).

주성지, 「표해록을 통한 한중항로 분석」, 『동국사학』 37(동국사학회, 2002).

최래옥, 「漂海錄 研究」, 『비교민속학』 10(비교민속학회, 1993).

최인학, 「북한의 설화-30년대 북한의 설화자료 분석-『임석재전집』 1 한국구
　　　　전설화·평안북도편을 중심으로」, 『구전설화연구』(서울: 새문사, 1994).

최태영, 「초기번역성경의 대두법표기」, 『숭실어문』 7(서울: 숭실어문연구회,
　　　　1990)

허남춘, 「쌍화점의 우물 용과 삿기광대」, 『반교어문』 2(반교어문학회, 1990).

홍성구, 「최소자 교수 정년기념 특집호 : 논문 ; 두 외국인의 눈에 미친 15, 16세
　　　　기의 중국 -최부『표해록(漂海錄)』과 책언『입명기(入明記)』의 비교-」,
　　　　『명청사연구』 24(명청사학회, 2005).

찾아보기

ㄱ